张少康文集

第四卷

刘勰及其《文心雕龙》研究

司空图及其诗论研究

北京大学出版社
PEKING UNIVERSITY PRESS

图书在版编目(CIP)数据

张少康文集. 第四卷, 刘勰及其《文心雕龙》研究 司空图及其诗论研究 / 张少康著. —北京：北京大学出版社, 2024.5

ISBN 978-7-301-34459-0

Ⅰ. ①张… Ⅱ. ①张… Ⅲ. ①《文心雕龙》—文集 ②《二十四诗品》—文集 Ⅳ. ①I-53

中国国家版本馆 CIP 数据核字（2023）第 176768 号

书　　名	张少康文集·第四卷：刘勰及其《文心雕龙》研究 司空图及其诗论研究 ZHANG SHAOKANG WENJI · DI-SI JUAN: LIU XIE JIQI《WENXINDIAOLONG》YANJIU SIKONG TU JIQI SHILUN YANJIU
著作责任者	张少康 著
责任编辑	郑子欣
标准书号	ISBN 978-7-301-34459-0
出版发行	北京大学出版社
地　　址	北京市海淀区成府路 205 号　100871
网　　址	http://www.pup.cn　新浪微博：@ 北京大学出版社
电子邮箱	编辑部 wsz@pup.cn　总编室 zpup@pup.cn
电　　话	邮购部 010-62752015　发行部 010-62750672 编辑部 010-62752022
印　刷　者	涿州市星河印刷有限公司
经　销　者	新华书店
	650 毫米×980 毫米　16 开本　28 印张　466 千字 2024 年 5 月第 1 版　2024 年 5 月第 1 次印刷
定　　价	138.00 元

未经许可，不得以任何方式复制或抄袭本书之部分或全部内容。
版权所有，侵权必究
举报电话：010-62752024　电子邮箱：fd@pup.cn
图书如有印装质量问题，请与出版部联系，电话：010-62756370

第四卷说明

本卷收入《刘勰及其〈文心雕龙〉研究》《司空图及其诗论研究》两种专著。

《刘勰及其〈文心雕龙〉研究》是在原《文心雕龙新探》基础上的补充改写本。《文心雕龙新探》由齐鲁书社1987年出版,台湾文史哲出版社1991年出版繁体字版。北京大学出版社2005年出版《刘勰及其〈文心雕龙〉研究》。

《司空图及其诗论研究》,学苑出版社2006年出版。

目 录

刘勰及其《文心雕龙》研究

前言 / 3

第一章 刘勰的家世、生平和思想 / 5

    第一节 关于刘勰的籍贯和家族谱系 / 6

    第二节 关于刘勰父亲刘尚及其任越骑校尉和去世的时间 / 10

    第三节 关于刘勰的生年和入定林寺的时间与原因 / 12

    第四节 关于刘勰入梁后的仕宦情况 / 19

    第五节 关于刘勰的卒年 / 21

    第六节 关于刘勰的思想和著作 / 26

第二章 刘勰的文学观念和《文心雕龙》的体例 / 41

    第一节 《文心雕龙》广义的"文"和狭义的"文" / 41

    第二节 《文心雕龙》的体例和结构 / 55

第三章 文之枢纽

    ——文学本体论 / 60

    第一节 《文心雕龙》的原道论

        ——论文学的本质和起源 / 60

    第二节 《文心雕龙》的征圣、宗经论

        ——论文学的经典范本 / 70

    第三节 《文心雕龙》的正纬、辨骚论

        ——论纬书、《楚辞》与经典的异同 / 74

第四章 论文叙笔
——文学文体论 / 78

第一节 《文心雕龙》的文体论 / 78

第二节 有韵之文和无韵之笔 / 86

第三节 原始以表末
——各类文体的历史溯源 / 88

第四节 释名以章义
——文体名称的理论含义 / 92

第五节 选文以定篇
——典范篇章的选择确立 / 94

第六节 敷理以举统
——每种文体的创作要领 / 96

第七节 《文心雕龙》和《昭明文选》文体分类比较 / 98

第五章 割情析采
——文学创作论 / 110

第一节 《文心雕龙》的神思论
——论文学的构思与想象 / 110

第二节 《文心雕龙》的体性论
——论文学的风格 / 124

第三节 《文心雕龙》的风骨论
——论文学的精神风貌与物质形式美 / 137

第四节 《文心雕龙》的通变论
——论文学的继承、借鉴与创新 / 158

第五节 《文心雕龙》的情采论
——论文学的内容与形式 / 170

第六节 《文心雕龙》的文术论(上)
——论文学的写作技巧:结构布局和比喻夸张 / 181

第七节 《文心雕龙》的文术论(下)
——论文学的写作技巧:声律、对偶、用典及其他 / 195

第八节 《文心雕龙》的隐秀论
——论文学形象的特征 / 206

第六章　披文入情
　　——文学批评论 / 225

第一节　《文心雕龙》的时序论
　　——论文学发展与时代的关系 / 225

第二节　《文心雕龙》的物色论
　　——论文学创作的主观与客观 / 234

第三节　《文心雕龙》的才略论
　　——论作家的才能和个性 / 247

第四节　《文心雕龙》的知音论
　　——论文学的欣赏和批评 / 250

第七章　唯务折衷
　　——文学研究方法论 / 259

第一节　《文心雕龙》和佛教哲学的方法论 / 259

第二节　《文心雕龙》的"折衷"论 / 262

第八章　《文心雕龙》和中国文化传统 / 274

第一节　《文心雕龙》和天人合一思想 / 274

第二节　《文心雕龙》和古典美学 / 278

后记 / 287

司空图及其诗论研究

前言 / 293

第一章　司空图的生平和思想 / 295

1. 由家居读书至咸通十年中进士（869 年以前）/ 296
2. 由咸通十年中进士到广明元年黄巢起义军攻陷长安
   （869—880 年）/ 298
3. 由广明元年逃归王官谷到龙纪元年移居华阴（880—889 年）/ 302
4. 从龙纪元年到天复三年返回王官谷的寓居华下时期
   （889—903 年）/ 305
5. 从天复三年回王官谷到开平二年他去世（903—908 年）/ 307

第二章　司空图的诗歌创作 / 309
　　1. 司空图诗歌创作的特色 / 309
　　2. 司空图的诗歌意象与《二十四诗品》的比较 / 314

第三章　司空图的诗论著作及其诗学思想 / 326
　　1.《与王驾评诗书》
　　　　——论唐诗的发展和"思与境偕" / 326
　　2.《与极浦书》
　　　　——论"象外之象,景外之景" / 339
　　3.《与李生论诗书》
　　　　——论"味外之旨""韵外之致" / 346
　　4.《诗赋》
　　　　——论"知非诗诗,未为奇奇" / 351
　　5.《题柳柳州集后》
　　　　——论"文人之为诗,诗人之为文" / 353

第四章　司空图《二十四诗品》析论 / 357
　　1.《二十四诗品》绎意 / 357
　　2.《二十四诗品》的文艺美学思想 / 383

第五章　《二十四诗品》的真伪问题辨析 / 395
　　1. 关于《二十四诗品》真伪问题的争论 / 395
　　2. 我所写的三篇讨论司空图《二十四诗品》真伪问题的文章 / 401
　　　　司空图《二十四诗品》真伪问题之我见 / 401
　　　　再谈司空图《二十四诗品》的真伪
　　　　　　——兼论学术讨论中的学风问题 / 410
　　　　清代学人论司空图《诗品》 / 420

附录一
　　《司空表圣诗文集笺校》序 / 433

附录二
　　《虞侍书诗法》中的二十四品 / 436

附录三
　　清卞永誉《式古堂书画汇考》卷二十五《枝指生书宋人品诗
　　　　韵语卷》 / 438

后记 / 441

刘勰及其《文心雕龙》研究

前　言

公元五六世纪,当欧洲的文艺理论和美学的发展进入黑暗、停滞的中世纪,在东方却出现了一位具有世界意义的伟大文学理论批评家刘勰。鲁迅先生称刘勰的《文心雕龙》"解析神质,包举洪纤,开源发流,为世楷式"(《论诗题记》),与西方亚里士多德的《诗学》相媲美,这是并不夸大的。从某种意义上说,《文心雕龙》更有许多超过《诗学》的地方。它显然有比《诗学》更为严密的理论体系,更加丰富的具体内容。它既是一部文学理论著作、文章学著作,又是一部文学史、各类文章的发展史,而且也是一部重要的古典美学著作。现在,大家把对《文心雕龙》的研究称为"龙学",这是它当之无愧的。

刘勰的文学思想和文学理论既博采众长,又富于独创性。我们应该对他的家世、生平和思想,他的文学理论体系,他在文学理论批评发展史上的贡献,以及他的文学思想的历史渊源,做一个全面、深入、具体的探讨和分析。这是笔者所以要写这样一部书的宗旨。然而,要做这样一件工作,要达到这样一个目的,是有很多困难的。这主要有以下两个原因:第一,要对刘勰的文学理论体系本身做出一个符合实际的全面论述,是不容易的。因为目前学术界对刘勰的身世和他的文学理论,虽然已经有了相当深入和广泛的研究,在二十世纪出版了大约二百多部专著和将近三千篇研究论文,但在许多重要问题上仍颇多分歧,对有些重要的理论概念尚无基本一致的认识;第二,刘勰学识渊博,他的文学思想涉及的面很广,接受历史上的思想资料也特别多,与中国古代许多重要的学术思想、文艺思想有密切关系,要论述刘勰文学理论的历史贡献与思想渊源,就要认真研究历史上许多重要的哲学思想、政治思想、文艺思想、美学思想,而这是非常复杂而困难的问题。本书就是想在总结和分析现有成果的基础上,对一些重要的、有分歧的、还没有解决的问题,提出自己的新看法。

1987年山东齐鲁书社曾出版了我的《文心雕龙新探》一书,后来台湾文史哲出版社又出版了该书的繁体字本。当前,随着"龙学"研究的发展,许多问题已经讨论得更为深入了,而我自己对《文心雕龙》的研究也有了不少新的看法。经过历史的考验,虽然证实了我原书中的不少论述和观点是正确的,但也更清楚地看到了很多地方尚不够全面或不尽妥当,有许多应当论述的问题没有论述,同时我也想介绍目前研究中的各种不同意见,并且努力做出一个较为客观的评价,提出我自己的看法。此外,也需要对近十多年来"龙学"研究中提出的一些新问题谈谈我的认识。包括有关《刘子》是否刘勰所作,以及已经出版的某些刘勰传的写法等。因此,我决定在《新探》的基础上写一本全面研究刘勰及其《文心雕龙》的新的著作。

第一章　刘勰的家世、生平和思想

　　刘勰和他的《文心雕龙》正日益受到国内外学者的重视,然而,有关刘勰的家庭和生平事迹的资料,历史上遗留给我们的确实是太少了。对刘勰的身世及有关问题,虽经学者们多方考证和研究,也还有许多地方没有研究清楚,各家分歧也较大,即以其生卒年而论,也还没有一个明确的结论。从目前的研究状况看,虽然不断有新的研究论著发表,然而,最为重要的还是杨明照先生的《梁书刘勰传笺注》①以及牟世金先生《刘勰年谱汇考》②一书。不过,他们两家在不少问题上意见并不一致。相比较而言,杨笺虽亦有个别失误和值得商榷之处,但持论比较稳妥谨慎;牟著收集了当时所能见到的海内外十多种研究刘勰身世的著作,参考了许多有关的研究论文,能够在总结各家研究成果基础上进一步提出自己的新见解,应该说是一部研究刘勰身世的集大成之作,但因考订有明显失误之处,有些见解就离谱了,故不能尽如人意。近年来我们能比较全面地了解台湾方面有关的研究论著,除了王更生先生的《梁刘彦和先生年谱》、李曰刚先生的《刘彦和世系年谱》外③,有些牟世金先生当时没有看到的,如华仲麐先生的《刘彦和简谱》、王金凌先生的《刘勰年谱》等④,我们都已经能够看到了。世金去世后,大陆学者也有不少研究刘勰身世的新著问世,随着研究的深入,我们有可能在杨笺和《汇考》的基础上对刘勰的身世做进一步的深入论证。

---

① 杨笺最初发表于《文学年报》1941年第7期,后收入1958年出版的《文心雕龙校注》。1979年做了重大修改,发表于《中华文史论丛》第九辑(1979年第一辑),后收入1982年出版的《文心雕龙校注拾遗》,又有修订。
② 1988年巴蜀书社出版。
③ 王著收入台湾文史哲出版社1976年初版、1979年重修增订版《文心雕龙研究》,李著收入台湾编译馆中华丛书编审委员会1982年出版的《文心雕龙斠诠》。
④ 华著收入台湾学生书局1998年出版的《文心雕龙要义申说》,王著见台湾嘉新水泥公司文化基金会1976年印行的《刘勰年谱》。

第一节　关于刘勰的籍贯和家族谱系

《梁书·刘勰传》云："刘勰字彦和,东莞莒人。祖灵真,宋司空秀之弟也。父尚,越骑校尉。"对这里所说的"东莞莒人",有两种不同解释。一种认为是指刘勰祖籍山东东莞,如较早的霍衣仙《刘彦和评传》(1936 年《南风》第十二卷)说刘勰"出生地为京口(即今镇江),今山东日照刘三公庄,莒故里也"。杨明照《梁书刘勰传笺注》云"舍人一族""世居京口","夫侨立州县,本已不存桑梓;而史氏狃于习俗,仍取旧号"。一种认为是指南朝侨立的南东莞郡,在南徐州,镇京口,即今镇江。台湾的华仲麐、张严、王金凌、王更生均持此说。不过,《梁书·刘勰传》这种写法虽然指出了刘勰祖籍是山东莒县,但并不排斥他实际上出生于京口,从祖先南下后也可能一直"世居京口"。杨笺所说大致是正确的。但霍衣仙说"今山东日照刘三公庄,莒故里也",容易被误认为刘勰出生于山东。现代山东的有些研究者也持此种说法,因为在三公庄发现一块清代乾隆时立的碑,碑文中间大字书:"梁通事舍人刘三公故里。"这显然是在刘勰出名后,当地人为光耀祖宗而编撰的。

关于刘勰的家属谱系,杨笺列有一表,王更生《年谱》在杨笺基础上略有增补,亦有差异,而杨新笺增订本又有补充,主要是根据王元化先生 1978 年为《刘勰身世与士庶区别问题》(此文原写于 1961 年)一文所写的《补记》,据刘岱墓志铭①补入了仲道祖父刘芫及刘岱与其一女二子。王元化先生最早把刘岱墓志铭和刘勰家谱联系起来,并说明刘岱墓志铭对研究刘勰身世的意义。现综合上述几家之说列表如下:

按,《宋书·颜延之传》云："妹适东莞刘宪之,穆之子也。"中华书局标点本校勘记云："洪颐煊《诸史考异》云:'案《刘穆之传》,穆之三子,长子虑之,中子式之,少子贞之,无名宪之者。'按宪虑形似,'宪之'或'虑之'之讹。"繁体"宪"与"虑"确有形近而讹之可能,但也不排斥刘穆之还有一子宪之的可能。从这个年谱中,可以看出东莞刘氏系一大家族,由于刘岱墓志的出土,更证实了"抚——爽——仲道——粹之——岱"这一谱

---

① 参见《文物》1977 年第 6 期,《刘岱墓志简述》附《齐故监余杭县刘府君墓志铭》。

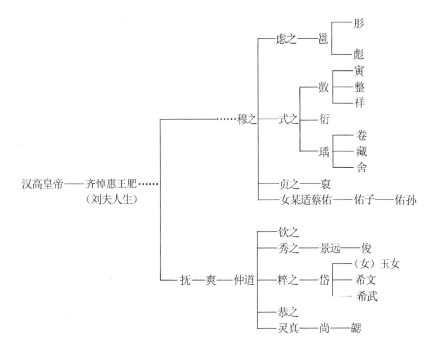

图 1　刘勰家谱

系是可靠的。在这个大家族中,像刘穆之、刘秀之在南朝宋曾为高官,死后赠列三公,食邑千户以上。这个谱系目前已为大多数学者所接受。但是,正像牟世金在《刘勰年谱汇考》及他去世后出版的《文心雕龙研究》中已经指出的,其中最大的一个疑点是刘勰的祖父刘灵真和刘秀之是否为亲兄弟,抑或仅仅是同出东莞刘氏一族而非同宗一系。如或确属后者,则此谱系对研究刘勰身世的意义就不很大了。对《梁书·刘勰传》中"祖灵真,宋司空秀之弟也"一说,首先提出怀疑的是范文澜《文心雕龙注》。他说:"秀之、粹之兄弟以'之'字为名,而彦和祖名灵真,殆非同父母兄弟,而同为京口人则无疑。"但是否以"之"字为名,还不能作为是否亲兄弟的根据。因为沈约在《宋书》的《自序》中说:"(沈戎)少子景,河间相,演之、庆之、昙庆、怀文其后也。"其兄弟也并不都以"之"字为名。据陈寅恪《天师道与滨海地域之关系》①一文所说,以"之""道""灵"等字为

---

① 见《陈寅恪史学论文选集》,上海古籍出版社1992年版。

名,可能与信仰天师道有关。王元化先生也早就指出,刘勰一家和天师道的关系"确实值得研究"(参见1983年《〈文心雕龙创作论〉第二版跋》)。值得注意的是《宋书·刘秀之传》仅说兄钦之、弟粹之(秀之弟恭之因受海陵王事牵连,故秀之传中未提及,事见《宋书·海陵王传》),包括刘岱墓志,均未提到有灵真。后来,王元化在《刘勰身世与士庶区别问题》一文中,指出此谱系中所说刘氏系汉齐悼惠王肥后代不可靠,认为在南朝"专重姓望门阀的社会中,为了抬高自己的身价,编造一个做过帝王将相的远祖是常见的事。因此,到了后出的《南史》就把《宋书·刘穆之传》中'齐悼惠王肥后'一句话删掉了。这一删节并非随意省略,而是认为《宋书·刘穆之传》的说法是不可信的"。王元化先生在《补记》中还指出:"《晋书》于汉帝刘氏之后,多为之立传。""《列传五十一》载'刘胤为汉齐悼惠王肥之后',但他的籍贯并非东莞莒县,而是东莱掖人。"(以上见《清园论学集》)1981年,程天祜在《刘勰家世的一点质疑》一文中提出:"《梁书·刘勰传》的'祖灵真,宋司空秀之弟也'这句话,在《南史·刘勰传》中,完全删去了。"他以为这就是《南史》作者"认为'失实''常欲改正'的地方"。又说:"按照《宋书》的体例,如果秀之真有一个弟弟灵真,是不可能不记的。"《南史》的删节有多种原因,可是,这句话是体现其家族身份的重要关键,按《南史》的编撰方法是不应该删的。牟世金《汇考》充分肯定了王、程之说,他说:"王、程二说是。晚出之《南史》以家传为体例,以同族通宗者合为一传。如《梁书·文学传》共二十五人,《南史》将其中到沉等十四人合入家传,而不列《文学传》。穆之、秀之二人,《宋书》原分为两传,《南史》合为《刘穆之》一传,且将穆之子虑之、虑之子邕、邕之子彪,穆之子式之、式之子瑀、敳,敳子祥,穆之从子秀之等,均合入此传。其中不仅无虑之、式之、秀之兄弟灵真、灵真子尚、尚子勰,还列刘勰入《文学传》而删'祖灵真,宋司空秀之弟也'句,则灵真与穆之、秀之本非同宗可知。衡诸刘勰一生行事及其思想,亦于刘秀之一宗无涉。"我们从南朝史书记载看,凡记载刘穆之、刘秀之一系的各篇传记,都没有涉及刘勰一系。所以,牟世金这个论断是可信的。《南史》编撰方法的最大特点是按门阀世族谱系立传,它对《刘勰传》的处理,充分说明了《南史》作者认为刘勰一系和刘穆之、刘秀之一系是没有直接关系的。从这个角度看,删除这句话确实有程天祜所说之意。不过,说刘勰和刘秀之一宗完全无涉也不尽妥善,《南史》所删《梁书》的这句话,与删《宋书·刘穆之传》"汉齐悼惠王肥后"一句一样,认为都有攀附名门望族而并不真实之意,但这两句话性质不完全相同,"汉齐悼惠王肥后"是虚指,而"宋司空秀之弟也"是实指,因此,后者不一定完全都是凭空编造,在攀附名门望族之外,可能还是有某些根据的。因为刘勰和刘穆之、刘秀之同属东莞刘氏,从家族谱系上灵真和秀之可能属同一辈而年龄略小,系远房兄弟,故而叙述得那么具体。但从实际社会地位和家属关系上说,刘勰一系和刘穆之、刘秀之一系,并无什么直接联系。而像王利器《文心雕龙校证》中那样据刘穆之、刘秀之的情况来说明刘勰是高门士族出身,根据就不充分了。何况,诚如王元化所已经指出的,实际上刘穆之、刘秀之位列三公,食邑千户,也没有被当时社会认为是高门士族,《南齐书·刘祥传》记载,刘穆之的曾孙刘祥就被人骂为"寒士",祥亦不以"寒士"为耻。刘秀之一宗的地位比刘穆之一宗要低,所以,刘穆之的孙子刘瑀对其族叔秀之就很看不起,直呼其为"黑面阿秀"(见《宋书·刘瑀传》)。

不过,王元化先生认为刘勰出身于庶族的看法,我觉得似乎还可以再研究。这里的"寒士"并非就指庶族,而是相对于王、谢等高门士族(甲族)来说社会地位低一些的士族,他们一般不能当一二品官。刘穆之、刘秀之生前的最高官职只有三品,死后才追赠一品,所以,他们这一族就属于这种情况。唐长孺先生在《魏晋南北朝隋唐史三论——中国封建社会的形成和前期的变化》①一书的第二篇第二章第一节"南朝士族的结构及其衰弱"中说:"高门大族是士族的最高层,中正品第,所谓'凡厥衣冠莫非二品'中的衣冠,就是指的这些高门。士族低层被称为'寒士''卑微士人''士人之末'等。他们显然也取得了士族最基本的特权即免役,但在门阀序列中仍受到高门的蔑视,在作为门户高低标志的婚、宦上不可能与高门同等。"此点日本学者中村圭尔所著《〈刘岱墓志铭〉考》一文联系刘氏一族的姻亲情况,也有充分的证据论述。② 他指出:"南朝时期,士庶的社会地

---

① 武汉大学出版社1993年版。
② 见上海古籍出版社1995年出版的《日本中青年学者论中国史·六朝隋唐卷》。

位有很大的差别。士阶层的最上层称为甲族,寒士称为次门,次门位于甲族之下。但居于士阶层最底层的寒士又对于在他们之下的庶民阶层保持绝对的优势。'甲族——寒士(次门)——庶'这种层次分明的社会构成与不同通婚集团之间存在着有机联系。"高门甲族与一般士族是不通婚的。按,《新唐书·柳芳传》云:"过江则为侨姓,王、谢、袁、萧为大;东南则为吴姓,朱、张、顾、陆为大。"这是说的南朝后期情况,萧氏在南朝初期并不能和王、谢并列。王、谢、袁、萧和朱、张、顾、陆都属于高门甲族,但他们之间也往往互相看不起。如《世说新语·方正》篇记载:"王丞相初在江左,欲结援吴人,请婚陆太尉。对曰:培塿无松柏,薰莸不同器。玩虽不才,义不为乱伦之始。"王导为北方南下的王、谢高门,陆玩为南方顾、陆高门,陆玩就看不起王导。又如在萧氏称帝后,对南方大族就很看不起,《南史·侯景传》记载:"(侯景)又请娶于王、谢,(梁武)帝曰:'王、谢门高非偶,可于朱、张以下访之。'"至于南下的一般北方士族,如东莞刘氏、东海徐氏、高平檀氏、河东裴氏、东海王氏(琅邪王氏、太原王氏为甲族)等,则比北方来的高门甲族和南方当地的高门甲族都要低一等。所以,从刘岱墓志铭中可以看出,其姻亲均为高平檀氏、河东裴氏、东海王氏这一层次。刘勰一系属东莞刘氏,亦为层次较低的士族,因此,说他是地位低下的庶族出身恐怕不是很妥当。

第二节 关于刘勰父亲刘尚及其任越骑校尉和去世的时间

《梁书·刘勰传》对刘勰父亲刘尚没有详细的叙述,只说他曾任越骑校尉,早死。但研究刘尚的情况对我们研究刘勰的身世是很重要的。上面已经说过,刘勰父祖一系可能和刘宋时代官场显赫的刘穆之、刘秀之一系并无直接关系,但他父亲刘尚为刘宋时代越骑校尉,系汉置五校尉之一,据《宋书·百官志》:"越骑掌越人来降,因以为骑也;一说取其材力超越也。""五营校尉,秩二千石。"(按,牟世金《文心雕龙研究》据《隋书》谓越骑校尉秩千石,盖误,秩千石乃陈制)属四品,说明也是一个不小的官职,绝非贫寒人家。只是因其父早死,才家道中落。这也涉及刘勰为什么"不婚娶"的问题,过去研究者认为他是因为"家贫"或"信佛"才"不婚娶"的,但这都缺乏说服力,他虽入定林寺十余年但并未出家,他家道中落是事实,但还不至于穷到无钱婚娶。这个问题也许可以从上面说到的日本中村圭尔《〈刘岱墓志铭〉考》对南朝士族联姻状况的考察得到一些启发。中村在他的文章中举出了很充分的例证,说明南朝不仅士庶之间不通婚,而且士族中不同层次之间一般也是不通婚的。刘勰由于父亲早死,到他应该成家的年龄,家境已远非昔比,四品官吏的门第和实际衰落的现状形成了很大的矛盾,婚姻上已处于高不成低不就的矛盾之中。从这个意义上也可以说"不婚娶"是因为"家贫",但并非无钱婚娶。因此,他进入定林寺依靠僧祐,欲借僧祐的地位和影响结交上层权贵,寻求仕途出路,也许是很自然的。

研究刘尚的情况还涉及刘勰是否确实生于京口、世居京口的问题。因为《梁书·刘勰传》并没有说他"世居京口",杨明照先生在《梁书刘勰传笺注》中说刘勰"世居京口",是根据《宋书》的《刘穆之传》和《刘秀之传》,按照刘勰祖父刘灵真与刘秀之是亲兄弟关系来确定的。如果刘灵真和刘秀之并非同父母兄弟,只是远房辈分相同,那么就很难说刘勰也一定是"世居京口"了。当然,刘勰的祖先属东莞刘氏,南迁后居京口应该是没有问题的。然而,其后是否有变化则是值得探讨的问题。特别应当引起我们重视的是:刘勰父亲刘尚既为越骑校尉,当在京师供职,四品官的家眷很可能即在京师。他在刘勰年幼时去世,故刘勰也很可能出生于京师建康,一直居住在京师建康,而并非生于京口、居于京口。这与他后来入定林寺依僧祐也是有关系的,因为僧祐应萧子良邀请在京师宣讲佛法,声名大振,刘勰很可能因此受到影响。刘勰家在京师自然有机会多次听僧祐讲论佛法,也了解僧祐在当时社会上的重要地位,以及他和萧子良等南齐当政人物的密切关系。刘勰若是居于京口,又幼年丧父,家境衰落,如何能有机会听僧祐讲论佛法、接近僧祐,并入定林寺依托僧祐,而又不出家呢?刘勰为什么"不婚娶"和是否"世居京口"这两个问题,我以为是目前研究刘勰身世中还没有注意到和论述得不充分的问题,其原因是大家对刘勰父亲刘尚的情况缺乏研究,也不够重视。刘勰的父亲刘尚何时为刘宋越骑校尉,何时去世,去世原因,均世无明文,已不可确考,但这与了解刘勰身世、确定刘勰生年是有关系的。台湾李曰刚、王更生、龚菱以为是"病逝",均无依据。牟世金《汇考》以为是元徽二年(474)战死于建康,亦为猜测之说,他所说的一些根据亦可商榷。我们从刘宋时代之越骑校尉之任职状况中可以看出:除元嘉元年(424)至大明七年(463)的四十年中,越骑校尉之职可考者仅三人(元嘉二十三年之张永、孝建元年之王景文不拜、大明年间之刘秉)外,大都可以查考,无同时任职者。诚如《宋书·百官志》所说,自泰始以后,确多以军功为此官,而并无复员。同时,我们还可以看到刘宋六十年中,自大明八年(464)至元徽二年这十年里,越骑校尉之职是安排得比较满的,只有泰始四年至六年(468—470)之间,刘尚有可能任越骑校尉。根据刘勰幼年丧父,又从三十岁后开始写《文心雕龙》,公元498年以后才完成的情况看,刘尚任越骑校尉也不大可能在大明七年以前或元徽三年(475)后。《梁书》未言刘尚任过其他职务,又说"勰早孤",说明刘尚死得很早,而越骑校尉属四品,不是一开始为官就能当的,所以他当是死于越骑校尉任上。如果刘尚是在大明七年前任越骑校尉,则刘勰生年应在此之前几年,最晚也在460年前后,则下距《文心雕龙》写成达四十余年,《文心雕龙》该不会写了近十年吧;如果刘尚是在元徽三年后任越骑校尉,则刘勰生年最早也要到470年左右,下距《文心雕龙》写成不到三十年,这就不符合"齿在逾立"始"搦笔""论文"。因此,刘尚之为越骑校尉可能性最大的是在468—471年这段时间之内(关于刘尚任职的情况,我在《有关刘勰身世几个问题的考辨》一文中有详细考证,文章收入我的《文心与书画乐论》一书)。

第三节 关于刘勰的生年和入定林寺的时间与原因

刘勰的生年史无明文,一般都是依据对《文心雕龙》成书年代的考订而推算出来的。因为《文心雕龙·序志》篇中有"齿在逾立,则尝夜梦执丹漆之礼器,随仲尼而南行……于是搦笔和墨,乃始论文"之语,可见他开始酝酿写《文心雕龙》大约在三十岁刚过不久。但是,《文心雕龙》究竟写了多长时间,确切成书于何时,也颇难确考。对此,历来有不同看法。现存各种版本《文心雕龙》一般都题"梁刘勰撰",故也有人认为是成书于梁代。但是大多数学者还是同意清代刘毓崧《通义堂文集·书文心雕龙后》一文中的意见,认为书当成于南齐末年。刘毓崧的这个看法,论证比较充

分,从目前来看仍是不可推翻的。其云:

> 《文心雕龙》一书,自来皆题梁刘勰著,而其著于何年,则多弗深考。予谓勰虽梁人,而此书之成,则不在梁时,而在南齐之末也。观于《时序》篇云"暨皇齐驭宝,运集休明,太祖以圣武膺箓,世祖以睿文纂业。文帝以贰离含章,高宗以上哲兴运,并文明自天,缉遐(原注:遐,疑当作熙)景祚。今圣历方兴,文思光被"云云,此篇所述,自唐虞以至刘宋,皆但举其代名,而特于"齐"上加一"皇"字,其证一也。魏晋之主,称谥号而不称庙号,至齐之四主,惟文帝以身后追尊,止称为帝,余并称祖称宗,其证二也。历朝君臣之文,有褒有贬,独于齐则竭力颂美,绝无规过之词,其证三也。东昏上高宗之庙号,系永泰元年八月事,据"高宗兴运"之语,则成书必在是月以后。梁武帝受和帝之禅位,系中兴二年四月事,据"皇齐驭宝"之语,则成书必在是月以前。

按,永泰元年为公元498年,中兴二年为公元502年,其间相距不到四年。刘氏又指出:"所谓'今圣历方兴'者,虽未尝明有所指,然以史传核之,当是指和帝而非指东昏也。"刘氏的理由是《梁书·刘勰传》说刘勰《文心雕龙》书成之后,曾欲取定沈约,沈约时正值"贵盛"之际;而沈约的"贵盛"实自和帝时始。由此推定《文心雕龙》成书当在齐末,大约公元501—502年之间。刘氏的说法基本是可信的,但"今圣历方兴"是否一定指和帝而非东昏,也很难说,因沈约"贵盛"也不能说就一定始自和帝,至周振甫在《文心雕龙注释》中《梁书·刘勰传》注〔13〕说"疑专颂梁武",更属臆测,且与他《时序》篇注〔54〕说"圣历:指齐代国运"说相矛盾。但《文心雕龙》成书于永泰元年(498)后,则可确认。据《梁书·刘勰传》"天监初,起家奉朝请"的记载及498年后《时序》篇已经写完的情况看,《文心雕龙》成书不会在和帝时代,而应该是在东昏即位后不久,亦即公元499年左右。然而,像《文心雕龙》这样一部"体大思精"之作,涉及文类又这样广泛,刘勰由起草到写定,显然不可能是一朝一夕之功。但是,以刘勰的才学来看并非"覃思之人",不会像张衡那样"研《京》以十年",也不会如左思那样"练《都》以一纪",不过,他在定林寺还要帮助僧祐做很多佛学方面的工作,不可能集中全部精力去写《文心雕龙》,因此写三五年应该说是很正常的。也就是说刘勰开始写作《文心雕龙》约在公元496年,而"齿在逾立"当是刚过三十不久,按此上推三十一年,那么,刘勰之生年在公元466年左右。现在,根据我们对刘尚任越骑校尉的时间考定,也为我们研究刘勰生年多了一个参照。刘尚约死于469年或470年,此时刘勰只有四五岁,是符合《梁书·刘勰传》"早孤"之说的,因为父亲死得早,后来家道中落,所以本传有"家贫不婚娶"之记载。

不过,刘勰在这样的家庭环境里长大,从政治上寻求出路很自然地成为他青年时代思想的主流,其仕进愿望是十分强烈的。这一点刘勰自己在《文心雕龙·程器》篇中就说得很清楚。其云:

> 盖士之登庸,以成务为用。……安有丈夫学文,而不达于政事哉。……是以君子藏器,待时而动,发挥事业,固宜蓄素以弸中,散采以彪外,梗楠其质,豫章其干,摛文必在纬军国,负重必在任栋梁,穷则独善以垂文,达则奉时以骋绩:若此文人,应梓材之士矣。

这就是他所奉为圭臬的那种儒家积极进取的态度。然而,在当时的门阀社会里,像刘勰那样比较低级的士族,父亲又早死,他要在仕途上有所发展,真是谈何容易!对此,刘勰是有许多牢骚和不满的。他在《文心雕龙·程器》篇中说道:

> 盖人禀五材,修短殊用,自非上哲,难以求备。然将相以位隆特达,文士以职卑多诮:此江河所以腾涌,涓流所以寸折者也。名之抑扬,既其然矣;位之通塞,亦有以焉!

鲁迅在《摩罗诗力说》中借此数语批评"东方恶习",绝不是偶然的。它确实比较充分地表现了封建社会中不属于高门望族的文人一种带有普遍性的愤慨情绪。刘勰这种思想与左思在《咏史》诗中所说"世胄蹑高位,英俊沉下僚。地势使之然,由来非一朝"是完全一致的。刘勰既然抱定了这样一种人生处世态度,为什么又在很年青的时候就进入定林寺"依沙门僧祐",而且"与之居处积十余年"之久呢?刘勰入定林寺的时间大约在南齐永明七八年间(489—490)。因为他是在梁天监初"起家奉朝请",并于天监三年(504)起任中军临川王萧宏记室,当是在这期间离开僧祐和定林寺。据《高僧传》记载,定林寺僧超辩死于永明十年(492),而刘勰为之作碑文,僧柔死于延兴元年(494),刘勰亦为之作碑文,可知他必于永明十年前进入定林寺。由他"起家奉朝请"时上推"十余年",正好是永明七、八年之际。这时刘勰大约二十三岁左右。而研究刘勰身世的不少学者,如杨明照、张严、王更生等先生,皆以为刘勰入定林寺是受僧祐入吴讲论佛法影响,在此之后,其实这是错误的。此说最早是杨明照先生在1941年的《梁书刘勰传笺注》中提出的,他说:"舍人依居僧祐,博通经论,别序部类,疑在齐永明中僧祐入吴试简五众,宣讲十通,造立经藏,抽校卷轴之时。"杨先生后来在修订的新笺中对此没有改动。但杨说是比较笼统的,因为据《高僧传·僧祐传》记载:"永明中,敕入吴,试简五众,并宣讲十诵,更申受戒之法。凡获信施,悉以治定林、建初,及修缮诸寺,并建无遮大集舍身斋等,及造立经藏,搜校卷轴,使夫寺庙开广,法言无坠,咸其力也。"这里自"凡获信施"后,实际上都是在吴讲论佛法结束、回到京师以后之事,有相当长的时间。但杨说给人的印象是刘勰是在受到僧祐入吴讲论佛法的影响以后,才去了定林寺,所以很多研究者就据杨说,明确把刘勰入定林寺定在僧祐入吴之后。然而牟世金《刘勰年谱汇考》已经指出,根据道宣《续高僧传·明彻传》"齐永明十年,竟陵王请沙门僧祐三吴讲律"记载,僧祐入吴是在永明十年,此年刘勰已为定林寺名僧超辩去世撰写碑文,显然早已入定林寺①。但牟著又说:"据上引《略成实论记》,子良请祐讲律,'名德七百余人',既在永明七八年间,则敕之入吴,必在永明八年正月二十三日之后。由此推知,纵据僧祐入吴时间推算,刘勰依僧祐入定林寺,亦应在永明八年二月以后。"《略成实论记》所说"八年正月二十三日解座",不是指讲论佛法到此时结束,而是说僧柔、慧次等"抄比

---

① 慧皎《高僧传·超辩传》:"释超辩,姓张,燉煌人。……后还都止定林上寺。……以齐永明十年终于山寺,春秋七十有三,葬于寺南。沙门僧祐为造碑墓所。东莞刘勰制文。"

《成实》,简繁存要,略为九卷"到正月二十三日结束。牟著在这里似乎又给人以刘勰于僧祐入吴后才进入定林寺之印象。刘勰当时不管是住在京师还是京口,都不可能去吴中听僧祐宣讲佛法。他也不一定非要在永明八年二月以后才入定林寺,在目前尚不能确考的情况下,只能说他是受僧祐在京师讲论佛法的影响,大约在永明七八年入定林寺。

关于刘勰青年时代入定林寺依沙门僧祐的原因,学术界有两种代表性的观点,一说由于家贫,一说由于信佛。但是,我们认真研究这两种说法,似均未妥。杨明照先生在《文心雕龙校注拾遗》一书中的《梁书刘勰传笺注》一文中说:

> 按舍人早孤而能笃志好学,其衣食未至空乏,已可概见。而史犹称为贫者,盖以家道中落,又早丧父,生生所资,大不如昔耳。非以家徒壁立,无以为生也。如谓因家贫,致不能婚娶,则更悖矣。……然则舍人之不婚娶者,必别有故,一言以蔽之,曰信佛。……《高僧传》卷十一释僧祐传:"年十四,家人密为访婚,祐知而避之定林,投法达法师。达亦戒德精严为法门梁栋。祐师奉竭诚,及年满具戒,执操坚明。"舍人依居僧祐,既多历年所,于僧祐避婚为僧之事,岂能无所闻知,未受影响?

杨明照先生虽未明言刘勰因信佛而入定林寺,但既以为他缘信佛而不婚娶,则依僧祐之原因当亦不言而明。王元化先生在《文心雕龙创作论》中则说:

> 当然,不可否认,刘勰入定林寺可能还有其他原因,如佛教信仰以及便于读书等等(当时的寺庙往往藏书极丰)。不过,我们不能把信仰佛教这一点过于夸大,因为他始终以"白衣"身分寄居定林寺,不仅没有出家,而且一旦得到进身机会,就马上离开寺庙登仕去了,足证他在定林寺时期对佛教的信仰并不十分虔诚。再就刘氏家世来看,亦非世代奉佛,与佛教关系并不密切。他自称感梦撰《文心雕龙》,梦见的是孔子,而不是释迦。《文心雕龙》书中所表现的基本观点是儒家思想,而不是佛教或玄学思想。这一切都充分说明他入定

林寺依沙门僧祐居处的动机并不全由佛教信仰,其中因避租课徭役很可能占主要成分。至于他不婚娶的原因,也多半由于他是家道中落的贫寒庶族的缘故。

王元化先生对刘勰不是因为信佛才入定林寺的论述是很有根据的,也是有说服力的。而且我们应当看到当时社会中很多笃信佛教的人并不一定入佛寺,而入佛寺者也并非都因为虔诚信佛。不过,王元化先生认为刘勰是因为家贫避租课徭役而入定林寺之说,则似尚可商榷,其理由尚不足以否定杨明照先生所提出的非为家贫的观点,而且前面我们已经说过,其父曾为四品之官,绝不会贫困到交不起租赋。"家贫"是指家庭情况远不如其父为四品官时,"不婚娶"是和当时士族的婚姻习俗有关的。当时士族之间的通婚十分讲究门第的对等,不仅士庶之间不通婚,而且像王、谢、袁、萧等北方高门望族和中下士族一般也不通婚,中层士族和下层士族一般也不通婚。刘勰之"不婚娶",是和其家庭由四品官职家庭演变为普通士族家庭有关的,实际上他已经陷入高不成低不就的难以解决的境况。所以,我们认为杨、王两位先生在否定对方立论方面都是有说服力的,而在自己立论方面则都不充分。这恐怕是由于刘勰之入定林寺依沙门僧祐既非为家贫,亦非为信佛,而是别有更重要的原因。

根据我初步研究的结果看,刘勰入定林寺依沙门僧祐的主要目的,是要借助和僧祐的关系,利用僧祐的地位,以便结交上层名流、权贵,为自己的仕进寻求出路,而这一点是可以从当时的社会现实状况和他本人的实际遭遇、经历得到证明的。

齐梁之际,佛教降盛。信佛诵经成为社会上一种时髦的风尚。世家大族、帝王权臣、皇亲国戚,莫不以崇佛为嗜好,以能拜名僧为师为荣。著名佛寺乃是权贵名流出没之所,听讲佛法成为上流社会重要的社会活动,帝王权臣都争相组织佛事活动。此种盛况,汤用彤先生在《汉魏两晋南北朝佛教史》第十三章曾以极丰富材料做了详尽论说,我们这里就不再赘言了。汤用彤先生又说:"南朝佛法之隆盛,约有三时,一在元嘉之世,以谢康乐为其中巨子,谢固文士而兼擅玄趣。一在南齐竟陵王当国之时,而萧子良亦奖励三玄之学。一在梁武帝之世,而梁武帝亦名士,而笃于事佛者。"刘勰的一生就经历了竟陵王萧子良和梁武帝萧衍所处的两个佛法隆盛时期,而僧祐正是在南齐竟陵文宣王萧子良当政时期出了名,而到梁武帝执政时期红极一时的名僧。他不仅是当时佛教界的重要人物,而且是在齐梁两代享受政治上特殊待遇、与齐梁两代一些主要执政者关系异常密切的重要人物。根据梁代高僧慧皎写的《高僧传·僧祐传》记载,僧祐本姓俞,"父世居于建业"。僧祐年幼时即好佛,曾拜建初寺僧范为师。十四岁时因逃避婚事而至定林寺,投奔法达法师。这是在宋孝武帝大明二年(458)。"及年满具戒,执操坚明。初受业于沙门法颖。颖既一时名匠,为律学所宗。祐乃竭思钻求,无懈昏晓,遂大精律部,有迈先哲。齐竟陵文宣王每请讲律,听众常七八百人。"法颖本是佛学中律学的大师,齐高帝萧道成即帝位后,曾封他为僧王,为一代名僧。他在齐建元四年(482)死后,佛教中精通律学的权威就由他的弟子僧祐担当起来了。齐竟陵文宣王萧子良当国之时,就非常敬重僧祐,而僧祐也就名声大盛了。考《高僧传》所载萧子良请僧祐讲论佛法,据前引《南齐书·竟陵文宣王传》记载当在南齐永明五年(487)前后。后来在永明十年还到吴中讲论佛法。可见,僧祐正是在法颖死后、齐永明中萧子良提倡佛教的情况下声名大振的。而刘勰之投奔僧祐,也正是在僧祐成为名僧,受到南齐主要当政者的推崇和重视之后。

刘勰在定林寺长达十余年,是僧祐的得力助手。本传说他"博通经论,因区别部类,录而序之。今定林寺经藏,勰所定也"。杨明照先生《梁书刘勰传笺注》说:"僧祐使人抄撰诸书,由今存者文笔验之,恐多为舍人捉刀。"这是有道理的。但刘勰却始终没有在定林寺出家,且在定林寺后期所撰之《文心雕龙》充满了儒家经世致用观点,正说明他虽身居佛寺,而心实存魏阙也。特别是他在入梁之后很快登仕,累官不止,正是他投奔僧祐后结识名流权贵的结果。天监初,首先提拔刘勰为官的临川王萧宏,是梁武帝萧衍的异母弟弟,萧宏就曾在定林寺拜僧祐为师。在梁王朝建立以前,显然由于僧祐的关系,他和刘勰大约早已熟识,有过交往。故而梁武帝即位不久,萧宏由临川王晋封为中军将军之后,即招请刘勰任其记室。杨明照先生说:"意萧宏往来定林寺顶礼僧祐时,即与舍人相识,且知擅长辞章,故于起家奉朝请之初引兼记室。"又说:"王府记室之职,甚为华要,专掌文翰。"显然,萧宏是很赏爱刘勰的。刘勰在萧宏手下当记室时间也很长,约有七八年之久。刘勰终齐之世不得一官,而入梁之后立即"起家奉朝请",后又连续为官二三十年,受到梁武帝一家之赏识,这绝不是偶然的。梁武帝一家与僧祐的关系是十分密切的。早在齐代,梁武帝萧衍在竟陵文宣王萧子良门下时,与沈约、任昉等,号称"竟陵八友",那时已和僧人有许多接触,和僧祐自然也是老关系了。梁武帝即位之后,对僧祐则更加敬重了。据《高僧传·僧祐传》记载,"今上深相礼遇,凡僧事硕疑,皆敕就审决。年衰脚疾,敕听乘舆入内殿,为六宫受戒,其见重如此"。《高僧传》作者慧皎为梁时人,其谓"今上",即指梁武帝。梁武帝之妃丁贵嫔是皇太子萧统的母亲,据《高僧传》记载也是拜僧祐为师。萧统也笃信佛教,史书上未记载他与僧祐之关系,这大约是因为他年龄小的关系。僧祐死时他刚刚十八岁。此外,刘勰和梁武帝萧衍的另一个异母弟弟南平王萧伟(先封为建安王)的关系也很密切。萧伟也是拜僧祐为师的。刘勰曾为他写《梁建安王造剡山石城寺石像碑》一文。据《高僧传·僧祐传》,此石像建成于梁天监十五年(516)春。刘勰写作此文当亦在此年或此年前后。同时,刘勰还当过梁武帝的儿子南康王萧绩的记室。从他为官的情况看,基本上都是在梁武帝的近亲、世子手下,说明他和梁武帝一家的关系非同一般。他并没有什么社会地位,不过是一介寒士,能受此厚遇,除了他本身的才华之外,恐怕主要是赖僧祐之力,这是很显然的事。刘勰看来也并非政治上的经世之材,他的长处是在既通佛学,又擅辞章,充当文书幕僚倒是一块好料。《梁书》本传曾言:"勰为文长于佛理,京师寺塔及名僧碑志,必请勰制文。"这当然也是他在定林寺期间刻苦好学的结果。定林寺是当时著名大寺庙,其丰富的藏书自然也给刘勰的成长提供了重要的客观条件。不过,在那个社会里,仅仅依靠才学是不行的,没有政治上的靠山,才学再高也是踏不进仕途的。因此,刘勰之入定林寺依沙门僧祐又并不出家,"待时而动",其欲走僧祐这一条特殊的终南捷径,也就很明显了。

第四节 关于刘勰入梁后的仕宦情况

刘勰于梁武帝天监初年即"起家奉朝请",但究竟在天监元年

(502)还是在天监二年(503),很难确定。王金凌先生《刘勰年谱》系在元年,王更生先生《梁刘彦和先生年谱》、牟世金《刘勰年谱汇考》均系在二年。相比较而言,后者更为合理一些。因梁武代齐在天监元年(即中兴二年)四月,初建新朝,诸事繁杂,以刘勰的社会地位,不可能即刻在朝廷受到重视。而至天监二年局面已经比较稳定的情况下提拔刘勰,似较为符合实际。刘勰任中军临川王记室当在天监三年,因是年萧宏进号中军将军,各家于此均无异议。但对刘勰何时为车骑仓曹参军,则说法很不一致。杨新笺定为天监八年(509)是对的,刘勰于天监七年(508)曾参与梁武帝命释僧旻等于定林寺抄经,其时之身份仍为临川王记室,此据《续高僧传》之《僧旻传》可证。牟世金《刘勰年谱汇考》不同意杨新笺的看法,而同意王金凌、王更生年谱系年,谓刘勰迁车骑仓曹参军在天监四年(505),但认为刘勰系任当时车骑将军夏侯详之仓曹参军,均误。据《梁书·武帝纪》,天监八年四月以"司徒、行太子太傅临川王宏为司空、扬州刺史,车骑将军、领太子詹事王茂即本号开府仪同三司"。王茂于天监七年正月进号车骑将军,八年四月接替萧宏开府仪同三司,刘勰当于此时为王茂之车骑仓曹参军。刘勰出为太末令当在其为车骑仓曹参军后不久,看来王茂并不太看重他,让他离开京师到浙江为官,其时当在天监八年秋冬。本传说刘勰在太末令任上"政有清绩",当有两年左右时间,然后转到萧绩府中任记室,这就比较顺理成章了。

刘勰"除仁威南康王记室"当在天监十年(511)萧绩进号仁威将军之后,于此各家均无异说,但或系十年(如王更生年谱、王金凌年谱)或系十一年(如杨明照新笺),微有差别,此亦难以确切断定。刘勰兼东宫通事舍人时间,王更生年谱定在天监十六年(517),系据何融《萧统年表》天监十六年下云"刘勰时兼东宫通事舍人",然何表亦未明言刘勰何时起始为东宫通事舍人,故根据并不充分。王金凌年谱系于天监十年与任仁威南康王记室同时,后牟世金《汇考》亦持此说,并有详考,但说两职一定是同时领受,亦颇勉强。《隋书·百官志》谓梁东宫通事舍人"多以他官兼领"。按,天监十年仁威南康王萧绩年方七岁,刘勰为其记室当主要在萧绩王府,东宫通事舍人只是"兼领"。王更生年谱所系略嫌晚一些,当在除南康王记室后不久也。其离任南康王记室应在天监十六年,因是年萧绩"征为宣毅将军、领石头戍军事"(《梁书》卷二十九《萧绩传》)。刘勰当于此时入值东宫,专为昭明太子通事舍人。

刘勰迁步兵校尉当在上表陈二郊宜与七庙同用蔬果获准后,各家所说皆同。但刘勰上表在何时,则各家所说不同。杨旧笺在天监十八(519)年正月后,因天监十六年天子祭天于南郊后,至天监十八年始又有祭南郊之记载。王金凌年谱同杨旧笺,并谓南北郊祭祀间岁进行,但梁采取合祭方式,故自天监十六年十月改用蔬果后,"二郊农社,犹有牺牲"当在天监十八年正月后,意谓十七年二郊不祭也。王更生年谱亦取杨旧笺及王金凌说。然此说有误,南郊祭天配帝,皇上亲自前往;北郊祭地配后,皇上并不参加。故史书本纪只记天子赴南郊祭祀,不记北郊祭祀事。梁代南北郊祭原为间岁进行,至普通二年(521)四月始改为南北郊合祭,刘勰上表时尚未合祭。王金凌年谱于此则未深察。故后来杨新笺改刘勰陈表在天监十七年(518)八月后,已明"二郊"非仅指南郊,亦指北郊,本传所说"二郊农社,犹有牺牲"之"二郊",应是指天监十七年正月之北郊祭祀。但对梁代何时起南北郊合祭则未加说明,而定十七年八月后谓正月祭北郊与春秋农社之祭也。牟世金《汇考》则取杨新笺刘勰陈表与僧祐等上启"如出一辙"说,谓僧祐等上启与刘勰上表均在十七年五月前,因僧祐死于五月也。是时正月北郊祭与农社春祭犹用牺牲,则刘勰之陈表当在天监十七年二月至五月间,这是比较符合实际的。但《汇考》因未见到王金凌《刘勰年谱》,故未能对"二郊"祭祀情况做出分析。刘勰迁升步兵校尉在陈表被梁武帝采纳之后,故应在天监十七年四五月后。

第五节 关于刘勰的卒年

刘勰的卒年,史无明文。范文澜注认为僧祐于天监十七年死后,其整理佛经工作尚未结束,故梁武帝命刘勰与慧震去定林寺撰经,完成其未竟之业。撰经约需一二年时间,故刘勰之卒应在普通元年(520)或普通二年。王更生年谱定刘勰之卒在梁武帝普通三年(522),系刘勰受命与慧震在定林寺撰经在普通元年,乃依杨旧笺所说:"舍人任步兵校尉,兼东宫通事舍人,在天监十八年。则此次奉敕,当在十八年或普通元年,惜慧震事迹,他不可考,故无从旁证。"王金凌系刘勰与慧震撰经于天监十八年,刘勰之死亦定在普通三年。牟世金《汇考》所定刘勰卒年与王更生、王金凌同,然谓撰经始自天监十八年,而完成于普通元年,燔发出家在普通二年。自范注到二王年谱,到《汇考》,对刘勰自迁步兵校尉至去世的基本认识是一致的,只在具体系年上有微小差别。然李庆甲在《刘勰卒年考》《再谈刘勰的卒年问题》①中,依据南宋释祖琇《隆兴佛教编年通论》、南宋释志盘《佛祖统记》、南宋释本觉《释氏通鉴》、元释念常《佛祖历代通载》、元释觉岸《释氏稽古略》之记载,谓刘勰卒于萧统死后,在中大通四年(532)。杨新笺亦依上述佛典因定刘勰之卒在萧统死后数年,约大同四五年(538—539)间。盖因此五种佛典之说法不同:《隆兴佛教编年通论》谓萧统死及刘勰出家在"三年四月",书于"大同元年"条下,故杨新笺说刘勰出家在大同三年(537),但指出祖琇系萧统死于大同三年是错误的。李庆甲说祖琇排列有问题,实际是指中大通三年(531),《佛祖历代通载》在吸收《通论》成果时对其排列做了调整,明确指出刘勰卒年为"辛亥"(即中大通三年)。李庆甲的论说是正确的。《佛祖统记》把《通论》记载理解为"大同三年",遂明确系萧统死于此年,刘勰出家在大同四年,均误。《释氏通鉴》《释氏稽古略》载萧统之死在中大通三年是对的,但说刘勰出家在大同二年(536)则无据。李庆甲又按照正史合传以传主卒年为序的惯例,考证了《梁书·文学传》二十三个主要传主的排列与其卒年的关系,指出:"《刘勰传》排列于第十三位。刘勰前面的十二人中载明卒年的六人,时间都在萧统死去的中大通三年之先;未载明卒年的六人,粗看也可看出他们都死于萧统之先。刘勰后面的十人中载明卒年的五人,时间都在萧统去世之后;未载明卒年的五人,粗看也可看出他们都死于萧统之后,而明确记载死于'昭明太子薨'之后的何思澄、刘杳二人的传分别排列于第十五、十六位,与《刘勰传》靠得很近,中间只隔一个《王籍传》。这里,通过对《梁书·文学传》所载主要传主的卒年作鸟瞰式的查考,已可初步看出祖琇的记载是具有一定的可靠性了。"杨明照先生也肯定《梁书·文学传》按卒年排列之说,但他和李庆甲对刘勰前面的谢几卿的卒年之考

---

① 《刘勰卒年考》发表于1978年中国社会科学出版社出版的《文学评论丛刊》第一辑,《再谈刘勰的卒年问题》发表于复旦大学出版社1985年出版的《中国古典文学丛考》第一辑,后均收入李著《文心识隅集》,上海古籍出版社1989年版。

定很不同,所以得出的刘勰卒年差别就很大了。不过,杨笺在考证谢几卿卒年上有误,李文在考证何思澄卒年上也有误,此均见拙文《有关刘勰身世几个问题的考辨》。应该说《梁书·文学传》中以卒年先后的次序排列是不错的,故刘勰之卒年当在527年至536年之间,元释念常《佛祖历代通载》的说法是有道理的。从现在研究的成果看,李庆甲所说刘勰死于中大通四年还是比较有根据的。

不过,定刘勰卒年在中大通四年有一个问题还需要研究,这就是自刘勰任步兵校尉后至其去世的十余年中的活动踪迹无考,其实这和以下三个问题直接相关:一是刘勰任步兵校尉之时间;二是刘勰与慧震到定林寺撰经的时间;三是刘勰是否继续兼任东宫通事舍人,一直到萧统去世。不过,这些问题也可以比较顺利地解决。由于南朝西省军校大都虚衔化了,成为一种荣誉,并不实际领兵,所以步兵校尉同时在任者甚多。根据《梁书·刘杳传》记载,刘杳之为步兵校尉兼东宫通事舍人,一直到萧统死后,在萧纲为太子时仍留任,达五六年以上,所以刘勰为步兵校尉时间也不会很短,而且刘勰自迁步兵校尉后,就没有再任别的官职,可能一直到他出家为止。刘勰与慧震撰经的时间是与刘勰的卒年确定有直接关系的,据本传所言:"有敕,与慧震沙门于定林寺撰经。证功毕,遂启求出家,先燔鬓发以自誓。敕许之。乃于寺变服,改名慧地。未期而卒。"刘勰在与慧震撰经完成之后即要求出家,并得到梁武帝的允许,其改名慧地,不知是否与慧震有关,而后不到一年即去世,也就是说刘勰之死即在与慧震撰经完成后的一年内。由于慧震事迹各种文献均无任何记载,因此只能依据对刘勰卒年的研究来确定其时间。而刘勰卒年的考定,其关键在他究竟死于萧统生前还是萧统死后,这也涉及刘勰和萧统的关系问题。《梁书》本传说刘勰为东宫通事舍人,"昭明太子好文学,深爱接之",此亦为大家所接受,但据《梁书》的《昭明太子传》《刘孝绰传》《王筠传》等的记载,在昭明太子周围,与其"游宴玄圃"、论诗作文的"文学之士"中,确实并没有刘勰。刘勰也没有参与《文选》的编撰。他虽然写了《文心雕龙》,但在当时"未为时流所称",他是以对佛学的精通和擅长写有关佛教的文章出名的,如本传所说:"勰为文长于佛理,京师寺塔及名僧碑志,必请勰制文。"凡当时梁武帝敕命整理佛经方面的事,都要叫刘勰参加。因此,对萧统来说,刘勰主要是他在佛学方面的顾问、参谋、秘书,而不是文学创作方面的顾问、参谋、秘书。"深爱接之"是事实,而其原因则主要还是因为昭明太子不仅爱好文学,也特别虔诚信佛,他们在文学方面也会有很多交流,但由于他们在文学思想上并不完全相同,所以刘勰似乎没有介入萧统和刘孝绰等人的文学圈子的活动。至于刘勰受命与慧震撰经,是否一定是在萧统死后,则很难说,也无确切根据。不过,这与他任东宫通事舍人究竟有多长时间是有一定联系的。刘勰之为东宫通事舍人大概只到普通七、八年为止,后来由刘杳接替。刘勰的离任是由于梁武帝敕命他与慧震到定林寺撰经。大概是因为僧祐死后若干年,佛经整理工作进行得不太理想,所以梁武帝才决定让刘勰和慧震去主持这件工作。撰经工作并不是很容易的,诚如杨明照先生在新笺中所说,"撰经仅有二人,当非短期所能竣事",因此三五年也不算多。由普通末到中大通三年萧统死,也就是五年左右,这段时间刘勰很可能是在定林寺撰经,所以也就没有仕途任职情况的记载。而刘勰之"燔发以自誓","启求出家",可能是与萧统之死有关的。萧统母亲去世,本已十分悲伤,又因其母墓地问题失宠于梁武帝,他的死和心情压抑有关。刘勰与萧统关系密切,自然也不会再受到梁武帝信任,东宫易主,他也不可能再回去,而且年岁也大了,政治上既已没有发展前途,所以就在定林寺出家了。从对上面三方面情况的分析中,可以进一步说明李庆甲所说,按照元释念常《佛祖历代通载》记载,刘勰死于萧统死后,约在中大通四年,确实是比较可信的。

根据对上述几个问题的考辨,我们对刘勰的生平事迹,可以概括为以下这样一个简表:

宋泰始二年(466)

刘勰生。

宋泰始四年至七年(468—471)

刘勰父刘尚出任越骑校尉,并卒于任上。

齐永明七年(489)**或八年**(490)

刘勰入定林寺依沙门僧祐。

齐永元元年(499)或二年(500)

刘勰撰成《文心雕龙》。

梁天监二年(503)

刘勰离开定林寺,起家奉朝请。

梁天监三年(504)

刘勰为临川王萧宏记室。

梁天监七年(508)

刘勰仍为临川王萧宏记室,参与梁武帝命释僧旻等于定林寺抄经。

梁天监八年(509)四月

刘勰离任临川王记室,为车骑将军王茂之仓曹参军。

梁天监八年(509)秋冬

刘勰出为太末令。

梁天监十年(511)

刘勰为仁威南康王萧绩记室,兼领东宫通事舍人。

梁天监十六年(517)

刘勰离任仁威南康王萧绩记室,当于此时入值东宫,为通事舍人。

梁天监十七年(518)

刘勰上表言二郊宜与七庙同,改用蔬果祭祀,得到梁武帝采纳。

梁天监十七年(518)春天以后

刘勰迁太子步兵校尉,继续兼东宫通事舍人。

梁普通七年(526)或八年(527)

刘勰不再兼任东宫通事舍人,由刘杳代替。

梁大通元年(527)前后

刘勰奉敕与沙门慧震在定林寺撰经。

梁中大通三年(531)

刘勰与慧震完成撰经,时萧统已死,刘勰不可能再回东宫,遂燔发自誓,"启求出家",经梁武帝允许,改名慧地。

梁中大通四年(532)

刘勰卒,是年六十七岁。

第六节　关于刘勰的思想和著作

从上述对刘勰的家世和生平事迹的考证和分析中,可以看出他以儒家经世致用作为自己人生处世的原则,这在他的思想中占有比较主要的地位。同时他又精通佛学,笃信佛教,参加了很多佛学活动,做了大量的佛经整理工作。佛教思想对他也有深刻影响。因此,以入梁为界线,把刘勰的思想划分为前后两期,认为他前期以儒为主、后期以佛为主,或认为他前期信佛、后期信儒,都是不妥当的。这里有两个问题需要讲清楚,一是他晚年出家问题,二是关于他现存的两篇佛学著作及其与《文心雕龙》所表现的思想之关系。刘勰一生积极入世而到晚年突然抛弃世俗生涯,决心燔发出家,这是有原因的,诚如我们上面谈他的卒年时已说到的,这乃是他晚年在政治上发展受挫折的结果,同时也是他到了晚年厌倦官场生活,佛教思想起了决定影响性的结果。在当时的社会里,或者说在封建社会里的知识分子中,儒佛并用的人是不少的。"外儒家而内释老",从政出仕以儒家思想为准则,修身养性以佛老为标的,这是很普通的,甚至可以说是文人中的一个相当普遍的现象。刘勰也是如此。他在写作《文心雕龙》前就已经有《灭惑论》的著作。学术界目前对《灭惑论》的写作年代是有争论的。《灭惑论》载于题为僧祐编的《弘明集》中。《弘明集》的编辑是有一个过程的:原先在齐代编成时为十卷,见今本僧祐编之《出三藏记集》卷十二中之《弘明集目录序第八》。刘勰之《灭惑论》在十卷本《弘明集》之第五卷末。又,《出三藏记集》卷十二《释僧祐法集总目录序第三》记载:"《弘明集》十卷。"今传之《弘明集》为十四卷本,此乃入梁后不断补充而成的。僧祐的《出三藏记集》也有一个编辑过程:根据最早的隋代费长房的《历代三宝纪》卷十五记载:"《出三藏记集录》,齐建武年律师僧祐撰。"当时的《出三藏记集》为十卷本,见本书卷十二《释僧祐法集总目录序第三》记载:"《出三藏记集》十卷。"入梁以后不断补充,一直到僧祐去世,故今存的《出三藏记集》为十五卷本。因为南齐建武年间编成的《出三藏记集》所记佛学著作目录中有十卷本《弘明集》,而《灭惑论》又在其中,故可断定《灭惑论》撰于南齐,在《文心雕龙》成书之前。《出三藏记集》的最后成书年代据日本学者兴膳宏先生的考证,当作于梁天监十四年(515)以后的一两年中。《灭惑论》是针对《三破论》而作的。关于《三破论》的作者,学术界有不同意见,据唐代释神清《北山录》卷二的记载,《化胡经》《夷夏论》《三破论》等皆为道教的著作。宋代释德珪《北山录注解》认为《夷夏论》《三破论》皆为道士顾欢所作。《南齐书》卷五十四《顾欢传》也说他作《夷夏论》,并引全文。今本《弘明集》在刘勰《灭惑论》后收有释僧顺《释三破论》一文,为齐代所编《弘明集》所无,其题下有"本论,道士假张融作"之说。许多学者认为,既是假张融名所作,必在张融已死之后。按张融死于齐建武四年(497),那么,《灭惑论》亦当写在建武末年,也在《文心雕龙》成书之前。这就说明刘勰在前期(入梁以前)是很虔诚信佛的,而且根据慧皎《高僧传》记载,刘勰还为定林寺高僧僧柔和超辩写过两篇碑文。特别是刘勰还帮助僧祐做了许多整理佛经的工作。僧祐的有些文章很可能就是由刘勰代写和起草的,僧祐的许多佛学著作,如《出三藏记集》大概也是刘勰帮助他完成的(参见日本兴膳宏教授的《〈文心雕龙〉与〈出三藏记集〉》)。他既"博通经论",若不承认他有佛教思想影响,恐怕是说不过去的。入梁以后,刘勰几乎一直在做官,而且仕途上一直是比较顺利的。所以他也没有了《文心雕龙·程器》篇中的那些牢骚和不满了。梁武帝奉佛教为国教,佛教活动实际上也成为政治活动中很重要的一部分。刘勰参与了当时一些重要的佛事活动,比如梁天监七年按照梁武帝旨意,在定林寺组织了僧侣和俗士共同抄一切经论,定为八十八卷,刘勰就是其中很重要的一个。毫无疑问,他是以俗士身份参加此项工作的。此外,他还写了佛教的一些重要碑文,如僧祐死后,其碑文就是刘勰写的。然而,这一切在那个把佛教看得高于一切的社会里,也可以说,正是像他那样的一个文人在出仕期间经常要做的工作,并不能说明他这时已经虔诚信佛,而不再有儒家积极入世的思想了。问题的关键在于儒和佛(当时玄佛合流,也可说是玄佛)是否完全对立而不可统一的?事实显然不是这样。从某一方面看,儒佛似乎是矛盾的,儒家主张入世,佛教提倡出世,但从另一方面看,儒佛又并非对立,而是可以统一的。刘勰在《灭惑论》中就明确地说过:"孔释教殊而道契。"这就是刘勰的看法,也是他一生所奉行的处世态度之依据。他在政治上取儒家之经世致用,在思想信仰上又尊重佛教。入梁以前和入梁之后,并无根本变化。我们要认识刘勰这种思想特点,就会明白他的《文心雕龙》中的思想和佛学论文中的思想是可以共存的,至少在他思想上是这样的。不仅在他是如此,这也是当时社会思潮的特点。儒、道、佛三教合流是当时思想史发展的一个重要特点。东汉末年,儒学衰微,魏晋之交,玄学勃兴。向秀、郭象注《庄子》,持内圣外王之说,主张名教与自然合一,实际上是主张儒道两家思想合流的。魏晋时期,儒家思想地位不高,玄学占了统治地位,然而,儒家思想作为封建社会的正统思想,影响仍是很深的,并没有被排斥、被否定。玄学家在提倡以虚无为本体的前提下,总是企图把儒家思想也纳入自己的体系之中。佛教传入中国,要借玄学以光大,玄佛合流,因此也与儒学合流。特别是在进入南朝之后,儒学又开始复苏。这大约是从刘宋时期开始的。在南齐经过萧子良的提倡,到梁代又得到梁武帝的提倡,儒家思想在社会上又受到了比较大的重视。齐梁之际的三教合流思想大约在南齐萧子良当国之际,就比较突出了。汤用彤先生在《汉魏两晋南北朝佛教史》中曾经说过:

> 按佛法之广被中华,约有二端。一曰教,一曰理。在佛法教理互用,不可偏执。而在中华则或偏于教,或偏于理。言教则生死事大,笃信为上。深感生死苦海之无边,于是顺如来之慈悲,修出世之道法,因此最重净行,最重皈依。而教亦偏于保守宗门,排斥异学。至言夫理,则在六朝通于玄学,说体则虚无之旨可涉入老庄;说用则儒在济俗,佛在治心。二教亦同归而殊途。南朝人士偏于谈理,故常见三教调和之说。内外之争,常只在理之长短。辩论虽激烈,然未尝如北人信教极笃,因教争而相毁灭也。

汤用彤先生此一段论述是十分深刻的,它对于我们理解当时的社会思潮并深入研究刘勰的思想都有极为重要的意义。我们在南朝的一些著名思想家、文学家身上均可看到这种现象。例如宗炳的《明佛论》、谢灵运的《辨宗论》这些著名的文章中,都不同程度地体现了儒、释、道三教调和的思想。刘勰正是生活在这样一个注重谈理、倾向于三教合流的社会条件之下,怎么能不受影响呢?刘勰的青年时代正是南齐永明年间。这是南朝学术发展比较活跃的时期,它与萧子良的思想和作为有密切关系。萧子良在宋齐之际是一位很起作用的人物,齐高帝萧道成对他很重视。萧子良是一位政治家,也是思想家。他很注意学术文化的发展。他在自己的西邸聚集了一大批文人,"竟陵八友"是其中的核心。萧子良既提倡玄学和佛学,也提倡儒学。《南齐书·陆澄传》云:"永明纂袭,克隆均校,王俭为辅,长于经礼。朝廷仰其风,胄子观其则。由是家寻孔教,人诵儒书,执卷欣欣,此焉弥盛。"萧子良在鸡笼山西邸组织文人抄五经、百家等,对儒学复兴是起了作用的。梁武帝提出三教同源之说,除了信佛以外,他还企图改变"乡里莫或开馆,公卿罕通经术"的状况,故"诏求硕学,治五礼,定六律,改斗历,正权衡"。天监四年,梁武帝下诏云:"二汉登贤,莫非经术,服膺雅道,名立行成。魏晋浮荡,儒教沦歇,风节罔树,抑此之由。朕日昃罢朝,思闻俊异,收士得人,实惟酬奖。可置五经博士各一人,广开馆宇,招内后进。"他并分遣博士祭酒到州郡立学,并"大启庠教",让皇太子、皇子、宗室、王侯就业。梁武帝"亲屈舆驾,释奠于先师先圣,申之以宴语,劳之以束帛,济济焉,洋洋焉,大道之行也如是"(以上均见《梁书·儒林传》)。梁武帝的学术思想深受萧子良的影响,他的三教调和的思想也是和萧子良的思想一致的。刘勰的青年时代是在萧子良当政时期,他的中年时代是在梁武帝执政时期,由于僧祐的关系,他对萧子良和萧衍的思想当然也是十分清楚的,显然受到他们的影响。而且他在梁代为官二三十年,如果在思想上和以梁武帝为代表的社会思想潮流不一致,恐怕也是很难在政治上站住脚的。因此,三教调和思想乃是刘勰一生思想中的主流。他的《文心雕龙》中,儒家思想从表面上看是比较突出的,但也表现了儒、道、佛结合的文艺思想,此点我们下面将要着重分析。而他的有关佛学著作中则表现了比较突出的佛学思想,同时也表现了三教调和的思想。这些具有不同倾向、特点的著作是在不同的条件下,为了不同的目的而写的,不能据此来划分他思想发展的前后期,强调他前后期思想的不同。梁武帝之好佛亦是重在理,而不在教,故亦与玄学相通,他也自讲《老》《庄》《周易》,其佛学亦不脱离玄学。他之舍道归佛,主要是反对道教,而道教与玄学并不是一回事。因此,我们可以看到刘勰的《灭惑论》中虽反道教,而对老庄玄学则仍是肯定的,认为在以"虚无""寂静"为本方面,释、道两教是很接近的。他在充分肯定佛教最高地位的同时,明确论述了三教调和的观点。他说:"至道宗极,理归乎一;妙法真境,本固无二。"又说:"梵言菩提,汉语曰道。""是以一音演法,殊译共解;一乘敷教,异经同归。经典由权,故孔释教殊而道契;解同由妙,故梵汉语隔而化通。但感有精粗,故教分道俗;地有东西,故国限内外。其弥纶神化,陶铸群生,无异也。"这里,刘勰着重说明儒道和释道本是相通的,其根本原理与目的也是一致的,不过一为宗教,一为世俗,有所不同罢了。他的这种熔儒、释、道(玄)于一炉的思想,自然有其政治上的目的,就是适应梁武帝的需要。

刘勰的佛学思想也是很明显的,这是不可否认的事实。

上面是我们对刘勰基本思想的看法。

刘勰的佛学著作除《灭惑论》外,尚有《梁建安王造剡山石城寺石像碑》一篇,此文之作当在梁天监十五年至十七年间(516—518)。碑文中曾讲到此石像自天监十二年(513)二月十二日"开凿爰始",至天监十五年三月十五日"妆画云毕"。故此文之作应在其后。而梁建安王萧伟于天监十七年三月改封为南平王,碑文称建安王,故当在此前。此石像之建立,据慧皎《高僧传》卷十三《僧护传》记载如下:

> 释僧护,本会稽剡人也。少出家,便克意常苦节,戒行严净。后居石城山隐岳寺。寺北有青壁,直上数十余丈,当中央有如佛焰光之形。上有丛树,曲干垂阴。护每经行至壁所,辄见光明焕炳,闻弦管歌赞之声。于是攀炉发誓,愿博山镌造十丈石佛,以敬拟弥勒千尺之容,使凡厥有缘,同睹三会。以北齐建武中,招结道俗,初就雕剪。疏凿移年,仅成面朴。顷之,护遘疾而亡。临终誓曰:"吾之所造,本不期一生成办。第二身中,其愿克果。"后有沙门僧淑,纂袭遗功,而资力莫由,未获成遂。至梁天监六年,有始丰令吴郡陆咸,罢邑还国,夜宿剡溪,值风雨晦冥,咸危惧假寐,忽梦见三道人来告云:"君识信坚正,自然安隐。有建安殿下感患未瘳,若能治剡县僧护所造石像得成就者,必获平豫。冥理非虚,宜相开发也。"咸还都经年,稍忘前梦。后出门乃见一僧云,听讲寄宿,因言:"去岁剡溪所嘱建安王事,犹忆

此不?"咸当时惧然,答云:"不忆。"道人笑曰:"宜更思之。"仍即辞去。咸悟其非凡,乃倒屣谘访,追及百步,忽然不见。咸豁尔意解,具忆前梦,乃剡溪所见第三僧也。咸即驰启建安王,王即以上闻,敕遣僧祐律师专任像事。王乃深信益加,喜踊充遍,抽舍金贝,誓取成毕。初僧祐未至一日,寺僧慧逞梦见黑衣大神,翼从甚壮,立于龛所,商略分数,至明旦而祐律师至,其神应若此。初僧护所创,凿龛过浅,乃铲入五丈,更施顶髻,及身相克成,莹磨将毕。夜中忽当万字处,色赤而隆起。今像胸万字处,犹不施金镈,而赤色在焉。像以天监十二年春就功,至十五年春竟。坐躯高五丈,立形十丈,龛前架三层台,又造门阁殿堂,并立众基业,以充供养。其四远士庶,并提挟香华,万里来集。供施往还,轨迹填委。自像成之后,建安王所苦稍瘳,今年已康复。王后改封,今之南平王是也。

说明刘勰这篇碑文的写作也和他的老师僧祐有关,因为此石像乃是在僧祐的主持下完成的。传文中有关陆咸的记载就是根据刘勰的碑文所述而来的。刘勰有关佛学著作,除这两篇外,据释慧皎《高僧传》记载,还曾为当时著名的僧人写过碑传,除梁天监十七年僧祐死时为他写碑文外,还在南齐永明十年为定林寺高僧释超辩死后写了碑文,延兴元年为定林寺高僧释僧柔死后写了碑文,但是这些都没有流传下来。根据《梁书·刘勰传》所说:"然勰为文长于佛理,京师寺塔及明僧碑志,必请勰制文。"刘勰所写的佛学碑文自然不止这些。

二十世纪八十年代中期,曾有人提出《刘子》一书为刘勰所著,其实这并不是新问题。《刘子》的作者是谁,历代一直有不同说法,不过历代著名学者都基本否定了《刘子》是刘勰所作的说法,至多不过说明还有这种说法,留做参考而已。尤其是当代研究《刘子》最有成就的学者,四川大学杨明照和台湾大学王叔岷,他们都是研究六朝文史的杰出专家,也是研究《文心雕龙》的权威专家,在他们为《刘子》所作的校注中,都收集了相当丰富的资料,对作者问题做过非常细致认真和客观科学的分析,并一致认为说《刘子》是刘勰所作是完全不可靠的。八十年代后提出《刘子》为刘勰所作的研究者,并没有提供任何有价值的新资料,甚至回避了前辈学者已经提出的资料和见解,所以本来这是一个不成问题的问题。不过现在居然还有些人别出心裁地从《刘子》是刘勰所作出发去写《刘勰传》,所以我就不得不对此说一点看法。其实我并没有什么新的研究成果,只不过综合前代和当代学者的研究做一点具体分析而已,但是这就已经可以很清楚地说明问题了。我认为《刘子》不可能是刘勰所著,根据历代学者研究,主要有以下三个方面原因:

首先,从文献记载看没有充分根据。说《刘子》作者是刘勰,最早是由两《唐书》著录,后来宋代郑樵《通志·艺文略》因之,某些佛学典籍和有些明清版本也题为刘勰。究其来历皆因两《唐书》之著录。《旧唐书》作者为后晋的刘昫,但是实际上,刘昫并没有执笔写,书是在他之前由原宰相赵莹监修,史官张昭远、贾纬、郑受益、李为先等所撰写。开运二年(945)书成后,赵莹改任晋昌节度使,刘昫继任宰相,由他奏上,故以他的名字为作者,全书共二百一十四卷。《新唐书》为北宋至和元年(1054)由欧阳修和宋祁主持,参加撰写的还有范镇、王畴、宋敏求、吕夏卿等人。《新唐书》重视文字表达,而于史实有些反不如《旧唐书》。其著录《刘子》作者为刘勰当也是因袭《旧唐书》之说。从宋代晁公武、陈振孙等最有权威性的图书版本和目录专家开始,历代学者几乎都不认为两《唐书》著录《刘子》题为刘勰著是有根据的。因为最早为《刘子》做过注释的唐人袁孝政已经说得很清楚,《刘子》是北齐刘昼所作:"昼伤己不遇,天下陵迟,播迁江表。时人莫知,谓为刘勰,或曰刘歆、刘孝标作。"(见宋代陈振孙《直斋书录解题》引)根据王叔岷先生的考证,从《刘子》一书袁孝政注本的避讳情况来看,袁孝政可能是唐高宗时人,属于唐前期。再从《隋书·经籍志》在著录杨伟《时务论》后附注里说有《刘子》十卷而未注作者情况来看,隋唐时对《刘子》一书的作者已经不清楚了,故唐初有袁孝政说的各种不同讲法。为此,袁孝政特别辨明其作者为刘昼,而非刘勰、刘歆、刘孝标等人。显然,著录《刘子》为刘勰著的新旧《唐书》正是沿用了袁孝政所说的"时人"揣测,是并没有什么根据的。所以,到了宋代,晁公武《郡斋读书志》、赵希弁《郡斋读书附志》、陈振孙《直斋书录解题》均按照袁孝政说法,题为北齐刘昼著。不过他们作为严谨的学者,态度相当客观,也都说到还有另外的说法,或刘勰或刘孝标,因为没有确凿证据,故云

"未知孰是"。然而,我们不能说他们的"本意"是怀疑《刘子》不是刘昼所作。此后,《宋史·艺文志》,宋王应麟《玉海》、章俊卿《山堂考索》,元马端临《文献通考》,明末清初钱谦益《绛云楼书目》陈景云注本,清代著名的学者及藏书家如于敏中《天禄琳琅书目》、孙星衍《孙氏祠堂书目》中所藏明孙矿本,黄丕烈《荛圃藏书题识》、陆心源《皕宋楼藏书志》、张之洞《书目答问》,日本《静嘉堂秘籍志》等,均署刘昼著。其他如明沈津《百家类纂》本、傲庵《子汇》本、清王灏《畿辅丛书》本,以至湖北崇文书局《百子全书》本等,所题亦同。瞿镛《铁琴铜剑楼藏书目录》虽题刘勰,又说明有刘昼作一说。只有《汉魏丛书》等个别收入《刘子》的题刘勰著。这些可以充分说明《唐书》的著录为历代学者所不取是无可辩驳的事实。也就是说,绝大多数学者认为袁孝政作注时写的序还是比较可靠的,因为他毕竟是最早研究《刘子》并认真为之作注的人。近人王重民在《巴黎敦煌残卷叙录》里说:"敦煌遗书内有所谓《随身宝》者,所记经籍一门,均系当时最通行之书,不啻一部唐人书目答问也。余乃求之卷内,正有'流子刘协注'一则,知必系'刘子刘勰著'矣。"这只能说明《随身宝》所记不过是坊间俗本,其作者题为刘勰正是袁孝政所说时人无知之故,这种资料很难作为严谨的学术论证。更何况王重民先生在《叙录》中《刘子新论残卷》下还特别引用罗振玉跋语,说明此书作者有刘昼和刘勰二说,并说:"至其撰人,应为刘勰抑刘昼,仍不敢赞一言也。"其实《刘子》是不是刘昼所作,也是可以研究的,根据现有材料也还不能有确凿的定论。但是说《刘子》为刘勰作则已为绝大多数学者所不取。

关于《刘子》作者问题,王叔岷先生在他的《刘子集证》自序中曾做了非常清晰和很有根据的辨析。《刘子》是刘歆作的说法,王先生用《四库全书总目提要》所说和清人陈鳣《简庄文钞》中《刘子注跋》所说指出:"是书《激通篇》称'班超愤而习武,卒建西域之绩',又安得谓刘歆作乎?"班超在刘歆之后,此说当然不可能成立。至于说是刘孝标所作,《四库全书总目提要》说:"刘孝标之说,《南史》《梁书》俱无明文,未足为据。"杨明照先生在《刘子理惑》中也说得非常明白:"按《梁书》(卷五〇)、《南史》(卷四九),孝标传俱无明文,而彼此持论,又臭味不同。孝标之《绝交》,与是书《托附》(卷四第二十一篇)径庭也;孝标之《辨命》,与是书《命相》(卷五第二十五篇)霄壤也。果出一人之手,何有首鼠之词?至其铺采之缛丽不侔,行文之轻蒨有异,展卷并观,即易品藻,则孝标之说,亦迎刃而解矣。"所以,多数学者比较倾向于是刘昼所著,但是这也有疑问,如《四库全书总目提要》说:"惟北齐刘昼,字孔昭,渤海阜城人,名见《北史·儒林传》。然未尝播迁江表,与孝政之序不符,传称昼孤贫,受学恣意披览,昼夜不息,举秀才不第,乃恨不学属文,方复缀辑词藻,言甚古拙,与此书之缛丽轻蒨,亦不合。又称求秀才十年不得,乃发愤撰《高才不遇传》,孝昭时出诣晋阳,上书言亦切直,而多非世要,终不见收,乃编录所上之书为帝道。河清中又著金箱壁言,以指机政之不良。亦不云有此书。岂孝政所指又别一刘昼欤?"不过,有不少学者对此说也不赞同,而认为《刘子》作者即刘昼,尤其是王叔岷先生论述得很详细,他说:"《北齐书》《北史》虽不言刘昼作《刘子》,然有数端,颇堪留意。传言昼'知太府少卿宋世良家多书,乃造焉。世良纳之,恣意披览,昼夜不息'。又'自谓博物奇才'。《刘子》中之陈言故实,异闻奇说,援引万端,非博物奇才,决不能作,此其一;传言昼'举秀才不第,乃恨不学属文,方复缉缀辞藻,言甚古拙'。其为文古拙,盖有意矫正当时浮艳之习,《刘子·正赏》篇云:'不以名实眩惑,不为古今易情,采其制意之本,略其文外之华。'其旨亦正相符,此其二;传言昼'求秀才十年不得,发愤撰《高才不遇传》'。袁序谓'昼伤己不遇,故作此书'。是《高才不遇传》与是书伤己不遇之意颇合(《百家类纂》本题辞、《子汇》本序,并有类此之说),此其三。据此,则《刘子》似即刘昼所作矣。是书《知人》《荐贤》《因显》《托附》《心隐》《通塞》《遇不遇》《正赏》《激通》《惜时》诸篇,皆为伤己不遇而作。《惜时》篇末云:'岁之秋也,凉风鸣条,清露变叶,则寒蝉抱树而长叫吟,烈悲酸瑟于落日之际,何也?哀其时命迫于严霜,而寄悲于菀柳。今日向西峰,道业未就,郁声于穷岫之阴,无闻于休明之世,已矣夫,亦奚能不沾衿于将来,染意于松烟者哉!'传称昼'每云:"使我数十卷书行于后世,不易齐景之千驷也!"'其所以'染意于松烟',亦正欲行其书于后世耳。故《刘子》似非刘昼莫属也。"比较谨慎的态度就是像《四库全书总目提要》那样:"然刘勰之名,今既确知其非,自当刊正。刘昼之名,则介在疑似之间,难以确断,姑仍晁氏、陈氏二家之目,题昼之名,而附着其抵牾如右。"那么,为什么"时人"会把此书说成是刘勰所著呢？余嘉锡在《四库提要辨证》中曾引宋代刘克庄《后村大全集》卷一百七十九诗话续集所引唐代张鹜《朝野佥载》的说法："刘子书，咸以为刘勰所撰，乃渤海刘昼所制，昼无位，博学有才，窃取其名，人莫知也。"虽然今本《朝野佥载》中没有这段话，但是我们应当相信在宋代其书中应该是有的，所以刘克庄才会那么清楚地引用。说刘昼窃取刘勰名字来写，是不可信的，这点王叔岷先生在他的书中已经分析得很明白了。不过它足以说明在唐初很多有文化的人已经不相信《刘子》是刘勰著的了。张鹜为唐高宗调露时进士，和袁孝政时代应该是接近的。这个材料正好可以说明把《刘子》说成是刘勰所作是唐初时人无知之说，在当时已经为文人学者所否定。同时也更说明为刘昼所作可能性是很大的。谨慎一点说，《刘子》的作者尚无足够资料来确证，但是从刘昼和刘勰两人来说，刘勰的可能极小，而刘昼的可能性则比较大。为此，我们至少可以说，从文献角度看，说《刘子》为刘勰所作是没有充分根据的。

其次，从《刘子》的思想与刘勰的思想及其《文心雕龙》的思想来说，则差距实在是非常之大，也是极其明显的，所以这两本书绝非一人所作。最早对《刘子》内容提出看法的是宋代晁公武《郡斋读书志》，他说其书"言修心治身之道"。王应麟《玉海》说此书"泛论治国修身之要，杂以九流之说"。章俊卿《山堂考索》亦同此说。如果只是写的内容和《文心雕龙》不同，并不能说明两书不是一人所作，主要是立论水准的高下和思想观点的差异。明万历刊《子汇》本序中说："其书泛论治国修身之要，杂以九流之说，无甚高奇。然引物连类，有可绎思者，故汇刻之。"明万历《二十家子书》序说："此书泛论治国修身之要，杂以九流之说，无甚高论。然有可喜者。"可见，《刘子》一书虽然阐说修心养身治国较为细致、论述较为圆润，但是见解相当一般，不过是将九流杂家之说融会组合，没有什么新鲜的、过人的高论，和《文心雕龙》立论之独创、见解之深邃、分析之深度，实在无法比拟。《刘子》一书之境界和格调较为平庸低俗，说明其作者虽然学问有一定水准，文字表达能力也比较强，但是其思想水准和识见能力比刘勰差了一大截，明眼人一看就可以断定两书不可能是一个人所著。再从《刘子》一书的思想观点来看，由于其书杂取九流之说，没有明确的、统一的思想立场，这自然和它的"无甚高论"是相联系的。不过，其书之旨趣大体来说是比较倾向于道家的,这一点前人早已指出,《四库全书总目提要》曾把它和《文心雕龙》做了比较,指出两书不仅内容上有抵牾之处,而且基本志趣迥异,从而明确断定《刘子》非刘勰所作,其云:"按梁通事舍人刘勰,史惟称其撰《文心雕龙》五十篇,不云更有别书。且《文心雕龙·乐府》篇称,'涂山歌于候人,始为南音,有娀谣乎飞燕,始为北声。夏甲叹于东阳,东音以发。殷整思于西河,西音以兴'。此书《辨乐》篇称'夏甲作破斧之歌,始为东音',与勰说合。其称殷辛作靡靡之乐,始为北音,则与勰说迥异,必不出于一人。又史称勰长于佛理,尝定定林寺经藏,后出家改名慧地。此书末篇乃归心道教,与勰志趣迥殊。白云霁《道藏目录》亦收之太元部无字号中。其非奉佛者明甚,近本仍刻刘勰,殊为失考。"就《辨乐》一篇和《文心雕龙·乐府》篇比较来看,并不只是北音之说相矛盾,《辨乐》全篇内容几乎全部是选取荀子《乐论》和《吕氏春秋》论乐、《礼记·乐记》《淮南子》以及魏晋时阮籍等论乐的说法编纂而成,没有任何自己的独立见解。而刘勰《文心雕龙·乐府》篇则提出很多极有深度的见解,如"乐本心术""诗为乐心,声为乐体""声来被辞,辞繁难节"等,《刘子·辨乐》实难望其项背。

至于《四库提要》说其"归心道教"则不为无因,有人说应改为"归心道家",当然说此书"归心道家"是对的,不过,他所理解和认识的道家,实际是更接近于道教思想的。清代著名学者卢文弨在《抱经堂文集·刘子跋》中说:"其书首言清神、防欲、去情、韬光,近乎道家所言。"近人余嘉锡在《四库提要辨证》中进一步说:"此书若《清神》《防欲》《去情》《韬光》等篇,多黄老家言,故卢文弨谓其近乎道家,是其归心道教,不仅见于《九流》一篇也。"王叔岷先生又发挥说:"《刘子》虽采九流百家之说,然其中心思想实为道家,与《吕氏春秋》《淮南子》相类,故以《清神》为第一篇,又继之以《防欲》第二,《去情》第三,《韬光》第四,皆其验也。末篇《九流》首述道家,正以名其所宗。则此书非宠佛之刘勰所作甚明。"按,《刘子》末篇《九流》本首叙道家,而有些本子从尊儒出发,将其叙儒家移前,这是不合适的。卢文弨在上文中已经辨明,他说:"《道藏》本先道家,外闲本先儒家,关其总括之语,则《道藏》本实据其本书次第如此,非由黄冠所妄为移易也。"从全书内容看,特别是从《九流》篇末段"道以玄化为本,儒以德教为宗"等说,可以充分说明《九流》篇道家在先是符合原书实际的。刘勰《文心雕龙》虽然也有道家思想影响,但是主要是在自然美和艺术美理想、文学创作构思想象等方面,而在对待儒、道、佛三家思想的态度上,显然是以儒和佛放在道之前的。在《灭惑论》中也可看出这一点。它本是批评道教《三破论》的,道教和道家是不同的,但是道教思想渊源还是属于道家。前面已经说过,刘勰是不否定老庄道家思想的,曾指出其无为虚静是和佛学相通的,但是显然他把儒释两家放在比道家更重要的地位,着重讲儒释两家之"至道终极,理归乎一"。而《文心雕龙》把《原道》《征圣》《宗经》放在最前面,也说明他对儒家是最尊重的,《序志》篇中做梦也是梦见孔子。刘勰一生始终和佛学联系紧密,最后出家为僧,更名慧地。对道家思想的评价从《诸子》篇来看,庄子仅为百家学说之一,对其评述远少于孟子和荀子等。《情采》篇认为庄、韩之书是采滥辞艳,乃"为文而造情"之作。再从《论说》篇来看,对玄学之有无之争,曾和佛学相比:"然滞有者,全系于形用;贵无者,专守于寂寥;徒锐偏解,莫诣正理;动极神源,其般若之绝境乎。"明确指出玄学有无之争的双方都有其片面性,从本体论来讲远不及佛学"般若之绝境"更为全面。而《刘子》一书则显然是以偏重道教的道家思想为主导的。除上述《四库提要》、卢文弨及今人王叔岷等所说外,不仅前四篇都是属于偏重道教的道家思想内容,而且第五篇《崇学》和第六篇《专学》都不是从儒家所主张的学习圣人经典和仁义礼乐出发,而也是偏重从道家和道教养生角度来谈的。《崇学》篇首云:"至道无言,非立言无以明其理;大象无形,非立象无以测其奥。道象之妙,非言不津,津言之妙,非学不传。""至道无言""大象无形"本是道家思想,但是《刘子》又把道家这些精微的论说从低级浅俗的角度去理解,表示"立言""立象"之重要和"津言之妙,非学不传",说明他对道家思想并未真正领会,而是把它杂家化了。而刘勰对道家思想的肯定却正是从其精微深奥的玄旨出发,所以他在《灭惑论》中说:"寻柱史嘉遁,实惟大贤,著书论道,贵在无为,理归静一,化本虚柔。"他所严厉批评和反对的正是将道教归于养生求仙的低俗之学。所以即使从肯定道家思想的意义上说,也是和《刘子》一书所述相背离的。至于《刘子》中《专学》一篇则又是从"正心"立论的,所谓"正心",其实就是说心的"专一","是故学者,必精勤专心,以入于神。若心不在学,而强讽诵,虽入于耳,而不谛于心",完全是从最一般的人的生理角度来讲所谓"专学",道教的气味也相当浓厚。《崇学》《专学》两篇哪里有一点儒家论学的味道?和刘勰之以学习儒家经典为最紧要关键,相去何啻十万八千里!和《荀子》第一篇《劝学》相比,其志趣完全相反,南辕北辙,如果说写过《文心雕龙》的刘勰会写出这样的《崇学》和《专学》来,岂非天方夜谭?

晁公武说《刘子》一书"言修心治身之道,而辞颇薄俗",王应麟说《刘子》一书"泛论治国修身之要,杂以九流之说",实在是非常正确而击中要害之论,故清代王昶《春融堂集》卷四十三《跋刘子》说:"晁氏谓其俗薄,则殊有见也。"其实,这种"薄俗"不仅表现在文辞上,首先是体现在内容上。《刘子》一书文字表达能力是比较强的,对古书典故较为熟悉,辞藻也可算"丰美",近人黄云眉在《古今伪书考补证》中说:"就文字论:或谓其丰美,或谓其俗薄,或谓其缛丽轻蒨,与《北史》(刘昼)本传所称古拙不类;余谓缛丽轻蒨之文字,谓之丰美可,谓之俗薄可,毁誉异辞,诚不足怪,然决非所谓古拙。此盖伪托者未能熟玩本传,以为六朝文字固当如此,而不知刘昼乃非其比也。"但是,和《文心雕龙》相比,则其识见之深浅和文笔之风格,实有天渊之别,谓其出自一人,实在使人瞠目结舌,无言以对。细心检阅《文心雕龙》,几乎篇篇都有发人深省、非常人所能有的独到之见,而读《刘子》一书,虽其论述也很周全圆润,但是基本上都是从九流杂家拼凑起来的一般空泛之说,尽管归纳为五十五篇,无论篇目还是内容均无深切独创之处,甚至没有什么自己的见解。今以起首第一篇《清神》为例,可见一斑。其篇名实自《淮南子·俶真》"神清者,嗜欲弗能乱"、《文子·九守》篇"神清者,嗜欲不误也"而来。其首谓"形者,生之器也。心者,形之本也。神者,心之宝也",显然来自《淮南子·原道》和《文子·九守》篇所说的"夫形者,生之舍也",以及《淮南子·精神》"故心者,形之主也。而神者,心之宝也"。其谓"神躁则心荡,心荡则形伤",则源于嵇康之《养生论》"神躁于中,而形伤于外"。而"虚室生白,吉祥至矣",当抄自《庄子·人世间》之"虚室生白,吉祥止止"。至其"不鉴于流波,而鉴于静水者,以静能清也,镜水以明清之性,故能形物之形",则是源于《庄子·德充符》"人莫鉴于流水,而鉴于止水"以及《庄子·天道》篇:"水静犹明,而况精神？圣人之心静也乎,天地之鉴也,万物之镜也。"其谓"故万人弯弧,以向一鹄,鹄能无中乎？万物眩曜,以惑一生,生能无伤乎",则出自《吕氏春秋·本生》篇:"万人操弓,共射一招,招无不中;万物章章,以害一生,生无不伤。"《清神》篇末讲到"容身而处,适情而游",则出自《淮南子·精神》:"容身而游,适情而行。"可以说,全篇都是从各家杂抄而来编撰成文,没有深度,平庸无奇。而且整个《刘子》一书,差不多篇篇都是这样。说这样的书竟会是刘勰所作,岂非糟蹋了刘勰！刘勰并不是没有借鉴前人之处,但都是经过自己融会贯通,借以更深切地阐述自己独到之见。

至于从《刘子》一书的文笔风格来看,则更没有办法把它归入刘勰的著作。刘勰《文心雕龙》文笔雅丽,出自独创;而《刘子》文笔鄙浅,只是卖弄文辞。刘勰《文心雕龙》作为骈文来看深弘精严,瑰丽雅致,而《刘子》虽然也是骈文,但是如上文所举对比,几乎大都是杂抄改编九流百家之作拼凑而成,其格调薄俗,岂能是刘勰之所为？王叔岷先生在《刘子集证》中说:"又卢氏《抱经堂文集》刘子跋云:'其文笔丰美,颇似刘彦和。'然详审二书,颇不相似。《雕龙》文笔丰美,《刘子》文笔清秀;《雕龙》词义深晦,《刘子》词义浅显;《雕龙》于陈言故实多化用,《刘子》于陈言故实多因袭,此又可证《刘子》非刘勰所作矣。"王先生说《刘子》文笔清秀,其实是溢美之词,诚如前引黄云眉先生所说,如果说《刘子》文笔丰美,不如说是薄俗或俗艳,清秀则说不上。王先生说刘勰词义深晦,其实不如说深奥或深隐,更为贴切。总之,两书之文笔绝不相同,谓出一人之手,实在是天大的笑话！

杨明照先生早在二十世纪的上半期就已经做过详细的考证,明确指出《刘子》非刘勰所作,这是大家一致肯定的。因此无论是古代还是现代,都没有把《刘子》作为刘勰著作来看待,这不是他们无知,而是只要有一点文史常识的人,一看就明白它根本不可能是刘勰的著作。学术问题是允许保留自己意见的,但是在没有确凿证据的情况下,不可以强加于人,更不可以把有分歧并且多数人不赞成的观点,当作定论来加以论述,这就涉及学风的问题了。特别是我们为刘勰制订年谱,为他写传记,就绝对不可以用这种个别人的意见作为根据。我看到山东有一位出生于刘勰祖籍莒县的先生写了一本《刘勰传》,就是用肯定《刘子》作为刘勰的著作的观点来写刘勰传记的。我个人认为这是极不严肃的态度。学术界执着一种见解的人当然也可以提出一些根据,好像主张《刘子》是刘勰所作的人总会把唐人著录中有关《刘子》是刘勰所著的说法拿出来一样,但是不应该把否定这种说法的别的材料扔在一边,或毫无根据地否定对自己不利的材料。其实,现在再去讨论《刘子》是否为刘勰所作已经没有意义,也没有必要再去烦琐地争论这个问题。肯定和否定的双方都已经说得很充分了,在有新的证据之前,各自可以保留意见。然而大多数学者不认为《刘子》是刘勰所作,说明这只是不能确证的少数人意见。因此,写刘勰的传记是不可以把没有确认的事情当作事实来杜撰的,所以我认为像三秦出版社出的《刘勰传》是不妥当的,也是不应该提倡的。这样的书只能对一般读者起到误导的作用,说得不好听一点是对刘勰的一种亵渎。学术界对一种没有确凿证据、不能为多数人同意的见解,只能保留存疑,暂时仍维持传统的一般认识,绝不可以依此来为历史人物写传记,我想这应该是最普通的常识。不过我们现在学风不正,欺世盗名的现象变得见怪不怪了,有什么办法呢!这里我还想要说的是:中国《文心雕龙》学会的第一任会长张光年先生在有的研究者提出《刘子》是刘勰所作时,确曾在安徽屯溪的学会年会上表示过同意这种看法,《文心雕龙学刊》第五辑发表了他在会议上的讲话稿。光年先生是德高望重的前辈诗人,又是最早把《文心雕龙》论创作的篇章译成现代汉语的文学家。他热心地关怀年轻人,关怀后辈研究者,支持他们提出的见解,是可以理解的。我们也都非常地尊敬他,但是他毕竟是著名的诗人和作家,而不是专门研究古代文史的学者。他同意《刘子》是刘勰所作,只是出于对刘勰的热爱,对研究刘勰和《文心雕龙》者的鼓励,而并没有专门对《刘子》的作者进行过考证和研究。关于光年先生在会议上的讲话,我记得在会下曾和王元化先生专门交谈过。王先生和我谈得很投缘,看法也很一致。王先生和光年是交情深厚的好朋友,对光年先生的看法,只是非常幽默地微笑着对我说:"他是一个非常热情的诗人!"所以,我认为如果一再把光年先生那次会议上的几句话反复征引,作为《刘子》是刘勰所作的根据,只能给人以拉大旗做虎皮的感觉。这对光年先生也是不恭敬的。

第二章　刘勰的文学观念和《文心雕龙》的体例

第一节　《文心雕龙》广义的"文"和狭义的"文"

在分析《文心雕龙》的体例结构之前,我们需要先探讨刘勰的文学观念。因为《文心雕龙》所论述的"文"的含义非常宽广,于是有的学者就说它不是文学理论著作,而是一部文章学著作,甚至有的学者就提出了"刘勰是什么家"的问题。我不太赞成这些学者的看法,我认为刘勰虽然也可以说是一位文章学专家,但是他主要是一个最杰出的文学理论批评家,这是从细致研究刘勰在《文心雕龙》中所体现的文学观念得出的结论。

研究中国古代人的文学观念及其历史演变情况,对于我们正确认识文学的本质和特征,以及研究文学和其他人文社会学科的区别,是非常必要的,也是有重要意义的。但是在讨论这个问题时,必须对"文学"的含义有一个科学的界定,可这实际上又是很不容易的事。不过,有些基本思想也许是可以得到大家认同的。第一,文学作为人文社会科学中的一个方面,它和哲学、历史学、政治学、宗教学、伦理学等具有根本不同的性质。第二,文学是以语言为工具的艺术,具有审美的特性。文学作为一种艺术,它和一般理论文章、应用文章的性质也是不同的。第三,文学是人的感情的体现,它对自然和社会的描写不可能脱离人的感情,它通过以情感人起到其应有的社会教育作用。第四,文学虽然在不同的国家、民族有不同的表现,但既然是文学,就有它共同的普遍性因素,不应该强调民族特点而否定这种普遍性。第五,文学观念是随着人类文明的进程、随着科学文化的发展而不断进步,并且是由不太科学向着愈来愈科学的方向发展的。我这里就是在这样一些前提下来讨论刘勰的文学观念,并通过对刘勰文学观念的分析,来说明中国古代人并不满足于宽泛的"文"的观念(也就是今天有些人所谓的"杂文学"观念),而且清楚地认识到了这种宽泛的"文"的观念并不是很科学的,古代人一直在用各种方式,试图寻找和探讨艺术文学也就是所谓纯文学的特征,所以,简单地不加分析地肯定杂文学观念,甚至把它说成是中国古代文学的民族特点,是不正确的(这里,我要说明一点:我所说的"科学",不是当代西方"科学主义"的含义,而是指是否确切地符合客观实际)。

  刘勰的文学观念也直接涉及《文心雕龙》一书的性质问题,因此更值得进行深入的研究。对《文心雕龙》一书的性质,海内外研究《文心雕龙》的专家发表过很多不同的见解,或谓文学理论著作,或谓文章学著作,或谓文化史著作,所以在 1995 年北京《文心雕龙》国际学术研讨会上,台湾著名的研究《文心雕龙》专家王更生先生提出了"刘勰是什么家"的问题,认为说刘勰是"文评家""文学理论家""文学家"等任何一个名号都不能盖棺论定,应该尊称他为"文学思想家"(王更生先生这里所说的"文学"即是指广义的宽泛的"文"),才能得其为文用心之"真"和用心之"全"。① 这些都是因为刘勰《文心雕龙》包含的内容非常广泛,经、史、子、集都在他的论述范围之中。《文心雕龙·原道》篇中所说的"人文"与"天文""地文"相参,是"心生而言立,言立而文明"的结果,指的是一切用语言文字写作的各种文章和著作,其含义确是非常广阔的。刘勰所说的"人文"比我们今天所讲的"人文科学"的范围还要宽泛得多。我在《刘勰及其〈文心雕龙〉》一文中曾说:"(《文心雕龙》)不仅是一部文学理论著作、文章学著作,也是一部最重要的古典美学著作,同时也是一部文学史和文化史的著作,它对我国从上古一直到齐梁时期的文化发展做了全面的总结。"② 所以,我想对王更生先生的论述做一点补充,我看刘勰不仅是文学思想家,而且也是一位非常杰出的美学思想家、文化思想家。对我们今天所说的艺术文学,刘勰把它看作整个文化中的一个有机组成部分,他比我们早一千五百余年,就已经从文化历史发展的角度来研究艺术文学的发展及其特点,从这方面来说,我们现在研究文学的热门话题,也就是从人类文化的视角和观念来看文学,其实并不是什么新的发现,我们的祖先早

---

① 王更生先生的文章《刘勰是个什么家?》,见《北京大学学报》1996 年第 2 期。
② 文载拙作《夕秀集》,华文出版社 1999 年版。

已这样做,并且已经做得相当不错的了。把这看作一件新鲜事,只能说明我们对自己的学术文化历史了解得太少、太浅薄了。

《文心雕龙》论述的对象是"人文",但是"人文"不等于就是刘勰的文学观念。也就是说,刘勰《文心雕龙》论述的范围虽然和所谓的杂文学范围大致相同,但不能说杂文学就是他的文学观念。我们研究刘勰的文学观念,不只要研究他对"人文"性质和含义的认识,还要研究他对"人文"中的各个文类的特征的认识,特别是作为"人文"中的一个重要部分、作为当时审美的艺术文学主体的诗赋等的特性的认识。刘勰把审美的艺术文学看作人类整体文化中的一个组成部分,因此它首先具有人类文化的普遍共性,也就是说,审美的艺术文学在根本性质上与人类文化的其他方面并无不同,而且也首先要着重研究这种普遍的共性。他提出各类文章源于五经说,正是这种思想的具体表现。因为中国古代的五经(《诗》《书》《礼》《易》《春秋》),是具有典范性的"人文"之代表,包括了哲学、政治、历史、伦理道德、礼仪制度、文学艺术等各个方面,是中国古代文化的集中代表。由此可以看出刘勰文学观念的起点是很高的,他对艺术文学的认识并没有局限在艺术文学本身。在《文心雕龙》"上篇"二十五篇中,他对五经、史传、诸子和集部的各种文类,都分别研究了它们的发展历史和不同特点。当然,刘勰比较侧重研究它们的写作方法和经验,但他也很全面、很概括地论述和分析了它们的学术内容。他的《原道》《征圣》《宗经》三篇可以看作是对五经的专门研究,也是对中国古代经典文化的概要论述,实际也是讲经、史、子、集的共同性质和不同特点。《原道》篇在指出"人文"与"天文""地文"同为"道之文"这个共同的特征后,着重叙述了"人文"的产生和发展,特别强调孔子与五经的重要地位。他说:"至夫子继圣,独秀前哲,镕钧六经,必金声而玉振;雕琢情性,组织辞令,木铎启而千里应,席珍流而万世响,写天地之辉光,晓生民之耳目矣。"之所以称圣人之作为"经",他在《宗经》篇中做了概括的说明:"三极彝训,其书言经。经也者,恒久之至道,不刊之鸿教也。"从而告诉我们五经是中国古代文化发展的奠基之作,而孔子在整理六经方面具有不可磨灭的巨大贡献。《原道》篇又说:"爰自风姓,暨于孔氏,玄圣创典,素王述训,莫不原道心以敷章,研神理而设教,取象乎河洛,问数乎蓍龟,观天文以极变,察人文以成化;然后能经纬区宇,弥纶彝宪,发挥事业,彪炳辞义。故知道沿圣以垂文,圣因文而明道,旁通而无滞,日用而不匮。《易》曰:'鼓天下之动者存乎辞。'辞之所以能鼓天下者,乃道之文也。"具有客观真理性的"道",也就是作为宇宙万物之原理和规律的"道",是通过圣人之领会而以"人文"(即"经")的形式表现出来的;而圣人也由"经"(即"人文")而阐明了"道"的意义。从五经都是"道之文",说明文化领域内的各个部分都有共同的基本性质,所以即使是诗赋这些艺术文学,也首先要看到它们是"道之文",而"道"在"人文"中又不是抽象的,而是具体化为"政化""事迹""修身",如《征圣》篇所说"圣人之情,见乎文辞","先王圣化,布在方册",故而"政化贵文""事迹贵文""修身贵文",它们都有《原道》篇说的"经纬区宇,弥纶彝宪,发挥事业,彪炳辞义"的功用。他还总结了五经写作上的特点,提出"或简言以达旨,或博文以该情,或明理以立体,或隐义以藏用"四条经验,这虽是从不同的经典中归纳出来的,但其本身具有普遍性,都可以根据写作的需要来选择运用,"故知繁略殊形,隐显异术;抑引随时,变通会适。征之周孔,则文有师矣"。

如果说《原道》篇说的是五经("人文")的共同本质的话,《宗经》篇则着重论述了五经("人文")的不同特点。这种不同,不仅是写作方法上的不同,而且是文化领域中的不同学科的差异。由此可以看出刘勰对五经中各经的不同性质有非常清楚的认识,他说:"夫《易》惟谈天,入神致用,故《系》称旨远辞文,言中事隐。韦编三绝,固哲人之骊渊也。《书》实记言,而诂训茫昧,通乎《尔雅》,则文意晓然。故子夏叹《书》,昭昭若日月之代明,离离如星辰之错行,言照灼也。《诗》主言志,诂训同《书》,摘风裁兴,藻辞谲喻,温柔在诵,故最附深衷矣。《礼》以立体,据事制范,章条纤曲,执而后显,采掇片言,莫非宝也。《春秋》辨理,一字见义,'五石''六鹢',以详略成文;'雉门''两观',以先后显旨;其婉章志晦,谅已邃矣。《尚书》则览文如诡,而寻理即畅;《春秋》则观辞立晓,而访义方隐。此圣文之殊致,表里之异体者也。"关于五经的差别,其实先秦的荀子就已经提出来了。他在《儒效》篇中说:"《诗》言是其志也,《书》言是其事也,《礼》言是其行也,《乐》言是其和也,《春秋》言是其微也。"刘勰则在此基础上进一步做了极为细致的分析。五经包括了文化领域中的各个部门,每一经属于人文学科的一个不同方面,或"谈天",或"记言",或"言志",或"立体",或"辨理",这是它们不同的科学内容所决定的。《周易》讲的是天道,属于哲学范围,它的写作方法是"旨远辞文,言中事隐"。《尚书》主要是政治文告,虽然"诘训茫昧",但通过《尔雅》等辞书,仍可"文意晓然"。《礼经》是有关礼仪制度的,其特点是"据事制范,章条纤曲",故"执而后显"。《春秋》是史书,于叙事中见褒贬,所谓"一字见义"。而《诗经》则是艺术文学,是"言志"的,它的特点是"摘风裁兴,藻辞谲喻",所以"温柔在诵,故最附深衷矣"。他认识到作为艺术的文学是表达人的情怀的,是抒发作者的思想感情的,它需要有感兴(灵感)的萌发,需要有美丽的文辞,需要有丰富的比喻和想象。由此我们不难看出,刘勰对艺术文学和哲学、政治、历史等其他科学部门的差别是认识得很清楚的。他并没有因为把经、史、子、集都列入"人文"的范围,而模糊或取消了它们各自的特点,更没有模糊或取消作为艺术文学的特征。相反地,正是在比较中使他们各自的共性和个性都得到了更为清晰的呈现,让我们更深刻地了解艺术文学的独特性。以五经为文学的源头,并不是取消文学的特征,而是为了把文学放在广阔的文化背景下来考察它的特殊个性,以便于正确把握文学的本质。《文心雕龙》从总的方面说,所论的是"人文",属于大文化的范围,但它的目的是研究其中各个"文类"之间的同和异,而其中更为重要的是研究以诗赋等为主的审美的艺术文学之创作特征。

要研究刘勰的文学观念,也许先研究一下他对历史、哲学的认识,分析一下《文心雕龙》中的《史传》《诸子》两篇,可以帮助我们从比较中更为深入地了解他对文学的认识。

很多人把刘勰《文心雕龙》中的《史传》篇看作是讲"历史散文",于是就有"其重要不足之处,是未能着重从文学的角度来总结古代历史散文和传记文学的特点"[①]的批评,其实这是一种误解,这样的批评也是不妥当的。刘勰对艺术文学和历史著作的区别是有清楚认识的,我们只要比较一下《明诗》《诠赋》等篇和《史传》篇就会明白。不过,文学和历史都属于"人文"的大范围,而《文心雕龙》的"文"就是论"人文"这个大范围内的

---

① 见陆侃如、牟世金《文心雕龙译注》上册,第192页,齐鲁书社1981年版。

著作,所以就有《史传》《诸子》等篇。《史传》篇研究中国古代史学发展的历史以及史学著作的写作方法。刘勰开篇就指出了史学著作的重要性是帮助人们认识历史:"开辟草昧,岁纪绵邈,居今识古,其载籍乎!"而中国古代很早就有史官,"轩辕之世,史有仓颉"。以后一直延续下来,"左史记事""右史记言",故"言经则《尚书》,事经则《春秋》",按照年月四时来记载,有严格的规定,其目的是"彰善瘅恶,树之风声",因此,孔子"因鲁史以修春秋,举得失以表黜陟,征存亡以标劝戒"。司马迁的《史记》是一部伟大的历史著作,其中的某些本纪和列传确有很强的文学性,也可以当作文学作品来读,然而它的基本性质是历史不是文学,这是不能否认的。文史哲界限不清楚,只是历史发展早期出现的必然现象,这与当时人们对文学和历史的区别还缺乏科学认识有关,从东汉以后这种现象实际上就已经不再存在了。刘勰评价《史记》时说:"故'本纪'以述皇王,'世家'以总侯伯,'列传'以录卿士,'八书'以铺政体,'十表'以谱年爵,虽殊古式,而得事序焉。尔其实录无隐之旨,博雅弘辩之才,爱奇反经之尤,条例踳落之失,叔皮论之详矣。"这里,他指出《史记》用"本纪""世家""列传"来记载不同历史人物的事迹,以"八书"叙述"政体",以"十表"谱写"年爵",非常清楚有序地展现了历史真实面貌。特别值得注意的是,他所说《史记》叙述上的"实录无隐之旨",正是讲《史记》的写作原则和方法,也是史学著作的写作原则和方法,对此刘勰是十分推崇的,因为真实是史学著作的生命。他在《史传》篇中曾指出史传写作的目的是:"原夫载籍之作也。必贯乎百氏,被之千载,表征盛衰,殷鉴兴废,使一代之制,共日月而长存,王霸之迹,并天地而久大。"所以在写作方法上必须"立义选言,宜依经以树则;劝戒与夺,必附圣以居宗;然后诠评昭整,苛滥不作矣。然纪传为式,编年缀事,文非泛论,按实而书"。"按实而书"也是一个严肃的史学家应有的基本态度。因此,刘勰严厉地批评了那些不能"按实而书"的世俗史学家和史学著作,他说:"然俗皆爱奇,莫顾实理。传闻而欲伟其事,录远而欲详其迹,于是弃同即异,穿凿傍说,旧史所无,我书则博,此讹滥之本源,而述远之巨蠹也。"文学创作也需要真实,但文学的真实和史学的真实是不同的。文学的真实是艺术的真实,讲的是"情真""理真",可以允许虚构的内容和夸张的描写,甚至不能离开虚构和夸张。史学的真实是科学的真实，必须要求事实的真实，不能允许有虚构和夸张。刘勰在《文心雕龙》中的《情采》篇和《夸饰》篇所讲的真实和夸张属于文学创作上的真实和夸张，这种要求和《史传》篇中说的严格地"按实而书"的要求是不同的。他在《隐秀》篇中是非常强调"隐"的，这是就文学的艺术特性而说的，对史学著作来说则应该是"无隐"，这在《史传》篇中也非常明确。这就是历史和文学在写作上的原则差别。

《诸子》篇讲的是学术史的发展演变和学术著作的写作方法。诸子是指各种不同流派的学术思想家，他们都以自己的独特学说而对社会发展和文化思想产生了重要的影响。刘勰首先明确指出了他们的著作之性质："《诸子》者，入道见志之书。"此处之"道"不是《原道》篇所讲的"道之文"之"道"，而是指某一种理论学说。此处之"志"也不是《征圣》篇所讲的"《诗》主言志"和《明诗》篇所讲的"感物吟志"之"志"，而是指某个学术思想家的观点看法。在刘勰看来，这也就是"子"和"经"的不同："经"所体现的"道"为"至道"，与天地之道相同，具有普遍真理的意义；"子"所体现的"道"则是一家一派的学说，不具有普遍真理的意义。《诗经》的"志"是与"情"不可分割地联系在一起的，所以说是"摘风裁兴，藻辞谲喻，温柔在诵，故最附深衷矣"。子书的"志"则是学术思想家的思想主张，一般与"情"没有必然联系，当然也不排斥有时带有感情。学术思想家在表达自己的学说主张时可以采用各种方法，既不像"经"那样严肃确切，也不像"史"那样恪守真实，为了充分论证自己的观点，除了运用严密的逻辑推理构建自己的理论体系之外，在文辞表达上可以有比喻夸张，也可以有某种假设推测，也可以借用某些神话传说、寓言故事，但其目的是"入道见志"，例如春秋时期："逮及七国力政，俊乂蜂起。孟轲膺儒以磬折，庄周述道以翱翔，墨翟执俭确之教，尹文课名实之符，野老治国于地利，驺子养政于天文，申商刀锯以制理，鬼谷唇吻以策勋，尸佼兼总于杂术，青史曲缀以街谈，承流而枝附者，不可胜算。并飞辩以驰术，餍禄而余荣矣。"这些学术思想家都各有自己的特点，不论是儒、道、墨、法、刑名各派，还是天文、地理、诡辩等各类杂家，诚如刘勰所说："身与时舛，志共道申；标心于万古之上，而送怀于千载之下。"刘勰认为诸子与经集相比，从内容上说除了有价值的一面外，还杂有"踳驳"的一面，"其纯粹者入矩,踳驳者出规",因而只能起"枝条五经"的作用。从这种对诸子的认识出发,刘勰在子书的写作方法上持一种很开放的观点,他指出各家子书的不同写作特征,而并不加以优劣的评价,其云:"研夫孟荀所述,理懿而辞雅;管晏属篇,事核而言练;列御寇之书,气伟而采奇;邹子之说,心奢而辞壮;墨翟随巢,意显而语质;尸佼尉缭,术通而文钝;鹖冠绵绵,亟发深言;鬼谷眇眇,每环奥义;情辨以泽,文子擅其能;辞约而精,尹文得其要;慎到析密理之巧,韩非著博喻之富;吕氏鉴远而体周,淮南泛采而文丽,斯则得百氏之华采,而辞气之大略也。"因为这些写作上的特点,都是和他们不同学说的特点相联系的。像墨子是"执俭确之教",故其文"意显而语质"。孟子"膺儒以磐折",故其文"理懿而辞雅"。而一般认为诸子中那些文学性最强的部分,恰好是刘勰所认为的"踳驳"部分。他说:"若乃汤之问棘,云蚊睫有雷霆之声;惠施对梁王,云蜗角有伏尸之战;列子有移山跨海之谈,淮南有倾天折地之说,此踳驳之类也。"显然,这和他论诗赋等艺术文学时所主张的要有想象和夸张是不相同的,也和他在《辨骚》篇中对神话传说的肯定是不相同的。由此,我们也可以看出刘勰对学术著作和文学作品之差别是认识得非常清楚的。

在中国古代的经、史、子、集中,集部里包含有文学,但集部并不就是文学。持所谓杂文学观念的人往往把集部中除学术研究著作(如王逸的《楚辞章句》之类)、文学批评著作(如诗文评类)等之外的诗文部分等同于文学,其实这也是不确切、不科学的。因为在作家的文集中有相当一部分并不是文学作品,而是一些日常应用的非艺术文章。刘勰在《文心雕龙》"上篇"的二十篇文体论中,所论的文类有许多并不是艺术文学。它们和艺术文学虽有某些共同的方面,但也存在着基本性质的差异。刘勰对这些也是认识得很清楚的。比如《论说》篇讲的是议论、说理文,"论"和"说"都是以议论、说理为其特点的,但它们在运用和表达上又有所不同:"论"是论述道理,"说"是使人悦服。从"论"来说,或是"陈政",或是"释经",或是"辨史",或是"铨文",是所谓"弥纶群言,而精研一理者也"。因为"论之为体,所以辨正然否;穷于有数,追于无形,迹坚求通,钩深取极,乃百虑之筌蹄,万事之权衡也",所以在写作上的特点是:"义贵圆通,辞忌枝碎;必使心与理合,弥缝莫见其隙;辞共心密,敌人不知所乘;斯其要也。"这类文章是以抽象的理性思维为主的,虽然它也会涉及某些自然和社会现象,但都是为阐明"一理"服务的,是为了把这"一理"说透、说充分,故而文辞上切忌烦琐,应当"要约明畅",而且不允许借助于"辨"和"巧"来达到目的。他说:"辞辨者,反义而取通;览文虽巧,而检迹知妄。唯君子能通天下之志,安可以曲论哉?"按,"辨"同"辩",指善于言辞。"辨"和"巧"对艺术文学来说是不可缺少的,但对"论"来说,则反而会使人感到虚妄不实,在讲歪道理。诗赋等艺术文学是以传达"情"为主的,"理"是寓于"情"之中的,但"论"则不能讲究"情",也不是以"情"感人,而是以"精研一理"为中心,讲究对"理"的深入剖析,重在明确的判断和严格的逻辑推理。诗歌创作则不能以"理"为主,所以刘勰对玄言诗是持批评态度的。《明诗》篇说:"及正始明道,诗杂仙心,何晏之徒,率多浮浅。""江左篇制,溺乎玄风,嗤笑徇务之志,崇盛忘机之谈,袁、孙以下,虽各有雕采,而辞趣一揆,莫能争雄,所以景纯仙篇,挺拔而为隽矣。"《时序》篇说:"自中朝贵玄,江左称盛,因谈余气,流成文体。是以世极迍邅,而辞意夷泰,诗必柱下之旨归,赋乃漆园之义疏。"这和钟嵘批评玄言诗"理过其辞,淡乎寡味"(《诗品序》)一样,认为在诗歌这种艺术文学中,是不能以抽象的"理"来代替具体的"情"的。"诗"和"论"是"人文"中两种不同的文类,在基本性质上有原则的差别。"说"在本质上和"论"是一致的,也是要"精研一理"的,但因为它要达到"悦"的目的,必须使对方心悦诚服地相信自己所说的"理",常常要结合具体事例,运用"辨"和"巧"的手段加以细致的分析,所以和文学就有较多相似的地方,像《战国策》中不少辩士之说辞,也可以当作文学作品来读。然而,刘勰认为从根本上说,"说"也不是严格意义上的艺术文学,因为"说"之"悦"是有限度的,"过悦必伪,故舜惊谗说",而非"说之善者"。"凡说之枢要:必使时利而义贞,进有契于成务,退无阻于荣身;自非谲敌,则唯忠与信。披肝胆以献主,飞文敏以济辞,此说之本也。""说"有现实的功利目的,要求对自己主子的"忠与信",而对敌方则可以用各种手段,包括欺骗、诡诈等。"论说"是属于说理性的日常应用文章,而"铭箴""诔碑"等则是属于叙事性的日常应用文章。铭、箴都是为了提醒、警戒所写的文章。刘勰说:"夫箴诵于官,铭题于器,名目虽异,而警戒实同。箴全御过,故文资确切;铭兼褒赞,故体贵弘润。"由于功用不同,所以风格有差异。但在创作上有共同性:"其取事也必核以辨,其摛文也必简而深。此其大要也。"铭和箴都是韵文,字句规整,和诗赋相似,但它们要求叙事的绝对真实性,文辞上则要求简括和深远,这是和艺术文学不同的。艺术文学不要求叙事的绝对真实,是允许有虚构的;在文辞上则要求华美、丰富,而不能过于简约。诔和碑记叙人生平事迹并加以称颂,所以要求作者有"史才",能正确、真实地记录其事迹,也是不能虚构、夸张的。"详夫诔之为制,盖选言录行,传体而颂文,荣始而哀终。""夫属碑之体,资乎史才。其序则传,其文则铭。"显然,其内容特点和写作原则也和艺术文学有本质不同。不过,这些说理文和叙事文虽然本身不属于艺术文学的范围,但有时也可以把这一类文章写成文艺散文,这就是问题的复杂性之所在。比如,书信本来是日常应用文章,不属于艺术文学范围,然而丘迟的《与陈伯之书》就是一篇描写生动的优美文艺散文。移文和檄文一样,都是具有告示性的政治社会方面应用文章,但孔稚圭的《北山移文》则是一篇不可多得的想象丰富的文艺散文。从理论上来认定是文艺散文还是日常应用文章是很困难的,简单地以文体的名称来分肯定不行,必须根据具体文章的特点来做具体分析。我们研究刘勰《文心雕龙》二十篇文体论,可以看出他对每一类文体的性质和写作特点的分析都是很确切的,从中也可以清晰地分辨出艺术文学和非艺术应用文章之间的差别。这对我们研究文艺散文和日常应用文章的差别很有帮助。

  魏晋南北朝时期,人们的文学观念与先秦两汉相比有了很大的进步,这是不可否认的事实。郭绍虞先生早就在他的《中国文学批评史》中指出,汉代对学术和文章已经有了明显的区分,有文学之士和文章之士的不同。唐代姚思廉在《梁书·文学传》中就说:"昔司马迁、班固书并为《司马相如传》,相如不预汉廷大事,盖取其文章尤著也。固又为贾、邹、枚、路传,亦取其能文传焉。范氏《后汉书》有《文苑传》,所载之人,其详已甚。"这种"文章"的观念,后来就一直延续下来了。它所包括的范围还是比较广泛的,也就是我们今天有些研究者所说的杂文学观念。但是这中间并不是没有变化的,应该说在历代都有很多人看到了这众多类型的"文章"中有很不同的情况,并不只是文学体裁的不同,有些存在着原则性的差别,不属于艺术文学的范围,因此许多古代文学理论批评家对它的科学性是产生过怀疑的,其中尤以南朝的文学理论批评家为甚,文笔之争就是在这样的背景下产生的。后来唐人之所以诗、文分论,也是由此而产生的。柳宗元提出"文有二道",有"辞令褒贬,本乎著述"和"导扬讽谕,本乎比兴"的不同;刘禹锡强调文人有以"才丽为主"和以"识度为宗"的不同;都是对宽泛的"文"即所谓杂文学的科学性所表示的怀疑。① 严格地说,汉人所谓的"文章"只是基本上和学术相分离,有时他们也将某些学术性的著作称为文章。不过,曹丕的《典论·论文》和陆机的《文赋》中所论的"文",是不包括学术著作在内的。曹丕把"文"分为四类:"奏议宜雅,书论宜理,铭诔尚实,诗赋欲丽。"严格地说,前三类并不是艺术文学,而都是日常应用文章,只有第四类是真正的艺术文学。曹丕对它们的不同性质特点也是讲得很清楚的。陆机《文赋》把"文"分为十类,将诗和赋这两种艺术文学放在最前面,对后面八种则着重说明它们的内容和形式所决定的风格特征。南朝人则比较明确地把经、史、子和文章分开了,这在萧统的《文选序》中可以看得很清楚。从颜延之、萧统到萧绎对言、笔、文特征的论述,都是为了把"文章"中的艺术文学和非艺术的应用文章等区别开来,但是他们所用以区分的标准在不同程度上都有不够科学的地方,所以最终并不能达到对二者加以正确区分的目的。② 我认为刘勰在这方面比他们都要高明,理解得也要深入得多。刘勰对文笔之争没有明确肯定,也没有明确否定。实际是他认为从本质来说文和笔是有共性的,都属于"人文"的范围,所以说:"夫文以足言,理兼《诗》《书》。"然而它们确实各有个性,有不同的特点,而由于当时严格意义上的艺术文学是以诗赋为主体的,所以用有韵无韵区分也不是完全没有道理。故而他也在《文心雕龙》的文体分类上吸取了区分文、笔的观点。不过,他对颜延之所说"经典则言而非笔,传记则笔而非言"说进行了批评。颜延之的目的是说明在"笔"类里有的有文采,有的没有文采,但以经、传为例显然有

---

① 参见拙作《中国文学理论批评史》上卷第十三章第三节"柳宗元的文学思想",北京大学出版社 2005 年版。
② 参见拙作《中国文学理论批评史》上卷第七章第三节"对文学特征的探讨与文笔之争",北京大学出版社 2005 年版。

失妥当。刘勰在《总术》篇中对此已经讲得很明白了。《文心雕龙》的成书在萧统《文选》和萧绎《金楼子》以前,刘勰虽然没有直接对什么是"文"、什么是"笔"下过定义,但是,他对艺术文学的特征认识之深刻无疑是远远超过了萧统和萧绎的。他在《明诗》篇中明确指出诗歌的本质是人的感情之表现,感情的激荡是外感于物的结果。"诗者,持也,持人情性。""人秉七情,应物斯感,感物吟志,莫非自然。"在《诠赋》篇中首先引刘向、班固之说,指出赋"不歌而颂",乃"古诗之流",在本质上也就是诗,其特点是:"赋者,铺也,铺采摛文,体物写志也。"它也是情和物交互感应的产物,故云:"原夫登高之旨,盖睹物兴情。情以物兴,故义必明雅;物以情观,故词必巧丽。"这就把诗赋等艺术文学和其他非艺术文章从根本性质上做了明确的区分。更为突出的是他对艺术文学的思维和创作特征的认识:《神思》篇对超时空的艺术想象和艺术思维是"神与物游"过程的分析,对艺术构思伴随感情激荡而起伏,"登山则情满于山,观海则意溢于海"的论述,关于艺术构思的结果是凝聚成"意象","独照之匠,窥意象而运斤"的阐释;《隐秀》篇对文学作品中形象的"隐秀"特征的研究,关于"隐以复意为工""秀以卓绝为巧"的见解,特别是对"隐"乃"文外之重旨"、有"义生文外"之妙的强调;《物色》篇对心物辩证关系的阐述,"物以貌求"和"心以理应"、"随物以宛转"和"与心而徘徊"的提出;《比兴》篇对"比显而兴隐","附理者,切类以指事;起情者,依微以拟议"的剖析;《夸饰》篇对艺术夸张的肯定;以及《情采》《镕裁》《体性》等各篇中关于情理并重、情中有理的看法,都是针对艺术文学而言的,涉及文学创作的思维方式、艺术意象的形成、情感在文学作品中的地位、文学形象的审美特征、审美主体和审美客体的辩证结合、文学的艺术表现方法等许多重大的理论问题。对比之下,萧统的"事出于沉思,义归乎翰藻"说[1]和萧绎的"绮縠纷披,宫徵靡曼,唇吻遒会,情灵摇荡"说[2],就显得浅薄多了。刘勰对艺术文学特征的许多论述,对我们今天的研究仍然有着重要的参考价值。

---

[1] 见萧统《文选序》。
[2] 见萧绎《金楼子·立言篇》。

这里必然要涉及对《文心雕龙》"下篇"二十五篇的认识问题,也就是他有关构思、创作、批评等一系列论述是否都适合于包括经、史、子在内的广义的"人文"的各类文章之写作？我的看法是后二十五篇所论主要是就艺术文学而言的,但是其基本原理也适合非艺术文章的写作。《文心雕龙》"上篇"二十五篇中,前五篇属于"文之枢纽",是关于"人文"的普遍性原理,正式讲文类是从第六篇《明诗》开始的。刘勰把《明诗》《乐府》《诠赋》这些严格意义上的艺术文学放在最重要的地位,绝不是偶然的。这说明刘勰虽然论述的范围很广,但真正着意研究的还是艺术文学,之所以从广义的"文"入手,是因为只有这样才能更清楚、更正确地认识文学的本质。有韵之"文"在前,无韵之"笔"在后,韵散兼有的《杂文》《谐隐》居中,这种排列的方法也可以充分说明:刘勰基本上是以文学还是非文学、文学性强还是文学性弱作为先后顺序的标准,但是也照顾到文类大小与重要不重要,所以在"笔"类里面还是把《史传》《诸子》放在前面的,虽然它们并不属于集部。研究中国古代人的文学观念必须有历史的发展的眼光,要考虑到文学观念的形成是不能离开当时的文学发展状况的。刘勰所处的时代,小说还处在萌芽状态,应该说真正的小说还没有产生。至唐人传奇"始有意为小说"(鲁迅《中国小说史略》),如胡应麟所说:"至唐人乃作意好奇,假小说以寄笔端。"(《少室山房笔丛·二酉缀遗》)戏曲也没有发展起来。这时文学的形式主要就是诗赋和散文,而散文的文学界限是非常难以确定的,即使在今天也无法科学地加以解决。比如,一般的应用文、公牍文本来是不能算文学的,但是如果写得非常生动形象,也可以成为一篇很好的文学散文。所以中国古代的散文也就更加复杂,很难分辨它究竟是文学还是非文学,即使是有韵之"文",如铭、箴、诔、碑、哀、吊等,有些是文学,有些就不是文学。而无韵之"笔"中,如檄、移、序、跋等,有的就是极其优美的文学散文,有些就不能算是文学。刘勰的文学观念也不可能超越当时文学发展的实际,他的《文心雕龙》也不可能不包括很多非文学的文章在内,例如章、表、奏、议等等。在这样的创作状况下,刘勰能突出诗赋,把无可争议的艺术文学作为"文"的主体,说明他的文学观念在当时是很先进的,这实在是很了不起的事。而他在"下篇"中主要根据诗赋的创作来构建他的创作理论和批评理论体系,他所引用的作品也绝大部分都是诗赋的例子。《神思》篇中所分析的创作构思,可以清楚地看出那的确是艺术思维,而不是一般的文章构思。在论述构思迟速时所举的十二位作家创作的例子,除王充《论衡》与阮瑀作书属于著作和书信外,其他都是创作诗赋的例子。《体性》篇所讲的风格本来对艺术文学和非艺术的文章都是适合的,但是刘勰所举的十二位作家主要也是以创作诗赋出名的。《风骨》自然也是对艺术文学提出的一种审美标准。《通变》篇第二段讲文学自古至今的历史演变,实际讲的全是诗赋的历史演变,所举实例也都是汉赋内容。《隐秀》篇所强调的"文外之重旨"和"篇中之独拔者",则更明显是从诗赋创作中总结出来的,是体现了文学形象的审美特征的。《声律》《丽辞》《比兴》《夸饰》所论,毫无疑问都是以诗赋为主的艺术文学的技巧方法。《情采》《镕裁》所说的作品内容和形式关系、组织结构、意辞剪裁,《章句》《练字》《事类》所说的文字技巧,则是艺术文学和非艺术文章都有的共同问题。因此,从总体上说,刘勰的创作理论是以艺术文学为中心的。在他的文学观念里,审美的艺术文学是"文"的核心,所以《文心雕龙》的性质也主要是文学理论,不能归结为只是文章学著作。他对一些非艺术的文章写作上不同于"下篇"论艺术文学创作的地方,都在论述该文体的专篇中做了说明。比如《史传》篇所强调的不同于《隐秀》篇的"实录无隐之旨"。《诸子》篇把《庄子》《列子》中的一些夸张、想象内容归入"踳驳之类"。《论说》篇重在"理形于言,叙理成论","必使心与理合","辞共心密",而不言"情"与"物"的关系。《议对》篇中说"议"的写作,"文以辨洁为能,不以繁缛为巧;事以明核为美,不以深隐为奇"。策对的写作则必须"使事深于政术,理密于时务"。如此等等,还有很多。不过,由于刘勰的文学观念是不但要认识诗赋等艺术文学的特殊个性,也要看到它作为"人文"一部分所具有的"人文"共性,因此他在《文心雕龙》"下篇"中论创作各篇所涉及的构思中的主体与客体的融合、风格与作家才性的关系、继承和创新的统一以及作品所体现的作家人格精神(风骨)等,其基本原理与非艺术的文章之写作也是可以相通的。至于声律、对偶、比兴、夸张等艺术技巧,在非文学的文章中也可以有某些适当的运用,故而,《文心雕龙》同时也可以说是一部文章学著作。所以,不对中国古代人的文学观念及其演变发展做认真的研究,看不到很多重要的文学理论批评家对宽泛的"文"的科学性的怀疑,以及他们对艺术文学和非艺术文章之间差别的认识,随便地肯定杂文学观念,把它说成是中国古代文学的民族传统,不仅是不科学的,而且还会导致文学理论上的混乱。

由于受整个文化思想发展的历史条件限制,刘勰的文学观念也存在着某些不够科学的地方。虽然他很细致地分析了各个不同文类的特点以及它们之间的异同,也清楚地看到了诗赋这样的艺术文学的独有特征,但是他没有能明确地提出这众多的文类实际上包括艺术文学和非艺术文章两大部分。他没有能在文笔之争的基础上进一步从理论上把它推向深入,在区分这两大部分不同的要求上不如萧统和萧纲、萧绎那样自觉和强烈,没有像萧绎那样把问题提得非常尖锐。萧绎曾非常明白地指出,不仅学者和文人不同,笔才和文才也绝不相同:"至如不便为诗如阎纂,善为章奏如伯松,若此之流,泛谓之笔。吟咏风谣,流连哀思者谓之文。"萧纲在《与湘东王书》中也曾严厉批评裴子野"质不宜慕",说"裴氏乃是良史之才,了无篇什之美"。这也许和他过于强调了"人文"的共性有关,但也和文艺散文和非文艺散文之间的界限实在很难区分有关。这种不足在当时的历史条件下是可以理解的,但我们也不必因为刘勰《文心雕龙》的成就卓著,而回避他文学观念中的这种不够科学的地方。

第二节 《文心雕龙》的体例和结构

刘勰的《文心雕龙》一共五十篇,是一部有完整的科学体系和严密的组织结构的文学理论巨著。刘勰在《文心雕龙》的《序志》篇中曾对他全书的体系做过一个概况的介绍。他说:

> 盖《文心》之作也,本乎道,师乎圣,体乎经,酌乎纬,变乎骚,文之枢纽,亦云极矣。若乃论文叙笔,则囿别区分,原始以表末,释名以章义,选文以定篇,敷理以举统,上篇以上,纲领明矣。至于割情析采,笼圈条贯,摛神性,图风势,苞会通,阅声字,崇替于《时序》,褒贬于《才略》,怊怅于《知音》,耿介于《程器》,长怀《序志》,以驭群篇,下篇以下,毛目显矣。位理定名,彰乎《大易》之数,其为文用,

四十九篇而已。

可见,刘勰在写作《文心雕龙》以前,是有过一个周密的考虑的。从他的这一段说明中,我们可以知道,《文心雕龙》全书内容分"上篇"及"下篇",其中包括三大部分:前五篇是总论;第六至第二十五篇是对各类不同文体的历史发展状况的叙述;第二十六篇至第四十九篇是有关文学创作、文学批评、文学发展、作家修养等综合性理论的论述。我们可以根据他的这段论述说明其中的逻辑层次:

文之枢纽(文学本体论):"本乎道,师乎圣,体乎经,酌乎纬,变乎骚。"

  原道——通
  征圣——通
  宗经——通
  正纬——变(方向错误)
  辨骚——变(方向正确)

论文叙笔(文学文体论):"原始以表末,释名以章义,选文以定篇,敷理以举统。"

  有韵之文:
    明诗
    乐府
    诠赋
    颂赞
    祝盟
    铭箴
    诔碑
    哀吊
    杂文(兼有无韵之笔)
    谐讔(兼有无韵之笔)

无韵之笔：

    史传

    诸子

    论说

    诏策

    檄移

    封禅

    章表

    奏启

    议对

    书记

割情析采(文学创作论)："摛神性,图风势,苞会通,阅声字。"

创作原理：

    神思——创作构思

    体性——个性风格

    风骨——艺术美理想

    通变——继承创新

    定势——文体风貌

    情采——内容形式

表现技巧：

    镕裁

    声律

    章句

    丽辞

    比兴

    夸饰

    事类

    炼字

意象特征：

　　隐秀

常见弊病：

　　指瑕

作家修养：

　　养气

统筹兼顾：

　　附会

重视文术：

　　总术

披文入情（文学批评）："崇替于时序，褒贬于才略，怊怅于知音，耿介于程器。"

　　时序——文学和时代
　　物色——文学和自然
　　才略——作家才能
　　知音——文学批评的态度和方法
　　程器——文人遭遇

全书总序："长怀序志，以驭群篇。"

　　序志

上述简易分类是完全以现存《文心雕龙》的篇目次序来做分析的，从中可以看出，《文心雕龙》篇目的排列，是经过作者非常细致的理论思考的，体现了一个完整的文学理论体系，不仅在中国文学理论批评史上是独一无二的，而且在世界文学理论史上也是极为罕见的。它把史和论结合在一起，互相补充，为具有东方特色的中国文学理论批评构建了一个基本的框架，为后来文学理论批评的发展和深化奠定了一个基础。根据这个特点，从现代科学的文学理论观点来看，刘勰《文心雕龙》中的文学理论体系，可以从下面这几个部分做深入具体的剖析，并进而探讨他的文学思想的历史渊源。

关于《文心雕龙》的篇目次序,学术界也有一些不同意见,有些学者认为现在的篇目次序并不是刘勰原来的次序,主要是在"下篇"的篇目次序上不同。他们的根据是《文心雕龙·序志》篇的上段论述,按照"摛神性,图风势,苞会通,阅声字"的说法,《定势》篇应该在《风骨》篇之后,紧接着应该是《附会》篇和《通变》篇。另外,有些学者认为《物色》篇的位置应该提前,例如周振甫先生就有这样的看法,他在《文心雕龙今译》中说:"《物色》是创作论中的一篇,应该列在'刻镂声律'的《声律》前。"[①]其实,我认为这些说法并无足够的根据。刘勰在《序志》篇中对后二十五篇并没有详细地说明其次序,而只是大略地举了比较重要的几篇,特别是由于骈文的对偶和韵律要求,他说的并不是严格的次序,而是主要内容举例。另外,刘勰《文心雕龙》的各种版本全部都是现在这样,没有任何其他的文献根据。更为重要的是刘勰对有些篇章内容的认识是和当时人们的认识一样的,而不是像我们现在这样来理解的。比如《物色》讲的是自然物色和文学创作的关系,所以它和《时序》的性质一样,都是文学批评方面的问题,强调文学批评要研究文学和社会、自然的关系。虽然它里面很深刻地论述了文学创作中的心物关系,涉及文学的美学本质问题,但这是我们现代的认识,不可以强加在一千五百多年前的刘勰身上。

---

① 《文心雕龙今译》,第407页,中华书局1986年版。

第三章 文之枢纽
——文学本体论

第一节 《文心雕龙》的原道论
——论文学的本质和起源

《文心雕龙》前五篇是对"文"的基本性质之论述,故称为"文之枢纽"。而其中第一篇《原道》则为最重要的核心,是对文学的本质与起源及基本特征的论述。刘勰以前,汉代的一部重要学术著作《淮南子》中有《原道训》一篇。高诱注道:"原,本也。本道根真,包裹天地,以历万物,故曰原道。"《淮南子》是从哲学的角度讲"原道",刘勰是从文学本质的角度讲"原道",两者是不同的。但是也有共同的方面,这就是说,"道"是天地万物之本,亦是"文"之本。所以,清代的纪昀在评《文心雕龙·原道》篇时说:"文以载道,明其当然;文原于道,明其本然。识其本,乃不逐其末。"我们认为这个解释是符合刘勰原意的。刘勰在《文心雕龙·原道》篇中所要说明的中心问题,便是指出"文"的本质乃是"道"的体现。故其开宗明义第一句话便说:"文之为德也大矣,与天地并生者何哉?"这是对"文"的实质的一个重要说明,其关键是在对"德"字的理解上。许多研究者对这一句话似乎重视不够。《文心雕龙》的旧注一般对它没有做什么注释。范文澜先生在《文心雕龙注》中说:"按《易·小畜·大象》'君子以懿文德'。彦和称文德本此。"范注以儒家德教来释"德"字,大约是从刘勰信奉儒家学说的角度来推测的。但刘勰此处之"德",指的是"文"和天地并生之特点,以"文德"释之,是不确的。周振甫先生在《文心雕龙注释》一书中说:"德,指功用属性,如就礼乐教化说,德指功用;就形文、声文说,德指属性。就形文、声文说,物都有形或声的属性;就情文说,又有教化的功用。文的属性或功用是这样遍及宇宙,所以说'大矣'。"这个解释也欠明确,说形文、声文中形或声的属性,并未涉及其本质,仅指其外在表现形式;说情文有教化功用,则与范注"文德"说接近,指内容而言,与形文、声文亦不统一。这大约与刘勰原意并不相符。从刘勰原文含义来看,"文之为德也大矣",是因为"文"是"道"的体现,从这一点上说,是"与天地并生"的。陆侃如、牟世金先生《文心雕龙注释》释"德"字为"意义",把这一句译为"文的意义是很重大的",其实没有把"德"字的含义反映出来。因为刘勰的原意是:"文之为德",其意义是很重大的。我们认为,从《原道》篇的基本思想来看,这个"德"就是"得道"的意思。刘勰这一句话的意思是说:文作为"道"的体现,其意义是很重大的,所以是和天地并生的,因为天地也是"道"的体现。这和《老子》讲的"德"即"得道"之意是一致的。刘勰在《文心雕龙》一开始就明确告诉我们,文学的本质是:"道"是其内容,"文"是其表现形式。

刘勰在《原道》篇中所说的"文"的概念,有广义和狭义两方面的含义。广义的"文",实质上即是说宇宙万物的表现形式。比如:"日月叠璧,以垂丽天之象",这是天文;"山川焕绮,以铺理地之形",这是地文;而"傍及万品,动植皆文","龙凤以藻绘呈瑞,虎豹以炳蔚凝姿","云霞雕色","草木贲华",这就是万物之"文"。任何事物都有它一定的外在表现形式,这就是广义的"文";而任何事物又都有它内在的本质和规律,这就是"道"。"道"对于不同事物来说,有它不同的表现形式,因此,"文"也就千差万别,各不相同。"道"是物的内容,"文"是物的形式;"文"就是"道"的外化。作为万物之灵的"人",乃是"五行之秀",是"天地之心",自然也有其内在的"道"与外在的"文"。人的"文"就是"人文",也就是用语言文字来表现的文章,自然也就包括了我们今天所说的纯文学在内。对于作为天地万物的表现形式的广义的"文"来说,"人文"是狭义的"文",即是作为人性灵之表现的具体的文章。天地万物的"道"和"文"(广义的"文"),在人身上的体现即是"心"和"文"(狭义的"文")。在刘勰看来,"道"和"心"是"文"的内容,"文"(包括广义和狭义)则是其美的表现形式。刘勰在《文心雕龙》中所要论述的不是广义的"文",而是狭义的"文",亦即"人文"。然而,不论是广义的"文"还是狭义的"文",作为"道"的体现这一点是一致的,所以,《原道》篇就要从广义的"文"与"道"

的关系来说明狭义的"文",亦即"人文"的本质。刘勰认为"道"是内容,"文"是形式,这是包括人在内的宇宙万物所客观存在的自然规律。故而他说:天地之"文","此盖道之文也"。动植之"文","夫岂外饰,盖自然耳"。而人文呢?"心生而言立,言立而文明,自然之道也。"这里的"自然之道"的"道",和本篇题目《原道》之"道",以及讲天文地文时说的"道之文"的"道",是不同的。"原道"之"道",以及讲天文地文时说的"道之文"的"道",指的是事物的本质和规律,而此处"自然之道"之"道"字,即是一般说的"道理"之意。周振甫先生《文心雕龙选译》中译为"自然的道理",这是很正确的。此"道"并非特殊术语,因为这里上文所说"心生而言立,言立而文明"中的"心"与"文",即"道"与"文"。有的学者把这个"自然之道"的"道"和"道之文"的"道"相混,合而为一,结果就容易把"道"的含义弄乱,反而不容易认识刘勰论"道"的真正意思所在。由此而得出刘勰之"道"即老庄之"自然之道",未免过于简单。刘勰在《原道》篇中反复阐明"人文"和天地万物之"文"都是"道"的体现,认为这是一个很自然的道理。因为人和天地动植等物的区别就在于天地动植万物是"无识之物",而人则是"有心之器":"夫以无识之物,郁然有彩,有心之器,其无文欤!"

　　刘勰虽然首先阐明了"文"和"道"的一般道理,但是他并没有到此为止,这仅仅是对"文"的最广泛意义的说明。他在《原道》篇中还进一步从"人文"的起源、发展来阐明"人文"的本质及其特点。刘勰根据传统的说法,认为《周易》的八卦是"人文"的起源。他说:"人文之元,肇自太极,幽赞神明,易象惟先。"对刘勰这几句话也有一个解释的问题。"太极"生天地,人是"天地之心","心生而言立,言立而文明",所以"太极"是"人文之元"。其实,这里的"太极"指的是"易象",即八卦。因为"太极→天地→人→文"这个道理在《原道》篇第一段中已经讲清楚了,第二段说的是最早的"人文"之产生和发展。这四句话中,"肇自太极"和"易象惟先"的含义是一样的,它是骈文常见的"互文见义"的表达形式。这几句话的意思是:"人文"的起源始自八卦,它乃是神明意志的体现。因此下文接着就说:"庖牺画其始,仲尼翼其终。"也就是说,八卦是由伏羲首先画下来的,孔子作"十翼",使其含义更加分明了。刘勰这里关于孔子作《易传》的说法也是采取传统说法，这本是不确切的。不过我们在这里先不去管它。这和《原道》篇第三段开始四句的表达形式是一致的。其云，"爰自风姓"和"玄圣创典"同义，指伏羲始画八卦是"人文"之始。"孔氏"亦即"素王"，"暨于孔氏"和"素王述训"同义，指"仲尼翼其终"，皆为骈体文之"互文见义"。其实，八卦并非"人文"之起源，它不是最早的文字，文字的产生显然比八卦要早。不过，刘勰这种看法在当时是一种流行的观点。比如萧统在《文选序》中就说："逮乎伏羲氏之王天下也，始画八卦，造书契，以代结绳之政，由是文籍生焉。"而且，萧统这种对"人文"起源的看法，很可以作为说明刘勰对"人文"起源看法之重要旁证。我们在这里着重指出的是，刘勰所要强调说明的是从伏羲画八卦到孔子作《易传》，作为事物普遍规律的"道"才得到了充分的文字的阐明。其后，六经中的其他各篇都是从不同角度对《易经》所阐述的"道"的具有经典性的具体发挥。经过圣人的这样一些工作，"道"也就能为大家所懂得、所掌握，而孔子由于"镕钧六经"，起到了"写天地之辉光，晓生民之耳目"的伟大作用。在论述"人文"之旨先被创造出来的时候，刘勰采用了《系辞》的观点，认为是伏羲受神明的启示而画了八卦。他所说的"幽赞神明，易象惟先"，亦即《系辞》所说的"河出图，洛出书，圣人则之"之意。于是，刘勰对"人文"的本质和特点就做了如下归纳与总结。他说：

> 爰自风姓，暨于孔氏，玄圣创典，素王述训，莫不原道心以敷章，研神理而设教，取象乎《河》《洛》，问数乎蓍龟，观天文以极变，察人文以成化；然后能经纬区宇，弥纶彝宪，发挥事业，彪炳辞义。故知道沿圣以垂文，圣因文而明道，旁通而无滞，日用而不匮。

刘勰认为，从伏羲到文王、周公、孔子这些圣人的功绩，就在于他们创造和发展了"人文"，使作为宇宙万物普遍规律的"道"通过文字得到了明白的表述和深入的阐发，而圣人也因为创造和发展了"人文"而懂得了"道"，并为万民立身行事树立了榜样，使他们有了可供依据的准则。也就是说，"人文"不仅仅是"道"的体现，而且是对抽象的"道"的具体的表述，是"道"的最集中的反映。这样，刘勰把天地万物之"文"和"人文"紧密地结合了起来。

刘勰所说的广义的"文"所体现的"道",是说宇宙万物内在的普遍的自然规律,这近于老庄所说的那种哲理性的"自然之道"。但是刘勰所说的狭义的"文",即"人文"所体现的"道",则是指具体的儒家的社会政治之"道"。换句话说,刘勰认为儒家的社会政治之"道"乃是对作为普遍的自然规律的哲理之"道"的具体运用和发挥,这也是六经之所以有崇高地位之缘由。这样刘勰就把老庄那种哲理性的"自然之道"具体化为儒家之"道",又把儒家之"道"上升为普遍的自然规律之体现,抽象化为老庄的哲理之"道"。这里,我们必须看到,在《文心雕龙》中,刘勰的着眼点仍然是在具体的儒家之"道",因为《文心雕龙》所要阐述的不是天地万物之"文",而是"人文"。他之所以要把近于老庄的抽象的哲理之"道"和儒家的具体社会政治之"道"结合起来,目的是要从哲学上提高儒家之"道"的地位,把老庄之"道"熔铸到儒家之道中来,这和魏晋南北朝时期玄学的泛滥和老庄哲学在上层社会中的重要地位是有密切关系的。

刘勰对于"道"的这样一种认识,从历史渊源上看,主要是继承和发展了荀子和《易传》的思想。荀子是先秦的一位以儒为主、兼取各家之长的重要思想家。荀子所说的"道"就是以儒为主、兼包老庄之"道"。荀子对"道"的论述中,一方面含有普遍的自然规律的意义,例如《解蔽》篇中说:"夫道者,体常而尽变,一隅不足以举之。"指出"道"乃是事物中普遍存在的规律。《哀公》篇说:"大道者,所以变化遂成万物也。"《天论》篇说:"天有常道矣。"梁启雄在《荀子简释》中谓此"二道字指天行或天演",这是正确的。这两处的"道"都是说客观事物内在的规律。又荀子在《天论》篇中说:"万物为道一偏,一物为万物一偏。"梁启雄说,这个"道"即是指"大自然"。这说明"道"乃是广泛地存在于"万物"之中的,任何一个具体的"物"都是"道"的一种表现形式。从这些地方看,荀子所讲的"道"接近老庄所说的"自然之道"。通过"玄览""虚静"而达到"大明"境界,进入这种认识的最高阶段,才能真正认识"道",把握"道"。《庄子·在宥》篇指出只有达到"大明"境界,才有可能懂得什么是"至道之精""至道之极"。其《天道》篇说:"圣人之静也,非曰静也善,故静也。万物无足以铙心者,故静也。水静则明烛须眉,平中准,大匠取法焉。水静犹明,而况精神?圣人之心,静乎天地之鉴也,万物之镜也。夫虚静恬淡,寂漠无为者,天地之平,而道德之至,故帝王圣人休焉。"荀子也吸取了老庄的这种思想,他认为对"道"的认识也要靠"虚壹而静"。他在《解蔽》篇中说:"人何以知'道'?曰心。心何以知?曰虚壹而静。"他指出,"虚静"可以达到"大清明"境界,就能认识"道",把握"道"。不过,老庄认为要达到"大清明"这种认识的高级阶段,必须依靠"无知无欲",排斥一切具体的认识和实践;而荀子则是主张要通过学习,在具体认识和实践的基础上进入"大清明"境界。刘勰由于把老庄之"道"和儒家之"道"统一了起来,所以他在论"文"的创作即如何以"文"去体现"道"时,也首先强调"虚静",这在《神思》篇中有明确论述。不过在创作上论"虚静"时,他又更多受老庄影响,此点我们将在下文论"神思"时再详谈。

　　荀子对于"道"的认识,除了有上述和老庄之"道"一致的方面以外,主要还是讲儒家的社会政治之"道",而且认为这就是作为普遍的自然规律的"道"的集中表现。他在《儒效》篇中说:"圣人也者,道之管也。天下之道管是矣。百王之道一是矣。"《天论》篇中又说:"百王之无变,足以为道贯。"认为"天下之道""百王之道"都汇集到了圣人那里,圣人把它们统一起来了。而经历了百代帝王都没有改变的东西,足以成为贯穿始终的"道"。他把儒家的社会政治之"道"看成具有哲理性的一种普遍的原理。而圣人正是这种原理的阐述者和代表者。荀子还说,"文"是明"道"的,他在《正名》篇中指出,言词辩说乃是"心之象道也",是"心"对"道"的认识之表现。在《儒效》篇中,荀子说《诗》《书》《礼》《乐》《春秋》这些儒家经典都是阐述"道"的,不过它们阐述"道"的角度又是各不相同的。他说:"故《诗》《书》《礼》《乐》之(道)归是矣。《诗》言是其志也,《书》言是其事也,《礼》言是其行也,《乐》言是其和也,《春秋》言是其微也。"荀子不仅把儒家的社会政治之"道"和老庄的"自然之道"统一起来,而且认为它集中体现在六经之中,所谓"天下之道毕是矣"。由此可知,刘勰对"道"的基本认识,以及他关于道、圣、文、经之间的关系的分析,是和荀子的思想有一脉相承的关系的,正是吸收了荀子的思想资料而做了具体的发挥。

　　刘勰关于"文"本于"道"的思想的另一个重要思想来源是《易传》,主要是《系辞》。《系辞》的写成时间在《易传》各篇之中是最晚的,大约在战国后期。《系辞》中所说的"道"和荀子所说的"道"是很接近的,既是一种哲学上的"道",又是一种社会政治之"道"、儒家之"道"。《系辞》论"道"的特点也是要把儒家的社会政治之"道"上升为哲学上的"道",强调它是体现宇宙万物普遍的一种亘古不变的真理。《系辞》说:"一阴一阳之谓道。"认为宇宙万物之产生及其变化发展,都是阴阳两种因素相结合的结果。事物由于禀赋的阴阳二气之不同,而分别表现为各种不同的情状。因此,这里所说的"道"正是指事物所具有的一种普遍的规律。《系辞》又说:"易与天地准,故能弥纶天地之道。仰以观于天文,俯以察于地理,是故知幽明之故。"这里所谓"天地之道",即是指天地万物所具有的内在规律和本质。《系辞》的作者认为这种"道"是体现于万物之中的,它"知周乎万物","曲成万物而不遗",《易》就是讲的这样的"道",圣人所阐明的也是这样的"道"。《系辞》这种对于"道"的认识和刘勰在《原道》篇中说的"文之为德也大矣,与天地并生者何哉"的观点是很一致的。《系辞》把宇宙万物分为"道"和"器"两大类,说:"形而上者谓之道,形而下者谓之器。""器"是体现"道"的。这一点也直接为刘勰所接受,《文心雕龙·夸饰》篇中就引用了这两句话。《系辞》中所说的这种"道"和"器"的关系,实际上也就是刘勰在《原道》篇中所讲的广义的"道"和"文"的关系。

然而,把"道"上升到哲学的高度,还并不是《系辞》作者论"道"的关键所在,这只是为了说明圣人之"道"是一种崇高的真理而已。《系辞》论"道"的重点仍在于说明这种至高的"道"乃是由圣人来加以阐明的。《易经》就是圣人对天地万物"自然之道"的具体的论述,并把它运用于说明具体的社会政治之"道"的表现。所以《系辞》说:"圣人立象以尽意,设卦以尽情伪,系辞焉以尽其言。"《系辞》的作者认为,圣人之所以成为圣人,是因为他能懂得这个作为宇宙万物普遍规律的"道",并能把它用来说明社会政治生活中的种种所应遵循之原则。"夫《易》,圣人之所以极深而研几也。"圣人研究和掌握《易》"道",是为了懂得如何治理天下。"唯深也,故能通天下之志。唯几也,故能成天下之务。""是故圣人以通天下之志,以定天下之业,以断天下之疑。"《易经》正是要从这个角度说明圣人所论述的社会政治之道,乃是作为事物普遍规律的天地万物之道的最重要的表现。"是以明于天之道,而察于民之故。"《易经》之目的是要把自然天道与社会人道相结合,以自然天道来说明社会人道。《系辞》认为《易经》即是最早之"人文"。《易经》中的卦辞、爻辞乃是圣人对"道"的具体说明,是用自然天道来阐明社会人道的具体表现。其云:"圣人有以见天下之赜,而拟诸其形容,象其物宜,是故谓之象。圣人有以见天下之动,而观其会通,以行其典礼,系辞焉以断其吉凶,是故谓之爻。""极天下之赜者存乎卦,鼓天下之动者存乎辞。"这种思想可以说完全为刘勰所接受,他在《原道》篇后一部分中所论述的,正是对《系辞》中这种思想的具体发挥。他对道、圣、文三者关系的分析,也是从总结《系辞》中的这种观点而来的,因此,刘勰不仅引用了《系辞》中"鼓天下之动者存乎辞"的话,并进一步说明:"辞之所以能鼓天下者,乃道之文也。"刘勰指出,人文之所以能起到巨大的社会政治作用,乃是因为它是"道"之文。

　　《系辞》在解释圣人为什么能具体地阐明天地万物之"道",把天文、地文发展为"人文"时,认为这是上天神明的意志的体现,"天垂象,见吉凶,圣人象之。河出图,洛出书,圣人则之"。这就是刘勰在文学起源问题上观点的由来。刘勰接受了《系辞》这种"人文"起源论,把"人文"的最早产生归之于神的显灵,这显然不能仅仅归之于前代思想资料的客观影响,还应当看到刘勰本人思想的复杂性,特别是他所受的佛教思想的影响。佛教的有神论和神不灭论与《系辞》中的思想是可以相通的。刘勰所处的时代正是佛教泛滥十分严重的时代。在当时那一场神灭论与神不灭论的尖锐激烈的思想斗争中,刘勰是鲜明地站在神不灭论一边的。他是一个有神论者,而不是无神论者,这从他遗留下来的两篇佛教论文中可以看得很清楚。所以,刘勰在论"文"与"道"的关系时,常常把"道心"和"神理"并提。《原道》篇中说:圣人之"文","莫不原道心以敷章,研神理而设教,取象乎河洛,问数乎蓍龟"。其篇末"赞"中也说:"道心惟微,神理设教。""神理"这个概念在不同的时代、不同的人和不同的场合,有各种不同的含义。后来文学理论批评中有些人讲的"神理",常常是指艺术描写能表达出事物内在的自然之理。比如王夫之《唐诗评选》中评杜甫《石壕吏》说:"片断中留神理,韵脚中见化工。"又评杜甫《千秋节有感》诗说:"杜于排律,极为漫烂,使才使气,大损神理。"后来,王国维在《人间词话》中说:"美成《青玉案》词:'叶上初阳干宿雨。水面清圆,一一风荷举。'此真能得荷之神理者。"亦与王夫之所论甚为接近,指荷花之内在的自然之理描绘得传神。然而,刘勰所说的"神理"显然与此不同,而是一种哲学和宗教意义上的"神理",它与"道"的含义实际是一致的,指的是一种事物内在的本质与规律,而它又是由神明所启示给人类的。按,《文心雕龙》一书中,涉及"神理"者共有七处。《原道》篇中凡三见,除上述两处外,尚有一处,其他篇中凡四见,现并列举如下:

若乃河图孕乎八卦,洛书韫乎九畴,玉版金镂之实,丹文绿牒之华,谁其尸之,亦神理而已。

——《原道》

《经》显,圣训也;《纬》隐,神教也。圣训宜广,神教宜约;而今《纬》多于《经》,神理而繁,其伪二矣。

——《正纬》

赞曰:民生而志,咏歌所含。兴发皇世,风流《二南》。神理共契,政序相参。英华弥缛,万代永耽。

——《明诗》

五色杂而成黼黻,五音比而成《韶夏》,五情发而为辞章,神理之数也。

——《情采》

造化赋形,肢体必双;神理为用,事不孤立。夫心生文辞,运裁百虑,高下相须,自然成对。

——《丽辞》

这七处讲"神理",其基本含义都是相同的,都是指神明所启示予人类的客观真理,亦即"道"。上述《原道》篇中所说之"神理",是直接从河图、洛书两句引申出来的,认为易象、《洪范》都是神明意志的体现。《正纬》篇中指出纬书是一种"神教",即神明的训示,是体现"神理"的。这和上例完全一致。《明诗》篇"赞"中所说,是对诗歌的赞美。所谓"神理共契,政序相参",即是指古代优秀的诗歌既是"神理"之体现,又是政教之表述,这和《正纬》篇中讲的"圣训""神教"之说可参照,也就是说,诗歌从根本上说,既反映了"圣训",又包含了"神教"。《情采》篇说的是,无论"形文""声文""情文"都是"道"也就是"神理"之体现。这和《原道》篇所说"原道心以敷章,研神理而设教"可以参照。《丽辞》篇前四句是讲人的产生和"人文"的起源,"神理为用,事不孤立",正是说最早的"人文"也即八卦,都是两两相对而成偶的。所以,此"神理"概念与上述多处亦同义。由此可知,刘勰所说的"神理"是不能和后来文学理论批评中的自然之理相提并论的,确实带有神秘的色彩。而他在两篇佛学著作中也曾讲到"神理"的概念。比如:

> 彼皆照悟神理,而鉴烛人世,过驷马于格言,逝川伤于上哲。
> ——《灭惑论》

> 夫道源虚寂,冥机通其感;神理幽深,玄德司其契。

> 镇南将军江州刺史建安王,道性自凝,神理独照,动容立礼,发言成德,英风峻于间平,茂绩盛乎鲁卫。
> ——《梁建安王造剡山石城寺石像碑》

这里讲的"神理"都是指佛道而言的,反映了佛教的有神论思想。同时我们还可以从刘勰协助僧祐编撰的《出三藏记集》一书中看到"神理"一词也有相当广泛的运用,其含义和刘勰上述十处的含义是相同的,而且很明显是指神佛之理。如《胡汉译经音义同异记第四》中说:"夫神理无声,因言辞以写意;言辞无迹,缘文字以图音。故字为言蹄,言为理筌,音义合符不可偏失。是以文字应用弥纶宇宙,虽迹系翰墨而理契乎神。"这里非常明确地说言辞所表达的"神理"其"理契乎神"。僧祐在《出三藏记集·录上卷第二》中说:"法宝所被远矣。夫神理本寂,感而后通。"这里的"神理"自然也是指佛家的神理。又于《慧远法师传》中说:"外国众僧咸称汉地有大乘道士,每至烧香礼拜辄东向致敬。其神理之迹,固未可测也。"这也是指慧远对佛的"神理"之传播所产生的影响。"神理"一词是当时佛教的通用词语,刘勰既精通佛学经典,自然也清楚地知道"神理"就是指神佛的至高原理,并不是万物内在的自然之理,这是非常明显的事。但是,这里我们也必须看到这样一点:刘勰所讲的"道"有宇宙万物的本质规律之含义,因此也包含了"自然之道"的因素。而他在讲"人文"起源时又吸收了神明启示的观点。所以,他在《文心雕龙》中讲的"神理"既包含有自然之理的方面,又带有神秘的色彩。后者主要就在于他认为这种客观的自然之理在被人掌握之时,起初是由神明做中介加以启示的。在"神理"含义的理解上,刘勰也表现了儒、道、佛合流的思想。

刘勰在论述文学的本质与起源问题时,所表现的这种儒、道、佛三教合流的思想,仍是与当时社会上的三教合流思潮完全一致的。不过他的《文心雕龙》主要是论述"人文"的,是一部文学理论著作,是他为了求得政治上的发展而写的。他在《文心雕龙·程器》篇中说:"盖士之登庸,以成务为用。鲁之敬姜,妇人之聪明耳;然推其机综,以方治国,安有丈夫学文,而不达于政事哉!"儒家思想表现得较为突出,是以儒为主而兼通道、佛,但这也主要是在有关文学的本质、社会功用等问题上较为明显,而在文学的创作理论方面,佛道思想特别是老庄和玄学思想的影响则要更多一些。

具体地分析和研究刘勰《文心雕龙·原道》篇中关于"文"的本质和起源的论述,探讨它的历史渊源,对于我们正确认识刘勰的文学思想体系是非常重要的,是我们打开刘勰文学思想体系大门的一把钥匙。学术界关于刘勰的"道"到底是什么"道"的争议中,有的认为是老庄的"自然之道",有的认为是儒家之"道",有的认为是佛家之"道"。这些都有一定道理,但是也都有绝对化的偏向。其实,刘勰的"道"既是具体的社会政治之"道",又是抽象的哲理性的"道",它是以儒家为主,而又兼通佛、道的。这是他受历史上多方面的复杂的思想资料影响之结果,因此,刘勰的文艺思想中既有主导的方面,也有其复杂的、相容并包的方面。

第二节 《文心雕龙》的征圣、宗经论
——论文学的经典范本

我们弄清楚了刘勰"文"本于"道"的具体内容,就可以进一步认清他如此重视征圣、宗经的原因了。既然"文"是体现"道"的,而圣人之"文"又是阐明"道"的最集中最典型的表现,六经就是圣人之"文"的代表,是

后世文学创作的经典范本。从这样的"道→圣→经→文"的关系中,自然会得出文章写作必须征圣、宗经的结论。刘勰在《征圣》一篇中通过对圣人文章在内容和形式两方面特点的分析,指出圣人文章在内容和形式的基本方面已经为后人文章创造了以资学习的楷模,从内容方面说,他认为圣人文章包括了"政化""事迹""修身"三部分。他说:

> 先王声教,布在方册;夫子风采,溢于格言。是以远称唐世,则焕乎为盛;近褒周代,则郁哉可从。此政化贵文之征也。郑伯入陈,以文辞为功;宋置折俎,以多文举礼。此事迹贵文之征也。……然则志足而言文,情信而辞巧,乃含章之玉牒,秉文之金科矣。

刘勰认为文章的内容和功用,无非就是政治教化、礼仪事功、修身养性,而这三方面在圣人文章中都已有了充分的描写。从文章的表达形式来看,圣人的作品也有四个基本特点,这就是:

> 夫鉴周日月,妙极机神;文成规矩,思合符契;或简言以达旨,或博文以该情,或明理以立体,或隐义以藏用。

这四种表达方式上的特点,概括了略、繁、显、隐等不同的写作技巧,也为后人提供了写作的基本方法。他还具体地举了经书中的例子对这四种表达方式加以说明:

> 故《春秋》一字以褒贬,《丧服》举轻以包重,此简言以达旨也。《邠诗》联章以积句,《儒行》缛说以繁辞,此博文以该情也。书契断决以象《夬》,文章昭晰以效《离》,此明理以立体也。四象精义以曲隐,五例微辞以婉晦,此隐义以藏用也。

圣人的文章"衔华而佩实",是一切文章之最高典范。为此,既然"文"是体现"道"的,而"道"又是由圣人之文所阐明的,那么后人写作就必须"征圣立言",而论"文"则当亦"必征于圣"。

圣人之文章最有代表性的是六经,所以"窥圣必宗于经"。刘勰说:"经也者,恒久之至道,不刊之鸿教也。"圣人的经书具有"象天地,效鬼神,参物序,制人纪,洞性灵之奥区,极文章之骨髓"的重大作用。《乐经》未留存下来,而现存之五经,刘勰指出它们各有自己的特点。例如《易经》的特点是"谈天",也就是说它以讲宇宙万物的本体为主,是哲理性著作;从写作角度说,正如《宗经》篇概括的《系辞》所指出的那样"旨远辞文,言中事隐"。《书经》的特点是"记言",由于是远古之事,语言难懂,但是通过《尔雅》这样的书的帮助、训释,就可以使人对文意一目了然,它的写作特点其实是明畅的。《诗经》是"言志",用比兴的手法来抒情,故而"摘风裁兴,藻辞谲喻,温柔在诵,故最附深衷矣"。《春秋》的特点是"辨理",它记载详尽,却又包含了微言大义,从写作上看是善于以详略的不同运用来显示其作用。《礼经》的特点是"立体",目的是确立体制,制订仪礼,各种条款章法十分详细,一字一句都是可贵的。刘勰通过对五经的分析,说明它实际上已经包括了各种类型的文体,而后代所有的文体种类都是由五经派生出来的。他说:

> 故论说辞序,则《易》统其首;诏策章奏,则《书》发其源;赋颂歌赞,则《诗》立其本;铭诔箴祝,则《礼》统其端;纪传盟檄,则《春秋》为根;并穷高以树表,极远以启疆,所以百家腾跃,终入环内者也。

从上述分析中,我们可以知道,征圣、宗经乃是《原道》篇中所提出的"道沿圣以垂文,圣因文而明道"原则所推出的一个必然结果。而这种由原道引申出征圣、宗经之观点,我们在荀子的文学思想中已可见出其端倪。由于荀子把儒家社会政治之"道"看作"自然之道"的具体化,因此提出一切议论文章均应以圣王为师。他在《正论》篇中说:

> 凡议,必将立隆正,然后可也;无隆正,则是非不分而辨讼不决。故所闻曰:"天下之大隆,是非之封界,分职、名、象之所起,王制是也。"故凡言议期命,是非以圣、王为师。

《非相》篇又说：

> 凡言不合先王，不顺礼义，谓之奸言。

刘勰既然在对"道"的理解上深受荀子影响，那么其征圣、宗经之旨亦受荀子启发，自不待言，荀子以圣王为师的主张也是具体体现于经书的，认为五经就是圣王之道的集中表现。荀子这种原道、征圣、宗经的思想在汉代又得到扬雄的进一步提倡和发挥。扬雄论文也是既受道家思想影响，又受儒家思想影响的。故他既作《太玄》，又著《法言》，其旨亦在糅合儒道。扬雄论文强调要合先王之法度，而所谓圣王主要是指孔子，即要以孔子的言论、文章为标准。其《法言》中的《吾子》篇云：

> 好书而不要诸仲尼，书肆也；好说而不要诸仲尼，说铃也。

其《寡见》篇又云：

> 或问五经有辩乎？曰：惟《五经》为辩。说天者莫辩乎《易》，说事者莫辩乎《书》，说礼者莫辩乎《礼》，说志者莫辩乎《诗》，说理者莫辩乎《春秋》，舍斯，辩亦小矣。

其《问神》篇又云：

> 书不经，非书也；言不经，非言也。言、书不经，多多赘矣。

可见，扬雄之征圣、宗经主张也是非常鲜明的。而他对五经特点的分析，上本之于荀子，下实开刘勰《宗经》篇所论之先河。刘勰之原道、征圣、宗经主张，显然和荀子、扬雄之论文主张有一脉相承之关系。但是，我们又不能把刘勰的原道、征圣、宗经思想和荀子、扬雄的思想简单地等同起来。刘勰所处的时代是儒家思想衰落、玄佛思想兴盛的时期，齐梁之际儒家思想虽有复苏景象，也还不能与玄佛思想相抗衡，而刘勰在《文心雕龙》

中虽然很强调儒家思想在文学创作中的地位和作用,然而主要也还是在文学的社会功用等方面,在他的创作理论方面更多地还是受道家、玄学和佛学思想的影响。同时,我们还应该看到在论述文学发展、文学创作、文学批评及评价作家作品的时候,刘勰也并没有很严格地贯彻他的征圣、宗经原则,还是从实际出发做了具体的实事求是的分析。因此,刘勰并没有扬雄那样极端、片面的文学观点,在对屈原及其作品、对汉代的辞赋等的评价上,也远比扬雄要全面、稳妥得多。

第三节 《文心雕龙》的正纬、辨骚论
——论纬书、《楚辞》与经典的异同

《文心雕龙》枢纽论中的《正纬》和《辨骚》两篇都是讲在征圣、宗经的基础上如何进一步去写出具有独创性的新文章。《原道》《征圣》《宗经》讲的是"通",即正确地继承圣人开创的文章写作的优秀传统;《正纬》和《辨骚》讲的是"变",即怎样有创造性地发扬圣人文章的传统。"变",有正确的"变"和错误的"变"的不同,纬书是错误的"变"的典型,而《楚辞》则是正确的"变"的典型。纬书的"变"之所以错误,是因为它的内容荒诞不真实,这就从根本上违背了圣人文章写作的原则。刘勰在《正纬》篇里说:

> 按经验纬,其伪有四:盖纬之成经,其犹织综,丝麻不杂,布帛乃成,今经正纬奇,倍摘千里,其伪一矣。经显,圣训也;纬隐,神教也。圣训宜广,神教宜约,而今纬多于经,神理更繁,其伪二矣。有命自天,乃称符谶,而八十一篇,皆托于孔子,则是尧造绿图,昌制丹书,其伪三矣。商周以前,图箓频见,春秋之末,群经方备,先纬后经,体乖织综,其伪四矣。伪既倍摘,则义异自明,经足训矣,纬何豫焉!

刘勰对河图洛书是相信的,认为是神明所给予人类的一种启示,也是最早的"人文"产生之本源。其实,河图洛书本是最早的纬书,但是它和后来的纬书不同。刘勰认为后来的纬书都是不真实的,因为纬书本来是说明和补充经书的,好像纺织的经纬一样,然而:第一,经书雅正,纬书诡奇,相互

悖谬,差之千里;第二,纬书为"神教",是神明对人类的启示,应该是简约深奥的,经书为"圣训",是圣人理解了神明启示后对广大百姓的训导,应该是更为丰富的,可是现在却相反,"纬多于经,神理更繁";第三,纬书既是"神教",而据《隋书·经籍志》记载纬书八十一篇,皆托于孔子,所以是不可信的,而说尧得河图、文王得丹书,更和传统所说伏羲氏得河图、大禹治水得洛书相违背;第四,纬书既是配经书的,应该先有经书,而现在却是先有纬书,所以更不符合经纬相配的原则了。由此,刘勰肯定纬书乃后人之伪造,它完全是和经书典雅真实精神背道而驰的,既没有继承圣人写作文章的优良传统,更没有创造性地发扬圣人文章的优良传统,因此它是一种错误的"变"。不过,刘勰对纬书也没有完全否定,他指出纬书有比较丰富的辞采和很多有趣的故事,还是可以作为文学创作的参考和借鉴的。

《辨骚》篇则是正确的"变"的典型。刘勰在总结汉代对《楚辞》的各种不同评价的基础上,详细地分析了《楚辞》和经典的异同:

> 故其陈尧舜之耿介,称禹汤之祗敬,典诰之体也;讥桀、纣之猖披,伤羿、浇之颠陨,规讽之旨也;虬龙以喻君子,云霓以譬谗邪,比兴之义也;每一顾而掩涕,叹君门之九重,忠怨之辞也;观兹四事,同于《风》《雅》者也。至于托云龙,说迂怪,丰隆求宓妃,鸩鸟媒娀女,诡异之辞也;康回倾地,夷羿彃日,木夫九首,土伯三目,谲怪之谈也;依彭咸之遗则,从子胥以自适,狷狭之志也;士女杂坐,乱而不分,指以为乐,娱酒不废,沉湎日夜,举以为欢,荒淫之意也;摘此四事,异乎经典者也。故论其典诰则如彼,语其夸诞则如此,固知《楚辞》者,体宪于三代,而风杂于战国,乃《雅》《颂》之博徒,而词赋之英杰也。

他认为《楚辞》有以下四个方面是和经典相同的,即"典诰之体""规讽之旨""比兴之义""忠怨之辞",这可以充分说明《楚辞》是继承了圣人经典的优良传统的。他又指出《楚辞》有以下四方面是和经典不同的,即"诡异之辞""谲怪之谈""狷狭之志""荒淫之意",这正是《楚辞》在圣人文章优良传统基础上的创造性发展。所以他总结《楚辞》的创作是:"观其骨鲠所树,肌肤所附,虽取熔经意,亦自铸伟辞。"《楚辞》"同于《风》《雅》"

(以《风》《雅》代表经典)的四方面是"骨鲠所树",是"取镕经意",有学习三代的"典诰"之体裁;而"异乎经典"的四方面则是"肌肤所附",是"自铸伟辞",有受战国时代影响的"夸诞"之形式。也就是说,《楚辞》的主要部分继承了经典的传统,而又不是模拟因袭经典,有其自身的创造性特色。刘勰对所谓"异乎经典"的四方面是持肯定态度还是持否定态度,学术界对此是有争议的。不过,我们从刘勰自己的总结看,并没有对"异乎经典"的"四事"持否定态度。既"取镕经意",又"自铸伟辞"就是《楚辞》的基本特色。再从他对《楚辞》的总的评论和对各篇的分论来看,也是充分肯定的。他说《楚辞》从总体上看,是"自《风》《雅》寝声,莫或抽绪,奇文郁起,其《离骚》哉!固已轩翥诗人之后,奋飞辞家之前,岂去圣之未远,而楚人之多才乎"。这里的《离骚》即是代表整个《楚辞》,说它是"奇文"当是赞扬之意,非常明显。其评价之高,可以说是无与伦比的,认为它是《诗经》之后最为杰出之作。在《通变》篇中说:"楚之骚文,矩式周人。"《比兴》篇也说:"楚襄信谗,而三闾忠烈,依《诗》制《骚》,讽兼比兴。"而后面分篇的评论也是竭力颂扬:"故《骚经》《九章》,朗丽以哀志;《九歌》《九辩》,绮靡以伤情;《远游》《天问》,瑰诡而慧巧;《招魂》《大招》,耀艳而采华;《卜居》标放言之致,《渔父》寄独往之才。故能气往轹古,辞来切今,惊采绝艳,难与并能矣。"而所说"气往轹古,辞来切今",实际也就是"取镕经意""自铸伟辞"之意。其实,刘勰心目中对《楚辞》的喜爱可能是要超过《诗经》的,不过《诗经》已经列入经典,《楚辞》自然不能和它并列,只能说它是"《雅》《颂》之博徒,而词赋之英杰",但是他的赞叹之意实在已经十分清楚。在《物色》篇中,他对《楚辞》在艺术表现上对《诗经》的超越也讲得非常之清楚:"故'灼灼'状桃花之鲜,'依依'尽杨柳之貌,'杲杲'为出日之容,'瀌瀌'拟雨雪之状,'喈喈'逐黄鸟之声,'喓喓'学草虫之韵。'皎日''嘒星',一言穷理;'参差''沃若',两字连形;并以少总多,情貌无遗矣。虽复思经千载,将何易夺。及《离骚》代兴,触类而长,物貌难尽,故重沓舒状,于是嵯峨之类聚,葳蕤之群积矣。"

刘勰对《楚辞》的高度评价也说明,他对待文学的历史发展是十分重视革新和创造的,而绝不是复古守旧者。他在很多篇章里对当时过分片面追求形式美的不良倾向进行了尖锐的批评,提倡学习圣人和经典,但这并不是简单地要求复古,而是要求文学创作应该认真地继承优良的传统,实际上他对当时文学创作的新成就,包括艺术技巧上的追求,都是极其重视的,而且做了很深入的理论总结。这些可以从他的《声律》《丽辞》《事类》等篇中看得很清楚。声律、对偶、用典,这是当时文学创作在艺术技巧上最为突出的几个方面,而刘勰都非常详细地从理论和实践两方面做了认真的分析,指出了它们在美学原理上的含义和特色。他对这些艺术技巧在美学理论上的意义和价值之认识,远远超出了当时其他的文学家和文学批评家。文学创作既要继承自己民族的优秀传统,又必须有革新和创造,《楚辞》正好是这方面的典范;而纬书则是一个反面的典型,违背了圣人所树立的榜样,虽然它有"事丰奇伟,辞富膏腴"的方面,但是因为内容的荒诞不实,从根本上抛弃了优良的传统,所以说它是"无益经典而有助文章"。

第四章 论文叙笔
——文学文体论

第一节 《文心雕龙》的文体论

文体论是《文心雕龙》全书构成中很重要的一部分,全书分"上篇"和"下篇",各为二十五篇。"上篇"的二十五篇中,前五篇为总论,其他二十篇是论文体及其历史发展的。这里首先要解决的问题是:《辨骚》一篇算不算在论文体各篇之内？陆侃如、牟世金先生《文心雕龙译注》一书的《引论》中说:"《文心雕龙》中从《辨骚》到《书记》的二十一篇是'论文叙笔'。""通常称这二十一篇为文体论。"这种看法当不始于陆、牟二位,自明清以来不少人认为《辨骚》应列入文体论各篇之内。1949年以前,一些研究古代文论和《文心雕龙》的学者对此亦有不同看法。黄侃先生在其《文心雕龙札记》中曾说:"彦和析论文体,首以《明诗》,可谓得其统序。"认为《明诗》及以后各篇方是文体论。黄侃先生论《辨骚》时还指出:"彦和论文,别骚于赋,盖欲以尊屈子,使《离骚》上继《诗经》,非谓骚赋有二。观《诠赋》篇云:'灵均唱骚,始广声貌。'是仍以《离骚》为赋矣。"近年来,大部分《文心雕龙》研究者均以《辨骚》为总论之一,而不入文体论各篇。王元化先生《文心雕龙创作论》中有专文论述《辨骚》应归入总论部分,指出:刘勰本人在《序志》篇中明确地讲到前五篇为"文之枢纽",没有把《辨骚》列入"论文叙笔"的范围之内,而此一篇之体例和写法亦显然与《明诗》等论文体各篇写法不同,它不是以"原始以表末"等四部分来论述,而是有其总论部分的鲜明特点。我们认为黄侃先生、王元化先生等的分析是正确的,是符合刘勰原意的。刘勰并没有把骚和赋看成是两种文体,他写《辨骚》是为了说明《楚辞》是上承《诗经》而下启辞赋,是文学发展中善于运用通变原理之楷模,故而说是"变乎骚"。这和萧统《昭明文选》中别骚、赋为两体是不一样的。如果把《辨骚》归入文体论内,势必会影响对《辨骚》意义的认识,破坏了"文之枢纽"的完整性,妨碍对刘勰基本文学观的理解。所以文体论应当是二十篇而不是二十一篇。

刘勰在《文心雕龙》中,从第六篇《明诗》起到第二十五篇《书记》为止,分别论述了诗、乐府、赋、颂、赞、祝、盟、铭、箴、诔、碑、哀、吊、杂文、谐、讔、史、传、诸子、论、说、诏、策、檄、移、封禅、章、表、奏、启、议、对、书、记这三十四种不同的文体,在当时可以说是包括得相当详尽了。因为研究文体的分类及其特点,在刘勰以前的中国文学批评史上,其历史是并不长久的。比较正规地对文体进行辨析的,最早要算是曹丕的《典论·论文》了。曹丕区分文体为八种,归为四类,他说:

盖奏议宜雅,书论宜理,铭诔尚实,诗赋欲丽。

这虽然是比较粗略的分析,但实开六朝文体分类辨析的风气。后来西晋的陆机在《文赋》中进一步将文体区分为十类。其云:

诗缘情而绮靡,赋体物而浏亮,碑披文以相质,诔缠绵而凄怆,铭博约而温润,箴顿挫而清壮,颂优游以彬蔚,论精微而朗畅,奏平彻以闲雅,说炜晔而谲诳。

这就从内容和形式两方面论述了这十种文体的不同特征。尔后,李充《翰林论》及挚虞《文章流别志论》也对各种文体做了区分,并说明其各自的特征。但是分法又不完全相同,文体形式也就更多了。如李充说到的赞、驳、盟檄等及挚虞所分之七、哀辞、哀策、图谶等等,均为《文赋》所无。《文心雕龙》正是在曹丕、陆机、李充、挚虞等对文体辨析的基础上,提出了更全面更详尽的区分,扩大为三十四种。与刘勰同时,昭明太子萧统编《文选》,将文体分为三十八类,而经、史、子都不入类,大体上和刘勰所分是接近的。任昉《文章缘起》分为八十五题,然任书后人或谓唐张绩所补,或疑为明陈懋仁伪作,恐非原文如此。但是,六朝人对文体的细微区分,实为一重要文艺思潮,这是不容置疑的。在这一辨析文体的文艺思潮中,刘勰无疑是最有贡献的,因为他不只是对各种文体类别加以区分,也不只是简单地说明其创作上的特点,而是从其发展源流、代表作品的深入分析来做全面的研究。那么,为什么刘勰要对各种文体做如此详尽的辨析?为什么六朝时期文体辨析风气如此盛行呢?这对我们深入研究刘勰的文学思想是一个非常重要的问题。①

六朝文体的分类与辨析之风气的盛行,究其原因,大致有三:一是政治上的需要;二是创作实践发展的需要;三是文学理论批评繁荣发展之必然结果。

从政治需要方面来说,最明显地表现在文体辨析乃是直接受魏晋以来政治学术思想变迁影响的结果。从东汉后期起,统治阶级为了选拔人才,授予官职,注重乡里的评议、地方官吏的察举,因而品评人物的清议之风极为盛行。曹魏时期,鄙弃儒学而提倡名法,曹操在选拔人才上不重儒家那一套仁义道德,而主张"唯才是举",注重实际才能,所以著名的才性之争成为轰动一时的大辩论。刘劭因此而有《人物志》之作。如何品评人物、考核名实,是当时学术思想发展中一个重大理论问题。而这个品评人物、考核名实的学术思想潮流的中心是:人君在设官分职时能否使官职与爵位相称,才能与官职相适应,爵位大小与其任职管事的重要与否相一致,官吏的才能高下与所任职事的要求相符合,是人君能否高枕无忧、无为而治的关键所在。要解决这个问题,就必须研究人物的才能个性特点以及所任职事的特点,汤用彤先生《魏晋玄学论稿·读〈人物志〉》中论及刘劭《人物志》之"大义"有八,论其二云:

> 二曰分别才性而详其所宜。凡人禀气生,性分所殊,自非圣人,材能有偏。就其禀分各有名目(此即形名)。陈群立九品,评人高下,各为辈目。傅玄品才有九。《人物志》言人流之业十有二焉。有清节家,师氏之佐也。有法家,司寇之任也。有术家,三孤之任也。有国体,三公之任也。有器能,冢宰之任也。有臧否,师氏之佐也。

---

① 这个问题,我的老师王瑶先生在1949年之前写的《文体辨析与总集的成立》一文中曾做了深刻分析。我在本节写作中也参考和吸收了王瑶先生的一些研究成果。王先生此文载于1951年棠棣出版社出版的《中古文学思想》一书。

> 有智意,冢宰之佐也。有伎俩,司空之佐也。有儒学,安民之任也。有文章,国史之任也。有辩给,行人之任也。有雄杰(骁雄),将帅之任也。夫圣王体天设位,序列官司,各有攸宜,谓之名分。人材禀体不同,所能亦异,则有名目。以名目之所宜,应名分(名位)之所需。合则名正,失则名乖。……盖适性任官,治道之本。欲求其适宜,乃不能不辨大小与同异。

汤用彤先生这一段论述,对当时区别才性、校核名实的本质做了十分透辟的分析。其中特别值得我们注意的是他所述刘劭《人物志》中提出的"人流之业"十二家中,有文章家一类,认为其可充国史之任。又《群书治要》记载,陆景之《典语》亦云:

> 夫料才核能,治世之要也。凡人之才,用有所周,能有偏达,自非圣人,谁兼资百行,备贯众理乎?……且造父善御,师旷知音,皆古之至奇也。使其换事易伎,则彼此俱屈;何则?才有偏达也。人之才能,率皆此类,不可不料也。若任得其才,才堪其任,而国不治者,未之有也。

由此可知,当时学术思想上之品评人物、校核名实,乃是与当时的政治需要有很密切的联系的;而文学上之研究作家才能所长与文体性质之辨析,正是其中不可或缺的一个重要组成部分。所以,曹丕《典论·论文》的要害也正是在这里。曹丕的《典论》是一部专著,由于已散失不全,不能窥其全貌了。但是,其书之性质显然也是一部有关政治、学术等方面的重要论著,而《论文》仅是其中一个方面而已。曹丕在《典论·论文》中分析了建安七子才能各有所偏,指出了不同才能个性的作家,其所擅长的文体也是各不相同的。各种不同文体有自己独特的特点,一个作家一般都只是偏善于一个方面,而很难俱通。其云:"文非一体,鲜能备善。"其论七子云:"王粲长于辞赋,徐幹时有齐气,然粲之匹也。如粲之《初征》《登楼》《槐赋》《征思》,幹之《玄猿》《漏卮》《圆扇》《橘赋》,虽张、蔡不过也。然于他文,未能称是。琳、瑀之章表书记,今之隽也。应玚和而不壮,刘桢壮而不密,孔融体气高妙,有过人者,然不能持论,理不胜词,以至乎杂以嘲戏。及其所善,扬、班俦也。"七子的才能与个性都有独到之处,也各有所短,而文体又有四科八类之别,"故能之者偏也"。类似的情况也表现在桓范的《政要论》中。《群书治要》卷四十七记载桓范《政要论》之《臣不易》篇中说:"夫人君欲治者,既达专持刑德之柄矣。位必使当其德,禄必使当其功,官必使当其能。此三者治乱之本也。"与此同时,他提出了关于赞象、铭诔、序作三类文体的特点,认为:"赞象之所作,所以昭述勋德,思咏政惠,此盖诗颂之末流矣。"而铭诔之特点则是:"刊石纪功,称述勋德。"序作之特点则是:"乃欲阐弘大道,述明圣教,推演事义,尽极情类,记是贬非,以为法式。"显然,桓范之所以要做这样的文体辨析,也正是为了要"官必使当其能",让适合于写这类文体的人来担负有关的工作。自曹丕、桓范之后,从陆机到挚虞、李充,文体辨析日益细致,而其与评论文物、考核名实之学术思想潮流的关系则反而不明显,亦无直接之论述了。然而,这一条发展线索表明,文体辨析风气之兴盛,确实不是无源之水、无本之木,而是有其深刻的社会政治原因的。刘勰在《文心雕龙》的《体性》一篇中特别提出要"因性以练才",就正是对作家的才能个性与文体风格关系之间必然性的一种认识,也是对曹丕、桓范等论述的一种理论上的发展。

当然,文体辨析风气之盛行,并不仅仅有政治思想方面的原因,我们还必须看到文学创作本身的发展对它所产生的促进作用。因为文学的体裁种类也是随着文学的发展而日益增多、愈来愈丰富的。这种创作实践必然要求从理论上来阐明它们各自的特点,来研究不同文体在思想内容上的不同要求和艺术表现上的特殊特点,这样就会有利于人们的学习和写作。我国在秦汉以前,文史哲等不同学术文化部门之间的界限并不是很严格的,因此所谓"文"的观念也是极为宽泛的。《论语》中的"文"的概念几乎可以包括整个文化在内。到了汉代,"文"的概念就有所不同,有"文学"与"文章"之别,"文学"即指学术,而"文章"则指十分广义的文章。两汉期间,文体类别就大大增多了,所以人们已经开始注意到各种不同文体的特点。然而,汉代主要还是在对一些新兴文体的特征做一些论述,还没有对文体做全面的研究。例如关于汉赋,刘向说它的特点是"不歌而颂",班固说它是"古诗之流"。班固在《汉书·艺文志》中曾取刘歆

《七略》而分诗赋为五类,其中赋占四类,即所谓屈原赋、陆贾赋、孙卿赋、客主赋。为什么要这样分呢?后来清代的章学诚在《校雠通义》卷三中曾提出这个问题,但亦不甚了了。刘师培在《论文杂记》中说:屈原为"写怀之赋",陆贾为"骋辞之赋",荀况为"阐理之赋",而"客主赋以下十二家"是属于汉代之总集类的。又说:"写怀之赋,其源出于《诗经》。骋辞之赋,其源出于纵横家。阐理之赋,其源出于儒、道两家。"这种说法当然不尽符合班固之意,但这几类赋确有不同特点,刘师培的分析是有一定道理的,说明班固对赋的分类已包含了文体辨析的含义在内。又据《后汉书·周荣传》记载,在东汉安帝永宁年间,有一个名叫陈忠的人曾论述诏令文章的特点,其云:"古者帝王有所号令,言必弘雅,辞必温丽,垂于后世,列于典经,故仲尼嘉唐虞之文章,从周室之郁郁。"东汉末年,蔡邕在《独断》中对天子令群臣之文及群臣上天子之文的种类的分析,也反映了对新兴文体的特点之研究。他分前者为策书、制书、诏书、戒书,将后者划分为章、奏、表、驳议,各为四类,并分别论述了其内容与形式之特点。例如:"策者,简也。"这是皇帝对诸侯三公等下的手谕和命令。"制书者,制度之命也。"这是属于皇帝对有关国家的重大事件下的命令。"诏书者,诏诰也。"这是皇帝把自己旨意诏诰天下的文书。"戒书,戒敕刺史太守及三边营官"之文。至于臣下上达皇帝之文:"章"则主要是谢恩、陈事的文章,"奏"属于弹劾、讽劝之类的文章,"表"是下民请尚书上报皇帝的文章,"驳议"则是"其有疑事,公卿百官会议,若台阁有所正处而独执异议者"所写的论辩文章。这种详细的区分,目的是使有关官吏懂得必要的章程规矩。其他属于韵文的文体中,铭诔发展较早,蔡邕曾有《铭论》一篇专论铭的写作规则。这些都说明了文章体裁、种类的繁荣发展,客观上提出了研究它们各自特点的要求。到了魏晋以后,文体类别更为复杂多样,为了了解其各自特点及掌握其不同的写作方法,自然也就需要对它们做更为详尽的研究。不过魏晋以前对文体特点的论述,一般还只是在研究其名称及基本含义,大致都没有超出刘勰所说的"释名以章义"的范围。

  魏晋以后,由于文学理论批评发展到了一个自觉的时代,特别是对文学创作理论的充分重视和深入探讨,必然要求对文体的研究从理论上更提高一步。曹丕《典论·论文》已经开始对文体做全面的比较研究,并从内容或形式等方面指出其写作的特点,也就是说,从"释名以章义"向"敷理以举统"方面发展。曹丕之后,陆机之前,尚有傅玄关于"七"及"连珠"两种文体的辨析和研究,很值得我们注意。《全晋文》卷四十六载有傅玄的《七谟序》及《连珠序》。"七"本来不是文体名称,枚乘《七发》乃是"说七事以起发太子也,犹《楚辞·七谏》之流"(《文选》李善注)。本为辞赋体,"七"只是"发"的限制词,但是由于后人仿作甚多,均以"七"冠之,遂渐渐成为一体。傅玄《七谟序》对于这个发展过程有较为详细的介绍。其云:

> 昔枚乘作《七发》,而属文之士,若傅毅、刘广世、崔骃、李尤、桓麟、崔琦、刘梁、桓彬之徒,承其流而作之者纷焉,《七激》《七兴》《七依》《七款》《七说》《七蠲》《七举》《七设》之篇。于时通儒大才,马季长、张平子,亦引其源而广之。马作《七厉》,张造《七辨》,或以恢大道而导幽滞,或以黜瑰奓而托讽咏,扬辉播烈垂于后世者,凡十有余篇。自大魏英贤迭作,有陈王《七启》、王氏《七释》、杨氏《七训》、刘氏《七华》、从父侍中《七诲》,并陵前而邈后,扬清风于儒林,亦数篇焉。

傅玄这一大段论述,旨在说明七体的历史演变情况,指出它是怎么一步步发展成为一种独立的文体,这就比蔡邕乃至曹丕的论述有了新的特点,大体上相当于刘勰论文体之"原始以表末"了。这对刘勰的文体论显然是有积极影响的。他在上述一段叙述之后,又论曰:

> 世之贤明,多称《七激》工,余以为未尽善也。《七辨》似也,非张氏至思,比之《七激》未为劣也。《七释》佥曰妙哉,吾无间矣。若《七依》之卓轹一致,《七辨》之缠绵精巧,《七启》之奔逸壮丽,《七释》之精密闲理,亦近代之所希也。

在叙述历史源流的基础上,傅玄对七体做了总的评述,指出了其中各有自己鲜明特色的几篇代表作,这种评论的方法大体上和刘勰之"选文以定篇"很相近了。傅玄关于连珠体的论述也很值得我们重视。他在《连珠序》中说：

> 所谓连珠者，兴于汉章帝之世，班固、贾逵、傅毅三子受诏作之，而蔡邕、张华之徒又广焉。其文体辞丽而言约，不指说事情，必假喻以达其旨，而贤者微悟，合于古诗劝兴之义。欲使历历如贯珠，易睹而可悦，故谓之连珠也。班固喻美辞壮，文章弘丽，最得其体。蔡邕似论，言质而辞碎，然旨笃矣。贾逵儒而不艳，傅毅有文而不典。

傅玄这里对连珠体的评论，不仅有历史渊源的分析，以及对"连珠"特征的分析，并进而提出其中之代表作的不同特点，虽尚简略，实已含有刘勰后来论各类文体之"原始以表末，释名以章义，选文以定篇，敷理以举统"之萌芽。

傅玄之后，陆机在《文赋》中分文体为十类，对各体的内容和形式之创作特征做了简要的说明，这对刘勰论文体中所谓"敷理以举统"的部分是有明显影响的。陆机对十种文体特征的概括中，大部分都以两字论其内容，两字论其形式。如说诗的"缘情而绮靡"、铭的"博约而温润"等，指出了各体的不同风格特色，与曹丕《典论·论文》相比，要细致和确切得多了。

我们可以看到刘勰后来对这些文体创作要点的分析是吸取了《文赋》的论述的。陆机之后，对文体论的研究以挚虞为最重要。他的《文章流别集》有三十卷，虽已佚，可以看出他是对文体做了详尽的辨析，并收集了各类文体的代表作的。刘勰之文体论于此自然是得益不少的。现存之《文章流别志论》虽仅是一小部分，但仍可以看出挚虞对文体性质、源流都是有不少分析的。刘勰在他那个时代自然可以看到全文，吸收其研究成果则更是自然之事。挚虞论诗"以情志为本"，强调"四言为正"，这都和刘勰论诗主张一致，从中也可以略微窥见刘勰文体论与挚虞《文章流别志论》之间的历史渊源关系。

由此可见，刘勰的文体论是总结了前代有关文体论的研究成果，集其大成，做了更加系统而深入研究的结果，他把以前那些零星、片断、不完整、不成熟的文体理论,经过归纳、总结、发展,提到了一个新的高度,其完整性、系统性、科学性和理论深度,不但远超前人,而且后来的论文体著作也大都难与伦比。因此,他的各类文体论被称作分体的文学史、文章发展史,是当之无愧的。

第二节 有韵之文和无韵之笔

刘勰所处的时代虽然还没有真正严格意义上的小说和戏剧,但是诗赋和散文的文体种类是非常之多的,怎么来进行分类,这是一个很不容易解决的问题。刘勰文体论的科学性也首先表现在他的分类原则上。他的二十篇文体论的分类是参考当时流行的文笔之争来安排的。他在《总术》篇中曾论到当时的这一场争论,并表示了自己的看法。他说:

> 今之常言,有文有笔,以为无韵者笔也,有韵者文也。夫文以足言,理兼《诗》《书》,别目两名,自近代耳。颜延年以为:"笔之为体,言之文也;经典则言而非笔,传记则笔而非言。"请夺彼矛,还攻其楯矣。何者?《易》之《文言》,岂非言文?若笔果言文,不得云经典非笔矣。将以立论,未见其论立也。予以为:"发口为言,属翰曰笔,常道曰经,述经曰传。经传之体,出言入笔,笔为言使,可强可弱。六经以典奥为不刊,非以言笔为优劣也。"

刘勰不同意颜延之那种文、笔、言的三分法。我们知道,当时文笔之争的实质是要区别文学与非文学,研究文学之特点以及它与非文学作品之间的不同,这是符合社会科学各门类的发展以及文学本身发展的要求的。但是,仅仅以有韵无韵来区别文学与非文学是不科学的,也不能最终将其区别清楚。以有韵无韵来区别也有其特定的历史原因,因为当时主要的文学形式是诗和赋,都是有韵的,而像历史、哲学、政治著作及实际应用文章则都是不押韵的。不过情况是复杂的,有些有韵的并非文学作品,而有些无韵的却是很好的文学作品。但从大的方面来说,这是有一定道理的。颜延之提出要区别"笔"和"言",说前者有文采,后者没有文采,他的本意是认为一般说的"笔"中也有很有文采的,有的则没有文采,有文采的和有韵之文一样,应该属于文学,无文采的"言",才应该排除在文学以外。其用意就是解决文、笔之分中的不科学性,但是说经典无文、传记有文,则也是不妥当的,所以就受到刘勰的驳斥和批评。一般说,"笔"也确有不同类型。但是有没有文采,这标准就很难掌握了。为此,刘勰就尖锐地指出了这一点,他根据孔子说的"言以足志,文以足言",认为"文以足言,理兼《诗》《书》",这里的《诗》就是有韵之文,而《书》就是无韵之笔。他不同意颜延之的观点也是有道理的。另外,传统所说的经典,情况也很复杂,有些完全不能算文学,而像《诗经》则是纯粹的文学。所以简单地把"经"划在文学之外也是不恰当的。刘勰在《文心雕龙》中对文体分类次序大致按文、笔来安排,然而从全书来说,所论之文实际是兼包文、笔的。他的二十篇文体论,自《明诗》至《哀吊》都是有韵之文,下面的《杂文》《谐隐》两篇是兼有押韵之文和无韵之笔,而自《史传》以至《书记》则均为无韵之笔。

《文心雕龙》中的二十篇文体论,从题目上看共包括三十四种文体,实际上其中还附带论到许多有关文体。例如《杂文》中包含了对问、七、连珠三类。《诏策》一篇中包括先秦的誓、诰、令,汉代的策书、制书、诏书、戒敕等,并附带论及由官方的诏策影响到民间的文章体裁而出现的戒、教、令等文体形式。《奏启》一篇末后还论到与其相接近的谠言、封事、便宜三种文体。《书记》一篇则论及书信、记笺,而记笺中又分记与笺两种,篇末又附带论及书记之各种支流,如谱、籍、簿、录、方、术、占、试、律、令、法、制、符、契、券、疏、关、刺、解、牒、状、列、辞、谚二十四种名目。因此,实际上论及的文体达六七十种之多。然而,刘勰并没有把它们并列在一起,而是按其性质与内容加以归类,有的一篇一体,有的一篇达数十种文体。他的分类是有大有小、有主有次的,在前后次序上也是有考虑的,以诗为首,是因为诗是当时的主要文学形式;其次是乐府,这也是诗,不过是配乐的诗而已,故置于诗之后。赋是诗之变种,或者说是古诗之一种,所以排在诗之后,这就体现了诗和赋这两种文学形式的重要地位。赞、颂等是接近诗赋的,但不像诗赋那么重要。有韵之文是按其地位之重要与否来排列的。无韵之笔也是如此。刘勰将"史传"列为"笔"之首,说明史传文学乃是散文中成就之最高者。其次为诸子,诸子中的哲学散文是可与历史散文并列的,不过按照传统的经、史、子次序,自然就排在史传之后了。以后,论说、诏策、檄移等也是按重要性来排列的,所以最后是书记。这个排列次序本身可以看出刘勰比他以前的文体论者都要高出一头,后来《昭明文选》分类与《文心雕龙》比较接近,但也有很多不同。不过,萧统不收经、史、子,这方面和刘勰的观点不尽相同。萧统《文选》以"事出于沉思,义归乎翰藻"为标准,偏重纯文学,显然受时代文艺思潮的影响更为明显。

第三节 原始以表末
——各类文体的历史溯源

刘勰对各种文体发展的分析,共分为四个方面,即"原始以表末,释名以章义,选文以定篇,敷理以举统"。这四个方面归结起来,"原始以表末"和"选文以定篇"讲的是文体的历史发展状况;而"释名以章义"和"敷理以举统"讲的是各种不同文体的性质与创作特征。现在我们就分别对这四个方面加以剖析。

"原始以表末"是刘勰对各种文体的历史发展、源流演变的论述,他对这方面的阐说具有三个明显的特点,这就是:全面,深刻,精到。全面是指他对每一种文体发展的状况掌握得非常周全,从起源、流变到当时的现状都了解得清清楚楚,叙述得十分详细。我们试举他对比较简单的"赞"这种文体的历史分析来看,他说:

> 赞者,明也,助也。昔虞舜之祀,乐正重赞,盖唱发之辞也。及益赞于禹,伊陟赞于巫咸,并飏言以明事,嗟叹以助辞也。故汉置鸿胪,以唱拜为赞,即古之遗语也。至相如属笔,始赞荆轲。及迁《史》固《书》,托赞褒贬。约文以总录,颂体以论辞;又纪传后评,亦同其名。而仲洽《流别》,谬称为"述",失之远矣。及景纯注《雅》,动植必赞,义兼美恶,亦犹颂之变耳。

"赞"本是一种并不很发达的文体,但是刘勰从它是一种赞美之辞的本质意义上,运用《尚书》中的材料,指出了产生这种文体的最早历史渊源,它最初的意义是"飏言以明事,嗟叹以助辞也"。阐明了由口头上的赞语发展到文章中的赞辞的过程,分析了赞辞由单纯赞美(如司马相如之《荆轲论》),演变为《史记》《汉书》中以赞语来做总结,兼有褒贬两方面内容的情况。并进一步指出郭璞写《尔雅图赞》,已经不限于赞美和批评人物及其行为,而且可以对动植物等用赞语来进行褒贬,使赞语的范围大大地扩大了。与此同时,他还指出了挚虞误将"赞"称为"述"的谬误。在这不到二百字的叙述中,把"赞"这种文体的始末演变论述得如此全面、脉络分明,这是很不容易的。这也说明刘勰对每一种文体的研究,都是掌握了十分全面而广泛的有关资料的。至于他对其他各种重要文体如诗、赋、史传、诸子等的分析就更为详尽了。《明诗》篇中论述诗歌的起源,一直追溯到上古时代葛天氏乐曲的歌辞和传说中黄帝《云门》乐舞的歌辞,把古籍中的谣谚找出来,说明诗歌的发展是有悠久历史的。论到汉代发展起来的五言诗,刘勰认为其渊源实始于先秦,他说:"按《召南·行露》,始肇半章;孺子《沧浪》,亦有全曲;《暇豫》优歌,远见春秋;《邪径》童谣,近在成世;阅时取证,则五言久矣。"他钩深索隐,把许多零星资料收集起来,加以分析,提供佐证。他的观点是否正确,这是可以研究的,但是他注重在全面分析材料的基础上,比较客观地对文体的历史发展做出评述,这种严肃的精神和客观的方法,至今还是值得我们学习的。

刘勰论文体历史发展的第二个特点是深刻,这是指他善于抓住要点,有详有略,而不是平铺直叙,泛泛而论。他特别注重在文体发展过程中有过重要作用或有过新的创造发展的作家作品,能够将其突出出来做比较深入的解剖和分析。每一种文体都有很多的作家和作品,有些是成就高的,有些是平庸的。谁对这种文体发展做出过较大贡献,谁只是随波逐流地写过一些一般作品,要对此做出正确的判断,就需要高屋建瓴,既有宏观的研究,又有微观的研究,但也只有这样,才能将此种文体的历史发展轮廓勾勒出一个清晰的面貌。刘勰在这方面就具有这样的高超才能。可以说,他对每一种文体的历史发展的分析,都是达到了这样的水准的。例如《明诗》篇中他对建安和三国时期五言诗发展的分析,他说:

> 暨建安之初,五言腾跃;文帝、陈思,纵辔以骋节;王、徐、应、刘,望路而争驱;并怜风月,狎池苑,述恩荣,叙酣宴,慷慨以任气,磊

落以使才。造怀指事,不求纤密之巧;驱辞逐貌,唯取昭晰之能:此其所同也。及正始明道,诗杂仙心,何晏之徒,率多浮浅。唯嵇志清峻,阮旨遥深,故能标焉。若乃应璩《百一》,独立不惧;辞谲义贞,亦魏之遗直也。

刘勰在这里不仅指出了建安诗歌以曹丕、曹植成就为最高,七子中王粲、徐幹、应场、刘桢在五言诗创作上可与曹氏兄弟相匹配,而且对他们诗歌创作内容和形式方面的新特点做了十分精确的概括。从对建安和三国时代的诗歌总的评价上,又突出建安的成就。而对正始文学既指出其已有玄言诗倾向,同时又突出了嵇康、阮籍的成就,简括地分析了他们诗歌创作的基本特征。刘勰对无韵之笔的各类文体的历史发展论述也同样具有这种深刻性。比如他在《史传》篇中对史传文写作历史的分析,着重论述了《春秋左传》《史记》《汉书》《三国志》四部书。他指出中国很古的时代就有"左史记事""右史记言"的传统,而后到春秋之时,"诸侯建邦,各有国史,'彰善瘅恶,树之风声'"。孔子"因鲁史以修《春秋》,举得失以表黜陟,征存亡以标劝戒",确立了一字褒贬、微言大义的原则,"然睿旨存亡(按,'存亡'两字当为衍文)幽隐,经文婉约,丘明同时,实得微言,乃原始要终,创为传体。传者,转也。转受经旨,以授于后,实圣文之羽翮,记籍之冠冕也"。刘勰对《左传》的评价是相当高的,指出它为史传文的写作立下了楷模。在汉代的史传文著作中,刘勰对司马迁的《史记》和班固的《汉书》做了突出的评价。他认为《史记》的纪、传、书、表的体例,"虽殊古式,而得事序焉"。他对司马迁写《史记》的优缺点做了概括论述:"尔其实录无隐之旨,博雅弘辩之才,爱奇反经之尤,条例踳落之失,叔皮论之详矣。"这里虽有从儒家偏见出发的不正确批评(如所谓"爱奇反经之尤"),但大部分意见是正确的。特别是他指出了《史记》人物传记价值很高,比《左传》有了更进一步的发展,他说:"观夫左氏缀事,附经间出,于文为约,而氏族难明。及史迁各传,人始区详而易览,述者宗焉。"说明《史记》在史传文写作上有重大贡献,它与体例上之"得事序",同是《史记》在《左传》基础上对史传文写作的创造性发展。他又说班固的《汉书》是"因循前业,观司马迁之辞,思实过半",正确地指出了它对《史记》的继承,赞美其"'十志'该富,'赞''序'弘丽,儒雅彬彬,信有遗味"。他对班固也是有褒有贬的,"至于宗经矩圣之典,端绪丰赡之功,遗亲攘美之罪,征贿鬻笔之愆,公理辨之究矣"。他虽然肯定班固的征圣、宗经思想倾向以及《汉书》文辞之美,但对其总的评价显然没有《史记》高。这也说明他是非常有见地的。从三国到魏晋,他论到了孙盛的《魏氏春秋》、鱼豢的《魏略》、虞溥的《江表传》、张勃的《吴录》、陈寿的《三国志》、陆机的《晋纪》、王韶之的《晋纪》、干宝的《晋纪》、孙盛的《晋阳秋》、邓粲的《晋纪》等,而独对《三国志》给予较高评价,认为它"文质辨洽,荀、张比之于迁、固,非妄誉也"。刘勰对他以前的这些史学著作的评价是符合实际的。

刘勰论文体历史发展的第三个特点是精到。这是指他在叙述文体的演变过程中对具体作家作品的评论,不管是赞美还是批评,都能一针见血,击中要害。这些我们从上面所举的许多例子都可以看得很清楚。刘勰对一个历史时代的每一类文体总的特点概括是相当精练准确的,如上述对建安时代诗歌特点的概括,便是很突出的例子。又如对南朝刘宋时期诗风的概括,也是相当生动而能抓住基本特点的,其云:"宋初文咏,体有因革;庄老告退,而山水方滋。俪采百字之偶,争价一句之奇;情必极貌以写物,辞必穷力而追新,此近世之所竞也。"对一个作家的创作特点的概括也是十分精练准确的,例如《明诗》篇中对嵇康、阮籍等诗人的评论,《诠赋》篇中对十家辞赋英杰的不同特点的评论,都是非常典型的。从无韵之笔来看,史传文作者已见前引,《诸子》篇中对战国各家的学说及其文章特点的概括也是极为切要的。他说:"逮及七国力政,俊乂蜂起。孟轲膺儒以磬折,庄周述道以翱翔,墨翟执俭确之教,尹文课名实之符,野老治国于地利,驺子养政于天文,申、商刀锯以制理,鬼谷唇吻以策勋,尸佼兼总于杂术,青史曲缀以街谈。"对于一部或一篇作品的评价也是十分精练准确的,例如前面已讲到的对《史记》《汉书》等的评论即是如此。他在《檄移》篇中对东汉魏晋几篇著名檄文的评论,也可以鲜明地看出这一点。他说:

观隗嚣之檄亡新,布其三逆,文不雕饰,而辞切事明;陇右文士,得檄之体矣!陈琳之檄豫州,壮有骨鲠;虽奸阉携养,章密太甚,发丘摸金,诬过其虐;然抗辞书衅,皦燃露骨矣! 敢指曹公之锋,幸哉免袁党之戮也。钟会檄蜀,征验甚明;桓温檄胡,观衅尤切:并壮笔也。

这里他对隗嚣《移檄告郡国》和陈琳《为袁绍檄豫州》两文的评述,从内容到形式都做了比较深刻的分析。刘勰在他的文体论中对一个时代的文风及作家作品的精到评论,不是只体现在少数几个作家、几篇作品以及个别时代文风上,而是在对各种类型文体的历史发展评述中普遍地有这样的特点,这确实是难能可贵的。如果没有对整个文体发展历史及各个作家作品的深入研究,是不可能做出这样的评述的。

第四节　释名以章义
——文体名称的理论含义

"释名以章义"是对每一类文体的名称做一个科学的说明,同时给予一个带有定义性的概括,以指明这种文体的理论含义。文体的名称是对这一类文体内容和形式特征的总结,这在刘勰之前已经有很多人做过探讨。我们在本章第一节中已经做过详细分析。但是刘勰以前的曹丕、陆机、挚虞、李充等人的论述还是比较初步的、浅显的,只能说是《文心雕龙》有关论述的前驱。他们或是比较笼统,如曹丕那样每两种文体以一个字来概括,或是像陆机那样,虽然分析了十种文体,然而所用标准不太统一,有的从内容上去概括,有的从形式上去概括,也有的是从内容和形式两方面去概括。而且他们所涉及的文体种类也远没有刘勰所论述的多。因此,在阐述文体名称的理论含义时,刘勰的正确性、精密性、深刻性都大大地超越了他以前的文学批评家。

从当时最主要的文学形式诗歌来看,先秦时期的基本看法就是"诗言志"。后来陆机《文赋》中提出"诗缘情而绮靡",于是就有一般所谓"言志"和"缘情"两种不同的说法。其实,主张"言志"的也不是说诗歌不"缘情",而是这种"志"和"情"都要受到儒家礼义的约束,也就是《毛诗大序》说的"发乎情,止乎礼义"。主张"缘情"的也不是说诗歌不"言志",而是认为诗歌的"情"和"志"不必都受儒家礼义的约束。"言志"和"缘情"都

是从诗歌的本质上来立论的。刘勰在《文心雕龙》的《明诗》篇中解释诗的本质时,是兼顾到"志"和"情"两个方面的。他说:

> 大舜云:"诗言志,歌永言。"圣谟所析,义已明矣。是以"在心为志,发言为诗";舒文载实,其在兹乎! 诗者,持也,持人情性;三百之蔽,义归无邪,持之为训,有符焉尔。

"诗言志,歌永言"见于《尚书·舜典》;"在心为志,发言为诗"是《毛诗大序》对"言志"说的发挥;"诗者,持也"见于《诗纬·含神雾》。刘勰把经书记载和纬书的说法一起引出来,非常明确地认为诗歌既是"言志"的,也是"缘情"的,把"情"和"志"统一了起来,这样去认识诗歌的本质显然是更为全面的。刘勰在《正纬》篇中对纬书做过严厉的批评,但是对纬书中那些有价值的论述还是肯定的。这里我们也可以看到刘勰对每一个理论问题的分析都力求正确、稳妥,努力避免只持一端的片面性。

我们再看他对"赋"的名称的分析。《诠赋》篇说:

> 诗有六义,其二曰赋。赋者,铺也,铺采摛文,体物写志也。昔邵公称:"公卿献诗,师箴,瞍赋。"传云:"登高能赋,可为大夫。"诗序则同义,传说则异体,总其归涂,实相枝干。故刘向明"不歌而颂",班固称"古诗之流也"。

刘勰从《毛诗大序》"六义"中的"赋"来引申出"赋"这种文体的含义。赋的艺术表现特征是直接铺叙,其内容则是寓情志于物象之中,所以刘勰对赋所做的定义性说明是:"赋者,铺也,铺采摛文,体物写志也。"同时他又特别指出:《国语》和毛传里说的"赋"是指吟诵《诗经》和作诗,与《毛诗大序》里解释"赋"作为诗歌艺术表现方法的特点是不同的。怎么区别赋和诗的不同呢? 他认为赋其实是诗的一个支流,是从诗歌的发展中演化出来的。但是它后来形成了自己的特殊形式和特点,并且接近散文,所以就成为一种独立的重要文体。刘勰正是从赋的产生过程来探讨它的基本特征的。陆机在《文赋》中说:"赋体物而浏亮。"这是从表现形式上赋和诗的区别来论的,但是它只强调了赋在艺术形式上体物浏亮的特点,而没有进一步指出它是在体物过程中表达作者情志的,没有总结赋在内容上的特点,所以是不全面的。

从无韵之笔的方面说,我们可以举《论说》篇为例。刘勰对"论"这种文体所做的定义性解释是:"论也者,弥纶群言,而研精一理者也。""论"本是阐说经典义理而来的,所以说是"圣哲彝训曰经,述经叙理曰论",它的目的就是要有条有理、没有差错地阐明圣人经典的含义,因此说"论者,伦也;伦理无爽,则圣意不坠"。但是刘勰在为"论"这种文体下定义时,又没有受阐说圣意的局限,而是指出"论"的特点是在综合各种学说见解的基础上精确地阐明某个理论,并不局限于仅仅发挥圣人经典中的原理。因为他清楚地看到:"论"虽然是从发挥圣意而产生的一种文体,但是它在发展过程中早已不受发挥圣意的限制,在孔子门人记叙孔子言论的《论语》之后,"详观论体,条流多品:陈政则与议说合契,释经则与传注参体,辨史则与赞评齐行,铨文则与叙引共纪"。议、说、传、注、赞、评、叙、引八种其实都属于论类,内容和形式都扩大了,所以"八名区分,一揆宗论"。这样才给"论"下了上引的定义式结论。至于"说"只是"论"之一种,其特点是要"悦怿",善为巧说,故曰:"说者,悦也;兑为口舌,故言咨(按,当为'资')悦怿;过悦必伪,故舜惊谗说。"

第五节 选文以定篇
——典范篇章的选择确立

《文心雕龙》文体论的一个重要特点是理论分析和创作实际的紧密结合。在对每一类文体历史发展状况的论述中,选出有代表性的作品并做出深入分析,有非常重要的意义。例如他在《诠赋》篇中讲到辞赋发展时,专门指出十位有代表性的辞赋家:

> 观夫荀结隐语,事数自环;宋发巧谈,实始淫丽。枚乘《兔园》,举要以会新;相如《上林》,繁类以成艳;贾谊《鵩鸟》,致辨于情理;子渊《洞箫》,穷变于声貌;孟坚《两都》,明绚以雅赡;张衡《二京》,迅发以宏富;子云《甘泉》,构深伟之风;延寿《灵光》,含飞动之势;凡此十

家,并辞赋之英杰也。

他对其中的八家都特别举出了他们的代表作品,这些代表作不仅是汉代大赋中的优秀作品,足以体现大赋的艺术成就,同时也展示了大赋发展过程中不同阶段的特点,而且可以看出大赋的不同艺术风格。这些辞赋作品除了枚乘《兔园》,后来都被萧统收入《昭明文选》。对于东汉以后发展起来的抒情小赋,刘勰没有专门列出具体作品,但是他列举了抒情小赋的一些代表作家。他在《诠赋》篇中说到魏晋时辞赋的状况:

> 及仲宣靡密,发篇必遒;伟长博通,时逢壮采;太冲安仁,策勋于鸿规;士衡子安,底绩于流制,景纯绮巧,缛理有余;彦伯梗概,情韵不匮:亦魏晋之赋首也。

说明魏晋时期除了有继承汉代大赋的左思《三都赋》等以外,主要是抒情小赋,而其代表作家就是王粲、陆机、成公绥、郭璞、袁宏等,刘勰对他们各自不同的风格做了概括。刘勰在论述诗歌发展时,没有像论述辞赋那样举出有代表性的作品,这是因为诗歌作品实在太多了,确是举不胜举,而且难免挂一漏万。所以他采取的办法是列举有代表性的诗人,分析他们的诗歌艺术风貌,而不举具体作品篇名。他所举出的各时期重要诗人,基本上和钟嵘在《诗品》中所列举的上品、中品诗人差不多,而对每个时期诗歌创作特点的分析,也和钟嵘《诗品序》的分析是一致的,可以相互补充。从散文方面来说,他对各类文章的代表作的选择也是非常精当的。例如在《诔碑》篇里讲到碑文在东汉以后的发展:"自后汉以来,碑碣云起。才锋所断,莫高蔡邕。观杨赐之碑,骨鲠训典,陈郭二文,词无择言。周乎(按,'乎'当为'胡')众碑,莫非清允。其叙事也该而要,其缀采也雅而泽。清词转而不穷,巧义出而卓立。察其为才,自然而至。孔融所创,有慕伯喈。张陈两文,辨给足采,亦其亚也。及孙绰为文,志在碑诔,温王郗庾,辞多枝杂,桓彝一篇,最为辨裁。"认为汉末蔡邕的碑文是最为出色的,所以举出他的《司空文烈侯杨公(赐)碑》《郭有道(泰)碑》《陈太丘(寔)碑》《汝南周勰碑》《太傅胡广碑》五篇重要作品。并指出孔融的碑文是学习蔡邕的,所以他的《卫尉张俭碑铭》和《陈碑》都是言辞巧捷而文采富美。其他如晋代的孙绰有志于碑文写作,他的《温峤碑》《丞相王导碑》《太宰郗鉴碑》《太尉庾亮碑》则文辞枝蔓,有点杂乱无章。"选文以定篇",并对所选文章做出概要评价,实际上起到了使这一类文体发展的特点更加鲜明的作用。

第六节 敷理以举统
—— 每种文体的创作要领

刘勰对各类文体创作特征的分析,是和他对各类文体历史演变的分析分不开的,他是从总结各类文体历史演变的经验中归纳出其创作特点的,因此是相当深入的,对创作实践具有重大的指导意义。而且应该看到他的文体论的最终目的是总结创作经验,用以指导现实。刘勰很突出的一个特点,是他不仅从历史发展来总结这一类文体的性质和创作特征,而且总是在和相同类型文体的比较中去加以说明。这种比较的研究,使他对许多性质接近的文体之联系与区别、相同处与不同处,辨别得十分细致,因而能更准确地把握各种文体的独特创作特征。比如乐府从文学的角度来说也就是诗,从抒情言志方面来说和诗是没有区别的,它们都能"情感七始,化动八风"。但是乐府诗是配乐的,和一般不入乐的诗在创作上是有区别的。他说:"凡乐辞曰诗,诗声曰歌;声来被辞,辞繁难节。故陈思称李延年闲于增损古辞,多者则宜减之,明贵约也。观高祖之咏'大风',孝武之叹'来迟',歌童被声,莫敢不协。子建、士衡,咸有佳篇,并无诏伶人,故事谢丝管,俗称乖调,盖未思也。"歌辞的文辞应当精练,不应繁多,不配乐的诗则可以复杂一些,声律上的要求也没有歌辞那么严格。赋也是诗之一种,从本质上讲也是诗,刘勰引班固之语,肯定赋是"古诗之流也"。但赋是不配乐的,故刘勰又引刘向之语,肯定它"不歌而颂"的特点。然而,赋和一般不配乐的诗还有不同,它以"铺采摛文,体物写志"为特征,与诗又"实相枝干"。这样又把赋与诗及乐府之不同讲得很清楚了。又比如他在《颂赞》篇中对颂体的创作特征的分析则是在历史的比较的分析中提出来的。从颂体的"美盛德而述形容"的方面来说,它和诗是相近的,《诗经》中就有颂一体。最初都是从"容告神明"发展起来的,后来屈原创作《橘颂》,把颂体的写作范围扩大了。到秦汉之际又有了进一步发展,从歌颂功德来说,又有接近铭的地方。所以,刘勰归纳颂的特征是:"原夫颂惟典雅,辞必清铄;敷写似赋,而不入华侈之区;敬慎如铭,而异乎规戒之域;揄扬以发藻,汪洋以树义,虽纤曲巧致,与情而变,其大体所底,如斯而已。"这里把颂怎样从诗中分离出来、逐渐形成自己的独特特征、成为与诗不同的一种文体的历史过程叙述得一清二楚。又比如铭、箴、碑、诔几种文体互相之间都是有联系的,只是在历史发展过程中渐渐区分为各种不同的文体,而有自己的专门用途。早期的箴、铭都是为了"警戒"的目的,从铭的产生看,"昔帝轩刻舆几以弼违;大禹勒笋虡而招谏;成汤盘盂,著'日新'之规;武王《户》《席》,题必戒之训;周公'慎言'于《金人》;仲尼'革容'于欹器:则先圣鉴戒,其来久矣"。从箴的产生来看,"箴者,针也,所以攻疾防患,喻针石也。斯文之兴,盛于三代。夏、商二箴,余句颇存。及周之辛甲,百官箴阙,唯《虞箴》一篇,体义备焉"。然而几种文体后来发展各有特点。于是刘勰总结其异同云:"夫箴诵于官,铭题于器,名目虽异,而警戒实同。箴全御过,故文资确切;铭兼褒赞,故体贵弘润。其取事也必核以辨,其摛文也必简而深,此其大要也。"铭和碑关系也很密切,有的铭文也就是碑文,在历史发展过程中,碑逐渐演变为主要记叙死者的功德,而铭则可以刻记未死的人之功德。碑、诔同为颂扬死者功德之文体,但诔是用来确定谥号的,碑是刻于死者墓前碑上的。对这几种文体的联系和区别,刘勰在《诔碑》篇中说:"夫属碑之体,资乎史才。其叙则传,其文则铭。标叙盛德,必见清风之华;昭纪鸿懿,必见峻伟之烈;此碑之制也。夫碑实铭器,铭实碑文,因器立名,事先于诔。是以勒器赞勋者,入铭之域;树碑述亡者,同诔之区焉。"对无韵之笔创作特征的分析也是如此。比如《檄移》篇中刘勰指出这两种文体的性质也是相同的,但运用的时候又因对象和意义不同而有所区别,从历史发展来看,移乃是檄的一个支流。刘勰比较移与檄在创作上的异同说:"故檄移为用,事兼文武;其在金革,则逆党用檄,顺命资移;所以洗濯民心,坚同符契。意用小异,而体义大同,与檄参伍,故不重论也。"有比较才能有鉴别,抓住了各种文体矛盾之特殊性,就可以比较准确地把握住其本质特征。刘勰这种比较的研究与历史的研究互相结合的方法,使他能更科学更深刻地去认识各种文体的创作特征,同时也更显示出其见解之独到。他在《明诗》篇中曾说:"故铺观列代,而情变之数可监;撮举同异,而纲领之要可明矣。"正是指这种历史的、比较的研究方法。"铺观列代"是要看这种文体在历史发展演变过程中的不同阶段及特点;"撮举同异"是要着眼于比较,善于清楚地区别这种文体与相近文体之间的异同。能做到这两点,则对"情变之数"可了如指掌,而"纲领"之要也自可了然于心。从《明诗》篇中这一段话,我们可以看出是他对各种文体创作特点分析的基本方法。这种比较的研究,既有对同时代相近似的几种文体的比较,也有这类文体在不同时代不同作品中之比较,也有同时代同一类文体的不同作家作品之间的比较。刘勰对文体论的研究之所以能取得如此重大成就,是和他这种科学的研究方法分不开的。

第七节 《文心雕龙》和《昭明文选》文体分类比较

关于《昭明文选》的文体分类及其和《文心雕龙》的比较,已经有很多学者做过研究,①本文想在已有研究基础上,再补充说一点我自己的看法。我首先要说明的是,这里不涉及刘勰是否参加过《昭明文选》编辑的问题,我对这个问题的看法已经在《有关刘勰身世几个问题的考辨》②一文中说过了。这里只从两部书文体分类的客观状况上做一点分析和研究。

《昭明文选》和《文心雕龙》是两部性质不同的书,因此它们对文学分类的角度也不尽相同。《文心雕龙》作为一部理论著作,重在研究和阐述各类文体的历史发展及其创作特征;而《昭明文选》则是一部文学作品的选本,所以重点在选出各类文体中最优秀的代表性作品。前者偏重从文学理论方面去研究文体的类别,而后者则偏重从文学创作角度区别不同文体。两者有相同之处:都需要对文体加以分类。但是也有不同之处:前者以理论为标准,不论作品好坏,只要有理论上的意义,就需要提出来讨论;后者以创作为标准来选出优秀作品,有些文类没有好作品,则可以不选。例如以诗歌来说,《文心雕龙》就讲到诗歌中的离合诗、回文诗、联韵

---

① 傅刚先生在《〈昭明文选〉研究》中对《昭明文选》的文体分类做了非常详细的研究,他的意见我基本上都是同意的。
② 见香港城市大学中国文化中心《九州学林》创刊号,复旦大学出版社 2003 年版。

诗等形式,而《昭明文选》则不需要选这些诗,也不会列入诗的分类中。《文心雕龙》在论赋的发展时,曾经特别提到荀子的《赋篇》(包括《礼》《智》《云》《蚕》《箴》五篇),刘勰认为《赋篇》和宋玉的《风赋》《钓赋》都是在赋的发展中具有转折意义的著作。但是《昭明文选》中只收了宋玉的《风赋》《高唐赋》《神女赋》《登徒子好色赋》四篇,没有收《钓赋》,也没有收《赋篇》,显然这是从创作的角度来考虑的。萧统在《文选序》中说过:"古诗之体,今则全取赋名。荀、宋表之于前,贾、马继之于末。"他也知道荀子《赋篇》、宋玉《钓赋》在赋的发展史上的理论意义,但是它们在艺术水平上确实是比较差的,诚如许多学者指出的,荀子的《赋篇》类似子书作品,[①]其实,它们仅有赋的形式,其内容是以隐语方法来论说伦理道德和事物知识性的内容,没有美的形象,文辞也过于质朴,当然不符合萧统"事出于沉思,义归乎翰藻"的选文标准,所以《昭明文选》自然是不会选入的。

《文心雕龙》和《昭明文选》在对文学体类的总体认识上也有相似的地方,这就是都特别重视诗和赋两种文体,都把它们放在众多文体的首位,认为是当时文学的最主要创作形式。这是和中国古代文学观念的发展,特别是六朝重视纯艺术文学并提出文笔之争有关系的。严格地讲,只有诗和赋是当时最纯粹的艺术文学形式,其他各种文体都属于可以是狭义纯文学,也可以不是狭义纯文学,而只是一般的非艺术应用文章。如果研究两书的细微差别的话,那么《昭明文选》是把赋放在诗的前面,《文心雕龙》则是诗在赋的前面,在诗中又区别了不入乐的诗和入乐的乐府诗的不同,分别列为诗和乐府两篇,而《昭明文选》则没有做这种区分。为什么有这种差别呢?我以为这是由于《文心雕龙》是按照六朝文论发展中的一般习惯来定的,例如曹丕《典论·论义》讲"诗赋欲丽",陆机《文赋》讲"诗缘情而绮靡,赋体物而浏亮",都是诗在赋前。同时,六朝诗歌得到极大的繁荣发展,而辞赋则实际已经过了高峰,开始衰落了。从诗歌的历史地位和实际创作状况来看,当然应该是放在最重要的位置上。而《昭明文选》之所以把赋放在首位,也有它的道理。从赋的性质来看,它既是诗也是文,兼有诗、文的特性。萧统在《昭明文选序》中明确说经、史、子不在他

---

① 参见傅刚《〈昭明文选〉研究》第239—240页有关论述,中国社会科学出版社2000年版。

的选录范围之内,他选录的只有诗和文,而赋既有诗、文两方面的特征,自然不可以放在诗和文的中间,而就它的产生和重要性来说也不可能放在文的后面,所以从总的方面来说,按赋、诗、文三大部分来排列是比较妥当的。后代文人的集子也都是按照赋、诗、文这个次序来编辑的。

《昭明文选》对每一类文体又按题材做了详细的分类,尤其是对赋和诗的分类更为细致。《文心雕龙》对诗赋题材的差别则基本上没有做分类,在《明诗》《乐府》《诠赋》三篇中,只有《诠赋》篇中涉及一点。这是两书很不同的地方。从这个角度讲,《文心雕龙》是不如《昭明文选》的。刘勰在论述到赋的产生和发展时,曾经涉及赋所写的内容和题材,他概括汉代大赋的内容是"京殿苑猎,述行序志",并无更加具体的区分。他对有代表性的十家大赋作者和魏晋抒情小赋作者之不同艺术风貌做过较为全面的分析,这种分析从理论研究角度来说是必需的,也是很自然的,它可以使我们非常清楚地了解到各种不同辞赋作品的特点,这些是像《昭明文选》这一类文学作品选本所不可能有的,因为作为选本是不可能按照文学的风格来分类的。但是《昭明文选》在选录辞赋时,则从其内容和题材的角度分别列为十五类:京都、郊祀、耕籍、畋猎、纪行、游览、宫殿、江海、物色、鸟兽、志、哀伤、论文、音乐、情。辞赋的题材和内容是否只有这十五类,也不一定,它只是按照所选出的辞赋优秀作品来区分的。因此在刘勰所列的十类大赋中,就有荀子《赋篇》和枚乘《兔园》两类是《昭明文选》所没有选的。从创作的角度来看,这是完全可以理解的,荀子的《赋篇》其实只是有赋的名称,严格讲是和后来的辞赋很不同的,而枚乘《兔园》在辞赋中并不是很优秀的作品。在魏晋的辞赋作家中,刘勰所提到的徐幹、郭璞、袁宏等人,《昭明文选》也没有选他们的作品,实际上他们的作品也确实不值得选。《昭明文选》对赋的题材和内容的分类是相当细致的,我们可以看到刘勰《文心雕龙》所举出的辞赋作家的代表性作品,《昭明文选》基本上都选进来了,而且比刘勰所列举的选得还要多得多,其范围也要广阔得多。可以说,不管是大赋还是抒情小赋,凡是优秀的都入选了,其中有很多是《文心雕龙》所没有考虑到的。特别是魏晋时候的辞赋,刘勰只是概括地说到几个重要作家的风格,而《昭明文选》则不仅选出了他们的优秀作品,还特别提出了几种重要的类别,如情、志、哀伤、论文、音乐等,可以清楚地看出辞赋发展到魏晋时在内容和题材上的扩大,以及由大赋发展到小赋后和诗歌更为接近的状况。

在对待汉代辞赋和以《离骚》为代表的《楚辞》之关系上,《昭明文选》和《文心雕龙》的观点也是不同的,所以在分类的安排上也不一样。刘勰认为汉代辞赋是从先秦《楚辞》发展来的,所以在文体分类上,骚(也就是《楚辞》)是合在赋类中的,没有单列一类。《文心雕龙》中的《辨骚》篇是论"文之枢纽"中的一部分,着重说明文学创作应该如何在学习经典的基础上有创新变化,而不是文体论中的一篇。《文心雕龙》的《诠赋》篇明确指出《楚辞》是辞赋的初始,其云:"及灵均唱《骚》,始广声貌。然赋也者,受命于诗人,拓宇于《楚辞》也。"但是《昭明文选》则不同,它是把骚和赋分为两类不同文体的。那么,究竟骚和赋是应该分为两种文体呢,还是合为一种文体比较合适呢?也就是说,《文心雕龙》和《昭明文选》在骚和赋的分类问题上,哪一种更正确、更合理?我认为这两部书的处理都是合适的。《文心雕龙》是一部文学理论著作,赋确实是由骚发展出来的,二者合为一体是很自然的事,也更可以看出文学发展演变的轨迹。所以《文心雕龙》在《时序》篇中特别指出:"爰自汉室,迄至成哀,虽世渐百龄,辞人九变,而大抵所归,祖述《楚辞》,灵均余影,于是乎在。"如果我们看到汉代文学的发展确实深受《楚辞》的影响,那么刘勰把骚、赋合为一类文体,自然是在情理之中的。《昭明文选》是一部文学作品的选集,它的着眼点是在创作。从创作的角度来看,骚和赋的差别是非常明显的。赋虽然是从骚发展出来的,但是它已经有了和骚很不同的形式,它已经不全是诗,而具有散文的特色,变成介乎诗和散文之间的一种新文体,何况自骚之后又一直有模仿骚的骚体诗存在,所以《昭明文选》把骚和赋列为两种文体也是完全应该的。它和《文心雕龙》在处理骚和赋的文类问题时的差别,也是和它们是性质不同的两部书有关系的。

《昭明文选》把骚列在诗之后,而没有把它放在赋的后面,为什么这样排列?这是值得我们研究的。傅刚先生在他的书中对此已有很深刻的论述,我这里只想补充一点自己的想法。从创作时代来说,骚是在赋之前的,它又是后来辞赋的滥觞,所以把它放在赋的后面似乎是不合适的。从骚的性质来说,它主要是诗,而不像后来的赋那种既有诗也有文的特点,作为古代诗歌的主体的五、七言诗也是在它之后发展起来的,似乎放在诗的前面还是比较合适的。然而《昭明文选》之所以把它放在诗之后、文之前,我以为是由于要突出当时文学创作的主要形式是诗和赋,虽然自《楚辞》以后历代均有模仿《楚辞》的骚体诗,但是实际上并没有多大影响,在诗歌发展史上也没有很重要的地位,是没有办法与赋和诗相比的。六朝是一个重艺术的时代,特别是在文学观念的发展上,处于十分强调要区分纯艺术的狭义文学和非艺术的广义文学之界限的时代,萧统在这方面是一个极为重要的代表人物。他在《昭明文选序》中继承了刘宋时代文笔之争的成果,进一步深化了对文学观念的研究和辨析,不仅明确把经、史、子排除在文学的范围之外,而且不再以有韵无韵来区别文、笔,提出了以是否符合"事出于沉思,义归乎翰藻"作为新的重要区分标准。虽然在怎么理解这两句话上可以有很不相同的观点,但是它确实比有韵无韵的标准大大地前进了一步,在正确认识艺术文学特征上有了重大发展。萧统编撰《昭明文选》的重要目的之一,也是要借这部文学选集来划清文学和非文学的界限,这在他的序言中已经说得非常清楚。他认识到用有韵无韵来区分文、笔,是不能正确地解决什么是文学、什么是非文学的问题的,虽然当时的主要文学形式——诗和赋是有韵的,但是很多无韵的文章也是非常优秀的文学散文,怎么能因为无韵被排除在文学之外呢?为此他才提出了抛开经、史、子,而以"事出于沉思,义归乎翰藻"作为标准来确定文学的范围,同时在《昭明文选》中以诗、赋为主,而兼收众多形式的散文。在《昭明文选》六十卷中,诗和赋这两种文体就占了三十一卷,在一半以上,如果再加上也可以看作是诗和赋的两卷骚体,一卷半七体,就达到三十四卷半,将近全书的百分之六十。当然,《昭明文选》中所收的散文也未见得都是艺术文学作品,或者说有相当大一部分并不是艺术散文,但这是和萧统所运用的"事出于沉思,义归乎翰藻"也还不是很确切地区分文学和非文学的标准有关的,从萧统的主观意图来说,是要把《昭明文选》编成一部真正的艺术文学选集的。他把诗、赋两种文体放在这样突出的地位,对它们的题材内容分辨得如此细密,绝对不是偶然的。

在讲到《文心雕龙》和《昭明文选》对诗、赋两种文体的分类时,我们需要探讨两书作者对几种和辞赋相近的文体如七、对问、连珠的看法和归类。在《文心雕龙》中,刘勰把这三种文体都归在《杂文》篇中,刘勰所说"杂文"的含义当然和我们今天说的不同,他是指那些在他看来不属于正规文体的杂驳之作,也就是所谓"文章之枝派,暇豫之末造",只是一般正规文章的支流,是文人闲暇之时的随意消遣之作。刘勰在《杂文》篇中着重论述的是上述三种文体。但在《昭明文选》中,这三种文体都是和其他文体并列的,没有被看成是比别的文体低一等的文类。应该说《昭明文选》的认识是要比《文心雕龙》更为妥善的。其实,七体和对问体本来是从辞赋中分出来的,枚乘《七发》本来是一篇写得非常精彩的赋,它和司马相如的《子虚》《上林》赋并没有什么大的区别,它也是以讽谏为目的,也是一种问答的形式。如果按照刘勰的归类,它就比司马相如的《子虚》《上林》低一等了,这显然是不合适的。实际情况是枚乘的《七发》写得太好了,于是后来有很多人模仿他,比较好的如傅毅《七激》、崔骃《七依》、张衡《七辨》、崔瑗《七厉》、曹植《七启》、王粲《七释》、桓麟《七说》、左思《七讽》等,于是这种文体就独立出来成为七体。其实,刘勰心目中对枚乘《七发》是很赞赏的,他说:"及枚乘摘艳,首制《七发》,腴辞云构,夸丽风骇。"又说:"观枚氏首唱,信独拔而伟丽矣。"他之所以列其为杂文中的一种,可能是因为它不是一个正规的文体种类,而只是赋的一个支流,内容和形式基本上是赋的写法,只是以其内容都言七事为特点而成为一体,从艺术上说不构成一个有独立创作特点的文体类型。而且枚乘以后的"七"类作品多数水平是不高的。也许从这个角度讲,刘勰也是有道理的。

"对问"最早的是宋玉的《对楚王问》,实际上它和宋玉的《高唐赋》《神女赋》《登徒子好色赋》也没有什么根本上的不同,不过后三篇有一个中心主题相当明确,题目又有"赋"名,而《对楚王问》的内容是楚王问宋玉是不是有什么"遗行"(即可被人遗弃的行为),为什么人都不赞誉他?宋玉运用一些生动的比喻说明自己并没有什么"遗行",只是曲高难和、不被人了解罢了。这篇的中心当然不能用"遗行"来做标题,所以就采用了一般的形式特征来做标题,实际上《昭明文选》在情赋一类里所选宋玉的《高唐》《神女》等赋也是以宋玉和楚王的对问形式来写的,从表现形式来说,它们都是一样的。所以《对楚王问》也是一篇赋。而且我们看到后来汉代的大赋如司马相如的《子虚》《上林》也是以对问的形式来写的。宋玉的这篇《对楚王问》是以问答的形式来申述自己的远大志向，其实后来有很多人模仿宋玉的《对楚王问》来申述自己志向，但是名称不叫"对问"，例如刘勰在《文心雕龙·杂文》篇中就指出："自《对问》以后，东方朔效而广之，名为《客难》。托古慰志，疏而有辨。扬雄《解嘲》，杂以谐谑，回环自释，颇亦为工。班固《宾戏》，含懿采之华；崔骃《达旨》，吐典言之裁；张衡《应间》，密而兼雅；崔寔《客讥》，整而微质，蔡邕《释诲》，体奥而文炳；景纯《客傲》，情见而采蔚；虽迭相祖述，然属篇之高者也。至于陈思《客问》，辞高而理疏；庾敳《客咨》，意荣而文悴。斯类甚众，无所取裁矣。原兹文之设，乃发愤以表志。身挫凭乎道胜，时屯寄于情泰，莫不渊岳其心，麟凤其采，此立本之大要也。"这就说明以对问形式而写的作品还是非常多的，不过不再用对问的名称。这方面《昭明文选》和《文心雕龙》就很不同，《昭明文选》把东方朔的《答客难》、扬雄的《解嘲》、班固的《答宾戏》三篇合在一起，列在"设论"一类文体之下。这说明《昭明文选》的编者认为宋玉的《对楚王问》和东方朔的《答客难》等不属于一类文体。如果我们要研究这两本书的处理中哪一种更为妥善和符合实际，也很难有一个确切的答案。因为《文心雕龙》是从一问一答的对问形式来看的，所以把从《答客难》到曹植《客问》、庾敳《客咨》都列入"对问"一体，何况东方朔的《答客难》前面的客难里也问东方朔是否有"遗行"。而《昭明文选》则把东方朔的《答客难》等三篇看作是以问答方式进行论辩的作品，所以不把它们和宋玉与楚王一问一答的《对楚王问》列为同一类文体。《答客难》开首提出："客难东方朔曰：'苏秦、张仪一当万乘之主，而身都卿相之位，泽及后世。今子大夫修先王之术，慕圣人之义，讽诵《诗》《书》百家之言，不可胜记，著于竹帛，唇腐齿落，服膺而不可释，好学乐道之效，明白甚矣，自以为智能海内无双，则可谓博闻辩智矣。然悉力尽忠，以事圣帝，旷日持久，积数十年，官不过侍郎，位不过执戟，意者尚有遗行邪？同胞之徒，无所容居，其故何也？'"虽然这里也和楚王问宋玉一样，客问东方朔有无"遗行"，但是重点是在责难他是否真的具有苏秦、张仪之才，所以东方朔也是借评论苏秦、张仪而阐说了自己的志向，说明自己因为并不处在苏秦、张仪之时，所以也无从展示自己的才能。《昭明文选》强调了这种差异,所以另列"设论"一体,这种特点到扬雄的《解嘲》就更为明显了。扬雄在《解嘲序》中说:"哀帝时,丁傅董贤用事,诸附离之者,起家至二千石。时雄方草创《太玄》,有以自守,泊如也。人有嘲雄以玄之尚白,雄解之,号曰《解嘲》。"他说写《解嘲》的目的正是为了说明自己不肯依附奸佞小人,虽不能成为历代忠诚之士、功臣英雄,但也要坚守清白的节操。这也是和东方朔的《答客难》类似的借论辩以明志之作。班固的《答宾戏》也是如此。他在《答宾戏序》中说:"永平中为郎,典校秘书,专笃志于儒学,以著述为业。或讥以无功,又感东方朔、扬雄自喻,以不遭苏、张、范、蔡之时,曾不折之以正道,明君子之所守,故聊复应焉。"客观地说,两书的处理都有自己的道理,不妨并存,而不必一定要辨清孰是孰非。

如果说"对问"和"设论"还是比较相近的文体,那么"连珠"就和上两种差别比较大了。傅玄在《叙连珠》中说,"连珠"是运用比喻的方法阐明某个思想观点,而不直接指说事情,文辞华丽而简约,往往是一连各自独立的思想观点,具有"易看而可悦"的特点,并且是对偶和押韵的。《文心雕龙·杂文》篇说"连珠"这类文体最早源于扬雄,但是扬雄的《连珠》已佚,今《全汉文》卷五十三辑有数条。刘勰说到的杜笃、贾逵、刘珍、潘勖等人作品也都散佚,只有杜笃和贾逵各残存两句,潘勖的残存于《艺文类聚》。《昭明文选》只选了西晋陆机的《演连珠》五十首。这方面它和《文心雕龙》的看法是一致的,刘勰在《文心雕龙·杂文》篇中也说:"唯士衡运思,理新文敏,而裁章置句,广于旧篇。"《昭明文选》把"连珠"置于"论"之后,我想这是有道理的,因为"连珠"具有论说的性质,又是押韵的,但是每一首篇幅都很短小,设论的方式比较特别,不是直接指说事情,而且总是很多首连缀在一起。它和七体或对问体比较,只是在有论说的性质和都有押韵方面是相同的,然而在其他方面的差别则是太明显了。所以刘勰把它和上两类合在"杂文"类里,大概是觉得它是"文章之枝派,暇豫之末造"的缘故吧!

在诗歌题材和内容的分类上,应该说《昭明文选》和《文心雕龙》相比是大大地向前发展了。刘勰在《明诗》和《乐府》两篇中都没有对诗歌的题材和内容做分类的研究,他在研究和探讨诗歌发展的历史时,重点是考察不同历史时期诗歌艺术风貌的特色。这一方面刘勰的概括无疑是十分深刻而精当的,例如刘勰对建安文学特色的论述一向为人们所称道,至今大家都引以为经典之说。他对正始、西晋等时期诗歌艺术特色的分析也是非常之精彩的。他对由东晋到刘宋时期诗歌演变的论述——"庄老告退,而山水方滋"的分析,也被人们认为是不易之论。《昭明文选》是一部文学作品选本,自然不可能涉及这方面的问题,但是它按照题材和内容来选择优秀诗歌作品时,对诗歌的本质和特点、诗歌发展历史和现状确实是经过了审慎研究的,它的分类是非常细致而周全的。《文心雕龙》和《昭明文选》在对诗歌本质的看法上都采取了《毛诗大序》志情统一的观点,既肯定"诗者,志之所之"的论述,也同时肯定"情动于中而形于言"的论述。萧统在《文选序》中明确地说:"诗者,盖志之所之也。情动于中而形于言。"同时,他对诗歌发展的历史和现状也做了十分简单的叙述。他对诗歌题材和内容的分类还是把"言志"放在前面,把"缘情"放在后面的。所以他在诗中首先列的是补亡、述德、劝励、献诗、公宴、祖饯,这里虽然不全是"言志"之作,也有"缘情"之作,但是以"言志"为主的。刘勰其实也不是完全没有论述到诗歌的题材和内容,例如他在论述建安文学时说的"并怜风月,狎池苑,述恩荣,叙酣宴",讲的就是建安诗歌的题材的几个方面。又如讲正始诗歌的"正始明道,诗杂仙心",讲东晋诗歌的"江左篇制,溺乎玄风",宋初诗歌的"庄老告退,而山水方滋"等也都是讲的诗歌题材和内容问题。不过他没有对全部诗歌做专门的分类,我以为这是和他《文心雕龙》写作的体例和方法有关的,他这种写法不可能对全部诗歌做总体分类。也许刘勰认为从理论研究的角度看来,像《昭明文选》这样的分类并没有多大意义。

但是《昭明文选》作为一部全面的文学作品选本,对诗、赋这样的主要文学形式,选的作品又那么多,当然是必须分类的。同时,分类的方法大概也只能按照题材和内容来加以区别,这也是《昭明文选》一书的性质所决定的。《昭明文选》把诗歌分为二十三类:补亡、述德、劝励、献诗、公宴、祖饯、咏史、百一、游仙、招隐、反招隐、游览、咏怀(包含临终,或谓临终当为另一类)、哀伤、赠答、行旅、军戎、郊庙、乐府、挽歌、杂歌、杂诗、杂拟。这样的分类是不是很科学,是可以研究的。因为有些类题材和内容是差不多的,只是诗题的形式不同。例如赠答类和杂诗类所包含的作品都是比较复杂的,这两类中的有些作品其实是没有多大差别的。杂诗类和行旅类的作品有些也是很接近的。咏怀类诗也只是因为诗题本身的缘故,实际上赠答类和杂诗类大部分都是咏怀的。因此这种分类在理论上真的也没有什么很重要的意义。

傅刚先生在他的博士论文《〈昭明文选〉研究》中,从三个方面的定量分析和统计,考察了《昭明文选》对汉魏以来诗人的地位和作用的评价,这确实是很有参考价值的,不过对社会科学特别是文学研究来说,定量分析有时不能完全说明问题。从入选数量来说,的确可以说明一部分选本编者的评价态度,但也不是绝对的。有的诗人可能入选诗歌并不多,但是他有一些非常著名并为大家所传颂的高水平作品,例如曹植;有些诗人虽然入选的作品比较多,但是却没有一流的优秀作品,例如陆机;有些诗人的诗歌创作数量不多,自然入选《昭明文选》也比较少,但是他的作品可以说是一流的,例如左思。至于入选的类别,更不能作为重要标准,因为有些诗人的创作水平并不很高,然而其创作面比较宽,涉及多种题材,如陆机、颜延之;有的诗人艺术水平很高,但主要侧重某一两类题材,如左思、嵇康、刘桢。同时,对一个诗人来说,可能他偏向擅长某一类诗,如陶渊明以田园生活为主,因此尽管他的成就很高,而其诗入选类别则很少。至于说入选某一类诗的诗人,其被选诗的数量是否排在首位,也很难以此作为评价诗人之地位和作用的标准,这里偶然性的因素成分很大。

关于总的文体分类,《文心雕龙》和《昭明文选》的差别就更大了。《文心雕龙》中的文体分类,从二十篇文体论的篇名来看一共是三十四类,实际上论到的文体总共有七十多种。而《昭明文选》所列文体则为三十八类,按次分别为赋、诗、骚、七、诏、册、令、教、文、表、上书、启、弹事、笺、奏记、书、檄、难、对问、设论、辞、序、颂、赞、符命、史论、史述赞、论、连珠、箴、铭、诔、哀、碑文、墓志、行状、吊文、祭文。大约是《文心雕龙》的一半左右。两书相比,有些名称是完全相同的,有些名称不一样而实际是同一类,如《文心雕龙》的"封禅"即《昭明文选》的"符命",《昭明文选》的"上书"则在《文心雕龙》"奏"之内,《昭明文选》的"行状"即是《文心雕龙·书记》篇的"状",《昭明文选》的"册"即《文心雕龙·诏策》里的

"策"。这样看,实际两书相同的有二十五种之多,即诗、赋、颂、赞、铭、箴、诔、碑、哀、吊、论、诏、策(册)、檄、封禅(符命)、表、奏(上书)、书、对问、七、连珠、令、教、笺、状(行状)。由此可见,两书都包括了当时最重要的各类文体,在基本的方面是一致的,它们的差别主要是由两书的性质不同而造成的。

概括起来说,《文心雕龙》和《昭明文选》文体分类不同的地方,比较重要的有以下几点:

(一)《文心雕龙》没有把骚单列一类,而是与赋合在一类,《昭明文选》则严格分为两类。这点我们上面已经做过分析。

(二)《文心雕龙》把乐府单列一类,而《昭明文选》则把乐府作为诗歌中一类不同的题材。从文体分类的角度说,《昭明文选》的处理比较妥善,因为乐府的性质完全是和诗歌一样的,不过它可以配乐演奏而已。《文心雕龙》之列为两类,也有它的道理:一则,诗歌是当时各类文体中最为重要的一种,它的地位比赋要高得多,所以实际上《文心雕龙》的二十篇文体论中有两篇是论诗的;二则,配乐的诗确和其他的诗不同,它是歌辞,必须符合乐曲的需要,它在内容上还有受乐府古题影响的一面,要照顾到原来的诗意之关系。因为《文心雕龙》和《昭明文选》两书的性质不同,所以各自的处理都无可厚非。

(三)《文心雕龙》有《史传》和《诸子》两篇,说明它包括学术著作写作的文体,它对"文"的理解是非常宽广的。也就是说,它不仅包括了"文"和"笔"两个方面,而且它的"笔"的范围是包含了颜延之所说的"经典则言而非笔"的"言"的。而《昭明文选》所理解的"文"是排除了经、史、子的,是以"事出于沉思,义归乎翰藻"为其标准的。所以说,在文学观念上,萧统比刘勰要更先进一些,不过刘勰在论述文学创作理论时,主要还是依据诗、赋等纯艺术文学来讲的,所以《文心雕龙》仍然是一部重要的文学理论著作,而不能说它是一部文章学著作。

(四)从文体分类的科学性上说,《昭明文选》不如《文心雕龙》。《文心雕龙》作为文学理论著作,它在分类上有主次、有大小,而且范围非常之广,各种文体收罗殆尽。《昭明文选》则不求文体完备,而以作品是否优秀、影响大小作为选录的主要考虑依据。所列的"史论"和"史述赞"本应归入"论"和"赞",虽然诚如学者们所已经指出的,萧统可能是因为在序中已说不收史的著作,所以对此特别于论、赞外另立一类,但是于文体分类说,毕竟是不够妥当的。《昭明文选》所列入的文体,也有一些是《文心雕龙》所没有专门论述到的,例如序、墓志、祭文等,这些文体的发展成熟比较晚,而后来写作则相当多,可以看出萧统和参加《文选》编辑的刘孝绰等人在对待今古关系上并没有厚古薄今的倾向,而是比较有创新精神的。

第五章　割情析采
——文学创作论

第一节　《文心雕龙》的神思论
——论文学的构思与想象

"神思"是刘勰在《文心雕龙》中提出的仅次于"原道"的重要问题。《原道》是《文心雕龙》"上篇"的第一篇,而《神思》是"下篇"的第一篇,它比较集中地论述了文学创作理论中的一些基本观点。"神思"是刘勰在《文心雕龙》中提出的一个非常重要的理论概念,它表明了刘勰对以艺术想象为中心的文学创作过程中的思维活动特点的认识,对其他有关创作理论的各篇具有指导意义。如果说刘勰关于"原道"的论述所反映的儒家思想影响比较突出,那么他关于"神思"的论述则比较突出地表现了老庄玄学和佛学思想的影响。

"神思"这个概念,严格地说,在美学和文艺理论的领域之中并不是刘勰首先提出的。最早接触到"神思"这个概念的,大约要算东晋的玄言诗人孙绰。他曾写过一篇《游天台山赋》。据《文选》五臣注,李周翰说此赋并非孙绰亲身登临之后所写,而是"闻此山神秀,可以长往,因使图其状,遥为之赋"。也就是说,是根据自己的听闻,以想象为之。赋前有一篇序,叙述其构思创作过程。序中先说到天台山乃是"玄圣之所游化,灵仙之所窟宅",所以"举世罕能登陟,王者莫由禋祀",然后说:"余所以驰神运思,昼咏宵兴,俯仰之间,若已再升者也。方解缨络,永托兹岭,不任吟想之至,聊奋藻以散怀。"这里,孙绰所说的"驰神运思",实际上即是指驰骋神思,开展艺术创作的构思与想象活动。它所说的意思与刘勰所谓"神思方运"是完全一致的。这是最早从艺术创作角度对神思的论述。其后,南朝刘宋时代著名的佛学家、画家和绘画理论家宗炳,比较明确地提出了"神思"的概念。他在著名的《画山水序》这篇讲绘画创作的文章中,论述到画家在创作过程中的神思问题。宗炳是从绘画创作的心物交融关系的角度对神思活动做出分析的,虽然还是比较概括、一般的论述,但与刘勰对神思的论述十分接近,并且为其神思论奠定了基础。历来大家评论刘勰的神思论,比较多地看到了它与司马相如的"赋心"论(见《西京杂记》的记载),和陆机《文赋》中的"精骛八极,心游万仞"之间的联系,这自然是不错的,也确实是很重要的,但是很少注意到它与比刘勰早将近一百年的宗炳的论述的关系,其实这也是很重要的。宗炳既是一位虔诚的佛教徒,又十分精通玄学,同时也很懂艺术,是一位重要的画家,对绘画理论更有深入研究,他对中国山水画的创作和理论的发展是很有贡献的。而且我们还应当看到宗炳的为人和他的著作,刘勰肯定是很熟悉的。宗炳和当时著名的思想家何承天有过一场关于佛教哲学思想的大争论。争论双方的代表作,刘勰的老师僧祐都把它们收进了《弘明集》。僧祐编辑《弘明集》,刘勰自然是很清楚的,而且很可能就是刘勰帮助他编辑的。杨明照先生在《梁书刘勰传笺注》中曾说:"僧祐使人抄撰诸书(按,杨先生此即指僧祐'使人抄撰要事,为《三藏记》《法苑记》《世界记》《释迦谱》及《弘明集》等',见《高僧传·僧祐传》),由今存者文笔验之,恐多为舍人捉刀。"这是很可信的。当然,在不少佛教典籍成书之时,刘勰已离开定林寺,但有些很可能在刘勰离开定林寺前已开始编辑,而刘勰离开定林寺后,也还有可能继续参与有关工作。由此推想,刘勰对宗炳的《画山水序》一文肯定也是见过的,受其影响当是很自然的。更主要的是,我们可以从宗炳的《画山水序》中看到它在创作思想上与刘勰《文心雕龙》中的论述很多是接近的。首先,宗炳认为山水画乃是画家借山水以"畅神"的产物,也就是说,山水画的重点是在寄托艺术家的心意情思。他说:"峰岫峣嶷,云林森眇,圣贤映于绝代,万趣融其神思。"提出艺术家的"神思"应当和山水的"万趣"融合统一。这种对创作过程中心物交融关系的认识,显然是和刘勰论神思的要点——"神与物游"的主旨相符合的,都是为了说明创作的过程也正是作家主观的心意情思和客观现实形象紧密结合的过程。宗炳又说:"夫以应目会心为理者,类之成巧,则目亦同应,心亦俱会,应会感神,神超理得,虽复虚求幽岩,何以加焉!"这个"应目会心"说与刘勰《文心雕龙·物色》篇所说的"目既往还,心亦吐纳",以及《神思》篇"登山则情满于山,观海则意溢于海"之论,又何其相似! 其次,宗炳还提出了"澄怀味像"之说,认为艺术家神思活动的展开要建立在虚静的精神状态之上,构思过程中不应当有种种杂念干扰。这和刘勰《神思》篇中所说的"陶钧文思,贵在虚静"也如出一辙。再次,从艺术表现上看,宗炳指出了"夫理绝于中古之上者,可意求于千载之下;旨微于言象之外者,可心取于书策之内"的特点,根据当时"言不尽意"的观点,强调绘画可以体现象外之意,而对绘画的理解不能局限于画内具体形象。这当然是玄佛思想影响之结果。它和刘勰《神思》篇所说"思表纤旨,文外曲致,言所不追,笔固知止"也是一脉相承的。最后,宗炳认为要使神思活动得以充分展开,达到"畅神"的目的,必须能"闲居理气",提出了神思和"理气"的关系。刘勰在《文心雕龙》中也提出驰骋神思必须"虚静",而"虚静"状态的获得必须靠"养气"。《养气》篇指出,必须"清和其心,调畅其气",方能保持文思畅通而不滞塞。这和宗炳所论也是一致的。刘勰和宗炳相同的这几个观点,同时也是《神思》篇中的主要观点。因此,我们研究刘勰的神思论,不能不充分重视宗炳的画论。宗炳与刘勰在创作思想上的历史渊源关系,可以进一步启发我们认识刘勰在创作思想上的受老庄、玄学和佛学思想的深刻影响。

刘勰在《神思》篇中首先指出了"神思"亦即艺术思维活动过程中生动丰富的艺术想象活动情状:

> 文之思也,其神远矣。故寂然凝虑,思接千载;悄焉动容,视通万里;吟咏之间,吐纳珠玉之声;眉睫之前,卷舒风云之色;其思理之致乎? 故思理为妙,神与物游。

刘勰在这里说明了神思活动无远不到,无高不至,可以不受形骸之束缚,超越时间和空间的局限,具有无比广阔的范围和幅度,是极其丰富多彩的。而且在整个神思活动的过程中,文学家的艺术思维都有始终和客观物象相结合的重要特点。这种神思活动是和作家的感情之波澜起伏紧密地联系在一起的,故而"神思方运"之际,"登山则情满于山,观海则意溢于海",而具体写作之际,则"谈欢则字与笑并,论戚则声共泣偕"(《夸饰》)。刘勰对艺术想象的特征做了非常形象的描绘和相当深刻的概括。

艺术思维活动是一个十分复杂、精微的精神活动现象,在当时的历史条件下,刘勰当然不可能对它做出非常科学的解释。因此,当我们深入考察刘勰这种神思论的哲学思想基础时,可以看到它仍然是以形神分离说的有神论思想作为其立论支柱的。刘勰在《神思》篇的一开始就说:

古人云:"形在江海之上,心存魏阙之下。"神思之谓也。

刘勰所引古人的话见于《庄子·让王》篇。刘勰引用这两句话的意思,是在说明"神思"是可以离开"形"而活动的,是可以超越于形骸之外而自由活动的,因此艺术想象就具有上述特点。也就是说,他是用形神分离说来解释这种艺术想象的特点的。刘勰的这种说法并不是什么新的发明和创造,这是一种古已有之的传统观点,而且在六朝也是相当普遍流行的观点。

在形神关系问题上,庄子是主张重神不重形的,并且表现了明显的形神分离观。这不仅从《让王》篇上述引文中可以清楚地看出来,在《养生主》篇中,庄子还说:"指穷于为薪,火传也,不知其尽也。"王先谦《集解》注道:"形虽往而神常存,养生之究竟。薪有穷,火无尽。"这是借火薪之喻以说明形灭神不灭。为此,这个薪火之喻后来在南朝就成为佛教泛滥时期形灭神不灭这场大争论中的一个重要论题。形神观是庄子哲学中的一个重要组成部分。庄子把"道"看成是"无",把"物"看成是"有";"物"可以销毁,而"道"则是无往不在的,因此《齐物论》中说:"形固可使如槁木,而心固可使如死灰乎?""神"和"形"的关系在庄子那里正是从"无"和"有"的关系上派生出来的。所以,庄子"以生为附赘县疣,以死为决疣溃痈"(《大宗师》),主张人生应当"外其形骸",不拘泥于物。魏晋玄学对庄子的这种有无、形神观点做了极大的发挥。王弼提出的"本无末有"的本体论以及"言不尽意"的认识论,都为重神不重形及形神分离说提供了更为系统的哲学根据。故而汤用彤先生在《魏晋玄学论稿·言意之辨》一章中说:"神形分殊,本玄学之立足点。"六朝时期佛教有了极大的发展,玄佛合流是这个时期思想史发展上的重大特点,而佛教唯心主义的一个基本出发点即是形神分离说和神不灭论。在形神关系上,玄学和佛学是没有分歧的,而且佛学之强调形神分离和神不灭更为突出,它乃是整个佛教的哲学思想基础。所以宗炳和何承天争论的核心也就是神是否随形灭而灭的问题。宗炳的《明佛论》一名《神不灭论》,洋洋万言,主要就是从各方面来阐明精神不随形体而灭的观点。《明佛论》与《画山水序》一文有着深刻的内在联系,乃是《画山水序》一文中艺术创作思想和美学思想的哲学基础。宗炳在《明佛论》中认为,神是始终不灭的,它虽然要借形以生,但是神与形合,乃是因缘会而有,所以虽合而并不同灭。宇宙万物之有神从根本上说是一样的,然而神与形合的过程则是随缘迁流,各不相仿,粗妙不同,故而就人来说则有圣愚之别。神之游因缘会而与物合,故物正是"畅神"之工具耳!由于强调神不随形灭而灭,故可离形而遨游,所以宗炳之神思论正是建立在形神分离说的基础上的。刘勰在这一点上和宗炳是完全一致的。刘勰的《灭惑论》《梁建安王造剡山石城寺石像碑》这两篇佛学著作,也鲜明地表现了他是坚定地站在神不灭论一边的。《灭惑论》在批评道教(按此道教指炼丹求仙的神仙道教,而非老庄及玄学)时说:"夫佛法练神,道教练形,形器必终,碍于一垣之里;神识无穷,再抚六合之外。"《石像碑》中说:"并造由人功,而瑞表神力。"也充分说明刘勰乃是有神论者。刘勰的神思论虽然是以形神分离说为基础的,但是他对神思的现象做了相当深入的解剖,揭示了它的一些重要特点,这毫无疑问是有重大价值的。

在分析刘勰的神思论时,我们还应当注意到他在《神思》篇的"赞"中提出的"神用象通"的问题。对于这句话的解释,一般都认为是创作过程中精神活动与客观物象相沟通、相结合,这当然是不错的。但是如果我们联系当时的文艺思想发展状况来考察,那么"神用象通"的提法也是有来由的,它是和佛教艺术思想有密切联系的。佛教在六朝有极大的发展,尤其是在南朝更为盛行,山林胜景,佛寺林立,每一个佛寺中都有很多佛像雕塑。佛像既是雕塑艺术品,同时又是被佛教徒认为是神佛借以寄寓并借之以显灵的神灵形象。神佛是借助于雕塑的佛像来显示自己的具体存在的,因此佛教徒遂把佛像看成是神佛"触象而寄"的产物。例如庐山高僧慧远在《万佛影铭序》中说:"神道无方,触象而寄。"当然,神佛也可以借物显灵,所以有时也称"触物而寄"。这种带有神秘性的对佛像塑雕的看法,也和中国古代对神话人物形象的看法近似。比如晋代郭璞在《山海经》的序中曾说过:"游魂灵怪,触象而构,流形于山川,丽状于木石。"佛像雕塑艺术中的"触象而寄"和郭璞所说的"触象而构"是一致的,这实际上就是"神用象通"的意思。刘勰所说的"神用象通"显然是脱胎于"触象而构""触象而寄"的思想的。不过,刘勰的重点是在说明文学创作形象构成的特点。既然神佛可以借象以显,那么人的思维活动内容自然也可以借客观物象来呈现。刘勰的"神用象通"之说,不能说没有一点神秘主义的色彩,因为他对"神"的理解本身是以形神分离说和有神论为基础的,这一点我们不必为他讳言。但是刘勰的可贵之处是他在论创作构思的时候,着眼点不是这种神秘的解释,而是把它从"触象而寄"的说法解脱出来,吸取其中合理内核,提出了创作构思本身的"神与物游""拟容取心"问题,比较深刻地说明了艺术构思过程中形象构成的特点,从而对文学的创作构思理论发展做出了重大贡献,这是我们应当充分加以肯定的。

神思活动的开展,需要有"虚静"的精神状态。刘勰在《神思》篇中把"虚静"的精神状态之重要性提到了很高的位置。强调"虚静",目的在于保证艺术想象活动开展的时候能够专心致志,不受任何主观或客观的干扰。如果一个文学家在进行艺术构思时思想不集中,常常同时在考虑个人的名利得失,或者为周围环境中的种种杂事而分散注意力,那是肯定构思不好的。所以我国古代论创作构思非常重视内心的虚静,认为它是构思成败的关键。在刘勰之前,《西京杂记》论说司马相如创作《子虚》《上林》赋,就表现出了这一点,所谓"意思萧散,不复与外事相关",即是指他排除了主客观干扰,进入了一种虚静的状态。陆机《文赋》中开篇第一句就是"伫中区以玄览",这正是为"精骛八极,心游万仞"做准备的。

"虚静"本是一个哲学和美学的范畴,它的提出是很早的。在文学理论上的运用,最早应该说是始于陆机《文赋》,而到刘勰的《文心雕龙》则有了极大的发展,提得也更为明确了。从哲学上说,儒、道、佛三家都讲过虚静问题,其内容是既有联系又有区别的。那么,刘勰讲的虚静主要是受哪一家的影响呢?这个问题当前学术界有不同的看法,有的认为刘勰讲的是儒家的虚静,有的认为是道家的虚静,也有的认为是佛家的虚静,这也是涉及对刘勰思想的总的评价的有关的问题。要确切地回答这个问题,我们首先要搞清楚以下几点:第一,儒、道、佛三家对虚静的认识有什么异同?从历史发展的角度来看,这三家之间又有什么联系和发展?第二,虚静是怎样从一个哲学上的认识论问题,逐渐运用到文学理论批评上来的?第三,刘勰本人对虚静是怎样论述的?这与他的整个思想体系有什么关系?为了正确地认识刘勰虚静说的历史渊源,我们应当比较全面地去研究和分析这几个问题。

虚静作为一种哲学上的认识论,最早是由老子提出来的。老子所说的"致虚极,守静笃",是一种"得道"的手段和必要途径。老子主张要"涤除玄览",虚静观物,方能掌握事物的本质与内在规律。这种思想有其积极的一面,即是要使人的认识摆脱具体的表面现象的局限,而深入事物内部去认识其本质规律;但是老子的虚静说又有其消极的错误的一面,即是否定人的具体的感性认识的作用,主张"绝学""弃智",认为这种具体的感性认识是妨害人去全面地完整地深入认识事物的。其后,战国中的宋钘、尹文学派发展了老子的虚静说,他们并不否定具体的感性的认识的作用,而更强调心在认识中的作用,使心能虚而静,以便具有"大明"的高度认识水准。他们的论述见于《管子·心术》篇。宋尹学派之后,提倡虚静最突出并且对之做了全面论述的是庄子。庄子的虚静说是对老子虚静说的进一步发挥,同时也吸取了宋尹学派的某些观点。庄子认为必须绝对地排斥具体的视听等感性认识,方能进入虚静的高级认识阶段,从而认识"道",掌握宇宙万物的本质和规律。他把知识学问和虚静的认识论对立了起来,因此我们可以说,他是把老子虚静说中的消极方面更加扩大、更加突出了。但是另一方面,庄子又非常明确地强调了虚静的目的是使人的认识达到"大明"境界。其《天道》篇对此做了充分的论述。其《天地》篇也说:"视乎冥冥,听乎无声。冥冥之中,独见晓焉;无声之中,独闻和焉。"从这一点看,庄子不仅吸收了宋尹学派的"大明"说,而且把它提到了非常突出的地位。他对虚静说的积极作用的认识和强调,影响是非常大的,也是有重要贡献的。战国末期的荀子虽然是一位大儒,但是如果我们更确切地说,则是一位集大成的思想家。荀子在《解蔽》篇中所提出的,由"虚一而静"而致"大清明"的境界,是比较全面的,它既没有老庄论的虚静那些缺点,又注意到了老庄论虚静的积极方面。由此可见,先秦各家论虚静虽然各有不同,各有优劣,但是在由虚静而致"大明"这一点上是一致的、共同的。而这一点正是后来文学理论批评强调虚静的主要内容。我们不应当把先秦各家的思想看成是水火不相容的,其实他们在论争过程中也互有吸收,有继承发展关系。文学理论批评上所讲的虚静是他们各家的共同的成果,因此要绝对地说一定是受哪一家的影响,也是很困难的。

不过,一般的文艺家在讲虚静时,从直接引用来看,基本上是引老庄的话。这不仅是因为老庄讲虚静最多、最细微、最详尽,而且因为虚静是他们哲学思想的重要基础。还有一个重要原因是,把虚静由哲学上的认识论发展成为文学创作的构思论的重要内容,是有一个发展过程的。先秦时期的老子、宋尹、荀子在论虚静时,都只是从哲学的认识论来讲的,并没有把它和文学创作构思联系起来,而庄子则有所不同,他不仅多次详细地论述了哲学上虚静的认识论的重要性,而且把虚静的观点运用到了神化的技艺创造之中。他在《养生主》《达生》等篇中分析庖丁解牛、梓庆削镶、痀偻承蜩、津人操舟等著名故事时,都突出地强调了虚静的决定作用。而这些故事对后世的文学创作和文学理论的影响是极其深远的。我们可以说,后来文学创作理论上讲的虚静,基本上都是从庄子论神化的技艺创造故事中得到启发,并进而做了具体生动的发挥。因为技艺创造和艺术创造是有相通之处的。文学理论批评上的虚静说并不是直接从哲学上的虚静说发展来的,而是以庄子论技艺创造为中介。如果我们看不到文艺思想发展史上这一重要特点,那么就很难正确地去分析刘勰虚静说的历史渊源了。与此同时,我们还要看到佛教哲学也是讲究虚静的,它和老庄和玄学是一致的,而这也是玄佛合流的重要表现之一。刘勰在《灭惑论》中曾说:"寻柱史嘉遁,实惟大贤,著书论道,贵在无为,理归静一,化本虚柔。"又说:"佛之至也,则空玄无形,而万象并应;寂灭无心,而玄智弥照。"这就说明他对道家、佛家的虚静都是肯定的,而且认为正是在这一点上,佛家之道与道家之道在根本上是一致的。刘勰从哲学思想上对虚静的认识,显然是和他在《文心雕龙》中讲的虚静有不可分割的密切联系的。

刘勰在《文心雕龙》中的《神思》篇里对虚静的论述,"疏瀹五藏,澡雪精神",就直接引用了《庄子·知北游》篇中所引老子的话,只做了个别文字上的修饰。这自然不是偶然的。刘勰在《养气》篇中说明虚静状态的保持需要"养气",并且在"赞"中用"水停以鉴,火静而朗"作为比喻,说明虚静可以达到"大明"的道理,这个比喻也是运用《庄子》中的典故。庄子在《天道》篇中就曾说过:"水静则明烛须眉,平中准,大匠取法焉。"刘勰在《神思》篇中还引用过轮扁斫轮和伊挚言鼎的故事,说明他对庄子所说的那些技艺故事是相当钦佩的。如果我们再联系刘勰的基本思想来看,那么他的虚静也是以道佛为主而兼通别家的。从提倡虚静这一点看,刘勰是以老庄为主而又吸取了别家之长的。刘勰在提出虚静是神思的首要条件时,还特别提出了知识学问、经验阅历等的重要性,认为"积学以储宝,酌理以富才,研阅以穷照,驯致以绎辞",乃是与虚静相配合而同为"驭文之首术,谋篇之大端"的。从文学理论的历史发展来看,这首先是直接得之于陆机《文赋》的。陆机在《文赋》的"伫中区以玄览"一句下,紧接着就讲要"颐情志于典坟",说明知识学问的重要性。刘勰和陆机一样,并不是在提倡虚静时又否定具体感性知识的重要性,这是与老庄哲学中所讲虚静的观点不同的,而是和宋尹学派及荀子的观点接近的。然而我们还必须看到的是,庄子在论述那些神化的技艺创造故事时,他的主观意图和那些故事本身所表现的客观意义是存在着矛盾的,他一方面竭力强调这些神化的技艺创造故事乃是"无视无听",完全排斥了感觉器官的具体感性认识的结果;另一方面,这些故事本身所表现出来的意义往往就有力地否定了他这种错误的观点。这些故事有力地说明了要获得对事物的最高认识,要掌握客观事物的本质规律,必须有丰富的具体感性知识,要经过无数次的具体实践来积累经验。庖丁是从解了数千头牛的反复实践中逐渐掌握了神化的高超解牛技巧的,痀偻者是经过刻苦的训练,从竿子头上放"二丸"不掉,一直到放"五丸"不掉,才能"承蜩犹掇"的。而对后代文学创作和文学批评影响最深刻的还不是庄子的主观意图,更主要的是这些技艺故事本身所表现的客观意义。因此后代文学理论批评受庄子虚静说的积极方面影响比较突出,而很少表现出其虚静说的消极方面,其原因恐怕正是在这里。由此亦可以看出,刘勰之虚静说主要也是受庄子论技艺创造故事的影响之结果,当然,也不排斥他同时吸收了荀子等论虚静的积极方面内容。所以,刘勰的创作思想仍是以道、佛为主而兼有儒家之长的。

刘勰神思论中另一个重要问题是对言意关系的理解。对言意关系的理解是我国古代文学创作理论中的一个十分突出的关键问题。进入虚静的精神状态之后,就能充分自由地展开想象的翅膀,在整个宇宙中遨游。然而艺术家这种丰富多彩的艺术想象活动内容,能不能用语言文字把它全部形象地描绘出来呢?这里就碰到了一个言能尽意还是不能尽意的问题。陆机在《文赋》中就曾经提出过"意不称物,文不逮意"的问题,认为这是一个非常困难的问题。即以他自己写《文赋》来说,本想将创作中的具体问题、创作中的种种奥妙都详尽地精确地叙述出来,但是"若夫随手之变,良难以辞逮","是盖轮扁所不得言,故亦非华说之所能精"。刘勰的认识和陆机是完全一致的,他在《神思》篇中说:

> 方其搦翰,气倍辞前,暨乎篇成,半折心始。何则?意翻空而易奇,言征实而难巧也。是以意授于思,言授于意,密则无际,疏则千里。或理在方寸而求之域表,或义在咫尺而思隔山河。

艺术思维过程中,想象的内容常常是绚丽多姿的,但要把它具体落实到语言形象中却并不那么容易。刘勰这里所提出的思、意、言的关系,和陆机《文赋》中所说的物、意、文的关系实质上是一致的。他们所说的"意",都是指构思过程中与物象相联系的具体的意,就诗赋等狭义的纯文学来说,即是指构思中形成的意象。刘勰说的"言",即是陆机说的"文"。陆机所说"意不称物"的"物"是指构思中形成的"意"的客观内容,而刘勰所说"意授于思"的"思"即指"神思",亦即"神与物游"的内容,是就构思过程中形成的"意"的主观内容而说的。而实际上陆机的"物"也是与主观的情相结合的物,刘勰的"思"也是与客观的物相结合的思。他们都看到了创作过程中有两个比较困难的问题:一是构思中形成的"意"(或意象)能否正确地反映客观事物,能否正确地体现作者的主观意图;二是能不能运用好语言文字,把构思中形成的"意"(或意象)确切地表达出来。

刘勰认为前一方面还不是很困难,而后一方面则常常不能如愿。有时"言"可以把"意"描写得很精确,有时则往往相差得很远。那么,应当怎样来认识和解决这个问题呢?

刘勰指出,这里有一个作家的才能问题,也和作家的学识是否广博、经验是否丰富有关。作家的才能、个性特点是各不相同的,大致来看,有两种类型:"人之禀才,迟速异分。""骏发之士,心总要术,敏在虑前,应机立断;覃思之人,情饶歧路,鉴在疑后,研虑方定。"比如:"淮南崇朝而赋骚,枚皋应诏而成赋,子建援牍如口诵,仲宣举笔似宿构,阮瑀据案而制书,祢衡当食而草奏。"都属于才思敏捷类的。"相如含笔而腐毫,扬雄辍翰而惊梦,桓谭疾感于苦思,王充气竭于思虑,张衡研《京》以十年,左思练《都》以一纪。"都是属于喜欢深思熟虑而后成文的。这两类作家虽然特点不同,但都具有"博练"之才,既有丰富学识,又善于分析概括。"若学浅而空迟,才疏而徒速;以斯成器,未之前闻。"因此一个作家如果能具备"博而能一"的条件,自然是大大地有助于克服"意翻空而易奇,言征实而难巧"的困难的。而且文学创作过程是一个去粗求精、去伪存真的艺术提炼、加工过程,好像用麻来织布一样,可以把原始的生活素材改造制作而成为有充分典型意义的艺术形象,"杼轴献功,焕然乃珍",这样"拙辞或孕于巧义,庸事或萌于新意",就具有光彩夺目的艺术魅力。这个思维过程不能完全脱离语言,构思愈成熟,形象愈具体,就会给用语言文字把它物质化奠定良好基础,然而语言在表达思维内容方面总是有局限性的,"百闻不如一见",不管你说得怎么具体细微,总不如自己亲眼看一看来得更加真切。更何况文字的表达也是和语言本身存在差距的。有的人善于说,但并不一定能写得好。因此,刘勰对言意关系的认识是肯定"言不尽意"的:

> 至于思表纤旨,文外曲致,言所不追,笔固知止。至精而后阐其妙,至变而后通其数,伊挚不能言鼎,轮扁不能语斤,其微矣乎!

文学艺术要求通过语言来再现艺术构思的丰富生动内容,而语言作为一种表达思维内容的工具又存在这样的缺陷,为了尽可能比较好地解决这个矛盾,我国古代的文艺家主张文学作品应当能体现出"言外之意""文外之旨",即利用言语所能够表达、可以直接描绘出来的部分,去暗示和象征语言所不能表达、难以直接描绘出来的部分,尽可能地扩大艺术表现的范围。正是从这个角度,刘勰提出了文学创作的"隐秀"之美问题。

所以,我们认为刘勰在言意关系方面,从根本上说是接受了当时玄学和佛学中所普遍流行的"言不尽意""寄言出意"思想影响的。他在《序志》篇中说:"言不尽意,圣人所难;识在瓶管,何能矩矱!"这就表现得更清楚了。当然,目前学术界对刘勰是主张"言不尽意"还是主张"言尽意",是有争论的。不过,从上面的分析和引述来看,我们认为刘勰本人已经讲得很明白了。问题是对他在《文心雕龙》中那些重视语言表达精确性的论述,应当如何正确理解。比如他在《神思》篇中说:"神居胸臆,而志气统其关键;物沿耳目,而辞令管其枢机。枢机方通,则物无隐貌;关键将塞,则神有遁心。"在《物色》篇中,他也说道:"皎日嘒星,一言穷理;参差沃若,两字穷形。""吟咏所发,志惟深远;体物为妙,功在密附。故巧言切状,如印之印泥,不加雕削,而曲写毫芥。"能不能根据这些论述来说明他是主张"言尽意"的呢?我们认为,刘勰重视具体语言表达上的精确性,并不等于就是主张"言尽意",否则和他的《文心雕龙》本身在言意关系上的论述不就矛盾了吗?其实,在刘勰的文学思想体系里,主张"言不尽意"和重视语言表达的精确性并不是矛盾的,而是可以统一的。从语言可以表达和描绘的部分来说,他认为语言应当是非常精确的,这就是他讲"秀"的部分应当"以卓绝为巧"的缘由。从语言无法表达和描绘的部分来说,他肯定"言不尽意",而主张要借助语言可以表达和描绘的部分来暗示和象征作家的"言外之意",这就是他说的"隐"的部分应当"以复意为工"、体现"文外之重旨"的缘由。文学作品应当是"隐"和"秀"的统一体,而且只有重视了语言表达的精确性,才可能有深远而味之无尽的"言外之意"。对言意关系的这样一种认识是并不奇怪的,就拿庄子来说,虽然他是竭力主张"言不尽意""得意忘言"的,甚至说用语言书写的书籍都是"糟粕",但是事实上他也不能真正地废弃语言,因为他这种"言不尽意""得意忘言"的观点本身仍是要用语言来表达的。庄子虽然把语言仅仅看成"得意"的一种工具,然而,没有这种工具也不能"得意",因此这个工具也还是非常之重要的。事实上,庄子本人也是非常重视语言表达的精确性的,这也就是他的著作具有如此高的艺术价值的原因之一。从对言意关系的理解来看,一般来说,儒家是主张"言尽意"的,而佛老是主张"言不尽意"的。他们的看法各有其优点,也各有其不足的方面。看不到语言表达思维内容和描绘客观事物上的局限性,这是不对的;而片面地过分地贬低和否定语言的作用也是错误的。刘勰这里也从他的"擘肌分理,唯务折衷"的论证方法出发,兼取各家之长,这正是他的优点。刘勰既承认"言不尽意",努力想去克服这个缺点,注重"言外之意",又同时强调语言表达上的精确性,正说明他企图把儒、道、佛在言意关系上的主张统一起来,体现了他思想上把儒、道、佛熔为一炉的基本特点。

此外,刘勰的神思理论还有一个值得我们重视的问题,即神思和养气的关系。黄侃先生在《文心雕龙札记》中说:

> 养气谓爱精自保,与《风骨》篇所云诸气字不同。此篇之作,所以补《神思》篇之未备,而求文思常利之术也。

这个论断是很有见地的,神思活动的开展需要有虚静的状态,而虚静这种精神状态的培养,关键在养气。清代纪昀评此篇也说:

> 此非惟养气,实亦涵养文机,《神思》虚静之说,可以参观。彼疲困躁扰之余,乌有清思逸志哉!

这就把《养气》篇之精神揭示得很明白了。其实,把虚静和养气联系起来,并不始自刘勰,庄子早就比较详尽地论证了这个问题。《庄子·人间世》篇云:

> 回曰:"敢问心斋。"仲尼曰:"一若志,无听之以耳,而听之以心;无听之以心,而听之以气。听止于耳,心止于符。气也者,虚而待物者也。唯道集虚,虚者,心斋也。"

庄子所谓"心斋",也即是指虚静的状态。这段话中"听止于耳"一句当为"耳止于听"之误,清代俞樾已经指出。这里的"气",即是指一种内心虚静的精神状态。陈鼓应先生《庄子今注今译》一书中说:"在这里'气'当指心灵活动达到极纯精的境地。"这个解释是比较符合庄子原意的。王先谦《庄子集解》引宣颖《南华经解》云:"气无端即虚也。"所以庄子说"气"的特点即是"虚而待物"。合乎自然的和气,即是内心虚静的一种具体表现。庄子在《达生》篇中说:

　　子列子问关尹曰:"至人潜行不窒,蹈火不热,行乎万物之上而不栗,请问何以至于此?"关尹曰:"是纯气之守也,非知巧果敢之列。"

成玄英疏道:"夫不为外物侵伤者,乃是保守纯和之气,养于恬淡之心而致之也,非关运役心智,分别巧诈,勇决果敢而得之。"他也指出了庄子强调"保守纯和之气",正是欲使内心处于一种"恬淡"亦即虚静的状态。《达生》篇关于梓庆削木为鐻的故事中,梓庆在回答鲁侯为什么他能做出"见者惊犹鬼神"的鐻时,曾说:"臣工人,何术之有?虽然有一焉:臣将为鐻,未尝敢以耗气也,必斋以静心。"所谓不敢"耗气",也即是"纯气之守""保守纯和之气",使自己内心处于一种完全合乎自然的虚静状态之中。

　　刘勰之所以把神思、虚静、养气联系起来,并且把养气问题作为专篇来论述,显然也是受庄子思想特别是其论技艺故事影响的结果。刘勰所说的"气"是指神的一种内在表现。陆侃如、牟世金《文心雕龙译注》指出刘勰对"神"和"气"常常是并称的,两者并无实质上区别,这是很对的。《养气》篇"赞"中说:"玄神宜宝,素气资养。"如果"精气内销",必然要"神志外伤"。为了要使神思能在虚静状态中充分展开,就必须养气。而养气的关键是要使自己能做到"率性自然",不以人为力量去勉强。故而《神思》篇云:"秉心养术,无务苦虑;含章司契,不必劳情。"《养气》篇说"率志委和",也就是庄子所提倡的保守"纯气"的意思。刘勰坚决反对冥思苦想、强写硬作,认为那样违背了人性的自然规律,会破坏纯和之气,因此也绝对写不出好作品来。他又强调说:"志于文也,则申写郁滞,故宜从容率情,优柔适会。若销铄精胆,蹙迫和气,秉牍以驱龄,洒翰以伐性,岂圣贤之素心,会文之直理哉!"刘勰这种强调率性自然的思想,显然是和他在《原道》篇中提倡自然之美的思想完全一致的。这也是他受道家思想影响在创作理论方面的重要表现之一。

第二节 《文心雕龙》的体性论
——论文学的风格

"体性"是讲文学作品的体裁风格与作家才性之间的关系问题,即文学作品的体貌。"体"在我国古代文学理论中有两层意思:一是指文学作品不同的体裁形式,如诗、赋、骈文等等;二是指文学作品的风格特点。体裁和风格都是具体地表现文学作品的外在形态的。每一篇文学作品都有自己特定的体裁和风格,因此也就有一定的"体"。"性"是讲作家的才能与个性特点。不同的作家才能有高低优劣,个性特征也是各不相同的。文学的创作过程,诚如刘勰《文心雕龙·体性》篇所说:"夫情动而言形,理发而文见,盖沿隐以至显,因内而符外者也。"所以文学作品的"体"与作家的"性"之间就有必然的内在联系。刘勰在《文心雕龙》中对这个问题曾比较集中地进行了深入探讨。他在《体性》《定势》《才略》等篇中提出了对这个重要问题的一系列基本理论观点。

关于文学的风格问题,我国古代首先是强调它和时代的关系,特别是社会政治状况对文学风格的影响。比如《左传》襄公二十九年记载季札观乐,实际上就涉及政治状况与文艺风格的关系问题,季札是从音乐的风格特点来评论政治状况的良窳的。当时诗、乐还没有分家,季札观乐实际上也是观诗。而最早接触到作家个性和作品风格关系的,大概是战国时的孟子。他在《万章》下篇所说"诵其诗,读其书,不知其人,可乎?"实际上即是说如果不了解作家,是不可能真正懂得他的作品的。但是孟子说的"知人"显然是偏重作家的政治思想态度方面的,并没有强调他的个性特征;而他说的对作品的了解,也是侧重它的思想内容方面的,并没有强调它的风格特点。然而,孟子强调要把了解作家和了解作品相联系,这对后来论文学的"体性"是有深刻影响的。汉代的司马迁在《太史公序》中剖析"发愤著书"的种种表现时,虽然也涉及作家与作品的关系,主要也是在政治态度方面,但是在《屈原传》中评述屈原的人品与其作品关系时,比较

明显地接触到了作家个性与作品风格的关系问题。他说:

> 其文约,其辞微,其志洁,其行廉,其称文小而其指极大,举类迩而见义远。其志洁,故其称物芳。其行廉,故死而不容自疏。濯淖污泥之中,蝉蜕于浊秽,以浮游尘埃之外,不获世之滋垢,皭然泥而不滓者也。

司马迁强调了屈原的人品和作品风格的一致性,认为他的作品乃是他人品的真实表现。其后,东汉的王逸又在对《楚辞》的评论中进一步发挥了这个思想。他在《离骚经序》中说:

> 《离骚》之文,依诗取兴,引类譬谕,故善鸟香草,以配忠贞,恶禽臭物,以比谗佞;灵修美人,以媲于君;宓妃佚女,以譬贤臣;虬龙鸾凤,以托君子;飘风云霓,以为小人。其词温而雅,其义皎而朗,凡百君子,莫不慕其清高,嘉其文采,哀其不遇,而愍其志焉。

王逸具体分析了屈原《离骚》的思想内容与表现特点,指出《离骚》文义"皎朗"、文辞"温雅"的风格特色,是和屈原为人的"清高"气节、悲凉遭遇紧密联系在一起的。然而,在汉代由于儒学"定于一尊"的地位之影响,王逸的论述不能不受到儒家政教讽谏说的束缚,而不可能更全面地、更广泛地去说明作家个性和作品风格的关系。

到了魏晋之际,由于儒教的衰落,名法思想的盛行,评论人物风气的普遍,关于作家个性与作品风格的关系也就突破了儒家的框框,有了更加深入的分析和论述。当时是人的个性得到比较充分重视的时代,因此曹丕的《典论·论文》和陆机的《文赋》中,都十分突出地说明了作家个性爱好和文学风格之间的内在联系。曹丕在《典论·论文》中说:

> 王粲长于辞赋,徐幹时有齐气,然粲之匹也。如粲之《初征》《登楼》《槐赋》《征思》,幹之《玄猿》《漏卮》《圆扇》《橘赋》,虽张、蔡不过也,然于他文,未能称是。琳、瑀之章表书记,今之隽也。应玚和而不

壮,刘桢壮而不密。孔融体气高妙,有过人者,然不能持论,理不胜辞,以至乎杂以嘲戏。及其所善,扬、班俦也。

曹丕对建安七子的才性及其与创作风格特点的分析,就极其鲜明地指出了文学风格与作家个性爱好的必然的内在联系。作家才能、个性间的差别,使他们在文学创作上也必然是各有所长,风格也各异。陆机在《文赋》中说,文学作品风格的多样化,其重要原因之一,即是"夸目者尚奢,惬心者贵当,言穷者无隘,论达者唯旷"。作家的个性风格直接体现在作品中,所以说文如其人也。曹丕和陆机这些思想直接启发了刘勰对于文学风格理论的论述。刘勰在《文心雕龙·才略》篇中论历代作家的才能和学力,指出他们各有自己的特点,形成了万紫千红的不同风格。他在"赞"中做了这样的总结:

> 才难然乎,性各异禀。一朝综文,千年凝锦。余采徘徊,遗风籍甚。无曰纷杂,皎然可品。

显然,刘勰的风格理论的主要方面乃是他研究和总结了历史上的文艺创作实践经验的结果。不仅如此,刘勰的文学风格理论之所以能远远超出曹丕和陆机,并使之创造性地发展到一个新的高度,又是他接受历史上许多重要的思想理论遗产,并运用于总结文艺发展经验的结果。这些我们可以从下列问题上看出来。

首先,刘勰在认真考察文学作品风格和作家才性关系时,提出了作家才性形成有四个方面的因素,这就是:才、气、学、习。而这四个因素又可以归纳为先天的和后天的两大类:"才"和"气"主要是先天的,因各人禀赋不同而异;而"学"和"习"则是后天的,是和作家自己的努力以及他所生活的社会环境的影响不可分割地联系着的。"才"是指作家的才能。刘勰认为作家的才能之不同,首先是由于先天禀赋的不同,这自然有强调过分的地方,但他并没有把先天性这一点绝对化,而是同时肯定了才能是可以因后天条件之影响而有所变化的,而且它的最终成型还是由后天因素决定的。"气"是指作家的气质个性特征,刘勰对于"气"的看法也和对

"才"的看法一样,认为作家的"才"和"气"虽有先天条件好坏的差别,但是,它们又可以受后天的"学"和"习"的状况影响而有所发展,而逐渐定型。先天禀赋聪慧的,可能由于"学"和"习"的不合适而不能充分发挥其作用;先天禀赋笨拙的,可能由于"学"和"习"的补充而得到改变,并且在创作中做出好成绩来。先天的因素,人们是无法改变的,但后天的因素却可以通过自己的努力或客观条件的影响,而使之产生重要的积极作用。他在《文心雕龙·体性》篇中说:

> 夫才有天资,学慎始习。斫梓染丝,功在初化,器成采定,难可翻移。

刘勰这一段话非常重要。他一方面说"才力居中,肇自血气",另一方面又强调"功以学成"。天资不是形成人的才性的唯一因素,"学"和"习"这些后天因素从某一方面来说实际上是更为重要的。比如木材和生丝,虽然质地有高下之别,但是能工巧妇仍可以把质量较差的木材做成漂亮而实用的器具,把质量较差的生丝织成美丽而精致的绸缎。反之,木材和生丝的质量虽然很好,如果放到笨工拙妇手里,就可能做出劣等的器具和绸缎,甚至成为废品。可见,刘勰在实际上是把后天的"学"和"习"放在比先天的"才"和"气"更为重要的地位上。他在《体性》篇的"赞"中说:"习亦凝真,功沿渐靡。"范文澜先生说:"上文云'陶染所凝',此云'习亦凝真',真者,才气之谓,言陶染学习之功,亦可凝积而补成才气也。"这个解释是正确的。它说明先天的才、气必然要受到后天学、习的陶染而有所发展变化,时间愈长愈见功效。故从根本上来说,作家的才性虽有"情性所炼"的一面,亦是"陶染所凝"的结果。刘勰对作家才性分析之重视后天作用的思想,是和他重视社会生活实践对作家及作品影响这种观点一致的,在这一点上,刘勰比曹丕要大大前进了一步。曹丕只强调了"气之清浊有体,不可力强而致",即天资禀赋对作家才性的决定作用,而没有看到后天学习的重要作用。

刘勰在对作家才性问题分析上所做的重要发展并不是偶然的,而是有其思想渊源的。这是他接受了历史上先进思想影响,而运用之于认识文学体性问题的结果。具体地说，这是他吸取了先秦著名的思想家荀子关于人性问题论述的结果。荀子认为人性本恶，这种观点当然是错误的，是一种抽象的人性论。但是，荀子认为人的这种先天性恶的本质，是可以通过后天以礼义为内容的学习来加以改变的。荀子指出人性的形成过程中有两个方面的因素：一是"性"，即先天本性；一是"伪"，即后天人为的加工。他在《礼论》中说：

> 性者，本始材朴也；伪者，文理隆盛也。无性则伪之无所加，无伪则性不能自美。

人性基本素质是先天禀赋的，没有这一基础，则后天的学习就没有对象了。但是，先天之"性"必须经过后天人为的加工，方能达到"美"的程度，才是最完善的。为此，荀子很重视区别"性"和"伪"的不同特点，又很强调两者相辅相成的关系。他在《性恶》篇中说：

> 凡性者，天之就也，不可学，不可事。礼义者，圣人之所生也，人之所学而能，所事而成者也。不可学、不可事而在人者，谓之性；可学而能、可事而成之在人者谓之伪：是性伪之分也。

所以在荀子看来，人性之能由恶变善，其关键在学习礼义。《荀子》一书开宗明义第一篇即是《劝学》。荀子强调一个人性格之最终完成是要依靠学习的；如果不学习礼义，那就只能任天性中之恶的因素去自由发展，那就不能成为君子。学习对人来说显然具有决定性的作用。刘勰在分析作家个性的形成上，正是对荀子这种重视后天学习思想的具体运用和发挥。

刘勰在论述作家才性与作品风格关系的过程中，对作家的才性特点的归纳，大都是包括才、气、学、习四个方面的，对先天和后天的因素都很重视，是具体地体现了他的理论思想的。《体性》篇中他曾举出了十二位作家的例子，来说明其才性与风格之关系。比如他说："贾生俊发，故文洁而体清。""俊发"是指他才思敏捷。《才略》篇说："贾谊才颖，陵轶飞兔，议惬而赋清，岂虚至哉！""才颖"即是俊发；"议惬""赋清"即是"文洁而体清"。黄侃《文心雕龙札记》云:"《史记·屈贾列传》:'廷尉乃言贾生年少,颇通诸子百家之书。文帝召以为博士。是时贾生年二十余,最为少,每诏令议下,诸老先生不能言,贾生尽为之对。'此俊发之征。"可见,贾谊之"俊发"既是他聪慧的天资禀赋之表现,又是他勤奋学习之结果。《体性》篇又说:"长卿傲诞,故理侈而辞溢。"关于司马相如的才性与其作品风格的关系,《才略》篇分析得更为具体,其云:"相如好书,师范屈、宋,洞入夸艳,致名辞宗。然覆取精意,理不胜辞,故扬子以为'文丽用寡者,长卿',诚哉是言也!"黄侃释云:"《文选》谢惠连《秋怀诗》注引嵇康《高士传赞》曰:'长卿慢世,越礼自放;犊鼻居市,不耻其状;托疾避患,蔑此卿相;乃赋《大人》,超然莫尚。'此傲诞之征。"据此,则司马相如的"傲诞"特点也是由他先天气质与后天学习两方面所凝聚而成的。当然,每个作家的个性特点往往不是才、气、学、习的平均数,而是常常更突出地体现其中的某一方面。例如阮籍天赋才华出众,《魏书·阮籍传》云:"籍才藻艳逸,而倜傥放荡,行己寡欲,以庄周为模则。"所以刘勰说:"嗣宗俶傥,故响逸而调远。"《才略》篇中也指出他是"使气以命诗"。又如刘桢以俊逸之气质为其特征,谢灵运《拟邺中集序》云:"桢卓荦偏人。"故而刘勰说:"公幹气褊,故言壮而情骇。"其《才略》篇又说他是"情高以会采"。又如陆机出身儒家书香门第,自小学习儒业。《晋书·陆机传》云:"伏膺儒术,非礼不动。"因此刘勰说:"士衡矜重,故情繁而辞隐。"其《才略》篇又说:"陆机才欲窥深,辞务索广,故思能入巧,而不制繁。"说明学识对他的才性和文学风格有着更为突出的影响。又如潘岳受世俗追逐名利风气影响较深,品格庸俗。《晋书·潘岳传》云:"岳性轻躁趋世利,与石崇等谄事贾谧,每候其出,与崇辄望尘而拜。构愍怀之文,岳之辞也。"所以刘勰说:"安仁轻敏,故锋发而韵流。"正是由于作家的才、气、学、习之不同,所以文学作品的风格也就各有千秋,风格多样化的原因其主要方面即在此。人的才性无一相同,文之体貌也形态各异。刘勰在《体性》篇中说:

  故辞理庸俊,莫能翻其才;风趣刚柔,宁或改其气;事义浅深,未闻乖其学;体式雅郑,鲜有反其习:各师成心,其异如面。

这是一段总论,而他的《才略》一篇可以说是通过对历代作家的体性的特征之评论,而对这一总论所做的详尽注脚,也是用无可辩驳的历史事实证明了这一论述的正确性。以东汉而言,"刘向之奏议,旨切而调缓;赵壹之辞赋,意繁而体疏;孔融气盛于为笔,祢衡思锐于为文:有偏美也"。又如西晋一些文学家:"傅玄篇章,义多规镜;长虞笔奏,世执刚中;并桢干之实才,非群华之骅骝也。成公子安,选赋而时美,夏侯孝若,具体而皆微。曹摅清靡于长篇,季鹰辨切于短韵,各其善也。"刘勰所反复提出的"有偏美""各其善"等,都是为了强调才性与风格之多样化,即所谓"各师成心,其异如面"也。

其次,刘勰在《文心雕龙·体性》篇中把纷繁复杂的文学风格归纳为八种基本类型,并对每一种类型的基本特点做了总结。他说:

> 典雅者,镕式经诰,方轨儒门者也。远奥者,馥采典文,经理玄宗者也。精约者,核字省句,剖析毫厘者也。显附者,辞直义畅,切理厌心者也。繁缛者,博喻酿采,炜烨枝派者也。壮丽者,高论宏裁,卓烁异采者也。新奇者,摈古竞今,危侧趣诡者也。轻靡者,浮文弱植,缥缈附俗者也。

刘勰这一论述也是具有开创意义的。刘勰以前,无论是曹丕还是陆机,都只讲到不同体裁的文学作品在风格上的差异。陆机在《文赋》中虽然在涉及文学风格上的多样化时,提出了"体有万殊,物无一量,纷纭挥霍,形难为状"的问题,说明外界客观事物多种多样,因此"其为物也多姿,其为体也屡迁",文学风格也是多样的,但他并没有更进一步深入分析这种多样化风格的具体状况。而刘勰则正是在陆机文学风格论的基础上,又大大前进了一步,对文学风格多样化的具体状况做了更深入的研究。刘勰所总结的八种基本文学风格并不是简单的任意举例,而是在阅读和研究了大量作品的基础上提出来的,是经得起推敲的。刘勰认为文学的风格虽然千差万别,但是它又不是没有规律可循的。如果认真地进行研究分析,可以看到其中有几种最基本的风格类型,恰如刘勰说的:"若总其归途,则数穷八体。"刘勰提出八种基本的风格类型,与他所主张的风格的多样化是并不矛盾的。因为这种归纳并不意味着具体的作家作品风格可以简单地纳入某一类,而只是指出几种风格的基本因素。这就好像无数不同的绘画色彩中有几种最基本的色彩一样,把这几种基本色彩调配起来,就会有无穷无尽的种种不同色彩。文学风格也是如此。这八种风格的交互渗透,可以形成无数种不同的风格,即所谓"八体屡迁,功以学成"。这样的归纳和总结可以使文学的风格的研究更加科学,以便能够考察一个作家的风格是由哪些基本因素构成的,他和别的作家风格有哪些相同,哪些不同,并进而考察形成这种风格的才、气、学、习之间的关系。一般说,这八种基本风格的每一种与才、气、学、习都是不能分开的,然而也往往有其更为突出的一方面。比如"壮丽"之"高论宏裁,卓烁异采"与作家的才智有密切关系;"远奥"之"馥采典文,经理玄宗"则与作家气质有明显关系;"典雅"之"镕式经诰,方轨儒门"显然是作家勤学之结果;"轻靡"之"浮文弱植,缥缈附俗"则是和作家受时俗习气之影响分不开的。

值得我们注意的是,在对每一个具体作家作品风格的分析上,刘勰并没有把它们简单地归入"八体"的某一类。无论是《体性》篇中所举的十二个代表作家的风格,还是《才略》篇中所说的历史上各个重要作家的风格特色,都很难说是"八体"中的哪一体,而往往是兼有几种基本风格的特色的。比如贾谊,既有"精约"的特色,又有"显附"的特色,而且也不是这两者的机械的凑合,甚至也很难说就只有这两种因素。又如司马相如,既有"繁缛"的特色,又有"壮丽"的特色。阮籍的风格是接近"远奥"的,但又和作为基本风格的"远奥"不同。潘岳是偏向"新奇"的,然而也和作为基本风格的"新奇"有所区别。刘勰说:"八体虽殊,会通合数,得其环中,则辐辏相成。"正是由于这八种基本风格的交互结合,错综变化,才产生了无穷无尽的种种不同风格特色。刘勰还指出这八种基本风格又是两两相对的,可以分为四组:"雅与奇反,奥与显殊,繁与约舛,壮与轻乖。"把文学的风格之基本类型分为八种四对,这究竟是否很全面、很科学,是不是反映了文学风格的内在必然规律,是可以研究的。从文学创作的实际状况及其历史发展来看,这种分法有合理的方面,也有不确切的方面。"八体"是从创作实践中归纳出来的,它们是客观地存在于创作实践中的,而且也确有两两相对的特点,从这个角度上说,它有科学的、合理的方面。但是,基本风格是不是就只有这八类? 是不是也可以概括为十类、十二类或更多? 是不是文学的风格都一定是两两相对的呢? 显然,这就不一定了。比如后来皎然讲诗有十九类风格,司空图在《二十四诗品》中分为二十四类。他们都比刘勰的分类要多,而且并不是两两相对的。这就说明刘勰这种论述是有它的不科学、不全面的地方的。那么刘勰对文学风格的基本类型为什么会归纳为恰好八类,而又成为两两相对的四组呢? 这就要从他所受的历史思想资料的影响来加以说明。

我们认为刘勰之所以把风格分为"八体"与两两相对的四组,这与他受《易经》思想的影响是有直接关系的。风格组成上的"八体"与四对即是来自《易经》八卦的启发。《易经》的作者认为宇宙万物尽管有千千万万,但最基本的有八种,即天、地、山、泽、水、火、风、雷,而其他一切事物均是由这八种事物交错作用调合而成的。《易经》的八卦是象征这八种基本事物的形象符号,八卦的相互组合又可以形成六十四卦,三百八十四爻。而每一卦每一爻都是象征着一类事物的。宇宙间的事物是无穷无尽的,而八卦之变化及其所象征的事物也是无穷无尽的。同时八卦所代表的八种基本事物也是两两相对的。八卦所呈现的八种形象符号也是两两相对的。例如:

天 ☰ —— 地 ☷　　水 ☵ —— 火 ☲
风 ☴ —— 雷 ☳　　山 ☶ —— 泽 ☱

《易经》强调宇宙万物的形成是由几种基本物质因素构成的,这些基本物质因素又都是矛盾对立的。刘勰认为文学风格也如此,也具有一种内在的规律性。刘勰之所以运用《易经》中的这种思想来论述文学风格,和他对文学和现实关系的看法有密切联系。他看到了文学作品是反映客观现实的,它要模拟客观物象,而客观物象、现实事物又是千姿百态而各不相同的。正是客观事物的多样性和作家才性之差异,决定了文学风格绚丽多彩的多样化特点。文学作品要"写物图貌""体物写志",而且"情以物迁,辞以情发",所以物是具有决定作用的。对物的描绘不仅要"拟诸形容",而且要"象其物宜"。这些是刘勰对陆机的"其为物也多姿,其为体也屡迁"的进一步发展。基于对"体"与"物"的这样一种认识,刘勰运用《易经》中解释"物"和"易象"之间关系的思想来说明风格多样化的内在规律,就毫不奇怪了。刘勰说的"八体虽殊,会通合数,得其环中,则辐辏相成",也正是从《易经·系辞》中的"参伍以变,错综其数","见天下之动,而观其会通"的思想发展而来的。刘勰写作《文心雕龙》受《易经》和《易传》的影响很深,这在全书中几乎是随处可见的。

再次,刘勰关于文学风格理论的另一个重要贡献是他对文学风格形成过程中的主观性与客观性关系的探讨。如果说,刘勰在《体性》篇中着重分析了文学风格的主观因素的话,那么他的《定势》一篇则比较集中地探讨了文学风格的客观因素,研究了不同的文体形式由于其内容和形式的特点而决定了它有不同的风格特色问题。这一点曹丕和陆机曾做过较多的分析,但是刘勰在他们的理论基础上又有了很大的发展。这不仅表现在刘勰对文体的类型分得更细,概括每一种文体特点更具体、更确切,自然,这一方面也是很重要的,可是更有价值的还在于刘勰能把它提到规律性上来认识,提出了"势"的问题。每一种文学体裁都有自己特定的内容和与此相应的表现形式,这就决定不同体裁必然会有自己特殊的风格特色。刘勰总结了文学创作的过程,提出了"物→情→体→势"这样一个重要原则:"情"是由外界事物的感发而产生的,"情以物兴";而"体"则是循"情"而立的"因情立体";而"势"则是随"体"而成的,"即体成势"。每种文学体裁在历史发展过程中都形成自己特有的"势",代代相沿而成习。刘勰在《定势》篇中说:

> 是以括囊杂体,功在铨别,宫商朱紫,随势各配。章表奏议,则准的乎典雅;赋颂歌诗,则羽仪乎清丽;符檄书移,则楷式于明断;史论序注,则师范于核要;箴铭碑诔,则体制于弘深;连珠七辞,则从事于巧艳:此循体而成势,随变而立功者也。

由于文学作品有自己特定的"体势",它是作品本身内容和形式所决定的客观的要求,而所谓"势"者,正是指作品本身的这种客观的规律性,它是

不以人的主观意志为转移的,刘勰说:

> 夫情致异区,文变殊术,莫不因情立体,即体成势也。势者,乘利而为制也。如机发矢直,涧曲湍回,自然之趣也。圆者规体,其势也自转;方者矩形,其势也自安;文章体势,如斯而已。是以模经为式者,自入典雅之懿;效《骚》命篇者,必归艳逸之华;综意浅切者,类乏酝藉;断辞辨约者,率乖繁缛;譬激水不漪,槁木无阴,自然之势也。

一定的体式就有一定的"自然之势",在文学创作上就有一个客观的"自然之势"与作家主观的才性特征如何相统一的问题。也就是说,文学风格中的主观因素与客观因素应当统一成为一个完整的整体,而不应当使两者发生矛盾冲突,否则就不能创作出好作品来。刘勰认为一个作家在创作过程中,很难做到每一类文体都写得很好,一般都只擅长于某一类或特点相近的几类文体,其原因即在于此。所以,作家就要善于选择与自己的思想性格、习惯爱好、才能智慧相适应的文体形式来写作,这样就能充分发挥自己的长处,这就叫作"因性以练才"。能够使这两方面达到和谐一致,就可以使文学创作起到事半功倍的效果,曹丕在《典论·论文》中曾经通过分析建安七子的创作提出过"文非一体,鲜能备善"的问题,要求作家要"善于自见",既懂得己之所长,也懂得己之所短,而不要"各以所长,相轻所短"。刘勰则在此基础上,着重从正面强调了作家应当按照自己所擅长的方面去努力发展自己的才能。这个问题对于我们今天的作家来说也是有参考价值的。一个作家自然应当全面地锻炼写作多种体裁文学作品的能力,但是也应当根据自己的才能、兴趣、爱好、生活经验等,来确定自己创作的重点方面,或是诗歌,或是小说,或是戏剧,或是散文。能成为通才当然很好,但这毕竟还只能是少数。

刘勰这个"因性以练才"的使文学风格的主观因素与客观因素相统一的重要思想,显然是与他所受的魏晋玄学思想影响分不开的。作为魏晋玄学先驱的刘劭在其《人物志》一书中分析人品高下及其才能优劣的过程中,就非常强调要按照人的才能特点而授以官职,做到才用一致。他说:"能出于材,材不同量。材能既殊,任政亦异。"认为统治者必须考察人的才能所长,而任以适宜的官职,以发挥其所长。这种思想反映到文学理论上,最早就是曹丕《典论·论文》中所提出的奏议、书论、铭诔、诗赋"四科不同,故能之者偏也;唯通才能备其体"。而刘勰则更进一步明确提出了要"因性以练才",按自己才能的特点去创作自己所适宜的文体。刘勰在《文心雕龙》中对玄言诗是给予了尖锐批评的,但不能因此就否定他所受的玄学思想影响。他反对玄言诗,是因为玄言诗淡而无味,不以具体形象来描写,而以抽象玄理来创作,违背了艺术本身的特征。这和对玄学思想的态度不能混为一谈。

刘勰关于文学风格形成过程中的主观性和客观性关系的论述,还有一个重要方面是他对文学风格的时代特征与作家个性特征之间关系的论述。他在《才略》篇中指出了作家的才能风格是和时代有密切关系的,是不能不受时代的影响的。他在此篇末尾很有感慨地说:

> 观夫后汉才林,可参西京;晋世文苑,足俪邺都。然而魏时话言,必以元封为称首;宋来美谈,亦以建安为口实。何也?岂非崇文之盛世,招才之嘉会哉。嗟夫,此古人所以贵乎时也!

一个崇尚文学的时代会招来有才能之文士,使他们得以充分展示自己的才华,形成自己独特的风格。而且时代的风气和特点还必然会给文学风格印上时代色彩。刘勰在《才略》篇中论到西汉和东汉文学风貌之不同时,曾经说:"然自卿、渊以前,多俊才而不课学,雄、向以后,颇引书以助文:此取与之大际,其分不可乱者也。"为什么会有这样大的差别呢?这是因为司马相如和王褒以前,属于西汉前期,当时黄老思想流行,文学创作重在自然之才情,而自汉武帝"罢黜百家,独尊儒术"以后,到西汉末年刘向、扬雄以后,由于经学盛行,影响到文学创作就重在书本学问,这样就导致了文学风貌的重大变化。除了《才略》篇之外,刘勰在《时序》篇和论文体各篇中也都论述到了文学风格的时代特色问题。然而,文学的风格所表现的时代色彩总是要通过具体作家而反映出来的。它是和作家的个性、文学体裁的特点结合而出现的,所以在不同的作品中又并不完全一样。比如刘勰在《文心雕龙·时序》篇中论述战国的文学创作之时代特征时说道：

> 春秋以后，角战英雄；六经泥蟠，百家飙骇。方是时也，韩、魏力政，燕、赵任权；五蠹、六虱，严于秦令；唯齐、楚两国，颇有文学：齐开庄衢之第，楚广兰台之宫。孟轲宾馆，荀卿宰邑；故稷下扇其清风，兰陵郁其茂俗，邹子以谈天飞誉，驺奭以雕龙驰响，屈平联藻于日月，宋玉交彩于风云。观其艳说，则笼罩《雅》《颂》；故知昄烨之奇意，出乎纵横之诡俗也。

刘勰分析了战国的政治形势和政治斗争特点，指出当时风靡一时的纵横家的游说对文学创作产生了重大的影响，不论是散文还是诗赋，都具有能言善辩、辞采华艳的特色。但是，它在孟子、荀子的散文，邹子、驺奭的说辞，屈原、宋玉的辞赋中的具体表现又不完全相同。因为这些作家的个人风格和他们所擅长的文体形式的风格是不完全相同的，时代的风格特色只是渗透于其中，而不是使他们的作品风格完全一样。

由此可见，文学作品中风格的主观性（即作家的才、气、学、习）和风格的客观性（文体形式和时代特征的影响）是应当和谐地统一成为一个整体的。文学作品的风格乃是这众多因素的综合之结果。一个作家要创造自己的文学风格，不仅要按照正确的方向和途径去丰富"学"和"习"的内容，而且还要善于"因性以练才"，发挥自己的特长，并且注意如何把形成风格的主观因素和客观因素有机地结合起来，这样才能通过实践而逐渐形成有独创性的艺术风格。

这里我们还应当指出的是，刘勰所说的风格主要讲的是广义的文章风格，而不是指纯文学的艺术风格。这是和他在《文心雕龙》中所论述的"文"的概念范围有关系的。刘勰所说的"文"的含义是十分广泛的，它包括了一切用语言文字书写的著作。当然，它是包括了诗、赋等纯文学在内的，但也包括了学术著作和许多非艺术的应用文章。因此，他所说的风格主要还是侧重文章的语言风格，不是完全针对纯文学作品的艺术风貌而言的。他探讨的是一般性的风格理论，但是有时也包括了文学艺术所特有的形象塑造上的风格特征。从广义文学的风格理论来说，自然也是适用于狭义文学的风格问题的,但毕竟还是有些区别的。后来,皎然、司空图、严羽等所论述的风格主要是讲诗的风格,侧重于诗歌意境的风格美,所以就有很不同的特色。比如刘勰的"八体"中有"典雅"一体,司空图《诗品》中亦有"典雅"一体,然而这两种"典雅"的内容显然是极不相同的,刘勰指的是近于儒家经典的语言风格,而司空图的"典雅"则是指一种幽雅冲淡的诗歌意境。自然这里也有思想影响的差别,刘勰是儒家的"典雅",司空图是老庄的"典雅",但一指广义的"文"而言,一指狭义的"诗"而言,也是造成其区别的重要原因。

第三节 《文心雕龙》的风骨论
——论文学的精神风貌与物质形式美

风骨是刘勰对文学作品的重要的美学要求之一。《文心雕龙》专论风骨一篇,置于《神思》《体性》之后,当亦非偶然。刘勰认为文学创作在构思成熟并有了特定的风格之后,最重要的就是要有风骨之美。风骨的含义历来没有一致的意见,学术界众说纷纭,似乎都有一些道理,但又难以服众。不过,我们认为如果能对风骨这一美学范畴做一个历史的纵向的考察,同时再联系各个艺术领域做一个横向的考察,并且把《文心雕龙》全书中的论述做一个比较全面的分析,风骨的基本含义还是可以得到一个大体符合实际的了解的。风骨作为一个美学范畴,在各个艺术领域以及各个文艺家的论述中,是有其共同的美学内容的,但是又有其不完全相同的意义,因此我们在进行比较分析时必须善于看到其联系与区别两方面,而不能认为凡讲风骨,其内涵就是一样的。

要研究刘勰所提倡的风骨的含义,首先自然要从分析《风骨》篇入手。刘勰在《风骨》篇有时是"风""骨"连用,有时则"风"和"骨"分论,这就提出了一个问题,"风骨"究竟是一个概念还是并列的两个概念?我们必须看到由于《文心雕龙》是用骈文写的,常常有"互文见义"的特点,因此有时单独讲"风"或单独讲"骨",实际上则是指的统一的"风骨"之意。比如《风骨》篇说:"若骨采未圆,风辞未练,而跨略旧规,驰骛新作,虽获巧意,危败亦多。"这里的"骨采"与"风辞"实际指的是一回事,都是说的有风骨的文章。然而"风骨"虽然是密不可分的,"风"和"骨"所指仍是有区

别的,不承认这一点,刘勰的《风骨》篇中许多论述就难以理解。《风骨》篇的第一大段,"风"和"骨"分论的地方最多。比如:

> 是以怊怅述情,必始乎风;沉吟铺辞,莫先于骨。故辞之待骨,如体之树骸;情之含风,犹形之包气。结言端直,则文骨成焉;意气骏爽,则文风清焉。……故练于骨者,析辞必精;深乎风者,述情必显。……若瘠义肥辞,繁杂失统,则无骨之征也;思不环周,索莫乏气,则无风之验也。

这里一共有五次分论"风"与"骨",而且论"风"均与"情"或"气"相连,论"骨"均与"辞"相连,因此许多研究者都认为"风"指文情或文意方面特点,"骨"指文辞方面特点。此说是最流行、最有影响的。最早持此说者为黄侃,其《文心雕龙札记》云:"必知风即文意,骨即文辞,然后不蹈空虚之弊。""综览刘氏之论,风骨与意辞,初非有二。然则察前文者,欲求其风骨,不能合意与辞也;自为文者,欲健其风骨,不能无注意于命意与修辞也。风骨之名,比也;意辞之实,所比也。"黄氏之根据除上述五条外,尚有"赞"中所云"情与气偕,辞共体并"以及"丰藻克赡,风骨不飞","缀虑裁篇,务盈守气"等论述。范文澜《文心雕龙注》更进一步申述此说,其云:"风即文意,骨即文辞,黄先生论之详矣。窃复推明其义曰,此篇所云风情气意,其实一也,而四名之间,又有虚实之分。风虚而气实,风气虚而情意实,可于篇中体会得之。辞之与骨,则辞实而骨虚。辞之端直者谓之辞,而肥辞繁杂亦谓之辞,惟前者始得文骨之称,肥辞不与焉。"在1949年以后,虽有一些研究者有不同看法,但是一些有影响的研究者仍持此说,只是有一些补充而已。周振甫先生《文心雕龙注释》说:"先看风,是对作品内容方面的美学要求","要求它写得鲜明而有生气,要求它写得骏快爽朗。""'骨'是对作品文辞方面的美学要求。""是对有情志的作品要求它的文辞精练,辞义相称,有条理,挺拔有力,端正劲直。"牟世金先生在《文心雕龙译注·引论》中说:"从《文心雕龙》本身的理论体系来看,如前所述,它以'割情析采'、质文并茂为纲,而《风骨》篇正是要求质文并茂的一篇基本论著。"并引用儒家"言以足志,文以足言"之说,认为"风、骨、采的关系,正是志、言、文的关系"。王运熙先生在《文史》第九辑《从〈文心雕龙·风骨〉谈到建安风骨》一文中也谈到:"风指思想感情表现得鲜明爽朗,骨指语言端直刚健。"对这种看法也有不少人提出不同看法,有的认为"骨"指内容,"风"指形式;有的认为"风"指情思,"骨"指事义;有的认为"风骨"是一个概念,既指内容亦指形式;有的认为"风骨"即风格;等等。但论述均嫌不足,难与"风即文意,骨即文辞"之说相并立,其原因即在无法解释我们上引《风骨》篇中"风""骨"分论的五条,诚如牟世金先生所说:"这些句子不是按某种主观意图挑选出来的,而是《风骨》篇中'风''骨'并论的全部文句。要解释'风骨'二字,既不能离开这些文句,也必须符合这些文句。"(出处同上)我们很同意牟世金先生这个说法,对风骨的解释是不能离开这些文句的,不过我们认为牟世金先生仅据这些文句就肯定"风"指文意(文情)方面特点,"骨"指文辞方面特点,还是有可商榷之处的。因为刘勰在《文心雕龙》中不只是在《风骨》篇中强调了"风清骨峻"的重要,而且在全书的其他篇中也都讲到不少有关"风清骨峻"的问题,所以正确解释"风骨"不仅要符合这些《风骨》篇中的文句,也应当符合全书中关于"风"和"骨"的基本含义,至少是不应当有对立的矛盾。这应该说也是起码的要求吧! 而从全书来考察,那么"风"是文情(文意)、"骨"是文辞之说,就显得不尽妥当了。这种解释是和《文心雕龙》全书中许多论述产生了明显的矛盾与不协调的,尤其是对"骨"的解释更成问题,实际上对"骨"的解释也是有关"风骨"争论中的主要问题。

《风骨》篇中这些文句,确是讲到了"风"与"情""气"的关系,"骨"与"辞""言"的关系,但并没有说"风"就是文情(文意),"骨"就是文辞。而且《风骨》的中心思想是要阐述文学创作中风骨与辞采的关系,应当以风骨为主,辞采为辅。统观《文心雕龙》全书,论及文骨之处除《风骨》篇外约有十四处,所说均非指文辞。现摘引如下,并略做分析以说明之:

> 《宗经》:经也者,恒久之至道,不刊之鸿教也。故象天地、效鬼神、参物序、制人纪,洞性灵之奥区,极文章之骨髓者也。

按,此处之"骨髓"指五经所表现的"恒久之至道"。

《辨骚》:观其骨鲠所树,肌肤所附,虽取熔经意,亦自铸伟辞。

按,此处"骨鲠"显然是指"取熔经意"所表现的思想力量,而"肌肤所附"即指"自铸伟辞"。所谓"骨鲠所附",正是《风骨》篇所说"辞之待骨,如体之树骸"的意思。

《诠赋》:然逐末之俦,蔑弃其本,虽读千赋,愈惑体要,遂使繁华损枝,膏腴害骨。

按,此处之"害骨",即指"愈惑体要"。"体要"乃指作品内容而言,"愈惑体要"亦即是"繁华损枝"之意。这里"辞"是"华","骨"是"枝"。

《诔碑》:观杨赐之碑,骨鲠训典。

按,此处"骨鲠"指蔡邕所写碑文内容符合于经意,与《辨骚》之"骨鲠"同义。

《杂文》:甘意摇骨体,艳词动魂识。

按,"骨体",唐写本作"骨髓"。此处显然指"甘意"的作用,并与下句"艳词"相对应。

《檄移》:陈琳之《檄豫州》,壮有骨鲠,虽奸阉携养,章密太甚,发邱摸金,诬过其虐;然抗辞书衅,皦然露骨矣。

按,此处之"骨鲠"及"露骨",均指陈琳文中揭发曹操罪恶的内容之有力及义正辞严的气势。

《封禅》:然骨掣靡密,辞贯圆通,自称极思,无遗力矣。

按,此处之"骨"与下句之"辞"相对,乃是指扬雄《剧秦论》中内容及形式的特点。"骨掣靡密"指其义理之细密;"辞贯圆通"指其文辞之条理通畅。

> 《封禅》:构位之始,宜明大体。树骨于训典之区,选言于宏富之路,使意古而不晦于深,文今而不坠于浅。义吐光芒,辞成廉锷,则为伟矣。

按,此处之"树骨"与下句"选言"相对,指文章之思想内容与文辞形式。能"树骨于训典之区",则就能做到"意古而不晦于深",即可使"义吐光芒"。能"选言于宏富之路",则就能做到"文今而不坠于浅",即可使"辞成廉锷"。可见,"骨"即"意""义",而"言"即"文""辞",这与牟世金先生说的"风"即"志","骨"即"言","采"即"文"之说,显然是尖锐地矛盾的。

> 《章表》:章以造阙,风矩应明;表以致禁,骨采宜耀。

按,此处之"风矩"与"骨采"系骈文之"互文见义",都是指有风骨的文章。"风矩"即"风规",与下"骨采"均指作品内容和形式两方面特点。

> 《奏启》:杨秉耿介于灾异,陈蕃愤懑于尺一,骨鲠得焉。

按,此处之"骨鲠"亦显然是指杨秉、陈蕃上奏的内容特点,赞扬他们直言上谏的忠心。

> 《议对》:及陆机断议,亦有锋颖,而腴辞弗剪,颇累文骨。

按,此处之"文骨"正是指陆机断议有"锋颖"之处,惜其文辞过繁,反而有损内容之表达,"颇累文骨"。由此可见,"骨"实指内容之特点,但文辞不精练就会损害内容之表达,是有害于骨的。故而《风骨》篇云:"练于骨者,析辞必精。"

《体性》:辞为肤根,志实骨髓。

按,这两句之前,刘勰曾讲到"气以实志,志以定言,吐纳英华,莫非情性"。所谓"气"是"风"的内容,"志实骨髓","言"即辞采。所以《风骨》篇说:"《诗》总六义,风冠其首:斯乃化感之本源,志气之符契也。"

《附会》:必以情志为神明,事义为骨髓,辞采为肌肤,宫商为声气。

按,此处之"神明"实指"风"也,"情"与"志"不可分,"事"与"义"不可分。而"情志"之重点在"情","事义"之重点在"义"。"神明""骨髓"都是指作品的内容,而"辞采""宫商"则指形式。

《序志》:虽复轻采毛发,深极骨髓,或有曲意密源,似近而远,辞所不载,亦不胜数矣。

按,此处之"毛发"指形式,而"骨髓"则指内容,这是很明显的。

从以上十四例来看,可以充分说明"骨即文辞"或"'骨'是对作品文辞方面的美学要求"等说法都是无法解释《文心雕龙》全书中有关"骨"的论述的,说明"骨"的含义是指作品的思想内容所显示出来的义理充足、正气凛然的特色,也就是作品中客体事义所表现的义正辞严的思想力量。

现在我们再来研究《文心雕龙》中除《风骨》篇以外的各篇中有关"风"的论述。《文心雕龙》全书论及"风"的地方很多,但并非所有的"风"的概念都与"风骨"之"风"有关。有的是指自然风物,例如"风月"(《明诗》"并怜风月,狎池苑")、"风云"(《神思》"卷舒风云之色""将与风云而并驱矣")、"风雷"(《序志》"方声气乎风雷")等。有的是指一种社会风气,例如"风衰"(《时序》"风衰俗怨")、"玄风"(《明诗》"溺乎玄风")、"儒风"(《时序》"故渐靡儒风者也")等。有的指人名姓氏,例如"风姓"(《原道》"爰自风姓,暨于孔氏")、"风人"(《明诗》"风人辍采")、"风后"(《诸子》"昔风后力牧伊尹")等。另外还有一些是专有名词。与

《风骨》篇所论之"风"接近的主要有以下几处：

>《宗经》：文能宗经，体有六义：一则情深而不诡，二则风清而不杂……

按，此处之"风清"当与《风骨》篇之"风清骨峻"的"风清"同义，"风清"与"情深"各列一条，可见"风"并不简单地等于"情"。

>《诔碑》：（碑）标序盛德，必见清风之华；昭纪鸿懿，必见峻伟之烈。

按，此处"清风"是和"盛德"有密切关系的，是体现了"盛德"的精神的，指一种纯正的思想感情所体现的风度气貌。

>《铭箴》：及崔胡补缀，总称百官，指事配位，鞶鉴可征，信所谓追清风于前古，攀辛甲于后代者也。

按，此处的"清风"是指崔骃、胡广等的《百官箴》有周代辛甲之遗风，善于针砭天子过失，体现了纯正的思想感情所显示的一种风清。

>《时序》：齐开庄衢之第，楚广兰台之宫，孟轲宾馆，荀卿宰邑；故稷下扇其清风，兰陵郁其茂俗。

按，此处的"清风"系指孟子学派所提倡的"浩然之气"的一种表现。从上述四处所说的"风清"或"清风"中，可以看出刘勰《风骨》篇所说的"风清骨峻"之"风清"及"文风清焉"之"风清"是与以上所说一致的，都是指符合儒家道德的思想感情所体现的一种精神气貌特征。

>《时序》：于是史迁寿王之徒，严终枚皋之属，应对固无方，篇章亦不匮，遗风余采，莫与比盛。

按,这里的"风"是指风气,指文学作品所表现的特定风貌。和《时序》篇下文"余风遗文""正始余风"等含义是一样的。讲到齐代文学发展时说的"鸿风懿采"也是这个意思。其他如《才略》篇中说的"余采徘徊,遗风籍甚",《诏策》篇中说的"辉音峻举,鸿风远蹈"等等,也都是指作品中所体现的作家的风貌气质。

《体性》:风趣刚柔,宁或改其气。

按,这里的"风趣"即是指作家的风貌气质特点。

《征圣》:夫子风采,溢于格言。

按,这里的"风采"指孔子的风貌气质。

《书记》:详总书体,本在尽言,言以散郁陶,托风采,故宜条畅以任气,优柔以怿怀。

按,这里的"风采",其意亦与上例同。

从上面分析的有关"风"的概念运用中可以看出,文学作品中的"风"是指作家的思想感情、精神气质在作品中所体现出来的气度风貌特征。而刘勰所提倡的"风"要"清",则是指具有儒家纯正的思想感情、精神气质的作家在其作品中所体现的气度风貌特征,也就是作品中创作主体所具有的纯正深沉的强烈感情和精神风貌。

那么,对于风骨的上述分析,是否与刘勰在《风骨》篇中的论述相一致呢?能不能顺利地解释《风骨》篇中的有关论述呢?我们认为,把风骨理解为文学作品中的精神风貌美,"风"侧重于指作家主观的感情、气质特征在作品中的体现;"骨"侧重于指作品客观内容所表现的一种思想力量,不同的思想家、文学家所说的"风骨"又随着他本人的思想而有所差别,这是比较符合刘勰全书中论"风骨"的原意的,也和当时各个艺术领域中所论的"风骨"可以协调一致,同时也能够比较妥善地解释《风骨》篇的原文。

由于"风"是作家主观的感情、气质在作品中的体现,所以"怊怅述情,必始乎风","情之含风,犹形之包气",而"意气骏爽,则文风清焉"。文学作品特别是诗歌乃是作家感情的表现,作家的气质个性在感情中表露得最为充分,"情与气偕",两者是结合得最紧密的,而"风"正是它们在作品中的体现,故有骏爽之意气,文风必清。感情愈强烈、气质愈鲜明,作品中的"风"也就愈突出。故云"深乎风者,述情必显",而"思不环周,索莫乏气,则无风之验也"。司马相如作《大人赋》,如《史记》所说:"飘飘有凌云之气,似游天地之间意。"感情气质极为鲜明,故刘勰说"风力遒也"。由于"骨"是指作品客观内容所表现的一种思想力量,所以它乃是语言文辞所依附的枝干,语言文辞之运用就是为了表现内容并体现出这种思想力量,因此"沉吟铺辞,莫先于骨",而"辞之待骨,如体之树骸"。"故练于骨者,析辞必精";"若瘠义肥辞,繁杂失统,则无骨之征也"。有了"骨",则文辞运用就有了目标,如果作品内容缺乏强大的思想力量,则决不可能有精练有力的文辞形式。反之,作品内容所呈现的思想力量也必须有精练的文辞来表现。由于"骨"是指内容的特征,所以和辞的关系是相当密切的,文学作品的内容要由语言文辞来表现。"风"是指作家的感情、气质在作品中的体现,它自然也是要由语言文辞来体现的,因此刘勰又说:"捶字坚而难移,结响凝而不滞,此风骨之力也。"总的说来,"风骨"指作品的精神风貌特征,它和作为物质手段的辞采恰好形成一组对立的关系,实质上也就是内容和形式关系的一种表现。由于刘勰《文心雕龙》中的基本思想是强调以内容为主,形式服务于内容,在内容为主的前提下重视形式的美,所以在《风骨》篇中贯穿的一个中心思想是:文学作品必须以风骨为主,以辞采为辅,决不能颠倒这一主次关系。全篇对此做了反复的论述。如:

  若丰藻克赡,风骨不飞,则振采失鲜,负声无力,是以缀虑裁篇,务盈守气,刚健既实,辉光乃新,其为文用,譬征鸟之使翼也。

  能鉴斯要(按,即指以风骨为主),可以定文;兹术或违,无务繁采。

若风骨乏采,则鸷集翰林;采乏风骨,则雉窜文囿:唯藻耀而高翔,固文笔之鸣凤也。

若骨采未圆,风辞未练,而跨略旧规,驰骛新作,虽获巧意,危败亦多。岂空结奇字,纰缪而成经矣。《周书》云:"辞尚体要,弗惟好异。"盖防文滥也。

在这四段论述中,刘勰坚决反对只讲究辞采而不重视风骨的错误创作倾向,认为它违背了《尚书》所提出的"辞尚体要,弗惟好异"的原则。他认为只有确定了以风骨为主的原则才可以"定文",否则就不要去追求"繁采"之作。刘勰鲜明地提出了风骨为主、辞采为辅的原则,在以风骨为主的前提下,也重视辞采的重要性,认为两者是不可或缺的,但又有主有从。这种思想不仅和当时其他文学理论批评家如钟嵘等完全一致,而且也和其他艺术领域中提倡风骨的精神完全一致。

钟嵘《诗品》的写作在梁天监年间,比《文心雕龙》要晚一些。钟嵘在《诗品序》中提出诗歌创作要"干之以风力,润之以丹彩",认为这样才能"使味之者无极,闻之者动心,是诗之至也"。钟嵘以曹植为五言诗之创作典范,正是因为曹植不仅"骨气奇高",而且"词采华茂"。钟嵘所说的"风力""骨气"即是指"风骨";而"丹彩""词采"则正是指文辞。他也主张以风骨为主,以辞采为辅,而两者又各不偏废。这和刘勰主张在"风清骨峻"的前提下做到"词采华茂"是一致的。只不过在对风骨的具体内容理解上,两人由于文艺思想的差别而有所不同。刘勰所讲的风骨重在体现儒家经典内容的思想力量与感情气质,而钟嵘则主要是强调要有建安诗歌那种慷慨激昂的怨悱之情和对现实的愤懑不平之意。值得我们注意的是,当时的其他艺术领域中也提出了与风骨和辞采关系相类似的理论问题。比如绘画理论中所说的"风骨"与"精彩"的关系,其性质也是如此,因为绘画不像文学那样以语言为工具,而是以色彩、线条为手段来塑造艺术形象的,所以绘画中的"精彩"就相当于文学中的辞采。当时著名的绘画理论家谢赫在《古画品录》中提倡"风骨"的同时,特别提出了"风骨"与"精彩"的关系问题。谢赫曾赞扬曹不兴画的龙说:"观其风骨,名岂虚成。"他的评画标准就是以风骨为主,所说的"壮气""神韵气力""风力顿挫""力遒韵雅""风趣巧拔"等实际也都是讲风骨。但同时他又提出了要以风骨为主,以精彩为辅的问题。他评夏瞻的画说:"虽气力不足,而精彩有余。"又评张则画说:"意思横逸,动笔新奇,师心独见,鄙于综采。"这里正好说明张则的画是有风骨而精彩不足,而夏瞻的画则风骨不够而精彩有余。他又评顾骏之的画说:"神韵气力,不逮前贤,精微谨细,有过往哲。始变古则今,赋彩制形,皆创新意。"说明顾骏之的画也与夏瞻的画有类似的特点。当时的书法理论中也同样表现了重视风骨的特点,比如王僧虔所提倡的"骨势""骨力""风摇挺气""气陵厉其如芒"等都是指要有风骨。袁昂评蔡邕书法时赞扬其"风气",评陶弘景书法时赞扬其"骨体骏快",以及庾肩吾《书品》中提倡的"天骨""风彩",庾元威提倡的"骨力",梁武帝反对"纯肉无力",要求"骨力相称""常有生气",等等,也都是重视"风骨"的表现。而书法理论中所提出的骨和肉的关系,骨力和媚趣的关系,也和画论中的风骨与精彩关系、文论中的风骨与辞采关系一样,是互相对应的,如王僧虔评王献之书法时说:"骨势不若父,而媚趣过之。"又说郗超的草书是:"紧媚过其父,骨力不及也。"又评谢综书法说:"书法有力,恨少媚好。"都是指书法要以"骨势"或"骨力"为主,以"媚趣"为辅。故梁武帝以"纯肉无力"和"纯骨无媚"作为对立的两种不够全美的倾向。

当时文艺上重视风骨的思潮之产生不是偶然的,它说明刘勰之提倡风骨是受到时代的文艺思潮影响的结果,而同时应当看到刘勰和当时整个文艺思想领域重视风骨是有它的深刻的社会根源的。简括地说,这是从品评人物讲究风神骨气的社会思潮发展而来的。品评人物的风气在汉末极为流行,这是统治阶级据以选拔官吏的依据。如何识鉴人物?汤用彤先生在《魏晋玄学论稿·言意之辨》中曾说:"汉代相人以筋骨,魏晋识鉴在神明。"这是非常精辟的见解。汉代识鉴人物注重外形骨相,王充《论衡》有《骨相》篇,其云:"人曰命难知。命甚易知。知之何用?用之骨体。人命禀于天,则有表候于体。察表候以知命,犹察斗斛以知容矣。表候者,骨法之谓也。"不仅"富贵贫贱"可由骨法而知,"操行清浊"亦可由骨法而知。"骨体"是属于人的外形方面的特征,因而汉代识鉴人物是以形鉴为主的。魏晋以后,玄学兴起,强调人物的才性主要由其精神气质上来识别,提倡神鉴,重在考察人的情味风韵特征。刘劭《人物志》就清楚地反映了这种变化。他说:"物生有形,形有神精,能知精神,则穷理尽性。"神鉴是比较难的,但是它可以通过形貌上的象征来领会其神情,故刘劭又说:"夫色见于貌,所谓征神。征神见貌,则情发于目。"刘昞注说:"貌色徐疾,为神之征验。目为心候,故应心而发。"葛洪在《抱朴子·清鉴》篇中说:"区别臧否,瞻形得神,存乎其人,不可力为。"以形来象征神,和当时以言来象征意,是同一理论的不同表现。以形来象征神,不只是通过目来验神,也可以通过骨来验神。骨虽是人形体的一部分,但它是隐藏在皮肉里面的,不是显露于表面的,从骨骼姿态上可以察见人的精神气质特征。所以魏晋以后识鉴人物时所讲的骨和汉代不同,它是作为神之验征来论的。此种变化于《人物志》中已露端倪。刘劭在强调"征神见貌"的同时,在《九征》篇中提出了"强弱之植在于骨"的问题,由骨植强弱来考察人的精神状态。在《八观》篇中讲到"观其至质以知其名"时说:"是故骨直气清,则休名生焉。"刘昞注云:"骨气相应,名是以美。"东晋以后,这一点更明显了。例如《世说新语·赏誉》篇说:"王右军目陈玄伯,垒块有正骨。"又说:"祖士少风领毛骨,恐没世不复见如此人。"其《品藻》篇说:"时人道阮思旷,骨气不及右军。"这些都是品评人物的,但所说之"正骨""风领毛骨""骨气"都是指这些人物的精神风貌特征,而不是指其形体特征,则是显而易见的。沈约的《宋书·孔觊传》说:"少骨梗有风力,以是非为己任。"又《梁书·丘迟传》说:"迟八岁便属文,灵鞠(其父)常谓:'气骨似我。'"这些讲人物的"骨梗""气骨"也显然是指精神气质特征。至于用"风"的概念来说明人物精神气质特征的就更多了。仅据《世说新语》及刘孝标注,就有风神、风韵、风气、风姿、风情、风标、风期、风格、风仪、风量、风姿神貌等等。而且在当时的人物品评中就有用"风骨"这个概念的。例如《世说新语·赏誉》篇注引《晋安帝纪》云:"羲之风骨清举也。"《世说新语·轻诋》篇云:"旧目韩康伯,捋肘无风骨。"《宋书·武帝纪》云:"高祖(刘裕)……身长七尺六寸,风骨奇特。"这些"风骨"都是指人物的精神风貌,而非指其形体特征。由人物品评而发展到对艺术和文学的品评,这是很自然的。因为任何文学作品、艺术作品都要表现作家的精神面貌和气质个性特征。重视风骨,重视人的精神风貌,从评论人物开始,扩大到人物画,然后发展为画论、书论、文论中的一个普遍的美学标准,这个脉络和线索是很清楚的。而且在人物评论中我们也可以看到神鉴和形鉴的关系,而这种以神为主、以形为辅的思想则正是后来文论中以风骨为主、以辞采为辅和画论中以风骨为主、以精彩为辅等文艺思想产生的根据。

刘勰在《风骨》篇中以非常突出的地位论述了气的问题。但是他又没有对风骨与气的关系做非常明白的解释。只有一点是明确的,即他认为他之注重风骨与曹丕等人之重气是基本一致的。他在详细论述了必须重视风骨的意思之后,接着说:

> 故魏文称:"文以气为主,气之清浊有体,不可力强而致。"故其论孔融,则云"体气高妙";论徐幹,则云"时有齐气";论刘桢,则云"有逸气"。公幹亦云:"孔氏卓卓,信含异气,笔墨之性,殆不可胜。"并重气之旨也。

黄叔琳评说:"气是风骨之本。"纪昀则更进一步认为:"气即风骨,更无本末。"他们看到了曹丕重气与刘勰重风骨的一致性,但是没有进一步去分析气和风骨有不完全相同的地方。因为在刘勰所引的曹丕重气言论中,并非凡气都赞扬,曹丕所创导的是清气、逸气、高妙之气,而不是浊气、齐气,他对后者是持否定态度的。所谓曹丕重气是指重清气,非泛指一切气。而风骨是和清气、逸气一致的,浊气、齐气则不能算有风骨。钟嵘在《诗品》中说刘桢的诗作是:"真骨凌霜,高风跨俗。但气过其文,雕润恨少。"这个"气"即是指曹丕所说之"逸气",亦即风骨之所在。这也就是钟嵘评刘琨时所说的"清刚之气""清拔之气"。刘勰在《风骨》篇中说:"相如赋仙,气号凌云,蔚为辞宗,乃其风力遒也。"这个"气"也是指一种俊逸之气,亦即清气,它也就是风力的内容。所谓气,实际上就是神的具体化,神和气是分不开的。刘勰在《养气》篇中说:"玄神宜宝,素气资养。"养气即为了保神。又说:"钻砺过分,则神疲而气衰:此性情之数也。"神和气都是指人的性情所固有的一种状态,即是指人的精神气貌,由气可见神也。所以曹丕之重文气,即是强调文学作品应当以能表现作家的精神风貌为主,而在当时又以提倡慷慨悲壮、清新俊逸的精神风貌为主,故而又特别提出要区分气之清浊,是齐气一类还是逸气一类。这是和当时品评人物重神鉴、不重形鉴的特征相联系的,是玄学思想在文学理论上的一个表现。刘勰所说之风骨也是指文学作品中的精神风貌之美,在这一方面是和曹丕论气一致的,不过曹丕所说的清气、逸气和刘勰所说的"风清骨峻"在具体内容上又有差别,刘勰的"风清骨峻"重在儒家的纯正风貌和符合经意的思想力量方面。所以他在《风骨》篇中强调指出:"若夫镕铸经典之范,翔集子史之术,洞晓情变,曲昭文体,然后能莩甲新意,雕画奇辞。""若能确乎正式,使文明以健,则风清骨峻,篇体光华。"这正是刘勰所提倡的风骨之特殊内容。所以,我们应当看到风骨在当时的文学艺术领域内既是一个具有普遍意义的美学概念,同时又随着不同的文艺部门、不同的文艺思想家和文艺理论批评家而有不同的具体内容,因为对于作品的精神风貌美具有不同美学观、文艺观的人是可以也必然会有不同理想的。比如在当时的书法领域内所提倡的风骨显然和玄学清谈风气影响下的那种名士的风度有密切关系,像东晋时的顾恺之、卫夫人以及南朝的王僧虔、谢赫、梁武帝、庾肩吾、陶弘景等人所提倡的风骨,基本上还是指清谈名士的精神风貌在作品中的表现,和刘勰的风骨在含义上是有差别的。如果说刘勰之倡导风骨与反对当时绮靡柔弱文风有关系的话,那么画论、书论中之提倡风骨,主要在强调自然之美,以"芙蓉出水"去反对"铺锦列绣",重在传神而不形似。这和刘勰之提倡儒家内容与形式并重、反对形式主义文风是不完全一样的。刘勰的风骨论从它的本身含义及其与辞采关系的论述上看,既反映了当时玄学思想的影响,又反映了儒家思想的影响。从强调文学作品的精神风貌美,认为它比语言文辞方面的物质形式美更重要的角度来看,是与当时重神不重形、重在自然不在雕饰的文艺思潮一致的,但同时它也符合儒家重内容的主张。从对风骨本身的理解来看,刘勰既吸收了玄学清谈家的"风清骨峻"之说,又把儒家的精神风貌和经典内容的思想力量融入其中,所以从这里也可以看出他儒、道结合的文艺思想特征。

风骨作为六朝时期文学理论批评中的一个十分著名的文学理论批评标准,它首先由刘勰提出,后来钟嵘又有所发展。《文心雕龙》中的风骨论历来被研究者重视,它也确实是刘勰文学理论体系的重要组成部分,然而风骨的含义究竟是什么,却一直众说纷纭,始终没有一个能为大家所认同的解释。原香港大学教授陈耀南先生在《〈文心〉"风骨"群说辨疑》一文中曾将六七十家之说归纳为十余类,近年来又有一些新的解释,但没有什么大的发展。现在回顾和检讨有关风骨论的研究,我认为以往我们的研究有一个根本性的缺点,就是偏重从文学理论批评中有关风骨的论述,来对风骨的具体含义做诠释,而较少从广阔的中国历史文化背景上来考察风骨的意义与价值,因此这种具体的诠释往往就失去了其正确的导向,不能揭示其深层意蕴,也容易在表层意义解释上产生某种片面性,难以使人信服,也不可能得到多数人的认同。

　　刘勰对风骨的重视和他提出的"风清骨峻"的审美理想,与中国的文化传统中所表现的主要精神有十分密切的关系。在中国古代文化传统中我们可以看到,先进知识分子在精神品格上有非常可贵的一面,这就是:建立在仁政、民本思想上的追求实现先进社会理想的奋斗精神,和在受压抑而理想得不到实现时的抗争精神,也就是为民请命、怨愤著书和"不平则鸣"的精神,它体现了我们中华民族坚毅不屈、顽强斗争的性格和先进分子的高风亮节、铮铮铁骨。风骨正是这种奋斗精神和抗争精神在文学审美理想上的体现。中国古代文论特别讲究人品和文品的一致,刘勰在《文心雕龙·情采》篇中曾严厉地批评了人品和文品不统一的创作倾向,他说:"故有志深轩冕,而泛咏皋壤,心缠几务,而虚述人外,真宰弗存,翩其反矣。夫桃李不言而成蹊,有实存也;男子树兰而不芳,无其情也。夫以草木之微,依情待实;况乎文章,述志为本!言与志反,文岂足征?"刘勰所说的"风清骨峻"不只是一种艺术美,更主要是一种高尚的人格美在文学作品中的体现,它和中国古代文人崇尚高洁的精神情操、刚正不阿的骨气是分不开的。文学批评中的风骨本是源于人物品评的,指一种高尚人品的表现。而这种特点又是和我国的文化传统,特别是知识分子的人格理想、精神情操紧紧地联系在一起的。《论语·子罕》中记载孔子说:"岁寒,然后知松柏之后凋也。"这是从松柏之不畏严寒来比喻人应当有不怕强暴的坚毅品格。故刘勰《征圣》篇说:"夫子风采,溢于格言。"孟子说过:"富贵不能淫,贫贱不能移,威武不能屈:此之谓大丈夫。"

(《滕文公下》)能成为这样的"大丈夫",才富有骨气,具备了理想的人格精神。"大丈夫"的社会政治理想是建立在"民贵君轻"思想基础上的仁政,为此就要加强道德修养,使自己具有"配义与道"的"浩然之气"。刘勰对孟子的思想人格是很佩服的,其《时序》篇云:"齐开庄衢之第,楚广兰台之宫,孟轲宾馆,荀卿宰邑;故稷下扇其清风,兰陵郁其茂俗。"庄子对当时社会的黑暗腐朽有非常清醒的认识,他在《在宥》篇中曾说:"今世殊死者相枕也,桁杨者相推也,刑戮者相望也。"所以楚王虽派人以千金聘他为相,但是他为了保持自己清高的骨气情操,坚决地拒绝了,他说:"我宁游戏污渎之中自快,无为有国者所羁,终身不仕,以快吾志焉。"屈原之所以"发愤以抒情",正是出于对腐朽黑暗现实的不满,"长叹息以掩涕兮,哀民生之多艰",为了实现仁政的理想,他"虽九死其犹未悔",宁"从彭咸之所居",而不与恶浊小人同流合污。他这种高洁品质在汉代受到刘安、司马迁等的高度评价,赞扬他"虽与日月争光可也"。刘勰说屈原的作品,"观其骨鲠所树,肌肤所附,虽取熔经意,亦自铸伟辞","故能气往轹古,辞来切今,惊采绝艳,难与并能矣"(《辨骚》),正是说明屈原的作品有《风骨》篇所强调的以风骨为主、辞采为辅的艺术美。汉代的司马迁遭受残酷宫刑折磨,能够"就极刑而无愠色","虽万被戮,岂有悔哉"(《报任安书》),为的就是把自己的理想寄托于《史记》的写作。他赞扬屈原"直谏"精神,认为"屈平之作《离骚》,盖自怨生也",并结合自己的切身遭遇,提出了著名的"发愤著书"说,充分体现了不屈服的奋斗精神。刘勰称其《报任安书》"志气盘桓"而有"殊采"(《书记》),也是赞扬他作为一个有正义感的知识分子的骨气。

六朝文学是在先秦两汉文学基础上的发展,特别是建安文学把中国古代文学的优良传统发展到了一个新的辉煌时期,而其主要特色正是在于:把自先秦以来知识分子的这种追求实现先进社会理想的奋斗精神,和在受压抑而理想得不到实现时的抗争精神,从诗歌创作中极其鲜明地凸显了出来。但是后来六朝文学的发展并没有完全沿着建安文学的道路前进,在某些方面则背离了建安文学注重风骨的传统,而朝着追求华丽绮靡的形式美方向发展,刘勰和钟嵘都对这一点有所不满,以他们为代表的六朝风骨论的提出,正是为了解决这个问题。他们对建安文学都给予了崇高的评价,对其主要特色的理解和认识也是一致的。钟嵘所概括的"建安风力",就是建安诗人对动乱现实的悲忧和对壮志抱负的歌颂在艺术风貌上的表现。以三曹和七子为代表的建安诗人在汉魏之交都是有理想、有抱负的政治家和文学家。故刘勰说:"观其时文,雅好慷慨,良由世积乱离,风衰俗怨,并志深而笔长,故梗概而多气也。"(《时序》)这里所说的"志深而笔长,故梗概而多气",也就是钟嵘所说"建安风力"。曹操是建安文学的创始者,他在几首著名的诗中非常鲜明地表现了他对这个动乱时代的深沉感慨,以及实现统一、振兴国家的理想愿望。他对民生凋敝的现状十分关切:"白骨露于野,千里无鸡鸣。生民百余一,念之断人肠。"(《蒿里行》)为此感到深深的忧虑:"慨当以慷,忧思难忘。何以解忧,唯有杜康。"同时也表现了"山不厌高,水不厌深。周公吐哺,天下归心"(《短歌行》)的雄心壮志。钟嵘说:"曹公古直,甚有悲凉之句。"这种慷慨悲凉的特色也就是"建安风力"的主要内容。曹植被钟嵘称为五言诗人最杰出的代表,也是体现"建安风力"的典范,《诗品》中说他"骨气奇高,词采华茂,情兼雅怨,体被文质"。曹植是一个有远大理想抱负的诗人,在《与杨德祖书》中说他的志愿是:"戮力上国,流惠下民,建永世之业,流金石之功。"如果这种政治理想不能实现,他也要"采庶官之实录,辩时俗之得失,定仁义之衷,成一家之言"。由于受到曹丕的排挤和迫害,他郁郁不得志,心情十分凄苦,所以在诗中充满了强烈的愤激之情、悲壮之气。他感慨世态的炎凉:"高树多悲风,海水扬其波。利剑不在掌,结交何须多?"(《野田黄雀行》)他苦于壮志不遂:"江介多悲风,淮泗驰急流。愿欲一轻济,惜哉无方舟。"(《杂诗》之五)他满怀豪情然而又不得施展:"抚剑而雷音,猛气纵横浮。泛泊徒嗷嗷,谁知壮士忧!"(《鰕䱇篇》)他内心积压着深深不平:"鸱枭鸣衡轭,豺狼当路衢。苍蝇间白黑,谗巧令亲疏。"(《赠白马王彪》)"不见鲁孔丘,穷困陈蔡间。周公下白屋,天下称其贤。"(《豫章行》)从曹植的诗中可以看出他为实现进步理想而与命运拼搏的奋斗精神和坚毅性格,这就是他的"骨气奇高"之所在。建安七子中,钟嵘对刘桢的评价最高,说他:"仗气爱奇,动多振绝。真骨凌霜,高风跨俗。"早在建安时代,曹丕曾在《典论·论文》中说:"刘桢壮而不密。"又在《与吴质书》中说:"公幹有逸气,但未遒耳,其五言诗之善者,妙绝时人。"谢灵运《拟魏太子邺中集诗·刘桢》诗序中也说他："卓荦偏人,而文最有气,所得颇经奇。"刘勰在《文心雕龙·体性》篇中说："公幹气褊,故言壮而情骇。"他们和钟嵘的看法是一致的。刘桢现存的诗并不多,比较有代表性的诗作是《赠从弟》三首之二,其云："亭亭山上松,瑟瑟谷中风。风声一何盛,松枝一何劲。冰霜正惨凄,终岁常端正。岂不罹凝寒,松柏有本性。"它通过对松柏不畏严寒的歌颂,表现了作者不与世俗同流合污的高洁情操和坚贞骨气。唐人也常常曹、刘并提,如杜甫说:"方驾曹、刘不啻过。"(《奉寄高常侍》)元稹在《唐故工部员外郎杜君墓志铭并序》中曾说杜甫"气吞曹、刘"。宋人严羽于是有所谓"曹刘体"之说,其特点就是重在气骨,也就是风骨。后来,元遗山《论诗绝句》因谓"曹、刘坐啸虎生风,四海无人角两雄"。其实这都是强调曹植、刘桢诗中所体现的传统知识分子的理想人格精神。

  建安之后,以阮籍、嵇康为代表的正始文学虽然艺术风貌和建安文学有所不同,但基本上是承继了"建安风力"的精神的,阮籍和嵇康同为竹林七贤的代表人物,他们都是胸怀大志、醉酒佯狂、啸傲山林、不拘礼法、品格高尚而不满于污浊、黑暗的现实的有骨气的知识分子。阮籍的《咏怀诗》也有建安文学那种慷慨悲凉的情调,但是由于他处在司马氏专权的黑暗恐怖的险恶政治环境之下,所以写得较为隐晦曲折,诚如钟嵘所说:"可以陶性灵,发幽思。言在耳目之内,情寄八荒之表。洋洋乎会于《风》《雅》,使人忘其鄙近,自致远大。颇多感慨之词。厥旨渊放,归趣难求。"其《咏怀诗》八十二首之一云:"夜中不能寐,起坐弹鸣琴。薄帷鉴明月,清风吹我襟。孤鸿号外野,翔鸟鸣北林。徘徊将何见,忧思独伤心。"其中多处可看出阮籍所受曹植、刘桢、王粲等诗歌的影响,在思想艺术风貌上均与建安诗歌十分接近。他在《咏怀诗》第三十九首中写道:"壮士何慷慨,志欲威八荒。驱车远行役,受命念自忘。良弓挟乌号,明甲有精光。临难不顾生,身死魂飞扬。"这就明显地表现了建安时代那种慷慨悲凉的特色。从正始以后,文学创作如钟嵘所说"陵迟衰微",刘勰《文心雕龙·明诗》篇也说:"晋世群才,稍入轻绮,张潘左陆,比肩诗衢,采缛于正始,力柔于建安,或析文以为妙,或流靡以自妍。"也就是说文学创作的辞采愈来愈华靡,而风力则愈来愈薄弱。不过还没有把"建安风力"完全抛弃。据钟嵘《诗品》的论述,他直接讲到有"建安风力"影响的至少还有左思、刘琨、陶渊明等人。他在论陶渊明诗时说"又协左思风力",说明左思的诗作也是有"风力"的。左思是一位对六朝门阀社会"上品无寒门,下品无世族"的封建等级制度十分不满的诗人,他在《咏史》诗中曾说:"世胄蹑高位,英俊沉下僚。地势使之然,由来非一朝。"又说:"被褐出阊阖,高步追许由。振衣千仞冈,濯足万里流。"这种对门阀世族压迫的抗争和布衣之士的清高之气是传统知识分子理想人格的体现,也是他的"风力"之所在。钟嵘说刘琨的诗有"清刚之气""清拔之气",都是指风骨,这显然是和刘琨的诗歌表现了他与祖逖闻鸡起舞的爱国主义情操分不开的。刘琨是一个具有报国壮志,为反抗外族入侵勇猛战斗的英雄,他在《扶风歌》中写道:"系马长松下,发鞍高岳头。烈烈悲风起,泠泠涧水流。挥手长相谢,哽咽不能言。浮云为我结,归鸟为我旋。去家日已远,安知存与亡。慷慨穷林中,抱膝独摧藏。……惟昔李骞期,寄在匈奴庭。忠信反获罪,汉武不见明。我欲竟此曲,此曲悲且长。弃置勿重陈,重陈令心伤。"慷慨悲壮之情溢于言表。但他壮志未酬而为段匹磾所害,临死前所写的《重赠卢谌》中云:"功业未及建,夕阳忽西流。""何意百炼刚,化为绕指柔。"正是对他奋力抗争、至死不渝的精神气质和高尚品德的真实描写。钟嵘所说陶渊明"又协左思风力",也是针对陶渊明的崇高人格的赞美。陶渊明也有济世安民的雄心壮志,他在《杂诗》中说:"忆我少壮时,无乐自欣豫。猛志逸四海,骞翮思远翥。"他也曾投身仕途,但他深刻地认识到当时政治的腐败,不愿与黑暗的现实同流合污,遂辞官隐居躬耕田园,以保持自己高洁的情操,而决"不为五斗米折腰"。他在《杂诗》中说:"芳菊开林耀,青松冠岩列。怀此贞秀姿,卓为霜下杰。"这不仅是对大自然的赞美,也是对自己理论人格的歌颂。虽然他也为自己的"猛志"不得实现感到悲哀,"日月掷人去,有志不获骋;念此怀悲凄,终晓不能静"(《杂诗》),但是他更为自己能摆脱世俗羁绊,远离污浊的社会,回到淳朴的大自然中去获得心灵的净化和解脱,感到无比的高兴。他说:"久在樊笼里,复得返自然。"(《归田园居》)"静念园林好,人间良可辞。"(《庚子岁五月中从都还阻风于规林》)所以他的诗突出地体现了他作为深受儒、道两家思想影响的士大夫之骨气。从阮籍、嵇康到陶渊明,都比较鲜明地表现了魏晋名士的风流旷达。这种名士风流与建安时代的豪情壮志表现在文学风貌上是颇有不同的,但是它们都是知识分子的人格美理想在不同的社会政治环境下的体现。刘勰和钟嵘都是强调以风骨为主、辞采为辅的,要求两者完美结合。他们认为在六朝文学发展的过程中,逐渐出现了忽略风骨而偏重辞采的倾向,而且有愈来愈严重的趋势,所以他们特别强调风骨的重要。刘勰和钟嵘都不否定华艳辞采的意义与作用,他们是很重视文学作品的华艳辞采的,但是他们认为必须正确处理好风骨和辞采的主从关系。刘勰《文心雕龙·风骨》说:"若风骨乏采,则鸷集翰林;采乏风骨,则雉窜文囿;唯藻耀而高翔,固文章之鸣凤也。"钟嵘在《诗品序》中说文学创作必须"干之以风力,润之以丹采",方能"使味之者无极,闻之者动心"。陆机是西晋初期具有代表性的重要诗人,钟嵘曾说他"为太康之英",说他"才高词赡,举体华美",但又严厉地批评他:"气少于公幹,文劣于仲宣,尚规矩,不贵绮错,有伤直致之奇。"刘勰在《文心雕龙·议对》篇中说:"及陆机断议,亦有锋颖,而腴辞弗剪,颇累文骨。"上引《明诗》篇亦有类似批评,这些都是说陆机作品缺少风骨,而偏重辞采的华美。钟嵘对张华、潘岳的评价也是如此。其评张华诗云:"其体华艳,兴托不寄。巧用文字,务为妍冶。虽名高曩代,而疏亮之士,犹恨其儿女情多,风云气少。"而评潘岳云:"《翰林》叹其翩翩然如翔禽之有羽毛,衣服之有绡縠,犹浅于陆机。"东晋的玄言诗人作品则"理过其辞,淡乎寡味","平典似《道德论》",自然也毫无风骨可言。

经过上面的分析,我们再来看刘勰的《文心雕龙·风骨》篇以及其他各篇中有关风骨的论述,也许可以有一点新的体会和认识。刘勰在《风骨》篇中说:"昔潘勖锡魏,思摹经典,群才韬笔,乃其骨髓峻也;相如赋仙,气号凌云,蔚为辞宗,乃其风力遒也。"这是刘勰在全篇中所举出的唯一的"骨髓峻"和"风力遒"的作品范例。潘勖《册魏公九锡文》是为汉献帝写的封赐曹操的符命,今存《文选》卷三十五,文中历数曹操护卫皇室、平定各路诸侯叛乱、统一天下的功绩,基本上是符合事实的,文辞典雅而有力量,故说是"骨髓峻也"。刘勰对曹操的评价是比较公正的,虽然不赞成他的专权暴虐,但无论在政治上还是文学上都肯定了他的历史作用,并没有封建正统的偏见,所以刘勰对陈琳的《为袁绍檄豫州》一文既有肯定也有批评,认为它有过于偏激而失实之处。而所谓"壮有骨鲠",是指陈琳敢于在曹操威震天下之时"抗辞书衅",毫不惧怕地大胆揭发其专横暴虐行为。很有意思的是:潘勖和陈琳的这两篇文章在对曹操的态度上是尖锐对立的,然而刘勰却认为它们都具有骨力,这当然是因为曹操作为一个历史人物本身存在着矛盾的双重性,但同时也可以看出刘勰不论是评人还是评文,都重在全面圆通不落一端、"折衷"于自然情理的思想方法特点。凡是表现出了作者义正辞严的人格力量的文章,刘勰都认为是有骨力的好作品。司马相如的《大人赋》是一篇意在讽谏汉武帝"好仙道"的作品。"相如以为列仙之传,居山泽间,形容甚臞,此非帝王之仙意也,乃遂就《大人赋》",故以"大人"喻天子,而写其游仙之状,指挥众神,气度恢宏,目的在说明这种游仙实际上是不可能的,然而结果却正好相反:"相如既奏大人之颂,天子大说,飘飘有凌云之气,似游天地之间意。"(《史记·司马相如列传》)从《大人赋》本身来看,它是模仿骚体的作品,颇有屈原《离骚》翱翔九天的壮阔气势,体现了鄙弃世俗的高洁情操,故刘勰说它是"气号凌云,蔚为辞宗",因而说是"风力遒也"。由此可见,风骨实是指作家的高尚人格在作品中的体现,而它又是和中国文化传统中先进知识分子的精神面貌有着不可分割的密切联系的。

  风骨的这种深层文化意蕴也可以从刘勰、钟嵘以后的有关风骨论述中得到证明。陈子昂感叹:"汉魏风骨,晋宋莫传。……观齐梁间诗,彩丽竞繁,而兴寄都绝。"(《与东方左史虬修竹篇序》)他强调"风骨"是和他提倡"兴寄"分不开的,而这种"兴寄"又是和他的民本思想、仁政理想密切联系在一起的。他在《感遇诗》中尖锐地批评了当时政治的弊端,表现了对人民苦难的同情,既有"感时思报国,拔剑起蒿莱"的豪情壮志,也有"岁华尽摇落,芳意竟何成"的忧伤悲叹。特别是他的名作《登幽州台歌》:"前不见古人,后不见来者。念天地之悠悠,独怆然而涕下!"充分展示了一个忧国爱民的志士感世伤时的深沉情怀。所以,陈子昂所赞美的"汉魏风骨"也就是指三曹七子诗歌中对理想抱负的追求,对残破社会现实的悲慨,对壮志不得实现的怨愤,对世态炎凉、人情菲薄的感叹,以及由此而形成的"慷慨悲凉""梗概多气"的特征。李白对"蓬莱文章建安骨"的赞赏是与他"济苍生""安黎元""安社稷"的政治理想分不开的。杜甫称赞元结的《舂陵行》和《贼退示官吏》时说道:"道州忧黎庶,词气浩纵横。两章对秋月,一字偕华星。"(《同元使君舂陵行》)这就是元结诗中的风骨。杜甫并在诗序中说他"知民疾苦",认为有了元结这样的爱民之吏,"天下少安可待矣",可见元结诗中浩气纵横的特色,正是他为民请命的抗争精神之表现。从六朝到盛唐时文学思潮中对"风骨"的推崇不仅仅是对一种艺术美的追求,而且有着深刻的文化思想背景,它上承先秦两汉时期"发愤抒情""发愤著书"的传统,下启为民请命、"不平则鸣"的奋斗精神,是先进的知识分子所理想的有强烈正义感、始终不屈服的人格精神的表现,这种人格精神需要有与之相适应的文辞来表现,因为文学是语言的艺术,一切都要通过语言来表达,所以风骨和辞采都是不可缺少的,但是它们之间有主次之分,必须以风骨为主而以辞采为辅,这一点在刘勰的《文心雕龙·风骨》篇中阐述得很清楚。从中国文化传统的特点来看待风骨的意义与价值,不仅可以把握刘勰提倡风骨的深层意蕴,而且可以比较正确地理解《文心雕龙·风骨》篇的内容以及刘勰对风骨的解释,特别是可以清楚地认识到"风即文意,骨即文辞"以及由此派生出来的各种说法实是不确切的。刘勰说"怊怅述情,必始乎风","情之含风,犹形之包气","深乎风者,述情必显",都是讲"情"和"风"的关系,说明作者有高尚的人格理想和精神情操,则其"情"必然含有"风",故"意气骏爽,则文风清焉"。刘勰又说"沉吟铺辞,莫先于骨","辞之待骨,如体之树骸","练于骨者,析辞必精",都是讲"辞"和"骨"的关系,说明作者有义正辞严的思想立场,文章有刚直有力的叙述内容,则其"辞"中必然有"骨",故"结言端直,则文骨成焉"。所以,风骨虽是对作品的一种美学要求,但它的基础是作者的人品,它是中国知识分子的高尚人格理想的体现。

第四节 《文心雕龙》的通变论
——论文学的继承、借鉴与创新

通变论也是贯穿《文心雕龙》全书的一个基本思想。我国古代文学理论批评中关于"通"和"变"的论述,其中主要是讲文学创作中继承和创新的关系问题。在这方面,刘勰的论述是有相当的理论深度的。《文心雕龙》中专有《通变》一篇,但是刘勰有关"通"和"变"的论述并不仅仅限于这一篇,前五篇有关"文之枢纽"的总论实际上也是从"通"和"变"的角度来写的。而自第六篇至二十五篇的分类文体论也是具体地贯穿了"通"和"变"的精神的。而《文心雕龙》"下篇"论创作、批评、作家等一系列专论中,除《通变》篇外,有很多篇也都论述到了"通"和"变"的关系问题,像《时序》《风骨》《定势》《物色》等篇中都有一些重要论述。因此,我们探讨刘勰的通变论,必须把所有这些有关论述综合起来进行研究。刘勰认为:文学创作,包括所有文章的写作,都有"通"的方面,也有"变"的方面。所谓"通",是指文学创作中有一些基本的原则与方法是代代相因、必须继承的,违背了这些基本原则和方法,文学创作就会离开正路而走上邪道。所谓"变",是指文学创作过程中,对这些基本的原则和方法,如何根据不同历史时代的具体情况来灵活运用和发挥,这是可以而且也应该因时而异、因人而别的。没有"变",就没有新的特色、新的创造,会使文学发展停滞而僵死。因此,"通"和"变"的关系从某个角度讲也就是古和今的关系,其中也包括了正和奇的关系、体和势的关系。刘勰的基本思想是既要"通",又要"变",在不违背某些基本原则的前提下,注重文学创作的独创性。

《文心雕龙》的前五篇是论文学的总纲,而其中一个重要思想,从"通"和"变"的角度来说,是要阐明"通"的基本内容和"变"的基本原则。《原道》《征圣》《宗经》三篇讲的正是"通"的基本内容,而《正纬》《辨骚》则是从正反两方面来说明"变"的基本原则。我们研究刘勰的通变论应当首先从前五篇入手。刘勰认为文学创作应当"本乎道,师乎圣,体乎经",这是文学的本质所决定的,是"道沿圣以垂文,圣因文而明道"的基本思想所得出的必然结果。这也正是刘勰提出文学创作必然要有"通"的 面的根据。提倡原道、征圣、宗经,并不是简单地模仿经典,而是如何在自己的创作中不违背道、圣、经的精神,而具体的作品面貌则是应当千变万化而有新的特点的。这就需要有"变"。但是,"变"有一个怎么变法的问题。这就是说,"变"有两种:一种是不要"通"只讲"变",完全违背文学创作的传统经验的变,如《通变》篇所说的那种"竞今疏古,风末气衰"的变,《定势》篇说的"逐奇而失正"的变,这正是刘勰所反对的当时文风之弊病。他在《定势》篇中说:"自近代辞人,率好诡巧,原其为体,讹势所变,厌黩旧式,故穿凿取新;察其讹意,似难而实无他术也,反正而已。"对这种变,刘勰是不赞同的。另一种"变",是在"通"的基础上的"变",就是在继承文学创作的传统经验的前提下,用新的方式来发扬传统精神,灵活地运用历代承传下来的方法,充分体现文学创作的独创性,这种变就像他在《风骨》篇中所提出的,"镕铸经典之范,翔集子史之术,洞晓情变,曲昭文体,然后能莩甲新意,雕画奇辞。昭体故意新而不乱,晓变故辞奇而不黩",也即是《定势》篇中所提出的"执正以驭奇"的变。而最能典范地体现这种变的精神的优秀作品是屈原的作品,所以刘勰论"文之枢纽",要在原道、征圣、宗经的前提下"变乎骚",以骚为变的榜样。刘勰之所以要"辨骚",正是要从汉人论骚的两种不同意见中,纠正其各自的片面性,阐明屈原及其《离骚》并没有违背道、圣、经的基本原则,而是在新的形势下正确地运用通变原则所创作出来的优秀作品,它可以作为后代通变的典范。《楚辞》这种合乎原道、征圣、宗经原则的新变,刘勰认为是文学发展中的通变的典范。它从文学的独创性方面来说,是足以为后人效法的。它既不违背《诗经》的传统,又能做到"观其艳说,则笼罩《雅》《颂》",所以刘勰赞美它是"气往轹古,辞来切今,惊采绝艳,难与并能矣"。由此可见,刘勰所说的"变",绝非仅仅指文辞形式,而是首先包括了文学内容方面的变革的。

从文辞形式方面来的,刘勰认为也是既有"通"又有"变"的。刘勰在《征圣》篇中指出,圣人的文章在表达方式上也已为后人创作立下典范。圣人之作"或简言以达旨,或博文以该情,或明理以立体,或隐义以藏用",然而都是借以明道的。"故知繁略殊形,隐显异术,抑引随时,变通适会,征之周孔,则文有师矣。"这些说明文学创作在文辞形式方面,也是有一些传统的基本方法的。特别是圣人文章都是形式为内容服务的,即所谓"衔华而佩实",这个原则更不能违背。刘勰认为文辞形式也应该是在"通"的前提下"变",不过文辞形式的变应当比内容方面的变具有更大的灵活性。只要坚持以内容为主的原则,文辞形式的变是可以也必须讲究新奇的。刘勰肯定《楚辞》之变是符合于"衔华而佩实"的原则的,只是从汉人辞赋开始才片面发展了《楚辞》中艳丽的文辞,违背了圣人"衔华而佩实"的正确方向,开了后代追求辞藻华美而轻视内容的歪风。刘勰认为应当做到"酌奇而不失其真,玩华而不坠其实"。刘勰在文辞形式方面不是反对华艳,而是肯定华艳的。这在《辨骚》中已经讲得很清楚了,在《时序》篇中也有同样的看法,《风骨》篇中更提出了要"雕画奇辞"。然而,这都有一个前提,就是要充分体现为内容服务。刘勰在文辞形式方面是反对因袭模拟的,是主张要有创造性的,这一点刘勰和陆机在《文赋》中所表现出的思想完全一致。

如果说《楚辞》是不违背道、圣、经的基本原则下的变的典范,那么,纬书在刘勰看来则是背离了道、圣、经基本的原则而变到邪路上去的一个反面典型。为此,刘勰提出了要"正纬"的问题。他认为纬书和《楚辞》虽然都是经之变,然而,纬书变的结果是以虚假代替真实,"乖道谬典,亦已甚矣",因此是不能提倡的。他引用前人对纬书的批评,指出其"虚伪""浮假""僻谬""诡诞",抛弃了圣人经典的传统,因此这种变是不值得肯定的。不过,刘勰认为纬书中的某些次要方面也是存在可取之处的。他指出纬书在"事丰奇伟,辞富膏腴"方面,虽"无益经典而有助文章",而且可供"后来辞人,采摭英华",也还起过一定积极作用。这也说明刘勰主张的变,是包括了内容("事丰奇伟")和形式("辞富膏腴")两方面的。也就是说,如果不违背道、圣、经的原则,那么文学作品的具体内容和文辞形式都需要"变";"通"则主要是在基本思想倾向和写作重大原则方面和圣人保持一致。

从上面对《文心雕龙》前五篇总论中所表现的通变思想的分析,我们可以看到,刘勰对文学创作的"通"与"变"之间的辩证关系及两者不可偏废的观点是非常鲜明的,也是很有价值的。但同时我们也可以看出他在论通变过程中所反映出来的局限性,他把儒家的道、圣、经作为"通"的基本内容,这就显然不完全正确了。自然,儒家文艺思想中也包含着一些积极的因素,例如强调形式为内容服务,内容与形式并重等,但是在许多方面来看,儒家文艺思想主要是反映了封建统治阶级对文艺的要求的。然而我们必须看到的是,刘勰在实际论述文学发展和文学创作的过程中,并没有完全用儒家的道、圣、经原则去衡量,而是能够按照文学发展的实际,比较客观比较科学地加以评论。对于不完全符合儒家思想的优秀创作,例如建安文学等,他也是给予了较高评价的。这是因为他所说的道、圣、经虽以儒家为主,但也包括了佛、老,并可以与之相通的。而他在运用这种道、圣、经的原则时也是比较灵活的,和扬雄那种极端的、狭隘的儒家道、圣、经观点是有很大区别的。因此他的通变说虽然也有局限性,但并不是十分突出。特别是他之抬出道、圣、经,主要是在反对当时那种片面追求形式之美的倾向,因此这种局限性也就更不明显了。

刘勰在论述通变的过程中,其主要着眼点是在论"变",这一点是容易被人忽略的,"变"才是刘勰所论的主旨所在。因为要强调变,所以就有一个怎么变的问题。要怎么变才是正确的,这是刘勰提出"通"的前提。他是要说明正确的"变"应当是在"通"的基础上的变,而不是随心所欲的任意的"变"。《风骨》篇中所说的"孳甲新意,雕画奇辞"是创作所要达到的目的,但这种"新意""奇辞"不是"跨略旧规,驰骛新作"而来,而应当是从"镕铸经典之范,翔集子史之术"中逐步形成的。"变"是居于主导地位的,刘勰论通变是基于他对文学现象所持的发展观而来的。刘勰认为文学的发展变化乃是时代的发展变化的必然结果,这一点他在《时序》篇和论文体发展的各篇中都表达得十分清楚。

刘勰认为从文学发展本身的规律来看,文学创作之必须讲究通变是因为:第一,每个时代的文学必然是各有特色的,但同时各个时代又有其共同的方面。他在《通变》篇中说:

> 是以九代咏歌,志合文则,黄歌《断竹》,质之至也;唐歌《在昔》,则广于黄世;虞歌《卿云》,则文于唐时;夏歌《雕墙》,缛于虞代;商周篇什,丽于夏年,至于序志述时,其揆一也。

不同时代的文学都是和时代的特点相联系的,同时也总是在吸收前代经验的基础上有新的发展的,因此变是不可避免的,是必然的。历史是不断向前发展进步的,因此文学自然是随着时代的演变而愈来愈丰富、愈来愈华美。这从上述刘勰对商周以前文学发展状况的分析中也可以看得很清楚。在《原道》篇中刘勰也有类似的论述,他说:

> 自鸟迹代绳,文字始炳;炎、皞遗事,纪在《三坟》;而年世渺邈,声采靡追。唐、虞文章,则焕乎始盛。元首载歌,既发吟咏之志;益、稷

陈谟,亦垂敷奏之风。夏后氏兴,业峻鸿绩,九序惟歌,勋德弥缛。逮及商、周,文胜其质,《雅》《颂》所被,英华日新。

后代的文学总是要比前代更为繁荣、更有发展的。诚如《通变》篇的赞语所说:"文律运周,日新其业。"刘勰这样一种文学的发展观与萧统在《文选序》中提出的文学发展之"踵事增华"说在基本点上是完全一致的。《文选序》一开始就说:

式观元始,眇觌玄风;冬穴夏巢之时,茹毛饮血之世,世质民淳,斯文未作。逮乎伏羲氏之王天下也,始画八卦,造书契,以代结绳之政,由是文籍生焉。《易》曰:"观乎天文,以察时变;观乎人文,以化成天下。"文之时义,远矣哉!若夫椎轮为大辂之始,大辂宁有椎轮之质?增冰为积水所成,积水曾微增冰之凛,何哉?盖踵其事而增华,变其本而加厉;物既有之,文亦宜然,随时变改,难可详悉。

萧统在这里正是从历史发展过程中事物总是不断进化的观点来说明文学发展的变的必然性的,同时也强调指出了变的结果是一种进步,是应当充分加以肯定的。刘勰是昭明太子萧统的东宫通事舍人,又深受萧统赏识,虽然他并未参与《文选》的编辑,但从《文心雕龙》所举"选文以定篇"的篇目与《文选》所收篇目之接近来看,他们在文学观点上还是很接近的。因此,萧统的"踵事增华"说与刘勰的通变论在强调文学的变这一点上毫无疑问是一致的。这种观点与汉代在儒家思想定于一尊情况下所强调的那种复古模拟文艺思潮是显然有着根本不同的。刘勰和萧统这种强调时代是不断发展变化、愈来愈进步的观点,是直接从王充、葛洪的思想发展而来的。王充在《论衡》中批评当时那种"好高古而下今,贵所闻而贱所见","好褒古而毁今,少所见而多所闻"的倾向时,曾明确指出:"上世之民,饮血茹毛,无五谷之食;后世穿地为井,耕土种谷,饮井食粟,有水火之调。又见上古岩居穴处,衣禽兽之皮;后世易以宫室,有布帛之饰。"(以上均见《齐世》篇)这不是一种很大的进步吗?王充这种观点,后来葛洪在《抱朴子·钧世》篇中更加明确地进行了阐述和发挥。他说:

> 且夫古者事事醇素,今则莫不雕饰,时移世改,理自然也。至于	
> 黼锦丽而且坚,未可谓之减于蓑衣;韬輧妍而又牢,未可谓之不及椎	
> 车也。

从这种肯定事物发展变化的观点出发,葛洪还尖锐地指出:

> 且夫《尚书》者,政事之集也,然未若近代之优文、诏、策、军书、	
> 奏、议之清富赡丽也。《毛诗》者,华彩之辞也,然不及《上林》《羽猎》	
> 《二京》《三都》之汪濊博富也。

自然,刘勰的观点是没有葛洪那样激进的,也不会同意汉赋超过《毛诗》的观点,儒家的经典在刘勰那里的地位仍是相当高的。不过他仍然吸取了他们有关"变"的观点。他是在肯定"变"的必然性和进步性的前提下,又认为这种"变"不能过分,不能把传统中的一些基本原则丢掉,同时还要有"通"。而他所认为的这种基本原则,今天看来也有很复杂的情况。这里既有正确的部分,也有偏见的部分。这是需要我们认真加以辨析的。

比刘勰稍晚的萧子显在《南齐书·文学传论》中曾经提出:"习玩为理,事久则渎,在乎文章,弥患凡旧,若无新变,不能代雄。"这是反映了当时的流行文艺思潮的。刘勰的通变论与萧子显的"新变"论,在立足于"变"的方面并无差别,但是萧子显只讲"新变",不讲继承,是有片面性的,是和刘勰有所不同的。刘勰反对变得过了头,而且认为这正是当时文风的弊端之所在。他认为不能只讲"变"、不讲"通",否则文学发展就会走上邪路。从这方面说,他和葛洪以及萧子显观点则又不是一路的。刘勰在《通变》篇中说:

> 暨楚之骚文,矩式周人;汉之赋颂,影写楚世;魏之篇制,顾慕汉	
> 风;晋之辞章,瞻望魏采。榷而论之,则黄、唐淳而质,虞、夏质而	
> 辨,商、周丽而雅,楚、汉侈而艳,魏、晋浅而绮,宋初讹而新。从质及	
> 讹,弥近弥澹,何则?竞今疏古,风末气衰也。今才颖之士,刻意学	
> 文,多略汉篇,师范宋集,虽古今备阅,然近附而远疏矣。夫青生于

蓝,绛生于茜,虽逾本色,不能复化。桓君山云:"予见新进丽文,美而无采;及见刘、扬言辞,常辄有得。"此其验也。故练青濯绛,必归蓝茜;矫讹翻浅,还宗经诰。斯斟酌乎质文之间,而櫽括乎雅俗之际,可与言通变矣。

刘勰在这里批评了当时文风追求文辞华美而内容浅薄、过分偏重形式美的倾向,指出这丢掉了先秦时代以《诗经》等为代表的重视内容、重视文学社会教育作用的传统,这无疑是正确的。也就是说当时文风把传统的"序志述时,其揆一也"的基本原则抛弃了。他提出要纠正这种不良文风,还必须学习圣人经典,恢复圣人经典的传统,即所谓"矫讹翻浅,还宗经诰",则带有他的儒家思想偏见了。因为从文学发展来看,突破儒家经学的束缚,正是当时文学得以发展、创新的重要原因,至于发展中出现了新的错误倾向是另外一个问题,它绝不是"还宗经诰"所能改变的,这是刘勰思想保守方面的一种反映。

第二,刘勰除了从文学发展与时代的关系这一总的方面来论述通变的必要性以外,还从每一类文学作品的创作角度分析通变的具体表现。刘勰认为每一类文学作品在创作上都有其历代相承传的共同方面,同时又随着作家的不同思想、艺术特色而有很不相同的特点。他说:

夫设文之体有常,变文之数无方。何以明其然耶?凡诗赋书记,名理相因,此有常之体也;文辞气力,通变则久,此无方之数也。名理有常,体必资于故实;通变无方,数必酌于新声;故能骋无穷之路,饮不竭之源。

刘勰所说的"设文之体有常",是指每一种文学作品的体裁都有它自己的一定的特点,有一定的写作要求,如果没有这种特点就不成其为这种文学形式了。但是每一种文学体裁的作品则又可以有千千万万,它们的具体面貌是完全不相同的,所以说"变文之数无方"。"有常"是指历代相通的方面,亦即通变的"通"方面;"无方"是指每篇具体作品都有其不同的特点,是不断变化、日新其业的,是指通变的"变"的方面。比如,"诗赋书记,名理相因",诗、赋、书、记各有自己不同的特点,也是以此来互相区别的。这些基本特征,刘勰认为是必须继承的。然而,"文辞气力,通变则久",同一类作品,不同时代不同作家所写的篇章各有其风貌气质,各有其特殊艺术表现特点,这是因人而异的。从这个思想出发,刘勰在论述每一类文体的历史发展时,都是从其"通"和"变"两方面来分析的。他在《序志》篇中对每一类文体的源流发展的叙述都包括四个方面:"原始以表末,释名以章义,选文以定篇,敷理以举统。"这里,"释名以章义"和"敷理以举统"是讲的"通"的问题,而"原始以表末"和"选文以定篇"则是讲的"变"的问题。例如他在《明诗》篇中指出诗歌的本质特点是言志抒情,从表达情志这一方面说,凡是诗就不能违背这一基本点,这也是诗之区别于其他文体之所在,也是诗歌创作中的"通"的方面,即所谓"名理相因"的方面。赋虽也可以说是诗之一体,但在文学发展过程中,它已经有了自己特殊的创作特点,故刘勰把它的"名理相因"之处定为"铺采摛文,体物写志"。这也是对陆机《文赋》中说的"赋体物而浏亮"的进一步发挥。

然而,诗、赋虽有其历代相通之"名理",但是不同时代的诗、赋各有不同的具体面貌。每种文体在"名理相因"之下都有一个变的过程,刘勰在论每种文体的变的过程时,都有对时代特点和作家个人特点的具体剖析。比如说诗歌的发展,在抒情写志的原则下,随着时代不同,像建安诗歌、正始诗歌等都各有特点。而在四言诗发展中,虽然总的都有"以雅润为本"的特点,但是,"平子得其雅,叔夜含其润";五言诗虽然都以"清丽居宗",然而"茂先凝其清,景阳振其丽"。其中"兼善则子建仲宣,偏美则太冲公幹"。左思的诗,诚如钟嵘《诗品》所说:"文典以怨,颇为精切,得讽谕之致。"所以"雅润"一面更为突出。而刘桢则如钟嵘所说:"仗气爱奇,动多振绝,真骨凌霜,高风跨俗。"显然是"清丽"一面更为突出。在《诠赋》篇中,刘勰论赋的发展过程时,指出有十家各有自己独特的贡献,他们在体现赋的基本特征的前提下,又分别从不同的方面有所发展,逐渐丰富了赋的表现特点,扩展了赋的内容范围,既有"通"又有"变"。从"名理相因"来说,都是能代代相承的;从"文辞气力"来说,又是代代有所不同,各有新的特点和独到之处的。

刘勰在《通变》篇中，曾对文学创作的通变问题做了一个非常生动而形象的比喻。他说：

> 故论文之方，譬诸草木：根干丽土而同性，臭味晞阳而异品矣。

"通"的方面即是草木之"根干丽土而同性"的方面，而"变"的方面即是其"臭味晞阳而异品"的方面。刘勰指出，通变的情况不仅存在于文学的历史发展、各类文体的演变之中，而且在具体的艺术描写方面也是存在着的。他在《通变》篇中曾举了一个具体的例子，即是对宇宙的广阔无垠的描写，各家也都是有因有革的。他说：

> 夫夸张声貌，则汉初已极。自兹厥后，循环相因，虽轩翥出辙，而终入笼内。枚乘《七发》云："通望兮东海，虹洞兮苍天。"相如《上林》云："视之无端，察之无涯；日出东沼，月生西陂。"马融《广成》云："天地虹洞，固无端涯；大明出东，月生西陂。"扬雄《校猎》云："出入日月，天与地沓。"张衡《西京》云："日月于是乎出入，象扶桑与蒙汜。"此并广寓极状，而五家如一，诸如此类，莫不相循。参伍因革，通变之数也。

这五家的描写情况也不完全相同，例如马融、扬雄的描写就有较多模拟的痕迹，这大约也和这两位是著名的经学家，受儒家"述而不作"思想影响有关。而从枚乘、司马相如、张衡的描写来看，虽有艺术上的继承，却又是颇有新颖的意境创造的。事实上，艺术描写本身的继承与创新也是一种客观存在。像王维的名诗："人闲桂花落，夜静春山空。月出惊山鸟，时鸣春涧中。"从运用以动写静来说，显然是继承了南朝王籍"蝉噪林逾静，鸟鸣山更幽"的艺术表现方法，这也是一种艺术描写方面的通变。那么，究竟应当怎样把握通变的原则呢？刘勰在《通变》篇中对此亦有具体的论述。他说：

> 是以规略文统，宜宏大体。先博览以精阅，总纲纪而摄契；然后

> 拓衢路,置关键,长辔远驭,从容按节。凭情以会通,负气以适变,采如宛虹之奋鬐,光若长离之振翼,乃颖脱之文矣。若乃龌龊于偏解,矜激乎一致,此庭间之回骤,岂万里之逸步哉?

刘勰在这里提出的原则是"凭情以会通,负气以适变"。所谓"凭情以会通"的内容即"先博览以精阅,总纲纪而摄契"。刘勰认为"会通"的关键是深入研究前人的作品,善于根据自己思想感情所受到的影响和自己从前人作品中得到的认识,抓住和把握前人创作中的要领,作为自己进行创作时的借鉴。所谓"负气以适变"的内容即"拓衢路,置关键,长辔远驭,从容按节",就是要按照自己的精神、气质、个性特点,来灵活地、有创造性地运用前人的经验;把自己所总结的前人创作中的要领,按照自己的情志需要,在创作过程中做出新的发展,使之更加丰富。文学创作不总结前人经验,不去继承自己国家民族的优秀传统,是不可能创造出优秀作品的;而没有新的创造,像王充说的那样"因成纪前,无胸中之造",也是绝不会有出息的,必须既能"会通",又善"适变",才能是"万里之逸步",而成为"颖脱之文"!《通变》篇赞语说:"变则其久,通则不乏。"没有"变",文学发展就会停滞僵死,坚持"变",才能使文学事业日新月异地持久发展下去。"变"中又必须有"通",这样才能使"变"循着健康的道路向前发展。刘勰又说:"趋时必果,乘机无怯,望今制奇,参古定法。"一个作家必须能大胆、果断地抓住时代的特点来发扬传统的精神,创造出像屈原创作《离骚》那样的"奇文"!

刘勰关于通变思想的历史渊源主要来自《周易》和荀子。《易经》本身是含有朴素的辩证法的,而《易传》特别是《系辞》则又对此种辩证法思想有了进一步的发展。《易经》在象征客观事物时,由八卦演化为六十四卦、三百八十四爻,本身就包含了承认事物是发展变化的思想,因此《系辞》上传说:"爻者,言乎变者也。"又说:"圣人设卦观象,系辞焉而明吉凶,刚柔相推而生变化。"《系辞》的作者特别强调事物是不断发展变化的,并指出整个宇宙是处于经常的变动之中,所谓:"日往则月来,月往则日来,日月相推而明生焉;寒往则暑来,暑往则寒来,寒暑相推而岁成焉。"易象是模拟客观事物的,是适应客观事物的变化的,因此它本身也是多变的,所谓"神无方而易无体","知变化之道,其知神之所为乎"。正是从这样一个角度,《系辞》最早提出了事物发展过程中的"通"和"变"的问题。其云:

> 圣人有以见天下之动,而观其会通。
>
> 易之为书也不可远,为道也屡迁,变动不居,周流六虚,上下无常,刚柔相易,不可为典要,唯变所适。
>
> 参伍以变,错综其数,通其变,遂成天下之文;极其数,遂定天下之象。非天下之至变,其孰能与于此。
>
> 穷则变,变则通,通则久。
>
> 日新之谓盛德,生生之谓易。

这些论述正是刘勰通变说之基本思想来源,刘勰的许多重要论断都直接来自《周易》的《系辞传》。儒家的传统思想是强调学习先王之道,提倡"述而不作"与"信而好古",不提倡新的创造,不重视事物的发展变化。《系辞》中这种通变观则着重在变化发展,因而乃是对儒家思想传统的一个突破。这种发展变化的观点在战国中后期是比较普遍也比较突出的。当时的儒家大师荀子的思想已经比孔子有了很大的发展,有不少方面是打破了孔子思想的传统与束缚的。荀子的发展变化观点是十分突出的,他着重强调的是要"法后王",而不是"法先王"。他认为先王之道已经不能适应发展了的时代新形势的要求了,而后王之道则是根据当时具体情况对先王之道的灵活运用,是最能符合新的形势要求的。他在《劝学》篇中说:"《礼》《乐》法而不说,《诗》《书》故而不切。"认为《诗》《书》都是适合当时情况的产物,并不能适应当前变化了的新情况,因此也不能当作万世不变的效法楷模。他主张文学应当有新的创造,他创作的《赋》篇就正是为适应当时需要的新文学形式,这一点刘勰在《诠赋》篇中曾给以很高评论。荀子所提出的这种政治学术文化领域内的变化发展观,与《易经》及《系辞》中的通变观也是完全一致的。

刘勰的通变论不仅有它的哲学政治思想方面的历史渊源，而且从文学理论批评方面说，还直接受到陆机《文赋》中有关论述的影响。魏晋时期儒家思想的衰落和玄学思想的兴起，直接对文学创作和文艺思想发生了深刻影响，所以陆机在他的《文赋》中既提出了要"颐情志于典坟"，"游文章之林府，嘉丽藻之彬彬"，同时又坚决反对因袭模拟，提倡要有新的创造，主张"谢朝华于已披，启夕秀于未振"。他还说：

> 或藻思绮合，清丽芊眠，炳若缛绣，凄若繁弦。必所拟之不殊，乃暗合乎曩篇。虽杼轴于予怀，怵他人之我先。苟伤廉而愆义，亦虽爱而必捐。

这实际上就是强调要变，要有独创性。陆机虽然没有提出通变的观点，而实际上讲的也就是通变的问题，这对刘勰的通变论自然也是有直接影响的。

第五节 《文心雕龙》的情采论
——论文学的内容与形式

刘勰在《文心雕龙》的《序志》篇中曾对全书的体例有一概括说明，明确指出第二十六篇《神思》以下属于"下篇"，而"下篇"的中心是要"割情析采，笼圈条贯"，系统地论述文学作品的创作。所谓"割情析采"，是从文学作品的内容和形式两方面来解剖和分析。因此，刘勰的情采论即是有关文学作品的内容和形式关系的论述。对文学作品的内容和形式关系，刘勰的观点是非常鲜明的，他主张必须以内容为主，形式为辅，形式是为内容服务的，但是形式本身又有相对独立性，应当提倡形式和内容并重。这是刘勰贯穿于《文心雕龙》全书的基本思想。刘勰在论"文之枢纽"的前五篇中指出，圣人的文章之所以成为后代的楷模，除了其文是对"道"的经典阐述之外，从创作的角度说，即是在于它能做到文质炳焕，华实并用。他在《征圣》篇说：

> 《易》称："辨物正言，断辞则备。"《书》云："辞尚体要，弗惟好

异。"故知:正言所以立辩,体要所以成辞;辞成无好异之尤,辩立有断辞之美。虽精义曲隐,无伤其正言;微辞婉晦,不害其体要。体要与微辞偕通,正言共精义并用;圣人之文章,亦可见也。颜阖以为:"仲尼饰羽而画,徒事华辞。"虽欲訾圣,弗可得已。然则圣文之雅丽,固衔华而佩实者也。

刘勰引用《易经》和《书经》的论述,说明文辞是为了说明事物,表达一定的思想内容的,不能离开这个目的去追求奇异。区别文辞优劣的首要标准是它能否清楚地说明事物、表达内容,这也就是孔子强调"辞达"的意思。文辞不是说不要华丽,圣人文章的华丽是为更好地表达内容服务的。刘勰提出的"圣文之雅丽",所谓"雅"即是指其内容的雅正,能充分表达圣人之道;所谓"丽"即是指其文辞之华美,它是为了更好地表现圣人之道。因此"衔华而佩实"是刘勰提出的一个对文学作品的内容和形式关系的基本要求。刘勰还在《宗经》篇中对"衔华而佩实"的原则提出了更为具体的要求,圣人的经书是圣人文章的典范,刘勰特别指出:

> 故文能宗经,体有六义:一则情深而不诡,二则风清而不杂,三则事信而不诞,四则义直而不回,五则体约而不芜,六则文丽而不淫。

在这"六义"之中,前四条讲的是对文学作品内容方面的要求,后两条讲的是对文学作品形式方面的要求。这里值得我们注意的是,刘勰把文学作品的内容具体地分析为情、风、事、义四个因素。当然刘勰在这里所说的"文"是指广义的文学,范围是比较宽广的。不过,刘勰在论文学的创作问题时,多数是就诗、赋这样一些纯文学来谈的。在有关文学作品内容的四个因素中,"情"与"风"是指文学作品中思想内容的主观方面。"情"说的是作家体现在作品中的感情,"风"说的是作家体现在作品中的精神风貌等特征。"事"与"义"是指文学作品中思想内容的客观方面,作家的情感与精神要从具体描写客观事物中展示出来,而客观事物本身自然也是有其本来意义的。因此,"事"说的是文学作品所描写的客观事物、现实内容,而"义"说的是这种客观事物、现实内容所包含的意义。当然,对一篇作品来说,情、风、事、义四方面应当是和谐统一的。对文学作品内容做这样具体的分析,说明刘勰对文学创作理论的研究是相当深入的。这种思想在《文心雕龙·附会》篇中也有类似的说明:

> 夫才量学文,宜正体制:必以情志为神明,事义为骨髓,辞采为肌肤,宫商为声气,然后品藻玄黄,摛振金玉,献可替否,以裁厥中,斯缀思之恒数也。

刘勰把文学作品比作人,说明作品中的思想感情好比人的精神灵魂,作品中描写的客观事物及其意义好比人的骨骼形体,作品中的文辞好比人的肌肉皮肤,作品中的声律之美好比人的声音气息。这里,"情志"和"事义"是指作品中的内容,而"辞采"和"宫商"则是指作品的形式。刘勰在这里所说的"情志"与《征圣》篇中讲的"情"与"风"实际上是一回事,"风"即是"志气"表现之一种形式。《风骨》篇云:"《诗》总六义,风冠其首。斯乃化感之本源,志气之符契也。""志气"即是指人的精神气质风貌,"风"正是指作品中这种精神气质风貌的特点。人的思想感情与精神风貌是密切相关的,也是很难分开的,故后代常以"风情"并用;作品中所描写的"事"与"义"也是不可割裂的,"事"中有"义","义"必存于"事"中。因此,情、风、事、义既可各自分而言之,亦可情、风与事、义两相结合而言之。这样一种对文学作品内容的分析是符合于文学作品的特点的。文学作品的内容中正是包括了作家主观方面与现实生活的客观方面两个部分,正是这两方面的结合才有了文学作品。刘勰在《情采》篇中说:"若乃综述性灵,敷写器象,镂心鸟迹之中,织辞鱼网之上,其为彪炳,缛采名矣。"此所谓"综述性灵",即是指情志、情风而言的;而"敷写器象",即是指对客观事物、现实内容的描写,正是说的"事义"。不过,此处系纯指诗、赋等纯文学作品而言,故言"器象",不言"事义"也。对广义的"文"来说,其客观内容往往称为"事义"。刘勰关于文学作品的形式问题的论述,在《征圣》篇中主要也是指广义的文章而言的。所以从文章的组织结构与辞藻运用两方面来说,提出"体约而不芜"和"文丽而不淫"的问题,而《附会》篇中所谈则偏重比较狭义的纯文学,故而侧重讲辞采与声律,而声律显然并不是所有的文章都需要考虑的。

刘勰不仅全面地分析了文学作品的内容与形式构成的诸因素,而且在《情采》篇中还进一步从理论上研究和分析了文学作品的内容和形式相统一的辩证关系。他在指出了文学作品的内容具有主导作用的前提下,提出了文学作品的内容和形式之间相互依附的特点。也就是说,没有内容就没有形式,形式必待内容之确立方有意义;反之,没有形式也就不存在内容,内容必须有待于形式方能体现出来。两者之间既有主有从,又相互赖以生存,具有辩证关系。他说:

> 圣贤书辞,总称"文章",非采而何? 夫水性虚而沦漪结,木体实而花萼振:文附质也。虎豹无文,则鞹同犬羊;犀兕有皮,而色资丹漆:质待文也。

这里所谓的质、文的关系,也就是讲情与采的关系、内容与形式的关系。所谓"文附质"者,是说事物的文采总是要依附于一定的本质实体方能表现出来,由此来说明文学作品的内容与形式的关系也与事物这种普遍的文质关系相类似,形式必要依附于一定的内容。所谓"质待文"者,是说事物的本质实体一定要依靠一定的文采来表现,才能看出它们各自的区别,所以文学作品的内容必须依靠一定的形式来表现。由于刘勰对文学作品的内容和形式关系有这样一种辩证的认识,所以他认为文学作品的内容和形式是应当并重的,不应该有所偏废,这两者都是缺一不可的。刘勰对文学作品的内容和形式方面的辩证观点,是与他对文学本质的认识完全一致的。刘勰在《原道》篇中曾说到宇宙间一切有形、有声的现象都是形而上的"道"的体现,由此可见,"道"是宇宙间万物的内在本质,是其内容,而形、声、文则是其表现形式,刘勰是从哲学的高度来看问题,认识到事物的现象与本质之间的辩证关系的。现象总是要反映一定本质的,而本质也总是要有待于具体现象方能体现出来。没有本质,就没有现象;没有现象,也就没有本质。从广义的"道"与"文"来说,"道"是内容,"文"是形式。这个"文"的含义是非常之广的。《情采》篇云:"故立文之道,其理有三:一曰形文,五色是也;二曰声文,五音是也;三曰情文,五性是也。"所谓"形文",即是指绘画之类,亦可包括自然界的"日月叠璧""山川焕绮""龙凤以藻绘呈瑞""虎豹以炳蔚凝姿""云霞雕色""草木贲华"等等。所谓"声文",即是指音乐之类,亦可包括"林籁结响""泉石激韵"等自然界声文。而所谓"情文",则是指"心生而言立,言立而文明"的"心文",也即是用语言文字所写作的广义的文学作品。"形文""声文""情文"都是"文",而其本质都是"道"的体现。因此"人文"亦是"道"的体现,而"文"则是其表现形式。从这一点来说,文学作品的内容和形式必然是互相依存而不可分离的两个组成部分了,因而我们可以说,刘勰对文学作品内容与形式关系的分析,是建立在具有辩证特色的哲学思想基础之上的。

正因为如此,刘勰在对待文学作品的内容和形式关系上,既充分肯定内容的主导作用、决定作用,同时又不贬低形式的重要性,反而是相当重视文学形式的积极作用。他并不是反对文辞华美,而是提倡文辞华美,但是有一条界线不能越过,即不能离开内容的需要来片面地追求文辞华美。他在《情采》篇中说:

> 《孝经》垂典:丧"言不文";故知君子常言,未尝质也。老子疾伪,故称"美言不信";而五千精妙,则非弃美矣。庄周云"辩雕万物",谓藻饰也。韩非云"艳采辩说",谓绮丽也。绮丽以艳说,藻饰以辩雕,文辞之变,于斯极矣。研味《孝》《老》,则知文质附乎性情;详览《庄》《韩》,则见华实过乎淫侈。若择源于泾渭之流,按辔于邪正之路,亦可以驭文采矣。

刘勰从分析《孝经》所言的意思和《老子》中的论述,说明文辞是否应当华美以及华美的程度是视内容需要而定的。如果内容不需要华美的文辞,像《孝经》指出的,哀伤悼念之文不应当过于华饰,那么就要尽量朴素。如果内容不需要文辞太华美,就应当注意,以免使读者对内容的真实性发生怀疑。但是这并不是说根本不要华美的文辞,只是说不应当为此使内容受到损害。接着,刘勰又引《庄子》和《韩非子》中提倡"辩雕""艳采"之言,明确指出他们是"华实过乎淫侈",过分讲究形式之美,而忽略了它和内容的统一性。为此他提倡的驾驭文采之原则是:"择源于泾渭之流,按辔于邪正之路。"要根据内容的需要来讲究文辞华美之程度,要懂得"文质附乎性情","藻饰"和"绮丽"应当和表达的需要一致,使形式和内容互相协调,达到辩证的统一。

刘勰强调以内容为主,形式要为内容服务,使两者能和谐统一。这和他的基本美学观有关系。刘勰认为从根本上说,事物之美是在其本质上,外表的修饰可以使之更美,但如果本质不美,那么外表的修饰再好也是没有用的。只有在本质美的前提下,外表的修饰才能起到积极的作用。他在《情采》篇中说:

> 夫铅黛所以饰容,而盼倩生于淑姿;文采所以饰言,而辩丽本于情性。故情者,文之经;辞者,理之纬;经正而后纬成,理定而后辞畅:此立文之本源也。

文学作品之美,如果拿一个美女来做比方的话,胭脂花粉只是装饰她的外表,而真正的美还在她本身的自然淑姿。辞采和内容相比,内容是经,辞采是纬,总是要先有经,然后有纬,作为内容的"理"确立之后,然后文辞的运用才有了依据。这里内容和形式的主从关系是非常清楚的,也是不容颠倒的。

刘勰这种强调内容和形式之间的主从关系的主张,是有鲜明的现实针对性的。他对齐梁时期文学创作上偏重形式美的倾向,是非常不满意的。《文心雕龙》全书就贯穿了这样一个反对当时不良文风的基本倾向。他在《宗经》篇中说,他之所以要提倡原道、征圣、宗经的原则作为"文之枢纽",其目的就是要制止淫靡文风的泛滥,以达到"正末归本",拨乱反正的结果。他说:

> 夫文以行立,行以文传,四教所先,符采相济。励德树声,莫不师圣,而建言修辞,鲜克宗经。是以楚艳汉侈,流弊不还,正末归本,不其懿欤!

刘勰在这里提出了"楚艳汉侈,流弊不还"的问题,从表面上看,似乎他认为偏重形式美的文风的起源是《楚辞》,其实我们如果全面研究刘勰《文心雕龙》全书的思想,可以发现他对《楚辞》是没有否定、贬斥之意的,"楚艳"是事实,但《楚辞》之"艳"并未违背内容和形式主从关系原则,而"汉侈"才是真正片面追求形式美文风之起源。不过,他对战国时的诸子中的几家,是指出了其过分追求形式美的倾向的。刘勰在《辨骚》中对《离骚》等作的评价很高,"虽取镕经意,亦自铸伟辞",认为其内容形式是高度统一的。真正的"楚艳汉侈"是从屈原、宋玉以后才开始的。他说:

> 自《九怀》以下,遽蹑其迹;而屈、宋逸步,莫之能追。故其叙情怨,则郁伊而易感;述离居,则怆怏而难怀;论山水,则循声而得貌;言节候,则披文而见时。是以枚、贾追风以入丽,马、扬沿波而得奇;其衣被词人,非一代也。故才高者菀其鸿裁,中巧者猎其艳辞,吟讽者衔其山川,童蒙者拾其香草。

可见,《楚辞》本身并没有脱离内容而片面追求文辞华美倾向,这种浮艳文风之起源,在于后人学习《楚辞》不得其要领,他们既无屈宋之才,不能"菀其鸿裁",而仅能"猎其艳辞""衔其山川""拾其香草",于是才使文学创作走上了偏重形式、内容贫乏的邪道。这种弊端在汉代辞赋中得到了更加严重的发展,以至逐渐达到了六朝时期那种不可收拾的地步。如果更严格地说,浮艳文风在屈原之后的宋玉那里已经有了一点苗头,所以刘勰在《诠赋》篇中说到赋的发展时说:"宋发巧谈,实始淫丽。"但是,宋玉作品中这种弊病并不严重。刘勰认为赋的创作之始也是和古诗同流的,只是到了后来才使其追求形式美倾向发展得严重了。所以说:"然逐末之俦,蔑弃其本,虽读千赋,愈惑体要,遂使繁华损枝,膏腴害骨,无贵风轨,莫益劝戒,此扬子所以追悔于雕虫,贻诮于雾縠者也。"刘勰在《文心雕龙》的《序志》篇中曾明确提出他写作《文心雕龙》之原因,即是要匡正时俗文风的弊端,使之归于正道。他说:

> 唯文章之用,实经典枝条,五礼资之以成文,六典因之以致用,君

> 臣所以炳焕,军国所以昭明,详其本源,莫非经典。而去圣久远,文体解散,辞人爱奇,言贵浮诡,饰羽尚画,文绣鞶帨,离本弥甚,将遂讹滥。盖《周书》论辞,贵乎体要;尼父陈训,恶乎异端;辞训之异,宜体于要。于是搦笔和墨,乃始论文。

这是刘勰论文之宗旨。由此也可以看出他认为这种不良文风之真正起源主要还是在"辞人",即汉赋的作者。刘勰的这种论述有一个明显的缺点和偏见,他把自汉赋以下的文学的发展看成是这种不良文风愈来愈严重的过程,这是和文学发展的实际并不完全符合的。实际情况是汉代的辞赋虽有追求形式美倾向,但主要是大赋,而且汉代的辞赋以外的文学创作,如乐府诗、散文等,都并无此种倾向。尤其是汉末魏初的建安文学以及稍后的正始文学,主要倾向是好的,是我国古代文学发展的一个高峰时期,像三曹、七子、阮籍、嵇康这些著名作家的作品都不存在这种倾向,其实刘勰自己在《明诗》篇、《时序》篇等论文学发展的篇章里,对他们评价也是很高的。可是当他笼统地论述这种不良文风时,就归之于"魏晋浅而绮",简单地加以否定了。在这一点上,我们必须有区别地加以分析,不能一概地把刘勰的观点全部肯定下来。就是从西晋以后一直到齐梁的文学发展,也不能全部否定,而应当看到文学发展中有主流有支流,浮艳文风仅是其中一个方面。他所说的"宋初讹而新","习华随侈,流循忘反"等等,显然也是有过分偏激之处的。

在上述这样的基本思想指导下,刘勰在《情采》篇中提出了两种对立的创作思想路线:"为情而造文"与"为文而造情"。他说:

> 昔诗人什篇,为情而造文;辞人赋颂,为文而造情。何以明其然?盖《风》《雅》之兴,志思蓄愤,而吟咏情性,以讽其上:此为情而造文也。诸子之徒,心非郁陶,苟驰夸饰,鬻声钓世:此为文而造情也。故为情者要约而写真,为文者淫丽而烦滥。而后之作者,采滥忽真,远弃《风》《雅》,近师辞赋,故体情之制日疏,逐文之篇愈盛。故有志深轩冕,而泛咏皋壤;心缠几务,而虚述人外,真宰弗存,翩其反矣。夫桃李不言而成蹊,有实存也;男子树兰而不芳,无其情也。夫以草木

之微,依情待实;况乎文章,述志为本,言与志反,文岂足征?

刘勰在这里所说的"情"与"文",也就是指"情"与"采",亦即指内容与形式。刘勰在对这两种对立的创作思想的分析中,充分地肯定了"为情而造文"的创作路线,坚决反对"为文而造情"的创作路线,提出了一个很重要的创作原则,这就是要以"述志为本",而不要"言与志反"。他强调文学作品必须有真情实感,而不能虚伪地矫揉造作,十分重视文学创作的真实性问题。由于只讲形式、不重视内容,所以就导致了"采滥忽真";而以内容为主,使形式为内容服务,就能够做到"要约而写真"。刘勰所主张的文学的真实性,很突出的一点是强调作家本人的思想感情、观点倾向应当是与作品中所要表达的思想感情、观点倾向完全一致的,不能够像诸子之徒一样,"志深轩冕,而泛咏皋壤;心缠几务,而虚述人外"。而这种状况在六朝还是不少的,比如潘岳的创作就很有代表性。他的《闲居赋》所写的是"有道吾不仕,无道吾不愚"的隐居高士之生活,他自己在赋序中也说是"览止足之分,庶浮云之志",然而实际上他又十分狂热地追逐功名富贵,以卑贱低下的姿态去博取权贵贾谧之欢心。故而元好问在其《论诗绝句》中说:"心画心声总失真,文章宁复见为人?高情千古《闲居赋》,争信安仁拜路尘?"谁能相信,《闲居赋》的作者竟会是一个阿谀奉承的卑劣小人呢?刘勰这种重视文学真实性的思想,是与他循自然为原则的美学观相统一的,而且也是贯穿于整部《文心雕龙》的。他在《正纬》篇中说纬书的主要弊病在虚伪失真。他说受神明启示的《周易》和《洪范》是真实的,但到后来汉代的纬书则完全是伪作了。正因为如此,他才提出要正纬。他说:

> 夫神道阐幽,天命微显。马龙出而大《易》兴,神龟见而《洪范》耀,故《系辞》称:"河出图,洛出书,圣人则之。"斯之谓也。但世夐文隐,好生矫诞,真虽存矣,伪亦凭焉。

我们且不说他在《易经》及《洪范》如何产生的问题上所受的神秘的有神论思想的影响,他在这里提出了一个要区别真与伪的问题。提倡真,反对伪,这是刘勰文学批评上的一个十分重要的原则。为此他充分肯定了前代进步思想家对纬书的批评。他说:"是以桓谭疾其虚伪,尹敏戏其深瑕,张衡发其僻谬,荀悦明其诡诞。四贤博练,论之精矣。"刘勰之所以对纬书并不全盘否定,也是从这一点出发的,在他看来,纬书并不是从一开始就完全失真的。所以他赞同荀悦的态度:"仲豫惜其杂真,未许煨燔。"他在《夸饰》篇中讲到文学的夸张描写时,也同样指出了夸张必须以不违背真实为其唯一条件。他在《体性》篇中指出文学创作的本质乃是人的真实性情之流露,"情动而言形","繁采寡情,味之必厌"。文学是人内心真情的自然发现,内容失真,虽有华丽文采,也必然是淡而无味的。他在《事类》篇中说典故的运用必须理核、事真,这乃是评价其用事当否的基本出发点。《知音》篇中批评当时文学评论的不良倾向之一即是"信伪迷真"。这一切都可以看出刘勰是极为重视文学创作真实性的,并且以此作为正确处理文学创作中内容与形式关系的标准。只有内容真实,文辞的华美才有意义。所以刘勰在《情采》篇的最后全面地提出了有关"情"与"采"关系的正面主张。他说:

> 夫能设模以位理,拟地以置心,心定而后结音,理正而后摛藻,使文不灭质,博不溺心;正采耀乎朱蓝,间色屏于红紫:乃可谓雕琢其章,彬彬君子矣。

这正是刘勰关于内容和形式的基本思想。

刘勰有关文学作品的内容和形式的基本思想,也同样有深刻的历史渊源。在这方面,我们认为刘勰也是以儒家思想为基础,吸收了道家思想的有关内容,将其综合又加以发挥的结果。刘勰强调文学创作应当以内容为主导、形式为内容服务、内容与形式并重的思想主要是来自儒家。而刘勰认为文学作品的内容与形式关系必须建立在以自然之美为基础的高度真实性的基础之上,则显然与老庄为代表的道家思想有密切关系。刘勰对文学作品的内容与形式之间辩证关系的认识,既与儒家对文质关系的认识有关,亦与道家玄学思想对本质与现象关系的辩证认识有关,其中亦与佛教哲学思想的某些辩证法因素影响有关系。刘勰在接受前代这些思想资料的时候,有一些很值得我们注意的特点。首先,他不是简单地搬用历史上的思想资料,而是善于经过自己的理解对它做分析,然后根据现实的需要吸收其中他认为合理的部分,也就是说经过了他的消化和改造。例如儒家对文学作品的内容和形式关系历来是主张以内容为主导,形式为内容服务的,对这一正确方面,刘勰是认真加以继承并将之发扬光大的。孔子说:"辞,达而已矣。"(《论语·卫灵公》)正是强调语言文辞的目的在于表达思想内容,据《左传》记载,孔子也说过:"言以足志,文以足言。""言之无文,行而不远。"这大约也就是刘勰所说文章以"述志为本"的来源,也是他主张内容与形式并重的来源。但是我们应该看到,孔子对志、言、文的关系既有比较正确的看法,也有一些比较片面的看法。比如他说:"有德者必有言,有言者不必有德。"(《论语·宪问》)这个说法大体来看也是有道理的,但是强调"有德者必有言",容易使人认为只要有了好的道德品质,就一定能写出好的文章。比如后来唐朝的韩愈在《答李翊书》中就发挥了这一思想:"道德之归也有日矣,况其外之文乎?"这种思想使人忽略文学创作中艺术形式的重要性。汉代的扬雄在内容与形式关系上是持孔子观点的,他尖锐地批评了汉赋偏重形式的倾向,但他的思想里有片面强调内容的决定作用而轻视形式的必要性与重要性的倾向。后来唐代的白居易在《与元九书》中虽然主张"根情、苗言、华声、实义",但一到具体评论历代诗歌发展,显然就由内容为主变为内容唯一了,而且他所说的内容仅以"六义"为标准,也是狭隘的。然而刘勰在吸取儒家关于内容与形式关系的观点中的积极因素之时,就不带有这种片面性,他肯定内容的主导作用,但又相当重视形式的重要性。其实他的《文心雕龙》大部分篇幅讲的还是艺术形式方面的问题,不过是在不脱离内容、肯定内容的决定性作用的前提下来讲艺术形式问题的。这说明他继承前代思想资料时善于吸收其积极方面,同时又注意克服其消极方面。他的文学思想中有很多独创性的见解。比如关于文学的真实性问题,刘勰的有关论述至少是吸收了以下各方面的重要见解的。首先是《礼记·表记》中所引孔子的"情欲信,辞欲巧"的话。这当然不一定是孔子的原话了,很可能是汉人伪托的。不过它可以概括儒家对文学的内容和形式方面的要求的。刘勰所提倡的文学的真实性自然不能与此无关。但刘勰并没有停留在这一点上,他把重视文学作品内容的真实性与文学的本质联系起来考察,吸收了道家认为文章是体现"自然之道"的观点;说明文学的本质既然是"自然之道"的体现,那么真实性必然是文学的基本特性之一。其次,刘勰对文学真实性的论述,也明显地吸收了《礼记·乐记》中关于"唯乐不可以为伪"的思想和扬雄的"心声""心画"论以及王充论文学作品客观内容真实性的思想。他不仅重视文学作品中所描写的客观现实生活内容的真实性,而且十分重视作家主观思想感情、观点倾向的真实性。他综合各家之说,为我国古代文学理论和文学创作中重视真实性的传统奠定了深厚的基础。他不像西方文论那样侧重于讲文学作品客观内容的真实性,而更重视作家主观思想感情的真实性,这也是我国古代论文学真实性的很有特色的方面。再次,刘勰善于吸收历史上具有辩证因素的哲学思想观点来论述和分析文学理论问题。比如刘勰关于文学作品内容和形式之间的辩证关系的论述,既是对《论语》中子贡论文质观点的具体化,同时又能从哲学的高度,运用道家和玄学思想中对事物的本质与现象关系的辩证认识来加以分析,这就显示出了他非同一般的理论深度。

第六节 《文心雕龙》的文术论(上)
——论文学的写作技巧:结构布局和比喻夸张

刘勰在《文心雕龙》中,除了对文学创作的一些基本理论问题分别做了论述,还对文学创作的许多重要的写作技巧问题,做出了具体而深入的分析。这些写作技巧问题,从组织材料、谋篇结构、段落剪裁,一直到比喻、夸张、声律、对偶、用典以及章法、句法等等,刘勰都通过总结前人创作经验进行了详细的论述,我们可以统称之为"文术论"。这些内容大致可以包括在《文心雕龙》的《总术》《附会》《镕裁》《声律》《章句》《丽辞》《比兴》《夸饰》《事类》《炼字》《指瑕》等篇之中。文术论占据了《文心雕龙》全书将近四分之一的篇幅,可见刘勰对文学创作的写作技巧问题是相当重视的。这些写作技巧中的许多问题都是和当时的文学创作实践有极为密切关系的,如声律、用典、对偶、修辞都是当时文坛上普遍流行的新的写作技巧问题。六朝是一个十分注重艺术的形式技巧的时代,许多文艺家都对这些具体的写作技巧做过研究、探讨。刘勰对当时偏向形式美的文风是很不满意并且坚决反对的,但是他的可贵之处还在于他并不因此而简单地否定形式技巧的作用,相反地是在充分肯定内容主导作用的前提下,同时又认真地研究文学创作中的写作技巧,并且对当时创作实践方面在写作技巧上所提供的丰富经验做出了科学的理论总结,从历史发展的角度将其提到一个新的高度,为进一步提高创作水准发挥了积极作用。这也是刘勰在思想方法上具有辩证法色彩而不陷入形而上学片面性的重要表现之一。

刘勰在《文心雕龙·总术》篇中对掌握文术的重要性做过相当深入的、有见地的分析。他说:"是以执术驭篇,似善弈之穷数;弃术任心,如博塞之邀遇。"明确指出文学创作中"执术"与"弃术"是很不相同的。前者有如善于下围棋的人,胸中有全局,落子有规律,次序井然,稳操胜券。后者则如掷彩之睹徒,完全凭运气,是毫无把握的,即使侥幸一时中彩,心血来潮,写出一段好文章,亦不能持续下去,难以成完美之整篇。也就是说,善术与不善术,对一个作家来说是大不一样的。当然,善术之人也需要有创作热情和创作冲动,要有扎扎实实的生活内容,才能写出好作品;但是如果不善术或"弃术",那么即使有强烈的创作冲动,有丰富的思想感情和生活内容,也是无法写出好作品来的。打一个比方的话,善术之人好像一个做好了战略、战术的充分准备,并已全副武装好了的指战员一样,只要战斗命令下达,战火一点燃,马上可以冲上疆场,任意驰突。而不善术之人则好像懒散而无任何准备的官兵,仗已经打响了,还不知武器放在哪里呢!故而刘勰说:"若夫善弈之文,则术有恒数,按部整伍,以待情会;因时顺机,动不失正。数逢其极,机入其巧,则义味腾跃而生,辞气丛杂而至。视之则锦绘,听之则丝簧,味之则甘腴,佩之则芬芳,断章之功,于斯盛矣。"可见,是否重视写作技巧,讲究文术,对于创作的成败实是极为重要的大事。

然而,仅仅懂得文术之重要,显然是远远不够的,还必须懂得驾驭文术的要害所在。对于文术,历来的文人并不是完全废弃不讲,而都是重视它、讲究它的。问题在于仅仅注重某些具体的写作技巧,往往还只是抓住了枝叶而没有把握根本。刘勰讲究文术比别人高明之处在于:他强调了必须在统观全局的指导思想之下来具体考虑写作技巧,认为只有这样才

能使具体技巧达到各得其所的积极效果。他在《总术》篇的赞语中说:

> 文场笔苑,有术有门。务先大体,鉴必穷源。乘一总万,举要治繁。思无定契,理有恒存。

文学创作过程中,作家的构思是千变万化而"无定契"的,但是创作本身是有一定规律可循的,故"理有恒存"。一篇作品按照它内容表达的需要,必然有一个总的要求,必须先认识"大体",然后才能恰如其分地运用各种具体的文术。这样就可以做到"乘一总万,举要治繁",不至于因过分追求具体技巧而影响内容的充分表达,陷入形式主义泥坑。正是从这一点上也可以看出一个作家是否真正有高超才能。所以刘勰又指出:

> 夫不截盘根,无以验利器;不剖文奥,无以辨通才。才之能通,必资晓术。自非圆鉴区域,大判条例,岂能控引情源,制胜文苑哉?

这里刘勰所提出的"圆鉴区域,大判条例"两句话是至关重要的。然而对这两句话的解释,各家甚为不同。陆侃如、牟世金先生释"区域"为"各种体裁",周振甫先生释为"考察各种体势",我们觉得似乎都不很妥善。赵仲邑先生译此两句为:"对创作的领域有全面的观察,从大处判别文章的体例。"虽然接触到创作问题,但亦强调在判别体例,与上二家接近。我们认为刘勰在这里讲的并不是文体辨析问题,而是创作过程的驭术问题。"圆鉴区域,大判条例"指的是一篇著作写作中驭术的基本原则,也就是说,在运用各种文术的过程中,要懂得它们各自的不同功能与作用,要根据文章的"大体"来判别它们各自的位置,明确在什么地方需要用什么样的文术。这两句话的主旨是在说明创作中对文术要有总体的安排,诚如他在批评陆机《文赋》时指出的:"昔陆氏《文赋》,号为曲尽;然泛论纤悉,而实体未该。故知九变之贯匪穷,知言之选难备矣。"刘勰对陆机《文赋》的批评也许是重了一些,然而陆机《文赋》在这方面也确有弱点,他没有像刘勰那样突出地强调要在统观全局的思想指导下,有计划、有分寸地运用各种文术。这正是刘勰批评他"实体未该"之所在,刘勰批评了当时的文人"凡精虑造文,各竞新丽,多欲练辞,莫肯研术"。他们不懂得驾驭文术之要害在"务先大体",因此出现了种种偏向:"精者要约,匮者亦鲜;博者该赡,芜者亦繁;辩者昭晰,浅者亦露;奥者复隐,诡者亦曲。或义华而声悴,或理拙而文泽。"这都是由于创作中不能统观全局,常常注意了一方面又忽略了另一方面,均不识大体,以至于使"落落之玉,或乱乎石;碌碌之石,时似乎玉"。为此刘勰又说:"知夫调钟未易,张琴实难。伶人告和,不必尽窕槬之中;动用挥扇,何必穷初终之韵?"一个作家不可能学会所有各类文体作品的写作,恰如一个音乐家不一定要对所有乐器都会使用一样,但是他应当对自己所擅长的方面有比较全面的认识和了解,要能站得高、看得远。所谓"圆鉴区域,大判条例",正是针对这一要求而来的,着重说明作家对自己的创作要从大处着眼,这样具体的文术运用也就有了方向,也比较容易掌握分寸,不至于出现顾此失彼的弊端。

刘勰在论文的一系列篇章之中专列一篇《附会》,其中心就是讲在创作一篇作品时如何进行整体布局,全面安排,以便在这个基础上进一步运用各种具体的写作技巧。关于《附会》篇目的含义,刘勰在一开始就做了非常明确而具体的论述。他说:

> 何谓附会?谓总文理,统首尾,定与夺,合涯际,弥纶一篇,使杂而不越者也。若筑室之须基构,裁衣之待缝缉矣。

文学创作在开始进入具体写作之前,必须先有一个整体的布局,然后可以知道每一个部分应放在什么位置比较合适,而每一个具体部分的去取、详略也就有了进行剪裁的标准。部分只有纳入整体之中,才能知道它的地位与作用,以及如何使它与别的部分互相衔接,前后呼应,一气贯通,而没有缝合之痕迹。作家在创作前若全局在胸,方能落笔自如。诚如王元化先生在《文心雕龙创作论》中所指出的,刘勰在这里提出的"杂而不越"的思想,即是讲如何正确处理一和多的关系。要使各个部分均在总的整体统辖之下各得其所而不逾越其界限,亦即不因部分之不恰当而破坏了文学作品的整体之美。"杂而不越"的美学思想,王元化先生已经指出是出于《易经·系辞》:"其称名也,杂而不越。"韩康伯注云:"备物极变,故其名杂也。各得其序,不相逾越。"说明刘勰在艺术结构上的美学观点,是与《易经》特别是《系辞》中的思想有直接联系的。我们非常同意王元化先生的观点,同时我们想补充指出的是,刘勰这种重视整体、以整体统率各个部分的思想,也是与老庄及玄学的本体论思想有密切关系的。刘勰在《总术》和《附会》两篇中讲到整体与部分关系,在强调要统观全局的时候,都一再讲到老子关于"三十辐共一毂"的问题。在《附会》篇中他说:

> 是以驷牡异力,而六辔如琴;并驾齐驱,而一毂统辐:驭文之法,有似于此。去留随心,修短在手;齐其步骤,总辔而已。

又在《总术》篇中说:

> 夫骥足虽骏,缳牵忌长,以万分一累,且废千里。况文体多术,共相弥纶,一物携贰,莫不解体。所以列在一篇,备总情变;譬三十之辐,共成一毂,虽未足观,亦鄙夫之见也。

老子所说的"三十辐共一毂"的观点,其目的在于说明"无"和"有"的关系,亦即以"无"统"有"的关系,强调"有"皆以"无"为本也。所谓"无"和"有"的关系,就老庄哲学来说是指本体论,即是一本和万物的关系,"一"和"万"之关系,万有皆出于一本。这种思想至玄学而得到大发展,王弼注《老子》说:"万物万形,其归一也。何由致一?由于无也。由无乃一,一可谓无。"(四十二章注)又云:"一,数之始而物之极也。各是一物之生所以为主也。物皆各得此一以成,既成而舍一以居成,居成则失其母。"(三十九章注)这种一和多的关系,实际上即是指一般和个别的关系。用它来分析整体和部分的关系,则整体是一,而部分是多。宇宙如此,文章之道实亦如此。文学创作有了整体全局的考虑,就像房子已经竖起基本间架,其他一切具体建筑工艺均可有条不紊地逐一展开。

刘勰认为附会之术的关键就在于如何使文学创作的总体布局合理适宜,所以"弃偏善之巧,学具美之绩"乃是"命篇之经略"。刘勰在这里所提出的"偏善"和"具美"的关系是一个十分重要的美学思想。反对"偏善",要求做到"具美",这和老庄的美学思想也有密切的关系。庄子的美学思想就很突出地表现了提倡"全"之美、反对"偏"之美的主张。"大音希声,大象无形。"这就是一种"全"之美。《庄子·齐物论》云:"有成与亏,故昭氏之鼓琴也;无成与亏,故昭氏之不鼓琴也。"郭象注云:"夫声不可胜举也,故吹管操弦,虽有繁手,遗声多矣。而执籥鸣弦者,欲以彰声也。彰声而声遗,不彰声而声全。故欲成而亏之者,昭文之鼓琴也;不成而无亏者,昭文之不鼓琴也。"这就是追求"全"的音乐美,而反对"偏"的音乐美。不过庄子是从天然和人为对立的角度提出问题的,他认为人为之美做得再好也总是有局限性的,不如天然之美更完全。后来汉代的《淮南子》一书从庄子这种观点出发,提出了绘画上的"谨毛而失貌"的问题,其《说林训》一篇中说:"画者谨毛而失貌,射者仪小而遗大。"高诱注云:"谨悉微毛,留意于小,则失其大貌;仪望小处而射之,故耐中。事各有宜。"高诱这里对后一句的注释是错误的,不符合原文之意。原文的意思是射者只注意小目标则会失去大目标。刘勰在《附会》篇中引用此典故时,对原文两句的理解都是符合原意的。他说:"夫画者谨发而易貌,射者仪毫而失墙;锐精细巧,必疏体统。"只考虑"偏善之巧",必然会丧失"具美之绩"。正如画人物只考虑毛发形似,必然会失去人物的整个神态而不能画得传神,为了要使文学作品有"具美之绩",应当重视和研究整体布局,学会"附会"之术。他说:

> 凡大体文章,类多枝派;整派者依源,理枝者循干,是以附辞会义,务总纲领,驱万涂于同归,贞百虑于一致,使众理虽繁,而无倒置之乖,群言虽多,而无棼丝之乱。扶阳而出条,顺阴而藏迹,首尾周密,表里一体,此附会之术也。

从这一段论述中,我们可以看出刘勰之所以如此强调文章的总体设计,是和他重视内容的主导作用、形式要为内容服务的基本观点密切联系着的。这个总体设计首先要考虑到如何为体现内容的需要而进行布局。所以"附会"者并不只是形式问题,而关键是形式如何与内容紧密配合的问题,是"附辞会义",如何使辞与义协调统一的问题。"附会"的目的是"总文理",而不是离开内容去考虑表现技巧。刘勰提出的标准是:"夫才量学文,宜正体制,必以情志为神明,事义为骨髓,辞采为肌肤,宫商为声气。"整体布局的内容就包括这么几个方面。所以我们看到刘勰在《附会》篇中所说的讲究"附会"而使文章面目一新的例子中,可以看出"附会"绝不仅仅是技巧问题。其云:

> 昔张汤拟奏而再却,虞松草表而屡谴,并事理之不明,而词旨之失调也。及兒宽更草,钟会易字,而汉武叹奇,晋景称善者,乃理得而事明,心敏而辞当也。以此而观,则知附会巧拙,相去远哉。

"附会"之要义乃在如何通过文辞妥善安排而使事理明晰,这是刘勰所指出的总体设计、谋篇布局的基本出发点。文学创作有了合适的总体设计,谋篇布局的大方向定下来之后,进入了具体写作,接着就要碰到剪裁的问题。要按照已安排好的艺术结构的需要,对已掌握的具体材料和内容加以适当的剪裁,这也是不容易做好的。剪裁是为了更好地实现总体布局的设想。刘勰《文心雕龙》中的《镕裁》一篇,主要是讲这方面问题的。"镕裁"的含义,刘勰自己的解释是:"规范本体谓之镕,剪截浮辞谓之裁。"所谓"规范本体"者,实际上即是说要在文意的安排上删去烦琐、重复以及于全篇无关紧要的那些部分,而把主要之点、有利于主题思想鲜明突出的部分摆在最紧要的地位。所谓"剪截浮辞"者,是要从文辞上加以修饰,使之精练明白、生动流畅。"镕裁"也是包括了意和辞两方面的。刘勰说:"立本有体,意或偏长;趋时无方,辞或繁杂。蹊要所司,职在镕裁;櫽括情理,矫揉文采也。""櫽括情理",即指"镕"也;"矫揉文采",则指"裁"也。

"镕"的目的是要"规范本体",而如何才能"规范本体"呢?刘勰提出了著名的"三准论"。他说:

> 凡思绪初发,辞采苦杂,心非权衡,势必轻重。是以草创鸿笔,先标三准:履端于始,则设情以位体;举正于中,则酌事以取类;归余于终,则撮辞以举要。

刘勰这个"三准论"的核心是要使情、事、辞三者达到和谐的统一。"设情以位体"是强调文体结构的安排应当符合于表达思想感情的需要,应当服从于一定的主题思想的要求。"酌事以取类"是说要选择适合于表达思想感情的具体生活内容来加以描写,使作品的题材能够与作家所要说明的主题思想相统一。如果"情"与"事"不相类,主题思想和题材不协调,那是肯定写不出好作品来的。"撮辞以举要"是说"情"和"事"确定之后,应当用合适的文辞确切地表达出来。如果能够严格地遵循"三准论",那么就可以做到"芜秽不生""纲领昭畅"。"三准"既定,然后就可以进行更加深入细致的推敲、斟酌,"舒华布实,献替节文",否则,"三准"未立,"术不素定",任意写作,那么必然会产生"异端丛至,骈赘必多"的弊病。文章的"三准"能定,那么大的方面已经没有问题,随后就要注意字句的精练。有时两句要敷写成一章,有时一章要压缩为两句,这些就要按照"三准"的已定原则来具体地加以处理。在这方面也是很有讲究的。善于敷写的作者,文辞各殊而含义更为鲜明;善于删削的作者,字句虽已剔去,而意思仍然留在篇中,并不因字句之删除而使意义单调薄弱。但是才能不高的人也可能由于敷写而变得重复拖沓,或由于删削而使意义短缺。刘勰的"镕裁"说很明显是受了陆机《文赋》的影响,并在陆机《文赋》有关剪裁论述的基础上做了进一步发展的结果。《文赋》指出,在创作构思完成之后,要"选义按部,考辞就班",使"抱景者咸叩,怀响者毕弹"。在论文术的第一条中又说:"或仰逼于先条,或俯侵于后章。或辞害而理比,或言顺而义妨。离之则双美,合之则两伤。考殿最于锱铢,定去留于毫芒。苟铨衡之所裁,固应绳其必当。"不过,《文赋》对剪裁的论述多少还有点刘勰所说的"巧而碎乱"的毛病(见《序志》篇),没有刘勰那样的完整性和系统性。

文学创作的布局、结构、剪裁是写作的基本功,但仅仅这样还不一定能使文章很美,从文辞表达方面来说,尚需做很多的修饰,运用各种不同的艺术表现手段,其中比较重要的是艺术描写中的比喻和夸张问题。刘勰在《文心雕龙》的《比兴》和《夸饰》两篇中曾集中地研究了这两种艺术表现手法的基本特点。比兴是我国古代诗歌创作的基本表现方法,它本是从《诗经》的创作经验中归纳出来的,但是历代对比兴的解释是存在分歧的。在汉代就有先郑(郑众)与后郑(郑玄)的不同解释。郑众是从诗歌艺术表现方法上来解释比兴的含义的。他说:"比者,比方于物。""兴者,托事于物。"但是郑玄的解释则不同,他是把艺术表现方法和思想内容混淆在一起来解释比兴的,而实际上更重思想内容的褒贬倾向,因此把比兴当作了美刺的代名词。他说:"比,见今之失,不敢斥言,取比类以言之。兴,见今之美,嫌于媚谀,取善事以喻劝之。"这是受儒家思想影响,过分强调政教的作用而抹杀了艺术本身独立性的一种表现,实际上是在政治和艺术的关系上片面突出政治而否定艺术所导致的必然结果。后来唐代的孔颖达就一针见血地指出其荒谬实质。他说:"其实美刺俱有比兴者。"(见《毛诗正义》)美刺和比兴之间并无必然联系。不过,由于儒家思想定于一尊的地位,郑玄这种说法在社会上有相当大的影响,这是应当充分估计到的。六朝时期由于儒家思想的衰落,对比兴的解释比较复杂,并不都符合郑玄的解释。刘勰对比兴的解释虽然不免还有郑玄影响之若干残余,但他显然更侧重从艺术表现方法的角度来解释,对以郑玄为代表的传统解释有所突破。他在《比兴》篇中尽管也讲到"比则畜愤以斥言,兴则环譬以托讽",但同时指出:"盖随时之义不一,故诗人之志有二也。"没有再强调比兴即美刺了。而他对比兴解释的主要方面,是作为艺术表现手法来看待的。

刘勰对比兴解释的新贡献主要有三个方面。第一,他从艺术表现的不同特点上指出了比、兴的区别。他说:

> 诗文弘奥,包韫六义,毛公述传,独标兴体。岂不以"风"通而"赋"同,"比"显而"兴"隐哉?故"比"者,附也;"兴"者,起也。附理者,切类以指事;起情者,依微以拟议。起情,故"兴"体以立;附理,故"比"例以生。

"比"和"兴"严格地说都是一种比喻,不过"比"是较为明显的比喻,"兴"是较为隐蔽的比喻,即一是明喻,一是暗喻。"比"的特点是直接比附于物,"切类以指事",所以一看就很容易明白;"兴"的特点是引起人们的一种联想,"依微以拟议",带有很强烈的暗示与象征意味。这样,刘勰就把比、兴这两种艺术表现方法的同与异、联系与区别分析得很清楚了。后来孔颖达在《毛诗正义》中所讲的"比显而兴隐"的特点,正是从刘勰那里继承过来的。第二,刘勰在解释比兴的过程中更进一步突出了"兴"的作用。这一点从上述引文中也可以看出来,他提出了"毛公述传,独标兴体"的问题。他对汉代辞赋发展过程中"比"的方法运用繁多而"兴"的方法日渐消亡的情况非常不满意。他说:"若斯之类,辞赋所先,日用乎比,月忘乎兴,习小而弃大,所以文谢于周人也。"刘勰认为"比"是一种"小"的方法,即是一种简单的方法;而"兴"则是一种"大"的方法,即是比较复杂的方法。在文学创作中,"兴"常常是作为一种艺术形象的整体比喻而出现的,如"关关雎鸠,在河之洲"是一个完整的形象描写,它蕴涵的意义是十分丰富的。又如"孔雀东南飞,五里一徘徊",象征着刘兰芝十分复杂而矛盾的心理。"比"的方法往往主要是指修辞上的比喻,例如刘勰所举的:"金锡以喻明德,珪璋以譬秀民,螟蛉以类教诲,蜩螗以写号呼,浣衣以拟心忧,席卷以方志固。"这种"比"的方法在任何文章中都可以用,而"兴"则在纯文学的形象描写上为多。"兴"的方法具有一定的文学创作之典型概括意义,即所谓"称名也小,取类也大"的特征。所以,在刘勰看来《诗经》《楚辞》皆以"兴"义为主,比、兴结合,故而成为优秀作品,而汉赋仅靠类比堆砌,很少用"兴",所以成就不高。他说:"楚襄信谗,而三闾忠烈,依《诗》制《骚》,讽兼比兴。炎汉虽盛,而辞人夸毗,《诗》刺道丧,故'兴'义销亡。于是赋颂先鸣,故'比'体云构,纷纭杂沓,信旧章矣。"刘勰在论述比兴过程中特别重视"兴"的意义与作用,这对后来的影响是比较深远的。后来不少文艺家把"兴"作为艺术创作的重要特征来对待,是和刘勰这种观点分不开的。第三,刘勰对比兴的论述能够联系艺术的形象思维特征来解释,这是他的一个重大贡献。他在《比兴》篇的赞语中说:"诗人比兴,触物圆览,物虽胡越,合则肝胆,拟容取心,断辞必敢。攒杂咏歌,如川之涣。"刘勰在这里提出了两个重要的命题,一是"触物圆览",二是"拟容取心"。前者说明比兴的产生源于作家对客观事物的全面观察与研究,后者则说明比兴的本质乃在于通过对现实生活状况的描写以寄托作家的思想感情,这就把文学创作过程中的形象思维特征和作为艺术表现手法的比兴紧密地结合了起来。这一点对后代产生了十分重大的影响。自刘勰之后,对比兴的解释大致可以分为两大派:一派是经学家的解释,他们大部分是沿袭郑玄的解释的,把比兴和美刺联系在一起,其中比较好一些的则侧重采用郑众的解释;一派是文艺家的解释,他们是把比兴和艺术创作的形象思维特征联系起来讲的。例如与刘勰同时的钟嵘在《诗品序》中就把传统的赋、比、兴次序改为兴、比、赋,更加突出了"兴"的地位,并认为"兴"的特点就是"言有尽而意无穷"。唐代的皎然对比兴的解释也是从形象思维的角度来立论的,故云:"取象曰比,取义曰兴,义即象下之意。"(《诗式》)刘勰虽然在比兴之中更重视"兴",但对"比"的研究分析也相当细致。他在《比兴》篇中对"比"的表现及其特征的论述很多,这与自辞赋盛行以来,"比"的广泛运用的实际状况有关。刘勰总结了这方面的艺术经验,指出"比"的类别已经非常之多:"比喻于声,或方于貌,或拟于心,或譬于事。"还有"以物比理""以声比心""以响比辩""以容比物"等不同方法。但是,"比类虽繁,以切至为贵;若刻鹄类鹜,则无所取焉"。这就把"比"的要害一下子概括出来了。在当时以诗、赋为主要文学形式的时代,比兴应当说是最主要的艺术表现方法。

  与比兴手法有密切关系的是艺术的夸张描写,它往往也是通过比喻的方式来表现的。文学创作必然要有艺术的夸张,因此刘勰对艺术夸张问题的论述也是非常值得我们重视的。刘勰在《夸饰》篇中充分肯定了艺术夸张,并且给以高度的赞扬,这是一种确有见地的艺术家眼光。对他有关夸张的论述,必须放到当时文艺思想的历史发展中去认识。自汉代儒家定于一尊的地位确立以来,不少儒家文艺家对浪漫主义采取一种否定态度,而艺术夸张在浪漫主义文学中是尤为突出的。对浪漫主义的否定也就包括了对艺术夸张的贬斥,这在班固对屈原作品的批评中可以看得很清楚。他说《离骚》"多称昆仑冥婚宓妃虚无之语,皆非法度之政,经义所载"。后来东汉时期,王充从古文学派立场反对谶纬神学迷信思想,提倡真实,反对虚伪。在其著名的"三增"三篇中,除了肯定经书中的夸张描写之外,对其他文章著作中的夸张描写一概持否定态度。当然,王充对文学的夸张描写也不是一点认识都没有,他曾在《艺增》一篇中肯定了《诗经》等经书中的夸张描写,如说《小雅·鹤鸣》中之"鹤鸣于九皋,声闻于天","以喻君子修德穷僻,名犹达于朝廷也","欲以喻事,故增而甚之"。

又说《大雅·云汉》中之"周余黎民,靡有孑遗",是"诗人伤旱之甚,民被其害,言无有孑遗一人不愁痛者"。这种夸张的目的是"欲言旱甚也"。所谓"增过其实,皆有事为,不妄乱误,以少为多也"。但是王充并没有把这些有价值的正确看法作为一种普遍原则来对待,而只把它局限在经书之内。对待经书以外的各种文章著作中的此类夸张描写,他采取了一概否定的态度,用"增过其实"一语全部加以否定。这种相互矛盾状况的出现,我们应该看到是有其内在深刻原因的,是和王充的整个学术思想特点联系着的。王充反对神学迷信,批判谶纬之学,提倡科学,反对虚妄,这是他思想中具有极大光芒的重要方面。但是由于他所说的是整个学术思想方面的问题,而不是专论文艺,因此他所提倡的仍是科学的真实,而非艺术的真实。而且纬书、图谶中的虚妄不实现象又是非常之严重的,所以王充这样的主张也是完全可以理解的。然而他这种过于偏激而缺乏具体分析的论述,对后来文艺创作思想方面的不良影响也是相当明显的。左思在《三都赋序》中就按照王充这种以科学的真实来要求文艺真实的思想,对汉赋中的一些浪漫主义的夸张描写提出了批评。他强调文学描写要完全符合事实,要"稽之地图""验之方志",而认为司马相如、扬雄、班固、张衡等的赋中有些描写是"考之果木,则生非其壤;校之神物,则出非其所",其实这是不恰当的。这显然是一种对艺术创作发展很不利的文艺创作思想。

刘勰的《夸饰》篇正是在这样一种文艺思想发展状况下来写的。毫无疑问,刘勰是看到并研究了王充和左思的有关论著的,因为他在《夸饰》篇中对王充、左思论到的内容都发表了自己的看法。但是刘勰的可贵之处正是他不简单地肯定或否定,而能够对他们的论述做历史的具体的分析,发扬其长处,克服其短处,从文艺创作的特点出发,对夸张问题做出了相当正确的深入的论述。刘勰首先充分肯定了夸张的必要性,指出了它是文学创作中普遍存在而且是不可或缺的基本艺术表现方法之一。他说:

> 夫形而上者谓之道,形而下者谓之器。神道难摹,精言不能追其极;形器易写,壮辞可得喻其真;才非短长,理自难易耳。故自天地以

降,豫入声貌,文辞所被,夸饰恒存。

刘勰进一步发展了王充关于为什么要有夸张描写的正确见解,从哲学本体论的高度说明了"文辞所被,夸饰恒存"的道理。"壮辞可得喻其真",夸张是为了更好地阐明事物的真相,而不是歪曲事物的本来面目。只要有文学创作,就一定会有夸张。即使像《诗经》《尚书》这样"风格训世"的经典文献也有"事必宜广,文亦过焉"的许多描写,例如"言峻则嵩高极天,论狭则河不容舠,说多则'子孙千亿',称少则'民靡孑遗';襄陵举滔天之目,倒戈立漂杵之论"。这里大半吸取了王充《论衡·艺增》篇中的例子,刘勰认为这些描写"辞虽已甚,其义无害也"。他进而指出,夸张描写的重要目的之一,是深入说明作者对所描写事物的褒贬态度,表达作者的思想倾向和感情色彩。故云:"且夫鸮音之丑,岂有泮林而变好?荼味之苦,宁以周原而成饴?并意深褒赞,故义成矫饰。"刘勰认为对文学创作中的这种夸张描写不能拘泥于字面,而必须按照孟子说的"不以文害辞,不以辞害意"的方法去加以领会。

对于经书以外各类作品中的夸张,刘勰没有采取王充那种一笔抹杀、全部否定的态度,既不以经书为局限,也不像左思那样以地图、方志为标准,而是把夸张作为一切著作普遍存在的表现方法来看待。不过刘勰认为夸张的描写应当有一定的限度,不可过分,否则反而起不到应有的作用。因此他对汉代辞赋中有些过分夸张而不合事理的描写也是有所批评的。他说:

自宋玉、景差,夸饰始盛。相如凭风,诡滥愈甚。故卜林之馆,奔星与宛虹入轩;从禽之盛,飞廉与鹪鹩俱获。及扬雄《甘泉》,酌其余波;语瑰奇,则假珍于玉树;言峻极,则颠坠于鬼神。至《东都》之比目,《西京》之海若,验理则理无可验,穷饰则饰犹未穷矣。又子云《羽猎》,鞭宓妃以饷屈原;张衡《羽猎》,困玄冥于朔野。变彼洛神,既非罔两,惟此水师,亦非魑魅;而虚用滥形,不其疏乎?此欲夸其威而饰其事,义睽刺也。

刘勰在这里并不是完全否定这些描写,而是着重指出这些描写于情理上有失实之嫌,使人不易相信,作者之目的虽然是欲"夸其威而饰其事",而结果却是"义暌剌也"。刘勰这种批评,其出发点是与左思有所不同的,并非从"生非其壤""出非其所"的角度来加以否定,而是从夸张过分而丧失现实基础的角度来说的。不过这里也反映了刘勰对浪漫主义的艺术特征的认识还是不够的。因为司马相如、扬雄、班固、张衡的这些描写,从艺术上说,应该说本是无可非议的。特别是从浪漫主义的想象夸张上说,还是相当精彩的。这种弱点是与刘勰在《辨骚》篇中对"异乎经典"的"四事"的分析上所表现出来的思想矛盾是一致的。出现这种情况的根本原因是刘勰还受儒家"子不语:怪、力、乱、神"的影响,从而对神话传说抱怀疑态度。但是刘勰虽然对这些具体作品的批评上有欠妥之处,他所要说明的原则却还是有道理的。刘勰的主要目的是强调夸张描写虽然是必要的,然而也必须适度,不能任意渲染,必须做到"夸而有节,饰而不诬",要使人感到合乎情理,恰到好处。他说:"然饰穷其要,则心声锋起;夸过其理,则名实两乖。"既然是一种夸张,就自然不能要求它和实际完全一致;但是夸张又不能太过分,以致违背人们心理承受的限度。夸张在人们情理所许可的范围内,就能起到"心声锋起"的积极作用,使人们感到更真实,体会得更深刻;夸张超出了人们情理所许可的范围,就会起到相反的效果,使人感到虚假、不真实。因此,正确地运用夸饰的方法,就可以收到非常好的艺术效果。刘勰说:

> 至如气貌山海,体势宫殿,嵯峨揭业,熠耀焜煌之状,光采炜炜而欲然,声貌岌岌其将动矣。莫不因夸以成状,沿饰而得奇也。于是后进之才,奖气挟声,轩翥而欲奋飞,腾掷而羞蹐步。辞入炜烨,春藻不能程其艳;言在萎绝,寒谷未足成其凋;谈欢则字与笑并,论戚则声共泣偕;信可以发蕴而飞滞,披瞽而骇聋矣。

刘勰在这里对夸张的作用给予了极高的评价,说明正确的夸张描写可以使作品更加感动人,使人感到振奋,从而收到更高的艺术效果。这样,刘勰在艺术夸张的问题上,既发扬了王充的积极主张,同时又克服了王充的一些片面的、消极的、错误的方面,这对艺术创作的发展无疑是具有巨大的积极作用的。

第七节 《文心雕龙》的文术论(下)
——论文学的写作技巧:声律、对偶、用典及其他

刘勰的文术论还有很重要的一方面是关于声律、对偶、用典等问题的论述。这些是六朝时期文学创作上十分流行,又为大家所普遍重视的问题,也是这一时期强调艺术形式美很突出的表现。刘勰在《文心雕龙》中以《声律》《丽辞》《事类》几篇为中心,总结了当时文学创作实践中的丰富经验,从理论上对这些问题做了深入、系统的分析和论述。这里也很鲜明地体现了刘勰《文心雕龙》的一个重要特点:理论和实践的紧密结合。这对我们今天的文学理论工作者也是有重要启发意义的,说明一个文学理论工作者必须密切地注视当前的创作实践中提出的问题,从理论上及时地加以总结和提高,使之反过来指导创作实践,促进它的健康发展。

文学是语言的艺术。文学作品,尤其是诗歌,怎样使它具有语音上的和美,是我国古代所着重研究的艺术形式美的一个重要问题。声律说的主要内容就是研究和探讨这方面的内在规律。我国是一个诗的国家,诗歌(包括骚、赋、词、曲)是我国唐宋以前的主要文学形式,声律是我国古代诗歌格律的基本内容之一。声律说的盛行是在齐梁之际,然而自觉地从理论上注意到语音的和美并不始于南朝,而是要更早。《西京杂记》中记载,司马相如论赋的创作曾讲到"一宫一商"的问题。当然,研究者对《西京杂记》的记载是否可靠是有怀疑的,但是我国古代以诗配乐是有悠久的历史传统的,诗歌既然要吟唱,就自然会注意到它的语音和美问题。所以司马相如论及这个问题也是不奇怪的。更何况诗歌的押韵是在原始歌谣中就已经有了的。到了魏晋时期,诗歌语音和美的问题被当时的文学家明确地提了出来。据刘勰《文心雕龙·章句》篇云:"魏武论赋,嫌于积韵,而善于贸代。"曹操所论目前已不可考,从刘勰的引用来看,曹操是主张押韵要富于变化而不要一韵到底的。注意语言的音韵美,大约也是和汉语的音韵学发展有关系的。魏代李登著《声类》,以宫、商、角、徵、羽区别字音,孙炎有《尔雅音义》以反切法注音,晋代吕静仿李登《声类》作《韵

集》,这些著作后来虽已亡佚,但在当时却对音韵学发展做出了贡献,也为声律理论的发展提供了客观基础。特别值得注意的是陆机《文赋》中提出的"暨音声之迭代,若五色之相宣",明确提出要利用语音的抑扬顿挫构成作品音节上的和谐美,这实际上已经为后来声律说理论奠定了美学思想基础,也给刘勰的声律理论以重要启示。

声律说的形成在南齐永明年间。郭绍虞先生早已正确地指出,我国文学史上的永明体的特点就是讲究声律。刘勰虽然不是声律派的成员(当时他还很年轻,也没有地位),但是他后来在《文心雕龙》中对声律理论的论述,其见解之理论深度,实质上是比沈约等人都要高出一筹的。为了说明这一点,我们需要对以沈约为首的声律派理论和刘勰的声律论做一番比较的研究。声律派的主要贡献是发现汉语声调上的四声差别,并把它运用到诗文语言音乐美上来,使文学创作上的声律美建立在一个客观的科学的基础之上,这确实是具有重大意义的。《南史·陆厥传》云:

> (永明末)盛为文章。吴兴沈约、陈郡谢朓、琅琊王融以气类相推毂,汝南周颙善识声韵,约等文皆用宫商,将平上去入四声,以此制韵,有平头、上尾、蜂腰、鹤膝;五字之中,音韵悉异,两句之内,角徵不同,不可增减,世呼为永明体。

声律派的创作在当时造成了很大的声势和影响,因为沈约"以为在昔词人,累千载而不悟,而独得胸衿,穷其妙旨,自谓入神之作"(《南史·沈约传》)。又由于沈约等人社会地位很高,所以大家也都争相仿作。"至是转拘声韵,弥为丽靡,复逾往时。"(《南史·庾肩吾传》)恰如《文镜秘府论》所说:"盛谈四声,争吐病犯,黄卷溢箧,缃帙满车。"关于声律说的美学原理,沈约在其《宋书·谢灵运传论》中曾有所述,他说:

> 夫五色相宣,八音协畅,由乎玄黄律吕,各适物宜,欲使宫羽相变,低昂互节,若前有浮声,则后须切响。一简之内,音韵尽殊;两句之中,轻重悉异。妙达此旨,始可言文。

所谓"浮声"即指平声,所谓"切响"即指仄声。讲究声律之目的,即是要使诗歌语言在语音上做到平仄相间而构成和韵之美。所谓"八病",即平头、上尾、蜂腰、鹤膝、大韵、小韵、旁纽、正纽,就是经常易犯的几种影响和韵之美的弊病。沈约等人之感到自傲的,是前人虽也懂得要做到语音的抑扬迭代,但不能自觉地掌握其规律,所谓"高言妙句,音韵天成,皆暗与理合,匪由思至"。而他们则能自觉地运用四声,掌握语音抑扬迭代规律。可是他们又走向了另一极端,对平仄的运用规定得过于细碎而流于烦琐,其流弊是常常拘限声病,反丧失了自然流畅之美。诚如钟嵘在《诗品序》中批评的那样:"于是士流景慕,务为精密,襞积细微,专相陵架。故使文多拘忌,伤其真美。"使文学创作又陷入一条狭窄的死胡同。钟嵘对声律派的批评是正确的,然而也有片面性,他没有充分肯定他们的积极贡献,一棍子打死,这是不合适的。

在这场争论中,刘勰的主张是比较妥善的,没有争论双方的片面性。刘勰既不陷入烦琐的声病规范之中,也不简单地否定声律派理论,而是深入地探讨了声律说的美学原理,并联系我国古代美学思想,对它做了理论上的概括。首先,刘勰指出,作为语言艺术的文学作品,客观上存在一个语言的音韵美问题。他说:

> 夫音律所始,本于人声者也,声含宫商,肇自血气,先王因之,以制乐歌。故知器写人声,声非学器者也。故言语者,文章神明枢机,吐纳律吕,唇吻而已。

文学是以语言作为工具来体现的,语言是由人的声音来表示的,因此文学作品必然存在一个语言音韵美的问题。文学和音乐都和"人声"有不可分割的关系,都要求声音的和谐。声音有高有低,有轻有重,我国古代很早就讲到宫、商、角、徵、羽五声的不同,当然音乐上的五声和文学作品的语言音韵美是两回事,用五声来讲语言的音韵美也只是一种比喻的说法。但不管是音乐美还是语言的音韵美,都要求和谐,这是一致的。一般来说,音乐的和谐与否,人们是比较容易发现并加以调节的,而语言的音韵美、文学作品的声律和谐,就较难求得协调,因为它不是操纵乐器可以解

决的,而要求之于内心发出的语言。刘勰说:

> 今操琴不调,必知改张;摛文乖张,而不识所调。响在彼弦,乃得克谐,声萌我心,更失和律,其故何哉?良由内听难为聪,外听易为察也。故外听之易,弦以手定;内听之难,声与心纷,可以数求,难以辞逐。

刘勰认为文学创作上追求声律之美的本质,是和音乐一样为了求得和谐之美,为此他论声律的重点也就在探讨语言音韵上的这种和谐之美的特点。所以他不陷入琐碎的四声八病争执之中,他明确地提出了讲究声律的关键在于如何做到"和"与"韵"。他说:

> 凡声有飞沉,响有双叠,双声隔字而每舛,叠韵杂句而必睽;沉则响发而断,飞则声扬不还,并辘轳交往,逆鳞相比,迕(按,当为"迕")其际会,则往蹇来连,其为疾病,亦文家之吃也。

这里刘勰讲的实际上即是当时声律派的主要理论内容。所谓"声有飞沉"者,即平声和仄声也。平声飞而"声扬不还",仄声沉且"响发而断"。所谓"双声隔字而每舛",即八病中之"旁纽";所谓"叠韵杂句而必睽",即八病之"大韵"。刘勰提出的"辘轳交往,逆鳞相比",正是要求做到"低昂互节","前有浮声,则后须切响"也。但是刘勰只是讲一个基本原则,并不像沈约那样讲得又死板又机械。刘勰的目的是要做到"声转于吻,玲玲如振玉;辞靡于耳,累累如贯珠矣"。为此,他说道:

> 是以声画妍蚩,寄在吟咏,吟咏流于字句,气力穷于和、韵:异音相从谓之和,同声相应谓之韵。韵气一定,则余声易遣;和体抑扬,故遗响难契。属笔易巧,选和至难;缀文难精,而作韵甚易。

诗歌语言音韵相同的声韵互相呼应,称为"同声相应",比如押韵、双声叠韵,都可以看作是一种"同声相应"的"韵"之美。然而仅有这种相同音韵之间的呼应还是比较单调的,语言音韵美更重要的方面还是在于不同声音之间的谐和配合,这就是刘勰所说的"异音相从"之"和"。这样就能构成抑扬顿挫的节奏,从而形成摇曳多姿的声律之美。"韵"与"和"相比,要达到"和"是比较困难的、不容易的,因而也是讲究声律的主要内容。而"韵"是比较容易做到的、不困难的。怎样使"飞"与"沉"相配合而达到"和",这是颇费斟酌的,其规律亦不好掌握。刘勰指出这一点是非常深刻而精辟的。

刘勰在声律理论上提出"和"与"韵"的美学原理,并不是偶然的,而是与我国传统的美学思想发展有密切关系的。刘勰在声律问题上所提出的"和"与"韵"的美学原则,实际上就是我国传统所讲的"和"与"同"之美。早在孔子之前,我国古代的美学理论就已经提出了"和"与"同"的概念,并对这两种美做了比较分析。"同声相应"的"韵"之美比较容易做到,所以在艺术的起源时期,人们已经不自觉地在运用了。比如《淮南子·道应训》记载:"今夫举大木者,前呼'邪许',后亦应之,此举重劝力之歌也。"说明"同声相应"本源于劳动。例如《吴越春秋》所载《弹歌》或传为黄帝时歌谣,这虽无根据,但很可能是首原始猎歌。其云:"断竹,续竹,飞土,逐宍(古'肉'字)。"就已经是押韵的了。讲究"和"之美要晚一些,但是我国古代显然是认为"和"之美比"同"之美更有价值,更为重要。比如《国语·郑语》记载,史伯就曾提出了"和实生物,同则不继"的命题。他认为宇宙万物都是由不同的因素结合才构成的,如果都是相同的因素,就无法产生众多的百物。"声一无听,物一无文,味一无果,物一不讲。"因此,艺术的美不在其重复共同的方面,而在其各种不同的方面如何和谐地配合好。《左传》昭公二十年晏子对齐侯说:政治上也要听取不同的意见,不能只听相同的意见。"君所谓可而有否焉,臣献其否以成其可。君所谓否而有可焉,臣献其可以去其否。是以政平而不干,民无争心。"这也是"和"比"同"重要的表现,这个原理也可用于艺术,音乐也要"清浊、大小、短长、疾徐、哀乐、刚柔、迟速、高下、出入、周疏,以相济也"。这种关于"和"与"同"的美学观影响很大,后来陆机在《文赋》中提出应、和、悲、雅、艳的要求,其中的"应"即是"同","和"即是史伯等人所讲的"和"。刘勰在《文心雕龙》中提出"和"与"韵"的问题,正是对我国古代

"和"与"同"的美学思想的继承与发展。有的研究者说,刘勰《文心雕龙》之所以受到沈约的喜爱赏识,可能就是因为他的《声律》篇使之感到钦佩,这也许不是毫无道理的。

关于对偶的问题,刘勰也做了十分重要的理论总结。对偶是我国古代文学特有的重要艺术表现手段,这是和汉语本身的特点有密切关系的。六朝的骈文和后来的近体诗是运用对偶的最突出代表,但是对偶并不只是在骈文中才开始运用,而是我国古代文学创作中很早就有了的。对偶主要是讲究语言修辞上的对称之美,运用得好,可使诗文读起来朗朗上口,十分流畅,而且于意义的表达来说,也可以反复从不同角度深入,使读者感到十分充实。为此刘勰对于对偶的方法也是充分肯定的。他指出了对偶的运用在我国有源远流长的历史。他在《丽辞》篇中说:

> 唐虞之世,辞未极文,而《皋陶赞》云:"罪疑惟轻,功疑惟重。"益陈谟云:"满招损,谦受益。"岂营丽辞,率然对尔。易之文系,圣人之妙思也。序乾四德,则句句相衔;龙虎类感,则字字相俪;乾坤易简,则宛转相承;日月往来,则隔行悬合:虽句字或殊,而偶意一也。至于诗人偶章,大夫联辞,奇偶适变,不劳经营。自扬马张蔡,崇盛丽辞,如宋画吴冶,刻形镂法,丽句与深采并流,偶意共逸韵俱发。至魏晋群才,析句弥密,联字合趣,剖毫析厘。然契机者入巧,浮假者无功。

在这一大段分析中,刘勰指出了对偶的运用有一个由不自觉到自觉的发展过程。先秦时期,无论是散文还是诗歌都有自然的对偶表现。唐虞三代,圣人文章中的对偶,都是"率然对尔",不是自觉地讲究对偶的。《周易》中或"字字相俪",或"隔行悬合",已经有多种形式。不过刘勰这里所说"隔行悬合"引的是《系辞》的例子,而《系辞》的写作时代实际很晚了,大约是战国的中后期。刘勰所说仍本传统说法,谓孔子作"十翼"也(此可参见《原道》篇)。刘勰又指出,到了《诗经》和《左传》也还是一种自然的对偶,所谓"奇偶适变,不劳经营"也。刘勰认为,到了汉代的辞赋作家才开始比较自觉地运用对偶,而且也特别盛行对偶,对偶的广泛应用也为辞赋创作增添了华丽的光辉。魏晋之后,它开始被普遍地运用到诗歌创作之中,同时对偶的工整、严密也被特别注意。不过,对偶的原理并不是所有的人都很明白,更不是人人都有深入研究的。"契机者入巧,浮假者无功。"为此就需要对它从理论上加以总结。

为了更好地发挥对偶这种艺术表现手段的美学效果,刘勰首先指出文辞之对偶,其本源在于客观事物本身是自然成对的。《丽辞》篇一开始就说:

> 造化赋形,支体必双;神理为用,事不孤立。夫心生文辞,运裁百虑,高下相须,自然成对。

语言文辞是表现客观事物的,自然也会有对偶的特点。然而这种对偶应当以所描写的事物本身为基础,应当符合于事物本身"自然成对"的状况,而不要人为地硬加上去。刘勰在这里提出了运用对偶不可勉强、必须任其自然的基本原则。他认为这是合乎圣人运用对偶的本意的。这种观点显然也和《文心雕龙》全书以循自然为原则的思想是一致的。后来日本空海在其《文镜秘府论》中曾对刘勰这一思想做了进一步阐述,他说:

> 凡为文章,皆须对属;诚以事不孤立,必有配匹而成。至若上与下,尊与卑,有与无,同与异,去与来,虚与实,出与入,是与非,贤与愚,悲与乐,明与暗,浊与清,存与亡,进与退:如此等状,名为反对者也。除此之外,并须以类对之:一二三四,数之类也;东西南北,方之类也;青赤玄黄,色之类也;风雪霜露,气之类也;鸟兽草木,物之类也;耳目手足,形之类也;道德仁义,行之类也;唐虞夏商,世之类也;王侯公卿,位之类也。乃于偶语重言,双声叠韵,事类甚众,不可备叙。

空海把刘勰关于"神理为用,事不孤立"的思想具体化了,说明对偶的运用不是偶然的,而是必然的。

关于对偶的种类,刘勰总结了创作实践的经验,提出有四种基本类型:言对、事对、正对、反对。并且对这四类对偶的特点及其相互关系进行了分析。"言对"的特点,刘勰说是:"双比空辞者也。"这是文辞句法、格式、词类方面的对偶,比如刘勰所举《上林赋》的例子:"修容乎《礼》园,翱翔乎《书》圃。""事对"的特点是不只有语言文辞格式、词类等的对偶,同时还有运用典故意义上的对偶,所以说是"并举人验者也"。比如他所举的宋玉《神女赋》的例子:"毛嫱鄣袂,不足程式;西施掩面,比之无色。""反对"的特点是"理殊趣合",所说事情的义理是相反的,但说明的问题则是一致的。比如他所举的王粲《登楼赋》的例子:"钟仪幽而楚奏,庄舄显而越吟。"钟仪和庄舄都吟奏楚声(南音),但他们的遭遇却完全相反,一则处于被幽囚的地位,一则处于受宠显赫的地位。"正对"的特点是"事异义同",比如他所举张载《七哀诗》的例子:"汉祖想枌榆,光武思白水。"具体情事虽异,但内容性质是完全一样的(今存张载《七哀诗》无此二句)。在这四类对偶中,还有互相交叉的关系。比如"言对"中既有"正对",亦有"反对",像刘勰所举《尚书·大禹谟》中的"罪疑惟轻,功疑惟重","满招损,谦受益"等即属于"反对"。"事对"中亦可有"正对""反对",上举王粲《登楼赋》例即是"事对"中之"反对",而《神女赋》例则为"事对"中之"正对"。反过来说,"正对""反对"中也都可以有"言对""事对"。总起来说,"言对""事对"是一组,"反对""正对"是一组,两组之间又有交叉关系。同时刘勰也涉及隔句相对的方法,例如《神女赋》即是如此。对偶在文学创作发展过程中有十分复杂的方法与种类。

  刘勰所举只是几种最基本的对偶方法和类别。后来像《文镜秘府论》中就归纳有二十九种对偶方式。如双拟对、联绵对、双声对、叠韵对、回文对、意对、字对、侧对、邻近对、交络对、含镜对、背体对、双虚实对等等,还有一种叫总不对对,即是全诗不对者。刘勰对四种基本对偶方式的运用之难易也做了分析。他说:"凡偶辞胸臆,言对所以为易也;征人之学,事对所以为难也;幽显同志,反对所以为优也;并贵共心,正对所以为劣也。""言对"是比较容易的,因为主要是文辞格式上的对偶,"事对"要运用典故,没有渊博学识就难以找到合适对偶,自然要比较难一些。"正对"是相类似之事,这种对偶含义浅显,而"反对"是"理殊趣同",这就更加意味深长了。

怎样才能把对偶的方法运用得好？刘勰认为首先要懂得文章的对偶是形式问题，它是为内容服务的，如果内容平庸贫乏，则对偶再好也是没有用处的。他说："若气无奇类，文乏异采，碌碌丽辞，则昏睡耳目。必使理圆事密，联璧其章；迭用奇偶，节以杂佩，乃其贵耳。"所以，"理圆事密"是精妙丽辞的内在灵魂，若徒有丽辞，事理不立，只能使人感到厌烦，耳昏目睡，没有任何意义。其次，在做到"事圆理密"的前提下，又必须讲究对偶的精巧，这里最重要的是确切、精密。"是以言对为美，贵在精巧；事对所先，务在允当。若两事相配，而优劣不均，是骥在左骖，驽为右服也。""言对"关键在于精确而巧妙，"事对"关键在于允当，不仅用事恰到好处，而且所对双方要能够相当，否则就不能平衡，而且丧失了对称之均匀，自然也就不那么美了。

用典也是六朝文学创作中的一个重大问题。正确地、恰如其分地运用典故，可以使作品的思想内容进一步深化，并且具备文辞上的丰赡之美。然而用典过多，连篇累牍，也会造成作品的艰涩，从而丧失自然真美。此类情况，萧子显《南齐书·文学传论》中曾做过这样的描述，他说："缉事比类，非对不发，博物可嘉，职成拘制。或全借古语，用申今情，崎岖牵引，直为偶说。唯睹事例，顿失精采。"特别是钟嵘，在《诗品序》中针对堆砌典故的创作倾向做了更严厉的批评。他说：

> 夫属词比事，乃为通谈。若乃经国文符，应资博古；撰德驳奏，宜穷往烈。至乎吟咏情性，亦何贵于用事？"思君如流水"，既是即目；"高台多悲风"，亦惟所见；"清晨登陇首"，羌无故实；"明月照积雪"，讵出经史。观古今胜语，多非补假，皆由直寻。颜延、谢庄，尤为繁密，于时化之。故大明、泰始中，文章殆同书钞。近任昉、王元长等，词不贵奇，竞须新事，尔来作者，浸以成俗。遂乃句无虚语，语无虚字，拘挛补衲，蠹文已甚。但自然英旨，罕值其人。词既失高，则宜加事义，虽谢天才，且表学问，亦一理乎！

钟嵘在这里指出，一般应用文章可以大量用典，而作为抒发感情的诗歌则不宜堆砌典故，否则就会丧失"自然英旨"。他认为不能用学问来代替文学创作,这无疑是正确的,但是正像他对于声律的态度一样,也有其片面性,把用典一概都否定也是不合适的。刘勰在《文心雕龙》中对用典的看法和钟嵘是不同的。刘勰是充分肯定用典的意义和作用的。他认为用典在我国古代文学创作中是有长远的历史传统的,而且对文章写作是有积极作用的。他说:"事类者,盖文章之外,据事以类义,援古以证今者也。""明理引乎成辞,征义举乎人事,乃圣贤之鸿谟,经籍之通矩也。"从汉代崔骃、班固、张衡、蔡邕这些作家的创作实际来看,他们"捃摭经史,华实布濩;因书立功,皆后人之范式也"。刘勰《文心雕龙》的写作比钟嵘《诗品》、萧子显《南齐书》都要早,当时从理论上明确反对用典的还不多,但是刘勰也绝不是简单地提倡用典,也不是主张用典愈多愈好,他在《事类》篇中的主要思想是,在肯定用典是一种传统的艺术表现方法的前提下,深入地研究如何才能用好典故,以增加文学作品的艺术美。

刘勰指出:文学创作一则要依靠作家的天资,一则要依靠作家的学问。才和学两者不可缺一,如果只有单方面的长处,是很难创作出全美之作来的。他说:"才自内发,学以外成;有学饱而才馁,有才富而学贫。学贫者,迍邅于事义;才馁者,劬劳于辞情:此内外之殊分也。"用典不是一个简单的抄书问题,而是作家是否有广博而深渊的学识之表现。因此,"属意立文,心与笔谋,才为盟主,学为辅佐。主佐合德,文采必霸;才学褊狭,虽美少功"。寡闻陋见者写不出真正的好作品,必然会流于浅薄。而前人丰富的著作"实群言之奥区,而才思之神皋也"。那么,文学创作是不是单靠这些学问堆积起来就能成功呢?当然不是。刘勰认为一个作家的学问必须深广,可是在创作中运用这些学问,以古证今,则必须十分精练、确切。他说:

> 是以综学在博,取事贵约,校练务精,捃理须核:众美辐辏,表里发挥。刘劭《赵都赋》云:"公子之客,叱劲楚令歃盟;管库隶臣,呵强秦使鼓缶。"用事如斯,可称理得而义要矣。故事得其要,虽小成绩,譬寸辖制轮,尺枢运关也。或微言美事,置于闲散,是缀金翠于足胫,靓粉黛于胸臆也。

刘勰所提出的博、约、精、核四个字,对用典的原则和要领已经概括得十分全面了。作家的学识要广博,这样就能为用典之选择提供客观基础,采用典故贵在简约,选择考校务须精确,而义理契配更尚核实,这样才能达到"众美辐辏,表里发挥"的结果。用典必须抓住要害,这样方能恰到好处,使文章生辉,否则就像把珠玉挂在脚上,脂粉涂在胸前,毫无用处,反而把它丑化了。用典用得好,就不会有像钟嵘所说的那种"拘挛补衲"的弊病,而和自己发自内心的创作一样。刘勰说:"凡用旧合机,不啻自其口出;引事乖谬,虽千载而为瑕。"可见刘勰也反对因用典不当而使作品失去其自然流畅之美。他的目的也是要研究怎样用典才能既发挥其长处,又避免其容易造成的弊端。

除了上面这些重要的写作技巧之外,刘勰在《章句》和《炼字》等篇中对作品的语言修辞方面提出了不少自己的见解。第一,他认为任何一篇作品在语言表达方面都必须条理分明,脉络清楚。章和句的安排都是按照表达思想内容的需要来定的。"设情有宅,置言有位;宅情曰章,位言曰句。"必使字、句、章各有它相应的地位,充分发挥其应有之作用,这样才能写出精练的篇章。"篇之彪炳,章无疵也;章之明靡,句无玷也;句之清英,字不妄也;振本而末从,知一而万毕矣。"这也正是对陆机《文赋》中"选义按部,考辞就班,抱景者咸叩,怀响者毕弹"的进一步发挥。然而文情多变,"篇有小大","调有缓急",又需要作家能够"随变适会"使"其控引情理,送迎际会,譬舞容回环,而有缀兆之位;歌声靡曼,而有抗坠之节也"。这显然也是本于《文赋》提出之"因宜适变,曲有微情","譬犹舞者赴节以投袂,歌者应弦而遣声"而来的。刘勰还指出全篇必须前后呼应,构成一完整的整体,因此,"原始要终,体必鳞次",使"启行之辞,逆萌中篇之意,绝笔之言,追媵前句之旨;故能外文绮交,内义脉注,跗萼相衔,首尾一体"。必须避免因"辞失其朋",而"羁旅而无友";防止由"事乖其次",而"飘寓而不安"。这也就是《文赋》所指出的"俯寂寞而无友,仰寥廓而莫承";"言寡情而鲜爱,辞浮漂而不归"的文病。第二,在文字运用上,刘勰主张要简易明白,以充分表达内容为目的,而反对用深奥怪僻的字,也反对把许多繁体复杂的字堆积在一起。他说:"自晋来用字,率从简易,时并习易,人谁取难?今一字诡异,则群句震惊;三人弗识,则将成字妖矣。后世所同晓者,虽难斯易;时所共废,虽易斯难;趣舍之间,不可不察。"刘勰主张运用文字要符合时代的潮流,因为语言是随着社会发展而发展的,硬要去运用很多已经为今人所不用的死了的语言,就必然造成阅读上的困难。为此他提出:"是以缀字属篇,必须练择:一避诡异,二省联边,三权重出,四调单复。""避诡异"是指不用难懂的怪字。"省联边"是指尽量减少像汉赋中那种排列许多相同偏旁的词语的做法。"权重出"是指努力避免重复字词的出现。如果表达意义时确实需要,也可以有字词的重复,但总之不宜太多。"调单复"是指笔画少的字和笔画多的字要交错出现,不要把很多笔画简单的字或很多笔画繁多的字排列在一起,以免造成"纤疏而行劣"或"黯黕而篇暗"的缺点。第三,刘勰在《指瑕》篇中还特别指出写作中应当注意克服的一些常见的毛病,比如文辞要有自己的独创性,不要去因袭前人。他说:"又制同他文,理宜删革;若掠人美辞,以为己力,宝玉大弓,终非其有。"这自然也和《文赋》中说的"必所拟之不殊,乃暗合乎曩篇。虽杼轴于予怀,怵他人之我先。苟伤廉而愆义,亦虽爱而必捐"主旨是完全一致的。又比如他指出文章的字和义都应当十分明确,不能追求奇特而搞得模糊不清。他说:"若夫立文之道,惟字与义。字以训正,义以理宣。"他指出晋末以后的作品出现了一些奇言怪语,如"赏际奇至""抚叩酬酢"之类,"依希其旨","何预情理",这也正是对当时不良文风的一种批评。

刘勰有关文术的上述种种论述,说明他对文学创作的写作技巧是非常重视的。他的可贵之处在于论述文术而处处不忘记把内容放在首要地位。在为了表达好内容的前提下来研究文术,因此能够对写作技巧之运用做出正确的分析。所以虽然研究的都是形式问题,却绝不使人感到有形式主义之弊病。

第八节 《文心雕龙》的隐秀论
——论文学形象的特征

《文心雕龙》中,在创作思想上与《神思》篇关系最密切的除了《养气》以外,还有《物色》与《隐秀》两篇。《隐秀》篇是在《神思》篇论创作的构思与想象基础上,进一步讨论文学的形象特征。《隐秀》篇是《文心雕龙》

中唯一的一篇残文。其原文大约从南宋以后已残缺,敦煌所藏唐写本《文心雕龙》可能还是全的,可惜的是至今尚未找到。今本《文心雕龙》的《隐秀》篇自"始正而末奇"至"此闺房之悲极也",恐为明人所加。近来,在《文心雕龙》的研究中,也有人认为此段"补文"并非后人所加,乃是原文。但论据不足,难以为信。《隐秀》篇虽已残缺,但是刘勰关于"隐秀"的基本思想,在残留部分也已经论说得相当清楚了。如果我们联系全书的内容来考察,那么仍然可以看出"隐秀"论乃是刘勰论文学创作的一个十分重要的基本思想,它反映了刘勰对文学形象的美学特征的深刻认识,而且对后代产生了巨大的影响,是应当引起我们极大的重视的。

但是,1949年以后研究《文心雕龙》的学者,似乎对"隐秀"的重要性估计不太足。多数学者认为"隐秀"讲的只是修辞技巧问题,提出这种看法的主要原因,是这些学者认为"隐秀"的"秀"即是指诗文中的个别警句,亦即《文赋》中所说的"立片言而居要,乃一篇之警策"。比较早地提出这种看法的是清代的黄叔琳,他评道:"陆平原云'一篇之警策',其'秀'之谓乎?"其后,许文雨《文论讲疏》亦以刘勰之"秀"释《文赋》之"警策"。范文澜注亦沿袭此说,1949年以后各重要注家大都持此说,有的学者并把"警策"看作就是所谓"警句",直至近几年方有所突破,开始从美学和文学创作原则的高度来阐发"隐秀"含义,应当说这是对《文心雕龙》的理论研究进一步深入的表现。对刘勰的隐秀论不能仅仅从修辞技巧的角度来理解,这一点其实清朝人就已经提出了。刘熙载在《艺概》中说:

> 《文心雕龙》以"隐秀"二字论文,推阐甚精。

刘熙载是一位很有美学眼光的文艺理论批评家。他的这个精辟见解说明,他看到了隐秀乃是刘勰在《文心雕龙》中提出的极为重要的美学原则(此点他还有具体发挥,我们将在下文论述),是刘勰论文学创作的一个重要指导思想,而绝不仅仅只是一种修辞技巧。黄侃先生在《文心雕龙札记》中也觉察到了这一点,他说:

> 夫隐秀之义,诠明极艰;彦和既立专篇,可知于文苑为最要。

这也是一个相当深刻的见解。既然是"于文苑为最要",怎么能说只是一种修辞技巧呢?追根溯源,还要从陆机《文赋》的两句话说起。《文赋》中"立片言而居要,乃一篇之警策"两句,也并非仅仅是一种修辞技巧,实质上也是一个文学创作的美学原则,是指创作中应当有突出的最精彩的部分来带动全体,而构成整体美。因此"警策"不同于后世通常之"警句",此点钱锺书先生在《管锥编》中论《文赋》时曾做了详尽分析,他说:

> 又按《文赋》此节之"警策"不可与后世常称之"警句"混为一谈。采摭以入《摘句图》或《两句集》(方中通《陪集》卷二《两句集序》)之佳言、隽语,可脱离篇章而逞精采;若夫"一篇警策",则端赖"文繁理富"之"众辞"衬映辅佐。苟"片言"孑立,却往往平易无奇,语亦犹人而不足惊人。如贾谊《过秦论》结句"仁义不施,而攻守之势异也",即全文之纲领眼目,"片言居要",乃"众词"所"待而效绩"者,"一篇之警策"是已。故就本句而论,老生之常谈,远不如"叩关而攻秦,秦人开关而延敌","斩木为兵,揭竿为旗"等伟词也。又如《瀛奎律髓》卷九陈与义《醉中》起句:"醉中今古兴亡事,诗里江山摇落时。"纪昀批:"十四字一篇之意,妙于作起,若作对句便不及。"正谓其联乃"片言居要"之"警策",而不堪为警句以入《摘句图》或《两句集》也。警句得以有句无章,而《文赋》之"警策",则章句相得始彰之"片言"耳。《苕溪渔隐丛话》前集卷九引《吕氏童蒙训》以杜诗"语不惊人死不休"说陆机此语,有曰"所谓'惊人语',即'警策'也";断章取义,非《文赋》初意也。

刘勰《文心雕龙》中所说"隐秀"之"秀",更不能简单地与"警句"相等同。刘勰说:"秀也者,篇中之独拔者也。"也即是说,"秀"是指一篇作品中最为突出,形象最鲜明、最生动的部分。然而这一部分乃是整体形象中的一部分,是和其他部分不可分割地联系着的,把它和整体隔开,它也就失去其光彩和意义了。因此刘勰所说的"秀"既可以指篇中之一部分,又可以用来代表全篇。比如他说:"凡文集胜篇,不盈十一;篇章秀句,裁可百二。"这"秀句"自然是指篇章中之一部分。然而他又说:"秀句所以照文苑。"(按,此句詹锳先生据曹学佺批梅庆生天启二年第六次校本,谓当作:"隐篇所以照文苑,秀句所以侈翰林。"此可做参考,尚不能断定原文确系如此)纪昀评道:"此'秀句'乃泛称佳篇,非本题之'秀'字。"这里纪昀指出此"秀句"系"泛称佳篇"是正确的,但不能说和"隐秀"之"秀"是两回事。"秀"是刘勰所推崇的一个文学创作的美学标准,这在全书中可以看得很清楚。比如《原道》篇:

  (人)为五行之秀,实天地之心,心生而言立,言立而文明,自然之道也。

这里的"秀"虽非指文章,但人既为"五行之秀",其言乃心之体现,写成文章自然要以"秀"为美。其《征圣》篇"赞"中又赞扬圣人文章乃"精理为文,秀气成采",故能与日月同辉。所以赞美孔子是"夫子继圣,独秀前哲"(《原道》)。《物色》篇云:"珪璋挺其惠心,英华秀其清气,物色相召,人谁获安。"宇宙间万物均有其"秀",故被描写到文学作品当中亦以"秀"为美。《才略》篇赞扬"子太叔美秀而文",《时序》篇称颂齐代作家"才英秀发",《诸子》篇"赞"中提出:"丈夫处世,怀宝挺秀。辨雕万物,智周宇宙。"这些都足可表明"秀"不仅是一篇作品中最精彩的部分,同时也是刘勰对整体美的一种要求。

  我们还应当看到,把"秀"作为一种美学标准来要求文学创作,不仅刘勰是这样,与刘勰同时代的一些其他文艺理论家也是这样看待的。比如沈约在《宋书·谢灵运传论》这篇著名的文学理论文中曾说:"降及元康,潘、陆特秀,律异班、贾,体变曹、王,缛旨星稠,繁文绮合,缀平台之逸响,采南皮之高韵。"又说:"爰逮宋氏,颜、谢腾声,灵运之兴会标举,延年之体裁明密,并方轨前秀,垂范后昆。"在钟嵘《诗品》中更是一个重要的美学标准。他评王粲的作品说:"发愀怆之词,文秀而质羸。"评谢朓的作品说:"一章之中,自有玉石。然奇章秀句,往往警遒。"又批评颜延之的诗歌:"又喜用古事,弥见拘束,虽乖秀逸,是经纶文雅才。"又评丘迟的诗说:"丘诗点缀映媚,似落花依草。故当浅于江淹,而秀于任昉。"可见,"秀"首先是针对创作整体特点而说的,但"秀"这种美学特征也自然很突出地体现在一篇作品的最精彩的地方。"秀"的这种特征很像我国古代文论中讲的"兴"。"兴"在《诗经》中可以指具体的艺术表现技巧,也可以说是一种修辞方式,但是从六朝以后,它又是一个作为文学的审美特征而被广泛地运用着的概念,所以后来王夫之就说:"'诗言志,歌永言',非志即为诗,言即为歌也。或可以兴,或不可以兴,其枢机在此。"(《唐诗评选》中孟浩然《鹦鹉洲送王九之江左》一诗的评语)把可不可以"兴"作为区别诗与非诗的一个标准。如果我们仅仅把"兴"看作一种修辞方式,那就太狭隘了。① 从后来文论对"秀"的论述来看也是如此。唐代诗人中,王维就是以"秀"著称的。殷璠《河岳英灵集》中说王维的诗"词秀调雅,意新理惬",当然不是指修辞上的"秀"。杜甫《解闷》十二首之八中评王维诗道:"不见高人王右丞,蓝田丘壑漫寒藤。最传秀句寰区满,未绝风流相国能。"这里的"秀句"自然也不是指其"警句",而是"泛称佳篇"之意。许多研究者之所以把隐秀当作修辞手段来看,其主要原因即是对"秀"的理解不全面,只从"秀句"的表面意思来讲,把它当作一般的"警句",结果就不易看到隐秀作为美学原则的重要意义。

　　隐秀问题的提出不是偶然的,它是刘勰关于文学创作过程及艺术形象构成的总体认识中的一个重要环节。刘勰在《文心雕龙·体性》篇中,对文学创作过程有一个概括性的论述,这就是《体性》篇一开始说的:

　　　　夫情动而言形,理发而文见,盖沿隐以至显,因内而符外者也。

文学创作的实质,是要把作家内心的思想感情通过对现实生活的形象描写而体现出来,这是一个由隐到显的过程:隐于内,显于外;思想感情隐于内,形象描写显于外。这种隐和显的特点,实际上也就是"隐"和"秀"。可见隐秀问题乃是对文学创作过程的基本特点的概括。故而后来托名白居易的《金针诗格》就根据这种特点提出了诗歌创作中的"内意"和"外意"的问题。其云:

---

① 关于兴的含义及历史演变,可参阅拙作《我国古代文论中的形象思维问题》一文,载《北京大学学报》1979年第1期。

> 诗有内外意,一曰内意,欲尽其理,理谓义理之理,美刺箴诲之类是也。二曰外意,欲尽其象,象谓物象之象,日月山河虫鱼草木之类是也。

"内意"是指诗歌形象内包含的思想感情,"外意"则是指诗歌所描写的客观物象。"内意"之隐要借外意来显,这就是刘勰所说的"因内而符外"之意。显然,艺术形象的隐秀特征乃是和文学创作过程中的这个"沿隐以至显,因内而符外"的状况分不开的。不过从创作过程来看,这只是作为一般的规律来讲的,没有具体地对隐秀提出美学要求,而从艺术形象的特征这个角度来讲隐秀,则是有更高的美学要求的。文学的创作过程,实质上也就是一个形象构成的过程,因此隐秀的提出又是和刘勰对艺术形象构成的认识分不开的。刘勰所提出的"神用象通"的形象构成方法中,"神"是内在的,是隐于象中的;而"象"则是外在的,是神借以显现的外壳。① 刘勰在《神思》篇中曾经提出过"意象"的概念。"意象"相当于今天所说的"形象"的概念,不过它在我国古代文论中更重在突出艺术形象是"意"和"象"的统一的特征。"神用象通"才产生了"意象"。刘勰所说的"神用象通",正是逐步摈弃了我国古代论艺术形象构成理论中之神秘观念,而着重说明它是作家主观的精神内容与现实的客观物象之统一。在古人看来,人的精神、思想、意愿都是藏于心中的,心是神之舍,因此心和神的概念是差不多的,是可以相通的。刘勰在《文心雕龙·序志》篇中说"文果载心,余心有寄",是就整篇作品而言的,其实即是"神用象通"的问题,不过说的角度不同而已。所以六朝的作家如谢灵运、王融等,也都有文以"传心""寄心"的说法。刘勰在《文心雕龙·比兴》篇的"赞"中提出的"拟容取心"的说法,与"神用象通"是完全一致的。不过"神用象通"多少还有一点神佛通过塑像以显灵的残余痕迹,而"拟容"就是取象,指对客观事物的描绘,"取心"即是"寄心",指"神"借"象"以显,"心"寓于"拟容"之中。在刘勰的思想里,"心"和"神"都是隐的方面,而"容"和"象"则是显的方面,亦即"秀"的方面。文学形象的构成中,主观的方面需要隐

---

① 参阅拙作《中国古代文学创作论》第二章中"神用象通和拟容取心"一节。

藏于客观的描写之中,所以就必然会造成隐秀的特点。

艺术形象是在作家构思的过程中逐渐形成的,因此隐秀的特点乃是作家神思活动的一个必然结果。黄侃先生在《文心雕龙札记》中说:"然隐秀之原,存乎神思,意有所寄,言所不追,理具文中,神余象表,则隐生焉;意有所重,明以单辞,超越常音,独标苕颖,则秀生焉。"①这个说法是符合刘勰原意的。刘勰在《隐秀》篇一开始就说明,作品的隐秀乃是作家神思活动之产物。其云:

> 夫心术之动远矣,文情之变深矣。源奥而派生,根盛而颖峻。是以文之英蕤,有秀有隐。

这里说的"心术之动",正是神思活动、作家的艺术构思活动。"心术之动"引起了"文情之变";而"心术之动远"则"文情之变深",这是有内在因果关系的。作家的艺术构思活动产生了艺术形象;这种构思活动的内容的生动性、丰富性和深刻性,又决定了优秀艺术作品的形象必然具备"有秀有隐"的特点。从这里我们也可以看到,刘勰论文学创作各篇都是完整的体系中之一部分,各篇之间都有密切的关系。"下篇"中的《神思》《养气》《隐秀》《比兴》《物色》等篇是从各个不同方面来阐述艺术构思和形象塑造中的基本特点。

那么,刘勰对"隐"和"秀"的含义又是怎样解释的呢?他在《隐秀》篇中也有非常明白的论述。刘勰说:

> 隐也者,文外之重旨也;秀也者,篇中之独拔者也。隐以复意为工,秀以卓绝为巧,斯乃旧章之懿绩,才情之嘉会也。夫隐之为体,义生文外,秘响旁通,伏采潜发,譬爻象之变互体,川渎之韫珠玉也。故互体变爻,而化成四象;珠玉潜水,而澜表方圆。

---

① 黄侃先生此处所说"苕颖"亦不是脱离"常音"的,而"隐"则更是体现于既有"苕颖"、亦有"常音"的整体篇章之中的。亦即前引钱锺书先生所说之意。

这一段话的下面,原文就缺佚了。我们无法了解下文是否还有刘勰对"隐"的分析,而对"秀"的进一步阐述是肯定会有的,不过现在已经看不到了。明人所补之文,于内容看也显然是不类的。不过幸运的是刘勰对"隐"和"秀"的基本的分析已经有了。而且根据宋人张戒在《岁寒堂诗话》中所引不见于今本的两句话,还可以使我们对刘勰的"隐"和"秀"的含义有更为清楚而确切的了解。张戒引《文心雕龙》云:

情在词外曰隐,状溢目前曰秀。

当然,这两句话是否确实是《文心雕龙》中,特别是《隐秀》篇中的话,这是可以研究的。但张戒在《岁寒堂诗话》中引用古人著作的态度一般是比较严肃的,所以大体上说应该是可信的。张戒所引佚文更可充分说明隐秀乃是重要的文学创作的美学原则,而非一般修辞技巧。

  从上述刘勰自己对隐秀的解释来看,"秀"系指"意象"的"象",它是具体的、外露的,是针对客观物象的描绘而言,故要"以卓绝为巧";"隐"系指"意象"的"意",它是内在的、隐蔽的,是指通过对客观物象的描绘而寄寓的作家的心意情志,故要"以复意为工"。文学作品的思想是寓于形象之中的,艺术形象的"意"是从"象"中流露出来的,这是艺术创造的一个基本原则。恩格斯在著名的致哈克奈斯的信中曾说:"作者的见解愈隐蔽,对艺术作品来说就愈好。"他又在给敏娜·考茨基的信中说:"倾向应当从场面和情节中自然地流露出来,而不应当特别把它指点出来。"然而这只是指艺术形象的一般性特点,从刘勰对隐秀的论述看,还是表面一层次的意义。如果我们从更深一层次的意义上来看,刘勰的隐秀论还包含着另外的意义在内。他说的"隐",是要求文学作品的形象不仅要有从形象本身可以直接看出的意义,而且要有间接的,从形象的暗示、象征作用所体现的意义。为此他说"隐"的特点是有"文外之旨","以复意为工"。艺术形象既要有它所表现的客观内容,还要有它的联想作用所能引起读者思考、启发读者去想象的内容,这方面展示的意义要比前一方面更为深广。所以说"隐"的特点要求艺术形象有两重意义,而不只是一重意义。后一重意义又是和不同读者的不同体会相联系的,因此并不是十分确定的，同时也正因此而具有它的生动性与灵活性。"秀"也不是一般地描绘客观事物，而是要使客观事物的面貌非常逼真地呈现在读者面前，如亲眼目睹一般，即是说要做到"状溢目前"，而且应当比现实生活中的景象更加集中、更加典型。这就是"卓绝"的首要意义。"秀"的"卓绝"与否，还有另一方面的因素，这就是它能否充分体现"隐"的含义。"秀"的部分和"隐"的部分是不能分割的，"隐"是要借"秀"来体现的，"秀"必须有"隐"藏于其中，才能成为艺术形象。所以借用刘永济先生《文心雕龙校释》中讲的话，就是"盖隐处即秀处也"。但是刘永济先生把"秀"理解为诗句中的警策之语，故认为"隐"亦只表现于此警策之语中间，这是不确切的，他说：

> 文家言外之旨，往往即在文中警策处，读者逆志，亦即从此处而入。盖隐处即秀处也。例如《九歌·湘君》篇中"心不同兮媒劳，恩不甚兮轻绝"，及"交不忠兮怨长，期不信兮告予以不闲"，言外流露党人与己异趣，信己不深，故生离间。而此四句即篇中秀处。又如《少司命》篇中，"悲莫悲兮生别离，乐莫乐兮新相知"二句，为千古情语之祖，亦篇中秀处也。而屈子痛心于子兰与己异趣，致再合无望之意，亦即于此得之。

由于刘永济先生对"秀"的理解的狭隘性，他的"隐处即秀处"的结论也是带有片面性的。其实，"秀"是就整个作品艺术形象来说的，而不能只看到其中几个警句。"隐"更是说整篇作品的艺术形象之含义，而绝不只是几句警句的含义。所以刘永济先生从把"秀"看作警句的角度所讲"隐处即秀处"的结论有合理内核，但又不妥当。当然，篇中的警策之语是形象最鲜明之处，其言外之意也更丰富，然而仅仅理解为隐秀只在此数语中，则是不合适的，隐秀本身统一于艺术形象中，不能将它们分开。"秀"只有在能够充分体现"隐"的内容时，才能说是真正卓绝的。

关于隐秀的问题，除了《隐秀》篇以外，刘勰在《文心雕龙》的许多篇章中都曾经论及，应该说，这是贯穿全书的一个重要指导思想。但是我们又要看到，由于刘勰所论的"文"的概念是十分广泛的，其中包括了文学和非文学的不同文体在内,因此他对隐秀的论述也有不同的情况,不能认为凡讲"隐"都是一样的意义。同时我们又要看到,隐秀的问题主要是"隐"的问题,而且更重要的也是"隐"的问题。刘勰在《文心雕龙》中对一些非文学的学术著作的写作并不提出"隐"的要求,而且明确表示了这些文章的写作不需要讲究"隐"。例如,其《史传》篇云:

(司马迁)尔其实录无隐之旨,博雅弘辩之才,爱奇反经之尤,条例踳落之失,叔皮论之详矣。

又如,《檄移》篇云:

(檄)故其植义扬辞,务在刚健。插羽以示迅,不可使辞缓;露板以宣众,不可使义隐。必事昭而理辨,气盛而辞断,此其要也。

又如《议对》篇云:

(议)标以显义,约以正辞,文以辨洁为能,不以繁缛为巧;事以明核为美,不以深隐为奇:此纲领之大要也。

刘勰指出,史传一类的历史著作应以实录为主,不能有"隐";写训诂文则更必须明白显露,决"不可使义隐";写议政之文重在显明确切,决不能"以深隐为奇"。这些学术著作和应用文章是不需要讲"隐"的,刘勰也很有力地说明了隐秀乃是文学艺术作品的特点,是从文学创作的角度提出的问题,而不是所有各类文章都要遵循的原则。至于刘勰在《诠赋》篇云:"苟结隐语,事数自环。"此处之"隐语"实即为谜语之意,谜语当然也有"隐"特点,但是和"隐秀"之含义是不同的。荀子《赋》所写五部分都是自问自答式的谜语。至于《谐谶》篇讲的"谶"是指民间的隐语。刘勰在讲到隐语写作时说:"或体目文字,或图象品物,纤巧以弄思,浅察以炫辞;义欲婉而正,辞欲隐而显。"这种"隐"带有文字游戏之义,故与《隐秀》所言当是不完全相同的。至于他对《周易》《春秋》、纬书、诸子之作所讲到的

"隐",则与他隐秀论的思想渊源有关,下面我们再详加分析。

隐秀问题的提出,不仅反映了刘勰对文学形象的特征的认识,而且也是刘勰对文学创作的一种美学要求。关于这种要求的具体内容,刘勰在《隐秀》篇中亦曾具体论及,其云:

> 或有晦塞为深,虽奥非隐;雕削取巧,虽美非秀矣。故自然会妙,譬卉木之耀英华;润色取美,譬缯帛之染朱绿。朱绿染缯,深而繁鲜,英华曜树,浅而炜烨;秀句所以照文苑,盖以此也。

这一段话是十分重要的。刘勰对于"隐"和"秀"的美学特征做了非常明白的叙述。所谓"隐",不是要把文学作品写得语言深奥、晦涩难懂,它仍然应该是十分明白晓畅的,不过不能流于浅近直露,而要含蓄、委婉,具有言外之意,能给人以丰富的联想余地,使读者感到味之不尽,余意无穷。所谓"秀",并不是要作家堆砌辞藻,雕章琢句,而是要善于把一些不容易描写的景象十分逼真、十分生动、十分自然地再现出来,使人有耳闻目见、亲临其境之感。其中心要能做到"状溢目前"。正如梅尧臣所说,要能"状难写之景,如在目前"。按照钟嵘在《诗品序》中所说,就是以"直寻"手法描写景象,其云:"'思君如流水',既是即目;'高台多悲风',亦惟所见;'清晨登陇首',羌无故实;'明月照积雪',讵出经史?观古今胜语,多非补假,皆由直寻。"钟嵘虽是从反对堆砌典故的角度来说的,但是他们在美学理想上则是完全一致的。在当时以颜延之为代表的"镂金错彩"之美和以谢灵运为代表的"自然清新"之美两种对立的美学观中,刘勰所说的"秀"显然是和"自然清新"的美学观相联系的。这种"秀"重在自然之美,绝非雕削所能达到。故清代刘熙载在其《艺概》中说:

> 其云晦塞非隐,雕削非秀,更为善防流弊。

这是很有见地的话,他把刘勰的意图讲得更清楚了。刘勰所说的"秀"的美学内容,显然是和他反对当时"俪采百字之偶,争价一句之奇","饰羽尚画,文绣鞶帨"的倾向有关系的,刘勰正是要以自然之美来矫正这种时俗之流弊。这种美学观点和他在《原道》篇中所表现的美学思想也是一致的。他在《原道》篇中曾说："云霞雕色，有逾画工之妙；草木贲华，无待锦匠之奇。夫岂外饰，盖自然耳。"刘勰对"秀"的美学要求，对中国古代美学思想有十分重大的影响，这是从艺术创作的角度对老庄的自然之美加以具体化和进一步发挥的产物。这种美学观点在我国古代文艺创作理论中一直占有主导地位，后来王国维在《人间词话》中又加以发挥，提出了"不隔"的问题。他说：

> 问"隔"与"不隔"之别，曰：陶谢之诗不隔，延年则稍隔矣；东坡之诗不隔，山谷则稍隔矣。"池塘生春草"，"空梁落燕泥"等二句，妙处唯在不隔。词亦如是。即以一人一词论。如欧阳公《少年游》咏春草上半阕云："阑杆十二独凭春，晴碧远连云。千里万里，二月三月，行色苦愁人。"语语都在目前，便是不隔。至云："谢家池上，江淹浦畔。"则隔矣。白石《翠楼吟》："此地。宜有词仙，拥素云黄鹤，与君游戏。玉梯凝望久，叹芳草，萋萋千里。"便是不隔。至"酒祓清愁，花消英气"，则隔矣。

王国维在这段论述中清楚地表明了颜延之的"镂金错彩"便是"隔"，谢灵运的"芙蓉出水"清新自然，便是"不隔"。苏东坡诗如行云流水，自然生辉，故而"不隔"；黄山谷诗堆砌典故，掉书袋，便"隔"了。欧阳修之词前一半自然流畅，自是"不隔"之境界，与刘勰所要求的"秀"是完全一致的。与钟嵘之"直寻"，其出发点也是相同的。杜甫在《解闷》十二首中说王维的诗是"最传秀句寰区满"，其"秀句"当亦是指王维诗歌中的自然清新之美。不过我们还要看到，刘勰虽然主张要以"自然会妙"为上，但也并不完全否定人为地加工润色。在不妨害自然之美的前提下，他认为也不必完全归真返璞，而应当加以适当的修饰。但是这种人为修饰不能妨害自然之美，而是应当通过润色之功，使之更好地符合自然之美的标准。由"润色取美"而达到"自然会妙"，这才是最高的水准。老庄是讲自然的，儒家是讲润色的，刘勰则主张要由润色而达到自然，这也是他文艺思想上糅合儒道之一种具体表现。从方法论上说，也是他运用"折衷"方法、兼取各家之长的结果。

刘勰的隐秀也和其他的文学思想一样,具有它深刻的历史渊源。我们考察刘勰隐秀论的来源,至少有以下三个方面的影响。隐秀的关键在"隐"字上,因此考察这种隐秀论的历史渊源,我们也侧重"隐"的方面。

第一,是《周易》象征方法的启发。刘勰在《隐秀》篇中论及"隐"的特点时,曾经举了《易经》中"爻象之变互体"的例子来说明。什么是"爻象之变互体"呢?我们知道,《易经》中的每一个卦都有六爻。如乾卦䷀,坤卦䷁,其中每一个符号即为一爻。卦有卦辞,爻有爻辞,占卜的时候,如觉这些卦辞难以说明问题,又可以取其变化形式。根据孔颖达《周易正义》的解释,六爻之中"二至四,三至五,两体交互各成一卦,先儒谓之互体"。例如观卦是䷓,六爻中之三至五(按,由下往上数)为艮卦䷳,二至四爻为坤卦䷁,观卦中含有艮卦、坤卦即称"互体"。"爻象之变互体"说明一个卦象之中实际又隐含着别的卦象。易象本身是带有象征性的符号形象,而它中间又隐藏着更深的别的卦象的象征意义。所以易象的象征意义就有好几个层次:卦爻象本身是第一层次;而卦爻辞也是象征性的歌谣、故事等,这是第二层次;卦爻象本身的隐含"互体"是第三层次;"互体"卦爻辞的象征意义是第四层次。一层比一层更为深隐。因此刘勰认为《周易》的主要特点便是精深曲隐。这一点他在《文心雕龙》的《原道》《征圣》《宗经》篇中做过许多分析和论述。比如,《原道》篇云:

> 文王患忧,繇辞炳耀,符采复隐,精义坚深。

又如,《征圣》篇云:

> 四象精义以曲隐,五例微辞以婉晦,此隐义以藏用也。……虽精义曲隐,无伤其正言,微辞婉晦,不害其体要。

又如,《宗经》篇云:

> 夫《易》惟谈天,入神致用。故《系》称旨远辞文,言中事隐。

这里,《原道》篇中刘勰指出周文王演《易》,由八卦发展为六十四卦,三百八十四爻,以及卦辞爻辞的总特点是"符采复隐,精义坚深"。《征圣》是讲《易经》之四象"精义以曲隐"的特点。这个问题他在《隐秀》篇讲"隐"的特点时也提到,"故互体变爻,而化成四象;珠玉潜水,而澜表方圆"。"互体""变爻"都是指易象中的各种隐蔽的变化。"互体"已如上述。"变爻"是指占卜中两个卦象之间的爻象的变化。例如《左传》庄公二十年云:"周史有以周易见陈侯者。陈侯使筮之。遇观(䷓)之否(䷋)。"据孔颖达《周易正义》说,占卜吉凶时,"(圣人)皆取前后二卦以占吉凶"。这里观卦第四爻--在否卦中变为一,这叫"变爻",也称"变象"。杜预注说:"《易》之为书,六爻皆有变象,又有互体,圣人随其义而论之。""观(䷓)之否(䷋)"中有"互体"也有"变爻",人们就可以根据这些变化来论述其所表示的意义。周史在解释占卜结果时说:"是谓观国之光,利用宾于王。此其代陈有国乎? 不在此,其在异国;非此其身,在其子孙。光远而自他有耀者也。坤,土也。巽,风也。乾,天也。风为天于土上,山也。有山之材,而照之以天光,于是乎居土上。故曰:观国之光,利用宾于王。庭实旅百,奉之以玉帛,天地之美具焉,故曰利用宾于王。犹有观焉,故曰其在后乎。风行而著于土,故曰其在异国乎。若在异国必姜姓也。姜,大岳之后也,山岳则配天。物莫能两大,陈衰,此其昌乎。"从卦的"互体""变爻"而引出其要占卜之意义。根据观卦和否卦的"互体"为艮卦、坤卦。坤为土,艮为山,则意为土上之山。又据变爻,观卦之上体巽䷹变为否卦之上体乾䷀。巽为风,乾为天,而两卦之下体均为坤为土。风变为天,而在土之上,而山又在土上。"有山之材,而照之以天光,于是乎居土上。故曰:观国之光,利用宾于王。"这里风、土、天是"实象"。"风为天于土上,山也。"是将"变爻""互体"合在一起,这是假设之象,故曰"假象"。"有山之材,而照之以天光"为"义象",指象的意义。由此而推出"观国之光,利用宾于王",则是"用象",即用占卜之卦义来说明所要测定的吉凶。周史是为陈厉公年幼的儿子敬仲预测未来,按照卦象的"互体""变爻"之意义,指出敬仲以后将有大贵,代陈有国,但不在此而在别国,不是敬仲本人,而是他子孙。由此可见,《周易》的卦象是用一种十分曲折而隐蔽的方式来表达其意义的,而这种方法的特点是象征,这种象征也带有比喻的性质。它和文学创作中的艺术思维特点是相当接近的。故而章学诚在《文史通义·易教》篇中一再强调易象通于诗之比兴,其意义正是在这里。刘勰之强调文学创作中的"隐",其主要思想来源就在《周易》。而《周易》这种象征方法的特点,在《系辞》中得到了具体的阐述。刘勰在《宗经》篇中所引《系辞》的话,其原文为:"其旨远,其辞文,其言曲而中,其事肆而隐。"这正是《系辞》从美学和文艺的角度对《易经》特征的重要概括。

第二,是总结《诗经》中比兴方法经验之结果。《易经》毕竟不是文学作品,易象是用符号来象征客观事物,而不是用形象来达到象征比喻的作用。《易经》的卦爻辞大部分是具有形象性的,尤其是其中的歌谣和故事,但这种象征和文学创作上用比喻、象征方法塑造艺术形象也是有区别的,大都带有宗教、神秘色彩,引申发挥也很远,往往离开了它的本义。到了《诗经》中,比兴手法的运用,就完全属于文学创作上的问题了。《诗经》的比兴和易象之模拟客观事物方法有相通之处,但是比兴并非来自《易经》,因为《诗经》中有些作品的创作也是很早的,另外,从文艺创作本身来看,是有其继承发展传统的。比如原始绘画中,由写实的图象到带有象征性的几何纹图案在陶器、青铜器上的出现,就已经有了比喻、象征方法的运用。而文字创造过程中,如指事、会意等写意文字的创造,也是运用了比喻、象征方法的。但是,《易经》的这种比喻、象征方法也不能说对《诗经》没有影响,因为《诗经》中有不少作品的产生时代也是晚于《易经》的,而且《易经》在当时社会上的影响是非常之大的。章学诚说:"易象虽包六艺,与《诗》之比兴,尤为表里。"又说:"雎鸠之于好逑,樛木之于贞淑,甚而熊蛇之于男女,象之通于《诗》也。"(《文史通义·易教》)至少我们可以说:

> 观夫兴之托谕,婉而成章,称名也小,取类也大。关雎有别,故后妃方德;尸鸠贞一,故夫人象义。

刘勰这里所说的"称名也小,取类也大",即是转引《系辞》中对易象作用的解释,说明"兴"的特点与易象有类似之处。在"比"和"兴"这两种文学表现手法中,"兴"是更能反映文学的艺术特征的。因为"比"在一般的文章中也是常用的,而"兴"一般说只有在文学作品中才有。"兴"是一种象征性的暗喻,它借助于联想的作用,以物象之意来象征所寓之意,使人回味无穷,有言尽意不尽的特点,所以更富于艺术的魅力。刘勰认为这和文学创作的"隐"是有关系的。他在《比兴》篇中比较深入地总结了这方面的经验,他说:

> 诗文弘奥,包韫六义,毛公述传,独标兴体,岂不以风通而赋同,比显而兴隐哉?

刘勰指出,"比"和"兴"这两种艺术表现方法的主要区别就在一显一隐。比喻是明显的,一眼就可以看出来,"兴"的寓意就比较隐蔽,它需要读者去想象、去体会,而且不像比喻的意义那么容易说清楚,而香草美人比喻贤臣,恶禽莠草比喻小人,则可以一句话说得清楚明白。可是从回味无穷这方面说,"兴"的作用就大了。刘勰说,"兴"的作用在"起情",其特征是"依微以拟议",借所描写事物的微妙之处来比拟寄托,使人感到有"情在词外"之妙。刘勰解释"兴"的关键就在于一个"隐"字。因此我们可以说,他正是从总结比兴的过程中,认识到文学形象的隐秀特征的。特别是《诗经》中比兴的这种"隐",又是通过十分生动感人的具体形象描绘而表达出来的,这就和易象之"隐"有很大的不同。易象主体是符号,谈不上有"秀"的问题,而《诗经》中的比兴,其"隐"正是藏于"秀"中的。所以,刘勰对《隐秀》篇内容的论述,自然也就和《诗经》之比兴更为接近了。从易象到比兴,刘勰综合了美学和文学创作上的经验,从艺术创作基本规律的角度提出了隐秀的原则,这自然是难能可贵的。

第三,是微言大义的春秋笔法对刘勰提出隐秀原则的影响。刘勰在《宗经》篇中说:

> 《春秋》辨理,一字见义,五石六鹢,以详略成文;雉门两观,以先后显旨;其婉章志晦,谅已邃矣。《尚书》则览文如诡,而寻理即

畅;《春秋》则观辞立晓,而访义方隐:此圣文之殊致,表里之异体者也。

上面我们引用的《征圣》篇中讲《易经》之"隐义以藏用"的特点,也是包括了《春秋》"五例微辞以婉晦"的内容在内的。这两处所讲到《春秋》之"隐",都是指其微言大义的写作特点。杜预在《春秋左氏传序》中曾经指出其写作之特点有五,其云:

> 故发传之体有三,而为例之情有五:一曰微而显。文见于此,而起义在彼。称族尊君命,舍族尊夫人,"梁亡""城缘陵"之类是也。二曰志而晦。约言示制,推以知例。参会不地,与谋曰及之类是也。三曰婉而成章,曲从义训,以示大顺。诸所讳辞,"璧假许田"之类是也。四曰尽而不汙。直书其事,具文见意。丹楹刻桷,天王求车,齐侯献捷之类是也。五曰惩恶而劝善。求名而亡,欲盖而章。书齐豹盗,三叛人名之类是也。

杜预在这里对《春秋左氏传》中一字褒贬、微言大义的笔法通过分析实例做了全面的总结。这里前三例是明显地具有"隐义以藏用"的特点的,而后两例("尽而不汙""惩恶而劝善")也是在客观的如实的叙述中来体现作者鲜明的倾向性的。也就是后人评《儒林外史》时所说的:"直书其事,不加断语,其是非立见也。"(卧闲草堂本《儒林外史》评)这实际上也就是"情在词外"之"隐"。刘勰对春秋笔法是深有体会的,他在《文心雕龙·史传》篇中说:"夫子闵王道之缺……因鲁史以修《春秋》,举得失以表黜陟,征存亡以标劝戒;褒见一字,贵逾轩冕;贬在片言,诛深斧钺。"这就是后人所说的"皮里阳秋"。它和《诗经》中的"兴"是有类似之处的,是它的"隐"义之特点。这种微言大义的表现方法是和诗歌创作中的寄托很接近的,或者说它对诗歌创作中的寄托传统的发展是起了重要作用的。后来宋人葛立方名其诗话为《韵语阳秋》,并在其序中说:"昔晋人褚裒为皮里阳秋,言口绝臧否,而心存泾渭,余之为是也,其深愧于斯人哉!"我国古代文献中这种含义深隐的特点还不只《春秋》之类经典有。因此刘勰在《正纬》篇中讲到纬书也有"隐"

的特点,有的也运用过象征方法。比如纬书把神明意旨隐藏起来,而借某些怪异事件的叙述来象征。刘勰在《正纬》篇中说:"经显,圣训也;纬隐,神教也。"又说:"神宝藏用,理隐文贵。"此外,他在《诸子》篇中还讲过诸子的哲学著作具有"立德何隐"的特征,所以有些地方也表现了"隐"的一面。这正是借用比喻、象征方法来启发人们体会比较玄妙的"道"。我国古代由于文史哲不分,常常在写作哲学、历史和其他著作时,运用一些文学方法或和文学方法相同的表达方法,所以往往也有"隐"的特点。这些对刘勰隐秀的提出自然都是有影响的。

第四,隐秀的提出也是受玄佛"言不尽意"论影响之结果。刘勰《文心雕龙》中所反映的"言不尽意"论的影响,在《神思》《序志》等篇中固然有明显的表现,而从文学理论上来说,提倡隐秀正是"言不尽意"论最为突出的表现。隐秀所强调的要"情在词外"、要有"文外之旨",要做到"义生义外",这都是提倡要有"言外之意",而这正是以"言不尽意"论为其哲学思想基础的。因为"言不尽意"论在某些方面是与文学艺术的特征有某种相通之处。文学创作要借助艺术形象来体现作家的思想感情,而不是用语言直白说出,而艺术形象本身往往比作家的主观思想要更为丰富,而且可以随着读者的不同而在认识和体会上有很多差别。文学艺术要求的是"言有尽而意无穷",它不要求说尽,一说尽也就没有味道了。玄佛主张"言不尽意",由此而倡导"寄言出意",这就和文学上的"意在言外"有了相通之处。中国古代文学创作之所以如此突出地强调"意在言外",是和"言不尽意"论的盛行分不开的。魏晋玄学家的代表人物王弼在《周易略例·明象》篇中,正是从解释《易经》的言、象、意关系而强调"得意忘言""寄言出意"的。刘勰是非常精通佛学的,也是非常懂得"言不尽意"论的要旨的。因此,他的隐秀之论既受《易经》的表现方法的影响,自然也要受到"言不尽意"论的影响,也可以说正是"言不尽意"论在文学创作理论方面的具体发挥,是后来文学理论批评史上提倡"意在言外"的最早表现。

刘勰的隐秀论对唐宋以后的文学创作理论影响是非常之大的,特别是在中国古代艺术意境理论的形成和发展上起了十分重大的作用。唐代诗人刘禹锡提出的好的诗歌应当做到"境生于象外",以及司空图的"象外之象,景外之景"论和"味在咸酸之外"的主张,是对诗歌意境特点的重要论述,而这种理论的提出是和刘勰的隐秀论有着十分密切的内在联系的。① 宋人诗话中突出地强调诗歌的"言外之意",也正是对刘勰隐秀之论的进一步发挥。欧阳修《六一诗话》中所记梅尧臣的一段话,对宋人诗话影响极大,而它实际上正是对刘勰隐秀的具体阐述。他说:"诗家虽率意而造语亦难。若意新语工,得前人所未道者,斯为善矣。必能状难写之景,如在目前;含不尽之意,见于言外,然后为至矣。"这里所说的"状难写之景,如在目前",即张戒所引"状溢目前曰秀";而"含不尽之意,见于言外",即张戒所引"情在词外曰隐"。所以实际上梅尧臣讲的就是诗歌的隐秀问题。这一点后来在明清诗论中一直有着相当广泛的影响。"隐秀"这两个字虽然后来说得不多,但是它作为一种创作上的美学原则,却在唐宋文论家的发挥之后,始终成为我国古代文学创作理论中不可忽视的重要指导思想。

---

① 参阅拙作《论意境的美学特征》,载《北京大学学报》1983 年第 4 期。

第六章 披文入情
——文学批评论

第一节 《文心雕龙》的时序论
——论文学发展与时代的关系

文学批评首先要研究的是文学和时代的关系。刘勰在《时序》篇中所讨论的正是这方面的问题。

刘勰对文学发展与时代的关系,在《文心雕龙》中有极为深刻而精彩的论述,提出了大家所十分熟悉的著名论断:"文变染乎世情,兴废系乎时序。"这两句名言集中地反映了他在文艺与现实关系问题上的基本思想。刘勰认为文学是随着时代的发展变化而发展变化的。他在《时序》篇中曾经以风和水的关系做比喻,生动而形象地阐明了时代对文学发展的影响。他说:"故知歌谣文理,与世推移,风动于上,而波震于下者。"这里,"风动于上"指的是时代的变迁,"波震于下"指的是文学受时代变迁而发生的变化。没有"风动于上",就不会有"波震于下";现实的世情有了新的面貌,文学发展也必然会有新的姿态。文学的发展是依赖时代的发展并受其制约的。时代对文学发展的影响,不仅关系到文学发展是繁荣还是萧条,而且直接影响到文学创作的思想内容和艺术风貌特征。刘勰在《时序》篇中论西汉文学发展的状况道:

> 爰至有汉,运接燔书;高祖尚武,戏儒简学。虽礼律草创,《诗》《书》未遑,然《大风》《鸿鹄》之歌,亦天纵之英作也。施及孝惠,迄于文、景,经术颇兴,而辞人勿用;贾谊抑而邹、枚沉,亦可知已。逮孝武崇儒,润色鸿业;礼乐争辉,辞藻竞骛:柏梁展朝宴之诗,金堤制恤民之咏,征枚乘以蒲轮,申主父以鼎食,擢公孙之《对策》,叹兒宽之拟

奏,买臣负薪而衣锦,相如涤器而被绣,于是史迁、寿王之徒,严、终、枚皋之属,应对固无方,篇章亦不匮,遗风余采,莫与比盛。

刘勰在这里正是从时代状况的分析出发,指出了西汉文学由萧条而繁荣的过程及其社会原因。刘邦以武力取得天下,对文学并不重视。王充在《论衡·对作》篇中说:"高祖不辨得天下,马上之计未转,则陆贾之语不奏。"按《史记·郦生陆贾列传》云:"陆生时时前说称《诗》《书》。高帝骂之曰:'乃公居马上而得之,安事《诗》《书》!'陆生曰:'居马上得之,宁可以马上治之乎?且汤武逆取而以顺守之,文武并用,长久之术也。昔者吴王夫差、智伯极武而亡;秦任刑法不变,卒灭赵氏。乡使秦已并天下,行仁义,法先圣,陛下安得而有之?'高祖不怿而有惭色,乃谓陆生曰:'试为我著秦所以失天下,吾所以得之者何,及古成败之国。'陆生乃粗述存亡之征,凡著十二篇。每奏一篇,高帝未尝不称善,左右呼万岁,号其书曰《新语》。"刘邦感兴趣的是如何得天下、安天下,对《诗》《书》这样的经典都不放在眼里,更何况文学创作?汉文帝、汉景帝等虽设经学博士多种,但对贾谊、枚乘等文人并不重用。汉武帝时处于一个封建帝国繁荣发展的新时期,需要文学来"润色鸿业"。汉武帝崇尚儒学,重用文学之士,文学遂得极大的繁荣发展,尤其是辞赋的发展达到一个高潮时期。刘勰在分析曹魏正始前后的文学时说:

> 至明帝纂戎,制诗度曲;征篇章之士,置崇文之观;何、刘群才,迭相照耀。少主相仍,唯高贵英雅;顾盼含章,动言成论。于时正始余风,篇体轻澹;而嵇、阮、应、缪,并驰文路矣。

社会发展的状况渗透到文学之中,玄学清谈兴起,使这一时期的文学在思想内容和艺术风貌方面形成了自己鲜明的特点。

刘勰在论述文学发展和时代关系时所反映出对文艺和现实关系的认识,是和他对文学本质问题的看法有密切关系的。刘勰认为"文"原于"道","道"是内容,"文"是其表现形式。"道"是指事物的本质和规律。宇宙万物是不断发展变化的,"道"在不同时期有不同的内容,因此"文"

也必然有不同的特点。"道"是第一位的,"文"是第二位的。这种思想反映在对文学发展和时代关系的认识上,即是重视社会现实的"世情"对文学发展及其特点的制约作用。从文学创作的角度来说,由于刘勰接受了《乐记》中"感动人心"思想的影响,认为诗歌的产生乃是人心受外物的触动与感化的结果。前面我们已经说过,刘勰所说"物"的内容不仅有自然事物,也包括社会生活内容,因此时代变迁对文学发展的影响,也正是"物"对心的作用之一种表现。

刘勰强调"文变染乎世情,兴废系乎时序",那么现实的"世情"究竟是哪些因素对文学的发展产生着直接影响呢?从刘勰在《时序》篇中对文学发展与时代关系的分析来看,归纳起来,大约有以下几个主要方面:

第一,政治对文学的影响。政治的治乱深刻地反映在文学的风貌特征之中。尧舜之际"德盛化钧""政阜民暇",所以"'熏风'诗于元后,'烂云'歌于列臣。尽其美者何?乃心乐而声泰也"。到西周末年,政治昏暗,至平王东迁,国力亦已衰微,于是"幽、厉昏而《板》《荡》怒,平王微而《黍离》哀"。诗歌发展到了变风、变雅的时代。这种观点基本上是承袭季札观乐、《礼记·乐记》《毛诗大序》等而来,并没有什么新的特点。不过在文学和政治的关系上,刘勰的眼光显然是比传统儒家的见解更为开阔。他并没有局限在政治治乱对文学的一般影响上,而是善于深入地具体分析特定历史时期的政治斗争特点以及对文学发展的具体影响,这是很不容易的。比如他对以屈原和宋玉为代表的《楚辞》的艺术特征形成原因的分析,就突出地反映了这种特点。他把屈原和宋玉的作品放在战国的历史环境里,联系孟子、荀子的散文,邹衍、驺奭的说辞,指出它们的共同特点,然后来寻找其社会原因。他说明当时政治斗争的特点是七雄争霸,图谋统一,以苏秦、张仪为代表的纵横之说遂成为各国国君所欢迎的时髦学说。纵横家为了使自己的主张为当权者所重视和接受,尽量夸张描述,努力把自己有关统一的方针述说得头头是道,甚至把它理想化,以求得人主赏识。当时各国的执政者为求得实现统一霸业的策略、方针,也很乐意听他们的诡说。因此这个时代人们的思想极为活跃,智力也特别发达,尤其善于用夸张、比喻的方法来表达自己的思想感情。例如《战国策·楚策》中记载庄辛说楚襄王一段,楚襄王因"淫逸侈靡,不顾国

政",给楚国带来了严重危机,于是后悔不听庄辛之言,重新召回庄辛。其云:

> 庄辛至,襄王曰:"寡人不能用先生之言,今事至于此,为之奈何?"庄辛对曰:"臣闻鄙语曰:'见兔而顾犬,未为晚也;亡羊而补牢,未为迟也。'臣闻昔汤、武以百里昌,桀、纣以天下亡。今楚国虽小,绝长续短,犹以数千里,岂特百里哉?
>
> "王独不见夫蜻蛉乎,六足四翼,飞翔乎天地之间,俯啄蚊虻而食之,仰承甘露而饮之,自以为无患,与人无争也;不知夫五尺童子,方将调饴胶丝,加己乎四仞之上,而下为蝼蚁食也。
>
> "蜻蛉其小者也,黄雀因是以。俯噣白粒,仰栖茂树,鼓翅奋翼,自以为无患,与人无争也;不知夫公子王孙,左挟弹,右摄丸,将加己乎十仞之上,以其颈为招,倏忽之间,坠于公子之手,昼游乎茂树,夕调乎酸咸。
>
> "夫雀其小者也,黄鹄因是以。游乎江海,淹乎大沼,俯噣鳝鲤,仰啮菱蘅,奋其六翮而凌清风,飘摇乎高翔,自以为无患,与人无争也;不知夫射者,方将修其礛卢,治其矰缴,将加己乎百仞之上,被礛磻,引微缴,折清风而抏矣。故昼游乎江河,夕调乎鼎鼐。
>
> "夫黄鹄其小者也,蔡灵侯之事因是以。南游乎高陂,北陵乎巫山,饮茹溪之流,食湘波之鱼,左抱幼妾,右拥嬖女,与之驰骋乎高蔡之中,而不以国家为事;不知夫子发方受命乎宣王,系己以朱丝而见之也。
>
> "蔡灵侯之事其小者也,君王之事因是以。左州侯,右夏侯,辇从鄢陵君与寿陵君;饭封禄之粟,而载方府之金,与之驰骋乎云梦之中,而不以天下国家为事;不知夫穰侯方受命乎秦王,填黾塞之内,而投己乎黾塞之外。"

庄辛这番夸诞的说辞,使"襄王闻之,颜色变作,身体战栗"。这种铺张、瑰丽的文辞确是和《楚辞》类似的特点。刘勰说屈原、宋玉作品中"昈烨之奇意,出乎纵横之诡俗",是很有道理的。清代章学诚在《文史通义·诗教》

篇中说:"战国者,纵横之世也。"纵横家之说辞"抵掌揣摩腾说以取富贵,其辞敷张而扬厉,变其本而加恢奇焉,不可谓非行人辞命之极也",故能"委折而入情,微婉而善讽"。从这也可以看出它确是和《楚辞》有很多共同之处的。

第二,社会经济发展状况以及所造成的风俗习气对文学的影响。社会经济发展是繁荣昌盛还是衰败凋敝,会直接影响到社会的风俗习气以及人们的思想状况,这些必然会反映到文学创作中来,并形成某种特殊的风貌。刘勰对建安文学及其与社会时代关系的分析就比较突出地说明了这一点。他说:"观其时文,雅好慷慨,良由世积乱离,风衰俗怨,并志深而笔长,故梗概而多气也。"建安时期由于战乱频繁,社会经济遭到严重破坏,民不聊生。曹操在《蒿里行》中说:"白骨露于野,千里无鸡鸣,生民百遗一,念之断人肠。"王粲《七哀诗》中说:"出门无所见,白骨蔽平原。"繁华富饶的中原地区变得一片荒凉。许多有志向、有抱负的进步知识分子面对这样的现实都有很深沉的感慨。他们希望改变动乱、分裂的政治局面,发展生产,使百姓能安居乐业,但是又痛感自己力量之不足,随着年华之消逝,理想不能实现,都怀一种慷慨悲壮的愤激之情,它倾泻到诗歌之中,遂形成为后人所说的"建安风力"。曹操在《短歌行》中写道:"对酒当歌,人生几何？譬如朝露,去日苦多！慨当以慷,忧思难忘。何以解忧,唯有杜康。"时光流逝,岁月蹉跎,功业未成,壮志未酬,是多么使他感到心忧啊！建安时代代表诗人曹植也是如此,空有济世安民之志而找不到实现的途径。他一生被排挤、遭猜疑的坎坷遭遇,使其理想终成泡影。世态炎凉,人心叵测,使他感到深深的悲哀,空有藩侯之位,而无丝毫实权,如何能"建永世之业,流金石之功"？只能对知己倾诉衷肠:"慷慨有悲心,兴文自成篇。……弹冠俟知己,知己谁不然！"(《赠徐幹》)因此他的诗中处处充溢着悲慨之情、不平之气。其《杂诗》六首之一云:"高台多悲风,朝日照北林。之子在万里,江湖迥且深。"《杂诗》六首之二又云:"转蓬离本根,飘飘随长风。何意回飙举,吹我入云中。高高上无极,天路安可穷？"一生漂泊,有如转蓬,江湖歧路,天门难觅。这样一种诗歌的风貌特征,正是和时代的社会经济状况有着深刻的内在联系的。所以刘勰在《明诗》篇中概括建安诗歌的内容,是以写"怜风月,狎池苑,述恩荣,叙酣宴"为主。三曹七子都有"慷慨以任气,磊落以使才"的特色,在艺术描写上力求清晰明朗,"造怀指事,不求纤密之巧;驱辞逐貌,唯取昭晰之能"。

第三,学术思想的变迁对文学的影响。两汉魏晋南北朝时期,我国的学术思想曾经历了几次大的变迁。西汉前期黄老思想比较盛行,而儒家思想不受重视。所以司马迁写《史记》也反映了"论大道则先黄老而后六经"(班固《司马迁传赞》)的倾向。但是,从汉武帝"罢黜百家,独尊儒术"之后,儒家思想成为统治阶级的统治思想,好几百年间几乎处于垄断地位。到东汉末年儒家思想开始衰落,刑名法道等争相兴起,尔后玄学思想得到大发展,盛行于两晋南北朝时期。这种学术思想发展上的重大变化,对文学发展产生了极为深刻的影响。刘勰对这一点是有十分清楚的认识的。他论东汉的文学状况道:

>自哀、平陵替,光武中兴,深怀图谶,颇略文华,然杜笃献诔以免刑,班彪参奏以补令,虽非旁求,亦不遐弃。及明帝叠耀,崇爱儒术;肄礼璧堂,讲文虎观。孟坚珥笔于国史,贾逵给札于瑞颂;东平擅其懿文,沛王振其《通论》;帝则藩仪,辉光相照矣。自和、安已下,迄至顺、桓,则有班、傅、三崔、王、马、张、蔡,磊落鸿儒,才不时乏;而文章之选,存而不论。

刘勰指出东汉时期正是由于谶纬迷信学说的广泛流行,许多文人崇儒尊经,去搞烦琐的经书注释,因此文学创作不受重视,也很萧条。这个时期可以举出许多有名的鸿儒,但文学家和优秀的文学作品则不多,只好存而不论了。其实这种状况从西汉后期就已经开始了。西汉前期由于黄老思想影响,作家偏重发挥自己的天赋才气,其创作不以学识渊博见长;而到西汉后期,由于儒学的影响遍及各方面,注解经书的风气笼罩整个学术文化领域,所以文学创作也多以学识丰富为优,而不以才气居胜。故而刘勰在《才略》篇中说:"然自卿、渊以前,多俊才而不课学;雄、向以后,颇引书以助文:此取与之大际,其分不可乱者也。"魏晋玄学的兴起和发展,对文学创作的影响就更为显著了。他说:

> 自中朝贵玄,江左称盛;因谈余气,流成文体。是以世极迍邅,而辞意夷泰;诗必柱下之旨归,赋乃漆园之义疏。

他在《明诗》篇中亦有一段类似的重要论述,他说:

> 江左篇制,溺乎玄风,嗤笑徇务之志,崇盛亡机之谈。袁、孙已下,虽各有雕采,而辞趣一揆,莫与争雄。

玄学清谈风气对文学发展的影响很大,但也是相当复杂的。从其流弊的方面来说,主要是有些作家简单地把诗赋作为谈玄的工具,而忽略了这种文学形式本身的审美特征和艺术规律,混淆了文学与非文学的区别,于是把文学创作变成了老庄玄学的疏解,即所谓"诗必柱下之旨归,赋乃漆园之义疏"。由于玄言诗丧失了美学特征,变得"辞意夷泰""辞趣一揆",缺少感情抒发与生动形象,于是就没有滋味了。诚如钟嵘在《诗品序》中所说的:"理过其辞,淡乎寡味。"刘勰对玄言诗的批评正是从这一角度出发的。但这并不意味着刘勰对玄学的否定,更不等于他不接受玄学的美学思想影响。不过刘勰反对枯燥说理的六言诗,和受玄学思想影响来论文学创作,是两个不同的问题。玄学对文学的影响有积极的一方面,这就是玄学的"言不尽意"论、形神关系论、虚实关系论等,对六朝乃至整个中国文学的发展以及中国古代文学艺术的民族传统之形成,都有着不可估量的深刻影响。以六朝的文学创作而言,在六朝文学创作中占有十分重要地位的山水、田园、隐逸诗,像陶渊明、谢灵运这样的重要诗人,都是在玄学思想影响下产生的。而刘勰在《文心雕龙》中对山水田园诗的评价也是充分肯定的。所谓"庄老告退,而山水方滋",不过是说明由单纯描写空虚玄理而发展到借山水意境来体现玄理,克服了不重视文学审美特征的缺点,并非指玄学对文学的影响已经告终。同时,刘勰本人的文学创作思想实际上也是以玄学、道家的美学和文艺思想为主的。他论文以自然为最高美学原则,强调神思、虚静、隐秀等等,如我们前面所论,均足以充分说明这一点。

第四,帝王的提倡和尊重文才对文学发展的影响。刘勰在《时序》篇中对帝王和掌权者对待文学的态度是十分重视的。这里当然也有夸大帝王作用的历史局限性在内,但是我们也的确不能否认统治者的态度及对文人的政策是和文学的发展有重大关系的。刘勰指出西汉高祖刘邦和东汉光武帝刘秀对文人都不重用,也不喜爱文学,是造成西汉初年和东汉初年文学不很繁荣的重要原因之一。而汉赋的发达就和汉武帝喜好文学,要求以文学来"润色鸿业"有很大的关系。他又指出建安文学之所以欣欣向荣,文人之所以集中于曹魏一方,是和曹氏父子的态度与政策分不开的。他说:

> 自献帝播迁,文学蓬转,建安之末,区宇方辑。魏武以相王之尊,雅爱诗章;文帝以副君之重,妙善辞赋;陈思以公子之豪,下笔琳琅;并体貌英逸,故俊才云蒸:仲宣委质于汉南,孔璋归命于河北,伟长从宦于青土,公幹徇质于海隅;德琏综其斐然之思,元瑜展其翩翩之乐;文蔚、休伯之俦,于叔、德祖之侣,傲雅觞豆之前,雍容衽席之上,洒笔以成酣歌,和墨以藉谈笑。

真是盛况空前啊!曹氏父子不仅自己喜爱文学创作,而且十分尊重人才,爱惜人才,即使像陈琳那样原先依附袁绍、痛骂过曹操的人,后来归附曹魏的时候,曹操也并没有对之进行报复,只是和他开了个玩笑,说:"卿昔为本初(袁绍之字)移书,但可罪状孤而已。恶恶止其身,何乃上及父祖邪?"(《三国志·魏书·陈琳传》)仍然对他很重用。这不仅说明曹操的宽宏大量,而且也充分说明他对人才之重视。这自然会吸引文人投身其门下,也会对文学创作发展产生积极的促进作用。

第五,前代文学遗产对文学发展的影响。文学的发展除了社会原因之外,还要受到前代文学遗产的影响。这一点刘勰也看到了。任何一个时代的文学之发展都不可能是凭空而出现的,都只能在前代文学遗产基础上来发展。刘勰在论到汉代辞赋的发展演变时说:

> 爰自汉室,迄至成、哀,虽世渐百龄,辞人九变,而大抵所归,祖述

《楚辞》,灵均余影,于是乎在。

汉代辞赋是在《楚辞》的基础上发展起来的,刘勰在《诠赋》篇中列举十家"辞赋之英杰"的特点,说明汉赋在不同发展阶段确是各有特点的。此处所谓"九变",乃言其多也。然而不管变化有多大,都可以清楚看到屈原及《楚辞》的影响。

对于文学发展和时代关系的这些分析,说明刘勰的认识是有相当深度的。不过我们追溯其历史渊源,应该看到关于文学艺术是反映时代状况和现实世情的观点,在我国古代也是有悠久的传统的。《诗经》的作者就已经明确地说明他们的诗篇是针对政治良窳和现实世情而写的。"家父作诵,以究王讻,式讹尔心,以畜万邦。"(《小雅·节南山》)"维是褊心,是以为刺。"(《魏风·葛屦》)"夫也不良,歌以讯之。"(《陈风·墓门》)《国语·周语》中记载召公谏厉王说:"故天子听政,使公卿至于列士献诗,瞽献曲……"也正是因为从诗中可以察见民情风俗。而季札观乐则是从理论上自觉地把诗乐和社会政治紧密地联系了起来。《左传》襄公二十九年载其评论云:"使工为之歌《周南》《召南》,曰:'美哉!始基之矣,犹未也,然勤而不怨矣!'为之歌《邶》《鄘》《卫》,曰:'美哉!渊乎忧而不困者也。吾闻卫康叔、武公之德如是,是其《卫风》乎?'"

强调文学艺术是政治状况的反映,从中可以了解风俗民情,察见人心之向背,这是儒家文艺思想的一个核心内容。从孔子、孟子、荀子一直到《礼记·乐记》,对文艺和社会政治关系的理论逐步发展成熟。"治世之音安以乐,其政和;乱世之音怨以怒,其政乖;亡国之音哀以思,其民困。声音之道与政通矣。"刘勰关于文学和时代关系的论述,正是在这样一种历史传统观点影响下提出来的。但是传统儒家所说文艺和政治的关系,是从文艺的社会教育作用方面提出问题的,侧重说明文艺对政治所起的影响和作用。而刘勰是从文艺反映现实的角度提出问题的,侧重在社会现实对文艺所产生的影响和作用。所以刘勰这种观点又和汉代一些文艺思想家对文艺和现实关系的论述有密切联系。比如班固论汉乐府民歌时说"皆感于哀乐,缘事而发"(《汉书·艺文志·诗赋略论》),以及何休《春秋公羊传解诂》中所说《诗经》乃是"男女有所怨恨,相从而歌。饥者歌其食,劳者歌其事"。诗歌既然是描写社会现实的,那么社会现实的发展变化自然也要使诗歌内容发生变化,从而也在艺术上形成新的特点。再从心物关系方面说,《礼记·乐记》中有关人心感物而后动的观点,也为刘勰有关文艺和时代关系的论述奠定了哲学思想基础。因此,刘勰《时序》篇中有这样一种对文艺和时代关系的深刻分析也绝非偶然。

第二节 《文心雕龙》的物色论
——论文学创作的主观与客观

文学批评不仅要考虑文学和时代的关系,而且还要探讨文学和自然的关系,这是刘勰写《物色》篇的主旨所在,不过他的实际重点是从人和自然的关系出发研究心和物的关系。

文学创作中人和自然的关系,是创作过程中主观和客观关系的一个突出表现。《文心雕龙》中对创作过程的主客观关系有过许多重要论述,如《物色》篇中讲的心物关系,《明诗》《诠赋》篇中讲的情物关系,《神思》篇中讲的神物关系,角度不尽相同,有的指整个创作过程,有的单指想象特点,物的概念也有宽窄之不同,但在本质上都是一致的,是为了说明主客观有机统一的特点。

关于"物"的概念,王元化先生在《文心雕龙创作论》中指出应该理解为"外境"和"万物",这是正确的。不过我们需要补充说明的是《文心雕龙》所讲"物"的含义是并不完全一致的。《物色》篇中的"物"主要是指自然事物,而《明诗》篇中的"物"则是包括了社会生活内容在内的。其云:"人禀七情,应物斯感,感物吟志,莫非自然。"这种"感物"的内容,我们可以从他对历代诗歌发展的评述中清楚地看出来。比如他说建安时代三曹七子的创作,其内容是"怜风月,狎池苑,述恩荣,叙酣宴",这里既有自然风物,又有社会生活内容。在《时序》篇中他说文学发展和时代的关系十分密切,因为"文变染乎世情,兴废系乎时序",这也说明"物"的内容更主要是社会现实。《诠赋》篇中论赋的创作时所说的"物"亦偏向自然事物,即所谓"体物写志""写物图貌",然而也并不尽然,"述行序志""致辨于情理",也包括了一定的社会生活内容。刘勰所说的"物"的概念和陆机在《文赋》中所说的"物"的概念范围大体是一致的。《文赋》中"遵四时以叹逝,瞻万物而思纷"的"物"和《物色》篇中的"物"是相同的。而《文赋》中"意不称物,文不逮意"的"物"则和《明诗》《诠赋》中"物"的含义差不多。不过总的来看,刘勰所讲的"物"要比陆机更为明显、更为突出地强调了其社会内容,这是刘勰要比陆机更进一步的地方。刘勰所处的时代对"感物"之"物"的理解普遍地强调了社会内容方面,这从钟嵘的《诗品序》中也可以看得很清楚。钟嵘所说的"气之动物,物之感人"之"物"既代表了"春风春鸟,秋月秋蝉,夏云暑雨,冬月祁寒"等自然事物,更代表了"楚臣去境,汉妾辞宫。或骨横朔野,魂逐飞蓬;或负戈外戍,杀气雄边"等社会现实生活内容。

刘勰在《物色》篇中没有停留在一般的心物交感现象的论述上,而是对心物交感过程的特点做了深入研究。他在这方面的主要贡献是指出了心物交感是一个辩证统一的过程:一方面是"情以物兴",而另一方面则是"物以情观",正是心与物的交互作用产生了艺术形象,体现了审美的特征。刘勰在《诠赋》篇中论赋的创作云:

> 原夫登高之旨,盖睹物兴情。情以物兴,故义必明雅;物以情观,故词必巧丽。丽词雅义,符采相胜,如组织之品朱紫,画绘之著玄黄,文虽杂而有质,色虽糅而有本,此立赋之大体也。

刘勰在这段有关赋的创作要领的论述中清楚地告诉我们,"睹物兴情"的审美过程包含了两个相反相成的进程。作者的思想感情是因物的感触而兴起的,即是说在观察和接触外境、万物的时候,常常会引起作者主观上的某种激动和感触,诱发他的创作欲望。在这里物是起主导作用的,情是因物而引起的,作者要通过描写客观的物来寄托自己主观的情。但是,从物的角度来说,它又不是仅仅为了表现自身,而是作为情的体现者而出现的。所以艺术形象在读者心灵里所产生的作用绝不仅仅是物本身,更重要的是其中所蕴藏着的情。刘勰此处所谓之"丽词雅义"是他对赋这种文学形式的内容和形式的具体要求,然而其要害则在指明:辞赋之写物,非为写物而写物,应当有作家主观思想感情的鲜明流露,故云"文虽杂而有质,色虽糅而有本"也。如果说《诠赋》篇还是从辞赋的内容和形式并重角度来说到心物关系的话,那么《物色》篇则主要是从理论上来具体阐明创作过程中主体与客体之辩证统一关系。下面让我们来对《物色》篇做一点具体分析。

《物色》篇的第一段,刘勰主要在说明客观自然界对人的主观心灵感情会产生重要的影响,比如自然界的变化就必然会激起人们与之相适应的某种思想与感情的变化。这不仅对人是这样,而且对其他的动物也会有一种诱发作用。他说:

> 春秋代序,阴阳惨舒,物色之动,心亦摇焉。盖阳气萌而玄驹步,阴律凝而丹鸟羞,微虫犹或入感,四时之动物深矣。若夫珪璋挺其惠心,英华秀其清气,物色相召,人谁获安!

对于"物色"的这种引诱作用,刘勰的解释无疑是带有一种神秘色彩的。"物色"之含义即指自然界四时风物,萧统《文选》有"物色"赋一类,李善于"物色"下注云:"四时所观之物色,而为之赋。"又云:"有物有文曰色。风虽无正色,然亦有声。诗注云:风行水上曰漪。《易》曰:'风行水上,涣。'涣然即有文章也。"因此刘勰这里所说的"物色"对人的感情的诱发作用,就是自然与人的关系问题。自然界的各种变化主要是四季气候的变化,为什么对人的感情具有这样强烈的诱发作用呢?刘勰在解释这个问题的时候显然是运用传统的阴阳五行说的观点。"阳气萌而玄驹步,阴律凝而丹鸟羞"两句,来自《大戴礼记·夏小正》:"十有二月……玄驹贲。玄驹也者,蚁也。贲者何也?走于地中也。……八月,丹鸟羞白鸟。丹鸟者,谓丹良也。白鸟者,谓蚊蚋也。……羞也者,进也,不尽食也。"而《大戴礼记》中这种节气变化和动物状况的关系的论述,正是阴阳五行思想之一种具体表现。按照阴阳五行学说对万物产生的解释,包括人在内,都是禀阴阳二气所生,而四时季节之变化乃是阴阳二气流动运转之结果,故而"春秋代序,阴阳惨舒",势必引起万物与人的内在感应而表现出某种变化。人与万物一样,也是"禀阴阳以立性,体五行而著形",不过人与万物之不同,在于他是"天地之心""五行之秀",但是从构成人的基本要素来说是与万物可以相通的。故而"珪璋挺其惠心,英华秀其清气"对人也具有一种诱发感情的作用。刘勰正是从这样一个角度来说明自然界的变化必然会引起人的某种相应感情的道理,同时也指出人的感情必然也要随着四季物色的变化而变化。所以他又说:

> 是以献岁发春,悦豫之情畅;滔滔孟夏,郁陶之心凝;天高气清,阴沉之志远;霰雪无垠,矜肃之虑深。

由此刘勰得出了"岁有其物,物有其容;情以物迁,辞以情发"的结论。从文学创作的角度来说,刘勰肯定"情以物兴""情以物迁",提出"感物吟志",把外物、外境作为触动人心的主导方面,认为情作为人的主观因素,是由客观的物所引起的,但是我们如果进一步考察外物、外境为什么能够触动、诱发人的主观感情,可以发现他的这种解释完全是从阴阳五行说的观点出发的,故而对春夏秋冬四季会引起人的四种不同感情的论述,显然也是简单化的。春景不也可以使人产生哀伤的感情吗?为什么一定是"悦豫之情"呢?

在上述这样一个"诗人感物"的基础上,刘勰具体地分析了创作过程中主客观交互影响的特点。他说:

> 是以诗人感物,联类不穷;流连万象之际,沉吟视听之区;写气图貌,既随物以宛转;属采附声,亦与心而徘徊。

"随物以宛转""与心而徘徊",这是对"情以物兴""物以情观"状况的十分生动形象的描绘,而且也可以使我们看出其特点之所在。"随物以宛转"是说心(或情)之宛转附物,这是就创作过程中主体所表现的特点而言的。"宛转"两字,正如许多研究者所指出的,源于《庄子·天下》篇,其原文是:"椎拍輐断,与物宛转。"庄子这里着重说明的是:人的主观作为必须符合事物内在的"势",亦即客观事物内在的规律性。从文学创作来说,"随物以宛转"是强调作家在创作过程中,通过描写客观现实来体现自己主观的思想感情时,必须注意到不能因主观愿望而改变客观事物的内在规律。只有在艺术表现中充分尊重客观的"物"内在之"势",才能恰到好处地符合描写对象之特点,从而使内心与外境相适应,防止创作中的主观随意性。从这一点说,"随物以宛转"的提出是与庄子的"物化"思想有一定联系的。庄子在有关技艺创造的故事中,强调了高度神化的技艺是与事物的内在客观规律完全一致的,决不能对客观事物做任何主观的歪曲改造。所以"工倕旋而盖规矩,指与物化,而不以心稽",诚如成玄英所解释的:"手随物化,因物施巧,心不稽留也。"郭象注《庄子·大宗师》篇中也曾说,庄子认为人生处世应当"死生宛转,与化为一"。因此我们对刘勰所说"随物以宛转"之意不能仅仅看作是对《庄子》中的词语借用,而是有其深刻的内在思想联系的。"与心而徘徊"是指创作过程中客体的描写应当符合表达主观情意(主体)的需要。客观事物是十分丰富的,现实生活是极为复杂的,选择什么,不选择什么,突出什么,略去什么,都是应当以如何更好地反映主观情意为转移的。这就是说,要以心为主去驾驭客观事物。"徘徊"在这里当与"宛转"同义。从这一方面说,客观的物乃是经过了作家主观的心的改造的。但这并不是一种主观随意的改造,而是在"随物以宛转",即不违背客观事物本身规律性的前提下的改造,所以客观虽是服从于主体的,却又是并不丧失它本身的自然本性的。艺术的创造进入了物化的阶段,主体与客体两者完全融合为一了,既是"随物以宛转",又是"与心而徘徊"。这正像黑格尔在其《美学》中所指出的:"在艺术里,感性的东西是经过心灵化了,而心灵的东西也借感性化而显现出来",艺术的创造"必须是一种心灵的活动,而这种心灵的活动又必须同时具有感性和直接性的因素","在艺术创造里,心灵的方面和感性的方面必须统一起来"。[①] 人的审美意识也正是在这个过程中显现出来的,艺术作品也是在这个过程中创造出来的。刘勰当然不可能像黑格尔那样能从哲学和美学的高度来做出深刻的理论分析,但是他确实是把艺术创造过程中主体与客体辩证统一的两个相反相成的进程生动形象地展现了出来,并且对它的特点做出了具体的明确的概括,这是非常难能可贵的,也是对我国古典美学和文艺理论的一个极为重大的创造性贡献。

对于这个创作中的重大美学问题,刘勰在《神思》篇中也做过类似的

[①] 黑格尔著,朱光潜译《美学》第一卷,第49页,商务印书馆1979年版。

分析。他在"赞"中说:"神用象通,情变所孕。物以貌求,心以理应。"指出了在艺术构思过程中,在孕育文情的时候,心与物之间有一种互相呼应的重要表现。"物以貌求"是说客体以其多种多样的姿态摆在艺术家的面前,请求艺术家来选择他认为合适的部分与之相契合,加以再现;"心以理应"则是指主体按照其内含之理来与之相呼应,和物貌中的最能体现其心之理者融合为一。此处的"理",一般注本均未加注释,陆侃如、牟世金《文心雕龙译注》作为"法则"解,周振甫《文心雕龙选译》译为"情理",两相比较,当以陆、牟本较接近刘勰原意,然而亦不甚确切。从研究刘勰论创作中的心物关系的角度来说,此"理"字至关重要。在"物以貌求,心以理应"两句中,"理"字乃是与"貌"字相对应的。"物"之"貌"与"心"之"理"互相默契,则此"理"字既是"心"之"理",亦是隐藏于"貌"中的"物"之"理"。"理"应"貌"之呼而入于其中,与之合而为一;"貌"则恰好能容"理"入乎其中,使自己成为主体的"心"之"理"的体现者,可见这"理"必定是符合于"物"之"理"的。所以这个"理"是和《原道》等篇中所说的"神理"有相通的一面,但不包含"神理"概念中那些神秘主义的色彩,而与"神理"概念中所包含的指宇宙万物的本质规律的"道"的方面相一致。刘勰告诉我们,文学创作过程就是要使主体内在的"理"与客观之"理"求得一致,因此也就能借客体之"貌"来体现主体之"理"。"理"进入"貌"之后,即是"心"理,又是"物"理。后来苏轼在《净因院画记》中说绘画要表现事物之"常理",自然是指"物理"而言,然而它也是要体现画家的"心"中之"理"的。王夫之在《姜斋诗话》中说诗歌描写客观事物,不仅要"得物态",而且要"穷物理",也是说"物"之"理",然而它也必须同时又能体现"心"之"理"。刘勰与苏轼、王夫之所说的"理",一从主体而言,一从客体而言,角度不同,但其实质是一致的,都是要求达到主体之"理"与客体之"理"的一致。刘勰在《物色》篇的"赞"中,还对心物交融这一过程做了极为生动形象的描绘。他说:

  山沓水匝,树杂云合。目既往还,心亦吐纳。春日迟迟,秋风飒飒,情往以赠,兴来如答。

清代纪昀评道:"诸赞之中,此为第一。"这是很有见地的。这八句是首极美的四言诗,同时也概括了心物交融这一创作中的重要理论问题,对它给以形象的再现。从这里还反映出了刘勰论心物交融的另一个重要思想,他指出了心物交融的过程即是作家灵感爆发的过程,创作最冲动、欲望最强烈的"感兴"高潮,也是心物交融最为充分的时刻。目见心应、情往兴答这样一个"神与物游"的过程,也正是心物互相感触并寻找互相之间默契之机的过程。灵感火花乃是在心物相应中迸发出来的。

刘勰这种对心物交融、主客观相统一的特征的分析和论述并非偶然,乃是接受了我国古代论心物关系的传统思想影响,并经过对实际创作经验的总结而加以创造性发展的结果。我国古代对创作过程中心物关系的认识,是有源远流长的历史和十分丰富的理论传统的,尤其是在六朝时期更有多方面的充分论述。从现有材料看,我国古代最早从理论上对心物关系做明确论述的,大约要算《礼记·乐记》。其云:

> 凡音之起,由人心生也。人心之动,物使之然也。感于物而动,故形于声。

这是从心物交感的角度来论述音乐的本源的,其侧重点是强调物对人的感发作用。《乐记》的产生时代及作者,学术界颇有争议,我是不同意郭沫若先生认为《乐记》是公孙尼子作的看法的。《乐记》乃是西汉时的著作,它是对先秦乐论的总结和发挥。《乐记》以前的有关音乐理论虽然也讲到音乐和客观事物之间的关系,但并没有从心和物的关系角度来研究音乐的起源问题。《乐记》强调心有感于物而引起感情的激动,然后才产生了音乐,它涉及艺术创作过程中的主客观关系问题。后来西晋的陆机在《文赋》中说:

> 遵四时以叹逝,瞻万物而思纷。悲落叶于劲秋,喜柔条于芳春。

这是把《乐记》中的人心感物思想具体地运用于文学创作的表现。刘勰《明诗》篇中之"感物吟志"说即从此来。然而从《乐记》到《文赋》,主要还只是论述了刘勰所说的"情以物兴"的一方面,而并没有进一步涉及"物以情观"的另一方面。对于这个创作过程中主客观关系的全面认识,是由刘勰从理论上加以发展而完成的。而刘勰之所以能有这种理论上的发挥,则又是与当时玄学清谈风气以及其所影响下的山水诗之勃兴有十分密切的关系。在论述这一点以前,当然我们也要看到,《乐记》在论述人心感物时也接触到了心也有主动的方面,而并不是完全被动的。例如,《乐记》中说:

> 是故其哀心感者,其声噍以杀;其乐心感者,其声啴以缓;其喜心感者,其声发以散;其怒心感者,其声粗以厉;其敬心感者,其声直以廉;其爱心感者,其声和以柔。

心之状况不同,"感于物而后动"之表现亦各异。显然也涉及了心对物的作用问题了。然而它不是从物受心的影响角度来谈的,所以"物以情观"这一方面就不明显了。刘勰之能对主客观辩证统一的两方面特点,特别是对心有支配物的一面有明确的认识,应该看到是有别的方面的影响的。这就不能不涉及玄、佛对心物关系的认识了。

关于创作过程中心对物的支配作用,亦即主体要驾驭和征服客体,使物成为心的"外化"而出现,这一点在传统的儒家文艺和美学理论中是强调不够的,而玄学和佛学的文艺和美学思想中则反映得较为突出。如果要追溯其渊源的话,早在《庄子》那里就已有所表露。庄子所讲的那些技艺故事中,一方面是"我"随物而化,另一方面物又是随"我"而运转的。庄子认为:人如果能在方法观精神上达到与"道"合一的境界,"独与天地精神往来"(《天下》),那么,"天地与我并生,而万物与我为一"(《齐物》),人的一切作为也就无不与自然同趣,物也可任凭"我"来自由驾驭了。魏晋玄学家进一步发展了庄子的这种思想,他们追求的是虚无的"道",提倡"本无末有","万有"之物不过是"一本"之"无"的体现。因此从心与物的关系来看,物乃是"悟道"之心的一种体现。从美学思想发展上看,最突出地体现这种哲学思想的是"言不尽意""得意忘言"说。王弼等认为,"言""象"并不代表"意",而只对"意"起一种象征作用,只是得

"意"的工具,如同筌之于鱼、蹄之于兔一样。其《周易略例·明象》篇说:"言者,象之蹄也;象者,意之筌也。是故存言者,非得象者也;存象者,非得意者也。""故言者,所以明象,得象而忘言;象者,所以存意,得意而忘象。""言"和"象"不过是达到得"意"的一种手段。物不过是作为心的象征而存在的。与此相似的是,嵇康在著名的《声无哀乐论》中提出了"心之与声,明为二物"的观点,认为音乐本身是客观的,它只有"自然之和",并无哀乐之情;哀乐之情是人主观的,它与音乐本身无关,两者并无因果关系,"声之与心,殊涂异轨,不相经纬",所以人们听音乐而有哀乐之感,乃是作者将主观之情借客观之声而寄托出来的结果。"夫殊方异俗,歌哭不同,使错而用之,或闻哭而欢,或听歌而戚,然其哀乐之怀均也。"也就是说,同样的声音,有人可以用它体现欢乐之情,也有人可以用它体现悲哀之情,物是随心之需要而出现的。这种强调心对物的支配作用的思想也非常突出地表现在当时的山水诗中。当时文学由玄言而至山水的发展,正是玄学家悟道方式的一种转变。他们在自然山水中放浪形骸,从山水之美中领略悟道的愉快。所以在他们笔下的山水,无论是诗还是画,都是他们借以体现悟道之心的外物而已。他们描绘的山水风景不仅仅为了写自然美,更主要的是要借此来象征他们所体会到的"道"的崇高境界,借"言""象"来象征不尽之"意"。如嵇康的诗《赠秀才入军》云:

> 息徒兰圃,秣马华山,流磻平皋,垂纶长川。目送归鸿,手挥五弦。俯仰自得,游心太玄。嘉彼钓叟,得鱼忘筌。郢人逝矣,谁与尽言。

这里,诗人之"流磻平皋,垂纶长川。目送归鸿,手挥五弦",都只是他"俯仰自得,游心太玄"之内心境界的象征。《庄子·知北游》中曾经说过:"山林与?皋壤与?使我欣欣然而乐与!"为什么呢?就是因为可以从山林皋壤这样的大自然中悟道。《世说新语·言语》篇中说:"王右军与谢太傅共登冶城,谢悠然远想,有高世之志。"又说:"简文入华林园,顾谓左右曰:会心处不必在远,翳然林水,便自有濠濮间想也。觉鸟兽禽鱼,自来亲人。"自然山水、鸟兽禽鱼都成了诗人主观的心的"外化"。东晋的兰亭禊事是一件极为风流的名士盛举,当时王羲之的《兰亭诗》五首之二中曾明确提出了"群籁虽参差,适我无非新"的看法,说明《兰亭集序》中所描写的"崇山峻岭,茂竹修林,又有清流激湍,映带左右"的美好自然景色,都是可以由"我"这个主体来自由驾驭的,都是能够"与心而徘徊"的。当时著名的玄言诗作家孙绰在其《三月三日兰亭诗序》中说:

> 情因所习而迁移,物触所遇而兴感。故振辔于朝市,则充屈之心生;闲步于林野,则辽落之志兴。仰瞻羲唐,邈已远矣;近咏台阁,顾深增怀,为复于暧昧之中,思萦拂之道,屡借山水以化其郁结,永一日之足,当百年之溢。

首二句"情因所习而迁移,物触所遇而兴感",正是讲的心物交感的问题。所谓"屡借山水以化其郁结"者,说明山水在这里不过是作家"化其郁结"的手段而已!主体对客体起着一种完全的支配作用。

在艺术创作的心物关系上强调心主宰物的思想方面,刘勰还很明显地受到宗炳的影响。《宋书·宗炳传》说:"(宗炳)好山水,爱远游,西陟荆巫,南登衡岳,因而结宇衡山,欲怀尚平之志。有疾还江陵,叹曰:'老疾俱至,名山恐难遍睹,唯当澄怀观道,卧以游之。'凡所游履,皆图之于室。"这种"澄怀观道"的思想也就是他在《画山水序》中所说的"圣人含道映物","圣人以神法道而贤者通,山水以形媚道而仁者乐"。圣人心目中之山水,实际上乃是"道"的一种体现。宗炳在他的《明佛论》中也从"神不灭"论的角度出发,强调了物不过是心借以寄托的表象。心处于物中,但恰如颜回之身居陋巷而不改其乐,"处有若无,抚实若虚",物不过是其"畅神"之工具而已!故而他说:"夫五岳四渎,谓无灵也,则未可断矣。若许其神,则岳唯积土之多,渎唯积水而已矣。得一之灵,何生水土之粗哉?而感托岩流,肃成一体,设使山崩川竭,必不与水土俱亡矣。"宗炳认为老庄之浪迹山水,儒家之仁智之乐,无非因为山水亦有灵性,是"道"的体现。他在《画山水序》中说:"至于山水质有而趣灵,是以轩辕、尧、孔、广成、大隗、许由、孤竹之流,必有崆峒、具茨、藐姑、箕、首、大蒙之游焉。又称仁智之乐焉。"从玄学清谈风气流行,到山水诗画的创作实践,到宗炳玄佛结合的山水画论,都突出了心物关系中的心对物的主宰作用,这些必然会影响刘勰对心物关系的认识,从而不仅指出了"情以物兴"的方面,而且指出了"物以情观"的方面。这里我们还应当看到的是,六朝时期的佛教徒大都也是精通玄学的。佛教徒也寄情山水风物,以寄托其空寂佛理境界。在这一方面玄佛是完全一致的,这一点从宗炳的理论中也可以看出来。佛教艺术重在使神佛借"象"以显,也是很强调创作中主观方面的支配作用的。因此我们可以说,刘勰的心物交融说乃是对儒家的人心感物说与玄佛的寄情寄心说的综合,在此基础上从理论上加以发挥的结果。

刘勰关于心物交融说的论述,还有一个重要的内容是如何描写物的问题。也就是说,从文学创作的角度来看,怎样才能把心物交融后所凝聚成的艺术形象用精练的语言表达出来的问题。这里涉及文学创作中的典型化原则等一系列重要理论的问题。刘勰在《物色》篇中说:

> 故灼灼状桃花之鲜,依依尽杨柳之貌,杲杲为出日之容,瀌瀌拟雨雪之状,喈喈遂黄鸟之声,喓喓学草虫之韵,皎日嘒星,一言穷理;参差沃若,两字连形。并以少总多,情貌无遗矣。

刘勰列举了《诗经》中十个描写自然景象的生动例子,并从中总结出一个十分重要的原理:"以少总多,情貌无遗。"这里的"情貌"当指创作过程中心与物两方面的特点。陆机《文赋》云:"信情貌之不差,故每变而在颜。"刘勰的"情貌无遗"说正是由此而来。文学创作中要做到"情貌无遗",达到这样高的水准是不容易的。客观事物是复杂的,也是丰富的,它可以从不同的角度、不同的层次去表现。文学创作往往不需要毫发无遗地把它全部描写出来,而是要按照情的要求选择与之最相契合、最能突出情的方面来加以摹写。这里的"以少总多"可以从不同的角度来理解:一是指文辞简洁,而它所体现的物的姿态和内容相当丰富;二是指描写的物态很精要,而它所流露出来的感情是相当充实的,能做到"言有尽而意无穷"。刘勰在《物色》篇中的后一段中说:

> 是以四序纷回,而入兴贵闲;物色虽繁,而析辞尚简;使味飘飘而

轻举,情晔晔而更新。古来辞人,异代接武,莫不参伍以相变,因革以为功;物色尽而情有余者,晓会通也。

此所谓"物色虽繁,而析辞尚简",即我们上述的第一层意思,而"物色尽而情有余"则是我们上述的第二层意思,它说明刘勰对"以少总多"的含义也是有多方面理解的。同时,"以少总多"是和《比兴》篇中所说文学创作中的"称名也小,取类也大"的特点一致的。小和大的关系,亦即少和多的关系。"称名也小,取类也大"源于《易经·系辞》,本是指易象象征客观事物的特点。《周易》的每一个卦象都是一类事物的象征,这里面是包含有典型概括意义的。当然,卦象只是一种形象符号,和文学形象有本质不同,但文学创作上的"称名也小,取类也大"和"以少总多",也正是受易象之启发而来的。

那么怎样才能有效地做到"以少总多,情貌无遗"呢？刘勰在《物色》篇的后一段中也有重要的论述。刘勰指出当时在文学创作上描绘"物色"的能力是很强的,比以前有很大的发展。他说:"自近代以来,文贵形似,窥情风景之上,钻貌草木之中;吟咏所发,志惟深远;体物为妙,功在密附。故巧言切状,如印之印泥,不加雕削,而曲写毫芥。故能瞻言而见貌,即字而知时也。"然而仅仅有这样精细的刻画能力是不够的。文学创作的关键还是在于如何做到情与貌、心与物之间的有机统一。因此他认为精细的刻画能力仅仅是一个基本的条件,要真正做到"以少总多,情貌无遗",关键是在"善于适要"与"晓会通"。他说:

> 然物有恒姿,而思无定检;或率尔造极,或精思愈疏。且《诗》《骚》所标,并据要害;故后进锐笔,怯于争锋。莫不因方以借巧,即势以会奇;善于适要,则虽旧弥新矣。

创作中的主观和客观之间关系是复杂的,"物有恒姿,而思无定检"。客观事物虽然也是多种多样的,但对某一事物来说还是有相对固定的状态的;而作家主观的思想感情则又是复杂多变,没有固定规律的。比如《诗经·小雅·采薇》:"昔我往矣,杨柳依依;今我来思,雨雪霏霏。""杨柳依依"

本是欢乐景象,然而此处征人远出,恰好是借此表现哀思。"雨雪霏霏"本是悲哀景象,然此处征人远归,欣喜之情恰好借此而出。刘勰在《明诗》篇中说:"诗有恒裁,思无定位。"讲的也是这个意思。情和貌、心和物的契合是没有一定的死规矩的,也不是按照某个法式去套一下就可以成功的。它们的契合应当是有多种多样的不同方法和途径的。"或率尔造极,或精思愈疏。"关键是要善于在各种不同情况之下抓住要害。"适要"既包括心的方面,也包括物的方面。既要懂得事物的关键之处是什么,善于抓住其有本质特征的部分,也要懂得作家所要表达之情的要害部分,要使两者恰到好处地结合,符合各自的内在规律,方能称之为"善于适要"。刘勰的这种主张的提出显然是受到陆机《文赋》影响的结果,陆机在《文赋》中说:

> 若夫丰约之裁,俯仰之形,因宜适变,曲有微情。或言拙而喻巧,或理朴而辞轻。或袭故而弥新,或沿浊而更清。或览之而必察,或研之而后精。譬犹舞者赴节以投袂,歌者应弦而遣声。是盖轮扁所不得言,故亦非华说之所能精。

虽然陆机是从情与辞的关系上来说的,与刘勰所论角度略有不同,但其基本原则"因宜适变",则是和刘勰之"善于适要"论完全一致的。刘勰所谓"虽旧弥新"之说,亦即陆机"袭故而弥新"之意。"善于适要"依仗作家的才能,如果能够"因方以借巧,即势以会奇",那么虽然《诗》《骚》之作已描尽风物,后来诗人却仍然可以通过描绘自然而创造出新颖独特的艺术珍品,并使之"味飘飘而轻举,情晔晔而更新"。当然,这里有一个继承和创新的问题。所谓"因方以借巧,即势以会奇"者,是说要在继承前人艺术经验的基础上,发挥自己的智慧才能,有更进一步的独特创造,这就叫作"晓会通"。能够这样,那么清风明月虽然历史上已有无数人讴歌过,后代的诗人却仍然可以描写它,并创作出不朽的惊人之作。因为自然风物既可从多种角度去描写,诗人之情更是无一人相同,艺术的创造自然也一定是无穷无尽的。"山林皋壤,实文思之奥府","屈平所以能洞监风骚之情者,抑亦江山之助乎"!何况自然界之幽美胜景,亦尚待诗人之进一步探索,江山可助屈平成名,岂能薄待后代有才华的诗人呢!刘勰在《物色》篇最后的这几句论说,正是强调了心物之默契有待于作家深入现实中去,那里是有深厚的艺术宝藏在等待诗人去开发的。"江山之助"说被后代无数诗人奉为圭臬,不能不归功于刘勰之《文心雕龙》!

第三节 《文心雕龙》的才略论
——论作家的才能和个性

刘勰对作家的才能非常重视,他懂得一个作家成就的高低当然有多种因素起作用,但是最主要的是两个因素:一是才能,二是学问。这里的才能含义是比较丰富的,既有一般的聪明智慧,也有文学创作的天赋才华。他讲的才能比较着重先天禀赋方面,而学问则主要是后天的修养和积累。他在《事类》篇中说:"夫姜桂因地,辛在本性;文章由学,能在天资。才自内发,学以外成。""是以属意立文,心与笔谋,才为盟主,学为辅佐;主佐合德,文采必霸,才学褊狭,虽美少功。"两者都是必需的,是相辅相成的,但是他对天赋才能显然是更为看重的,认为它对一个作家的成就高下起着主导作用。由于每个作家的个性气质不同,生活环境和所受的教育也各有差异,所以他们的文章也有着明显的不同色彩。刘勰在《文心雕龙·才略》篇中指出:文学批评必须研究每个作家的不同才能,这样才可以懂得和了解他们创作的特殊风貌。作家的才能既然以天赋特点为主,那么研究他们各自不同的特点及其在文学创作中的表现,毫无疑问是文学批评的基本任务之一。刘勰在《文心雕龙·才略》篇中纵论历代文学家的才能状况,详细地剖析了各个作家的才能特点,对我们正确认识他们的创作具有十分重要的意义。他在"赞"中说:"才难然乎,性各异禀。一朝综文,千年凝锦。余采徘徊,遗风籍甚。无曰纷杂,皎然可品。"

刘勰对历代作家的才华是非常钦佩的,他说:"九代之文,富矣盛矣;其辞令华采,可略而详也。"不过先秦的文人以学者为主,除屈宋外,大都不是纯粹的文学家,而从汉代开始才有了大量的专业文学家。所以他对作家才能的分析中,先秦部分是比较笼统的,带有举例性,汉代以后才一个个做具体分析。刘勰对他所论到的历代作家之才能特点有非常正确精到的分析。陆贾和贾谊是汉代初期的代表作家,他们都以议论散文著称,同时兼善辞赋。不过陆贾的辞赋现已不存,刘勰的时代则还能看到。他们的文辞风貌,陆贾丰富奇特,而贾谊则清丽俊逸。董仲舒和司马迁,一为儒,一为史,然文辞富美,而皆有《士不遇赋》,说明他们都有丰富的文学家的才情。西汉前期的邹阳是散文家,枚乘是著名的辞赋家,他们个性较强,气势很盛,所以刘勰说:"膏润于笔,气形于言。"枚乘偏长于散文性的辞赋,其《七发》被很多人模仿,并且发展为一种新的文体——七体。其后辞赋得到繁荣发展,著名的辞赋作家如司马相如、王褒、扬雄是西汉有代表性的辞赋作家,刘勰论述也就更为详细:"相如好书,师范屈宋,洞入夸艳,致名辞宗。然覆取精意,理不胜辞,故扬子以为文丽用寡者长卿,诚哉是言也!王褒构采,以密巧为致,附声测貌,泠然可观。子云属意,辞人最深,观其涯度幽远,搜选诡丽,而竭才以钻思,故能理赡而辞坚矣。"司马相如繁艳文才形成的"夸艳",王褒穷尽声貌显示的"密巧",扬雄竭才钻思产生的"诡丽",都有他们自己的才华特点。东汉的文学家由于受儒家经学定于一尊的影响,一般来说文采不如西汉文学家,带有学人的特色,但是东汉时期的文学家不仅擅长辞赋,而且在散文方面有较大的发展,散文的种类和形式都相当丰富,而且专业的文人众多,各人都有自己的特点,具有和西汉很不同的特色。东汉前期作家的文才不如西汉作家,是受时代偏重治学之影响,故其辞赋不如西汉之华丽,刘勰说:"桓谭著论,富号猗顿,宋弘称荐,爰比相如,而集灵诸赋,偏浅无才,故知长于讽论,不及丽文也。"所以他对一般人所说班彪不如班固、刘向不如刘歆的说法,提出了不同见解。"二班两刘,弈叶继采,旧说以为固文优彪,歆学精向,然《王命》清辩,《新序》该练,璿璧产于昆冈,亦难得而逾本矣。"东汉的散文作家成就较为突出:"傅毅崔骃,光采比肩,瑷寔踵武,能世厥风者矣。杜笃贾逵,亦有声于文,迹其为才,崔傅之末流也。李尤赋铭,志慕鸿裁,而才力沉膇,垂翼不飞。马融鸿儒,思洽识高,吐纳经范,华实相扶。王逸博识有功,而绚采无力。延寿继志,瑰颖独标,其善图物写貌,岂枚乘之遗术欤!张衡通赡,蔡邕精雅,文史彬彬,隔世相望。是则竹柏异心而同贞,金玉殊质而皆宝也。"这些作家各有自己的特色,虽然他们的才能和写作的文体不同,但是都形成了自己独特的风格。

汉魏之交是文人辈出的文学创作极为繁荣时期。以三曹七子和嵇康、阮籍为代表的作家群构成了建安、正始文学发展的高峰。这时的文学家个性异常鲜明，独特的创作风格也非常突出，所以刘勰对他们的才能特点的分析也相当深刻。他对一般人认为曹植文才比曹丕高的看法很不满意，指出那是人们同情曹植的遭遇，对曹丕做皇帝的不满所致，实际上曹丕的才能并不比曹植差。他说："魏文之才，洋洋清绮，旧谈抑之，谓去植千里，然子建思捷而才俊，诗丽而表逸；子桓虑详而力缓，故不竞于先鸣。而乐府清越，典论辩要，迭用短长，亦无懵焉。但俗情抑扬，雷同一响，遂令文帝以位尊减才，思王以势窘益价，未为笃论也。"应该说，刘勰的看法是正确的，曹丕的文学才能决不在曹植之下，只是两人的个性特点和艺术风貌不同而已。曹植个性较为激励张扬，而曹丕个性较为平和深沉。所以曹植的创作更为激昂慷慨，而曹丕的创作则比较缠绵温柔。这可能和他们的生平经历和政治处境不同有关，但不能"令文帝以位尊减才，思王以势窘益价"，这是刘勰很客观的评价。对建安、正始时期其他作家的才能特点，刘勰都能做出相当确切的扼要概括。他说："仲宣溢才，捷而能密，文多兼善，辞少瑕累，摘其诗赋，则七子之冠冕乎！琳、瑀以符檄擅声，徐幹以赋论标美，刘桢情高以会采，应场学优以得文。路粹杨修，颇怀笔记之工；丁仪邯郸，亦含论述之美；有足算焉。刘劭《赵都》，能攀于前修；何晏《景福》，克光于后进；休琏风情，则《百壹》标其志；吉甫文理，则《临丹》成其采；嵇康师心以遣论，阮籍使气以命诗：殊声而合响，异翮而同飞。"在建安七子中他对王粲的评价较高，这是和钟嵘《诗品》中的评价不同的。钟嵘由于强调"建安风力"，所以对刘桢评价很高，置于王粲之上，而刘勰则从总体创作成就来考察，认为王粲更为突出，这也是很客观的评价。而他对刘桢的评价，说他"情高以会采"，也与钟嵘的评价是一致的。他对七子和其他作家各自擅长的文体和创作风格的概括，可以说是一语破的，极为精彩。他说正始时期的代表诗人嵇康、阮籍的不同特点之论述，也是十分精当的。"嵇康师心以遣论，阮籍使气以命诗"，把他们的最关键特色清晰地展示在读者面前。

两晋时期文学风貌发生了很大变化，偏重繁华富丽，对偶雕琢。刘勰对其中代表作家才能风格的特点也都做了精练正确的概括。例如，他说："张华短章，弈弈清畅，其《鹪鹩》寓意，即韩非之《说难》也。左思奇才，业深覃思,尽锐于《三都》,拔萃于《咏史》,无遗力矣。潘岳敏给,辞自和畅,钟美于《西征》,贾余于哀诔,非自外也。陆机才欲窥深,辞务索广,故思能入巧,而不制繁。"张华、左思、潘岳、陆机是西晋成就最高的诗人,是"三张、二陆、两潘、一左"中的代表人物,刘勰对他们的才能和创作特点的分析也是非常深刻确切的。而对刘琨、卢谌、郭璞在诗歌发展中继承建安、正始传统,廓清玄言诗的迷雾的作用也看得很清楚。对玄言诗作家的不良创作倾向的批评也能击中要害。对南朝的作家,由于时代很近,他不做评价,这也是很科学、很实际的态度,在他写《文心雕龙》的时候,有些作家尚在人世。

刘勰在《才略》篇的"赞"中对历代作家才华状况做了一个总的概括,他说:"才难然乎,性各异禀。一朝综文,千年凝锦。"说明文学发展的千姿百态乃是作家各自的才华所造成,所以要研究文学的发展及其特点,必须认真地考察各个时代作家的才能特点。这正是文学批评的十分重要的任务。

第四节 《文心雕龙》的知音论
——论文学的欣赏和批评

刘勰在《文心雕龙》中对文学的欣赏和批评也提出了很好的见解,这些集中反映在他的《知音》一篇,因为《知音》篇的论述是在全书的基本文艺思想基础上来进行的。

刘勰很清楚地认识到,文学欣赏与批评,和文学的创作有很不同的特点。他说:"夫缀文者情动而辞发,观文者披文以入情。"作家的创作是一个由情到辞的过程。作家在生活中获得感受,由于外物的触动,兴起了情,凝聚成为构思中的意象,酝酿成熟了,才用语言文辞将之表达出来。而欣赏者、批评者则正好与此相反,他们是先接触文辞,是一个由文而入情的过程。读者先受到艺术形象的感染,然后再深入一步体会到作家主观的情志。"情动而言形,理发而见文,盖沿隐以至显,因内而符外者也。"后者则是由显而探隐,从外而入内,因辞而见理,借文而体情。按照《隐秀》篇的论述来说,文学创作是"隐"借"秀"而外现,文学批评则必须由"秀"而知"隐"。刘勰揭示文学欣赏批评和文学创作不同的特点,是很有意义的。因为这正是文学批评家对作品的评价往往与作家本人有所不同的原因之一。读者欣赏文艺作品,首先接触的是作品用语言构成的艺术形象。艺术形象包含着作家主观因素和现实生活客观因素两方面,作家的主观情意和褒贬态度是体现于客观现实生活内容之中的。读者接触艺术形象,一般说首先要了解其客观现实生活内容,而对于这种客观生活内容,也即是客观物象,由于读者本人的生活、思想、经历等等的不同,可以得出和作家的主观认识很不同的理解,这不仅有深浅之差别,而且可能得出和创作者相反的看法。这种情况,后来王夫之在《姜斋诗话》中曾经说过:

> 作者用一致之思,读者各以其情而自得。故《关雎》,兴也;康王晏朝,而即为冰鉴。"訏谟定命,远猷辰告",观也;谢安欣赏,而增其遐心。人情之游也无涯,而各以其情遇,斯所贵于有诗。

同样一篇作品,读者和作者可以得出不同的结论,不同的读者也可以得出不同的结论。《诗经》中的《关雎》一篇按《毛诗》解释是"兴"诗,《毛诗序》云:"《关雎》,后妃之德也。""《关雎》乐得淑女以配君子,忧在进贤,不淫其色,哀窈窕,思贤才,而无伤善之心焉。是《关雎》之义也。"但是按照齐、鲁、韩三家诗说,则以为是讽刺周康王荒淫失政的。《鲁诗》说:"后夫人鸡鸣佩玉去君所,周康王后不然,故诗人叹而伤之。"《后汉书·皇后记》云:"康王晚期,《关雎》作讽。"而《大雅·抑》篇中"訏谟定命,远猷辰告"两句,是劝告当政者应以远大谋划来确定政令、发布诏诰的。但是东晋时的谢安特别欣赏这两句诗,认为"偏有雅人深致"(《世说新语·文学》),这是因为谢安是有理想抱负的,希望在政治上有所作为,统一南北,曾领导著名的淝水之战,指挥其侄谢玄获得大胜。这两句诗正好能代表他的这种志向,所以特别喜爱。这就说明文学的欣赏和批评与批评者本人有很密切的关系,同时也是文学欣赏和批评本身的规律和特点决定的。

刘勰认为要开展正确的文学批评,是一件很困难的事,《知音》篇中一开始就说:"知音其难哉!音实难知,知实难逢;逢其知音,千载其一乎!"一则文学作品本身门类众多,品种复杂,万紫千红,各有千秋,要正确地鉴别其优劣,实在是不容易的。二则批评者的状况也各不相同,爱憎好恶悬殊极大,水准修养也有高低。为此,历史上的文学批评存在着主观、片面、浅薄等许多不良倾向。对于这种状况,刘勰是很不满意的。他说:

> 夫麟凤与麏雉悬绝,珠玉与砾石超殊,白日垂其照,青眸写其形。然鲁臣以麟为麏,楚人以雉为凤,魏氏以夜光为怪石,宋客以燕砾为宝珠。形器易征,谬乃若是;文情难鉴,谁曰易分?夫篇章杂沓,质文交加;知多偏好,人莫圆该。慷慨者逆声而击节,酝藉者见密而高蹈,浮慧者观绮而跃心,爱奇者闻诡而惊听。会己则嗟讽,异我则沮弃;各执一隅之解,欲拟万端之变:所谓"东向而望,不见西墙"也。

由于批评者的主观和无知,往往会埋没一些优秀的作品,以劣为优,就会对文学创作的发展产生不好的影响。批评者只以个人爱好为标准,必然要出现片面性,结果就"各执一隅之解,欲拟万端之变",这就难以对文学作品做出全面的公正的评价。所以刘勰在《序志》篇中曾对他以前的文学批评著作进行了批评,他说:

> 详观近代之论文者多矣:至如魏文述《典》,陈思序《书》,应玚《文论》,陆机《文赋》,仲洽《流别》,宏范《翰林》,各照隅隙,鲜观衢路:或臧否当时之才,或铨品前修之文,或泛举雅俗之旨,或撮题篇章之意。魏《典》密而不周,陈《书》辩而无当,应《论》华而疏略,陆《赋》巧而碎乱,《流别》精而少功,《翰林》浅而寡要。又君山、公幹之徒,吉甫、士龙之辈,泛议文意,往往间出,并未能振叶以寻根,观澜而索源。

刘勰认为历代这些文学批评著作之所以有这样或那样的缺点,归结起来,都是由于"各照隅隙,鲜观衢路",缺乏一种宏观的眼光,而过多地强调了一隅之见。以偏概全,以"一隅之解"来说明"万端之变",就必然要发生偏差。

刘勰还进一步指出,这种主观的、片面的文学批评主要表现在三个方面。第一是"贵古贱今",比如:"昔《储说》始出,《子虚》初成,秦皇、汉武,恨不同时;既同时矣,则韩囚而马轻,岂不明鉴同时之贱哉?"这种弊病确是古已有之,它大约是和儒家所提倡的"述而不作,信而好古"有关系的。刘勰还引用了《鬼谷子·内揵》篇中的两句话"日进前而不御,遥闻声而相思"来批评这种"贱同而思古"的倾向。第二是"崇己抑人",比如:"至于班固、傅毅,文在伯仲,而固嗤毅云:'下笔不能自休。'及陈思论才,亦深排孔璋;敬礼请润色,叹以为美谈;季绪好诋诃,方之于田巴:意亦见矣。故魏文称'文人相轻',非虚谈也。"一般的文人往往有缺乏自知之明的毛病,总喜欢夸大自己的长处,看不到自己的短处,对别人看到人家的缺点,看不到人家长处,容易以己之长比人之短,自然也就不能对别人创作做出恰当的评论。第三是"信伪迷真",比如:"至如君卿唇舌,而谬欲论文,乃称'史迁著书,咨东方朔',于是桓谭之徒,相顾嗤笑。彼实博徒,轻言负诮;况乎文士,可妄谈哉!"批评者本人学识浅薄,只凭能言善辩而随便评论文学创作,自然只能造成混乱。这三种不良的文学批评倾向,有的是由于认识不足,思想方法上有片面性;有的是由于突出个人,恃才傲物;有的是由于不学无术,信口开河,都是不正确的。刘勰认为真正正确的文学批评应当坚持客观的、科学的原则,必须做到"无私于轻重,不偏于憎爱"。

那么怎样才能坚持文学批评中的客观的、科学的正确态度呢?刘勰认为关键是批评者本人必须加强自己的修养,提高自己的水准。他说:"凡操千曲而后晓声,观千剑而后识器;故圆照之象,务先博观。"要进行文学批评,批评者本人必须有广博的知识,最好自己有丰富的创作实践经验,能懂得和掌握文学批评和文学创作的规律,即或自己创作实践不多,也必须阅读和研究大量的作品,加以比较和鉴别。必须是内行,才能识别好坏。这一点,曹植在《与杨德祖书》中曾经说过类似的意思。他说:"盖有南威之容,乃可以论于淑媛;有龙渊之利,乃可以议于割断。"强调批评家本身必须首先是一个有才能的作家,如果自己写不出优秀作品,没有创作才华,就没有资格去批评别人。这个说法是有道理的,但未免对批评家过于苛求了。我们不能要求批评家必须是作家,当然,批评家如果本人有创作实践经验,这是有利于他提高文学批评水准的,但是创作和批评毕竟是有区别的,不可能人人都是通才。刘勰提出的"圆照之象,务先博观"之说,比曹植之论要合乎实际,也公正得多了。批评者有"博观"的基础,就能够"阅乔岳以形培塿,酌沧波以喻畎浍",综观全局,给作品以恰如其分的历史评价,真正做到"平理若衡,照辞如镜矣"。

然而,批评者仅有"博观"的修养还是不够的,还必须懂得欣赏和批评文学作品的方法,知道从什么地方去判别作品的优劣。为此,刘勰提出了"六观"的问题,他说:

> 将阅文情,先标六观:一观位体,二观置辞,三观通变,四观奇正,五观事义,六观宫商。斯术既行,则优劣见矣。

刘勰提出的这"六观",是与文学批评的"披文以入情"特点有关的。"六观"即是"披文以入情"的具体途径与方法。"六观"都是就"文"的特点而说的,然而又并非与"情"割裂,它是要求批评者以"文"的六个关键方面来观其"情"的。目的还是在"入情",而不只是在"文",但是不从这六个方面来探求,则无以"入情"。"六观"是分析文学作品优劣的方法,而并不是批评标准。现在我们来分析"六观"的具体内容。"一观位体",是指要考察文学作品的体裁风格和它所包含的情理是否相契合。《定势》篇云:"夫情致异区,文变殊术,莫不因情立体,即体成势也。"文学作品的体是因情的内容来立的,故而要从"位体"的角度来研究它是否能最充分地体现"情理"。《镕裁》篇云:"情理设位,文采行乎其中。刚柔以立本,变通以趋时。立本有体,意或偏长;趋时无方,辞或繁杂。"可见"位体"的本质是在情理之安排是否妥当。"二观置辞",是指文辞运用是否能充分表达内容。《情采》篇云:"是以联辞结采,将欲明理,采滥辞诡,则心理愈翳。"置辞是否妥贴,是和内容密切联系着的,而不是只看是否华丽。《附会》篇云:"若统绪失宗,辞味必乱,义脉不流,则偏枯文体。"文学作品的创作要"附辞会义",由辞而明义,辞和义是不能分开的。"三观通变",是指要考察文学作品在处理继承和创新方面是否做到了在"通"的基础上有"变",在认真继承前代文学优秀传统的前提下有所创造,有所发展,做出新的贡献,能不能"凭情以会通,负气以适变",而做到"望今制奇,参古定法"。刘勰是反对因袭模拟的,但也反对一味追求新变而丢掉自己的传统。"四观奇正",是指内容是否纯正,形式是否华美,以及两者的关系处理得是否正确。《辨骚》篇云:"若能凭轼以倚《雅》《颂》,悬辔以驭楚篇,酌奇而不失其真,玩华而不坠其实;则顾盼可以驱辞力,咳唾可以穷文致,亦不复乞灵于长卿,假宠于子渊矣。"这里"酌奇而不失其真"的"真",唐写本作"贞",即"正"之意。刘勰这一段中所说的奇不失正、华不坠实,亦即此篇上文所说《楚辞》能"取镕经意"又"自铸伟辞"之意。奇正即华实,能"衔华而佩实",则能得奇正之旨矣。故《风骨》篇云:"若夫镕铸经典之范,翔集子史之术,洞晓情变,曲昭文体,然后能莩甲新意,雕画奇辞。昭体故意新而不乱,晓变故辞奇而不黩。"要做到意新辞奇,则能达到奇正合宜之目的。刘勰在这里也明显地表现了他的儒家思想影响之局限性,他所谓的"正",即是要符合于儒家经义之规范。《定势》篇中说:"旧练之才,则执正以驭奇;新学之锐,则逐奇而失正。"刘勰之所以要"观奇正",正是要考察文学作品是"执正以驭奇"呢,还是"逐奇而失正"。"五观事义"是指要考察文学作品中所描写的客观内容与作家主观情志是否协调,亦即作品中思想内容的客观因素和主观因素是否统一。刘勰在《附会》篇中说文学作品"必以情志为神明,事义为骨髓,辞采为肌肤,宫商为声气"。"事义"是要体现"情志"的,如果"事义"与"情志"相乖戾,则文学作品肯定是写不好的。同时,"事义"本身也有是否真实可信的问题。所以刘勰在《宗经》篇提出了"事信而不诞""义直而不回"的问题。如果是运用典故,还有是否确切的问题。"六观宫商",是指文学作品的声律美问题。声律美关键是能否做到有和、韵之美。同时,声律也能体现作者的感情状态。《声律》篇说:"标情务远,比音则近。"情和声是有密切关系的。可见,"六观"从表面上看似乎主要是从艺术形式方面来考察的,但是实质上都和内容有不可分割的内在联系,均是由"文"以"入情"的具体途径。

不过,"六观"毕竟还只是一般地考察文学作品优劣的几个方面,要真正有精深的鉴别能力,善于一针见血地指出作品的要害所在,关键是在能够"见异",他说:"昔屈平有言:'文质疏内,众不知余之异采。'见异唯知音耳。"优秀的文学作品必然会有自己的独特特点,有其不同于一般作品的"异采",能够发现作品"异采"之所在,就是具有"深识鉴奥"能力的表现,才可以称得上是一位有水准的批评家,是作家的"知音"。"见异唯知音",这是刘勰对文学批评理论的一个十分重要的见解。"见异"就是要发现作家作品在思想和艺术上的独创性和不同于其他作家作品的特征所在。我们从《文心雕龙》中刘勰对历代作家作品的评论来看,他本人确实一位善于"见异"的知音。刘勰在他的文学批评实践中,对作家作品的评论,总是要指出它比前代作家作品有些什么新的地方,做出了一些什么新的贡献,同时也总是要指出它和同时代作家作品相比又有什么自己的特色。在《诠赋》篇中我们可以看到,他对辞赋发展过程中十家"辞赋之英杰"各自特点的概括,是多么精练而准确!《时序》篇中他对每一个时代文学发展特点的分析,又是何等深刻而透辟!后来许多文艺家正是从这里受到启发,而特别重视文学批评要善于发现同中之异的。比如明代的谢榛在《四溟诗话》中就强调只有"异其异"才是最难的,他说:"人但能同其同,而莫能异其异。吾见异其同者,代不数人尔。"能不能"见异",对一个批评家来说,不仅要博观多识,而且要靠他识鉴的深度,能心敏理达,洞察玄奥,方可"晓声""识器",而后"见异"。

　　刘勰关于文学的欣赏和批评方面的这些重要思想,也是有其历史渊源的。其中孟子、王充、曹丕、葛洪等人对文学欣赏和批评的态度与方法的论述,对刘勰的影响最为深刻。孟子提出的"知人论世""以意逆志"的文学批评方法,其实质正是要求批评家要比较客观地去评论作品,避免"断章取义"的那种主观主义的文学批评,以免曲解了诗歌的本意。同时,孟子也指出了要按照文学创作的特点和规律去理解作品,而不能局限于字面上的一知半解。这些对刘勰的文学批评论的提出是有很大启发作用的。刘勰在《夸饰》篇中还特别提到,文学夸张描写的意义,就应当按照孟子所说的"不以文害辞,不以辞害意"的原则去理解。王充在《论衡》中曾对当时批评界那种贵古贱今的倾向进行了尖锐的讽刺和揭露,有力地驳斥了其荒谬、有害的种种论调。他在《案书》篇中说:"夫俗好珍古不贵今,谓今之文不如古书。夫古今一也。才有高下,言有是非,不论善恶而徒贵古,是谓古人贤今之人也。"而实际上,"才有浅深,无有古今;文有伪真,无有故新",不能以古今来论高下,而应当以客观存在的作家实际才能、作品的实际水准来评论优劣。《齐世》篇中说:"世俗之性,贱所见,贵所闻也。有人于此,立义建节,实核其操,古无以过,为文书者,肯载于篇籍,表以为行事乎?作奇论,造新文,不损于前人,好事者肯舍久远之书,而垂意观读之乎?"主张实事求是的、客观的、科学的文学批评,这是王充论文的一个非常突出的方面,对刘勰也有非常明显的影响。王充是非常重视批评家要有真知灼见的,优秀作品毕竟是少数,"饰面者皆欲为好,而运目者希;文音者皆欲为悲,而惊耳者寡"(《超奇》篇),合众心、顺人意者不一定是好作品,一些真正有价值的作品常常是"谲常心,逆俗耳"(《自纪》篇)的,只有能"深识鉴奥"者方能成为其知音。其《自纪》篇又云:"有美味于斯,俗人不嗜,狄牙甘食;有宝玉于是,俗人投之,卞和佩服。孰是孰非?可信者谁?礼俗相背,何世不然?鲁文逆祀,去者三人;定公顺祀,畔者五人。盖独是之语,高士不舍,俗夫不好;惑众之书,愚者欣颂,贤者逃顿。"这不正是刘勰所的"音实难知,知实难逢"的意思吗?王充《佚文篇》中说:"孟子相人以眸子焉。心清则眸子瞭,瞭者,目文瞭也。"这个道理刘勰在《知音》篇中也说过:"故心之照理,譬目之照形,目瞭则形无不分,心敏则理无不达。"其精神实质是完全一致的。至于后来曹丕《典论·论文》中批评文人相轻,"各以所长,相轻所短","不自见之患",则更是直接为刘勰所肯定。曹植《与杨德祖书》中对文学批评的看法,刘勰在《知音》篇中也做了评论。特别值得我们重视的是葛洪在《抱朴子》中对文学批评态度与方法的有关论述对刘勰的影响。葛洪在《抱朴子·辞义》篇中指出:"夫文章之体,尤难详赏。"因为人们的"观听殊好,爱憎难同。飞鸟睹西施而惊逝,鱼鳖闻九韶而深沉。故衮藻之粲焕,不能悦裸乡之目;采菱之清音,不能快楚隶之耳;古公之仁,不能喻欲地之狄;端木之辩,不能释系马之庸"(《广譬》篇)。欣赏者和批评者各有自己的标准,因此对文学作品优劣的评价也难以取得一致。本来,"五味舛而并甘,众色乖而皆丽",然而,"近人之情,爱同憎异,贵乎合己,贱于殊途"。其《尚博》篇指出,"夫赏其快者必誉之以好,而不得晓者必毁之以恶,自然之理也"。只凭主观爱恶,就必然会丢掉客观的、科学的实事求是的态度,也不可能对文学作品做出正确的公正的评价。许多批评家由于自己识见的浅薄,不能认识真正优秀的作品。"若夫驰骤于诗论之中,周旋于传记之间,而以常情览巨异,以褊量测无涯,以至粗求至精,以甚浅揣甚深,虽始自髫龀,讫于振素,犹不得也。"(《尚博》)为此,葛洪也强调批评家本人必须提高自己的修养和水准,有广博的见识,善于比较和鉴别。《抱朴子·广譬》篇云:"不睹琼琨之熠烁,则不觉瓦砾之可贱;不觌虎豹之或蔚,则不知犬羊之质漫;聆《白雪》之九成,然后悟《巴人》之极鄙。"葛洪这种重要意见,我们都可以在刘勰《知音》篇中找到它的影子。刘勰反对以主观好恶去武断地评论作品,批评世俗之人不辨真伪,"以雉为凤","以夜光为怪石",他提倡批评家要有"博观"之能,要"深识鉴奥",善于"见异",可以说都与葛洪的上述主张有着一脉相承的思想联系。所以刘勰的文学欣赏和批评论总结了前代有关的历史经验,在一个新的高度上做了进一步发挥,并使之理论化和系统化。

第七章 唯务折衷
——文学研究方法论

第一节 《文心雕龙》和佛教哲学的方法论

《文心雕龙》全书有非常严密的逻辑层次，从篇章结构安排到每篇的内容，都显示出很强的逻辑力量，论述之周全是其他文学理论论述所难以企及的。所以在中国文学理论批评史上，它的地位是独一无二、难于伦比的。它之所以取得这样高的成就，除了刘勰本身的杰出才华外，也和他受佛学哲学影响有非常密切的关系。佛教哲学不仅内容非常丰富，理论极为深奥，而且有非常严密的逻辑，其论述之缜密，分析之透彻，思辨之细腻，推理之精到，实为其他宗教所罕见。刘勰精通佛经，深明佛理，很自然会受到佛教哲学逻辑的影响，并直接体现在《文心雕龙》的写作中。这方面我们可以从龙树的中道观对刘勰《文心雕龙》研究方法的影响中清楚地看出来。

刘勰《文心雕龙》中的"折衷"论这一研究方法，是直接受龙树中道观影响的产物。龙树是公元二三世纪时印度的佛学大师，他的《中论》是以偈语的方式来写的一部十分重要的佛学著作，原有五百偈，汉译为四百四十六偈，分二十七品，为佛教大乘空宗的主要经典。《中论》在中土，最早有姚秦时鸠摩罗什翻译的青目注释本，有著名高僧僧叡的序和昙影法师的序，后来有吉藏法师的《中观论疏》，对《中论》本身和青目注释都做了详细的疏解。《中论》的内容是非常丰富的，而它的核心是阐明一种观察宇宙事物的方法，也就是所谓中道观。这种方法的特点就是要求人们超越两端，不即不离。一般人理解事物往往只看到事物对立的两个极端，例如生死、有无、来去、善恶等等，因此就容易落入一端，而龙树则要求超越这两个极端，而看到事物不陷于这一端，也不陷于那一端的复杂性。

《中论》的宗旨集中表现在它的第一偈中的"八不"：

> 不生亦不灭，不常亦不断，不一亦不异，不来亦不出。

我们平常看待事物常常会落入相对性，有无便有有，有生便有死，有来便有去，有善便有恶，有美便有丑，有上便有下，有高便有矮……当我们落于一边的时候，实际上也落到了另一边，强调善的观念时，就有恶的观念存在着，赞扬美的观念时，就有丑的观念存在着。龙树则认为一切事物都是由复杂多变的"因缘"所决定的，是没有完全纯粹的东西的。"因"是指个体本身，"缘"是指外在的条件和环境，它们都是不断地变化发展的，它们的配合也是无穷无尽的。善不是完全都是善，恶也不是完全都是恶。因此他提出不生不灭，不常不断，不一不异，不来不出。不生不灭，是说事物的存在和非存在问题。事物产生的时候也是它消灭的时候，它消灭的时候也是它产生的时候，随因缘而转化，所以实际上没有生也没有灭。"常"和"断"说的是时间的永恒和非永恒，"不常"就是无常，从时间的不断变化来说，事物是没有常性的，不可能是永恒的。事物无常而相续，所以又是无断或"不断"的，既非永恒又非非永恒。"一"和"异"说的是数量的统一和差别，事物从执常性的角度来看，好像是统一的、独立的个体，实际上又是不断变化而有差异的，所以是非一的。但是事物虽然不断变化，却还有相续性，所以又是非异的。这就是"不一"也"不异"。"来"和"出"说的是时空中的来去运动相，其道理也是一样的。事物的来者无所从来，去者无所至。比如，火是哪里来的？不是从木材来的，也不是从火柴来的，也不是从手来的，也不是从氧气来的，而是诸多因缘聚合的结果。火灭了，它去哪里了？是因缘离散的结果。这就使我们想起了苏轼的《琴诗》："若言琴上有琴声，放在匣中何不鸣？若言声在指头上，何不于君指上听？"琴声的有无也是琴弦和手指因缘聚散的结果，也是不来亦不去。所以正如吉藏所说："不来来，不去去。"故而龙树得出的结论是："诸法实相中，无我无非我。诸法实相者，心行言语断。无生亦无灭，寂灭如涅槃。一切实非实，亦实亦非实。非实非非实，是名诸佛法。自知不随他，寂灭无戏论。无异无分别，是则名实相。若法从缘生，不即不异因。是故名实相,不断亦不常。不一亦不异,不常亦不断。""是故知涅槃,非有亦非无。"总之,他认为事物极端的两个对立面实际是不存在的。他否定了事物的两个极端,认为只有超越了事物的两个极端,善于不即不离,才能真正认识和把握事物的本质。这种观察事物的方法论,其最特出的地方是要求对任何事物不要有绝对的看法,不能偏于一边,陷入一个极端,要认识到事物的复杂多变,而给以符合实际的解释。刘勰毫无疑问是非常熟悉龙树的《中论》的,他协助僧祐编撰的《出三藏记集》中曾收入僧叡的《中论序》和昙影法师的《中论序》,在《鸠摩罗什传》中也说他曾翻译《中论》等龙树的著作。我认为龙树《中论》中的中道观对刘勰《文心雕龙》中的文学研究方法的确立有着十分深刻的影响。

  刘勰之所以能写出这部伟大的著作,能够提出那么多深刻而有价值的见解,是和他所采取的科学的研究方法有直接关系的。他的这种"折衷"论的研究方法自然也和儒家、道家、玄学的方法论有关,但更为重要的是,他所受的以龙树《中论》为代表的佛学方法论的影响。刘勰在文学批评上一个显著的特点,是持论非常公允,绝不偏于一端,能够客观地、全面地来看待问题,这可以说是贯穿于《文心雕龙》全书的。他对当时文学理论批评上一些历来有分歧的争论,都没有简单地肯定或否定哪一方面,而是善于吸取对立双方观点中的正确的合理的因素,提出自己比较稳妥的持平之论。譬如,"芙蓉出水"和"错彩镂金"是两种尖锐对立的美学观,刘勰是比较欣赏以自然清新为特征的"芙蓉出水"之美的,但他又不否定以人工雕饰为特征的"错彩镂金"之美,他主张要在重视人工雕饰的基础上达到自然清新的理想境界。所以在《隐秀》篇中提出文学创作要以"自然会妙"为主,又要辅助以"润色取美",认为这才是最高的美的境界。在《辨骚》篇中总结汉代对《楚辞》评价的争议时,他也没有偏向哪一边,而是详细地分析了《楚辞》"同于《风》《雅》"的四个方面和"异乎经典"的四个方面,充分肯定了《楚辞》既"取镕经意"又"自铸伟辞"的基本特色。特别明显的是对当时文学创作中有很大争议的声律、对偶、用典等,他都不偏于一端,而能采取比较公允的态度,注意从理论上进行深入探讨,提出很有深度的看法。对于声律,他既不像沈约等人那样去制订烦琐的声病规则,但也不像钟嵘那样对声律理论全盘加以否定。他在《声律》篇里以探讨声律的美学原理为主,强调声律美的关键是要做到和、韵之美。对于用典,刘勰既不赞成颜延之、谢庄那样堆砌典故,以致"文章殆同书钞",也不赞成钟嵘对诗歌创作用典的全盘否定,而是比较客观地在肯定用典的积极作用前提下,要求尽量做到不要诘屈聱牙,而要如同"口出"。并且提出学识要"博",运用典故要"约",特别要注意选择之"精",还要运用得"核",也就是说既要吸取用典的长处,又不能让它影响作品的自然美。在对待我国文学批评史上"言志"与"缘情"的争论中,他也没有简单地落入哪一边,而是善于把"情"和"志"统一起来。他在《明诗》篇中说:"大舜云:'诗言志,歌永言。'圣谟所析,义已明矣。"又说:"诗者,持也,持人情性;三百之蔽,义归无邪,持之为训,有符焉尔。"刘勰认为文学的本质不仅表现"志",也表现"情",两者是不能分开的。文学作品就好比一个人,"以情志为神明,事义为骨髓,辞采为肌肤,宫商为声气"。文学创作既是以"述志为本"的,又是"为情而造文"的。刘勰在文学批评方法论上最有价值的地方,就是善于采取"圆通"的见解而不绝对化,能全面而深刻地提出自己的观点。他的"折衷"论不是调和折中抹稀泥的方法,而是能够根据客观的"势"和"理",来科学地分析各方面的因素,从而得出较为符合实际的结论。这些都非常突出地体现了刘勰运用"折衷"的方法论所取得的积极效果。他这种善识"大体"、不执一端的文学批评,显然和龙树的中道观有着明显的内在联系。当然,刘勰的"折衷"论并不只是受佛教的影响,而是由多方面因素所构成,下面我们就来分析这些较为复杂的内容。

第二节 《文心雕龙》的"折衷"论

《文心雕龙》是一部体大思精的巨著,这是前人早已指出了的。其理论之系统,分析之深刻,逻辑之严密,在中国古代文学理论批评论著中,确实可以说是无与伦比的。刘勰《文心雕龙》之所以能取得这样大的成就,除了他本人学识渊博和才华超群之外,还有一个很重要的原因,是他运用了在当时不同一般的科学研究方法。刘勰在《序志》篇中对他在《文心雕龙》中的研究方法有一个准确而概括的说明:

> 夫铨序一文为易,弥纶群言为难。虽复轻采毛发,深极骨髓,或有曲意密源,似近而远,辞所不载,亦不胜数矣。及其品列成文,有同乎旧谈者,非雷同也,势自不可异也。有异乎前论者,非苟异也,理自不可同也。同之与异,不屑古今;擘肌分理,唯务折衷。按辔文雅之场,环络藻绘之府,亦几乎备矣。

根据刘勰自己的上述论述,他的研究方法之特点即是"唯务折衷"。那么究竟什么是"折衷"呢?从字面上来看,我们很容易联想起儒家的"折中"论,认为它是对儒家研究方法的继承。从刘勰论文强调征圣、宗经的角度看,这种推论也是很自然的,其实刘勰的"折衷"论与儒家传统的"折中"论是有很大差别的,其丰富内容远非儒家"折中"论所能包括。关于儒家"折中"论的含义,司马迁在《史记·孔子世家》一篇末尾,曾经说过这么一段话:"孔子布衣,传十余世,学者宗之。自天子王侯,中国言六艺者折中于夫子,可谓至圣矣。"这里所说的"折中",司马贞《史记索隐》曾经注释道:"《离骚》云:'明五帝以折中。'王师叔云:'折中,正也。'宋均云:'折,断也。中,当也。'按,言欲折断其物而用之,与度相中当,故以言其折中。""折中"是要以孔子的言行为标准,"折中"于圣道。《汉书·贡禹传》云:"四海之内,天下之君,微孔子之言,亡所折中。"颜师古注云:"折,断也。非孔子之言,则无以为中也。"王充《论衡·自纪》末亦云:"上自黄唐,下臻秦汉而来,折衷以圣道,析理于通材,如衡之平,如鉴之开。"由此可知,儒家传统讲的"折中"并非泛指,而是指要以是否符合儒家的圣人之道来作为衡量一切言论是非的标准。

然而,刘勰的"唯务折衷"就上述《序志》篇中所论来看,却并不是要以圣道为标准之意。他非常鲜明地指出,他论文的观点无论与前人同还是不同,都是以是否符合客观的"势"和"理"作为依据的。他非常清楚地告诉我们,他在《文心雕龙》中的论断,凡与前人所论相同者,是因为"势自不可异也";凡与前人所论不同者,"理自不可同也"。"势"是什么呢?他在《定势》篇中说:"势者,乘利而为制也。如机发矢直,涧曲湍回,自然之趣也。"也即是说,"势"指的是事物本身所具有的一种内在的客观规律,它是不以人的主观意志为转移的。所以"圆者规体,其势也自转;方者矩形,其势也自安"。他论文之所以"势自不可异也",乃是因为这种论断是符合于客观实际的。刘勰所说的"理自不可同也"的"理",是指事物内在的客观自然之理。其《原道》篇云天文、地文均为"道之文",而"人文"呢?"心生而言立,言立而文明,自然之道也。"上述"理"字的含义即指"自然之道",亦即自然之道理。刘勰所说的"神理",我们在前面已经指出,除了有神秘色彩的一面外,也有自然之理的一面,即此"理"之含义。总起来说,他的"折衷"是折中于客观的"势"与"理",而非折中于圣道也。以客观真理为标准,而不是以圣人言行为标准。再进一步说,圣人之言行之所以正确,那也是因为它首先是符合于"自然之道",符合于客观真理的缘故。刘勰论文在某些方面之尊重圣与经,正是由于圣和经是对"自然之道"的一种正确的典范的运用。"自然之道"是高于圣人之"道"的。刘勰"折衷"论的含义是和他的基本思想分不开的。他对"道"的解释,首先强调它是自然的本质与规律之体现,而圣人之"道",乃是将这种"自然之道"运用于社会政治方面的表现。因此,我们不能把他的"折衷"论和儒家传统的"折中"论相提并论。事实上,刘勰在许多重要的论文原则上,并不是简单地盲从儒家观点,而是表现了和圣道不同的独立见解。比如他在《辨骚》一篇中对《楚辞》中许多"异乎经典"的神话传说等浪漫主义内容,就没有完全按孔子的"子不语:怪、力、乱、神"而简单地加以否定,而是对"奇"给予了充分的肯定和很高的评价。他对纬书的评价从是否真实出发,既揭露其虚伪荒诞,又肯定其"事丰奇伟,辞富膏腴",与儒家古文学派观点亦不完全相同。对先秦诸子的思想和文学,他都有比较公允的、中肯的评价,而不是站在儒家偏见的立场上来加以贬斥。尤其是他的文学创作和文学批评理论,更多是吸收了道家、玄学的文艺和美学观点,绝非简单地以儒家圣道作为论断之依据。因此,不加分析地把刘勰的"折衷"论看作是对儒家"折中"论的继承和发展,是很不合适的,必然会降低对刘勰"折衷"论意义的认识。

　　刘勰的"折衷"论的研究方法,是建立在对事物的认识必须客观、全面、深入,而切忌主观、片面、浮浅的思想基础上的,从这个基本原则出发,他的"折衷"论表现出了以下三个明显的特点:

　　第一,强调识"大体","观衢路",注重对事物的整体的宏观的研究,从历史发展中寻根讨源,从对立统一中发现联系,辩证地而不是形而上学地去揭示事物本质。他指出历史上各家文学批评在研究方法上的主要缺点是"各照隅隙,鲜观衢路","并未能振叶以寻根,观澜而索源"。他们只看到事物的一个局部、一个侧面,而不能统观全局。没有整体观念,又不做历史研究,这样就不能把握事物的本质,也无法对它做出公正的、科学的评价。刘勰在《总术》篇"赞"中所说的"务先大体,鉴必穷源",不仅仅是就驾驭"文术"来说的,而首先反映了刘勰"折衷"论的方法论特点。《文心雕龙》全书从研究"文"的本质开始,追溯各类文体的源流演变,然后逐个分析创作、批评、作家等方面的理论问题,正是"务先大体,鉴必穷源"的具体体现。对于当时文学理论批评上许多有争议的重大问题,刘勰都没有简单地肯定或否定,而是从具体分析研究出发,善于吸取和综合对立双方意见中的合理因素,提出自己有充足理由又比较稳妥的持平之论。他在《文心雕龙》中提出了一系列对立统一的美学命题,如"文"与"道"、"奇"与"正"、"华"与"实"、"情"与"理"("情"与"志")、"心"与"物"、"隐"与"秀"、"才"与"学"、"体"与"势"、"情"与"采"、"文"与"质"、"通"与"变"、"多"与"少"、"一"与"万"等等,他认识到正是这些不同角度的对立双方之和谐统一,才构成了文学作品。刘勰懂得这些对立因素相互之间的联系与依存,因此他不偏于一面,而是运用辩证的观点来阐述它们之间的关系。从文学本质来说,"文"乃是"道"之文,"道"则又需"文"以显,两者不可偏废,为此他主张要"执正以驭奇","衔华而佩实",努力做到"通"中有"变","变"中有"通"。从文学创作来说,心物交融,情景合一,既"随物以宛转",又"与心而徘徊",故"隐"寓"秀"中,"秀"中含"隐","以少总多","乘一总万"。从文学作品的构成来说,则"文附质","质待文",情采不可或缺。从作家才能来说,是"才为盟主,学为辅佐;主佐合德,文采必霸"。刘勰在理论分析上的全面性和深刻性,是和他的研究方法分不开的。

近来有的《文心雕龙》研究者已经正确地指出了刘勰在方法论上所受的《周易》之朴素辩证法影响,然而刘勰上述方法论特点除接受《周易》影响外,还有很重要的一方面是受荀子《解蔽》篇中方法论原则的启示。荀子指出:"凡人之患,蔽于一曲,而暗于大理。"梁启雄《荀子简释》引梁启超云:"此语盖谓:不见全体而但见一偏之谓;略如佛家'盲人摸象'之喻。"所谓"一曲",即是指一部分、一个侧面;所谓"大理",即是指全部、总体。荀子曾经从这个方法论原则出发,对先秦的许多思想家做过十分深刻的批评。他说:"墨子蔽于用而不知文,宋子蔽于欲而不知得,慎之蔽于法而不知贤,申子蔽于执而不知知(按,此句第二个'知'字,当从梁启超说为'和'),惠子蔽于辞而不知实,庄子蔽于天而不知人。"荀子认为他们都是过于强调一个方面,而忽略了与之相对的另一方面,这样就不能对事物有全面正确的认识。他指出墨子只知道物质实用的重要,而不懂得思想文化等精神因素的重要性;宋子只知道人有寡欲的一面,而没有看到人还有贪得的一面;慎子主张绝对的法治,排斥人治,忘记了法是不能自己去实行的,还必须依靠贤能之人;申子徒知用术,以势力钳制天下,而不知人和之为贵;惠子仅以形式逻辑来推断一切,结果往往违背了事物的重要性;庄子根本否定了人的主观能动作用。因此他们都是"曲知之人","观于道之一隅而未之能识也"。刘勰的"折衷"论和荀子《解蔽》篇中这种认识方法有着明显的深刻的历史渊源关系。刘勰批评前代文学批评家"各照隅隙,鲜观衢路"的缺点,和荀子批评先秦诸子的"蔽于一曲,而暗于大理"是完全一致的。"一曲"即"隅隙","大理"即"衢路"也,明"大理"即识"大体"也。刘勰和荀子在方法论上的相似是和他们在认识论上的联系一致的。他们都是主张要通过"虚静"而达到"大明"境界的。这种认识论和方法论的目的是相同的,即求得对事物本质的比较全面、比较客观、比较深入的把握。

第二,强调"圆通""圆照",注重对事物的全面的、深入的、细致的微观研究,要善于发现事物各个侧面之间的相互联系,看到事物各个部分之间都有相通的一面,从而构成一个和谐的整体。刘勰在《文心雕龙》中对各个具体理论问题的研究,从不把它们看成是孤立的、互不相关的个体,而是认为不管从哪一个侧面和角度的研究,条条道路都可以通向客观真理。一个理论体系的各个分支犹如百川归海,最终都要归拢到基本原理上去。因此他对每个具体理论问题的研究都主张要做到"圆通",从研究者来说,要能够"圆照"。"圆通"和"圆照"都是佛学术语。佛学上称性体周遍为"圆",妙用无碍为"通"。对佛法理解能达到"圆通"的程度,即是最高之圣境,故观音菩萨又别号圆通大士。刘勰把这种佛学上的认识论和方法论运用到《文心雕龙》中来,所谓"圆",是指理论本身是全面的,凡一切有关的方面都必须照顾到,要能包括进来,没有遗漏,没有不足,没有缺陷。所谓"通",是指理论本身要有充分的科学性和合理性,能经得起种种客观实践的检验,能圆满地解释各种与它有关的现象,合情合理而无矫揉造作之感,以达到融会贯通的境界。"圆照"是指对事物的全面深入的观察。《文心雕龙》中虽只在《知音》篇中运用过这个佛教术语,但这种观察事物的方法则是贯穿于全书的。范文澜先生《中国通史简编》第二编修订本中说到刘勰在《文心雕龙》中"严格保持儒学的立场,拒绝佛教思想混进来,就是文字上也避免佛书中语(全书只有《论说篇》偶用'般若''圆通'二词,是佛书中语)",这是不确切的,也是显然不符合事实的。即以"圆通"一词而论,《文心雕龙》中凡三见,而且都不是仅仅借用词句,而恰恰是对这个佛教术语含义上的发挥。《明诗》篇云:

> 然诗有恒裁,思无定位;随性适分,鲜能圆通(按,原作"通圆",此据唐写本改)。若妙识所难,其易也将至;忽之为易,其难也方来。

这里说明诗歌的体裁虽有一定规格,但诗人的构思是各不相同的;每个诗人都按照自己的才能和个性爱好来创作,很难把各种体裁、风格的诗歌都写得很好,能"圆通"者实微也。其《论说》篇中说到"论"这种文体写作方法时说:

> 故其义贵圆通,辞忌枝碎;必使心与理合,弥缝莫见其隙;辞共心密,敌人不知所乘:斯其要也。

此处之"义贵圆通",即要做到"心与理合","辞共心密",说理之严密使人无隙可击,流畅的文辞使内容表达得透彻而又精练。他在《封禅》篇中论扬雄《剧秦美新》一文云:

> 观《剧秦》为文，影写长卿，诡言遁辞，故兼包神怪。然骨掣靡密，辞贯圆通，自称"极思"，无遗力矣。

这里的"圆通"虽指文辞，然而其含义亦是要求做到全面而透彻地体现其内容之意。而且，我们还应该看到刘勰在《文心雕龙》中运用"圆照"这个词，也是与佛学思想影响有关的。"圆照"这个词是佛学中的惯用语，它是指全面不偏之义。而刘勰也正是用这样一个标准来要求他的理论研究和分析方法的。这也是他的"折衷"论的重要内容之一。《文心雕龙》中除上述有关"圆通""圆照"的论述外，运用"圆""圆鉴""圆览""圆合""圆该"等概念凡九见，现列举如下（按《文心雕龙》篇目次序）：

《杂文》：（按，下指连珠创作）足使义明而词净，事圆而音泽，磊磊自转，可称"珠"耳。

《体性》：故童子雕琢，必先雅制；沿根讨叶，思转自圆。

《风骨》：若骨采未圆，风辞未练，而跨略旧规，驰骛新作，虽获巧意，危败亦多。

《镕裁》：然后舒华布实，献替节文；绳墨以外，美材既斫，故能首尾圆合，条贯统序。

《丽辞》：必使理圆事密，联璧其章；迭用奇偶，节以杂佩，乃其贵耳。

《比兴》：诗人比兴，触物圆览。

《总术》：自非圆鉴区域，大判条例，岂能控引情源，制胜文苑哉？

《指瑕》：古来文才，异世争驱，或逸才以爽迅，或精思以纤密，而虑动难圆，鲜无瑕病。

《知音》：夫篇章杂沓，质文交加，知多偏好，人莫圆该。

当然，上述各个有关"圆通""圆照"以及其他与之相类似的论述，绝大部分是针对创作提出的要求,但是我们必须看到,刘勰对创作上的"圆"的要求,是与他本身写作《文心雕龙》时所运用的研究方法上的"圆"的要求一致的,也是无法分开的。

　　刘勰的整部《文心雕龙》就贯穿了"圆通""圆照"的特色。《文心雕龙》全书五十篇,包括了刘勰那个时代所能够涉及的所有有关"文"的问题,真可以说是毫发无遗。而且从五十篇的篇目次序上看,也是互相联系、沟通而成为一个完整整体的。前二十五篇我们在《原道论》《文体论》两节中已做过分析,后二十五篇虽然是对不同理论问题的论述,但其内部结构也是相当严密的,前后次序不容颠倒。创作是由构思开始的,故首标"神思"。由构思完成而进入创作,必先选择体裁与风格,故次述"体性"。"体性"确立,需讲究风骨之美。风骨之美来自正确处理继承与创新关系,于是要讲"通变"。要解决文学创作中的继承和创新问题,必须研究各种文体的内在客观规律,为此要讲"体势",遂有《定势》之篇。开始具体写作要抒情布采,部署意辞,于是有《情采》之篇。紧接着要剪裁、修饰,故置《镕裁》。为使作品成为美的艺术,要讲究表现手法和艺术技巧,所以《声律》《章句》《丽辞》《比兴》《夸饰》《事类》《炼字》,一一按其重要性次序排列于后。作品写成之后,一要讲究符合隐秀之美,二要进行润色修改,于是有《隐秀》《指瑕》。文学作品的创作和修改,均需作家集中精力,专心至致,必须心平气和,方能文思泉涌,故论《养气》以补《神思》论虚静之不足。下论谋篇布局之统筹兼顾及熟练驾驭文术之重要,以《附会》《总术》为创作论之总结。《时序》《物色》分别论述文学创作与社会、自然之关系,《才略》论作家才能之重要,《知音》论文学批评,《程器》论文学之功用与作家之仕途升沉,最后以《序志》为全书之总结。这样精心而周密的安排,又岂止是"圆通",真可谓滴水不漏也!对于每一个重要的创作理论问题的分析,都要揭示出它与其他理论问题之间的联系和相通之处。《神思》是讲艺术构思的,重点是分析艺术想象的特征。但是他指出从心物关系角度看,又和《物色》篇不可分割,《神思》"赞"中所说"物以貌求,心以理应",即把这两篇的内在联系交代得一清二楚。从形象的构成角度说,神思又是和比兴紧密联系着的,故其"赞"中又说:"神用象通,情变所孕。""刻镂声律,萌芽比兴。""神用象通"实质上也就是《比兴》篇所说之"拟容取心"。从解决构思和创作中"意翻空而易奇,言征实而难巧"的困难来说,《神思》篇中提出之"秉心养术,无务苦虑;含章司契,不必劳情",则又是和《养气》篇中"率志委和"论完全一致的。从艺术构思中作家的才能来说,《神思》篇中"人之禀才,迟速异分"之论,可和《才略》篇中之论互相发明。从艺术构思中形成之意象特点说,它又和《隐秀》篇的内容完全一致。在《隐秀》篇中一开始就指出了隐秀正是神思活动的必然结果。《风骨》篇的中心是讲文学作品的精神风貌美,但是就风骨美的内容看,则又是和《宗经》篇中之"文能宗经,体有六义"联系着的。从风骨与辞采的关系来说,实质上又是一个内容与形式关系的问题,故与《征圣》篇之"衔华而佩实"原则及《情采》篇之"为情而造文"说是相通的。而"风清骨峻"的优美作品之创造,又必须"镕铸经典之范,翔集子史之术;洞晓情变,曲昭文体",善于掌握"通变"之原则。风骨和"气"关系密切,也就是说,风骨之美是作家的一种特定的精神气貌在作品中的表现,因此它和《体性》中所论艺术风格又有关系,不过它不是一种风格,而是对各种风格作品的共同美学要求。类似这样的例子几乎每一篇都有。刘勰对每一个理论问题的阐述都不是孤立的,而是把它作为整个理论体系中的一部分,完全周全地分析它与其他部分的关系,无不使人感到"圆通"之极!刘勰在《文心雕龙》中无论是对历史问题还是理论问题的论述,其深入细微、务求究竟的精神,也是不能不使我们感到深深敬佩的。即以《辨骚》中对《楚辞》的分析来说,他在具体辨析汉代刘安、班固、王逸、汉宣帝、扬雄等各家的评论之后,指出他们的争论实质即在《楚辞》是否符合经典之意。然后他详尽地分析了《楚辞》中同乎《风》《雅》的"四事",以及"异乎经典"的"四事",这里既有思想内容方面的特点,也有艺术表现方面的特点,这种具有相当理论深度的评论,不仅远远超出他以前各家对《楚辞》的评论,而且他以后各家对《楚辞》的评论也很少能与他相比。他对《离骚》《九章》《九歌》《九辩》《远游》《天问》《招魂》《招隐》《卜居》《渔父》各篇的特点都做了概括的分析,虽然只有一句话,但是十分精确,而且可以清楚地看出各篇的不同之处。"见异唯知音耳。"刘勰可谓是真正难得的"知音"者!

第三,强调"善于适要","得其环中",在研究中注重发现事物的要害和关键之处,并对之做细致而深入的剖析,使复杂的事物主次分明,脉络清楚,从而起到"乘一总万,举要治繁"(《总术》)的作用,以便更深刻地揭示事物内在的本质和规律。刘勰认识到事物虽然有许多不同的方面,有种种复杂的联系,但是并非一盘散沙,而总是有一个统率各部分、成为各种联系中心的枢纽。必须善于抓住这个枢纽,才能带动各部分、各方面,处理好各种复杂的关系。研究者只有掌握了研究对象的要害和关键,才能够从头绪纷繁、杂乱无章的现象中理出一个清楚的系统来。《文心雕龙》中涉及那么多大大小小的文学理论问题,互相之间的关系错综复杂,如果不能抓住它们各自的要害和关键,是绝不可能论述得这样有条不紊、井然有序的。刘勰"折衷"论的这种特点,非常明显是受老庄思想影响的结果,是老子的"三十辐共一毂"和庄子的"得其环中"论启发下的产物。老子在《道德经》中说:"三十辐共一毂,当其无,有车之用。"他认为如果没有车毂中间的空隙,就没有车轮的作用。因此"无"是主宰和统率"有"的,以"无"为本,"一本"率"万有",这自然是老子以虚无为本的哲学思想之具体体现。庄子的"得其环中"论正是对老子这种思想的发挥。《齐物论》云:"枢始得其环中,以应无穷。"陈鼓应先生《庄子今注今译》引蒋锡昌《庄子哲学·齐物论校释》云:"'环'者乃门上下两横槛之洞;圆空如环,所以承受枢之旋转者也。枢一得环中,便可旋转自如,而应无穷。""得其环中"正是指善于以虚无来驾驭和主宰万有,以本统末。刘勰在《文心雕龙》中正是运用这种思想方法来阐述文学理论的。这种情况在六朝时期是不奇怪的,许多佛教徒在阐述佛理时也常运用这种思想方法。梁代高僧慧皎《高僧传·释慧叡传》云:"后适京师,止乌衣寺,讲说众经皆思彻言表,理契环中。"强调说理要"得其环中",是那个时代玄学道家思想盛行和玄佛合流的思想发展特点所产生的必然结果,刘勰自然也不例外。

《文心雕龙》全书受老庄的"一毂统辐""得其环中"论的影响,是非常之多也是非常之明显的,从"文之枢纽"来说,文学创作的基本原则,他认为都集中在圣人的经书里面:所以能善于"宗经",即可谓"得其环中"矣。因为经书"根柢盘深,枝叶峻茂,辞约而旨丰,事近而喻远。是以往者虽旧,余味日新;后进追取而非晚,前修文用而未先。可谓泰山遍雨,河润千里者也"(《宗经》)。他论述文学的历史发展,认为它虽然情况复杂,但都离不开时代的制约和影响。"故知文变染乎世情,兴废系乎时序,原始以要终,虽百世可知也。"《时序》懂得这个基本原理,那么对一切文学的发展变化就都能理解了;一切复杂现象的认识,也都可以迎刃而解了。他在"赞"中说:"蔚映十代,辞采九变,枢中所动,环流无倦。""文变染乎世情,兴废系乎时序。"就是文学发展理论的"环中"所在。在对待文学发展的继承和创新关系上,也必须"先博览以精阅,总纲纪而摄契"(《通变》)。掌握好"通"与"变"的关键所在,"凭情以会通,负气以适变",这样就不至于在繁多的作品面前茫然失措,不知所从。《体性》篇中,刘勰指出八种基本文学风格之间错综复杂的交叉融合可以形成千千万万种不同风格,只要懂得"体"与"性"之间的内在必然联系,就可以自由驾驭,创造出恰到好处的独特风格。他说:"八体虽殊,会通合数;得其环中,则辐辏相成。"每一种体裁的文学作品都有它自己独特的风格要求,"若雅郑而共篇,则总一之势离"(《定势》)。要创作出优秀的文学作品,要研究很多理论问题,有不少重要的环节要掌握好,但是方面虽多,总离不开"情"和"辞"这两个基本因素。为此,他在《镕裁》篇中说:"夫百节成体,共资荣卫;万趣会文,不离辞情。"《文心雕龙》后半部分的中心就是要"剖情析采"。抓住了"情"和"辞"这两个关键,其他各个具体艺术表现问题、技巧问题都有了归依,容易把握了。《物色》篇讲到对自然景物的描写时说:"且《诗》《骚》所标,并据要害;故后进锐笔,怯于争锋。莫不因方以借巧,即势以会奇;善于适要,则虽旧弥新矣。"这里提出的"善于适要"也就是"得其环中"之意。《附会》篇中说文学创作的总体安排,必须条理清楚,掌握要领。"是以驷牡异力,而六辔如琴;并驾齐驱,而一毂统辐:驭文之法,有似于此。"《总术》篇指出,文学创作中的各个理论问题、技巧问题必须统筹兼顾,"所以列在一篇,备总情变;譬三十之辐,共成一毂,虽未足观,亦鄙夫之见也"。刘勰认为只有抓住了要害和关键之处,才能带动全盘,像下围棋一样,使子子皆活,各就其位,就能做到如《文赋》所说的"抱景者咸叩,怀响者毕弹"。

综上所述,我们可以看到刘勰"折衷"论的内容是非常丰富的,它是对《文心雕龙》整个研究方法的总结。刘勰吸收了儒、道、佛各家在方法论上的长处和优点,融会贯通,从而形成了带有自己独创性的、在当时是最科学的研究方法论。这里我们还应该看到,荀子的明"大理"、佛学的重"圆通"、老庄的"环中"论,互相之间也是有相通之处的,它们都要求比较客观、比较全面、比较深入地认识和掌握事物的本质。刘勰的"折衷"论正是从方法论的角度综合了这些成果,因而在文学理论批评实践中取得了丰富的成果。这对我们今天革新研究方法,创造新的研究方法,仍有着很多有价值的、发人深省的启示!

第八章 《文心雕龙》和中国文化传统

第一节 《文心雕龙》和天人合一思想

心物关系是中国古典诗学中的核心问题，一切诗学理论都是由此生发出来的。刘勰《文心雕龙》中文学理论的一个中心问题就是对文学创作中的心物关系，也就是主客关系的科学的辩证的阐述，而这又和中国传统文化中对天人关系的论说有着极为密切的关系。"天人合一"是中国古代哲学思想的一个基本出发点，它和西方的天人对立、主客二分论确有明显的不同。中国古代在哲学思想上虽然有很多不同的派别，也存在天人相分的思想，但主张"天人合一"是基本的主导思想，不过在对"天人合一"的具体理解上又各不相同。儒家的天人合一论把"天"看作有道德义理的"天"，它和人性是相通的，人的仁义之性是天所赋予的。孟子说："尽其心者，知其性也。知其性，则知天矣。存其心，养其性，所以事天也。"（《孟子·尽心》）《中庸》说："思知人，不可以不知天。""天命之谓性，率性之谓道，修道之谓教。""诚者，天之道也。诚之者，人之道也。"天与人都具有伦理道德内涵的"诚"。《礼记·礼运》篇更进一步说明人在天地万物中具有最重要的地位："故人者，天地之心也，五行之端也，食味别声被色而生者也。""故人者，其天地之德，阴阳之交，鬼神之会，五行之秀气也。"这些后来在宋明理学中又得到极大的发挥。道家的天人合一论则是把天和人都看作是"自然之道"的体现，把"物化"作为天人合一的最高之境界。他们所说的"天"是没有道德意义的，也就是"自然"的意思。《庄子·秋水》篇中河伯与北海若的一段对话把这种意思说得非常清楚。其云："河伯曰：'然则何贵于道邪？'北海若曰：'知道者必达于理，达于理者必明于权，明于权者不以物害己。至德者，火弗能热，水弗能溺，寒暑弗能害，禽兽弗能贼。非谓其薄之也，言察乎安危，宁于祸福，谨于去就，莫之能害也。故曰：天在内，人在外，德在乎天。知乎人之行，本乎天，位乎得；

蹢躅而屈伸,反要而语极。'曰:'何谓天?何谓人?'北海若曰:'牛马四足,是谓天;落马首,穿牛鼻,是谓人。故曰:无以人灭天,无以故灭命,无以得殉名。谨守而勿失,是谓反其真。'"这里的"天"是自然无为的,牛马天生四足这就是"天",所以说"无为为之之谓天"(《庄子·大宗师》)。这里的"人"是指人为作用,故而说"落马首,穿牛鼻,是谓人"。庄子摈弃人为,任其自然,认为人必须"绝圣弃智",虚静无为,"圣人之生也天行,其死也物化","虚无恬淡,乃合天德"(《庄子·刻意》)。从万物都是"自然之道"的体现这个角度来说,"天"和"人"是没有什么区别的,宇宙万物也都是一致的。故而《齐物论》说:"天地一指也,万物一马也。""厉与西施","道通为一"。从天人关系来说,则是"天地与我并生,而万物与我为一"。但是道家强调物我两忘、主客不分的思想实际上并没有把两者完全等同,它们只在"道"的境界上是相通为一的,互相之间并不存在依赖的关系,客体的物仍是外在于主体的人的客观存在。荀子受道家天道自然思想的影响,他正是从这里引申出了天人相分的思想,他在《天论》篇中说:"天行有常,不为尧存,不为桀亡。""强本而节用,则天不能贫;养备而动时,则天不能病;修道而不贰,则天不能祸。"天与人不是相互依存的,"故明于天人之分,则可谓至人矣"。他把天看作是不与人直接相关的客观地存在的自然的天,并且主张人可以努力把握自然的规律而使之为人所用:"大天而思之,孰与物畜而制之!从天而颂之,孰与制天命而用之!"荀子并不反对天人合一,然而他从道家的"自然之道"出发,否定了天的道德意义,从而表现出了主客二分的倾向。战国后期的阴阳五行家对天人合一的理解和儒家、道家又很不相同,他们是从天人感应的角度来看待天人关系的。《吕氏春秋·应同》篇说:"凡帝王者之将兴也,天必先见祥乎下民。"所以"类固相召,气同则合,声比则应"。不过阴阳五行家的天人合一说也没有将天和人等同起来,而是强调两者之间的同类相感、同气相应。到了汉代,董仲舒在其《举贤良对策》(即所谓"天人三策")中,则以阴阳五行的灾异迷信思想把儒学神学化。他说:"臣谨案《春秋》之中,视前世已行之事,以观天人相与之际,甚可畏也。国家将有失道之败,而天乃先出灾害以谴告之,不知自省,又出怪异以警惧之,尚不知变,而伤败乃至。以此见天心之仁爱人君而欲止其乱也。"《春秋繁露·为人者天》中说:"人之为人,本于天,天亦人之曾祖父也。"人性中的仁义道德等都是天所赋予的。天本身乃是有仁义道德属性的,"仁之美者在于天。天,仁也"(《春秋繁露·王道通三》)。刘勰的文学本体论及由此而引申出来的对文学创作中心物关系的论述,其哲学基础就是先秦两汉以来的天人合一思想,但是主要是道家的天人合一思想,其中也有荀子天人相分思想的影响。虽然他也用儒家和阴阳五行家的天人合一思想来解释某些现象,可是他并不把客体的物看成是主体的心之存在之所,并不认为它们两者是相互依存的,而认为它们原本各自都是外在的,但是他认为文学创作要求主体的心融入客体的物之中,客体的物要作为主体的心的载体而出现。

刘勰在《文心雕龙·原道》篇中论文学的本体,把儒道两家思想结合起来,认为"人文"也和天文、地文、动物植物之文一样都是"道之文",但是"人文"又是"心之文",人是"五行之秀""天地之心",不是"无识之物"而是"有心之器","心生而言立,言立而文明,自然之道也"。从根本上说,"心"也是体现"道"的,所以"心之文"也就是"道之文"。这个"道之文"的"道"指的是宇宙万物(包括人在内)自在的原理,它不含有道德意义。从"人文"也是"道之文"的角度说,它所体现的是道家的天人合一思想。但是"人文"也是"心之文",是圣人按神明启示而创造的:"幽赞神明,《易》象惟先。""谁其尸之,亦神理而已!"它乃是"原道心以敷章,研神理而设教"的结果。"人文"的最早、最典范代表是圣人经典,"人文"之"道"是以"仁义"为核心内容的,所以它与儒家天人合一思想也是相通的。刘勰所说的"人文"是以"自然之道"为体,而以仁义之"道"为用,它非常清楚地体现了魏晋玄学以道为体、以儒为用、援儒入道的特点。可见刘勰在文学本体论上所表现的天人合一思想,是糅合了道家和儒家的天人合一思想在内的。与以天人合一为基础的文学本体论相适应的是文学创作上的心物交融说。从"道→心→文→经"的基本思想出发,把心物关系看作是文学创作过程中最重要的美学原则,也是他全部创作思想和创作理论的核心。文学创作上的心物关系,实际上就是文学创作上的主体和客体关系,文学创作中心物交融的过程就是主体和客体相结合的过程。

刘勰在《文心雕龙》中说的心物关系,在不同的角度有不同的说法:在

《物色》篇中从人和自然物色的角度讲"心"和"物"的关系,在《神思》篇中从人的思维和外界物象的角度讲"神"和"物"的关系,在《诠赋》篇中从辞赋作品的特点角度讲"情"和"物"的关系,在《隐秀》篇中从文学作品的审美特征角度讲"隐"和"秀"的关系,其实都是从不同方面讲的文学创作中的主体和客体关系。刘勰认为文学创作中的心物关系是一种相互影响、相互促进的辩证关系。在人和自然的关系上,心受物的感触,物被心所改造,心"随物以宛转",物"与心而徘徊"。自然物色和人的心情之间具有一种互相感应的作用:"物以貌求,心以理应。"刘勰对产生这种感应作用的原因之解释,显然是受到董仲舒的同气相求、同类相动的天人感应思想影响。《物色》篇云:"春秋代序,阴阳惨舒,物色之动,心亦摇焉。""若夫珪璋挺其惠心,英华秀其清气,物色相召,人谁获安!"然而,刘勰的目的是在借此强调文学创作上主体和客体的统一。物色在被诗人描绘到文学作品中后,它已经不是原来的客观的物色,而成为"人化"的一种心的寄托,如司空图《二十四诗品》中所说,已经是"妙造自然"的产物了,故云"目既往还,心亦吐纳",心与物、主体与客体非常和谐地融为一体了。这就像王夫之在《诗译》中所说:"情景虽有在心在物之分,而景生情,情生景,哀乐之触,荣悴之迎,互藏其宅。"从文学创作的艺术构思过程来说,人的神思和自然物象也是紧密地结合在一起的。艺术构思的特点,就是其思维活动始终不脱离外界的物象。构思过程中这种"神与物游"的状态,也就是主体与客体交互影响、合而为一的过程,它是以主体的虚静为前提的,只有在"陶钧文思,贵在虚静,疏瀹五藏,澡雪精神"的状态下才能够实现。当主体进入虚静的境界时,已经完全忘记了自己的存在,物我不分,与自然同化。这种"神与物游"的境界也就是庄子所说"天地与我并生,而万物与我为一"(《齐物论》),人和自然达到"以天合天"(《达生》)的"物化"境界,亦即道家所强调的天人合一境界在文学构思过程中的体现。构思中这种"神与物游"的结果便凝聚成为生动的"意象"。他不仅不否定而且十分重视知识学问和经验阅历的作用,认为在虚静的前提下,同时还要"积学以储宝,酌理以富才,研阅以穷照,驯致以绎辞"。在《诠赋》篇中,刘勰论赋的创作时所说情和物关系,实际上也是心和物的关系,"情以物兴"就是《物色》篇讲的心"随物以宛转",而所谓"物以情观"

就是物"与心而徘徊"。所谓"睹物兴情"即是指文学创作中主体的审美过程,在这个审美过程中心受物的感发而触动其中所蕴藏的某种情感,如陆机所说的"悲落叶于劲秋,喜柔条于芳春",同时物也变成了内心某种情感的载体,而呈现出了不同于原来自然形态的特殊之面貌。主体的情要从客体的物中显现出来,而且还要符合于物本身内在之理,使"情理"与"物理"合而为一,如王夫之评杜甫《喜达行在所》诗所说:"悲喜亦于物显,始贵乎诗。"(《唐诗评选》)诗歌创作要"俯仰物理,而咏叹之","唯人所感,皆可类通",使"理随物显"(《夕堂永日绪论内编》)。就作品所体现的美学特征来看,这种心物关系表现即是所谓隐秀。"意象"是"神与物游"的结果。所以隐秀特征也是由神思而来,所谓"心术之动",即是神思,也就是"神与物游"的状态。

由此可见,刘勰在《物色》《神思》《诠赋》《隐秀》等篇中所阐述的一系列重要的文学创作理论问题,都是建立在对心物关系的辩证认识基础上的。而他对心物合一的论述又是和中国传统的天人合一思想有着十分密切的联系的,是从天人合一的哲学思想中很自然地引申出来的,不过他特别善于吸收其中有利于说明文学创作美学特征的科学内容,甚至也包括荀子的天人相分说的某些因素。刘勰对心物关系的论述为中国古典诗学传统的形成奠定了基础。

第二节 《文心雕龙》和古典美学

上面我们比较具体地分析了《文心雕龙》的文学理论体系及其历史渊源,由此可以看出,刘勰无论在哲学思想、美学思想还是文学思想方面,都比较全面地总结了历史上的优秀遗产,广泛地接受了各种有益的思想资料。尤其是对我国古代思想文化影响最深的儒、道、佛三家学说,刘勰都是相当精通的。应该说,《文心雕龙》主要就是在儒、道、佛三家的哲学、美学和文学思想熏陶下产生的,是综合这三家的基本文艺观而形成的一部伟大的文学理论巨著。刘勰在《文心雕龙》中所表现的对待前代思想资料的基本特点是:高屋建瓴,不落一边;集其大成,取其精华;融会贯通,自成体系。这种基本特点使《文心雕龙》比较全面地反映了我国古代文学理论的民族传统,并且对后代文学理论批评的发展具有奠基作用,使它在中国古代美学和文学理论发展史上具有非常突出的重要地位。

对于《文心雕龙》在我国古代美学和文学理论发展史上的这种重要地位,绝大多数学者是给予了充分肯定的,并且也为国际上的许多著名汉学家所承认。但是国内学术界也出现过一些贬斥《文心雕龙》的个别看法,有人认为它根本不能"代表我国古代文论的最高成就","在一些重要问题上,它对前人的结论往往不择善而从,而是把前代的许多糟粕当作精华继承了下来,甚至加以发挥。这样这本书对文论的发展就不易起到较大的推动作用,甚至有时还会阻滞古代文论沿着正确的道路生气勃勃地前进"。本来对这种毫无根据的指摘,《文心雕龙》和广大古代文论的研究者中间绝大多数人是不同意的,而且也觉得对这种意见根本不屑于一争。不过之所以会出现这样的看法,也说明我们对《文心雕龙》的意义和价值的研究确实还是很不够的。另外,近年来有较大发展的关于中国古代美学的研究中,有些学者比较重视《乐记》《二十四诗品》《沧浪诗话》以及王夫之、叶燮等人的美学思想之研究,而对《文心雕龙》美学思想的研究则是很不够的。因此,认真地深入地探讨一下《文心雕龙》在中国古代美学和文学理论发展史上的地位和作用,看来也还是很有必要的。

中国古代的美学思想和文学艺术理论的联系是十分密切的。严格地讲,中国古代(鸦片战争以前)基本上没有专门的、系统的美学著作。除了一些哲学家、思想家的著作中包含一些重要美学思想和美学观点外,中国古代美学思想主要是从文学和艺术理论著作中反映出来的。像《乐记》这样一篇秦汉时期最完整的美学论著,即是一篇音乐理论著作。而在文学艺术理论著作中,文学理论又占有主要地位,因此研究中国古代美学必须充分重视对《文心雕龙》美学思想的研究。《文心雕龙》有没有重要的、系统的美学思想?其实这也是一个有争议的问题。虽然这种争议似乎还未明显地见之于文章,不过确有一些学者认为《文心雕龙》根本没有什么美学思想,而只不过是一部文章学著作。但是一个无可辩驳的事实是:当我们越是深入地研究《文心雕龙》,就越觉得它有十分丰富的美学思想,并且在中国古代美学的发展中具有极其重要的地位。

其实,刘勰在《文心雕龙》中所论之"文",就其最宽广的含义来说,和"美"的概念是一致的。刘勰认为最广义的"文",比用语言文字书写的文章之"文"的含义要大得多。《情采》篇说:"故立文之道,其理有三:一曰形文,五色是也;二曰声文,五音是也;三曰情文,五性是也。五色杂而为黼黻,五音比而成《韶》《夏》,五性发而为辞章,神理之数也。"由此可见,广义的"文"可以包括各种形式艺术在内,绘画、音乐、书法都是一种"文",不过和"情文"有所不同而已。再由《原道》篇看,"文"的范围不仅包括一切艺术美,而且也包括各种自然美在内。天文、地文、人文都是"文";"傍及万品,动植皆文"。自然界也有形文、声文,"龙凤以藻绘呈瑞""虎豹以炳蔚凝姿""云霞雕色""草木贲华",这都属于"形文";"林籁结响""泉石激韵",这都属于"声文"。人区别于物,是因为人是"有心之器",而不是"无识之物",故而"人文"即是"情文"。这样一种广义的"文"的概念,不是就相当于"美"的概念吗?把广义的"文"理解成"美",这并不是刘勰之首创,而是对我国古代美学思想的继承与发挥。春秋之前,我国古代的"文"与"美"的概念即是很接近的,并且常常是互相交叉使用的。《国语·郑语》中记载史伯提出的"物一无文",即是说事物太单调,没有对立统一构成的和谐,则没有美。《国语·晋语》中说的"身为情,成于中。言,身之文也"之"文",则和刘勰所说的"人文""情文"是完全一致的。我国古代所谓的"文身",即是在身体上刺画花纹以为美的修饰。《礼记·乐记》中所说:"礼减而进,以进为文;乐盈而反,以反为文。"此所谓"文"亦即是美的意思,也有善的意思。在我国古代,广义的"文"也即是美,不过它是指以某种具体形式表现出来的美。刘勰从广义的"文"说到狭义的"文",正是为了说明"人文"也是一种美。他的《文心雕龙》所论之"文"主要是"人文",而不是最广义的相当于"美"的"文",但是"人文"是广义的"文"之一种,从根本上说它也是美的一种表现形式。《文心雕龙·原道》篇虽未讲到一个"美"字,但实际上是一篇极为重要的美学论文!

刘勰说广义的"文"乃是"道之文",实质上正是要说明事物之所以具有这种美的形式,从基本缘由上说,乃是因为它是"道"的体现。形式是表现内容的,内容借形式以显。所以美的本质在于"道"。而宇宙万物的"道"是一种客观存在的、不以人的主观意志为转移的自然规律。任何事物都有它内在的"道",也有它外在的"文"。由此可知,美正是"道"以具体感性形式的显现。刘勰的这种基本的美学观,大体上接近后来黑格尔《美学》中所提出的美是理性的感性显现的意思。"人文"也是"道"的一种表现形式。"道"在人身上的体现即是心,所以说:"心生而言立,言立而文明,自然之道也。"《序志》篇中说:"夫《文心》者,言为文之用心也。昔涓子《琴心》、王孙《巧心》,心哉美矣,故用之焉。""人文"是心之美的表现形式。刘勰之所以定其书名为《文心雕龙》者,正是为了表明他的书要探讨的即是"人文"之美。他从最广义的"文"来说明"人文"的本质和起源,把文学理论提到了美学的高度来认识,这是非常清楚的,就他本人来说,也是非常自觉的。

从这样一种对美的本质认识出发,刘勰十分突出地强调了美的客观性,在文学批评上把自然之美作为最高的标准。美既然是事物内在的客观的自然规律——"道"的一种具体感性的表现,那么它必然是不依赖于人为的一种客观存在。《原道》篇中说:"龙凤以藻绘呈瑞,虎豹以炳蔚凝姿。云霞雕色,有逾画工之妙;草木贲华,无待锦匠之奇。夫岂外饰,盖自然耳。"美是事物的本质所体现的,而不是人力所外加的。《情采》篇说:"夫铅黛所以饰容,而盼倩生于淑姿;文采所以饰言,而辩丽本于情性。"倩美淑姿在于天生丽质,胭脂粉黛绝不可能使嫫母变作西施。这里也涉及自然美和艺术美的关系问题,画工、锦匠的创造都是以自然为模型的,是对自然的一种模仿,因此从某种角度来说,它总不如自然本身来得更美,说明艺术美之源泉在于自然美。刘勰在文学和现实关系上强调现实的决定作用,提出"情以物兴""情以物迁","文变染乎世情,兴废系乎时序"等一系列重要命题,都是建立在对艺术美的客观性认识上的。然而更为可贵的是刘勰在强调美的客观性的同时,并没有否定人在创造美的过程中的作用,相反,他是比较充分地肯定这种作用的。艺术美都是人所创造的,从自然美到艺术美有一个"杼轴献功,焕然乃珍"的过程。艺术美应当以自然美作为其最高标准,但是只有经过人的艰苦努力才能接近和达到标准,《隐秀》篇云:"故自然会妙,譬卉木之耀英华;润色取美,譬缯帛之染朱绿。朱绿染缯,深而繁鲜;英华曜树,浅而炜烨。"天然美和人工美的结合才能创造最高的美的境界。因此《文心雕龙》中处处强调美的客观性,以自然为遵循原则,然而决不废弃人为努力,以极大篇幅从各个方面具体论述了人工创造美的途径和方法。

刘勰在指出美的客观性同时,又深刻地看到人的审美意识是主观的,因此往往产生片面性,不能正确地对客观的美和丑做出实事求是的公正评价。他在《知音》篇中说:"鲁臣以麟为麏,楚人以雉为凤,魏氏以夜光为怪石,宋客以燕砾为宝珠。"麟凤与麏雉,谁美谁丑,这本来是非常明显的;珠玉与砾石,谁贵谁贱,也是一眼就可以看出来的,都是有客观标准的。但是并非所有的人都能认识它们之间的区别,由于人的审美观念的差异性,有的人就会以丑为美,以贵为贱。文学批评中之所以产生"知多偏好,人莫圆该"的状况,其中很重要的原因之一是人美感的主观性造成的种种复杂差别。人的审美观念的主观性与差异性,也造成了文学作品艺术风格上的千差万别的多样性。《文心雕龙》中也反映出了刘勰对形成人的审美观念的主观性和差异性原因的认识。这里既有人的天资禀赋不同造成的个性气质差别,也有不同的学识水准、家庭环境、社会风气等条件所产生的影响。正是这些因素构成了人们不同的心理、爱好、兴趣、习惯,造就了人们特定的政治、伦理、道德观念,使他们对美的认识和判断具有各自不同的标准。然而刘勰认为,虽然人的美感、审美趣味是存在种种差异和不同的,但是美毕竟是有客观标准的,因此在对事物做审美判断时,应当力求使美的客观性与美感的主观性相统一,努力避免主观片面性。

刘勰在《文心雕龙》中对形式美基本的要求是和谐。美是和谐这一思想在我国古代美学史上有悠久的传统。春秋时期史伯、晏子等论"和"与"同",就强调了"和"的重要性。到了六朝时期,陆机、葛洪等均对此有所发挥。《文赋》提出应、和、悲、雅、艳的美学原则,葛洪提出了"非和弗美"(《抱朴子·勖学》)的命题。刘勰于此更有进一步发展,在《文心雕龙》中关于整个艺术创造论述都贯穿了这一重要美学思想。它比较突出地反映在以下几个方面。首先,他强调艺术创造中的整体和部分的和谐统一,"弃偏善之巧,学具美之绩"。务必使"众美辐辏""而一毂统辐"。其次,不仅形式美应当是多样性的统一,而且形式和内容也应当达到和谐的统一,力求做到"文不灭质,博不溺心",否则"吴锦好渝,舜英徒艳。繁采寡情,味之必厌"。再次,艺术创造中各种对立因素的辩证统一构成的和谐之美。例如:"奇"与"正"的统一,"通"与"变"的统一,"隐"与"秀"的统一,"一"与"万"的统一,风骨与辞采的统一,等等。不仅如此,刘勰在论述许多具体艺术创作问题时,也都以和谐为形式美之最高标准。比如讲声律注重"异音相从谓之和,同声相应谓之韵"。讲对偶注重和谐的对称之美,"左提右挈,精味兼载"。讲用典注重才学之和谐配合,"主佐合德,文采必霸;才学褊狭,虽美少功"。对和谐的形式美的论述,在《文心雕龙》中可以说是到处都是。

刘勰对文学创作理论的论述,善于提到美学的高度来认识,因此他的精彩的创作理论中包含了极为丰富的美学思想。诚如我们前面已经详细分析过的,他对文学创作过程中的主观和客观的融合统一、心和物的交互作用有非常深入的研究;他对艺术风格美基本类型及多样化的分析,对艺术风格美形成原因的分析,在我国古代美学的有关论述中是最为杰出的;他对艺术构思中的想象活动的生动描绘,以及对它的特点的分析,毫无疑问也是独一无二的;他对艺术形象的构成及其特点的认识,"神用象通"及"拟容取心"说的提出,深刻地提示了艺术形象的美学特征;他对艺术创作中言意关系的分析,以及对"文外之重旨"的强调,为后来的意境说奠定了基础。特别值得我们重视的是,他在《文心雕龙》中创造性地提出了一系列重要的文学理论概念,同时也是极为重要的古典美学范畴,例如"神思""虚静""意象""隐秀""风骨""通变""奇正""体势"等等,这些对中国古代美学的发展都产生了极为深刻的影响。刘勰《文心雕龙》一书的文学创作理论中的美学内容,王元化先生在《文心雕龙创作论》一书中曾经做了相当深刻的论述,并与西方美学做了对比研究,它可以使我们更清楚地看到刘勰《文心雕龙》在中国古代美学思想发展中的地位。

我们可以毫不夸张地说,刘勰《文心雕龙》中的美学思想乃是对他以前的古代美学思想的继承与发展。从本书关于刘勰的文学理论体系及其历史渊源的分析中,我们可以非常清楚地看到:刘勰的《文心雕龙》和我国历史上的重要美学思想都有明显的承传关系。尤其是孔子、老庄、荀孟、《易传》、《乐记》、扬雄、王充等重要美学思想家和美学著作,以及魏晋以后的玄学家、佛教徒的美学思想,对他都产生了重大的影响。《文心雕龙》的美学思想和文学理论体系正是在这些古代美学思想的直接影响下形成的。

《文心雕龙》作为一部文学理论批评巨著,它不仅全面地继承和总结了前代文学理论批评的成就,而且在这个基础上,从总结当时的文艺创作实践经验出发,在一系列重大文学理论问题上有了极大的发挥与创造,形成了一个完整的文学理论体系。我们纵观历史可以发现,后来许多文学理论发展中的重要问题都可以在《文心雕龙》中找到它的雏形,而在有一些问题上,可以说始终没有能达到《文心雕龙》中有关论述的高度。以唐代白居易为代表的倾向于现实主义的诗歌理论派别,其理论核心是强调文艺是现实的反映,主张形式必须为内容服务,反对内容贫乏而一味追求形式美的创作倾向,提倡"实录"精神,重视文艺的真实性。而这种基本思想在《文心雕龙》的《情采》《时序》《明诗》等篇中早已有了系统的阐述。白居易提出的"根情、苗言、华声、实义"与刘勰所说的"以情志为神明,事义为骨髓,辞采为肌肤,宫商为声气"是完全一致的。唐宋以来盛极一时、以创造意境为中心的司空图、严羽一派的理论,也和刘勰《文心雕龙》有密切关系。刘勰的隐秀说所论述的,实际上就是意境的基本特点:"言有尽而意无穷"。所谓"文外之重旨",与司空图所提倡的"味外之旨"也是没有什么本质区别的,不过前者从创作角度讲,后者从欣赏角度讲,稍有不同。这点我们也可以从隐秀说之得到梅尧臣、张戒等的进一步发挥而在宋人诗话中所产生的巨大影响中看出来。"意在言外"作为中国诗歌的一个基本的传统艺术特点,它最早应该说就是刘勰首先提出来的。我国古代浪漫主义的文学理论有一个核心内容,就是十分注重浪漫主义文学的现实基础,提倡幻中有真、夸不失真,而这一基本思想最早见于《文心雕龙·辨骚》篇,刘勰在对《楚辞》的评价中非常鲜明地提出了"酌奇而不失其真"的原则。如果说明清之交是可以与六朝相比美的我国古代文学理论批评发展的一个高峰时期的话,那么我们也可以清楚地看到这一时期许多重要文艺理论批评观点和《文心雕龙》之间的内在紧密联系。在反前后七子的复古主义文艺思潮中起了重要作用的公安派理论,不仅其揭橥的"性灵"最早出自《文心雕龙》,而且其反复古的主要武器——强调文学之"变"——亦正是在刘勰"通变"说基础上之进一步发挥。清代的性灵派代表人物袁枚说:"抄到钟嵘《诗品》日,该他知道性灵时。"(《仿元遗山论诗》)其实刘勰论"性灵"比钟嵘要更早更清楚。《原道》篇云:"惟人参之,性灵所钟,是谓三才。"人才就是"性灵"之表现,故《宗经》篇说圣人之经书"洞性灵之奥区"。《情采》篇论文学创作是"综述性灵,敷写器象"。刘勰强调文学发展随时代之变化而变化,《通变》篇又说:"文律运周,日新其业。变则其久,通则不乏。"这就为袁宏道的《雪涛阁集序》中著名的"时变"说奠定了理论基础,后来叶燮在《原诗》中的"正变"的观点也是在这个基础上发展出来的。明末清初的著名诗歌理论批评家王夫之,他的不少重要理论观点和《文心雕龙》有着深刻的内在联系。比如他关于情景交融的论述,就和《文心雕龙》中关于心物或情物关系的论述有密切关系。《物色》篇所论实质上就是情景交融的基本理论。而王夫之的"情中景"与"景中情"之说,也是从刘勰的"情以物兴""物以情观"和"随物以宛转""与心而徘徊"说中脱胎而出的。至于刘勰的神思、虚静的艺术构思论,则从唐宋到明清一直为诗家所崇奉,并从具体创作中做过许多发挥。刘勰有关艺术风格的一系列理论更是后来各种艺术风格理论发展的基础,而且从理论的系统和周密上来说,后来的风格理论确实很少有能赶得上它的。清代桐城派著名的阳刚之美和阴柔之美说,从文学理论渊源上看,最早也是从刘勰那里开始的,它正是对刘勰《文心雕龙·体性》篇中"气有刚柔""风趣刚柔,宁或改其气"说的进一步发挥。这里我们只是举个别明显的例子,实际上《文心雕龙》对后代文学理论批评的影响是远比这些要多得多、深得多的。从杨明照先生《文心雕龙校注拾遗》一书中附录部分所录前人对《文心雕龙》一书的摘引、评述和为它写的序跋中,也可以非常清楚地看到这一点!

当然,《文心雕龙》是不可能概括它产生以后的一千多年的文学理论发展的丰富内容的,我们也决不能这样去要求它,后人总是要比前人有更多新的发展与创造的,更何况像我们中华民族这样一个伟大的民族!"江山代有才人出,各领风骚数百年。"刘勰的时代还没有成熟的小说、戏剧,因此小说、戏剧理论在《文心雕龙》中是没有的。虽然《文心雕龙》中的一些基本文学原理对于小说、戏剧也是适用的,但毕竟小说和戏剧是各有自己独特特点的,这些是《文心雕龙》所不可能涉及的。然而只要我们遵循历史主义原则,对此是不难理解的,自然也决不会用金圣叹或李渔去压刘勰,那就未免太可笑了。岁月流驰,各擅胜场,完全不必厚此薄彼,硬要较量出一个高低来。判断历史人物的功绩,不是根据他有没有提供现代所要求的东西,而是根据他与他们的前辈相比提供了什么新的东西。如果从这一点来说,那么刘勰确实是伟大的,他提供了那么多新的东西,这是后来很多文学理论批评家所难以相比的,他确实像鲁迅所说的那样,是可以"为世楷式"的。即以《文心雕龙》本身来说,作为美丽的骈文,也可以说是举世无双的,更何况它还具有那么丰富的理论内容呢!

后　记

　　在看完本书的校样后,我的心情很不平静。我从 1960 年毕业留在北京大学工作,到今年夏天,已经整整五十年了。在这半个世纪的漫长岁月中,我把全部时间和精力付给了古代文论,记得我在那本自选集《文艺学的民族传统》的自序里说过这么一段话:

> 在回顾我研究中国古代文学理论批评的经历时,我感觉这是一个十分艰难,然而也是十分愉快的过程。中国古代文论实在是一块难啃的骨头,它和许多学科都有着密切的联系。要弄懂它,必须涉及中国古代的政治、哲学、历史、艺术、宗教等很多方面,同时又要非常熟悉中国古代的文学创作,也需要有相当的理论修养,能与西方文艺美学理论相参照。要想写出一点有新意的内容真不容易! 多少个日日夜夜,多少个不眠的通宵,多少次进出图书馆,多少回撕了再重写! 其中甘苦辛酸又有谁知! 不过,当自己取得一点进展,有了一点新意时,那种甜蜜的愉快,也足以使人心醉,胜过任何的美味佳肴。在现代中国作一个真正的学者,确是艰难而清苦的,如果没有颜回安贫乐道的精神,恐怕是很难坚持下去的。

　　不过,那是十多年前的心态了,现在我感觉到的只是难言的苦涩,学术真的那么高贵吗? 值得为它拼搏半个世纪吗? 当我快要结束自己学术生涯的时候,我确实有点怀疑了。我看到不少人视学术为仕途和名利的敲门砖,在那里学术早已贬值,学术界也快成江湖了。现在很多学者不像我那么书生气,他们早就懂得一个学者最好兼做点"官",当个委员、代表什么的,有权还会有钱,做起学问来就会轻松得多了,名气也会大得多,三分货就有八分价。可是,我既无做"官"的才华,更无此种嗜好,也没有这方面的客观条件。我只是把读书和研究作为一种兴趣和

爱好,以求得到精神上的寄托,我对自己的选择无怨无悔。我在1998年出版的论文集《夕秀集》自序里又说过这样一段话:

> 编辑完本书,正值京城酷暑,挥汗写序,不禁心潮起伏,感慨万千。学术研究是需要有决心,有勇气,有毅力的。要安于清贫的生活,要有为学术奉献一切的精神,要有严谨踏实的治学态度,而不为名利追求轰动效应。一部学术著作的价值,学界和广大读者自有公论,如果要借助于媒体的炒作,实在是很可悲的。真正有价值的书,是会不胫而走的。所以我的书从来不请人写书评……

我这样说也不是无的放矢,我看到很多人让自己的学生和朋友为自己的书写书评,甚至自己化名写书评竭力吹嘘,还把这种做法当作无可非议的正常现象。我做了一辈子学问,结果是深深地感到悲哀。"文革"后的三十年中,我一共出版了十五本书。我的这本书也许是我关于《文心雕龙》的最后一本学术著作了,一个演员在退出舞台时是要谢幕的,我这篇后记就是谢幕辞了。

我在1993年蒙国务院学科评议组批准为博士生导师。在我退休前的将近十年中,我招收过十几名博士生,但是真正全部是我亲自指导的只有十位,其他是以我的名义招进来,因我退休而由我的学生指导的。还有我在八十年代指导的硕士生,以及我想法引进到北大的杰出人才。我唯一感到欣慰的是他们都是很正派的年轻学者,现在大都事业有成,孜孜不倦地进行着古代文论的教学和研究,并且已经当了教授。感谢他们对老师的尊敬和热爱,一直要张罗为我七十岁和七十五岁出纪念文集,还要凑钱替我出文集,但是我都婉言谢绝了。我想在这里真诚地谢谢他们!

我没有想到的是老天爷真的还非常照顾我,虽然早已年逾古稀,而身体却比预想的要好,我还能够继续教书,为香港的学子授课。和这些天真纯洁的年轻人朝夕相处,使我感到自己也变得年轻了。在宝马山上的清静环境里,我想我还会认真地做点自己想做的事。

屈原在《离骚》里说:"众皆竞进以贪婪兮,凭不厌乎求索;羌内恕己以量人兮,各兴心而嫉妒。忽驰骛以追逐兮,非余心之所急;老冉冉其将至兮,恐修名之不立。朝饮木兰之坠露兮,夕餐秋菊之落英;苟余情其信姱以练要兮,长颇颔亦何伤!"这也是我现在的心境。

张少康

于香港北角宝马山

2010.5.15

司空图及其诗论研究

前　言

　　司空图是唐代著名的诗人和诗论家,在晚唐,他的诗歌创作属于山水田园隐逸诗派,而且是这方面成就最高的诗人。但是,他在诗歌创作上的成就和影响远不如他在诗歌理论批评上的成就和影响大,他在唐代诗学批评上无疑具有极为重要的地位。特别是他的《二十四诗品》,最为出名,历来受到高度评价,是唐代最为杰出的一部重要诗论著作。前几年,陈尚君、汪涌豪先生《司空图〈二十四诗品〉辨伪》(《中国古籍研究》第一卷,上海古籍出版社1996年版)一文中提出《二十四诗品》非司空图所作,其后,学术界对此颇多争议,从目前研究的状况和提供的材料来看,其真伪问题尚难做出十分肯定的结论,但是随着研究的深入,认为它非司空图所作的根据逐一被否定,或受到有力质疑,《二十四诗品》仍为司空图所作的可能也就愈来愈大了。为了从更广阔的角度来探讨此一问题,需要从各方面加强对司空图的研究,特别是要对司空图的生平思想、诗歌创作和诗论著作做更详细的分析,本书就是我对这些问题的一点研究心得。

第一章　司空图的生平和思想

司空图,字表圣,生于公元837年,卒于908年。由其《乙巳岁愚春秋四十九,辞疾拜章,将免左掖,重阳独登上方》一诗可知其生于唐文宗开成二年,即837年。又其《乙丑人日》一诗云:"自怪扶持七十身。"乙丑为天祐二年即905年,则他的生年为836年。据作于天复三年(903)的《休休亭记》云:"自开成丁巳岁七月距今以是岁是月作是歌,亦乐天作传之年六十七。"可知此诗云七十为约数,时实为六十九岁。《新唐书》本传云:"哀帝弑,图闻不食而卒,年七十二。"故知其卒年为908年。祖籍泗水(今安徽泗县),故司空图自称"泗水司空图"(《书屏记》),"泗水司空氏"(《月下留丹灶序》)。王禹偁《五代史阙文》云:"图,字表圣,自言泗州人,少有俊才。"泗水,唐属泗水郡,天宝时改为临淮郡,乾元时复改为泗水。《资治通鉴》卷二百六十五谓:"图,临淮人也。"此是对的,而《新唐书》《唐诗纪事》云"河中虞乡人",不妥,虞乡当是其寓居之地(详下)。①

据《旧唐书·司空图传》记载,司空图的曾祖为司空遂,曾为密县令。祖父司空象,曾为水部郎中(属工部)。父亲司空舆,据《书屏记》,会昌二年(842)曾为江西观察使裴休幕府从事,在钟陵,即洪州(现南昌县)。后"征拜侍御史"(属侍御台,从六品下,行监察职),"退居中条",此当在会昌年间。据司空图《山居记》云:"中条蹴蒲津,东顾距虞乡才百里,亦犹人之秀发,必见于眉宇之间,故五峰颓然,为其冠珥,是豀蔚然涵其浓英之气,左右函洛,乃涤烦清赏之境。会昌中,诏毁佛宫,因为我有谷之名,本以王官废垒在其侧,今司空氏易之为祯陵豀,亦曰祯贻云。"司空图之父当于此时在中条山王官谷建王官别业。又据新旧《唐书》,大中初户部侍郎卢宏正为盐铁使,奏举舆为安邑、解县两池榷盐

---

① 罗联添先生著有《唐司空图事迹系年》一文,载《大陆杂志》第39卷第11期,考订甚详,本文多所参阅,不另说明。

使,检校司封郎中(属吏部,从五品上)。按,安邑、解县均在虞乡附近,解县贞观间曾并入虞乡,后又复置。两地均有盐池。后来,司空舆又入朝为司门员外郎(属刑部,从六品上),迁户部郎中(正五品上),卒。可见,司空图出身于一个世代官宦家庭,幼年时曾随其父南下江西,后定居于河中虞乡,并在王官谷有别墅。图之为人及其思想颇受乃父影响,对李唐王朝忠贞尽职,但也有避世隐居之意,故在中条山王官谷购置别业,这点我们下面还要讲到。司空图父亲喜欢书法,早年受知于裴休,即是从书法结缘的,后来又得到忻州李戎所赠送的唐代著名书法家徐浩真迹一屏,共四十二幅,"所题多《文选》五言诗,其'朔风动秋草,边马有归心'十数字,或草或隶,尤为精绝"。常常"清旦披玩,殆废寝食",并且告诫司空图云:"正长诗英(王瓒,字正长,'朔风'联见其《杂诗》),吏部(徐浩曾为吏部侍郎)笔力,逸气相资,奇功无迹,儒家之宝,莫逾此屏也。"(《书屏记》)《宣和书谱》卷九记载司空图亦为唐代著名的行书家,并记载此事,还说:"图后为之志曰:'人之格状或峻,则其心必劲,视其笔迹可以见其人。'(按,所引图语见《书屏记》,与原文略有差异)于是知图之于书非浅浅者。及观其《赠圣光草书歌》,于行书尤妙知笔意。史复称其志节凛凛与秋霜争严,考其书抑又足见其高致云。今御府所藏行书二:《赠圣光草书歌》《赠圣光草书诗》。"由此可见,司空图是在一个什么样的家庭环境中成长的。

司空图的生平思想可以分为五个时期来分析:

1. 由家居读书至咸通十年中进士(869年以前)

咸通十年(869),司空图三十三岁,是年中进士。在此之前,他主要是在虞乡家中读书,大中年间他父亲为安邑、解县两池榷盐使,后入朝为官,他当亦随之入京师。其父死后,大约又回到河中。唐末吏治腐败,没有人引见推荐是很难考中的。为了求取功名,他也拜谒了一些达官贵人。咸通七年(866)他三十岁,秋天曾拜谒同州防御使王凝,并为他写了《太原王公同州修堰记》。按,王凝出任同州刺史在咸通五年(864),《旧唐书》本传:"迁中书舍人,时政不协,出为同州刺史,赐金紫。"图《唐故宣州观察使检校礼部王公行状》中也说:"相国夏侯公用为中书舍人,旋以同列或非清议,遂移疾乞免,拜同州防御使,兼御史中承,赐金紫。"记云:"大中末,州南堰坏,久不能复,比岁旱蝗,关畿尤困。咸通五年,太原王公自中书舍人出牧是邦,思所以利人者,无易于此。……七年秋愚自蒲获展贽见之礼,出次近垌,备得其事,因著于篇,以彰勤济之志云。"又,据《北梦琐言》《唐才子传》《唐诗纪事》等书记载,王凝曾为绛州刺史,司空图去谒见,《唐诗纪事》云:"会王凝自尚书郎出为绛州刺史,图以文谒之,大为凝知。"《唐才子传》亦云:"王凝初典绛州,图时方应举,自别墅到郡上谒,去。"《北梦琐言》云:"王文公凝,清修重德,冠绝当时。……曾典绛州。于时司空图侍郎方应进士举,自别墅到郡,谒见后,更不访亲知,阍吏遽申司空秀才出郭矣。或入郭访亲知,即不造郡斋,琅琊知之,谓其专敬,愈重之。"王凝为绛州刺史或在任同州刺史前,图因得到他赏识,故在咸通七年专程往同州谒见王凝,并为其撰《太原王公同州修堰记》,希其提携。于此可见其寻求仕进之心情颇为迫切。咸通十年,司空图赴京应试进士,时王凝为礼部侍郎,知贡举,此年正好是由王凝主考,他得中第四名。并曾写有《榜下》一诗:"三十功名志未伸,初将文字竞通津。春风漫折一枝桂,烟阁英雄笑杀人。"此"三十"当为大约数。又有《省试》一诗云:"粉闱深锁唱同人,正是终南雪霁春。闲系长安千匹马,今朝似减六街尘。"中进士后虽未得官,但他的心情还是很兴奋、很得意的。《旧唐书·司空图传》云:"图咸通十年登进士第,主司王凝于进士中尤奇之。"《北梦琐言》卷三云:"王文公凝……知举日,司空一捷列第四人。登科同年讶其名姓,甚暗成事太速,有鄙薄者号为司徒空。琅琊知有此说,因召一榜门生,开筵宣言于众曰:'某叨忝文柄,今年榜帖,全为司空先辈一人而已。'由是声采益振。"又,《唐诗纪事》谓王凝"入知制诰,迁中书舍人,知贡举,擢图上第"。不确,王凝为中书舍人在咸通五年任同州刺史前。司空图现存文集中有《与惠生书》一文,前云:"某赘于天地之间,三十三年矣。"故知写于中进士这一年,其中非常清楚地阐述了他对时政的看法和他自己的态度。晚唐是李唐王朝的没落、崩溃时期,外族入侵,藩镇割据,战乱频繁,民不聊生。朝廷内部党争不断,宦官专权,吏治腐败,卖官鬻爵,上上下下贿赂成风。灾荒遍地,赋税繁重,农民暴动,此起彼伏。司空图对晚唐社会的这种现实有很清醒的认识,他在《将儒》一文中就说过:"嗟乎!道之不可振也,久矣。儒失其柄,武玩其威,吾道益孤。"他对末世的危亡有深切的感受,并且有济时救世的雄心壮志。在这封《与惠生书》中,他说自己在"便文之外,往往探治乱之本","壮心未决,俯仰人群","愿修本讨源,然后次第及于济时之机也"。他认为从唐虞三代以来,历史经验说明了"侮儒必止,泥儒必削",对传统的儒家思想既不能轻视违背,也不能拘泥死守,士大夫不能有负"雅道","既不足以镇之,而又激时时之怨耳"。如果处理不当,则常常会得到"国家皆瘁而不寤"的不幸后果。他的主张是:"愚以为今欲应时之病,即莫若尚通,通不必叛道而攻利也,隘则驱之以雠己。树政之基,莫若尚法,不必任察而嗜刑也,弛则怠之以陷人。舍此二者,伊、周不能为当今之治。苟在位者有问于愚,必先存质以究实,镇浮而劝用,使天下知有所竟,而不自窘以罪时焉。"同时他也看到积重难返,不可能挽狂澜于既倒,要根本改变这种现状是非常困难的。因此他的态度是能做多少做多少,也不必去做明知做不到的事。他说:"且一家之治,我是而未必皆行也;一国之政,我公而未必皆行也。就其间量可为而为之,当有以及于物;不可为而不忘,亦足以信其心。必曰俟时而后济其仁,盖无心之论。夫百人并迫于水火,可皆救之,斯幸矣。不可皆拯,则将竭力救其一二耶?"①这就是他早年的政治主张和处世态度。

2. 由咸通十年中进士到广明元年黄巢起义军攻陷长安(869—880年)

这十二年是司空图真正从政为官的时期。司空图中进士后并没有得到什么官职,于是年夏天回到蒲州(即河中府)虞乡王官谷。在其《段章传》一文中说:"咸通十年吾中第,在京……夏归蒲。"此年王凝主考后受到权豪的攻击,遂被贬为商州刺史。据《旧唐书·王凝传》云:"以礼部侍郎征,凝性坚正,贡闱取士,拔其寒俊,而权豪请托不行,为其所怒,出为商州刺史。"司空图《唐故宣州观察使检校礼部王公行状》也有记载:"谢疾葺居华下。中外之议,谓公不司文柄,为朝廷阙政,竟拜礼部侍郎。韦澄迈在内廷悬人相之势,其弟保殷干进,自谓殊等不疑,党附者又方据权,亦多请托。攘臂傲视,人为寒心。公显言拒绝,及榜出,沸腾,以为近朝难

---

① 《与惠生书》一文,《四部丛刊》本与《全唐文》本在文字上颇有出入,本文所引,择善而从。

事。噫!仁人之勇其可力夺哉!久之,时宰竟用抗己,内不能平,遂致商於之命。"但王凝被贬为商州刺史在何时,尚待考,大约在咸通十二年(871)间,因咸通十一年(870)停贡举,十二年高湜为礼部侍郎,知贡举。司空图有感于王凝提携之恩,跟随王凝去商州做幕僚。第二年为湖南观察使,《旧唐书·王凝传》云:"出为商州刺史,明年检校右散骑常侍,潭州刺史,湖南团练观察使。"图《王凝行状》也说:"明年加检校常侍廉问湖外,理潭如商,罔不慰悦。"吴廷燮《唐方镇年表》谓王凝以咸通十三、十四年为湖南观察使。《新唐书·王凝传》谓僖宗立,召凝为兵部侍郎,领盐铁转运使,当于乾符元年(874)回朝,但又"坐举非其人,以秘书监分司东都,即拜河南尹"。乾符四年(877)为宣歙观察使,"辟置幕府",司空图应辟为从事。图《纪恩门王公宣城遗事》一文云:"上四年春以大河南王公治状宜陟,诏假礼部尚书按察宣、歙、池三郡。"自咸通十二年至乾符四年,司空图是否一直跟着王凝,尚待确考,然而有可能是始终在王凝幕府。他现存的文集中共有七十篇,除一首诗外,全部为文章,计六十九篇,其中就有五篇是写王凝之事。他在《唐故宣州观察使检校礼部王公行状》末说"图忝迹门下,义服终始",又于《纪恩门王公宣城遗事》末说"愚尝袭迹门下,受知特异",似乎一直没有离开过王凝。王凝对司空图的影响很大,据《新唐书·王凝传》所云,凝"不阿权近,出为商州刺史。驿道所出,吏破产不能给,而州有冶赋羡银,常摧直以优吏奉。凝不取,则以市马,故无横扰,人皆尉悦"。故司空图对他推崇备至。乾符五年(878)黄巢领兵经江西进入安徽进攻和州(今和县,即历阳),王凝派将支援,解历阳之围。黄巢遂怒而南下围攻宣城(宣歙观察使幕府所在地)。《旧唐书·王凝传》云:"贼为梯冲之具,急攻数月,御备力殚,吏民请曰:'贼之凶势不可当,愿尚书归款退之,惧覆尚书家族。'凝曰:'人皆有族,予岂独全,誓与此城同存亡也。'既而贼退去。"此时司空图一直在王凝幕府。这年朝廷召拜司空图为殿中侍御史(从六品下),但司空图未按时于百日内赴阙上任,遂被弹劾,左迁光禄寺主簿(从七品上,主管祭祀等),分司东都(洛阳)。司空图赴阙迟留的原因,据《新唐书》本传、《唐诗纪事》等所说,是图"不忍去凝府","感凝知己之恩,不忍轻离幕府",但可能还有另外的原因,一是此时正是黄巢兵围宣城,形势危急,司空图也无法离开宣城;二是据《资治通鉴》卷二百五十三,黄巢在宣城西一百五里之南陵被王凝打败,即在是年八月。《新唐书·王凝传》记载,黄巢兵攻城最激烈时,王凝已病重,黄巢兵退后,"未几,卒"。按司空图为王凝写的行状,其卒在八月七日,则黄巢兵退当在八月初。司空图之不忍离凝幕府,其缘由即此可知。

王凝死后,司空图随即赴洛阳上任,时当在秋天。其诗集中有《江行》二首,当为离宣城去洛阳时所作。其云:"地阔分吴塞,枫高映楚天。曲塘春尽雨,方响夜深船(《嘉业堂丛书》本下注:'《旧唐书》:方响,以铁为之,长九寸,广二寸,圆上方下。')。行纪添新梦,羁愁甚往年。何时京洛路,马上见人烟。""初程风信好,回望失津楼。日带潮声晚,烟含楚色秋。戍旗当远客,岛树转惊鸥。此去非名利,孤帆任白头。"他对这两首诗也是很欣赏的,其中两联均为他《与李生论诗书》所引有"味外之旨"之作。宣城,春秋时属吴,后属越,战国属楚,故诗中有"吴塞""楚天""楚色"之语。诗中说到"此去非名利,孤帆任白头",还是很希望到洛阳后能有所作为的。但是光禄寺主簿并非要职,对济时救世实在起不了什么作用,所以他在诗中颇有怅茫之感。"行纪添新梦,羁愁甚往年。"赴任有新的梦想,然而壮志难酬,不免平添无限感慨。他到洛阳后正好遇到被罢相的卢携,卢在乾符五年五月因与另一宰相郑畋在如何对待南诏的问题上发生争论,卢摔了砚台,两人均被罢相,卢被贬为太子宾客(正三品),分司东都。司空图秋天到洛阳,受到卢携的厚待。《旧唐书》图本传云:"携嘉其高节,厚礼之,尝过图舍手题于壁曰:'姓氏司空贵,官班御史卑。老夫如且在,不用念屯奇。'"对其品德评价甚高。乾符六年(879)十二月,因曾为卢携所推荐的高骈之部将屡破黄巢兵,遂复召卢入朝,以原相王铎为太子宾客,分司东都。卢携入朝路过陕州、虢州,与陕虢观察使卢渥说:"司空御史高士也,公其厚之。"(《旧唐书》图本传)卢渥即奏请司空图为其幕府宾佐。明年改元为广明元年(880),卢携复为宰相,是年十月,召拜卢渥为礼部侍郎(正四品下),并召拜司空图为礼部员外郎(从六品上)。司空图有诗《感时上卢相》当写于入朝为礼部员外郎时,其诗云:"兵待皇威振,人随国步安。万方休望幸,封岳始鸣銮。"充分表达了他对卢携的尊敬感激之情,也对他实现自己济时救世的壮志有了希望。然而,此时黄巢起义军已经攻到淮北,进逼河南,十一月东都洛阳陷落。司空图又有《乱前上卢相》诗,为卢携献策,其云:"虏黠虽多变,兵骄即易乘。犹须劳斥候,勿遣大河冰。"十二月二日,黄巢兵破潼关,长安危在旦夕。五日,卢携又被罢相,贬为太子宾客,分司东都。卢知潼关已破,遂饮药自尽而死。这天唐僖宗在左神策军中尉田令孜逼迫下,仅仅由五百神策军卫护从长安西边金光门逃出,"群臣无知者,宰相萧遘等皆不及从"(《新唐书·田令孜传》),"文武百官寮不之知,并无从行者,京城晏然"(见《旧唐书》卷十九)。此夜黄巢就进入长安,并于十六日称帝,号大齐。司空图陷落在长安城中,于此日夜写有《庚子腊月五日》一诗:"复道朝延火,严城夜涨尘。骅骝思故第,鹦鹉失佳人。禁漏虚传点,妖星不振辰。何当回万乘,重睹玉京春。"说明他对时局动乱十分关心,对唐王朝极其忠心,盼望唐僖宗能重回长安,但他自己又无力回天。幸亏黄巢军中有一个叫段章的,原为司空图奴仆,营救其逃出长安,转辗回到河中王官谷。此事司空图在《段章传》一文中有详细记载:"段章者,不知何许人。咸通十年,吾中第在京,章以自衒为驭者,亦无异于他佣也。夏归蒲,久之,力不足以赒给,乃谢去。广明庚子岁冬十二月,寇犯京。愚寓居崇义里(按,据《唐两京城坊考》卷二,在长安朱雀门街东第一街第一坊)。九日,自里豪杨琼所转匿常平廪下,将出,群盗继至,有拥戈拒门者,熟视良久,乃就持吾手曰:'某段章也,系虏而来,未能自脱。然顾怀优养之仁,今乃相遇,天也。某所主张将军烹下士,且幸偕往通他,不且,仆藉于沟辙中矣。'愚誓以不辱。章惘然泣下,导至通衢,即别去。愚因此得自开远门宵遁,至咸阳桥。复榜者韩钧济之,乃抵鄠县。"然后司空图回到了虞乡家中,并带了徐浩真迹书屏,转赴王官谷别墅。《书屏记》云:"庚子岁遇乱,自虞邑居负之置于王城别业。"次年的二月,卢渥也逃到中条山借住在司空图的王官别业。司空图在《唐故太子太师致仕卢公神道碑》中说:"遇大驾南幸,乃中辍,人至今惜之。明年春,自都潜出,二月至中条,舍于幕吏司空图。"自此后,司空图为农民起义的狂潮所惊骇,对唐王朝振兴渐感绝望。他的《秋思》一诗大约作于是年冬天,其云:"身病时亦危,逢秋多恸哭。风波一摇荡,天地几翻覆。孤萤出荒池,落叶穿破屋。势利长草草,何人访幽独。""风波"两句当指黄巢攻陷长安,其心情十分凄苦、感伤。然而对时局的发展,他还是耿耿于心的。其《感时》一首从内容来看,可能写于本年。诗云:"好鸟无恶声,仁兽肯狂噬。宁教鹦鹉哑,不遣麒麟吠。人人语于默,唯观利与势。受毁亦自遭,掩谤终失计。"其末两句很可能指卢携对田令孜姑息、迁就,后被其所谤二月罢相饮药而死之事。但在偏僻平静的中条山王官谷别墅中,生活比较安定,于他也有所宽慰,隐居避世的思想就逐渐浓厚起来了。其《山中》一诗大约也写于本年,诗云:"全家与我恋孤岑,蹋得苍苔一径深。逃难人多分隙地,放生鹿大出寒林。名应不朽轻仙骨,理到忘机近佛心。昨夜前溪骤雷雨,晚晴独步数峰吟。"他并没有忘记祖辈的遗训,但是看到当时社会实在已不可救药,遂渐渐在思想上倾向于从佛老中寻求解脱。其《自诫》一诗比较明显地表现了这种思想:"我祖铭座右,嘉谋贻厥孙。勤此苟不息,令名日可存。媒炫士所耻,慈俭道所尊。松柏岂不茂,桃李亦自繁。众人皆察察,而我独昏昏。取训于老氏,大辩欲讷言。"本来他是非常清醒的,然而由于社会的黑暗和人心的浇薄,他反而愿意"独昏昏",学习老子的"大智若愚"。

3. 由广明元年逃归王官谷到龙纪元年移居华阴(880—889 年)

这将近十年时间是司空图思想比较矛盾的时期,一方面他看到时局的艰危,朝廷的腐败,对济时救世开始丧失信心,于功名利禄也极为淡薄;另一方面则又对自己长期以来形成的入世干时做一番事业的雄心壮志没有完全死心。在这期间曾有三次重新当官的机会,两度应诏到长安,但都只是昙花一现而已。

第一次在中和二年(882),据《旧唐书》本传云:"时故相王徽亦在蒲,待图颇厚,数年徽受诏镇潞,乃表图为副使,徽不赴镇而止。"黄巢攻入长安,王徽被俘,经月余杂于商贩之中逃出长安到河中。《资治通鉴》卷二百五十五记载,中和二年十二月,"朝廷以右仆射租庸使王徽同平章事充昭义节度使(治潞州),徽以车驾播迁,中原方扰,(孟)方立专据山东邢、洺、磁三州,度朝廷力不能制,辞不行,请且委(郑)昌图"。由于王徽不赴任,司空图的副使也就落了空。

第二次是在光启元年(885),唐僖宗自蜀返陕,次凤翔,召司空图为知制诰(有资格起草诏书等的官),三月回到长安,拜司空图为中书舍人(正五品上)。这样司空图又回到了长安。司空图的《纶阁有感》一诗当写于此时,"纶阁"指中书省,中书舍人即属中书省。其诗云:"风涛曾阻化鳞来,谁料蓬瀛路却开。欲去迟迟还自笑,狂才应不是仙才。"由此可见他有一种绝处逢生之感,对实现其济时救世之志又充满了新的希望。然而好景不长,是年十二月曾帮助唐王朝镇压黄巢起义的沙陀贵族李克用,因为与军阀朱温争地盘,胁迫唐王朝,兵临长安。田令孜带唐僖宗自开远门出奔凤翔,百官均不及扈从,司空图也滞留长安。光启二年(886)春正月,李克用军退还河中,上书要求诛田令孜,而田令孜乃劫持僖宗赴宝鸡。此年司空图正好五十岁,写有《五十》诗一首,其云:"闲身事少只题诗,五十今来觉陡衰。清秩偶叨非养望,丹方频试更堪疑。髭须强染三分折,弦管遥听一半悲。漉酒有巾无黍酿,负他黄菊满东篱。"这次事件使他重新萌生的希望又破灭了,他的心情显然低落了下去,归隐的念头再次开始抬头。光启三年(887)春天司空图又回到了中条山王官谷,写有《丁未岁归王官谷有作》一诗:"家山牢落战尘西,匹马偷归路已迷。冢上卷旗人簇立,花边移寨鸟惊啼。本来薄俗轻文字,却致中原动鼓鼙。时取一壶闲日月,长歌深入武陵溪。"时李克用为河东(蒲州)节度使,朱全忠为宣武(开封)节度使,互相争战不息,所以司空图回去也不容易。这年,他在王官谷之别业写有《山居记》一文,并为其别业改题为"祯陵谿",又曰"祯贻",还"刻大悲跂,新构于西北隅,其亭曰'证因'。'证因'之右,其亭曰'拟纶',志其所著也。'拟纶'之左,其亭曰'修史',勖其所职也。西南之亭曰'濯缨','濯缨'之窗曰'一鸣',皆有所警。堂曰'三诏之堂',室曰'九龠之室'"。按,图在此前曾三次被召拜为侍御史、礼部员外郎和中书舍人。"九龠之室"是指藏道家经典之室。这些均可见他入仕与避世之矛盾心理。他在王官谷编其残缺诗文为《一鸣集》前集,并写了序,这就是我们现在看到的《司空表圣文集序》。其云:"知非子雅嗜奇,以为文墨之伎,不足曝其名也。盖欲揣机穷变,角功利于古豪,及遭乱窜伏,又顾无有忧天下而访于我者,曷以自见平生之志哉!因捃拾诗笔,残缺亡几,乃以中条别业一鸣,以目其前集,庶警子孙耳。其述先大夫所著家谍《照乘传》,及补亡舅(名权,四岁能讽诵。其舅水轮陈君赋十六,著《刘氏洞史》三十卷)《赞祖彭城公中兴事》,并愚自撰《密史》,皆别编次云。有唐光启三年泗水司空氏中条王官谷濯缨亭记。"他之所以号"知非子",又名其亭云

"濯缨亭",都是有寓意的。说明他对人间是非、世道治乱早已看透了,决意超脱尘俗,隐迹山林,做一个像巢、由(巢父、许由,皆尧时隐士)、陶潜一样的高洁之士。"濯缨"取自《孟子·离娄》中《孺子歌》:"沧浪之水清兮,可以濯我缨。沧浪之水浊兮,可以濯我足。"他的论诗文章《与王驾评诗书》当亦写于这一年或稍后,因其末有"吾适又自编《一鸣集》"之语。又有《月下留丹灶》诗及诗前之记,据作者文中说作于光启三年秋八月。司空图的另一篇重要的诗论著作《与极浦书》可能也作于是年或稍后,因其末有"知非子狂笔"之语,与其文集序相应。

第三次是在唐昭宗龙纪元年(889),他被召复拜中书舍人,但不久就以病为名辞官。《旧唐书》本传云:"龙纪初复召拜舍人,未几又以疾辞。"《新唐书》云:"龙纪初复拜旧官,以疾解。"《资治通鉴》卷二百五十七云:"昭宗即位,体貌明粹,有英气,喜文学,以僖宗威令不振,朝廷日卑,有恢复前烈之志,尊礼大臣,梦想贤豪,践阼之始,中外忻忻焉。"这大约就是昭宗召拜司空图的原因。图有《华下乞归》诗,仅存两句:"多病形容五十三,谁怜借笏趁朝参。"(胡震亨谓见《摭言》,然今本《唐摭言》不载)这一年图正好五十三岁,此诗当为本年作。又据《唐诗纪事》卷六十三云:"图见唐政多僻,中官用事,知天下必乱,即弃官归中条山。寻以中书舍人,召拜礼部、兵部侍郎,皆不起。及昭宗播迁华下,图以密迩乘舆,即时奔问,复归还山。故其诗曰:'多病形容五十三,谁怜借笏趁朝参。'此岂有意于相位耶!"司空图虽然在唐昭宗即位时,应诏到长安去参拜,然而这不过是他对唐王朝表示的一点忠心,他很明白昭宗已无法控制宦官专权,更不能奈何藩镇的割据,国家的衰亡崩溃已不可避免,因此托病辞官。不过他虽乞病归山,却并没有回到王官谷,而是寓居于华阴。据《旧唐书》讲是"河北乱,乃寓居华阴",但这可能有不确之处。他在龙纪元年乞病归山时,从长安到河中并无什么战事,主要是河东节度使李克用和邢洺节度使、昭义军孟方立的战争,其地在潞州(今山西长治一带)到邢州、磁州、洺州(即今河北邯郸、邢台一带),与河中虞乡相去甚远。司空图可能是想看一看形势,因为华阴是在长安和虞乡的中间。而且龙纪仅一年,明年为大顺元年(890),宰相杜让能奏请顾云和卢知猷、陆希声、钱翊、冯渥、司空图等分修宣、懿、德三朝实录,事见《唐诗纪事》。而且他确实做过修史工作,其《商山》二首之一云:"清溪一路照赢身,不似云台画像人。国史数行犹有志,只将谈笑寄英尘。"但是,此年唐王朝和李克用发生战争,司空图家乡战火绵延,无法返回中条山了,由此开始了他"十年华山"的隐居生活。从这一个时期他的三次征诏情况看,是一次比一次更消极,退隐也就愈来愈坚决了。

4. 从龙纪元年到天复三年返回王官谷的寓居华下时期(889—903年)

这是司空图一生中非常重要的时期,在此期间昭宗曾四次征诏司空图为官,龙纪元年(889)拜中书舍人,景福元年(892)召拜谏议大夫,景福二年(893)召拜户部侍郎,乾宁三年(896)召拜兵部侍郎,但是他都以病为名辞官不做,有两次(892、896年)连长安都没有去,只是上表辞谢。这说明他归隐之心已决,早年的雄心壮志已经在无可奈何之中雪消冰化了。他在《狂题》十八首之十七中曾说:"十年三署让官频,认得无才又索身。莫道太行同一路,大都安稳属闲人。"按,中书舍人属中书省,谏议大夫属门下省,户部侍郎、兵部侍郎属尚书省,此谓"三署"。自光启元年为中书舍人至乾宁三年,约十余年。而促成他发生这种思想上变化的原因,是他对唐末乱世的极其清醒而深刻的认识。《旧唐书》本传中说:"时朝廷微弱,纪纲大坏,图自深惟,出不如处,移疾不起。"恰如他在《有感》二首之二中所说:"古来贤俊共悲辛,长是豪家拒要津。从此当歌唯痛饮,不须经世为贤人。"又比如《狂题》二首说:"草堂旧隐犹招我,烟阁英才不见君。惆怅故山归未得,酒狂叫断暮天云。""须知世乱身难保,莫喜天晴菊并开。长短此身长是客,黄花更助白头催。"他只希望在这艰危的时代以巢、由、夷、齐为榜样,做一个避世隐居的高洁之士。虽然他还始终惦记着李唐王朝,"带病深山犹草檄,昭陵应识老臣心"(《与都统参谋书有感》),"亦知世路薄忠贞,不忍残年负圣明"(《寓居有感》三首之一),"自有池荷作扇摇,不关风动爱芭蕉。只怜直上抽红蕊,似我丹心向本朝"(《偶书》五首之二)。但是,逃名、避世的隐居生活,不得不使他日益增长对道家思想和生活的兴趣。他曾和许多名僧交往,诗酒相酬,然而他不能像佛家那样看破红尘,四大皆空,而是和老庄那种因愤激于世而超脱尘俗更有着心灵上的相通、共鸣之处。诗僧齐己在《寄华山司空图》一诗中写道:"天下艰难际,全家入华山。几劳丹诏问,空见使臣还。瀑布寒吹梦,莲峰翠湿关。兵戈阻相访,身老瘴云间。"诗人徐夤《寄华山司空侍郎》二首之一中说:"金阙争权竞献功,独逃征诏卧三峰。鸡群未必容于鹤,蛛网何繇捕得龙。"在他们的心目中,司空图是一位隐居避世的高洁之士:"非云非鹤不从容,谁敢轻量傲世踪。紫殿几征王佐业,青山未拆诏书封。"(《寄华山司空侍郎》二首之二)并且具有道家风度,例如虚中的《寄华山司空侍郎》二首:"门径硅莎垂,往来投刺稀。有时开御札,特地挂朝衣。岳信僧传去,仙香鹤带归。他年二南化,无复更衰微。""逍遥短褐成,一剑动精灵。白昼梦仙岛,清晨礼道经。黍苗侵野径,桑椹污闲庭。肯要为邻者,西南太华青。"尚颜在《寄华阴司空侍郎》中也有类似的描写:"剑佩已深扃,茅为岳面亭。诗犹少绮美,画肯爱丹青。换笔修僧史,焚香阅道经。相邀来未得,但想鹤仪形。"司空图在华山的十多年中,曾在乾宁二年(895)因华州地区战乱(王行瑜、李茂贞、韩建三镇兵变,李克用进讨,战于华州),遂南下郧阳(在今湖北安陆市)避难,将近一年。他的《浙上》(一作《江浙上》,是今郧阳府地在秦楚之交,故有秦云楚雨之句)二首云:"华下支离已隔河,又来此地避干戈。山田渐广猿频到,村舍新添燕亦多。丹桂石楠宜并长,秦云楚雨暗相和。儿童栗熟迷归路,归去乃随牧竖歌。""西北乡关近帝京,烟尘一片正伤情。愁看地色连空色,静听歌声似哭声。红蓼满村人不见,青山绕槛路难平。从他烟棹更南去,休向津头问去程。"其间也曾南至涔阳(即涔阳浦,在今洞庭湖和长江之间),故云"从他烟棹更南去"。其《涔阳渡》诗云:"楚田人立带残晖,驿迥村幽客路微。两岸芦花正萧飒,渚烟深处白牛归。"并沿江西上至松滋(即今湖北松滋市)等地,又有《松滋渡》二首:"步上短亭久,看回官渡船。江乡宜晚霁,楚老语丰年。""楚岫接乡思,茫茫归路迷。更堪斑竹驿,初听鹧鸪啼。"乾宁三年初,陕军入王官谷,司空图的七千四百多卷藏书及佛道图记、徐浩真迹书屏等全毁于战火。春夏之际,他由郧阳北归,经商山,有《商山》二首:"清溪一路照赢身,不似云台画像人。国史数行犹有志,只将谈笑继英尘。""马上搜奇已数篇,籍中犹愧是顽仙。关头传说开元事,指点多疑孟浩然。"这次他曾回到王官谷,但因遭连年战火破坏,连濯缨亭也被毁了,他只能重新回到华阴的寓居之所。七月,昭宗避李茂贞兵乱,逃到华阴,征拜司空图为兵部侍郎,但他"称足疾不任趋拜,致章谢之而已"(《旧唐书》本传)。

司空图在华阴这段时间,大概并未住在城里,而是隐居在华山的山林之中。钱易《南部新书》中说:"司空侍郎,旧隐三峰。"前引徐夤《寄华山司空侍郎》二首之一中也说:"金阙争权竞献功,独逃征诏卧三峰。""三峰"即指华山的莲花峰、毛女峰、松桧峰。司空图《说鱼》一文中说:"前年捧诏西上,复移疾华下。"华下即是华阴。他又说:"十年逃难别云林,暂辍狂歌且听琴。"(《歌者》十二首之五)"十年太华无知己,只得虚中两首诗。"(此篇仅残存此二句)"十年深隐地,一雨太平心。"(《即事》九首之二)司空图在华山十余年的生活中,无非是看书、吟诗、饮酒、赏花、下棋、炼丹、吃药,他自称"幽人",自比"鸾鹤",最喜欢菊花,日与名僧、高士相往来,流连忘返于华山清景之中。

5. 从天复三年回王官谷到开平二年他去世(903—908年)

司空图在天复三年又回到王官谷,一直到死。在这最后的五六年中,司空图是更为彻底地当了隐居高士,放弃了他的济时救世之志。他回到家乡之后,修葺了王官别业,把已被毁坏的濯缨亭重建,改为"休休亭",并且撰写了《休休亭记》。其云:"休,休也,美也。既休而其美在焉。司空氏祯贻谿休休亭,本濯缨也。濯缨为陕军所焚,愚窜避逾纪。天复癸亥岁,蒲稔人安,既归,葺于坏垣之中,构不盈丈,然遽更其名者,非以为奇,盖谓其材,一宜休也;揣其分,二宜休也;且耄而瞆,三宜休也。而又少而惰,长而率,老而迂,是三者,皆非救时之用,又宜休也。尚虑多难,不能自信。既而尽(按,疑为'昼'),遇二僧,其名皆上方刻石者也。其一曰阐,顾谓吾曰:'常为汝之师也,汝昔矫于道,锐而不固,为利欲之所拘。幸悟而悔,将复从我于是溪耳。且汝虽退,亦尝为匪人之所嫉,宜以耐辱自警,庶保其终始,与靖节、醉吟第其品级于千载之下,复何求哉!'因为耐辱居士歌,题于亭之东北楹。自开成丁巳岁七月,距今以是岁是月作是歌,亦乐天作传之年六十七。休、休、休乎,且又殁而可以自任者,不增愧负于家国矣,复何求哉!天复癸亥秋七月记。"其歌云:"咄诺,休休休,莫莫莫,伎俩虽多性灵恶,赖是长教闲处着。休休休,莫莫莫,一局棋,一炉药,天意时情可料度,白日偏催快活人,黄金难买堪骑鹤。若曰尔何能,答言耐辱莫。"这可以代表他晚年的基本思想状况。天复四年(904)朱温(全忠)逼帝迁都洛阳,后杀昭宗,立昭宣帝。天祐二年,宰相柳璨勾结朱温杀大臣三十余人,并诏征司空图入朝,司空图害怕被杀,到洛阳入朝谒见,故意装作衰老疏野,"坠笏失仪",遂被柳璨放归,回中条山。《旧唐书》本传云:"图自脱柳璨之祸还山,乃豫为寿藏终制,故人来者,引之圹中赋诗对酌,人或难色,图规之曰:'达人大观,幽显一致,非止暂游此中,公何不广哉!'图布衣鸠杖,出则以女家人鸾台自随,岁时村社雩祭,祠祷鼓舞会集,图必造之,与野老同席,曾无傲色。"开平元年(907)朱温即帝位,号大梁,召司空图为礼部尚书,不赴。第二年,哀帝被杀后,图闻之,不食而死。

第二章　司空图的诗歌创作

1. 司空图诗歌创作的特色

司空图的诗歌创作在晚唐属是比较有名的。现存的诗作据《全唐诗》所收共三百七十九首（包括"补遗"十首），其中有个别诗作与郑谷、胡曾、王建、司空曙等相重，有的可能是郑谷等人的作品。他的诗歌内容主要是写退隐闲居的生活情趣，颇多山水风物的描写，其中也掺杂了许多感世伤时情怀，诗歌艺术风格具有他论唐诗时所说的"澄澹精致"的特点。他的诗歌创作是他隐居避世生活的反映。从他诗歌创作来看，在他二十多年的隐居生活中，作为他的生命之支柱的主要有三个方面：

一是释老思想。

道经和佛典是他生活中的重要伙伴，尤其是研读道经、烧炼丹药，成为他排遣痛苦和忧愁、获得精神解脱的主要途径。在司空图的诗歌中有许多隐居生活的描写，表现了道家的思想情趣以及和高僧的诗酒往来，这和虚中、尚颜、徐夤等人赠诗中的描写是一致的。很多诗都是写他这种生活的，尤其是隐居华山的十年中，比如：

《下方》："三十年来往，中间京洛尘。倦行今白首，归卧已清神。坡暖冬生笋，松凉夏健人。更惭征诏起，避世迹非真。"

《下方》："昏旦松轩下，怡然对一瓢。雨微吟思足，花落梦无憀。细事当棋遣，衰容喜镜饶。溪僧有深趣，书至又相邀。"

"下方"为"华山名刹，位于华山峪中，前行一箭之地名上方，屋宇背依山崖，面对山涧，流水清澈，环境十分肃穆幽静"①。司空图自咸通十年中进

---

① 王济亨、高仲章选注《司空图选集注》。

士后推三十年,此诗当作于889年左右,正寓居华山。"坡暖冬生笋,松凉夏健人。""雨微吟思足,花落梦无憀。"都是他在《与李生论诗书》中引用的有"味外之旨"之诗句,也最能体现他避世隐居的思想和情趣。又如:

> 《僧舍贻友人》:"笑破人间事,吾徒莫自欺。解吟僧亦俗,爱舞鹤终卑。竹上题幽梦,溪边约敌棋。旧山归有阻,不是故迟迟。"

他看破人世的一切,过着"竹上题幽梦,溪边约敌棋"的生活。其诗云"旧山归有阻,不是故迟迟",可见也是隐居华山时所作。他所接触的大都是名僧、道侣、高士,他也想做一个清净高洁的僧道。又如:

> 《闲夜》二首之一:"道侣难留为虐棋,邻家闻说厌吟诗。前峰月照分明见,夜合香中露卧时。"
> 《华下》:"篲冠新带步池塘,逸韵偏宜夏景长。扶起绿荷承早露,惊回白鸟入残阳。久无书去干时贵,时有僧来自故乡。不用名山访真诀,退休便是养生方。"
> 《送道者》二首:"洞天真侣昔曾逢,西岳今居第几峰。峰顶他时教我认,相招须把碧芙蓉。""殷勤不为学烧金,道侣惟应识此心。雪里千山访君易,微微鹿迹入深林。"
> 《杂题》九首之二:"暑湿深山雨,荒居破屋灯。此生无忤处,此去作高僧。"

他把陶渊明、王维作为自己最心折、最羡慕的诗人、高士,如:

> 《雨中》:"维摩居士陶居士,尽说高情未足夸。檐外莲峰阶下菊,碧莲黄菊是吾家。"

碧莲黄菊是体现他高洁情操的象征。

但是,他实际在研读道经佛典和琴棋书画的消遣中并没有完全脱离现实,比如:

《即事》九首之二:"十年深隐地,一雨太平心。匣涩休看剑,窗明复上琴。"

《杂题》九首之九:"溪涨渔家近,烟收鸟道高。松花飘可惜,睡里洒《离骚》。"

《退居漫题》七首之六:"努力省前非,人生上寿稀。青云无直道,暗室有危机。"

受儒家思想影响,也是会在乱世离朝隐退、明哲保身的,在上面这些诗中,我们可以看出司空图虽然对唐王朝的命运不能忘怀,对儒家的人生哲学也没有抛弃,但是他的生活和思想却在按照释老的方式运行,而且愈来愈释老化了。在古代很多文人身上,儒家思想和释老思想并不是相互排斥的,而是可以兼容并存的。从政出仕以儒家思想为指导,而修身养性以释老思想为准则。司空图的家教传统就有这一面,这在前引他的《自诫》一诗中曾有所说明。因此老庄思想对他来说是有家学渊源的,而老庄之所以超尘脱俗,消极出世,和他们"看破红尘"、因现实黑暗而愤世嫉俗是有密切关系的。司空图之所以避世隐居,也有老庄这种思想影响的缘由。

二是诗歌艺术。

写诗和论诗是他闲居无事时的主要生活内容,以诗来抒写隐居生活情趣,也散发一些对时世的感慨,诗和他的二十多年隐居生活结下了不解之缘。比如:

《力疾山下吴村看杏花》十九首之六、之十八:"浮世荣枯总不知,且忧花阵被风欺。侬家自有麒麟阁,第一功名只赏诗。""此身衰病转堪嗟,长忍春寒独惜花。更恨新诗无纸写,蜀笺堆积是谁家。"

《南至》四首之二:"花时不是偏愁我,好事应难总取他。已被诗魔长役思,眼中莫厌早梅多。"

《狂题》十八首之六:"由来相爱只诗僧,怪石长松自得朋。却怕他生还识字,依前日下作孤灯。"

《杨柳枝》二首之一:"陶家五柳簇衡门,还有高情爱此君。何处更添诗境好,新蝉欹枕每先闻。"

《退居漫题》七首之二:"堤柳自绵绵,幽人无恨牵。只忧诗病发,莫寄校书笺。"

《杂题》九首之五:"宴罢论诗久,亭高拜表频。岸香蕃舶月,洲色海烟春。"

但他并不重视诗歌的社会政治意义和教育作用,对诗的研究主要是在诗歌的艺术技巧方面。比如:

《白菊》三首之一、之二:"不疑陶令是狂生,作赋其如有定情。犹胜江南隐居士,诗魔终衮负孤名。""自古诗人少显荣,逃名何用更题名。诗中有虑犹须戒,莫向诗中著不平。"

《华下送文浦(一作涓)》:"郊居谢名利(旧史云河北乱,图居华阴),何事最相亲。渐与论诗久,皆知得句新。川明虹照雨,树密鸟冲人。应念从今去,还来岳下频。"

对诗歌艺术的钻研成为他整个隐居生活,特别是隐居华山期间的主要生活内容,诗歌也是他最亲密的伙伴。如:

《闲夜》二首之二:"此身闲得易为家,业是吟诗与看花。若使他生抛笔砚,更应无事老烟霞。"

《即事》九首之五:"落叶频惊鹿,连峰欲映雕。此生诗病苦,此病更萧条。"

《白菊杂书》四首之二:"四面云屏一带天,是非断得自翛然。此生只是偿诗债,白菊开时最不眠。"

《有赠》:"有诗有酒有高歌,春色年年奈我何。试问羲和能驻否,不劳频借鲁阳戈。"

三是山水景物。

无论是中条山,还是太华山,都有幽美、秀丽的自然风光,这是他移情

遣兴、萌发诗意的最好客观环境。花开花落、鸟去鸟回、水涨柳青、鹤飞猿啼,这些自然界的生态环境都成为他幽寂心态的寄托。如:

《杂题》九首之四:"楼带猿吟回,庭容鹤舞宽。晒书因阅画,封药偶和丹。"

《戊午三月晦》二首之二:"牛夸棋品无勍敌,谢占诗家作上流。岂似小敷春水涨,年年鸾鹤待仙舟。"

《即事》二首之一:"茶爽添诗句,天清莹道心。只留鹤一只,此外是空林。"

《即事》九首之九:"幽鸟穿篱去,邻翁采药回。云从潭底出,花向佛前开。"

《退居漫题》七首之四:"身外都无事,山中久避喧。破巢看乳燕,留果待啼猿。"

司空图的诗歌中有许多是对华山景色的描写,和《二十四诗品》中有关华山景色的描写是较为一致的。比如他在很多诗中都写到华山的莲花峰,除前引《雨中》一诗所说"檐外莲峰阶下菊,碧莲黄菊是吾家"外,尚有:

《莲峰前轩》:"人间上寿若能添,只向人间也不嫌。看着四邻花竞发,高楼从此莫垂帘。"

《寄王十四舍人》:"几年汶上约同游,拟为莲峰别置楼。今日凤凰池畔客,五千仞雪不回头。"

《送道者》二首之一:"洞天真侣昔曾逢,西岳今居第几峰。峰顶他时教我认,相招须把碧芙蓉。"

《李居士》:"高风只在五峰前,应是精灵降(一作星)作贤。万里无云惟一鹤,乡(一作即)中同看却升天。"

了解司空图的这种思想和生活状况,对我们研究他的诗歌创作和诗学理论是非常重要的。尤其是司空图在华山隐居期间的生活和思想,对于研究《二十四诗品》非常重要,《二十四诗品》如果是他所著的话,那就是在这段时间内写的,因为它中间有很多华山景色的描写。比如,《高古》:"畸人乘真,手把芙蓉,泛彼浩劫,窅然空踪。月出东斗,好风相从,太华夜碧,人闻清钟。虚伫神素,脱然畦封,黄唐在独,落落玄宗。"《飘逸》:"落落欲往,矫矫不群,缑山之鹤,华顶之云。高人惠中,令色絪缊。御风蓬叶,泛彼无垠。如不可执,如将有闻。识者已领,期之愈分。"

2. 司空图的诗歌意象与《二十四诗品》的比较

我们研究司空图的生平思想和诗歌创作,是为了更好地研究他的诗歌理论特点,同时也可以由此来探讨他写作《二十四诗品》(以下简称《诗品》)的可能性,这也是在《诗品》作者问题还没有确切文献资料的情况下,考察司空图《诗品》真伪问题的极为重要的方面。我以为根据以上所说司空图生平思想以及他的诗歌创作情况,他写作《诗品》的可能性是完全存在的,而且从某种意义上说,也只有他写的可能性最大。因为他不仅具备了写作《诗品》的主观和客观条件,而且从他的诗歌创作中的意象和《诗品》中的意象的比较来看也是很相似的。

《诗品》是专心致志地研究诗歌创作的人才能写出来的,同时也需要有相对安定的环境来让作者细致地思考琢磨,同时它又不是一般的诗歌评论,而是属于诗歌作法,也就是诗格、诗式一类的作品。而中晚唐时的这一类著作大都出于诗僧、隐士之手,如中唐有皎然《诗式》《诗议》,晚唐有郑谷、齐己等合撰的《新定诗格》,齐己的《风骚旨格》,虚中的《流类手鉴》,徐夤的《雅道机要》等,郑谷、徐夤都归隐山林,齐己、虚中均为诗僧。他们都是乱世的隐居闲人,又醉心于诗歌艺术技巧的研究,恰好都是司空图的朋友。而司空图则无论在诗歌创作还是诗歌理论方面,都要高出他们一头,因此他能写出《诗品》这样既属于诗格、诗式范围,又有较高理论水平的《诗品》,应该说是合情合理的。司空图《诗品》之"品"和钟嵘《诗品》之"品"不同,不是指诗的高下等级,而是指诗的不同的风貌,相互间不分优劣,因此和齐己、虚中等的"体""式""门"有类似之处。齐己《风骚旨格》中有"十体",也均用二字概括,其中"清奇""高古"和司空图《诗品》中的两品一样,不过没有对每一品做描述。齐书中另有"二十式"

"四十门",也都是用二字概括,如"二十式"中有"高逸""出尘"等,"四十门"中有"隐显""清苦""想象""志气"等。虚中的《流类手鉴》说:"善诗之人,心含造化,言含万象。"对诗的认识也和《诗品》比较一致。徐夤的《雅道机要》中的"明门户差别""明联句深浅""明体裁变通",即是对齐己的"四十门""二十式""十体"做具体发挥,主要是引诗例为证。司空图处在这样的客观环境下,确是存在着写《诗品》的可能性的。这就使我们想起王晊《林湖遗稿序》中所说的"全十体,备四则,该二十四品,具一十九格",恐怕不是随便说的,还是有一定根据的。

这里我们还可以把司空图的诗歌中有代表性的意象和《诗品》的意象做一番比较,就可以发现他们之间确有非常多的共同性。例如:

流莺:

《诗品》:《纤秾》:"碧桃满树,风日水滨,柳阴路曲,流莺比邻。"
司空图诗:《鹂》:"不是流莺独占春,林间彩翠四时新。"
　　　　　《移桃栽》:"禅客笑移山上看,流莺直到槛前来。"
　　　　　《狂题》十八首之十五:"昨日流莺今日蝉,起来又是夕阳天。"
　　　　　《杨柳枝寿杯词》十八首之八:"昨日流莺今不见,乱萤飞出照黄昏。"
　　　　　《春中》:"娇莺方晓听,无事过南塘。"
　　　　　《杂题》:"孤枕闻莺起,幽怀独悄然。"
　　　　　《退居漫题》七首之一:"花缺伤难缀,莺喧奈细听。"
　　　　　《偶书》五首之二:"色变莺雏长,竿齐笋箨垂。"
　　　　　《偶书》五首之一:"莺也解啼花也发,不关心事最堪憎。"
　　　　　《上方》:"花落更同悲木落,莺声相续即蝉声。"
　　　　　《漫书》五首之一:"逢人渐觉乡音异,却恨莺声似故山。"
　　　　　《力疾山下吴村看杏花》十九首之八、之十三:"若道折多还有罪,只应莺啭是金鸡。""徘徊自劝莫沾缨,分付年年谷口莺。"
　　　　　《杨柳枝寿杯词》十八首之三:"万里往来无一事,便帆轻拂乱莺啼。"

《杏花》:"解笑亦应兼解语,只应慵语倩莺声。"

《冯燕歌》:"此时恰遇莺花月,堤上轩车昼不绝。"

按,"流莺"的意象有高雅、幽寂的意思,是和司空图的隐居生活情趣一致的。

碧桃:

《诗品》:《纤秾》:"碧桃满树,风日水滨,柳阴路曲,流莺比邻。"
司空图诗:《携仙箓》九首之九:"移取碧桃花万树,年年自乐故乡春。"

碧空、碧云:

《诗品》:《沉着》:"海风碧云,夜渚月明。如有佳语,大河前横。"

《高古》:"月出东斗,好风相从,太华夜碧,人闻清钟。"

《清奇》:"可人如玉,步屧寻幽,载瞻载止,空碧悠悠。"

司空图诗:《游仙》二首之二:"月姊殷勤留不住,碧空遗下水精钗。"

《寄永嘉崔道融》:"碧云萧寺霁,红树谢村秋。"

《陈疾》:"霄汉碧来心不动,鬓毛白尽兴犹多。"

《秋景》:"旋书红叶落,拟画碧云收。"

此外,《诗品》中有"画桥碧阴""碧山人来""碧松之阴""碧苔芳晖"。司空图诗中有"纱碧笼名画"(《赠信美寺岑上人》)、"碧莲黄菊是吾家"(《雨中》)、"相招须把碧芙蓉"(《送道者》二首之一)、"青山满眼泪堪碧"(《敷溪桥院有感》)、"芭蕉丛畔碧婵娟"(《狂题》十八首之十三)等。

按,喜欢用"碧"字是和司空图的高洁情操分不开的。

鹤:

《诗品》:《冲澹》:"素处以默,妙机其微。饮之太和,独鹤与飞。"

《飘逸》:"落落欲往,矫矫不群,缑山之鹤,华顶之云。"

司空图诗:《僧舍贻友人》:"解吟僧亦俗,爱舞鹤终卑。"

《寄郑仁规》:"万里云无侣,三山鹤不笼。"

《光启四年春戊申》:"忘机渐喜逢人少,览镜空怜待鹤疏。"

《喜王驾小仪重阳相访》:"幽鹤傍人疑旧识,残蝉向日噪新晴。"

《即事》二首之一:"只留鹤一只,此外是空林。"

《即事》九首之四:"松须依石长,鹤不傍人卑。"

《长亭》:"殷勤华表鹤,羡尔亦曾归。"

《杂题》九首之四:"楼带猿吟回,庭容鹤舞宽。"

《敷溪桥院有感》:"昔岁攀游景物同,药炉今在鹤归空。"

《步虚词》:"云韶韵俗停瑶瑟,鸾鹤飞低拂宝炉。"

《戊午三月晦》二首之二:"岂似小敷春水涨,年年鸾鹤待仙舟。"

《戏题试衫》:"朝班尽说人宜紫,洞府应无鹤着绯。"

《自河西归山》二首之二:"鹤群长扰三珠树,不借人间一只骑。"

《贺翰林侍郎》二首之一:"太白东归鹤背吟,镜湖空在酒船沉。"

《狂题》十八首之二:"别鹤凄凉指法存,戴逵能耻近王门。"

《狂题》十八首之十八:"今日家山同此恨,人归未得鹤归无。"

《漫书》五首之三:"海上昔闻麋爱鹤,山中今日鹿憎龟。"

《歌者》十二首之十二:"鹤氅花香搭槿篱,枕前蛮洼酒醒时。"

《李居士》:"万里无云惟一鹤,乡中同看却升天。"

《杂题》二首之二:"世间不为娥眉误,海上方应鹤背吟。"

《题休休亭》:"白日偏催快活人,黄金难买堪骑鹤。"

《月下留丹灶》:"异香人不觉,残夜鹤分飞。"

《与李生论诗书》引残句:"地凉清鹤梦,林静肃僧仪。"

《丁巳元日》:"鹤笼何足献,蜗舍别无营。"

按,"鹤"是孤独清高、远离俗世的象征,司空图特别喜欢以"鹤"来比喻自己的为人处世。

菊:

《诗品》:《典雅》:"落花无言,人淡如菊,书之岁华,其曰可读。"

司空图诗:《五十》:"漉酒有巾无黍酿,负他黄菊满东篱。"

《重阳山居》:"菊残深处回幽蝶,陂动晴光下早鸿。"
《喜王驾小仪重阳相访》:"白菊初开卧内明,闻君相访病身轻。"
《重阳》:"菊开犹阻雨,蝶意切于人。"
《白菊杂书》四首之二:"此生只是偿诗债,白菊开时最不眠。"
《青龙师安上人》:"灾曜偏临许国人,雨中衰菊病中身。"
《雨中》:"檐外莲峰阶下菊,碧莲黄菊是吾家。"
《重阳阻雨》:"重阳阻雨独衔杯,移得山家菊未开。"
《狂题》二首之二:"须知世乱身难保,莫喜天晴菊并开。"
《忆中条》:"燕辞旅舍人空在,萤出疏篱菊正芳。"
《灯花》三首之三:"开尽菊花怜强舞,与教弟子待新春。"
《华下对菊》:"清香裹露对高斋,泛酒偏能浣旅怀。"
《白菊》三首之一:"犹喜闰前霜未下,菊边依旧舞身轻。"
《重阳》四首之一、之二、之三:"檐前减燕菊添芳,燕尽庭前菊又荒。""雨寒莫待菊花催,须怕晴空暖并开。""青娥懒唱无衣换,黄菊新开乞酒难。"
《歌者》十二首之十二:"夕阳似照陶家菊,黄蝶无穷压故枝。"
《白菊》三首之一:"登高可羡少年场,白菊堆边鬓似霜。"
《浙上重阳》:"登高唯北望,菊助可□明。"(第二句缺一字)
《乙巳岁愚春秋四十九,辞疾拜章,将免左掖,重阳独登上方》:"自无佳节兴,依旧菊篱边。"
《重阳山居》:"篱菊乱来成烂熳,家童常得解登攀。"

按,"菊"是花中最为高雅的一种,司空图和陶渊明一样非常喜欢菊花。

芙蓉:

《诗品》:《高古》:"畸人乘真,手把芙蓉,泛彼浩劫,窅然空踪。"
司空图诗:《送道者》二首之一:"峰顶他时教我认,相招须把碧芙蓉。"
《偶诗》五首之二:"芙蓉骚客空留怨,芍药诗家只寄情。"

按,《高古》和《送道者》写的都是华山道者手把芙蓉,峰顶升天的景象。

高人：

《诗品》:《飘逸》:"高人惠中,令色絪缊。御风蓬叶,泛彼无垠。"

司空图诗:《杂题》九首之二:"此生无忤处,此去作高僧。"

《雨中》:"维摩居士陶居士,尽说高情未足夸。"

《华下对菊》:"清香裛露对高斋,泛酒偏能浣旅怀。"

《携仙箓》九首之六、之八:"应知谭笑还高谢,别就沧州赞上仙。""剪取红云剩写诗,年年高会趁花时。"

《李居士》:"高风只在五峰前,应是精灵降作贤。"

《杨柳枝》二首之一:"陶家五柳簇衡门,还有高情爱此君。"

《五月九日》:"高燕凌鸿鹄,枯槎压芰荷。"

按,司空图诗中虽无"高人"一词,但是这里的"高僧""高情""高斋""高会""高风"等实际都是写高人的生活。

幽人：

《诗品》:《洗炼》:"载瞻星辰,载歌幽人,流水今日,明月前身。"

《自然》:"幽人空山,过雨采蘋,薄言情悟,悠悠天钧。"

《实境》:"取语甚直,计思匪深。忽逢幽人,如见道心。"

司空图诗:《退居漫题》七首之二:"堤柳自绵绵,幽人无恨牵。只忧诗病发,莫寄校书笺。"

《寄永嘉崔道融》:"戍鼓和潮暗,船灯照岛幽。诗家多滞此,风景似相留。"

《僧舍贻友人》:"竹上题幽梦,溪边约敌棋。"

《秋思》:"势利长草草,何人访幽独。"

《赠步寄李员外》:"幽瀑下仙果,孤巢悬夕阳。"

《重阳山居》:"菊残深处回幽蝶,陂动晴光下早鸿。"

《喜王驾小仪重阳相访》:"幽鹤傍人疑旧识,残蝉向日噪新晴。"

《杂题》:"孤枕闻莺起,幽怀独悄然。"

《即事》九首之三:"疏磬和吟断,残灯照卧幽。"

《牛头寺》:"群木澄幽寂,疏烟泛沉寥。"

《乱后》三首之二:"行在多新贵,幽栖独长年。"

《独坐》:"幽径入桑麻,坞西逢一家。"

《偶书》五首之四:"独步荒郊暮,沉思远墅幽。"

《浐阳渡》:"楚田人立带残晖,驿迥村幽客路微。"

《证因亭》:"峰北幽亭愿证因,他生此地却容身。"

《重阳》四首之二:"开却一枝开却尽,且随幽蝶更徘徊。"

《与李生论诗书》引残句:"棋声花院闭,幡影石幢幽。"

按,"幽人"即是隐逸的幽居高人,司空图就是这样的"幽人",所在他的眼里周围环境里的一切都是"幽"的,如"岛幽""幽瀑""幽蝶""幽鹤""幽径""墅幽""村幽""幽亭""幢幽"等,"幽人"的心情也是"幽"的,"幽怀""幽寂""幽栖""幽独",连做梦也是"幽"的,"幽梦"。

幽鸟:

《诗品》:《典雅》:"白云初晴,幽鸟相逐,眠琴绿阴,上有飞瀑。"

司空图诗:《即事》九首之九:"幽鸟穿篱去,邻翁采药回。云从潭底出,花向佛前开。"

月明:

《诗品》:《沉着》:"海风碧云,夜渚月明。如有佳语,大河前横。"

《绮丽》:"雾余水畔,红杏在林,月明华屋,画桥碧阴。"

《缜密》:"语不欲犯,思不欲痴,犹春于绿,明月雪时。"

《高古》:"月出东斗,好风相从,太华夜碧,人闻清钟。"

《洗炼》:"载瞻星辰,载歌幽人,流水今日,明月前身。"

司空图诗:《山中》:"凡鸟爱喧人静处,闲云似妒月明时。"

《闲夜》二首之一:"前峰月照分明见,夜合香中露卧时。"

晴雪、雪:

《诗品》:《清奇》:"娟娟群松,下有漪流。晴雪满汀,隔溪渔舟。"

《缜密》:"语不欲犯,思不欲痴,犹春于绿,明月雪时。"

司空图诗:《修史亭》二首之二:"篱落轻寒整顿新,雪晴步屟会诸邻。"

《杨柳枝寿杯词》十八首之十三、之十五、之十七:"絮惹轻枝雪未飘,小溪烟束带危桥。""若似松篁须带雪,人间何处认风流。""好是梨花相映处,更胜松雪日初晴。"

《书怀》:"几处马嘶春麦长,一川人喜雪峰晴。"

《杂题》九首之六、之七:"鸥和湖雁下,雪隔岭梅飘。""带雪南山道,和钟北阙明。"

《送道者》二首之二:"雪里千山访君易,微微鹿迹入深林。"

《省试》:"粉闱深锁唱同人,正是终南雪霁春。"

《南北史感遇》十首之一:"雨淋麟阁名臣画,雪卧龙庭猛将碑。"

《见后雁有感》:"却缘风雪频相阻,只向关中待得春。"

《灯花》三首之三:"闰前小雪过经旬,犹自依依向主人。"

《与伏牛长老偈》二首之一:"无端指个清凉地,冻杀胡僧雪岭西。"

《偶诗》五首之五:"中宵茶鼎沸时惊,正是寒窗竹雪明。"

《杂题》二首之二:"鱼在枯池鸟在林,四时无奈雪霜侵。"

《光启三年人日逢鹿》:"日暖人逢鹿,园荒雪带锄。"

按,明月和白雪洁白纯净,体现了高尚的人品。司空图生在乱世,但坚决不和势利小人同流合污,白雪——特别是阳光下的白雪、明月照映的雪夜更加显得晶莹透澈,没有丝毫尘垢,这就是司空图对自己品格的要求。

杨柳、柳阴:

《诗品》:《精神》:"青春鹦鹉,杨柳楼台,碧山人来,清酒满杯。"

《纤秾》:"碧桃满树,风日水滨,柳阴路曲,流莺比邻。"

司空图诗:《灯花》三首之一:"蜀柳丝丝幂画楼,窗尘满镜不梳头。"

《偶书》五首之五:"渡头杨柳知人意,为惹官船莫放行。"

《退居漫题》七首之二:"堤柳自绵绵,幽人无恨牵。"

《自郧乡北归》:"巴烟幂幂久萦恨,楚柳绵绵令送归。"

《柳》二首之二:"似拟凌寒妒早梅,无端弄色傍高台。"

《汴柳半枯因悲柳中隐》:"惆怅题诗柳中隐,柳衰犹在自无身。"

《杨柳枝寿杯词》十八首之二、之六、之十四、之四:"撼晚梳空不自持,与君同折上楼时。""偶然楼上卷珠帘,往往长条拂枕函。""隔城远岫招行客,便与朱楼当酒旗。""台城细仗晓初移,诏赐千官禊饮时。"

绿阴:

《诗品》:《典雅》:"白云初晴,幽鸟相逐,眠琴绿阴,上有飞瀑。"

司空图诗:《杨柳枝寿杯词》十八首之五:"何似浣纱溪畔住,绿阴相间两三家。"

落花:

《诗品》:《典雅》:"落花无言,人淡如菊,书之岁华,其曰可读。"

司空图诗:《华下》二首之一:"五更惆怅回孤枕,犹自残灯照落花。"

杏:

《诗品》:《绮丽》:"雾余水畔,红杏在林,月明华屋,画桥碧阴。"

司空图诗:《村西杏花》二首之二:"肌细分红脉,香浓破紫苞。"

《故乡杏花》:"寄花寄酒喜新开,左把花枝右把杯。欲问花枝与杯酒,故人何得不同来。"

《力疾山下吴村看杏花》十九首之十二:"造化无端欲自神,裁红剪翠为新春。"

《杏花》:"诗家偏为此伤情,品韵由来莫与争。"

白云:

《诗品》:《典雅》:"白云初晴,幽鸟相逐,眠琴绿阴,上有飞瀑。"

《超诣》:"匪神之灵,匪机之微,如将白云,清风与归。"

司空图诗:《歌者》十二首之九:"白云深处寄生涯,岁暮生情赖此花。蜂蝶绕来忙绕袖,似知教折送邻家。"

鹦鹉：

《诗品》:《精神》:"青春鹦鹉,杨柳楼台,碧山人来,清酒满杯。"

司空图诗:《感时》:"宁教鹦鹉哑,不遣麒麟吠。"

《乐府》:"满鸭香薰鹦鹉睡,隔帘灯照牡丹开。"

《庚子腊月五日》:"骅骝思故第,鹦鹉失佳人。"

按,杨柳、绿阴、落花、红杏、白云、鹦鹉,都是司空图在隐居生活中的自然界伙伴,也是他诗歌创作中经常出现的意象。

天风：

《诗品》:《豪放》:"天风浪浪,海山苍苍。真力弥满,万象在旁。"

司空图诗:《南北史感遇》十首之三:"天风斡海怒长鲸,永固南来百万兵。"

造化：

《诗品》:《缜密》:"是有真迹,如不可知,意象欲出,造化已奇。"

司空图诗:《力疾山下吴村看杏花》十九首之十二:"造化无端欲自神,栽红剪翠为新春。"

真迹：

《诗品》:《缜密》:"是有真迹,如不可知,意象欲出,造化已奇。"

司空图诗:《月下留丹灶》:"瑶函真迹在,妖魅敢扬威。"

机：

《诗品》:《冲澹》:"素处以默,妙机其微。饮之太和,独鹤与飞。"

《超诣》:"匪神之灵,匪机之微,如将白云,清风与归。"

司空图诗:《山中》:"名应不朽轻仙骨,理到忘机近佛心。"

《光启四年春戊申》:"忘机渐喜逢人少,览镜空怜待鹤疏。"

《携仙箓》九首之三:"渔翁亦被机心误,眼暗汀边结钓钩。"

《喜山鹊初归》三首之一:"翠衿红觜便知机,久避重罗稳处飞。"

《漫书》五首之四:"神藏鬼伏能千变,亦胜忘机避要津。"
《柏东》:"冥得机心岂在僧,柏东闲步爱腾腾。"

默:

《诗品》·《冲澹》:"素处以默,妙机其微。饮之太和,独鹤与飞。"

司空图诗:《感时》:"人人语与默,唯观利与势。"

按,"天风""造化""真迹""机""默",这都是道家的用语,它们和司空图的隐居生活结下了不解之缘。

除了上述这些意象外,还有一些比较特殊的用语,也可以看出《二十四诗品》和司空图诗歌创作的密切关系,比如:

南山:

《诗品》·《旷达》:"生者百岁,相去几何,欢乐苦短,忧愁实多。何如尊酒,日往烟萝,花复茅檐,疏雨相过。倒酒既尽,杖藜行歌,孰不有古,南山峨峨。"

司空图诗:《杂题》九首之七:"带雪南山道,和钟北阙明。太平当共贺,开化喝来声。"

《杨柳枝寿杯词》十八首之十八:"圣主千年乐未央,御沟金翠满垂杨。年年织作升平字,高映南山献寿觞。"

烟萝:

《诗品》·《旷达》:"何如尊酒,日往烟萝,花复茅檐,疏雨相过。"

司空图诗:《陈疾》:"自怜旅舍亦酣歌,世路无机奈尔何。霄汉碧来心不动,鬓毛白尽兴犹多。残阳暂照乡关近,远鸟因投岳庙过。闲得此身归未得,磬声深夏隔烟萝。"

岁华:

《诗品》·《典雅》:"落花无言,人淡如菊,书之岁华,其曰可读。"

司空图诗:《九月八日》:"已是人间寂寞花,解怜寂寞傍贫家。老来不得登高看,更甚残春惜岁华。"

落落:

《诗品》:《高古》:"虚伫神素,脱然畦封,黄唐在独,落落玄宗。"
　　　《飘逸》:"落落欲往,矫矫不群,缑山之鹤,华顶之云。"
司空图诗:《听雨》(一作王建诗):"半夜思家睡里愁,雨声落落屋檐头。
　　　照泥星出依前黑,淹烂庭花不肯休。"
　　　《乙巳岁愚春秋四十九,辞疾拜章,将免左掖,重阳独登上方》:
　　　"落落鸣蛩鸟,晴霞度雁天。自无佳节兴,依旧菊篱边。"

独步:

《诗品》:《沉着》:"绿林野屋,落日气清,脱巾独步,时闻鸟声。"
司空图诗:《偶书》五首之四:"独步荒郊暮,沉思远墅幽。平生多少事,弹
　　　指一时休。"
　　　《山中》:"昨夜前溪骤雷雨,晚晴独步数峰吟。"

司空图的诗歌创作中有这么多意象和用语与《二十四诗品》一致,我以为这绝不是一种偶然的巧合,而是很有力地说明了它们都是同一个人所写的。虽然目前我们还没有确凿的文献根据来证明《二十四诗品》是司空图所作,但是由于否定《二十四诗品》是司空图所作也同样没有确凿的文献根据,所以在找到新的文献资料前,我们从司空图的生平思想和诗歌创作来研究他写作《二十四诗品》的可能性,也许还是会有参考价值的。

第三章　司空图的诗论著作及其诗学思想

1. 《与王驾评诗书》

——论唐诗的发展和"思与境偕"

《与王驾评诗书》

足下末伎之工,虽蒙誉于哲贤,亦未足自信,必俟推于其类,而后神跃而色扬。今之赞艺者反是,若即医而靳其病也,唯恐彼之善察,药之我攻耳。以是率人以谩,莫能自振,痛哉!痛哉!且工之尤者,莫若伎①于文章,其能不死于诗者,比他伎尤寡,岂可容易较量哉!

国初,主上好文章,雅风特盛。沈、宋始兴之后,杰出②江宁,宏肆于李、杜,极矣!右丞、苏州趣味澄夐,若清沈之贯达。大历十数公,抑又其次。元、白力勍而气孱,乃都市豪估耳。刘公梦得、杨公巨源,亦各有胜会。阆仙、无可③、刘得仁辈,时得佳致,亦足涤烦。厥后所闻,逾褊浅矣。然河汾蟠郁之气,宜继有人。今王生者,寓居其间,浸渍益久,五言所得,长于思与境偕,乃诗家之所尚者。则前所谓必推于其类,岂止神跃色扬哉?经乱索居,得其所录,尚累百篇,其勤亦至矣。吾适又自编《一鸣集》,且云撑霆裂月,劫作者之肝脾,亦当吾言之无怍也,道之不疑。

附录:

《唐才子传》卷九《王驾传》

驾字大用,蒲中人,自号守素先生。大顺元年,杨赞禹榜登第。授校书郎,仕至礼部员外郎。弃官嘉遁于别业,与郑谷、司空图为诗友,才名籍甚。图尝与驾书评诗曰:"国初雅风特盛。沈、宋始兴之后,杰出江

---

① 他本作"工"。
② 他本此有"于"字。
③ 他本作"东野"。

宁,宏思至李、杜,极矣!右丞、苏州趣味澄夐,若清流之贯达。大历十数公,抑又其次。元、白力勍而气孱,乃都市豪估耳。刘梦得、杨巨源,亦各有胜会。浪仙、无可、刘得仁辈,时得佳致,亦足涤烦。厥后所闻,逾褊浅矣。然河汾蟠郁之气,宜继有人。今王生寓居其间,沉渍益久,五言所得,长于思与境偕,乃诗家之所尚者。则前谓必推于其类,岂止神跃色扬而已哉?"驾得书,自以誉不虚己。当时价重,乃如此也。今集六卷,行于世。

此文之作当在887年或稍后,已见前说。图又有《与台丞书》推荐王驾,台丞大约是指中书省(称西台)副职(如中书侍郎),时图为中书舍人。其云:"又有王驾者,勋休之后,于诗颇工,于道颇固。"还说"所与论诗一首亦辄缄献",当即指此文。王驾于890年中进士,此《与台丞书》当作于888年或889年。《与王驾评诗书》之作在此文之前,故知其最晚不会晚于888年。

司空图在这封信中首先表扬了王驾能虚心听取别人对自己诗歌的批评意见,和一般人自以为是、怕别人指出自己缺点的态度完全不同,因此认为他的创作一定前途无量。同时指出了诗歌创作必须能灵活多变,而不能"死于诗"。文中最重要的思想有两点:一是对唐代诗歌发展的评述,二是对诗歌创作中"思与境偕"的强调。

在讲到唐代诗歌发展的时候,此文值得注意的有以下几点。第一,论初唐诗歌时特别推崇沈、宋。这和杜甫、白居易和韩愈等的论述不大一样。杜甫比较强调"四杰",尤其是陈子昂的作用。他在《戏为六绝句》中曾说:"王杨卢骆当时体,轻薄为文哂未休。尔曹身与名俱灭,不废江河万古流。""纵使卢王操翰墨,劣于汉魏近风骚。龙文虎脊皆君驭,历块过都见尔曹。"他又在《陈拾遗故宅》诗中说:"有才继骚雅,哲匠不比肩。公生扬马后,名与日月悬。"白居易在《与元九书》中说道:"唐兴二百年,其间诗人不可胜数。所可举者,陈子昂有《感遇诗》二十首,鲍防有《感兴诗》十五首。又诗之豪者,世称李、杜,李之作,才矣奇矣,人不逮矣。索其风雅比兴,十无一焉。杜诗最多,可传者千余篇,至于贯穿今古,觇缕格律,尽工尽善,又过于李。然撮其《新安吏》《石壕吏》《潼关吏》《塞芦子》

《留花门》之章,'朱门酒肉臭,路有冻死骨'之句,亦不过三四十首。杜尚如此,况不逮杜者乎?"韩愈在《荐士》中则说:"国朝盛文章,子昂始高蹈。勃兴得李、杜,万类困陵暴。"他们的批评眼光都集中在诗歌济世救时的思想内容和刚健清醒的艺术风貌上,而对诗歌的格律技巧方面则重视得不够,司空图正好和他们相反,所以对在律诗形成上起了重大作用的沈佺期、宋之问特别重视。司空图本人的创作也基本上都是近体诗,以律诗和绝句占绝大多数。第二,他在论盛唐诗歌时对王昌龄的评价很高,认为他是李、杜以前最杰出的诗人。这也和杜甫、白居易、韩愈等人的诗论很不同。盛唐诗歌艺术上的特点,诚如明代的胡应麟在《诗薮》中所说:"盛唐气象浑成,神韵轩举。"清人翁方纲也说:"盛唐诸公,全在境象超诣。"(《石洲诗话》卷四)而王昌龄的诗歌又特别注重雄浑的艺术意境之创造,他的《出塞》:"秦时明月汉时关,万里长征人未还。但使龙城飞将在,不叫胡马渡阴山。"遂被王世贞称为七绝压卷之作(见其《艺苑卮言》)。司空图对王昌龄给予这么高的评价,是和他注重诗歌意境创造,提倡"象外之象,景外之景"分不开的。同时也可以看到他所受殷璠的影响,《河岳英灵集》对王昌龄的评价很高,选他的诗也最多,共十六首,说他的许多作品"并惊耳骇目","元嘉以还,四百年内,曹、刘、陆、谢,风骨顿尽",至王昌龄乃为"中兴高作"。殷璠的《河岳英灵集》特别重视"兴象"的创造,他批评六朝的诗"都无兴象,但贵轻艳",又说陶翰的诗"既多兴象,复备风骨",孟浩然的诗是"无论兴象,兼复故实"。"兴象",也就是"可以兴"的审美意象,或者说是"言有尽而意无穷"的形象。殷璠的"兴象"论是唐代意境论的前奏,他对王昌龄的诗歌意境论有直接影响。翁方纲《石洲诗话》卷一说:"盖唐人之诗,但取兴象超妙,至后人乃益研核情事耳。"又说:"盛唐诸公之妙,自在气体醇厚,兴象超远。"王昌龄诗歌的重要特色就正是"兴象超妙"。翁方纲对司空图这段评论十分赞扬,他说:"龙标精深可敌李东川,而秀色乃更掩出其上。若以有明弘、正之间,徐迪功尚与李、何鼎峙。则有唐开、宝诸公,太白、少陵之外,舍斯人其谁与归!司空表圣之论曰:'杰出于江宁,宏肆于李、杜。'信古人不我欺也。"(卷一)司空图对王昌龄的评价和《诗品》中提倡"雄浑"境界有很密切的关系。这点下面我们在论《诗品》时再讲。第三,司空图对李、杜的评价很高,这应该从两个方面去理解。一是自中唐韩愈等人倡导后,李、杜已经被公认为是盛唐诗歌最杰出的代表,司空图自然也是沿用旧说。二是李、杜在诗歌创作上的成就是全面的、集大成的,不管从哪一个角度都可以说是代表着最高水准的。即以司空图所强调的诗歌意境创造和"澄澹精致"的艺术风貌以及严密的格律等来说,李、杜也都在自己的创作中做出了重要贡献。也就是说,后人对李、杜的称赞是可以有不同内容的。司空图对杜甫的评价,在他的诗中也还有一些论述,例如《力疾山下吴村看杏花》十九首之十五中说:"亦知王大是昌龄,杜二其如律韵清。还有酸寒堪笑处,拟夸朱绂更峥嵘。"他赞扬的是杜甫的"律韵清",而对杜甫科举不第后向权贵献诗献赋以求得他们的提携的穷酸书生气,则给予了嘲笑讽刺,因为它和司空图清高不仕的人生处世态度是很不相同的。对诗歌创作,司空图强调的是"诗中有虑犹须戒,莫向诗中著不平"。他不喜欢在诗歌创作中对朝廷表示不满和发牢骚。第四,司空图对王维、韦应物的诗歌给予了非常高的评价,这和他后来在《与李生论诗书》中的评价("王右丞、韦苏州澄澹精致,格在其中,岂妨于遒举哉?")是一致的。司空图自己的诗歌创作在艺术风格上是和王、韦较为接近的,都是写隐居生活的情趣,山水田园风物,以及和僧道诗友的诗酒交往,其中不乏释老的情怀、空静的道意禅境。在艺术上注重文词秀丽而平淡自然,没有很多的典故,而更多是即景会心的"直寻"之作。在司空图以前,对王维诗评价比较高的当推殷璠《河岳英灵集》,他说王维的诗:"词秀调雅,意新理惬。在泉为珠,着壁成绘。一句一字,皆出常境。"再就是杜甫《解闷》十二首之八中所说:"不见高人王右丞,蓝田丘壑漫寒藤。最传秀句寰区满,未绝风流相国能。"高雅、清新、秀丽,这是他们的共同看法。把王维和韦应物并提,可能最早就是司空图。其后陈师道《后山诗话》说:"右丞、苏州,皆学于陶,王得其自在。"张戒在《岁寒堂诗话》中说:"韦苏州诗,韵高而气清;王右丞诗,格老而味长;虽皆五言之宗匠,然互有得失,不无优劣。以标韵观之:右丞远不逮苏州;至于词不迫切而味甚长,虽苏州亦所不及也。"但总的来说,王、韦诗韵高而气清,格老而味长,乃是其共同特色。而他们都隐居学佛,诗境、禅意融为一体,境生象外,韵味深长,正好符合司空图的诗歌审美趣味。而这又和《诗品》中的"冲淡"十分类似。司空图对大历诗人的评价也比较高,他们中比较具有代表性的是钱(起)、刘(长卿),许学夷《诗源辨体》卷二十中说:"(钱、刘)五七言律造诣兴趣所到,化机自在,然体尽流畅,语半清空,而气象风格亦衰矣。"钱起过的是半官半隐的生活,与同时隐居在终南山的王维较为密切。他的诗作也是学习王维,并与之比较接近的。其名句:"曲终人不见,江上数峰青。"(《湘灵鼓瑟》)为后人所传诵,也是以意境深远著称的。刘长卿的诗自诩为"五言长城",他的名作《逢雪夜宿芙蓉山主人》:"日暮苍山远,天寒白屋贫。柴门闻犬吠,风雪夜归人。"也是以"冲和淡远"为其主要特色的。许学夷说他们的律诗名作中,刘"皆清空流畅",钱"皆别有风韵",这可能正是司空图比较欣赏的地方。第五,他也不喜欢元、白的诗歌,尖锐地批评了元、白的"力勍而气屈",认为他们像"都市豪估"而非山林隐逸的高人名士,很看不起他们,并认为他们的诗作虽看起来强劲有力,实际上则底气不足,浅俗而卑下,没有高雅深远的意境和韵味。元、白的诗歌有两类比较突出:一是以"新乐府"为代表的讽谕诗,强调诗歌的社会教育作用,特别是直接为现实政治服务,即所谓"救济人病"和"裨补时阙"。另一类是所谓"元和体"的诗作,其特点是"别创新辞""风情宛然"。在内容上,以坦然自若的态度描写按照正统观点不应入诗的个人私生活,描写一般文人不愿公诸于世的隐蔽的感情角落,这毫无疑问是诗歌发展的一个新变化。而这种内容又是适应中唐时期城市繁荣、商品经济发达、士人生活放荡、歌楼妓院林立的社会状况的。在形式上,元和诗体的长篇诗作、千言排律在语言运用上叙述性很强,接近诗体散文。所以元、白说他们这种千字排律是以诗代书。由于以诗代书,所以采用平铺直叙的方法,用典不多,叙说详尽,使读者感到清楚明白,一览无余。这和一般精粹跳跃的诗歌语言很不相同,相对地说是比较晓畅通俗的。元和体诗歌语言上这种新特点确是与古文运动的影响有密切关系的。诗歌的散文化特点并不只是韩愈的功绩,元、白也是起了很大作用的。元和体诗在艺术形式上的另一个特点是所谓"驱驾文字,穷极声韵","韵律调新,属对无差"。元、白这些"风情宛然"的元和体诗均为近体格律诗,而非古体诗,因此在文字、声律上都是很讲究的。司空图对元、白的批评主要是针对这种元和体诗,因为它不像司空图所要求的那样高雅,又缺少含蓄的韵味。第六,司空图喜欢自然清新之作,而不喜欢刻意雕琢的苦吟之作,所以他对贾岛、孟郊等人的诗作评价不是很高,只是说他们的作品"时得佳致,亦足涤烦"。这与他在《与李生论诗书》中所说"贾浪仙诚有警句,视其全篇,意思殊馁,大抵附于蹇涩,方可致才,亦为体之不备也",其基本思想是相同的。中唐时孟郊和贾岛齐名,皆以琢削、苦吟出名,而少自然之旨,与司空图之强调"直致所得,以格自奇"颇不一致。然他们也偶有一些佳句名作,如贾岛的"秋风吹渭水,落叶满长安"(《忆江上吴处士》),"鸟宿池边树,僧敲月下门"(《题李凝幽居》),以及《寻隐者不遇》:"松下问童子,言师采药去。只在此山中,云深不知处。"这就是所谓"时得佳致,亦足涤烦"之作了。从司空图对唐诗发展及唐代一些重要诗人的评价中,我们可以清楚地看出他的诗学思想和审美趣味之特点。这些和《诗品》的诗歌美学思想应该说是比较一致的。

这篇论著中的另一个重要思想是创作上的"思与境偕"。这实际上涉及文学创作过程中主体和客体的关系问题,它是从中国古代的心与物的关系发展而来的,其实也是意境审美特征中的一个核心问题。这里的"思"是指创作主体,而"境"则不是单纯的创作客体,它是经过作家主体化了的客体,也就是"人化"了的"物"。用清人章学诚的话说,就是"人心营构之象",他在《文史通义·易教下》篇中说"有天地自然之象,有人心营构之象","人心营构之象,亦出天地自然之象"。"思"是指蕴藏于"人心营构之象"中的诗人的心意情志,诗人的整个心灵世界,也就是人的思维活动、感情活动甚至是潜意识的意念状态之总和。"思与境偕",就是要求这两者的和谐的、水乳交融的结合。因此从根本上说,"思"和"境"的统一是主体的心(或情)和客体的物的结合,或者说是内心和外境的结合。但是这里的客体之物和外界境象已经和自然本身有所不同,而是像《诗品》中所说的,是"妙造自然"的产物了。"思与境偕"和司空图在《与极浦书》中所说的"象外之象,景外之景"构成了司空图对诗歌意境的比较全面的认识。前者是从文学本体论的角度对意境本质的概括,而后者则是对意境作为一种特殊的艺术形象的美学特征之概括。意境作为文学形象,自然也是主体和客体的和谐统一,也就是"思与境偕",然而意境作为一种有特殊美学内容的文学形象来说,又有具备中国特色的、反映了传统审美要求的特点,这就是"象外之象,景外之景"。因此我们首先要讲清楚"思与境偕",然后才能进一步了解什么是"象外之象,景外之景"。

为了说明"思与境偕"的含义,我们需要做一个历史的回顾。中国古代对文学本质的最早认识,就是先秦时提出的"诗言志"说。"志"的内容究竟是什么呢?杨树达《释诗》中说:"'志'字从'心','屮'声。"其实"志"即是"心";"心"借助语言来体现,即为"志"。所以汉人释"志"为"心所念虑"(赵岐《孟子·公孙丑》注),"心意所趣乡"(郑玄《礼记·学记》注),是有道理的。"志"也有"情"的因素,因为"情"亦是蕴藏于心的。故而孔颖达说:"在己为情,情动为志,情、志一也。"(《左传》昭公二十五年《正义》)所以"诗言志"应当是指诗乃是人的思想、意愿、情感的表现,是人的心灵世界的呈现。但是这个"志"的内涵在开始时只是指儒家的一种政治怀抱,即修身齐家治国平天下的志向。直到战国中期,荀子在《乐论》中说:"夫乐者,乐也,人情之所必不免也,故人不能无乐。"人们才体会到"志"中有"情",《楚辞》中提倡"发愤以抒情","抚情效志",把抒情看作是言志的表现,"志"的内容就扩大了,既有思想也有感情。

当人们去追究"志"的来源时,就很自然地涉及它和外在世界的关系问题,也即是心与物之间的关系问题。这是和中国古代的文字的创造、《周易》中八卦的启发和对诗歌创作的实际之分析分不开的。我们祖先在文字创造过程中表现了用符号模仿物象的思想。所以许慎在《说文解字叙》中说:"仓颉之初作书,盖依类象形,故谓之文。"又说:"文者,物象之本。"然而,象形文字只是用符号类比物象的一种最简易的直接描写方法,它大约相当于后来诗歌创作中的赋的方法。为了充分反映和表现复杂的事物、较为抽象的思维内容,文字创造势必要由直观模仿而发展为指事、会意等"六书"中的其他方法。为了创造更多复杂的文字,必须借助于比喻、象征等手段。例如指事字 ⼆(上)和 ⼆(下),就有象征意义;而会意字 ⾜(武)和 ⽊(休),就有比喻意义:用脚趾比喻人,背着武器,表示"武"的含义;用人靠树木比喻休息。它们大约相当于后来诗歌中运用的比兴方法。这就说明作为人的思维内容之表现的语言符号,是和外在的客观世界有着十分密切关系的。

与文字创造相接近的是八卦的创造。八卦是一种抽象符号,是用来占卜吉凶的。八卦是怎样创造出来的?它的每一卦又表示什么意义?据后来《易传》解释,是模拟自然事物而来的,例如《说卦》中说乾代表天,坤代表地,巽代表风,震代表雷,坎代表水,离代表火,艮代表山,兑代表泽,为宇宙间八种基本事物。《系辞》则说是伏羲氏观物取象的产物。但这种说法从《易经》卦爻象及卦爻辞中都看不出来,因此我们只能说八卦的创造可能是象征自然界的八种基本事物的,故而具有某种模拟自然的意向,可是还很不明朗。八卦之演化为六十四卦、三百八十四爻大约是在殷周之交,传说周文王"幽而演易",也是有可能的。产生这样一个抽象的符号体系,说明当时人们的理性思维、逻辑思维能力已大大加强了。易象作为一种占卜的工具,它的主要特点是以一种抽象的符号来象征具体的现实事物,这就需要有丰富的想象能力。毫无疑问,它比文学创作中的模仿、比喻、象征要复杂得多了。用一种抽象的符号来表示某种具体的意思,从它的象征作用来说,与文学创作中的"兴"有相似之处。故清代章学诚《文史通义》中强调了"易象通于《诗》之比兴"的道理。他说:"易象虽包六艺,与《诗》之比兴,尤为表里。"《易经》八卦所包含的观物取象思想,已经反映出了主体和客体结合的特征,即借客体物象来体现主体的意向。这个"象"是象征客观事物的,但它又是体现了主体的某种"意"的。所以《系辞》解释"易象"时说:"圣人设卦观象,系辞焉而明吉凶。""圣人立象以尽意,设卦以尽情伪,系辞焉以尽其言。""象"既是模拟客观物象的,又是体现主观意图的,而言辞则是说明"象"的。《周易》中这种以"言"为工具的"象"和"意"的结合,直接为后来文学创作中的情物关系说和心物关系说奠定了思想基础。不过易象和文学的艺术形象又有原则不同,它不是具体生动的形象,而是一种抽象符号,它没有艺术形象的审美特征,没有感情色彩,没有具体可感性。卦象也就是易象,是一种符号。说"人心营构之象"是"亦出天地自然之象",就是从易象中引申出来的。易象并不是文学的形象,但是它的构成原理和文学形象是一致的,都是人发挥其想象功能所创造的,都是主体和客体相结合的产物。春秋战国之际,"诗言志"说相当流行,不但诗是"言志"的,音乐也是"言志"的,荀子在《乐论》中说过:"君子以钟鼓道志,以琴瑟乐心。""诗言志"是作者寓志于自然物象和社会生活景象的描写之中,乐"言志"则是寓志于有节奏、曲调的声音之中,可当时对诗歌的形象还没有做出理论性的概括,而对音乐的形象反倒有比较明确的认识。荀子在《乐论》中就提出了"声乐之象"问题,并指出:"夫乐者,乐也,人情之所必不免也。"他又说:"凡奸声感人,而逆气应之;逆气成象,而乱生焉。正声感人,而顺气应之;顺气成象,而治生焉。""声乐之象"之内寓有"人情","人情"则有正邪善恶,它们都能构成形象。由于当时诗、乐还没有严格分界,对于音乐形象的这种认识也可通于诗。西汉初期的《乐记》进一步发展了荀子《乐论》思想,一方面强调了音乐起源于人心感物,提出了著名的"物感"说,明确地阐述了文艺创作中的主体与客体相结合的问题;另一方面又对"声乐之象"的构成做了更细致、更深入的分析,其云:"乐者,心之动也;声者,乐之象也,文采节奏,声之饰也。君子动其本,乐其象,然后治其饰。"这里实际上说的就是音乐形象的构成,心动情生是为"本",指音乐的内容;"声乐之象"使人得到美的享受,是指音乐的艺术形式;文采节奏则是构成音乐形象的手段,指"声乐之象"的表现方式。这里,音乐形象的本、象、饰,实际即是文学形象的意、象、言。"本",即是指人之情,与文学的情或意是一致的。声象和易象都是指表现形式。"饰"和"言"则表现了音乐和文学的不同物质手段。

另外,先秦时期《诗经》的创作实践,也说明"志"与外界的"物"有着不可分割的关系。因为诗人之"志"都是通过比兴的方法描写自然景物和叙述社会人事来体现的,于是就有了《乐记》中的人心感物说的提出。

《乐记》中的人心感物说,并不是很多人所说的所谓唯物论的文学起源论。它强调的是"物"在促使人内心的情志由静而动、由内在蕴藏而向外表露过程中的一种不可缺少的媒体或催化剂。《乐记》认为音乐的产生在于人心感物。其云:"凡音之起,由人心生也。人心之动,物使之然也。感于物而动。"人心本是静的,由于受物所感而动;感情有所激动,就要发为声音,就产生了"乐"。《乐记》这里涉及艺术创作中的心物关系问题,强调了外物对内心的感发作用。那么"物"又是怎样感动"心"的呢?《乐记》又说:"人生而静,天之性也;感于物而动,性之欲也。物至知知,然后好恶形焉。"又说:"民有血气心知之性,而无哀乐喜怒之常;应感起物而动,然后心术形焉。"这里的动静说是指人的思想感情本是天生固有的,但它平静地蕴藏于内,并无具体的喜怒哀乐之常态,由于受到外物的感触,它才由静而动,表现出一定的喜怒哀乐形式。所谓"血气""心知"即是指人本身具有感情与智慧,在不接触外物时,它们是藏于内心而看不见的;由于外物的引诱,而表现出它们的好恶。《乐记》在阐述音乐本源时,比较注重外界事物对心的感发,但是在人性论上则认为七情乃是人心所固有的。这也是与它受荀学影响有关的。由"诗言志"到人心感物说,是中国古代文学本体论发展的第一阶段。

中国古代文学本体论发展的第二阶段是魏晋南北朝,这时对文学的本质和形象的构成有了进一步的认识。西晋陆机在《文赋》中有十分重要的论述。他在《文赋》的小序中曾提出了文学创作中经常出现的"意不称物,文不逮意"问题。这里的"意"是指构思中形成的意,不是和"理"一样抽象的意,而是具体的意,即是与物象相结合的意,它相当于意象的含义。这个"物"也不一定都是外界的客观物象,而是指文学创作所要表现的物件。这里的"文"即是指文学的物质手段——语言。陆机所说的物、意、文关系,包含了文学形象是由主体的意和客体的物相结合的意思。他在论述文学创作的构思过程时,这种思想更为明确,经过了作家"精骛八极,心游万仞"的艺术想象活动后,于是"情曈昽而弥鲜,物昭晰而互进",艺术形象逐渐形成。由此可以清楚地看出:文学形象正是由主观的情和客观的物结合而成。不过陆机所说是构思过程中的情和物之结合,它还不是具体作品中情和物之结合,在情的鲜明和物的昭晰之后,必须用贴切的语言文字把它描写出来,努力使"文"能"逮意",这样方能"笼天地于形内,挫万物于笔端",写出完美的作品。这里值得我们注意的还有西晋挚虞在《文章流别论》中说赋的特点是"假象尽辞,敷陈其志"。他所提出的志、象、辞三者关系,实际上就是文学创作中意、象、言的关系,也就是《乐记》中说"声乐之象"的本、象、饰问题,这个"象"已经不是《周易》中作为一种符号的易象的"象",而是说文学形象,它是作家用"辞"描绘出来的,而作家之"志"正是寓于"象"中的。

刘勰在自先秦以来有关文学本质和艺术形象构成论述的基础上,做了系统的总结和发挥,这主要表现在以下三个方面。第一,刘勰明确地提出了"意象"的概念。《神思》篇中,他在陆机所说的"意不称物,文不逮意"基础上,提出了"意授于思,言授于意,密则无际,疏则千里"的问题。刘勰所说的思、意、言关系和陆机所说的物、意、文关系是一致的,因为作家构思过程本来是主体的"思"和客体的"物"的结合过程,也就是"神与物游"的过程,神思和物象这两者的融合统一形成了具体的"意",也就是意象,然后才能用"言"或"文"把它落实下来。刘勰所说的"玄解之宰,寻声律而定墨;独照之匠,窥意象而运斤",就是讲如何运用语言文字使构思中的意象物质化的问题。刘勰在这里提出"意象"的概念,虽然还不是很自觉的一种理论概括,但说明他对文学本质和形象的构成已经有了很深刻的认识。第二,刘勰指出了文学创作中主体和客体间是一种辩证的关系,心和物是互相影响、互相促进的。他在《物色》篇中说:"是以诗人感物,联类不穷;流连万象之际,沉吟视听之区;写气图貌,既随物以宛转;属采附声,亦与心而徘徊。"心"随物以宛转",是说主体是受客体影响而产生某种特定的思想感情的;物"与心而徘徊",是说客体是随着主体的需要而展示的。这种对心物关系的论述比《乐记》中的"物感"说要全面得多,是对《乐记》思想的一个极为重要的发展。而这种对主体作用的重视,对主体驾驭客体作用的强调,是与魏晋以来玄学和佛学思想的广泛传播和影响分不开的(这一点我在《文心雕龙新探》一书的"物色论"部分已做过详细的分析)。刘勰这种对文学创作中主客体关系的认识,也具体体现在他对文学形象构成的分析中。他在《诠赋》篇中论述赋的创作时曾说:"原夫登高之旨,盖睹物兴情。情以物兴,故义必明雅;物以情观,故词必巧丽。"所谓"睹物兴情",即是《乐记》讲音乐起源时说的"凡音之起,由人心生也。人心之动,物使之然也"。但是刘勰认为"睹物兴情"的过程中,不只是心受物的感触而生情,也有物随心的需要而受心支配的一面,也就是说,不只是"情以物兴",而且也是"物以情观",从某些方面说,这后一点是更为重要的,因为归根到底,文学艺术不是人对客观世界(物)的被动反映,而是人借助于表现客观世界而体现自己主观的心意情志,并且对客观世界起到积极的能动作用。情虽是因感物而起,然而最终还是借物以抒情,物只是作为情的观照而出现的,它已经失去了自己的本来面目,可见刘勰对文学创作特点确已有了相当深刻的了解。第三,刘勰在《文心雕龙》中把他对文学创作美学特性的认识,即主体和客体的辩证结合的思想,贯穿于整个文学理论体系之中,从而形成了一系列对立统一的理论范畴。例如:文学本体上的"道心"(人心所体现的"自然之道")与"形""象",人与自然关系方面的"心"与"物",文学想象中的"神"与"物"(即神思和物象),文学构思过程中的"意"与"象",文学形象构成上的"情"与"物",而它们在文学作品中展示的特点便是"隐"与"秀",而表现在文学创作方法上则是"触物圆览"与"拟容取心"。这里,心、神、意、情都是"隐"的方面的内容,是"触物圆览"而产生的;而形、物、象则是属于"秀"的方面的内容,是"拟容取心"的结果。由此可知,刘勰对艺术形象的本质及其具有普遍性意义的特点有非常明确的认识,并且做出了很有深度的理论概括,它也是作为艺术形象的意境的基本性质。

中国古代文学本体论发展的第三个阶段是唐代的"情"和"境"、"思"和"境"的和谐统一论。唐人论诗歌的本质和诗歌的创作很少讲"情"和"物"的结合,而大都讲的是"情"和"境"的融合,这是对文学本质认识进一步深化的结果,也是对传统文学本体论的一种发展。唐人所说的"诗境",就是指诗歌的境界,也就是我们通常说的诗歌意境。诗歌创作上的"境"的概念之提出,应该说是诗歌理论批评上的一个重大发展。"境"和一般说的"象"有很大的不同。托名白居易的《金针诗格》中说:"象谓物象之象,日月山河虫鱼草木之类是也。""象"一般是指比较具体的物象;而"境"则范围比较大,指的是现实中一个广阔的空间,它不仅有物象,而且有许多物象,还包含了这些物象所处的环境、条件、气氛以及物象与物象之间的关系,甚至可以清楚地看出在这个空间里事物的生长发展变化之生气勃勃之神态。"境"是自然界或现实社会中完整的一角,是一个给人以立体感的生动侧面,是一副充满了活跃的生命力的动态的画面,而不是静止的、孤立的、僵死的画面。而诗人的心意情志就自然地融入这个画面之中。也就是说,"境"的内容比"象"要丰富得多,也广阔得多。因此用"情"和"境"的结合代替"情"和"物"的结合来论述诗歌本质和诗歌创作,显然是更为贴切,也是更为符合实际的。也许这正是中国古代虽然也有"意象"的概念,但更多的是运用"诗境""境界"或"意境"的概念的缘故。"境"的概念在中国很早就已经有了,最初是指"疆界"的意思。佛教传入中国后,佛经中所用的境界概念,更多是指一种宗教理想的境界和思想精神的境界。在盛唐的诗歌理论批评中,殷璠和王昌龄比较突出地强调了诗境的问题。殷璠在《河岳英灵集》中评王维的诗是:"在泉为珠,着壁成绘,一句一字,皆出常境。"王昌龄在《诗格》中说:"夫置意作诗,即须凝心,目击其物,便以心击之,深穿其境。"又说:"思若不来,即须放情却宽之,令境生。然后以境照之,思则便来,来即作文。如其境思不来,不可作也。"这可以说是最早把"思"和"境"联系起来的论述。这里所说的"境思",其实就是刘勰说的"神与物游"的境界,但其含义要更为宽广,不仅是"神"与"物"的结合,而且是"思"和"境"的结合。现存《吟窗杂录》本王昌龄《诗格》中所说"诗有三境"和"诗有三格",对"思"和"境"的关系论述得更为清楚。这虽不一定是王昌龄原文,但至少可以看作是中晚唐人的论述。其解释"物境"云:"欲为山水诗,则张泉石云峰之境,极丽绝秀者,神之于心,处身于境,视境于心,莹然掌中,然后用思,了然境象,故得形似。"又解释"取思"云:"搜求于象,心入于境,神会于物,因心而得。"心、神、思都是讲的诗人的主体意识,而物、象、境则都是指创作客体而言的。这里,"心"和"物"、神思和物象、"思"和"境"在本质上并没有多大区别,但是在论述的角度和范围则略有差别。中唐时皎然所说"诗情缘境发","缘境不尽曰情",讲究诗歌创作的"取境",都是指"情"与"境"的统一。司空图所说的"思与境偕",正是对唐代关于诗歌本质论述的一个总结。

  中国古代文学本体论发展的第四个阶段是宋元明清时代,主要讲的是"情"和"景"的融合。从宋代范晞文的《对床夜语》,到元代方回的《瀛奎律髓》,到明代谢榛的《四溟诗话》,到清初的王夫之以及晚清的王国维,都是如此。所以王国维在《文学小言》中说:"文学中有二原质焉:曰景,曰情。前者以描写自然及人生之事实为主,后者则吾人对此种事实之精神的态度也。"又其《人间词乙稿叙》中说:"文学之事,其内足以摅己,而外足以感人者,意与境二者而已。"

2.《与极浦书》
——论"象外之象,景外之景"

《与极浦书》

戴容州云:"诗家之景,如蓝田日暖,良玉生烟,可望而不可置于眉睫之前也。"象外之象,景外之景,岂容易可谈哉?然题纪之作,目击可图,体势自别,不可废也。

愚近作《虞乡县楼》及《柏梯》二篇,诚非平生所得者。然"官路好禽声,轩车驻晚程",即虞乡入境可见也。又"南楼山最秀,北路邑偏清",假令作者复生,亦当以着题见许。其《柏梯》之作,大抵亦然。浦公试为我一过县城,少留寺阁,足知其不怍也,岂徒雪月之间哉?伫归山后,"看花满眼泪","回首汉公卿","人意共春风"(原注:上二句杨庶子),"哀多如更闻",下至于"塞广雪无穷"之句,可得而评也。郑杂事不罪章指,亦望呈达。知非子狂笔。

这篇文章大约写于光启三年或稍后,因此文篇末有"知非子狂笔"之语,与其文集序自称"知非子"相应。又其文中云"伫归山后",当是指光启三年归王官谷而言。又自评其《虞乡县楼》诗中"官路"两句云:"即虞乡入境可见也。"可能就是他归王官谷途中所作。故此文之作当不会比887年晚很多。这里由引戴叔伦的话而提出的"象外之象,景外之景"说,是对诗歌意境的特殊美学特征之概括。"蓝田日暖,良玉生烟,可望而不可置于眉睫之前也。"这是一种朦胧的美,也是一种想象的美,若有若无,若无若有,只可意会,不可言传,"言有尽而意无穷"。这里,前一个"象"和"景"是实的,是作品中所具体描写出来的景象,而后一个"象"和"景"则是要在前一个实的景象的启发、暗示下,经过读者的想象而获得的虚的景象,而且往往对不同的读者来说可能有不完全相同的感受。然而没有前一个实的景象,也不可能产生后一个虚的景象。中国古代艺术意境最根本的美学特征,就是强调要充分发挥艺术创造中的虚的方面的意义与作用,能够以实出虚,虚中有实,作者并不把景物写尽、意思说透,只是在关键之处点到为止,启发读者的丰富想象能力,努力引导读者进入作者所暗示、象征的更为广阔的境界,即《诗品》中所说的"超以象外,得其环中","不着一字,尽得风流"。这种虚的景象往往是一种难以具体描写出来的景象,但是可以运用实的描写使读者体会到、想象到、感受到。清代笪重光《画筌》中说:"合景色于草昧之中,味之无尽;擅风光于掩映之际,览而愈新。密致之中,自兼旷远;率易之内,转见便娟。山之厚处即深处,水之静时即动时。林间阴影无处营心,山外清光何从着笔。空本难图,实景清而空景现;神无可绘,真境逼而神境生。"清人邹一桂在《小山画谱》中说:"人有言:绘雪者不能绘其清,绘月者不能绘其明,绘花者不能绘其馨,绘人者不能绘其情。以数者虚而不可以形求也。不知实者逼肖,则虚者自出。故画《北风图》则生凉,画《云汉图》则生热,画水于壁则夜闻水声。谓为不能者,固不知画者也。"而在更多数情况下,这种虚境则是一种难以言喻的心灵境界。为什么王维的诗意境深远呢?就是因为他是用生动的景物描写来体现一种不能用语言文字来表达的禅意的境界。禅宗主张佛法是以心传心,"不立文字,教外别传",于是有"拈花微笑"之说。王维的诗就有这种"拈花微笑"的作用,如他《辋川集》中的《竹里馆》("独坐幽篁里,弹琴复长啸。深林人不知,明月来相照"),《辛夷坞》("木末芙蓉花,山中发红萼。涧户寂无人,纷纷开且落"),以及《过香积寺》("不知香积寺,数里入云峰。古木无人径,深山何处钟。泉声咽危石,日色冷青松。薄暮空潭曲,安禅制毒龙")等,都有这种特点。王渔洋《蚕尾续文》中说:"严沧浪以禅喻诗,余深契其说,而五言尤为近之。如王、裴辋川绝句,字字入禅。他如'雨中山果落,灯下草虫鸣','明月松间照,清泉石上流',以及太白'却下水精帘,玲珑望秋月',常建'松际露微月,清光犹为君',浩然'樵子暗相失,草虫寒不闻',刘慎虚'时有落花至,远随流水香',妙谛微言,与世尊拈花,迦叶微笑,等无差别。通其解者,可语上乘。"这种难以言喻的禅意,对不同的读者来说是会有不同的体会的,这就是一种思想的精神的境界,常常又和具体的景象难以分开,是即所谓实象之外的虚象。

由于意境并不是一般的艺术形象,而是一种特殊的艺术形象,因此它还具有一般艺术形象所没有的艺术美。这就是刘禹锡所说的"境生象外",也就是司空图所说的"象外之象,景外之景",它是在中国传统文化的蕴育下逐渐形成的。所以要了解这种特点,应当从中国古代的哲学、美学和文学艺术的历史发展中来加以考察。《周易》中的"象"是由观察宇宙万物及其发展变化而来的,《系辞》中说:"古者包牺氏之王天下也,仰则观象于天,俯则观法于地,观鸟兽之文与地之宜,近取诸身,远取诸物,于是始作八卦,以通神明之德,以类万物之情。"又说:"圣人有以见天下之赜,而拟诸其形容,象其物宜,是故谓之象。"这里的"拟诸其形容"是指万物的外在形态,而"象其物宜"则是指万物的内在发展变化之规律,前者是指事物的表象,而后者则是指事物的本质。对易象这种观物取象的特点,平常我们只注意其"象"是源于"物"的意义,往往忽略了这种"象"和"物"之间并不是形象的、具体的反映关系,而是一种运用抽象符号来象征的关系。因此,"象"和"物"之间实际上并没有直接联系,或者说"象"并非"物"的形象具体再现,而是要通过想象才能理解"象"和"物"之间的关系,"象"在这里只是引导和启发人们去联想到它所象征的"物"的一种工具和手段,"象"并不是"物",也不等于"物"。其实艺术形象都只能表现它所描写的事物的一部分,而绝不可能是事物的全部,所以如果用抽象象征的方法,而不是用具体描写的方法,也许在想象中所获得的事物面貌更为丰富、更接近于事物的原貌。

  《周易》中所包含的这种审美观念,后来在老庄思想中得到了极为充分的发展。《老子》中提出的著名的"大音希声,大象无形"说,就是受到《周易》启发的。老庄从强调天道自然无为出发,其美学思想的核心,都是提倡自然本色之美,而贬低人为造作之美的,之所以如此,正是因为他们看到了人为造作总有它的局限性,不如自然本色美来得更全面、更完善。老子所说的"大音希声",就是说最高最美的音乐就是"无声之乐",王弼注云:"听之不闻名曰希,不可得闻之音也。有声则有分,有分则不宫而商矣。分则不能统众,故有声者,非大音也。"一有了具体的声音必然会有一定限度,不可能把所有的声音之美都表现出来,而只能表现其中的一部分,如果没有具体的声音,而完全靠听众自己去想象,就不会有这种局限性,反而有可能体会到全部声音之美。所以庄子在《齐物论》中说:"有成与亏,故昭氏之鼓琴也;无成与亏,故昭氏之不鼓琴也。"昭氏虽是古代著名音乐家,但他鼓琴时对已弹奏出来的音乐之美是有所成了,而对他所没有弹奏出来的音乐之美则又是有所亏了。为此郭象解释道:"夫声不可胜举也,故吹管操弦,虽有繁手,遗声多矣。而执籥鸣弦者,欲以彰声也。彰声而声遗,不彰声而声全。故欲成而亏之者,昭文之鼓琴也;不成而无亏者,昭文之不鼓琴也。"可见"大音希声"正是要使人通过想象而获得"不彰声而声全"的效果,这也就是后来陶渊明要抚弄无弦琴的缘故了。"大象无形"也是如此,有形就有了局限,总只能表现对象的一部分,而不可能是对象的全体。比如画嘉陵江山水,画面上所展示的只可能是它的一部分,至多是表现一些最突出的山水美,不可能把整个嘉陵江的山水美都完美地表现出来。如果能运用象征的方法使人在想象中感受到"形"的整体美,岂不是比只有局部的"形"之美更好吗?

这种思想反映在言意关系上就是"言不尽意"说。从言意关系来说,"言"是外在的有形的,"意"是内在的无形的。所以老子提倡"不言之教",他曾说:"知者不言,言者不知。""道"是无法言说的,只能从内心去体认。庄子发展了老子的这种思想,他在《齐物论》中说:"道隐于小成,言隐于荣华。"他认为由于"言"不能尽"意",所以圣人的书乃是一堆糟粕,因为圣人之意不能言传,用语言文字写出来的书自然也不能真正传达圣人之意,故而世人虽珍贵圣人之书,其实那是不值得珍贵的。语言是表达思维内容的,但它并不是一个很称职的工具,不可能把所有的思维内容都表达出来,不论是抽象思维还是形象思维,都有一些是语言所无法表现的,更不要说人的一些潜意识的内容了。老庄是看到了这一点的,所以强调不能拘泥于语言所能表达的部分,而要求之于语言文字之外,得"妙理"于"言意之表",入于"无言无意之域",方能达到"道"的境界。其实儒家也是看到了语言不能完全达意的一面的,《系辞》中曾说:"子曰:书不尽言,言不尽意。"不过儒家和道家在如何解决言意关系的矛盾上,有完全不同的方法和途径。儒家力求正确、鲜明、生动地运用语言来最大限度地表达思维内容,所以虽然常人难于做到"言尽意",圣人还是能够做到"言尽意"的。所以扬雄《法言·问神》篇中说:"言不能达其心,书不能达其意;难矣哉!惟圣人得言之解,得书之体。"以老庄为代表的道家虽然否定"言"的达意作用,但也并不废弃"言"。他们则认为"言"不能尽"意",也并不就是"意",然而可以把"言"作为得"意"的一种象征性的工具,在得到"意"之后就应该忘记作为工具的"言",不因"言"的局限性而影响对"意"的全面把握。庄子《外物》篇说:"筌者所以在鱼,得鱼而忘筌。蹄者所以在兔,得兔而忘蹄。言者所以在意,得意而忘言。吾安得夫忘言之人而与之言哉!""言"只是"得意"的"筌"和"蹄",只是"得意"的一种手段而不是目的,必须"得意而忘言","忘言"方能"得意"。所以"言"和"意"之间是一种启发象征的关系,而不是直接表述的关系。真正的"意"并不是"言"所具体表达的部分,而是由此而联想起来存在于想象中的部分,故而"意"不在"言"内,而在"言"外。比如《周易》的易象是体现具体物象的,乾卦代表天、帝、男等,坤卦代表地、后、女等,但它本身并不是物象而仅仅只是一个个的符号。"立象以尽意",但"象"并不就是"意"。魏晋之际的玄学思想发展了老庄的言意关系说,王弼在《周易略例·明象》篇中运用庄子《外物》篇的思想对言、象、意关系做了系统的阐发,他说:"言者,象之蹄也;象者,意之筌也。是故存言者,非得象者也;存象者,非得意者也。""然则,忘象者,乃得意者也;忘言者,乃得象者也。得意在忘象,得象在忘言。"产生在"言不尽意"认识上的这种言、象、意关系论,直接影响到文学艺术形象的创造,并为意境理论的形成奠定了哲学和美学思想基础。

意境是"意"和"境"的融合,是主体的"意"和客体的"境"的统一。"意"和"境"从其表现特征上看也是一种"情"和"景"的结合,但是又不同于一般的"情"和"景"的结合,所以说意境就是情景交融是不够的。意境中的"情"具有"情在词外"的特点,意境中的"景"具有"景外有景"的特点。意境的最基本美学特征,我在十多年前写的《论意境的美学特征》一文中说过:"以有形表现无形,以有限表现无限,以实境表现虚境,使有形描写和无形描写相结合,使有限的具体形象和想象中无限丰富形象相统一,使再现真实实景与它所暗示、象征的虚境融为一体,从而造成强烈的空间美、动态美、传神美,给人以最大的真实感和自然感。"①而这种美学特征就是在《周易》、老庄、玄学的文艺美学思想基础上发展起来的,而刘勰的隐秀说就是对意境美学特征的最早理论概括。"隐"和"秀"是针

---

① 参见拙作《古典文艺美学论稿》。

对艺术形象中的"情"和"景"、"意"和"象"而言的,它包含有两层意义:一是"情"隐于秀丽的"景"中,"意"蕴于幽美的"象"中,这是指一般艺术形象的特点;二是宋人张戒《岁寒堂诗话》所引《文心雕龙·隐秀》篇残文:"情在词外曰隐,状溢目前曰秀。"现存《文心雕龙·隐秀》篇有残缺,不过我们认为张戒所引当为原文所有,因其与现存本中刘勰的论述是一致的。刘勰说道:"隐也者,文外之重旨者也;秀也者,篇中之独拔者也。隐以复意为工,秀以卓绝为巧,斯乃旧章之懿绩,才情之嘉会也。""秀"是指对艺术形象的生动卓绝的描写,这里特别值得我们注意的是他关于"隐"的解释,刘勰所说的"隐"不是一般艺术形象的"情"隐于"景"中之意,而是指"情在词外",有"文外之重旨",所谓"隐以复意为工",也就是说"词"外有"情","文"外有"旨","言"外有"意",这种情、旨、意显然不是指艺术形象中具体的实写的部分,而是指受这具体的实写的部分暗示、象征的启发,而存在于作者和读者想象中的情、旨、意。所谓"重旨"和"复意",即是有实的和虚的两层"旨"和"意",而刘勰认为这后一层虚的"旨"和"意"显然是更为重要的,它具有更加深刻的美学内容。这种"情在词外""文外之重旨"的提出,毫无疑问是受"大音希声,大象无形"和"言为意筌""得意忘言"思想的影响而来的。刘勰在《文心雕龙·隐秀》篇中说道:"夫隐之为体,义生文外,秘响旁通,伏采潜发,譬爻象之变互体,川渎之蕴珠玉也。"可见"隐"的含义正是从易象而来,它不仅体现了一种象征的意义,而且是象外有象,"义生文外"。易象本身是一种象征性的符号,而易象的构成也是隐含着"复意""重旨"的,这就是刘勰所说的"爻象之变互体"。易象是由八卦两两组合而成,共有六十四卦,每一卦有六爻,如乾卦☰、坤卦☷。每一卦的六爻之中,又隐藏着两个卦象:"二至四,三至五,两体交互各成一卦,先儒谓之互体。"(贾公彦《仪礼疏》)例如观卦䷓,二至四爻为艮卦☶,三至五爻为坤卦☷,此即为"互体"。也就是说,观卦除本身含有其意义之外,它还隐藏着两个别的卦所包含的意义。这种"复意""重旨",说明观卦具有卦中有卦,亦即卦外有卦的特点。这种特点运用到文学艺术形象的创造中,其意义就不是一般的思想感情隐藏在形象描写中所能包括得了的了,它要求由实象引出虚象,由具体的文本意义导向幻觉中的想象意义,而这正是意境所具有的不同于一般艺术形象的特殊美学内容。所以刘勰虽然没有明确提出意境的概念,但是他的隐秀说实际上已对意境的美学特征做出了重要的理论概括,并在唐宋时期意境理论形成发展过程中产生了极为深刻的影响。

从刘勰的隐秀说发展到唐宋的意境论,这条线索在唐人有关意境的论述中可以看得很清楚。唐代的诗歌意境论并未用"意境"的概念,而是用"境"或"诗境"的概念。文学理论上"意境"概念的出现,最早见于《吟窗杂录》所载王昌龄《诗格》,但《吟窗杂录》本《诗格》是否王昌龄所作,颇值得怀疑,其真伪不能确定,而且其中"三境"论所说"意境"并非一般意义上的意境,只是和"情境""物境"并列的三种不同类型意境中的一种(《文镜秘府论》所引王昌龄《诗格》当是可靠的,但其中未提到"意境"概念)。然而唐人所说的"诗境"实际就是意境,这是无可置疑的。最早从文学创作角度涉及诗境的,当推诗人王昌龄和《河岳英灵集》的编选者殷璠。殷璠还是着重论诗歌的"兴象",由"兴象"而接触到诗境"远出常情之外""唯论意表"的特点。他论王维诗时说:"在泉为珠,着壁成绘,一句一字,皆出常境。"所谓"皆出常境",即是指王维诗中那种难以用语言文字来描绘的禅悟境界。不过"兴象"论本质上也就是一种意境论,比刘勰稍后的钟嵘在《诗品序》中,对"兴"已经做了不同于传统经生家的解释:"文已尽而意有余。"这和刘勰所说的"隐"的"义生文外"和有"文外之重旨"是一致的,"兴象"指的也就是具有这种"兴"的特征的艺术形象。王昌龄则相当集中地论述了诗境的创造问题,强调了诗歌中"意"和"境"的融合实际上也就是"心"与"物"的结合。《文镜秘府论》引王昌龄《诗格》云:"夫置意作诗,即须凝心,目击其物,便以心击之,深穿其境。"又说:"取用之意,用之时,必须安神净虑。目睹其物,即入于心;心通其物,物通即言。"这正是在刘勰所说"情以物兴""物以情观"和心"随物以宛转"、物"与心而徘徊"说的基础上,对意境的本质和创造所做的具体论述。《吟窗杂录》中引王昌龄《诗格》的"诗有三境""诗有三格"条论构思和意境的形成,主要也是说"思"与"象"、"心"与"境"、"神"与"物"的融洽会合。中唐时期对王昌龄意境论做了重大发展的是诗人皎然和刘禹锡。皎然不仅强调了"诗情缘境发"的特点,而且着重说明了诗境的主要美学特征是"采奇于象外","情在词外""旨冥句中",并指出了这就是"隐秀"的意思。他在《诗式》中说:"客有问予谢公二句优劣奚若?予因引梁征远将军记室钟嵘评为隐秀之语,且钟生既非诗人,安可辄议?徒欲聋瞽后来耳目。且如'池塘生春草',情在言外;'明月照积雪',旨冥句中。风力虽齐,取兴各别。"(此处文字据北图所藏毛晋校《诗式》抄本,别本无"记室钟嵘"四字。皎然记忆有误,"隐秀"非钟嵘之语,乃刘勰所提出)此处"情在词外",据张戒所引,当即是由刘勰对"隐"的解释而来,"旨冥句中"当是由宗炳《画山水序》中"旨微于言象之外者,可心取于书策之内"而来,而刘勰所说的"隐秀"则又和宗炳的"旨微于言象之外"说有很明显的内在联系。皎然实际上是把"意"在"言""象"之外、"文外之重旨"看作诗歌意境的最主要美学特征,所以他又说:"若遇高手,如康乐公览而察之,但见情性,不睹文字,盖诣道之极也。"此所谓"但见情性,不睹文字",不仅含有禅宗"不立文字,教外别传"的意思,而且也是指诗歌意境的"义生文外""情在词外"之美学特征。诗人权德舆和刘禹锡所说的"意与境会""境生象外",则也是在刘勰所论基础上的进一步发展。"意与境会"就是对刘勰有关"情以物兴"和"物以情观"思想在意境分析上的具体运用,而"境生象外"则是对隐秀说的发挥,强调了意境在具体描写的实的境象之外,还有一个存于想象之中的虚的境象,也就是后来司空图所说的"象外之象,景外之景",它使人感到"言有尽而意无穷",具有"韵外之致",其诗味在于"咸酸之外"。由此可以充分说明,刘勰虽然没有明确地提出意境的概念,但他的心物交感说、隐秀说,实际上就是对意境美学特征的最早的比较全面而深入的阐述,他为意境理论的形成和发展做出了不可磨灭的重要贡献。

3.《与李生论诗书》

——论"味外之旨""韵外之致"

《与李生论诗书》

文之难,而诗之难尤难。古今之喻多矣,愚以为辨于味,而后可以言诗也。江岭之南,凡足资于适口者,若醯,非不酸也,止于酸而已;若鹾,非不咸也,止于咸而已。华之人所以充饥而遽辍者,知其咸酸之外,醇美者有所乏耳。彼江岭之人,习之而不辨也,宜哉。诗贯六义,则讽谕、抑扬、渟蓄、温雅,皆在其间矣。然直致所得,以格自奇。前辈诸集,亦不专工于此,矧其下者耶!王右丞、韦苏州澄澹精致,格在其中,岂妨于道举哉?贾浪仙诚有警句,视其全篇,意思殊馁,大抵附于寒涩,方可致才,亦为体之不备也,矧其下者哉!噫!近而不浮,远而不尽,然后可以言韵外之致耳。

愚幼常自负,既久而逾觉缺然。然得于早春,则有"草嫩侵沙短,冰轻著雨销"。又"人家寒食月,花影午时天"(原注:上句云"隔谷见鸡犬,山苗接楚田")。又"雨微吟足思,花落梦无憀"(按,《文苑英华》本无上两联)。得于山中,则有"坡暖冬生笋,松凉夏健人"。又"川明虹照雨,树密鸟冲人"。得于江南,则有"戍鼓和潮暗,船灯照岛幽"(按,《文苑英华》本此两句为"日带潮声晚,烟和楚色秋")。又"曲塘春尽雨,方响夜深船"。又"夜短猿悲减,风和鹊喜灵"。得于塞下,则有"马色经寒惨,雕声带晚饥"。得于丧乱,则有"骅骝思故第,鹦鹉失佳人"。又"鲸鲵人海涸,魑魅棘林高"。得于道宫,则有"棋声花院闭,幡影石幢幽"。得于夏景,则有"地凉清鹤梦,林静肃僧仪"。得于佛寺,则有"松日明金像,苔龛响木鱼"。又"解吟僧亦俗,爱舞鹤终卑"。得于郊园,则有(按,《文苑英华》本此处有"暖景鸡声美,微风蝶影繁"两句)"远陂春早渗,犹有水禽飞"(原注:上句"绿树连村暗,黄花入麦稀")。得于乐府,则有"晚妆留拜月,春睡更生香"。得于寂寥,则有"孤萤出荒池,落叶穿破屋"。得于惬适,则有"客来当意惬,花发遇歌成"。虽庶几不滨于浅涸,亦未废作者之讥诃也。七言云:"逃难人多分隙地,放生鹿大出寒林。"又"得剑乍如添健仆,亡书久似忆良朋"。又"孤屿池痕春涨满,小栏花韵午晴初"。又"五更惆怅回孤枕,犹自残灯照落花"(原注:上句"故国春归未有涯,小栏高槛别人家")。又"殷勤元日日,欹午(按,当依宋本作'歌舞')又明年"(原注:上句"甲子今重数,生涯只自怜"。按,《文苑英华》本无"五更""殷勤"两联)。皆不拘于一概也。盖绝句之作,本于诣极,此外千变万状,不知所以神而自神也,岂容易哉?

今足下之诗,时辈固有难色,倘复以全美为上,即知味外之旨矣。勉旃。某再拜。

按,刘克庄《后村诗话·后集》卷一有"司空表圣有书《与李生论诗》","自摘其警联二十六"之说。

这篇文章写于天复四年(904)司空图六十八岁之时或之后。此书引有《元日》诗,其云"甲子今重数",当为904年所作,这是他最重要的一篇诗论著作。所谓"味外之旨"和"韵外之致",其基本意思是一样的,这是对钟嵘关于诗的"滋味"说的一个发展。

要了解司空图的"味外之旨"说,首先要了解诗味说的含义。文学上"味"的问题的提出有较为悠久的历史,并非始于钟嵘。《左传》昭公九年膳宰屠蒯对晋侯说:"味以行气,气以实志,志以定言,言以出令。"这里的"味"讲的是酒的口味,酒味香醇可以使气血流通,气血流通可以充实意志,意志充实了可以确定语言,语言确定了可以发布命令,说明"味"可以间接地对"言"起到一定的作用。昭公二十年晏子对齐侯论"和""同"之时,指出"和"与"同"是不一样的:"先王之济五味、和五声也,以平其心,成其政也。声亦如味,一气,二体,三类,四物,五声,六律,七音,八风,九歌,以相成也;清浊、小大、短长、疾徐、哀乐、刚柔、迟速、高下、出入、周疏,以相济也。君子听之,以平其心。心平,德和。故《诗》曰:'德音不瑕。'今据不然。君所谓可,据亦曰可;君所谓否,据亦曰否。若以水济水,谁能食之?若琴瑟之专壹,谁能听之?同之不可也如是。"所谓"声亦如味"是指声音也和调味一样,五味协调才有美味,五音和谐才能构成优美的乐曲。这是以"味"来比喻音乐,开始涉及艺术上的"味"的问题。其后《礼记·乐记》说:"清庙之瑟,朱弦而疏越,一唱而三叹,有遗音者矣。大飨之礼,尚玄酒而俎腥鱼,大羹不和,有遗味者矣。"也是以"味"来比喻音乐美的。后来西晋的陆机就运用《乐记》中这种比喻来形容诗文的艺术美,他说:"或清虚以婉约,每除烦而去滥。阙大羹之遗味,同朱弦之清汜。虽一唱而三叹,固既雅而不艳。"他反对文学作品过于质木无文,"雅而不艳",缺少给人以回味无穷的"遗味"。应该说,最早把"味"引入文学创作的是陆机。

刘勰在他的《文心雕龙》中进一步发展了陆机有关"味"的论述,在评论作家作品和分析创作理论的时候,比较广泛地使用了"味"的概念,全书有二十处论到"味"。其中论作家作品的如,《宗经》篇中说圣人经典是:"往者虽旧,余味日新。"《史传》篇说司马迁的《史记》:"儒雅彬彬,信有遗味。"《体性》篇说:"子云沉寂,故志隐而味深。"《明诗》篇说:"张衡怨篇,清典可味。"论文学创作的就更多了,《情采》篇说:"繁采寡情,味之必厌。""研味李老,则知文质附乎性情。"《隐秀》篇说:"深文隐蔚,余味曲包。"《声律》篇说:"滋味流于下句,气力穷于和韵。"《通变》篇说:"故论文之方,譬诸草木,根干丽土而同性,臭味晞阳而异品矣。"《附会》篇说:"若统绪失宗,辞味必乱;义脉不流,则偏枯文体。""道味相附,悬绪自接。如乐之和,心声克协。"《总术》篇中说:"数逢其极,机入其巧,则义味腾跃而生,辞气丛杂而至。视之则锦绘,听之则丝簧,味之则甘腴,佩之则芬芳。"从这些例子来看,刘勰所讲的"味"主要是指文学作品的艺术特征所给予读者的美学享受。作品必须要有隐秀特征,做到既有"卓绝"的"篇中之独拔者",又有"复意"的"文外之重旨",既能"状溢目前",又能"情在词外",这样才可能使作品"深文隐蔚,余味曲包"。《体性》篇说扬雄作品"志深而味隐",也是指其有"义生文外"的"隐",故其"味"才深。《声律》篇说的"滋味"也是从诗歌的和、韵之音乐美产生的。其他有关于"味"的论述也都是指文学作品的艺术美而言的。不过刘勰虽然多处讲到"味"或"滋味",但并没有像钟嵘那样自觉地把"滋味"当作一个衡量作品优劣的重要标准突出出来。

钟嵘在《诗品序》中说:"五言居文词之要,是众作之有滋味者也,故云会于流俗。岂不以指事造形,穷情写物,最为详切者邪?"说明所谓的"滋味",乃是和"指事造形,穷情写物",也就是诗歌的形象性分不开的。他又说,若能很好的运用兴、比、赋的方法,"干之以风力,润之以丹彩,使味之者无极,闻之者动心,是诗之至也"。他批评玄言诗"理过其辞,淡乎寡味",于是"建安风力尽矣",正是因为玄言诗过多叙说枯燥玄理,丧失了诗歌作为艺术的美学特征。他赞美张协的诗:"词采葱蒨,音韵铿锵,使人味之,亹亹不倦。"这里所说的"味",也是指其诗歌的华美辞采和铿锵音韵。他评应璩的诗说:"至于'济济今日所',华靡可讽味焉。""华靡"也是指有文采。由此可见,钟嵘所说的"滋味"是和他的整体诗歌美学思想,特别是对诗歌审美特征的认识紧密地联系在一起的。也就是说,诗歌的"滋味"是和"指事造形,穷情写物""风力""丹采""自然英旨"不可分的。这里尤为值得我们重视的是他对"兴"的解释和"滋味"的关系,诗歌的"文已尽而意有余"即是使诗歌具有"滋味"原由所在。他说如能对兴、比、赋"弘斯三义,酌而用之",就可以"使味之者无极",而在"三义"之中,"兴"义又是最重要的。钟嵘对"兴"义的解释,是和刘勰所说的"隐秀"特别是"隐"的含义的阐述是一致的。

司空图所要求的"咸酸之外"的"醇美"之味,就是由诗歌的"象外之象,景外之景"而来的。不过"象外之象,景外之景"是从创作者的角度来说的,而"味外之旨""韵外之致"则是从欣赏者的角度来说的。因为这种虚的存在于"象外""景外"的景象,是要通过读者的体会、领悟和想象而获得的,而且具有"言有尽而意无穷"的特点,所以说是一种"近而不浮,远而不尽"的味外之味、韵外之韵。这也就是北宋欧阳修、梅尧臣讨论诗歌创作时所说的必须"状难写之景如在目前,含不尽之意见于言外",才是诗家之极至。而这又需要读者自己去品味,"作者得于心,览者会以意,殆难指陈以言也"(参见欧阳修《六一诗话》)。南宋末年严羽《沧浪诗话》中说,诗歌创作不同于学问道理,它要有"别才""别趣",盛唐诗人正因为"惟在兴趣",所以才有"言有尽而意无穷"的滋味,说的也是这种特点。他们不仅具有一般艺术的形象之美,还具有中国古代文艺传统的特殊的美。更值得我们进一步研究的是,"味外之旨""韵外之致"的包容范围比"象外之象,景外之景"还要更加宽广,这一点我们可以从《与李生论诗书》中他所举自己的有"味外之旨""韵外之致"的诗句中看出来。他所举出的诗例中,多数是和王渔洋所引那些富有禅意的诗句相类似的,如"草嫩侵沙短,冰轻着雨销""雨微吟足思,花落梦无憀""坡暖冬生笋,松凉夏健人""戍鼓和潮暗,船灯照岛幽""松日明金象,苔龛响木鱼""棋声花院闭,幡影石幢幽"等,但也有一些则写的并不是"境生于象外"的境象,如"解吟僧亦俗,爱舞鹤终卑""客来当意惬,花发遇歌成"等,本身写的就是一种精神境界和思想意趣,然而它也同样有一种味之不尽的韵味。这种诗句不重在境象的创造,而重在"意"和"理",但是又并不说尽,需读者费一番思索,方能理解其更为深层的含意,并从中得到无穷的乐趣。它比较接近宋诗重在"理趣"的艺术特点,如像苏轼的"不识庐山真面目,只缘身在此山中"(《题西林壁》)、"竹外桃花三两枝,春江水暖鸭先知"(《惠崇春江晚景》),陆游的"山重水复疑无路,柳暗花明又一村"(《游山西村》)等。宋代的"以文为诗"是从中唐古文理论和创作的繁荣发展影响到诗歌创作而逐渐形成的,宋人之重韵味和唐人之重境象似有所不同,这是和唐宋诗的转变及其不同特点有关的。司空图所处的时代正是在这个转变的过程中,所以他的"韵外之致""味外之旨"说也带有这种特色。《与李生论诗书》中有关诗歌创作当以"直致所得,以格自奇"的思想,我们将结合下一篇《诗赋》来一起讨论。

4.《诗赋》
——论"知非诗诗,未为奇奇"

《诗赋》①

知非诗诗,未为奇奇②。研昏练爽,戛魄凄肌③。神而不知,知而难状。挥之八垠,卷之万象。河浑沈清,放恣纵横。涛怒霆蹴,掀鳌倒鲸。镜④空擢壁,峥冰⑤掷戟。鼓煦呵春,霞溶露滴。邻女自嬉⑥,补袖而舞。色丝屡空,续以麻絇。鼠革丁丁,燉之则穴。蚁聚汲汲,积而成垤⑦。上有日星,下有风雅。历诋⑧自是,非吾心也。

此文清人许印芳《诗法萃编》作《诗赋赞》,《全唐文》同,收入司空图所写"赞"类文中,那么它应该是《诗赋》的赞语,但司空图文集中现存并无别的《诗赋》之作。《四部丛刊》文集本列入第八卷赋类中,题目无"赞"字,注云:"一本上有'谢'字。"即题为《谢诗赋》。文集本十卷中除五、六卷题为"碑"外,余均题"杂著"。此本可能即为宋代十卷"蜀本",据陈振孙《直斋书录解题》卷十六所说的"蜀本""但有杂著无诗",是比较一致的,因此当以《诗赋》为妥。这是一篇仿照陆机《文赋》所写的作品。这篇文章主要是以赋的形式对诗歌创作过程所做的形象描绘,同时也以饱满的热情歌颂了诗人的高超艺术才能和诗歌神奇的创造力量。全文首二句

---

① 他本作《诗赋赞》。
② 此二句或作"知道非诗,诗未为奇"。杨慎《升庵诗话》卷四引作"自知非诗,诗未为奇"。
③ 此二句杨慎引作"奇研昏练,爽戛魄凄"。
④ 杨慎引作"搀"。
⑤ 他本作"泳"。杨慎引作"峥水"。
⑥ 他本作"有嬉"。
⑦ 杨慎引作"积而瑾凸"。
⑧ 杨慎引作"历试"。

为总论,其意下文再专论。三、四句系言诗人创作之艰辛,日夜研炼,身心憔瘁。五、六句指进入诗兴勃发状态,如皎然所说由人工之至极而达到天工之至妙,经"苦思"而臻自然。其《诗式·取境》条云:"又云:不要苦思,苦思则丧自然之质。此亦不然。夫不入虎穴,焉得虎子?取境之时,须至难至险,始见奇句;成篇之后,观其气貌,有似等闲,不思而得。此高手也。"他又在《诗式》总序中指出:"放意须险,定句须难,虽取由我衷,而得若神表。至如天真挺拔之句,与造化争衡,可以意冥,难以言状,非作者不能知也。"皎然所说的"神诣"境界就是司空图所说的"神而不知,知而难状"。七、八句讲的是陆机《文赋》所说的"笼天地于形内,挫万物于笔端"之意,也就是后来苏东坡所说的诗人"妙想"之中所达到的"东南山水相招呼,万象入我摩尼珠"之意(见其《次韵吴传正枯木歌》)。九、十两句指诗意自然流出,一泻千里。十一至十六句形容诗境之妙,或气势磅礴,或雄伟奇特,或清新活泼、生气盎然。十七至二十四句以邻女补袖、鼠革蚁聚比喻诗歌寒俭细碎之风,是亦诗之一体也。二十五、二十六两句为总结上文,而歌颂诗歌之伟大也。末二句谓非其自是而历诋前人,而只是一种客观的描述。

此文首二句是他对诗歌艺术美的基本看法,许印芳《诗法萃编》引作"知道非诗,诗未为奇",非是。杨慎《升庵诗话》卷四引作"自知非诗,诗未为奇",并解释道:"首句言'自知非诗',乃是诗也;谓'未为奇',乃是奇也。句法亦险怪。"按,此当以《四部丛刊》本《司空表圣文集》本为是,但杨慎的解释基本是符合原意的。其意是:知非诗之诗,未为奇之奇。也就是说,看起来似乎不是诗的诗,也没有特别地把它写得如何奇特,这样的诗才是真正奇特的好诗。这就是《与李生论诗书》所说的"直致所得,以格自奇"之意。恰如《诗品·自然》中所说的:"俯拾即是,不取诸邻。与道俱往,着手成春。如逢花开,如瞻岁新。真予不夺,强得易贫。"实际上是重视诗歌创作中直觉的重要作用,是对钟嵘《诗品》中"直寻"说的一种发展。这种对艺术直觉的认识也并非始自钟嵘,《庄子·田子方》篇中所说的"目击道存"就已经接触到了哲学上的直觉问题,但是从文学艺术创作和理论批评上提出这个问题则是在六朝。刘宋时代著名画家和佛学理论家宗炳在他的《画山水序》中说:"夫以应目会心为理者,类之成巧,则目亦同应,心亦俱会,应会感神,神超理得。虽复虚求幽岩,何以加焉。"这种"应目会心"的创作,就是把"目击道存"思想运用于绘画创作的表现。刘勰在《文心雕龙》中也运用这种"应目会心"思想来分析文学创作问题,他所说的"物以貌求,心以理应"和"目既往还,心亦吐纳",即是对直觉在作家艺术思维过程中作用的阐述。沈约在《宋书·谢灵运传论》中说:"至于先士茂制,讽高历赏,子建函京之作,仲宣霸岸之篇,子荆零雨之章,正长朔风之句,并直举胸情,非傍诗史,正以音律调韵,取高前式。"这里沈约虽然是强调声律的重要,然而其"直举胸情,非傍诗史"之说,却正是钟嵘"直寻"之意。不过钟嵘不同于前人的是,他把"直寻"提到了一个非常突出的重要地位,所谓"观古今胜语,多非补假,皆由直寻",诗歌创作只要即景会心,直接描绘出激起诗情的景物或社会生活内容,就是最好的作品。"直寻"说强调外界形象和诗人心灵的直接碰撞,它并不排斥创作中理性的参与,但必须以直接可感的形象为主,使之作用于接受者的感官,进而感染、震撼其心灵。钟嵘并且把"直寻"和文学作品的自然之美,亦即所谓"自然英旨"密切地联系了起来,认为只有"直寻"之作才具有自然真美,而那些堆砌典故的"拘挛补衲"之作是完全违背了"自然英旨"的原则的。司空图在《与李生论诗书》中所强调的"直致所得,以格自奇"和《诗赋》这二句,也就是钟嵘所说的"直寻"之意,是对他的一种发展。后来明末清初王夫之的"即景会心"说和"现量"说,直至王国维的"不隔"说,就都进一步发展了诗歌创作中对直觉的强调。

5.《题柳柳州集后》

——论"文人之为诗,诗人之为文"

《题柳柳州集后》

金之精粗,考其声皆可辨也,岂清于磬而浑于钟哉?然则作者为文为诗,才格亦可见,岂当善于彼而不善于此耶?愚观文人之为诗,诗人之为文,始皆系其所尚,既专则搜研愈至,故能炫其工于不朽。亦犹力巨而斗者,所持之器各异,而皆能济胜以为勍敌也。

愚常览韩吏部歌诗数百首,其驱驾气势,若掀雷抉电,撑抉于天地之间,物状奇怪,不得不鼓舞而徇其呼吸也。其次,《皇甫祠部文集》所作,亦为道逸,非无意于渊密,盖或未遑耳。今于华下方得柳诗,味其深搜之致,亦深远矣。俾其穷而克寿,玩精极思,则固非琐琐者轻可拟议其优劣。又尝观杜子美《祭太尉房公文》,李太白佛寺碑赞,宏拔清厉,乃其歌诗也。张曲江五言沉郁,亦其文笔也,岂相伤哉?

噫!后之学者褊浅,片词只句,未能自办,已侧目相訾訾矣。痛哉!因题《柳集》之末,庶俾后之诠评者,无或偏说,以盖其全工。

《题柳柳州集后》一文当为司空图寓居华阴时所作。诗、文在创作上的差别,司空图是承认的。在《与李生论诗书》中,他说:"文之难,而诗之难尤难。"这里一个重要的不同是诗必须"辨于味",也就是说,诗歌创作不同于文的是它具有"味外之旨""韵外之致",而文章则不一定要求做到这一点。因为文章是广义的,既有文学性的散文,也有非文学的应用文章。由此可见,司空图对诗、文的不同是有比较清醒认识的。唐人之所以诗、文分论,其原因也是在此,这是和中国古代文学观念的发展有关的。中唐时期很多人认识到由于诗、文的差别,所以往往长于诗者不善文,长于文者不善诗。比如柳宗元在《杨评事文集后序》里,表现出了把诗歌和非文学文章,要加以明确区别的重要思想。他说:"作于圣,故曰经;述于才,故曰文。文有二道:辞令褒贬,本乎著述者也;导扬讽谕,本乎比兴者也。著述者流,盖出于《书》之《谟》《训》,《易》之《象》《系》,《春秋》之笔削。其要在于高壮广厚,词正而理备,谓宜藏于简册也。比兴者流,盖出于虞、夏之咏歌,殷、周之风雅,其要在于丽则清越,言畅而意美,谓宜流于谣诵也。"他看到了"文有二道",这里的"文"是广义的,它包括非文学的"著述"之类和艺术文学的"比兴"之作。前者以"辞令褒贬"为主,着重于阐发某种思想学说、政治主张,故以"高壮广厚""词正而理备"为特征;后者则以"导扬讽谕"为主,从审美的角度创造艺术形象,寄托作者的理想、愿望,抒发自己的思想感情,故以"丽则清越""言畅而意美"为特征。所以他把传统的五经分为两类:一是《书经》《易经》《春秋》等著述,一是《诗经》这样的诗歌创作。这说明他对文学和非文学的区别有比较清醒的认识,并且看到了两者在写作上有很大的不同,其意义与作用也不一样。从作者的才能来说,也是各有所长而很难兼善的。他说:"兹二者,考其旨义,乖离不合。故秉笔之士,恒偏胜独得,而罕有兼者焉。厥有能而专美,命之曰艺成。虽古文雅之盛世,不能并肩而生。"这就是说,因为文学和学术有不同的特征,学者和诗人属于不同类型,才能所长各不相同,一般说是不易兼美的。柳宗元还举唐代作者的例子来证明这一道理,他说:"唐兴以来,称是选而不怍者,梓潼陈拾遗。其后燕文贞以著述之余,攻比兴而莫能极;张曲江以比兴之隙,穷著述而不克备。其余各探一隅,相与背驰于道者,其去弥远。文之难兼,斯亦甚矣。"陈子昂的诗和文章都还不错,故云"称是选而不怍"。燕文贞即燕国公张说(谥文贞),以古文著称,故梁肃论唐文三变,陈子昂后即为张说,柳宗元说张说的才能在文章写作,而诗歌创作则虽力"攻"而"莫能极",只是在贬官岳州后才有些进步,说明其所擅长不在诗歌。而张九龄则是以诗著名,虽力攻文章仍"穷著述而不克备"。可见,柳宗元和唐代包括韩愈在内的大部分古文家不同,他在文学观念上对文学和非文学的差别看得很清楚,并努力去探求其各自不同的特点。韩愈和唐代大部分古文家文学观念上有明显的复古倾向,例如刘师培在《论文杂记》中所说的"唐人以笔为文",把文学和非文学文章(甚至学术著作)都包括在广义的"文"的概念内,往往混淆了文学和非文学的界限。但是柳宗元和刘禹锡对诗和非文学文章的区别,还是认识得比较清楚的(刘禹锡之论详下文)。刘师培没有看到柳、刘和韩愈等人在文学观念上的差别,是错误的。但是如果简单地把诗歌和文章的不同,作为就是文学和非文学的区别,那也是不对的。因为文章中就包含着文学与非文学。柳宗元所说的"文有二道",其一是指学术著作、非文学文章,其二是指诗歌,强调两者不同是完全正确的。但是他没有进一步把文艺散文和非文学文章区别清楚,没有强调文艺散文和诗歌在本质上的共同性,这样又容易造成诗文分途,在客观上产生把许多文学散文也归入非文学文章的错误。然而,从中唐以后开始的对诗歌和非文学文章区别的研究,是六朝区分文、笔,研究文学和非文学不同的继续。所以后来诗论和文论分开,文论大都偏向文章学理论,是与此有关的。刘禹锡的诗文分论思想与柳宗元是很一致的,可以很清楚地看出他对文学与非文学区别的认识。在《唐故相国赠司空令狐公集序》中说令狐楚擅长非文学的公牍文章,"导猷浍于章奏,鼓洪澜于训诰,笔端肤寸,膏润天下,文章之用,极其至矣",但又能努力于诗歌创作,以"余力工于篇什,古文士所难兼焉"。此处"篇什"是指诗赋等文学作品,说明一般非文学文章和诗赋等文学作品,在文人中历来往往是难以兼善的。他在《唐故中书侍郎平章事韦公集序》中说,韦处厚"未为近臣已前,所著词、赋、赞、论、记、述、铭、志,皆文士之词也,以才丽为主。自入为学士至宰相以往,所执笔皆经纶制置财成润色之词也,以识度为宗"。他这里所说的"以才丽为主"的"文士之词"正是说的文学创作,而"以识度为宗"的"经纶制置财成润色之词"则是指非文学的文章。刘禹锡对文学和非文学文章的区分法比柳宗元更进了一步,以"才丽"和"识度"来说明其不同特点,"文士之词"中既有词赋,也有散文。同时他提出了一个很重要的思想,即诗的创作比文要难,因为:"诗者,其文章之蕴耶!"(《董氏武陵集纪》)诗歌比文章更为含蓄,蕴意深远。他说:"心之精微,发而为文;文之神妙,咏而为诗。"(《唐故尚书主客员外郎卢公集序》)这说明唐代对文学特征的研究已有了更加深入的发展。刘禹锡和柳宗元在文学观念上没有受复古思潮影响,而是使文学观念向着更科学的方向发展,这在唐代古文家中确是难能可贵的。司空图有关诗文关系的论述是在柳、刘基础上的发展,他强调了并不一定能诗就不能文,能文就不善诗,认为这要看文人的才能如何,才华高超的文人可以做到诗文皆善。他这种看法也是有一定道理的。但是也不能由此说明柳、刘的说法是错误的,而可以看作是对他们论述的一个补充。他所举的韩愈的例子是可以说明这一点的,但所说皇甫湜及张九龄的例子则比较勉强。由上所述,可以了解到关于诗文差别的问题是中晚唐文学理论批评中的一个十分重要的理论问题,也是南朝文笔之争的继续。

第四章　司空图《二十四诗品》析论

1.《二十四诗品》绎意

关于司空图《诗品》的真伪问题，目前还没有定论。但是从司空图的生平思想和诗论著作来看，我认为《诗品》是司空图所撰的可能性是很大的，在目前还不能否定他的著作权的情况下，我们还可以将其作为他的著作来看。但是不管是不是他所作，《诗品》体现了司空图诗论中"思与境偕""象外之象，景外之景"和"味外之旨"的特点，则是非常明显的，我们也应该从这样一个角度来认识它的文艺美学思想特点。这里我们先逐品做一些分析，然后再来综合研究它的文艺创作思想和审美观念特征。

雄浑

大用外腓，真体内充，反虚入浑，积健为雄。

具备①万物，横绝太空，荒荒油云，寥寥长风。

超以象外，得其环中，持之匪强，来之无穷。

"雄浑"是二十四品中最重要的一品，如何正确理解"雄浑"，对认识《诗品》的文艺美学思想具有指导意义。首先要懂得"雄浑"和"雄健"是很不同的，而其背后有不同的思想基础。前者是以老庄思想为基础的，而后者则是以儒家思想为基础的。严羽在《答出继叔临安吴景仙书》中说："又谓：盛唐之诗，雄深雅健。仆谓此四字但可评文，于诗则用健字不得。不若《诗辨》雄浑悲壮之语，为得诗之体也。毫厘之差，不可不辨。坡、谷诸公之诗，如米元章之字，虽笔力劲健，终有子路事夫子时气象。盛唐诸公之诗，如颜鲁公书，既笔力雄壮，又气象浑厚，其不同如此。只此一

---

① 他本作"备具"。

字,便见吾叔脚根未点地处也。""雄浑"和"雄健"虽只一字之差,但在美学思想上则相去甚远。此处之"雄浑"是建立在老庄"自然之道"基础上的一种美,如用儒家的美学观来解释,比如说用孟子的"充实之谓美,充实而有光辉之谓大,大而化之之谓圣,圣而不可知之之谓神"或者"至大至刚""配义与道"的"浩然之气"来解释,就和原意相背离了。首二句是讲道家和玄学的体用、本末观。"大用外腓"是由于"真体内充",如无名氏所说:"言浩大之用改变于外,由真实之体充满于内也。""腓"原是指小腿肚,善于屈伸变化,此指宇宙本体所呈现的变化无穷之姿态。所谓"真体"者,即是得道之体,合乎"自然之道"之体。《庄子·渔父》篇中说:"礼者,世俗之所为也;真者,所以受于天也,自然不可易也。故圣人法天贵真,不拘于俗。"道家之真是和儒家之礼相对的。《天道》篇云:"极物之真,能守其本,故外天地,遗万物,而神未尝有所困也。通乎道,合乎德,退仁义,宾礼乐,至人之心有所定矣。"《秋水》篇云:"曰:'何谓天?何谓人?'北海若曰:'牛马四足,是谓天;落马首,穿牛鼻,是谓人。故曰:无以人灭天,无以故灭命,无以得殉名。谨守而勿失,是谓反其真。'""大用"之说亦见《庄子》,《人间世》篇记载那棵可以为数千头牛遮荫的大栎树托梦给对它不屑一顾的木匠说:"且予求无所可用久矣,几死,乃今得之,为予大用。使予也而有用,且得有此大也邪?"所谓"大用"即"无用之用"也。"人皆知有用之用,而莫知无用之用也。"(《人间世》)"雄浑"品首二句讲的就是"雄浑"美的哲学思想基础。次二句"返虚入浑,积健为雄",是在上两句的基础上对"雄浑"的具体解释。"浑"是指"自然之道"的状态,《老子》说:"有物混成,先天地生。寂兮寥兮,独立而不改,周行而不殆,可以为天下母。""虚"是"自然之道"的特征,《庄子·人间世》云:"气也者,虚而待物者也。唯道集虚。虚者,心斋也。"《天道》篇又云:"夫虚静恬淡寂漠无为者,万物之本也。"虚,故能包含万物,高于万物,因此只有达到"虚",方能进入"浑"的境界。下句"积健为雄"的"健"和严羽批评吴景仙的"雄健"之"健"不同。"健"有天然之"健"和人为之"健",儒家所讲的是人为之"健",道家讲的是天然之"健"。此处之"健"是《易经》中"天行健,君子以自强不息"之意,唐代孔颖达《正义》云:"天行健者,谓天体之行,昼夜不息,周而复始。"此句之意谓像宇宙本体那样不停地运动,周而复始,日积月累,因内在自然之"健"而有一股"雄浑"之气。

此品中四句是进一步发挥前四句的思想,所谓"具备万物,横绝太空"者,指"雄浑"之体得"自然之道",故包容万物,笼罩一切,有如大鹏之逍遥、横贯太空,莫与抗衡。恰如庄子在《逍遥游》中所说:"且夫水之积也不厚,则其负大舟也无力。覆杯水于坳堂之上,则芥为之舟;置杯焉则胶,水浅而舟大也。风之积也不厚,则其负大翼也无力。"大鹏之所以能"水击三千里,抟扶摇而上者九万里",正因为它是以整个宇宙作为自己运行的广阔空间,故气魄宏大,无与伦比。宇宙本体原为浑然一体、运行不息的一团元气,因为它有充沛的自然积累,所以才会体现出"雄浑"之体貌。故如"荒荒油云,浑沦一气;寥寥长风,鼓荡无边"(《浅解》),雄极浑极,而不落痕迹。这里的"荒荒油云,寥寥长风",自由自在,飘忽不定,浑然而生,浑然而灭,气势磅礴,绝无形迹,它们都是自然界中天生化成而毫无人为作用的现象,也正是"自然之道"的体现。此处所运用的是一种意象批评的方法,也是《二十四诗品》的基本批评方法。

后四句则是对"雄浑"诗境创作特点的概括。"超以象外,得其环中"就是"返虚入浑",上句为"虚",下句为"浑",此云"雄浑"境界的获得,必须超乎言象之外,而能得其"环中"之妙。"环中"之说源于《庄子》,《齐物论》云:"枢始得其环中,以应无穷。"蒋锡昌《庄子哲学·齐物论校释》云:"'环'者乃门上下两横槛之洞;圆空如环,所以承受枢之旋转者也。枢一得环中,便可旋转自如,而应无穷。此谓今如以无对待之道为枢,使入天下之环,以对一切是非,则其应亦无穷也。"又《庄子·则阳》篇云:"冉相氏得其环中以随成,与物无终无始,无几无时。"郭象注云:"居空以随物,物自成。"也就是说,一切任乎自然则能"无为而无不为"。说明此种"雄浑"境界之获得,必须随顺自然,而决不可强力为之,故司空图云:"持之匪强,来之无穷。"这实际也就是《含蓄》一品中所说的"不着一字,尽得风流"。孙联奎《诗品臆说》云:"'不着一字'即'超以象外','尽得风流'即'得其环中'。"

"雄浑"之所以放在二十四品之首,应该说不是偶然的,它讲的是一种同乎自然本体的最高的美,也就是诗歌创作的最理想境界。它所体现的"超以象外,得其环中"的创作思想是贯穿于整个二十四品的。"雄浑"之美的诗境具备以下几个特征。第一,它是一种整体的美,而不是局部的美,如老子所说的:"大音希声,大象无形。""雄浑"的诗境有如一团自在运行的元气,浑然一体,不可分割,正像严羽所说:"气象混沌,难以句摘。"这就是司空图所说的:"蓝田日暖,良玉生烟,可望而不可置于眉睫之前。"例如王昌龄的《从军行》:"大漠风尘日色昏,红旗半卷出辕门。前军夜战洮河北,已报生擒吐谷浑。"边塞的苍茫风光和军士的英雄气概跃然纸上。又如王维的《终南山》:"太乙近天都,连山到海隅。白云回望合,青霭入看无。分野中峰变,阴晴众壑殊。欲投人处宿,隔水问樵夫。"山峰雄伟,直上云霄,绵延起伏,阴晴各殊,涧水曲折,潺潺流过。行人隔水询问樵夫,更将山势的宏大壮阔衬托得淋漓尽致。第二,"雄浑"是一种自然之美,而绝无人工痕迹,庄子认为"天乐"的特点,便是"付之自然","与天和者,谓之天乐"。庖丁解牛之所以能达到神化境界,也正是因为他能"依乎天理","因其固然"。"荒荒油云,寥寥长风"全为宇宙间天然景象,岂有丝毫人为造作之意?必须"持之匪强",方能"来之无穷"。《庄子·应帝王》篇讲过这样一个故事:"南海之帝为儵,北海之帝为忽,中央之帝为浑沌。儵与忽时相与遇于浑沌之地,浑沌待之甚善。儵与忽谋报浑沌之德,曰:'人皆有七窍以视听食息,此独无有,尝试凿之。'日凿一窍,七日而浑沌死。"天籁、地籁、人籁之区别就在天然还是人为,天籁不仅不依赖人力,也不依赖任何其他的外力,所以是最高的美的境界。第三,"雄浑"是一种含蓄的美,超乎一切言象之外。"自然之道"本体所具有的"大用外腓,真体内充"的特点,决定了"雄浑"诗境这种含蓄的性质。在浑然一体的诗境中蕴含着无穷无尽的意味,犹如昼夜运行、变幻莫测的混沌元气,日新月异,生生不息。它开拓了使读者充分发挥自己想象力的空间,启发了读者各不相同的审美创造能力。所谓"返虚入浑",即是以无统有,以虚驭实,故而是"不着一字,尽得风流"。无论是"蓝田玉烟"还是"羚羊挂角",都会使人感到"言有尽而意无穷",给予人以"近而不浮,远而不尽"的"味外之旨""韵外之致"。这后两种美在前面所举的王昌龄和王维的诗中也可以清楚地看出来。第四,"雄浑"是一种传神的美,而不是形似的美。因为它浑然一体,而不落痕迹,诚如严羽所说"羚羊挂角,无迹可求",具有"不知所以神而自神"的特征。第五,"雄浑"是一种有生命力的、流动的动态的美,而不是静止的、僵死的、不变的缺少生气的静态的美。"雄浑"之美具有空间性、立体感,而不是平面的。它和中国古代文学艺术中所强调的所谓"飞动"之美有不可分割的关系。

冲淡①

素处以默,妙机其微。饮之太和,独鹤与飞。
犹之惠风,荏苒在衣,阅音修篁,美曰载归。
遇之匪深,即之愈稀,脱有形似,握手已违。

"冲淡"是二十四诗品中和"雄浑"可以相并列的另一类重要诗境。它和"雄浑"不是对立的,而是相互补充的。它和"雄浑"虽有不同的风格特征,但是在哲学思想基础和诗境美学特色的基本方面,则是和"雄浑"一致的。所以"雄浑"中有"冲淡","冲淡"中也有"雄浑"。首二句"素处以默,妙机其微",就是所谓"真人""畸人"的思想精神境界。"素处以默"是要保持一种虚静的精神状态。什么是"素"呢?《庄子·马蹄》云:"同乎无欲,是谓素朴。"《刻意》篇云:"故素也者,谓其无所与杂也;纯也者,谓其不亏其神也。能体纯素,谓之真人。""素处"即是指"真人"平素居处时无知无欲的淡泊心态。"默"即是静默无为,虚而待物。《庄子·在宥》篇云:"至道之精,窈窈冥冥;至道之极,昏昏默默。""妙机其微"是说由虚静则可自然而然地洞察宇宙间的一切微妙的变化。"机",天机,即自然。"微",幽微,微妙。《庄子·秋水》篇云:"今予动吾天机,而不知其所以然。"又《至乐》篇云:"万物皆出于机,皆入于机。""冲淡"品三、四句是一种比喻,"太和",郭解云:"阴阳会合冲和之气也。"《庄子·天运》篇云:"夫至乐者,先应之以人事,顺之以天理,行之以五德,应之以自然,然后调理四时,太和万物。"按,此段当为郭象注文,是对"天乐"的解释。"饮之太和",指饱含天地之元气,而与自然万物同化之谓也。鹤本仙鸟,独与之俱飞,亦谓与自然相合,和造化默契也。孙联奎《诗品臆说》云:"饮之太和,冲也;独鹤与飞,淡也。"其实不必分得那么开。"冲"就是

---

① 《诗家一指》本作"中淡"。

"浑",其实质都是"虚"。"返虚入浑","浑"是"虚"的体现;"饮之太和",即是元气充满内心,进入"道"的境界,"惟道集虚"。

中四句再做比喻,描绘出一个"冲淡"的境界。春风吹拂衣襟,轻轻飘荡。"惠风",郭注:"惠风者春风也。其为风,冲和澹荡,似即似离,在可觉与不可觉之间,故云荏苒在衣。"春风吹拂衣襟,轻轻飘荡。它吹过幽静的竹林,发出动听的乐音。幽人亲身经历这种境界,不觉神思恍惚,心灵颤动,自然而生"载与俱归"之意。此真"冲淡"之美境也!

后四句言此种"冲淡"之诗境,实乃自然相契而得,绝非人力之所能致。诗人偶然遇之,心目相应,"直致所得,以格自奇",有如钟嵘所说:"'思君如流水',既是即目;'高台多悲风',亦惟所见。"均属"知非诗诗,未为奇奇"之作,若欲以人力而强求之,则无所寻窥,亦绝不可得。此所谓"遇之匪深,即之愈稀"也。明人陆时雍在《诗境·总论》中说:"每事过求,则当前妙境,忽而不领。古人谓眼前景致,口头语言,便是诗家体料。""绝去形容,独标真素,此诗家最上一乘。""冲淡"之境全在神会,而不落形迹,故"脱有形似",则"握手已违"。

"冲淡"之境,当以陶渊明、王维诗作为最,诚如东坡所谓"发纤秾于简古,寄至味于澹泊"也。他又在《评韩柳诗》中说:"所贵乎枯淡者,谓其外枯而中膏,似澹而实美。渊明、子厚之流是也。"苏辙《追和陶渊明诗引》中引苏轼说:"渊明诗作不多,然其诗质而实绮,癯而实腴,自曹、刘、鲍、谢、李、杜诸人,皆莫及也。"司空图对王维诗的评价也是如此。"冲淡"之美和"雄浑"之美相比,虽在风格上有所不同,但是也同样具有整体之美、自然之美、含蓄之美、传神之美、动态之美,正如司空图所说:"王右丞、韦苏州澄澹精致,格在其中,岂妨于遒举哉?"两者在哲学思想基础上也是很一致的。但是和"雄浑"之美相比,"冲淡"之美显然又有着不同的特色,大体说来,"雄浑"之美具有刚中有柔的特色,而"冲淡"之美则是柔中有刚。"雄浑"之作一般说往往气魄宏大,"沉着痛快",而"冲淡"之作一般说往往"冲和淡远","优游不迫"。如王维的诗《竹里馆》:"独坐幽篁里,弹琴复长啸。深林人不知,明月来相照。"又如李白的《独坐敬亭山》:"众鸟高飞尽,孤云独去闲。相看两不厌,惟有敬亭山。"然而这两者又不是绝对的,阳刚之美和阴柔之美是可以"兼济"的,有的诗在"冲和淡远"

之中也可以有"沉着痛快",比如上面所举王维的《终南山》就是在"冲淡"之中含有"雄浑"美特色的作品。所以王渔洋在《芝廛集序》中说:"古澹闲远而中实沉着痛快,此非流俗所能知也。""沉着痛快,非惟李、杜、昌黎有之,乃陶、谢、王、孟而下莫不有之。"这就是因为对具体的诗来说,往往不只是一种类型的风格,而是可以兼有其他美的,而从《二十四诗品》说,实际上每一品中都含有一些共同的基本的美学特色。

纤秾

采采流水,蓬蓬远春,窈窕幽谷①,时见美人。
碧桃满树,风日水滨,柳阴路曲,流莺比邻。
乘之愈往,识之愈真。如将不尽,与古为新。

"纤秾"一品几乎完全是用意象批评的方法来写的。王渔洋《香祖笔记》中说:"'采采流水,蓬蓬远春',二语形容诗境亦绝妙,正与戴容州'蓝田日暖,良玉生烟'八字同旨。"意象批评方法始于六朝,李充《翰林论》评潘岳的诗云:"如翔禽之有羽毛,衣被之有绡縠。"又《世说新语·文学》篇云:"孙兴公云:'潘文烂若披锦,无处不善。陆文若排沙简金,往往见宝。'"钟嵘在评颜延之时则引用汤惠休的话说:"谢诗如芙蓉出水,颜如错采镂金。"他在评谢灵运的"名章迥句""丽典新声"时说:"譬犹青松之拔灌木,白玉之映尘沙,未足贬其高洁也。"评范云的诗说:"清便宛转,如流风回雪。"又评丘迟的诗说:"点缀映媚,似落花依草。"这种意象批评的方法在刘勰的《文心雕龙》中也有过许多运用,例如《风骨》篇论风骨和辞采关系时说:"夫翚翟备色,而翾翥百步,肌丰而力沉也;鹰隼乏采,而翰飞戾天,骨劲而气猛也。文章才力,有似于此。若风骨乏采,则鸷集翰林;采乏风骨,则雉窜文囿;唯藻耀而高翔,固文章之鸣凤也。"《隐秀》篇论"自然"与"润色"之关系时说:"故自然会妙,譬卉木之耀英华;润色取美,譬缯帛之染朱绿。朱绿染缯,深而繁鲜;英华曜树,浅而炜烨,秀句所以照文苑,盖以此也。"这些虽然不是论作家,但其批评方法是相同的。

---

① 他本作"深谷"。

此品杨振纲引《皋兰课业本》云:"此言纤秀秾华,仍有真骨,乃非俗艳。"这一点很重要,"纤秾"虽然色彩鲜艳,风光秀丽,但绝无浅俗鄙俚之态,而仍有"真体内充"之实。它虽然描写具体,刻画细腻,但毫无人工雕琢痕迹,而显出一派天机造化。它虽然清晰可见,明白如画,但并非一览无余,而使人感到韵味无穷。它和"雄浑""冲淡"之美在本质上是一致的。前四句不必如郭解所析,一句言"纤",一句言"秾",它是对幽谷春色的生动描写。在幽深山谷见春水泉涌,更有美人时隐时现,"纤秾"之内含纯洁之态,艳丽之中蕴高雅之趣。中四句是对前四句的补充,进一步写幽谷周边春色的方方面面:满树碧桃与美人之隐现互衬,更觉鲜艳夺目;和煦春风和流水之采采相映,愈显春意盎然。杨柳飘拂沿水边路曲而阴影连绵,流莺婉啭随山谷幽深而此起彼落。这一切是多么诱人,而又多么让人流连忘返啊!由此可见,"纤秾"比较突出地体现了声、色之美。进而引出最后四句,循此"纤秾"之境而乘之愈往,必能愈识其内含之真谛:于纤秀秾华之中存"冲淡"之韵味,于色彩缤纷之中寓"雄浑"之真体。故其"韵外之致""味外之旨"自然溢于言表,"纤秾"虽终古常见而光景常新。"纤秾"的特色是纤巧细微而又华艳秀丽,但又高雅自然,含而不露。也许我们可以举杜牧的《江南春绝句》来说明这种特色:"千里莺啼绿映红,水村山郭酒旗风。南朝四百八十寺,多少楼台烟雨中。"在桃红柳绿、楼台掩映之中,诗人又寄托了多么深沉、含蓄的感慨啊!

沉着

绿林①野屋,落日气清,脱巾独步,时闻鸟声。
鸿雁不来,之子远行,所思不远,若为平生。
海风碧云,夜渚月明。如有佳语,大河前横。

这一品也是很典型的意象批评之范例,写一个隐居山野的幽人之"沉着"心态,来说明具有此种风格的诗境美。首四句描写山野幽人的居住环境和行为举止,野屋而处绿林之中,更加显其幽静,时间正在日落之后,愈

---

① 他本作"绿杉"。《诗家一指》本亦作"绿杉"。

觉空气清新,幽人脱巾独步漫行于旷野之中,唯闻婉转鸟声不时从林中传来,则其精神状态之从容沉着亦不待言。中四句写幽人内心思想状态,对远方朋友的深深怀念,"鸿雁不来,之子远行",然而又仿佛觉得所思之人并不遥远,似乎就在眼前故足慰平生。这是从人的心理、感情上来写"沉着"的意念。后四句是写自然境象以表现"沉着"之特色,郭解云:"海风碧云,指动态的沉着;夜渚月明,指静态的沉着。海风而衬以碧云,阔大浩瀚,状壮美的沉着;夜渚而兼以月明,幽静明彻,状优美的沉着。"又说:"窃以为大河前横,当即言语道断之意。钝根语本谈不到沉着,但佳语说尽,一味痛快,也复不成为沉着。所以要在言语道断之际,而成为佳语,才是真沉着。"这是比较符合原意的。"言语道断,心行处灭"本为佛家语,见《止观》五上。僧肇在《涅盘无名论》中说:"涅盘非有,亦复非无。言语路绝,心行处灭。""道断"即是"路绝",谓思维和语言已经无法达到,这说明沉着之美也具有超绝言象的含蓄美。而所谓"海风碧云",也和"荒荒油云,寥寥长风"一样有"雄浑"之美。而幽人的精神境界也是"冲和淡远"、超脱尘世的。"沉着"的特点,晚清况周颐在《蕙风词话》中说:"平昔求词词外,于性情得所养,于书卷观其通。优而游之,餍而饫之,积而流焉。所谓满心而发,肆口而成,掷地作金石声矣。情真理足,笔力能包举之。纯任自然,不假锤炼,则沉着二字之诠释也。"故《皋兰课业本原解》云:"此言沉挚之中,仍是超脱,不是一味沾滞,故佳。盖必色相俱空,乃见真实不虚。若落于迹象,涉于言诠,则缠声缚律,不见玲珑透彻之悟,非所以为沉着也。"这是比较能说明"沉着"之特征的。根据清人的这些解释,可以举王维的《终南别业》一诗为例来做一些简略的分析:"中岁颇好道,晚家南山陲。兴来每独往,胜事空自知。行到水穷处,坐看云起时。偶然值林叟,谈笑无还期。"沈德潜在《唐诗别裁》中评说:"行所无事,一片化机。"此诗确如况周颐所说:"纯任自然,不假锤炼。"真能脱略言象,做到色相俱空又余味无穷。

高古

畸人乘真,手把芙蓉,泛彼浩劫,窅然空踪。
月出东斗,好风相从,太华夜碧,人闻清钟。

虚伫神素,脱然畦封,黄唐在独,落落玄宗。

这一品的前四句写与自然同化的"畸人"精神境界,来说明"高古"的特色。所谓"畸人",《庄子·大宗师》云:"畸人者,畸于人而侔于天。""侔于天"即同乎自然也,也即是所谓的"真人",其《徐无鬼》篇云:"古之真人,以天待人,不以人入天。"又说:"故无所甚亲,无所甚疏,抱德炀和以顺天下,此谓真人。"《大宗师》篇又说:"古之真人,其寝不梦,其觉无忧,其食不甘,其息深深。""不知说生,不知恶死。""翛然而往,翛然而来。""乘真",即乘天地自然的真气而上升天界,故《说文》云:"真,仙人变形而登天也。"李白《古风》五十九首之十九云:"西上莲花山,迢迢见明星。素手把芙蓉,虚步蹑太清。"畸人就是道家心目中的理想的人物,是既无"机心"在胸,又无"机事"缠身的超尘拔俗之人,与世俗追逐名利之人有天壤之别。"泛彼浩劫,窅然空踪"说的是畸人超度了人世之种种劫难,升入缥缈遥远的仙境,浩瀚的太空中早已不见其踪迹。远离世俗,脱略人间,即是"高古"的畸人之精神世界。中四句是描写畸人升天后,夜空一片寂寞、空旷、幽静、澄碧的状态,是以自然风景来显示"高古"的境界,月光是明朗的,长风是凉爽的,华山是幽深的,钟声是清脆的,这就是"高古"的畸人曾经所在的地方。畸人虽已升迁,而留下的这个环境仍充满了"高古"的气氛。上四句可以理解为诗人根据古代传说的一种想象,中四句是对诗人所处环境的感受,而后四句则是写诗人与畸人相同的心理状态。"虚",空也;"伫",立也。"神素",指纯洁心灵世界。"脱然",超越。"畦封",疆界。这两句是说一种超脱于尘世、与自然同化的精神境界。独寄心于黄帝、唐尧的太古纯朴之世,倾身于玄妙之宗旨,而与世俗落落不相入。进一步写"高古"之心态。这种"高古"之作,可以李白的《山中问答》为例:"问余何事栖碧山,笑而不答心自闲。桃花流水窅然去,别有天地非人间。"没有一点人世尘埃的污染,悠闲超脱而清净高洁。

《诗品》所论"高古",与刘勰之《体性》篇中所论"远奥"有接近之处,它们都体现了道家的玄远之思,超脱世俗的精神境界。但它们之间又有很大的不同:刘勰指的是广义的文章之风格,虽也包括了诗歌在内,然而主要是指语言风格说的,而《诗品》则是说诗歌的意境风格,更突显了

"高古"的精神境界。唐代皎然在《诗式》中论诗的风格有十九字,每个字代表一种风格类型,其中也有"高",他的解释是"风韵朗畅"。这和《诗品》"高古"也有接近的一面,但没有《诗品》的"古"的特色。严羽《沧浪诗话》中论"诗之品"则有九,其中有"高",有"古",有"雄浑",有"飘逸"。"飘逸"接近《诗品》的"冲淡",而"高""古"则与《诗品》之"高古"较为接近。杜甫在《解闷》十二首之八中曾写王维道:"不见高人王右丞,蓝田丘壑漫寒藤。最传秀句寰区满,未绝风流相国能。"这是从儒家角度来看王维这样避世隐居的高人,儒家也尊重像长沮、桀溺、许由、巢父、伯夷、叔齐这样的高人,但是他们和道家心目中的高人、畸人还是有区别的。儒家的隐士只是不受名利的羁绊,不像道家的高人在整个心灵上超脱尘世,不过在谢绝名利、超脱现实方面还是有一致之处的,所以庄子也很赞赏许由,多次说到尧让天下、许由不受的故事。

典雅

玉壶买春,赏雨茅屋,坐中佳士,左右修竹。
白云初晴,幽鸟相逐,眠琴绿阴,上有飞瀑。
落花无言,人淡如菊,书之岁华,其曰可读。

"典雅"一品写的是隐居"佳士"的形象。前四句是写佳士的居室及其幽闲的生活情状:茅屋周围是修长的竹林,桌上放一壶春酒慢酌慢饮,自由自在地坐在茅屋内赏雨。中四句写茅屋处在一个十分幽静的环境之中:雨后初晴,天高气爽,幽鸟戏逐,欢歌和鸣。此时佳士走出屋外,闲步赏景,置琴于绿荫之下,面对飞瀑,抚琴吟诗,人境双清,雅致已极。后四句写佳士的精神状态和内心世界:所谓"落花无言,人淡如菊",亦即是"冲淡"一品中"素处以默,妙机其微"的意思,说明佳士内心极其淡泊,既无"机心"亦无"机事"。"书之岁华,其曰可读","岁华"即指岁时、时光,在这里是指上文所描写的幽雅景色,把它描写到诗中,时时吟诵,又是多么美妙啊! 司空图这里所说的"典雅",和儒家传统所说的"典雅"是很不同的。比如刘勰在《文心雕龙·体性》篇中说的"典雅",则是儒家所推崇的"典雅",故云"镕式经诰,方轨儒门",是积极进取,寻求仕进,按儒家伦理道德规范严格要求自己,以齐家治国平天下为目标的人格风范。其和《诗品》中的道家隐居高士的典雅相去就甚远了。而《诗品》中的"典雅",则颇像《世说新语》中那些"清谈名士"的风度、雅量,对人生看得极为淡泊,视世事若尘埃。雅和俗是相对的,但是儒家所说的雅俗和道家所说的雅俗,又是极不相同的。儒家的雅是以礼义为准则,建立在入世干时的基础上的,所谓俗则是就不懂礼义、文化水准很低的人而言的。道家的雅是以任乎自然为准则,建立在出世基础上的,所谓俗是指世俗人间。所以司空图的"典雅"可以举王维的《辋川闲居赠裴秀才迪》为例:"寒山转苍翠,秋水日潺湲。倚杖柴门外,临风听暮蝉。渡头余落日,墟里上孤烟。复值接舆醉,狂歌五柳前。"桃花源一般的田园生活,其实也是在现实社会之中,但是作者的精神却已超脱于现实,诚如陶渊明所说:虽"结庐在人境","而无车马喧","问君何能尔,心远地自偏"。

洗炼

犹矿出金,如铅出银,超心炼冶,绝爱缁磷。
空潭泻春,古镜照神,体素储洁,乘月反真。
载瞻星辰①,载歌幽人,流水今日,明月前身。

"洗炼"一品看来是讲一种艺术技巧,但实际上也是说一种诗歌境界。此言诗境务必达到自然纯净、返归本体的状态,而绝无世俗尘垢之掺合,故云"如矿出金,如铅出银"。所谓"超心炼冶",是说这不是人为雕琢之冶炼,而是以超脱世俗之心,于意想中冶炼之,则自然落尽一切杂质,而显其素洁之本体。对"绝爱缁磷",研究者们有两种解释。一是把"绝"作"弃绝"解,谓在冶炼过程中必须对矿中所含缁磷之石弃之不爱,方可得纯净之金银(祖保泉说)。一是把"绝"解作"绝对","绝爱"是很爱的意思,云此句之意谓:"洗炼功到,则不美者可使之美,不新者可使之新,虽缁、磷亦觉可爱。"(见杨廷芝《浅解》)按,"缁磷"当源出《论语·阳货》:"不曰坚乎?磨而不磷;不曰白乎?涅而不缁。"意思是:坚固的东西磨也

---

① 他本作"星气"。

磨不薄,纯白的东西染也染不黑。此当以杨解为较妥,非言"缁磷"本身可爱,而自"超心炼冶"视之,则其中所含金银原质自然清晰呈现。若以人工冶炼,虽极尽工巧亦不可得最纯净之金银。故如"空潭泻春,古镜照神",颇如老子所说的"大巧若拙"。"空潭"是指清澈见底而无丝毫尘埃的潭水,故能把所有春光映现出来;"古镜"并不一定能照出人形貌上的纤细之处,但却最能从中看出真实神态,因为它在朦朦胧胧之中,要靠你的想象力去补充。"体素"即《庄子·刻意》篇说的:"能体纯素,谓之真人。"无知无欲,无所与杂,纯真素朴,是为"储洁"。故如得道仙人脱略尘俗,而乘月光返回天庭。所谓"返真",即是返归自然。《庄子·秋水》篇云:"无以人灭天,无以故灭命,无以得殉名,谨守而勿失,是谓反其真。"又《大宗师》篇云:"嗟来桑户乎?嗟来桑户乎?而已反其真,而我犹为人猗。"能达到这种境界,则瞻望星辰,载歌幽人,怡然自得矣。今日如流水般洁净,皆因纯静皎洁的明月是吾前身也。全篇都是以真人之心态来比喻"洗炼"之诗境。这种"洗炼"的诗歌,也许可以举王昌龄的诗《芙蓉楼送辛渐》为例:"寒雨连江夜入吴,平明送客楚山孤。洛阳亲友如相问,一片冰心在玉壶。"既是一片冰清玉洁的纯净心灵,又是脱尽铅华的朴素艺术形式。这种"洗炼"不是人工至极的精密凝练,而是归真返朴的纯净本色。此又道家之"洗炼"不同于儒家之"洗炼"也。

劲健

> 行神如空,行气如虹,巫峡千寻,走云连风。
> 饮真茹强,蓄素守中,喻彼行健,是谓存雄。
> 天地与立,神化攸同,期之以实,御之以终。

"劲健"本是一种强劲有力、壮健宏伟的风格,但《诗品》中的"劲健"不同于一般经由人力奋斗而达到的"劲健",而是"大用外腓,真体内充"而显出的"劲健"。故而首四句所描写的是类似于"荒荒油云,寥寥长风"般的景象,"行神如空,行气如虹"是真人、畸人从风而行的姿态气势,如《庄子·逍遥游》中所说的"列子御风而行"。"巫峡千寻,走云连风"也是气势磅礴的自然景象,显示了"真气内充""天行健,君子以自强不息"的

"劲健"特点。中四句则是强调这种"劲健"的力量来自自然本体,"饮真茹强"就是"真体内充""饮之太和",指内心充满了阴阳和合之元气、真气;"蓄素守中"就是"素处以默",指没有任何杂念、欲求,能以虚静之心胸容纳太和之真气,方可为"劲健"奠定基础。"喻彼行健,是谓存雄",其意与"雄浑"一品中的"返虚入浑,积健为雄"是差不多的。"存雄"源出《庄子·天下》篇,其云:"天地其壮乎!施存雄而无术。"是说惠施欲存天地之雄而无术,此"雄"即天地之壮也,而天地之壮为自然之景观,而非人力之所能为也。此意亦源于老子《道德经》二十八章"知其雄,守其雌",谓深知其雄强,而安守于雌柔,此即以柔克刚之意。故知"存雄"实为保持自然之雄强也。故下四句说这种"劲健"是与天地相并立,而有若自然造化之神妙。故而若能"期之以实",则必可"御之以终"。"期"者,求也;"实"者,充实于中,即"饮真茹强,蓄素守中"也。"御"者,驾驭、统率也。谓"劲健"之势非只一时,而可持之以恒,久而不变。"劲健"与"雄浑"较为接近,而一在突出"健",一在突出"浑"。这种诗境可以李白的《扶风豪士歌》为例:"扶风豪士天下奇,意气相倾山可移。作人不倚将军势,饮酒岂顾尚书期。……抚长剑,一扬眉,清水白石何离离。脱吾帽,向君笑,饮君酒,为君吟。张良未逐赤松去,桥边黄石知我心。"

绮丽

神存富贵,始轻黄金,浓尽必枯,淡者屡深。
雾余水畔①,红杏在林,月明华屋,画桥碧阴。
金樽②酒满,伴客弹琴,取之自足,良殚美襟。

"绮丽"本指绮靡华丽,例如李白《古风》五十九首之一云:"自从建安来,绮丽不足珍。"杜甫《偶题》亦云:"前辈飞腾入,余波绮丽为。"一般多指六朝华艳绮靡、采丽竞繁之作,既颇多富贵气,而人为雕琢之痕迹亦较显露。如鲍照批评颜延之所说:"君诗如铺锦列绣,亦雕缋满眼。"然而

---

① 他本作"露余山青"。《诗家一指》本亦作"露余山青"。
② 《诗家一指》本作"尊"。

《诗品》中之"绮丽"则不同,诚如《皋解》(《皋兰课业本原解》)所说:"此言富贵华美,出于天然,不以堆金积玉为工。"亦如《浅解》所云:"文绮光丽,此本然之绮丽,非同外至之绮丽。"故首二句言"神存富贵,始轻黄金",黄金代表着具有形迹的富贵绮丽,而精神上富贵绮丽则自然就看轻黄金了。人为雕琢的"绮丽"往往是一种外在的浓艳色彩,而内中其实是很空虚的,故云"浓尽必枯";而外表看来淡泊自然,其内里深处则常常是丰富而绮丽的,故云"淡者屡深"。此亦即东坡所说:"质而实绮,癯而实腴。"(苏辙《追和陶渊明诗引》所引)本品中四句是对天然的绮丽景色之描写:清净的水边飘荡着淡淡的雾气,林中的红杏呈现出鲜艳的色彩,明亮的月光覆照在华丽的屋上,雕画的小桥深隐在碧绿的树阴之中。极其绮丽而又极为自然,绝无人工雕琢之痕迹。后四句则以处于此天然绮丽风光中的隐居高士之悠闲自在的富贵生活,来象征这种天然绮丽的诗境。"尊",即"樽",酒杯。"良",诚;"殚",尽。诚可以充分地、尽情地抒发自己的胸怀,是则"绮丽"之精神也就更清晰地显示在读者面前了。王昌龄《西宫春怨》诗云:"西宫夜静百花香,欲卷朱帘春恨长。斜抱云和深见月,朦胧树色隐昭阳。"

自然

俯拾即是,不取诸邻,与道俱往①,着手成春。
如逢花开,如瞻岁新,真与不夺,强得易贫。
幽人空山,过雨采蘋,薄言情悟,悠悠天钧。

"自然"是中国古代文学创作中最高的理想审美境界,它的哲学和美学基础是老庄所提倡的任乎自然,反对人为。刘勰在《文心雕龙·原道》篇中说:"云霞雕色,有逾画工之妙;草木贲华,无待锦匠之奇;夫岂外饰,盖自然耳。"因而此品首二句谓:"俯拾即是,不取之邻。"其意就是真正美的诗境是任其自然而得,不必着意去搜寻,所以下二句接着说:"俱道适往,着手成春。""俱道",《庄子·天运》:"道可载而与之俱也。"

---

① 他本作"俱道适往"。《诗家一指》本亦作"俱道适往"。

"道",即指自然,若能与自然而俱化,则着手而成春,无须竭力去追求。中四句进一步发挥此意,如花之开,如岁之新,皆为自然而然之现象,非依人力而产生。"真与不夺"之"真",即指自然之真。"与",同"予",此二句谓自然赋予者不会丧失,欲凭人力而强得者反而会失去。后四句言"幽人"居于空山,不以人欲而违天机,雨后闲步,偶见蘋草,随意采拾,亦非有意。"薄言情悟"中之"薄言"为语助词,如《诗经·周南·芣苢》云:"采采芣苢,薄言采之。""情",情性,本性,即指自然天性。"悠悠天钧",乃指天道之自在运行,流转不息。《庄子·齐物论》云:"是以圣人和之以是非,而休乎天钧。""天钧",别本作"天均",成玄英疏云:"天均者,自然均平之理也。"意谓听任万物之自然平衡运行。这二句是说以自然之本性去领悟万物之自在变化。如李白《峨眉山月歌》云:"峨眉山月半轮秋,影入平羌江水流。夜发清溪向三峡,思君不见下渝州。"诗中用了五处地名,而读起来却十分流畅自然。

含蓄

不着一字,尽得风流。语不涉己①,若不②堪忧。
是有真宰,与之沉浮。如渌满酒,花时反秋。
悠悠空尘,忽忽海沤,浅深聚散,万取一收。

"含蓄"也是中国古代意境的主要美学特征。"不着一字,尽得风流",即是"文已尽而意有余"之意,亦即"含不尽之意,见于言外",这就是从哲学上的"言不尽意"论引申出来的。"语不涉难,若不堪忧",即是对上两句的具体解释。中四句是说产生这种"含蓄"的根本原因是诗境之自然本性,所谓"真宰",亦出《庄子·齐物论》,即指万物运行的内在规律,它是不以人的意志为转移的。是这种自在的规律使"含蓄"呈现出自然的态势,似乎永远有无穷无尽的深意蕴藏于其中。如酒之渗出,虽已积满容器,而仍然不停地渗出,永无尽时;如花之开放,遇秋寒之气则放慢其

---

① 他本作"涉难"。《诗家一指》本亦作"涉难"。
② 他本作"已不"。《诗家一指》本亦作"已不"。

开的速度,含而不露。后四句更以空中之尘、海中之沤比喻其无穷无尽,变化不测。或深或浅,或聚或收,以一驭万,则"得其环中"。这一品强调"含蓄"必以自然为基点,方有"不着一字,尽得风流"之妙。如王昌龄《长信秋词》云:"奉帚平明金殿开,且将团扇共徘徊。玉颜不及寒鸦色,犹带昭阳日影来。"诗中并无一词言怨,而幽怨之情见于词外。

豪放

观化匪禁,吞吐大荒;由道反气,处得以狂①。
天风浪浪,海山苍苍。真力弥满,万象在旁。
前招三辰,后引凤凰;晓策六鳌,濯足扶桑。

"豪放"也和"劲健"等品一样,是出乎自然之气质,而非人为强力以致。首句"观化匪禁","化"或作"花";"禁",作宫禁解,郭谓此即"看竹何须问主人"之意,非是。当以孙联奎《臆说》所云"观,洞观也,洞若观火。化,造化也。禁,滞窒也。能洞悉造化,而略无滞窒也"为是,这样与下句可自然连结。"吞吐大荒",据《山海经》云,大荒之中有大荒山,是日月出入之处,是气壮山河、吞吐日月之势。"豪放"的风格具有气势狂放的特色,亦由内中元气充沛,得"自然之道",内心进入得道之境,则外表自有狂放之态。故云"由道返气,处得以狂"。中四句是对"豪放"的意象之形象描写,"天风""海山"均为自然界宏大之景观,其声、其色亦非人间之声色所可比拟,而之所以有"天风浪浪,海山苍苍"的壮阔气象,乃来源于本体内之"真力弥满",也就是"真体内充",于是宇宙间的万千物象也就可以任其驱使,气魄之大亦可想见。后四句则讲一步描写"豪放"的气派,其所写"前招三辰,后引凤凰;晓策六鳌,濯足扶桑",更颇有屈原《离骚》中"饮余马于咸池兮,总余辔乎扶桑""前望舒使先驱兮,后飞廉使奔属"的神态。"豪放"之诗歌,当以李白之作最有代表性,不仅如《蜀道难》《梦游天姥吟留别》《答王十二寒夜独酌有怀》等可为典范之作,即如《望天门山》:"天门中断楚江开,碧水东流直北回。两岸青山相对出,孤帆一片日

---

① 他本作"以强"。《诗家一指》本亦作"以强"。

边来。"也很有代表性。

精神

欲反不尽,相期与来,明漪绝底,奇花初胎。
青春鹦鹉,杨柳楼①台,碧山人来,清酒满杯。
生气远出,不着死灰,妙造自然,伊谁与裁。

"精神"就是说诗境的描写必须体现出对象的旺盛的生命活力,事物的生生不息、日新月异的变化。首二句颇难解,其实是一种形容性的分析,说的是精神蕴藏于内而显于外,是永远无穷无尽的,故欲返之于内而求之则愈觉不尽,心与之相期则自然而来。三、四两句是以清澈见底的流水和含苞欲放的花朵,比喻事物栩栩如生的生气和活力,现出其饱满的精神状态。中四句进一步以情景交融的境界来描写"精神"的特色,"青春鹦鹉,杨柳楼台"都是写最富有生命力的事物,而"碧山人来,清酒满杯"则突现出隐居幽人兴致勃勃的生动神态。后四句则直接点出"精神"一品的要害是在"生气远出,不着死灰",而这种诗歌境界又是十分自然的,绝非矫揉造作得来,它是一种再造的"自然",是不可能人为裁度的。此与谢赫《古画品录》中提出之"气韵生动"颇为相似,可以谢灵运之《登池上楼》中所写"池塘生春草,园柳变鸣禽"为代表。"精神"这种诗境不只体现在写物上,也体现在写人的精神状态上。如杜甫的《闻官军收河南河北》:"剑外忽传收蓟北,初闻涕泪满衣裳。却看妻子愁何在?漫卷诗书喜欲狂。白日放歌须纵酒,青春作伴好还乡。即从巴峡穿巫峡,便下襄阳向洛阳。"杜甫和他老妻的喜悦心理跃然纸上。

缜密

是有真迹,如不可知,意象欲出②,造化已奇。
水流花开,清露未晞,要路愈远,幽行为迟。

---

① 他本作"池"。
② 他本作"欲生"。

> 语不欲犯,思不欲痴,犹春于绿,明月雪时。

"缜密"一品,本是指诗歌意境的细致周密,然而诚如《皋解》所说,它不是世人那种"动以词语凑泊为缜密",也就是人为造作的填缀襞积,而是一种天然的缜密,故云:"是有真迹,如不可知,意象欲出,造化已奇。"此所谓"真迹",即自然之迹、传神之迹,而非人工之迹、形似之迹。看上去若不可知,难以言喻,而其微妙之理则可默悟。朦胧之意象欲出而未出,它并非人为之构想,而是被自然之造化赋予了奇妙之形态。中四句言"缜密"之诗境有如"水流花开,清露未晞",一物一景都写得非常细腻绵密。又如山林间幽远之"要路",宛延曲折,漫步前行,则为景甚多。后四句写虽"缜密"之诗境,其诗语绝无烦琐重迭之累,其思路毫不板滞蹇塞而极为流畅,故云"语不欲犯,思不欲痴",如春色之覆原野一片碧绿,明月之照碧雪一片洁白。这里亦可见作者虽言各种不同风格,然而力求把它们都融入其基本的审美理想之中。钟嵘《诗品》谓谢朓诗"微伤细密,颇在不伦",颜延之诗"体裁绮密,情喻渊深",此"细密""绮密"均不同于《二十四诗品》的"缜密",少自然之态势,而病于人工之刻镂,如谢朓之《和徐都曹出新亭渚》:"日华川上动,风光草际浮。桃李成蹊径,桑榆荫道周。"丽则丽矣,而总少天然洒脱之美。合乎"缜密"之美者,似可以杜甫之《江畔独步寻花》为例:"黄四娘家花满蹊,千朵万朵压枝低。留连戏蝶时时舞,自在娇莺恰恰啼。"

疏野

> 惟性所宅,真取弗羁。控物①自富,与率为期。
> 筑室松下,脱帽看诗。但知旦暮,不辨何时。
> 倘然适意②,岂必有为。若其天放,如是得之。

"疏野"一品本是隐居高士不拘泥于世俗礼法的性格特征,诚如《皋

---

① 他本作"拾物"。《诗家一指》本亦作"拾物"。
② 他本作"自适"。

解》所云:"此乃真率一种。任性自然,绝去雕饰,与'香奁''台阁'不同,然涤除肥腻,独露天机,此种自不可少。"前四句就是说"疏野"的特点在真率而无所羁畔,"惟性所宅,真取弗羁"是说任性而随其所安,但取其天真自然而毫无世俗种种羁绊。"控物自富"之"控物"当为"拾物",即随手而自由取物,则自可富足不尽。"与率为期"谓唯求与真率相约为期,而绝无任何规矩约束。中四句形象地描写疏野之人的生活和心态,"筑屋松下,脱帽看诗",其生活极为真率自然,无拘无束。"但知旦暮,不辨何时",说明其心态完全是任性而为,无所顾忌。后四句进一步说明疏野之人与世无争,"倘然适意,岂必有为",他所追求的是庄子的"天放"境界。"天放"见《庄子·马蹄》篇,其云:"民有常性:织而衣,耕而食,是谓同德;一而不党,命曰天放。"成玄英疏云:"党,偏也。""一而不党",谓"浑然一体而不偏私"。"命",名。"天",自然。林希逸《南华真经口义》中云:"放肆自乐于自然之中。……《齐物论》之'天行''天钧''天游',与此'天放',皆是庄子做此名字以形容自然之乐。"此可以王维之《与卢员外象过崔处士兴宗林亭》为例:"绿树重阴盖四邻,青苔日厚自无尘。科头箕踞长松下,白眼看他世上人。"

清奇

娟娟群松,下有漪流。晴雪满汀①,隔溪渔舟。
可人如玉,步屧寻幽,载瞻②载止,空碧悠悠。
神出古异,淡不可收。如月之曙,如气之秋。

"清奇"一品颇有点接近"高古",但"高古"纯为神态,而"清奇"则形神兼备。首四句写"清奇"之境:秀美的松林下有一条清澄的小溪,水边的小洲上满盖着白雪,溪对面停着一艘小渔船。中四句写"清奇"之人,"可人",郭解为"可意之人,言其最惬人意之人",实即前所说"幽人""佳士"。"如玉",指品质高洁、风度闲雅的高士,《世说新语·容止》云:"裴令公

---

① 他本作"满竹"。《诗家一指》本亦作"满竹"。
② 他本作"载行"。

(楷)有俊容仪,脱冠冕,粗服乱头皆好,时人以为'玉人'。见者曰:'见裴叔则,如玉山上行,光映照人。'""步屟寻幽"是说穿着木屐,不修边幅,悠闲散步,探寻幽趣,行行止止,停停看看,神态自若,心情淡泊,而天空碧蓝,无丝毫尘埃,真清奇之极也。后四句写"清奇"之人的精神境界,所谓"神出古异,淡不可收",言其精神境界之高古奇异,显示出其心灵世界之极其淡泊,使人永远领略不尽。此"收"当指收受领会之意。故如破晓时之月光,明朗惨淡;又如深秋时之空气,清新高爽。孟浩然的诗特别有这种"清奇"特色,王士源《孟浩然集序》云:"闲游秘省,秋月新霁,诸英联诗,次当浩然。句曰:'微云淡河汉,疏雨滴梧桐。'举座嗟其清绝,咸以之阁笔,不复为缀。"又其《夏日南亭怀辛大》诗云:"山光忽西落,池月渐东上。散发乘夕凉,开轩卧闲敞。荷风送香气,竹露滴清响。欲取鸣琴弹,恨无知音赏。感此怀故人,中宵劳梦想。"柳宗元《江雪》亦有此特色:"千山鸟飞绝,万径人踪灭。孤舟蓑笠翁,独钓寒江雪。"

委曲

登彼太行,翠绕羊肠。杳霭流玉,悠悠花香。
力之于时,声之于羌。似往已回,如幽匪藏。
水理漩洑,鹏风翱翔。道不自器,与之圆①方。

"委曲"一品与"含蓄"接近,而又有所不同,此品重在含蓄而又曲尽,低回往复,曲折环绕,使人读后,味之不尽,有"余音绕梁,三日不绝"之感。首四句言如登太行山之羊肠小径,绿翠辽绕而幽深曲折;又如悠远而弯曲的流水,弥漫着恍惚迷离的雾气,散发出各种各样诱人的花香,比喻"委曲"诗境的无穷无尽之深味。中四句以良弓之力"似往已回"、羌笛之声"如幽匪藏",进一步形容"委曲"之作用。"时力"是古代的一种良弓之名,见《史记·苏秦列传》,裴骃《集解》云:"作之得时,力倍于常,故名时力也。"说明委曲而有力,云"似往已回",当是指拉弓射箭之势。羌笛之声悠扬遥远,时断时续,委曲不尽。后四句则言"委曲"变化自有其内在之

---

① 他本作"圜"。

理,如水面波纹源于其内之漩伏暗流,大鹏翱翔缘于其翅之鼓动扇风。"道不自器,与之圆方"是说事物都是随顺自然,各适其性,不以某种形器为限,受其拘束,而因宜适变,或圆或方。这样仍然强调"委曲"亦是天工所以成,而非人为雕琢所至。王维《九月九日忆山东兄弟》诗云:"独在异乡为异客,每逢佳节倍思亲。遥知兄弟登高处,遍插茱萸少一人。"

实境

取语甚直,计思匪深。忽逢幽人,如见道心。

清涧之曲,碧松之阴,一客荷樵,一客听琴。

情性所至,妙不自寻,遇之自天,泠①然希音。

"实境"一品是说有些诗境看来似乎是具体写实的,但实际上都是"应目会心"而合乎"自然英旨"的"直寻"之作。故云:"取语甚直,计思匪深,忽逢幽人,如见道心。"中四句是针对"实境"的形象描写,清澄的涧水曲曲弯弯,碧绿的松林一片荫影,不论是打柴的樵夫,还是听琴的隐士,都自由自在,无拘无束。故后四句言"实境"之获得全凭"情性所至"而"妙不自寻",此乃得之自然,"遇之自天",如"大音希声",悠远缥缈,此之谓"泠然希音"。"实境"之要义在自然天成,而其写作之特点在于"直寻"或"直致所得",要求诗人善于在心物相应、灵感萌发的刹那间,抓住心中目中所涌现的境界,很真切地把它描写出来,例如苏轼所说:"作诗火急追亡逋,清景一失后难摹。"((《腊月游孤山访惠勤惠思二僧》)"实境"之作一般都受直觉思维的作用比较明显。王维《白石滩》诗云:"清浅白石滩,绿蒲向堪把。家住水东西,浣纱明月下。"

悲慨

大风卷水,林木为摧。适苦欲死②,招憩不来。

---

① 他本作"冷"。《诗家一指》本作"永"。
② 他本作"意苦若死"。《诗家一指》本作"意苦欲死"。

百岁如流,富贵冷灰。大道日丧①,若为雄才②。
壮士拂剑,浩然弥哀。萧萧落叶,漏雨苍苔。

"悲慨"一品说的是诗歌中具有悲壮慷慨特色的作品之艺术境界。这一品在《诗品》的二十四品中比较有自己的特点,因为《诗品》是以老庄思想为基础的,而老庄思想强调的是任乎自然,超尘脱俗,而"悲慨"则主体的意识十分强烈,对人生有执着的追求,看来似乎和老庄"冲和淡远"的精神境界很不一致,然而它实际上表现了老庄思想更为深沉内在的本质。老庄之所以否定人为、崇尚天然,主张回归古朴的原始社会,是因为他们对人类文明发展中所产生的"异化"现象的强烈不满和反对,但是又没有办法能改变这种状况,对现实的悲观绝望使他们追求在精神上的解脱,所以他们的思想在本质上是带有悲剧性的。不过他们所竭力追求的是超越这种悲剧而达到在精神上的绝对自由。因此,本品首四句所写的是一种深沉的悲哀,大风卷起狂浪,坚实的林木也被吹折,心意之痛苦若欲死一般,想要得到一些安慰和休息也不可得。但中四句紧接着说明要能够看破红尘,寻求思想上精神上的解脱,岁月如流,人生如梦,荣华富贵也只是过眼云烟。宇宙的变化,世道的沉沦,即使你是雄杰之才,又能怎么样呢?纵然有济世安民的雄心壮志,力能扛鼎的超人武艺,也只能抚剑叹息,浩然弥哀。"萧萧落叶,漏雨苍苔。"此情此景,岂不令人感慨万分。陈陶《陇西行》诗云:"誓扫匈奴不顾身,五千貂锦丧胡尘。可怜无定河边骨,犹是春闺梦里人。"

形容

绝伫灵素,少回清真。如觅水影,如写阳春。
风云变态,花草精神;海之波澜,山之嶙峋;
俱似大道,妙契同尘。离形得似,庶几斯人。

---

① 他本作"日往"。
② 《诗家一指》本作"材"。

"形容"一品重在说明诗境之描写应以传神为高,而不以形似为妙。传神之关键则在自然而有生气,故与"自然""精神"二品相近,而强调之重点略有所不同。"形容"之本质在体现自然之本体,故首四句云:"绝伫灵素,少回清真。如觅水影,如写阳春。"极力保存创作对象的神气质素,使之呈现出清真自然之面貌,有如水中清影、阳春美景。中四句强调"形容"之妙在体现事物之生气精神,风云变幻无穷的姿态,花草蓬勃生长的神气,海水汹涌澎湃之波涛,山峦绵延起伏之壮阔,无不呈现出活泼泼的生命活力。后四句所说:"俱似大道,妙契同尘。离形得似,庶几斯人。"谓这一切都与"大道"一样,真实自然,不可以强力而致,妙合"同尘"之旨。《老子》说:"和其光,同其尘,是谓玄同。"调和其光辉,混同于尘埃,世间一切事物在"道"的角度看来都是一样的,都是"道"的体现,所以只有巧妙地符合"道"的精神,才能脱略形迹而神情毕露,成为诗中之妙境。王维《新晴野望》:"新晴原野旷,极目无氛垢。郭门临渡头,村树连溪口。白水明田外,碧峰出山后。农月无闲人,倾家事南亩。"

超诣

匪神之灵,匪机之微,如将白云,清风与归。

远引若至①,临之已非。少有道气②,终与俗违。

乱山乔木,碧苔芳晖。诵之思之,其声愈稀。

"超诣"一品说的是超脱世俗一切尘垢,达到比"虚伫神素""妙机其微"还要高出一筹的清高境界。"匪神之灵,匪机之微",它不是心神之灵敏、天机之微妙,而是像清风、白云之回归太空,绝非任何人力所能达到,而有不可言喻之妙。"远引若至,临之已非",远远地向这种境界行进,似乎已经快要到达,然而临近一看却又不是,实际并无途径可通。他年少之时即有"道气",其本性与"自然之道"相契合,故最终必然与世俗相违背。高人生活在清静超脱的山林丘壑,"乱山乔木,碧苔芳晖",口诵

---

① 《诗家一指》本作"莫至"。
② 他本作"道契"。

心思皆合自然,有如天籁之音,"大音希声",若有而若无,这才是"超诣"的景和情。"超诣"是一种精神境界也是一种艺术境界,司空图在《与李生论诗书》中说:"盖绝句之作,本于诣极,此外千变万状,不知所以神而自神也,岂容易哉?"说的就是这种艺术上的"超诣"境界。此可以嵇康《赠秀才入军》诗之"目送归鸿,手挥五弦。俯仰自得,游心太玄"为例。

飘逸

落落欲往,矫矫不群,缑山之鹤,华顶之云。
高人惠中①,令色絪缊。御风蓬叶,泛彼无垠。
如不可执,如将有闻。识者已领②,期之③愈分。

"飘逸"一品与"超诣"相近,"超诣"旨在脱俗,而"飘逸"则在仙气。"落落欲往,矫矫不群"是说仙人独来独往、高傲不群的行踪,如"缑山之鹤,华顶之云"。缑山在今河南,据《列仙传》说,周灵王太子晋(又称王子乔)好吹笙,作凤凰鸣,仙人浮丘生接他上嵩山,后他乘白鹤飞往缑山之顶。"华顶之云"实际就是李白《古风》五十九首之十九所说的"西上莲花山,迢迢见明星,素手把芙蓉,虚步蹑太清"的意思。高人随自己心意,顺本性而行("惠",顺也;"中",心也),容颜色泽饱含絪缊于宇宙间的元气,足踏蓬叶,御风而行,逍遥于太空之中,可谓"飘逸"已极。仙人遨游于太空,飘忽不定,故云"如不可执","如将有闻"而又无所闻,懂得"飘逸"在于自然,而无定规,故不期望人力而期待于"道契",如欲以人力求之,则愈分离而不可得。如李白的《夜泊牛渚怀古》:"牛渚西江夜,青天无片云。登舟望秋月,空忆谢将军。余亦能高咏,斯人不可闻。明朝挂帆去,枫叶落纷纷。"虽非写仙境,而其心灵世界则与"超诣"的仙人没有分别。

旷达

生者百岁,相去几何,欢乐苦短,忧愁实多。

---

① 他本作"画中"。
② 他本作"期之"。
③ 他本作"欲得"。

何如①尊酒,日往烟萝,花覆茅檐,疏雨相过。
倒酒既尽,杖黎行歌②,孰不有古,南山峨峨。

"旷达"一品也与"超诣""飘逸"较为接近。"旷达",就是大度、超脱,不拘泥于小节。但《诗品》中的"旷达"具有道家达人大观、摆脱"机心""机事"缠绕、超尘拔俗的精神。首四句是感慨人生最多不过百年,生命是非常有限的,而在这有限的生命中又是"欢乐苦短,忧愁实多",与其羁绊于尘世之是非,自陷于忧愁痛苦之中,倒不如把人生看作是白驹过隙,达观地对待世事人生为好。中四句就是说一种旷达的生活情状:"何如尊酒,日往烟萝,花覆茅檐,疏雨相过。"超脱了尘世,生活也就自然悠闲自在了,"倒酒既尽,藜杖行歌"。人生是短暂的,总是要死的,不必把世俗的功名富贵看得太重,只有把它置之度外,才会获得精神上的自由,像终南山那样永远高耸入云,青翠常在。王维《渭川田家》云:"斜光照墟落,穷巷牛羊归。野老念牧童,倚杖候荆扉。雉雊麦苗秀,蚕眠桑叶稀。田夫荷锄至,相见语依依。即此羡闲逸,怅然歌式微。"

流动

若纳水輨,如转丸珠,夫岂可道,假体如愚③。
荒荒坤轴,悠悠天枢。载要其端,载同④其符。
超超神明,返返冥无。来往千载,是之谓乎!

"流动"一品说的是诗歌意境的流动之美,也就是飞动之美。刘勰在《文心雕龙·诠赋》篇中曾说:"延寿《灵光》,含飞动之势。"东汉王延寿的《鲁灵光殿赋》所描绘的飞禽走兽都有飞动之态,而胡人、玉女、神仙等也都脉脉传神,栩栩如生。"流动"之美的诗,在六朝时也有比喻,《南史》卷二十二《王筠传》载沈约曾说谢朓评王筠诗时说:"好诗圆美流转如弹

---

① 他本作"如何"。
② 他本作"行过"。
③ 他本作"遗愚"。《诗家一指》本亦作"遗愚"。
④ 他本作"载闻"。

丸。"唐初李峤《评诗格》中曾提出诗歌要有"飞动"之美的问题,中唐皎然继之,《诗议》中要求有"状飞动之句",《诗式》中强调"气动势飞"。《诗品》中的"流动"说的就是这种艺术美。"若纳水輨,如转珠丸。"水车转动,不停地流出清水,珠丸转动,永无停息之时。但这种流动是事物本体性质的表现,宇宙本体就是变动无常的,不可以人力为之,也不可以言喻,如果以为"流动"只是假借圆的物体才有,那就是一种类似愚蠢的看法。中四句就是说天体的运行,不管是地轴还是天枢,都是"荒荒""悠悠",空阔不尽,而没有停息之时的。所以寻找其变动之渊源,认识其相契之本性,才能懂得什么是真正的"流动"。它如神明般变化莫测,周流无滞,返归于空无寂寞,上下几千年而始终如一,这才是"流动"美的本质。此种"流动"之美,宋人的诗话中也常有论及,例如叶梦得《石林诗话》曾说道:"古今论诗者多矣,吾独爱汤惠休称谢灵运为'初日芙渠',沈约称王筠为'弹丸脱手'两语,最当人意。'初日芙渠',非人力所能为,而精彩华妙之意,自然见于造化之妙,灵运诸诗,可以当此者亦无几。'弹丸脱手',虽是输写便利,动无留碍,然其精圆快速,发之在手,筠亦未能尽也。然作诗审到此地,岂复更有余事。韩退之《赠张籍》云:'君诗多态度,霭霭春空云。'司空图记戴叔伦语云:'诗人之词,如蓝田日暖,良玉生烟。'亦是形似之微妙者,但学者不能味其耳。"如李白的《行路难》三首之一:"金樽清酒斗十千,玉盘珍羞直万钱。停杯投箸不能食,拔剑四顾心茫然。欲渡黄河冰塞川,将登太行雪满山。闲来垂钓碧溪上,忽复乘舟梦日边。行路难,行路难,多岐路,今安在?长风破浪会有时,直挂云帆济沧海。"真可以说是一气呵成,自然流畅,如"弹丸脱手","动无留碍"。

2.《二十四诗品》的文艺美学思想

上面我们已经分析了二十四品的具体内容及不同的审美特征,下面再做一些总的归纳和说明。

现题司空图撰的《诗品》不见于现存司空图文集十卷和诗集五卷,然司空图著作散佚颇多,据表圣光启三年文集自序所说,其自编文集为《一鸣前集》,诗、笔均有,另有《密史》等则不编入。今本文集中《绝麟集述》一文作于天复二年(902),其中说乾宁二年他"自关畿窜浙上"时所写之诗亦皆载入《前集》,而此年编《绝麟集》则未言是否入《前集》,抑或另有《后集》,然由此可见今存文集、诗集均非其原编《一鸣集》。据新旧《唐书》、晁公武《郡斋读书志》、《唐才子传》等载,其《一鸣集》或文集,皆为三十卷。陈振孙《直斋书录解题》卷十六所记《一鸣集》十卷为"蜀本","但有杂著无诗,自有诗十卷别行"。卷十九又云:"司空表圣集十卷","别有全集,此集皆诗也"。则《全唐诗》谓"有《一鸣集》三十卷,内诗十卷",当是符合实际的。焦竑《国史经籍志》、钱谦益《绛云楼书目》均载有《一鸣集》三十卷。自清初以后所载为文集十卷,另有诗集,不再见有三十卷之记载。《四库》所纪十卷注为"两淮裕家藏本",《总目提要》谓"是编前后八卷,皆题为杂著,五卷六卷独题曰碑",则与《五代诗话》所云"杂著八卷,碑版二卷"相同。诗集原十卷,至明胡震亨《唐音统签》时仅存五卷,《全唐诗》编为三卷。原三十卷《一鸣集》中是否有《诗品》无法考定,当然也不能排斥有的可能性。不过,司空图的诗论的基本思想和理论观点在其诗文论著中已经阐述得很清楚,当然,如果《诗品》确非司空图所作,则司空图的诗论内容显然会变得单薄而不那么丰满了,但其诗学思想不会受到根本性的影响。至于《诗品》,最晚也是元人所著,因此即使它不是司空图所著,也仍然有其重要的理论价值。

《诗品》从其书名来看,似乎是讲诗歌的品第、等级的,因为在六朝已经有过谢赫《古画品录》、钟嵘《诗品》、庾肩吾的《书品》等,乃至梁武帝的《棋品》,都是品第优劣、区分高下的。不过《诗品》虽分二十四品,却并不分辨高下优劣、显示等级差别,各品之间是平等的。《诗品》的"品"字含义与谢赫、钟嵘等人不尽相同,是指"品格"的意思,即是诗歌的艺术境界。二十四诗品就是二十四种不同艺术风貌的诗歌境界。清代"神韵"说的代表王士禛最喜欢《诗品·含蓄》一品中说的"不着一字,尽得风流"八字,认为它道出了诗歌创作的"三昧",他在《香祖笔记》中说:"'采采流水,蓬蓬远春',二语形容诗境亦绝妙,正与戴容州'蓝田日暖,良玉生烟'八字同旨。""采采流水"两句见于《诗品》中"纤秾"一品,其实整部《诗品》都是对诗境的描写,不过这两句尤为神妙而已。至于"蓝田日暖"两句则本是司空图在《与极浦书》中所引戴叔伦的话,戴叔伦正是借此说明"诗家之景"的。清代性灵说的代表袁枚仿《二十四诗品》而作《续诗品》,他在序中说他很喜欢《诗品》,但是"惜其只标妙境,未写苦心,为若干首续之"。袁枚《续诗品》共三十二首,讲的都是刻画诗境的方法。但是《二十四诗品》中也并非完全没有讲到创造诗歌意境的"苦心",不过重点是描绘诗境。清代注释《诗品》的孙联奎在《诗品臆说》中说"《诗品》意在摹神取象"。"摹神取象"就是指对诗境的描绘。《诗品》的每一品都是一首十分精彩的十二句的四言诗,以诗歌的形式来描绘诗境的特点,这也是一种很特殊的文学批评方法。

第一,《诗品》以道家思想为主,兼有佛教思想。

从《诗品》所体现的思想内容和人格精神来看,它主要不是儒家的,而是道家的,其中也有佛教思想的色彩,这是贯穿二十四品的共同特征,它也和司空图后期思想的主要方面是比较一致的。如果它是司空图所作,那么它主要是体现了司空图在乱世避身隐居时的生活情景,以及他超越人世劫难、寻求精神解脱的追求,而不是他思想感情和人生观世界观的全部。由于司空图思想中有不少对当时现实的悲观绝望思想感情,有的研究者常常用《诗品》中"悲慨"一品来说明它和司空图思想的联系,这也许不能作为《诗品》是司空图所作的实质性证据,但至少可以作一种有力旁证。

《诗品》所描绘的二十四种不同的诗境在思想内容和艺术表现方面都有共同的特征。它们都是老庄的精神境界和理想人格在具有"象外之象,景外之景"的诗歌意境中之体现。两者高度和谐统一,和司空图提出的"思与境偕"是一致的,这正是诗家所竭力追求的目标。二十四诗品在艺术风格上虽然是不同的,但每一品诗境都很充分地体现着老庄虚静恬淡、超尘拔俗的精神情操与理想人格。例如"冲淡"一品:

素处以默,妙机其微。饮之太和,独鹤与飞。犹之惠风,荏苒在衣。阅音修篁,美曰载归。遇之匪深,即之愈稀。脱有形似,握手已违。

孙联奎《诗品臆说》解释前两句云:"静则心清。""心通造化,自然妙契希微。"平素处世静默,弃绝功名利禄,胸中无"机心",身不缠"机事",和自然相契,与造化合一。所以能如《庄子·天地》篇所说:"视乎冥冥,听乎无声。冥冥之中,独见晓焉;无声之中,独闻和焉。"具有这种"冲和淡远"精神品格的人,禀阴阳之和气而生,与澹逸之仙鹤俱飞;相随和缓之春风,漫步潇洒之竹林;不即不离,无痕迹可求;若即若离,有飘逸神韵。《高古》一品中描写的"畸人",《自然》一品中描写的"幽人",《飘逸》一品中描写的"高人",也都有与"冲淡"之人类似的精神品格。《庄子·大宗师》说:"畸人者,畸于人而侔于天。"他不同于世俗之人,没有功名利禄、是非祸福等纠缠身心,而与自然造化相契合。所谓:"畸人乘真,手把芙蓉。泛彼浩劫,窅然空踪。"(《高古》)他早已超越尘世浩劫,升登天堂之上。"高人惠中,令色絪缊。御风蓬叶,泛彼无垠。"(《飘逸》)如列御寇之"御风而行,泠然善也"(《庄子·逍遥游》)。对人世纷繁早已不屑一顾。"幽人空山,过雨采蘋。薄言情悟,悠悠天钧。"(《自然》)他在幽静之中深深地领悟了自然的奥妙,主体的"我"已完全地融入了客体的"自然之道"中。诚如《庄子·大宗师》中说的"真人"一样:"其寝不梦,其觉无忧,其食不甘,其息深深。""不知说生,不知恶死。""翛然而往,翛然而来。""幽人"与"道心"已密不可分地合在一起。例如《诗品·实境》云:

取语甚直,计思匪深。忽逢幽人,如见道心。清涧之曲,碧松之阴。一客荷樵,一客听琴。情性所至,妙不自寻。遇之自天,泠然希音。

"实境"本来是很现实的,但是《诗品》的"实境"只是说具体景物构成的诗境是现实的,而其中所体现的精神情操和理想人格则是超乎现实之上的,是一种非常人所有的理想境界。恰如庄子所说的庖丁解牛、轮扁斫轮一样,其所作所为是日常生活中很普通的事,而其精神境界则是与"道"相合的。《诗品》所说的"豪放",不是人间英雄豪杰的"豪放",而是"观化匪禁,吞吐大荒","真力弥满,万象在旁"。有如庄子说的"天地与我并生,而万物与我为一",得自然之真力,备充实之元气,故豪放不羁,遨游太空,"前招三辰,后引凤凰。晓策六鳌,濯足扶桑"。《诗品》所说的"劲健",不是世俗人间的强劲壮健,而是由于"饮真茹强,蓄素守中","天地与立,神化攸同"。自然真力充实于内,天地元气横溢于外,故能"行神如空,行气如虹。巫峡千寻,走云连风"。《诗品》中所描写的这种老庄的精神情操和理想人格,贯穿在二十四种不同的诗境之中,就其超然物外、清静寡欲这一主要特征来说,与佛教哲学所提倡的精神境界是一致的。

第二,《诗品》以"冲和淡远"为基本审美理想。

从《诗品》的艺术思想特征来看,虽然它讲的是二十四种不同艺术风格之意境,但是由于它们体现了共同的思想感情和人格精神,因此在不同的风貌中又可以看出一些共同的东西,各品的基点是在超尘脱俗、回归自然的前提下有不同特色,所以它的主流是偏向于"冲和淡远"的。在"冲淡"之中有"雄浑"之气,在阴柔之中具阳刚之美,即使是"典雅""劲健""豪放""悲慨"这些品目,也都不是在一般意义上的典雅、劲健、豪放、悲慨,而与和"冲和淡远"有着不可分割的内在联系。所以王渔洋说"神韵"不只在"冲和淡远"中有,在"沉着痛快"中也有。这集中表现在他的《芝廛集序》中。这篇文章是渔洋应著名画家和绘画理论家王原祁的请求为其父王揆的诗集所写的序。王原祁去找王渔洋的时候,曾带去了自己的画,并谈了自己对绘画创作的一些看法。所以王渔洋在序中首先阐述了王原祁绘画美学思想,并将其引申发挥来表达自己的诗歌创作看法。他说:"大略以为画家自董(源)、巨(然)以来,谓之南宗,亦如禅教之有南宗。云得其传者元人四家,而倪(瓒)、黄(公望)为之冠;明二百七十年擅名者唐、沈诸人称具体,而董尚书为之冠;非是则旁门魔外而已。又曰:凡为画者,始贵能入,继贵能出,要以沉着痛快为极致。予难之曰:吾子于元推云林,于明推文敏,彼二家者,画家所谓逸品也,所云沉着痛快者安在?给事笑曰:否,否,见以为古澹闲远而中实沉着痛快,此非流俗所能知也。予闻给事之论,嗒然而思,涣然而兴,谓之曰:子之论画也至矣,虽然,非独画也,古今风骚流别之道,固不越此,请因子言而引伸之可乎?唐宋以还,自右丞(王维)以逮华原(范宽)、营丘(李成)、洪谷(荆浩)、河阳(郭熙)之流,其诗之陶、谢、沈、宋、射洪(陈子昂)、李、杜乎?董、巨其开元之王、孟、高、岑乎?降而倪、黄四家以逮近世董尚书,其大历、元和乎?非是则旁出,其诗家之有嫡子正宗乎?入之出之,其诗家之舍筏登岸乎?沉着痛快,非惟李、杜、昌黎有之,乃陶、谢、王、孟而下莫不有之。子之论,论画也,而通于诗,诗也而几于道矣。"王原祁的画学其祖王时敏,而王时敏早年则深受董其昌的影响,王原祁的绘画美学思想也是宗董其昌的。从表面上看,渔洋是受王原祁的启发而有所领悟,实际上是王渔洋借王原祁的画论来说明其诗论思想的深层内涵。"神韵"者,即画家之所谓"逸品"也;"逸品"者,自然化工之境界也。画家之"逸品",并非只有"古澹闲远"者方能达到,"沉着痛快"者亦可进入"逸品"等级,"古澹闲远而中实沉着痛快"尤为不易。所以诗歌中也是如此,画论可以通于诗,"沉着痛快,非惟李、杜、昌黎有之,乃陶、谢、王、孟而下莫不有之"。他以南宗画家之自王右丞以至范宽、李成、荆浩、郭熙,来比喻诗歌之"陶、谢、沈、宋、射洪、李、杜",正说明诗歌之"古澹闲远"中含有"沉着痛快",因为南宗画中不仅有董源、巨然闲澹超远的江南山水,而且也有荆浩、李成、范宽、郭熙等于平淡天真中含有壮阔气象的北方山水,它们皆可成为"逸品"。渔洋的这种文学思想并非他自己所独创,也是有历史渊源的。为渔洋所敬仰的司空图,在竭力推崇王、韦的同时,并不排斥李、杜,而是给予了很高评价。他在《与王驾评诗书》中在强调"右丞、苏州趣味澄夐,若清沇之贯达"的同时,又说唐诗自"沈、宋始兴之后,杰出江宁,宏肆于李、杜,极矣",并不把"冲和淡远"与"雄浑""劲健"对立,正是要求在"冲和淡远"中有"雄浑""劲健"。苏轼《书黄子思诗集后》一文中认为"李太白、杜子美以英玮绝世之姿,凌跨百代",而"独韦应物、柳宗元发纤秾于简古,寄至味于澹泊,非余子所及也"。说明他也是崇尚简古淡泊,而又不排斥豪放雄健的。严羽《沧浪诗话》强调"兴趣",他所推崇的"羚羊挂角,无迹可求"的"言有尽而意无穷"的诗歌境界,虽更明显地体现在"优游不迫"风格的诗歌上,但同样也体现在"沉着痛快"的风格的诗歌上。而于"优游不迫"中见"沉着痛快",岂不更好?渔洋"神韵"和南宗画的"逸品"一样,其美学思想关键也是在自然神到,象外有象,"冲和淡远"也好,"雄鸷奥博"也好,不论是王、孟还是李、杜,都可以具有这种艺术特色。而《诗品》中更多的品则是属于"冲淡"一流的。

第三,《诗品》对艺术风格理论的贡献。

《诗品》虽在思想和艺术上有特殊的特征,但是在另一方面又表现了艺术风格的多样性。《诗品》体现了由阳刚、阴柔两种基本风格美所发展出来的多种多样的风格美。《四库总目提要》说它"所列诸体毕备,不主一格",许印芳在跋中也说"其教人为诗,门户甚宽,不拘一格"。然而《诗品》在艺术风格理论上最大的贡献,还是从一般地论述文学的语言风格转向研究文学的意境风格。我国古代风格论有一个历史发展的过程,最早是讲时代风格,如季札观乐是讲风格和社会政治的关系,孟子的"知人论世"则进一步涉及风格和作家的思想性格的关系,《史记》中司马迁有关屈原及其作品的评论,着重分析了风格和作家人品的关系,汉代受经学的影响,比较多地强调了作家的伦理道德在其中的作用。魏晋时以曹丕的《典论·论文》为代表,注重风格和作家的个性气质之关系,《文赋》继续发展了这种思想,而刘勰在《文心雕龙》中则对风格理论做了全面的总结和发展。然而从曹丕到刘勰,基本上讲的都是文学的语言风格,这是和当时比较宽泛的文学观念有着密切关系的。唐代开始诗、文分论,诗论中的风格论逐渐转向诗歌的意境风格,这在皎然的十九字风格论中可以看得很清楚,而《诗品》则是纯粹的诗歌意境风格论。这就和刘勰有了很大的不同。

第四,《诗品》对诗歌意境美学特征的探讨。

《诗品》中所描绘的不同风貌的二十四种诗歌意境,从艺术方面来看,也都有其共同之处,这就是司空图在《与极浦书》中所概括的"象外之象,景外之景"这种美学特征。作者在《诗品》中虽然没有具体地论述意境的创作及其美学特色,但在描绘的过程中可以看出他对意境创作特征的探讨,以及意境所蕴含的美学内容。意境的创造,按唐人的研究来说,当以司空图的论述最为充分,即它是"思与境偕"的产物,而具有"象外之象,景外之景"的特征,《二十四诗品》正是其最好的实践。这二十四种意境中所蕴含的美学内容,也非常深刻而充分地体现了意境的特征。例如"纤秾":

采采流水,蓬蓬远春,窈窕深谷,时见美人。碧桃满树,风日水滨,柳阴路曲,流莺比邻。乘之愈往,识之愈真,如将不尽,与古为新。

这是一派明丽清新、生机勃勃、色彩鲜艳、幽静秀美的景象,诚如《皋兰课业本》所说,"此言纤秀秾华,仍有真骨,乃非俗艳"。这些生动的描写把读者引入使人流连忘返、美不胜收的艺术世界之中,令人从中感受到忘却人间烦恼、尘世污浊,享受自然界纯洁、高尚、清爽、秀丽的美好春光之愉快与幸福。诗人展现在读者面前的不是一个静止的平面,而是一个活跃的空间:水流潺潺,泉声叮咚,莺雀欢飞,鸣叫不断,碧桃垂柳,斗艳争辉,幽谷美人,时隐时现。这个富有动态美的空间可以引起读者十分丰富的联想,并用自己的生活经验去补充它,这样它就具有无穷的言外之意。又如"典雅"一品写道:

玉壶买春,赏雨茅屋,坐中佳士,左右修竹。白云初晴,幽鸟相逐,眠琴绿阴,上有飞瀑。落花无言,人淡如菊,书之岁华,其曰可读。

这一品也是写得很美的:幽静肃穆的修竹林中,"佳士"正坐在茅屋里酌酒赏雨。俄顷雨止,天空放晴,鸟儿欢逐,瀑布飞溅。"佳士"酒酣,眠琴于绿荫之下,如陶渊明之抚无弦琴,不必有琴音而自有琴趣。"佳士"亦如"幽人""高人"一般,具有"冲和淡远"的精神境界,不过更突出了其"典雅"的风姿而已。作者描写的这个高韵古色情景,使读者产生了对"佳士"神韵的无穷遐想,"落花无言,人淡如菊",他对世俗的一切纷扰早已弃绝,心与道契而顺乎天然,故无忧无虑,潇洒自如。这种具有耐人寻味的"象外之象,景外之景"的诗歌意境,才会使读者感受到"味在咸酸之外"的"醇美"(参见《与李生论诗书》)。如果对这种"象外之象,景外之景"做更具体分析的话,那么《二十四诗品》还体现了以下特征:

其一,"超以象外,得其环中","不着一字,尽得风流"。这是在着重说明意境创造的关键是要充分发挥"虚"的作用,诗境必须善于以"实"出"虚",而不能拘泥于具体描写的"实"的部分。"超以象外",指作品不能受已经展示的意象之局限,而要看到象外之虚境,才是更充分地体现诗人情思的重要部分。"得其环中",指诗歌意境创造中"虚"的部分起着支配一切、控制一切的作用。《庄子·齐物论》说:"枢始得其环中,以应无穷。""环",是门上下横槛上的圆洞,用以承受枢的旋转。门枢纳入环中,即可转动自如。庄子以门的结构为例来说明"虚"的重大意义。司空图则以此来说明虚境在意境创造中的决定作用。如陶渊明的"采菊东篱下,悠然见南山",谢灵运的"池塘生春草,园柳变鸣禽",王维的"行到水穷处,坐看云起时",都应当从"超以象外,得其环中"的角度去理解,方能领略其妙处。"超以象外,得其环中"是就艺术意境的特征来说的,适用于各种艺术,而从以语言为物质手段的文学来说,其表现就是"不着一字,尽得风流"。孙联奎《诗品臆说》说:"'不着一字'即'超以象外','尽得风流'即'得其环中'。"文学是语言的艺术,怎么能"不着一字"呢?《诗品》所说并不是不要语言文字,而是强调诗境的创造要得之于语言文字之表,要重在"含不尽之意见于言外",这就是"象外之象,景外之景"。王士禛之所以喜欢这两句话,正是因为它比较确切地概括了诗歌意境的特征。清代赵执信在《谈龙录》中批评王士禛说:"观其所第二十四品,设格甚宽,后人得以各从其所近,非第以'不着一字,尽得风流'为极则也。"纪昀《四库全书总目提要》亦承赵说。其实他们不仅没有真正理解王士禛的含意,而且对《诗品》这两句话的重要意义和深远影响也缺乏认识。

其二,"生气远出,不着死灰","若纳水䩞,若转丸珠"。这是指诗境要表现生命活力和具有动态美。《诗品》中有"精神"一品,集中发挥了《庄子·齐物论》关于"形固可使如槁木,而心固可使如死灰乎"的思想,要求诗歌意境表现出生气勃勃的活跃生命力,如"奇花初胎""青春鹦鹉",让事物内在的精神气质栩栩如生地传达出来。动态美是体现生命活力的重要方面,中国古代建筑十分讲究"飞动"之美,刘勰《文心雕龙·诠赋》篇曾说过"延寿《灵光》,状飞动之势"。唐代皎然也讲到诗歌的"飞动"之美(见《文镜秘府论·南卷》引)。《诗品》专门有"流动"一品,要求诗境能体现天地万物自然运行的规律。"荒荒坤轴,悠悠天枢。载要其端,载同其符。"并用不停转动的水车和自然滚动的丸珠,来比喻诗境应当描写出事物不断发展变化的状态。好像蓝田美玉在日光照耀下,莹莹闪光,有如袅袅轻烟,冉冉上升,无穷无尽,永远具有变化莫测的新景象。

其三,"离形得似,庶几斯人","脱有形似,握手已违"。这是强调诗歌意境要重在传神而不落形迹。所谓"离形",即是不受"形"的束缚,不拘泥于形似;"得似",即是要传神,得神似而非形似。这样就可以把"风云变态,花草精神,海之波澜,山之嶙峋",生动地呈现在读者面前,使人感到呼之欲出,神态毕露。只有"离形得似",方能做到"生气远出,不着死灰"。两者是紧密相连而不可分离的。这也是《诗品》把绘画创作中的传神理论运用到诗歌意境创造中一个具体表现。

其四,"真予不夺,强得易贫","妙造自然,伊谁与裁"。意境的创造贵在自然真实,而无人工矫揉造作之弊。这种诗境的获得,完全是自然的,"俱道适往,着手成春。如逢花开,如瞻岁新"。它是诗人即目所见、心与境会的产物,而不是苦思冥想得来的。它既是诗人妙造之自然,又不见任何人工之痕迹。只要兴会所至,"俯拾即是",强求则不可得。《与李生论诗书》中说诗歌创作要做到"直致所得,以格自奇",即是此意。这是对钟嵘《诗品序》中提倡"自然英旨"、主张"直寻"说,以及皎然主张天真自然、"与造化争衡"说的进一步发挥。

其五,"如矿出金,如铅出银","深浅聚散,万取一收"。《诗品》认为诗境的创造必须在丰富的生活经验基础上加以提炼、概括,几经洗炼去粗取精,方能获得光华四溢的真金真银。这精彩的"一境"乃是从归纳、选择"万境"中得来的,所以说是"万取一收"。孙联奎解释这一句道:"万取,取一于万,即'不着一字';一收,收万于一,即'尽得风流'。"诗歌意境创造既要真实自然,浑然一体,又必须凝练精致,功力深厚。《诗品》"万取一收"说的提出,是对刘勰《文心雕龙》中"以少总多,情貌无遗"说及"言之秀矣,万虑一交"说的发展。宋代苏轼在《书鄢陵王主簿所画折枝》中说:"谁言一点红,解寄无边春。"其原理也是相同的。

第五,司空图的诗歌理论和《诗品》都是对陶、王一派山水田园诗创作经验的总结。

从司空图的诗论著作中,可以鲜明地看出他在评述唐代诗歌发展时,特别突出了王、韦一派的重要地位,并给予了很高的评价,而他自己的诗歌创作也是属于这一派的。司空图的诗歌理论主要是对陶渊明、王维一派山水田园诗艺术创作经验的总结。王、韦一派诗歌上承陶渊明,司空图对陶渊明是非常钦佩的。司空图的诗歌创作和艺术风貌属于陶、王、韦一派,他们在诗歌美学思想上是很一致的。中国古代以陶、王、韦等为代表的山水田园隐逸诗人,大都受佛老思想影响,对现实采取比较消极的态度。他们中间很多人对现实的黑暗、社会的腐败是十分不满的,不愿意与之同流合污,因而洁身引退,回到纯朴的大自然中去,以保持自己高洁的情操。他们隐居田园山林,在对秀美的自然景色、宁静的田园风光的描写中,体现了自己所追求、向往的生活趣味和精神情操,创造了一个与现实人间充满污浊争斗、尔虞我诈完全不同的理想世界。这一派诗歌在创作方法上受道家、玄学、佛教的超绝言象论影响很深,把"言不尽意""言为意筌"具体运用到山水田园诗的创作中,例如陶渊明的《饮酒》诗:"结庐在人境,而无车马喧。问君何能尔?心远地自偏。采菊东篱下,悠然见南山。山气日夕佳,飞鸟相与还。此中有真意,欲辨已忘言。"清人温汝能说"采菊"两句是"境在寰中,神游象外"(《陶诗汇评》)。这不仅是说这两句的艺术特征,而且也可以用来概括整个陶诗的艺术特征。虽"结庐在人境",却无车马之喧,写的是宁静的田园生活,然而却体现了桃花源般的理想境界。诗人生活在"人境"之中,而他的心则已离开现实人境,处于和桃花源中人一样的自由自在、无拘无束、率性而为、怡然自乐的理想状态。陶渊明总是把世俗"人间"和自然"园林"看作是对立的两个世界。他说:"静念园林好,人间良可辞。"(《庚子岁五月中从都还阻风于规林》)又说:"诗书敦夙好,园林无世情。"(《辛丑岁七月赴假还江陵夜行涂口》)其实"园林"不也在"人间"吗?"园林"难道就没有"世情"吗?只是陶渊明心目中的"园林"已非现实人间,而是一个理想化了的桃花源般的超现实境界。明人许学夷《诗源辨体》说:"陶靖节超然物表,遇境成趣。"都是说陶诗有超乎具体景象之外的无穷意趣,这就是"象外之象,景外之景"。王维的诗也同样有"境在寰中,神游象外"的特征。王维善于在对秀丽的山水田园景色的描写中体现禅宗空静寂灭的悟境,例如他的《终南别业》:"中岁颇好道,晚家南山陲。兴来每独往,胜事空自知。行到水穷处,坐看云起时。偶然值林叟,谈笑无还期。"写的是在山林水边悠闲散步、坐看云起,但其所表现的却是超越人世劫难,弃绝世情俗虑,万缘俱寂,身心两忘的禅家心态。这不也是"象外之象,景外之景"吗?王维的《辋川集》中的诗亦复如此,所以清代王士禛在《蚕尾续文》中说:"王、裴《辋川绝句》,字字入禅。"又说王维"雨中山果落,灯下草虫鸣"(《秋夜独坐》)和"明月松间照,清泉石上流"(《山居秋暝》)等诗句,"妙谛微言,与世尊拈花,迦叶微笑,等无差别"。正是指其诗中诗境与禅境的统一,有"象外之象,景外之景"。然而"象外之象,景外之景"作为诗歌艺术意境的重要特征,虽在陶、王、韦一派诗歌创作中表现得最为突出,又并非只在他们的诗歌中才有,而是具有更广泛的运用,像王昌龄、李白等也都擅长这种具有"象外之象,景外之景"特征的诗歌的创作,如王昌龄的《芙蓉楼送辛渐》、李白的《玉阶怨》之类,也都是很典型地体现了这种特征的名作。因此,司空图有关诗歌意境创造及其审美特征的论述,对整个诗歌创作和诗歌理论批评的发展都具有深远的意义和重大的影响。

《诗品》的思想主要是体现了隐逸高士的精神情操,这和以陶、王为代表的山水田园诗派是完全一致的。《诗品》中所体现的一些主要审美观念,例如整体的美、自然的美、含蓄的美、传神的美、动态的美,也大都是从山水田园诗中概括出来,虽然这些审美观念本身具有广泛性,并不仅仅只是体现在山水田园诗中,然而在《诗品》中是以自然景物、山水田园的形态表现出来的。清人许印芳在其《与李生论诗书》跋中说:"表圣论诗,味在酸咸之外。因举右丞、苏州以示准的,此是诗家高格,不善学之,易落空套。"王渔洋标举"神韵",其精神与《诗品》是一致的,故其《唐贤三昧集》中不录李、杜,而"独推右丞、少伯以下诸家得三昧之旨","盖专以冲和淡远为主,不欲以雄鸷奥博为宗"(翁方纲《七言诗三昧举隅》),显然也是受《二十四诗品》影响之结果。

第五章 《二十四诗品》的真伪问题辨析

1. 关于《二十四诗品》真伪问题的争论

司空图《二十四诗品》的真伪问题,是近十年来学术界的热门话题。我对这个问题的认识也有一个过程,原先我觉得陈尚君、汪涌豪两先生《司空图〈二十四诗品〉辨伪》一文提出的问题是比较有道理的,不过他们说《二十四诗品》不是司空图所作,还没有很确切的证据,因此持存疑的态度。但是经过这些年来学者们的研究和讨论,我自己也做了一些探索,逐渐感到陈、汪两位先生提出的大部分根据已经为学者所否定,《二十四诗品》是司空图所作的可能愈来愈大了,所以我目前比较倾向于肯定《二十四诗品》是司空图所作。

陈、汪两位先生文章中提出的《二十四诗品》是伪作的主要论点,逐渐被推翻或受到有力质疑。这些归纳起来大体有八个问题:

第一,他们所主张的明代怀悦所作说早已被彻底否定。当陈、汪两位的文章在 1995 年唐代文学会上报告后,在他们的文章还没有正式发表时①,北京大学张健先生已经在《〈诗家一指〉的产生时代与作者——兼论〈二十四诗品〉作者问题》②一文中指出:在怀悦出生以前,已经有《诗家一指》的本子,《二十四诗品》早已存在。明初的赵㧑谦(1352—1379)在《学范》一书中就引用过《诗家一指》。其书据永乐二年王惠刻本前洪武二十二年(1389)郑真序,可知明初即有《诗家一指》。而怀悦所选《士林诗选》自刻于天顺五年(1461),日本内阁文库藏朝鲜尹春年序刻怀悦编集《诗法源流》一卷,卷后有怀悦作于成化乙酉年(1465)的后序,说明怀悦此时尚活着,所以《诗家一指》及其所载《二十四诗品》当然不可能是怀悦所作。

---

① 陈、汪文章发表于《中国古籍研究》第一卷,上海古籍出版社 1996 年版。
② 张健文章发表于《北京大学学报》1995 年第 5 期。

第二，陈、汪文谓"明万历以前未有人见过《二十四诗品》"说，根据上述对《诗家一指》年代的考证，亦已充分说明不能成立。不仅如此，而且根据张健和日本大山洁等的考证，载有《二十四诗品》的《诗家一指》的产生年代至少可以提前到元代，并且有多种版本收有《诗家一指》。在明初就有不同系统，如史潜《新编名贤诗法》本系统、《诗法汇编》本系统，后者又有杨成本系统和怀悦本系统。后来杨成本又屡被编刻，有《群公诗法》本（刻于正德年间）、《名家诗法》本（刻于嘉靖年间）、《诗法》《诗法源流》合刊本（刻于嘉靖年间）、《名家诗法汇编》本（刻于万历年间）、《诗法大成》本（刻于万历年间）、《格致丛书》本（刻于万历年间）、《冰川诗式》本（刻于嘉靖年间）等，怎么可以说明万历以前无人见过《二十四诗品》呢？

第三，陈、汪文认为《二十四诗品》只是在明代后期才出现，其实从现在学者们对《诗家一指》的成书时代之研究，不仅说明它在元代已经存在，而且很可能早在宋代已经有了。《四库全书》子部书画类中的卞永誉《式古堂书画汇考》卷二十五中所收明代祝允明的书法《枝指生书宋人品诗韵语集》，内容即是司空图《二十四诗品》。从祝允明在书法后的跋语看，此当是其友人顾应祥（号箬溪）所藏《摘翠编》中内容，其云："故障箬溪先生岁丙子秋金岭南按察事，公余历览诸胜纪全广风物之作，于魏晋诸家无所不诣。日抵罗浮，盖累累联翠穿云，树杪奇绝，足为大观。及归，便崇报禅院。时天空云净暮山碧，了无一点尘埃侵，有僧幻上供清茗叩先生，解带，出新酿麻姑，先生辄秉烛谭古今兴灭事，坐久，赋诗，有云：'名山昔日来司马，不到罗浮名总虚。'又云：'不妨珠玉成千言，但得挥翰笺麻传。'顷出《摘翠编》，所述种种诗法，如晔晔紫芝，秀色可餐，诚词坛拱璧，世不多见者。遂为先生作行楷，以纪时事云。长洲祝允明。"他们当时并没有认为是司空图所作，而认为是宋人品诗韵语。《枝指生书宋人品诗韵语集》是我在2001年冬查《四库全书》时发现的，当时没有为此专门写文章，在2002年3月参加台湾中山大学清代学术会议后，得张健先生告知查屏球先生也发现此材料，并把他写的文章《〈二十四诗品〉的另一传本》用电子邮件传给了我。查先生的文章写得很好，后发表于《南京师范大学文学院学报》2004年第4期。这个材料可以说明《二十四诗品》可能早在宋代已经有了，但是"世不多见"。祝允明和顾应祥说它是"宋人品诗韵语"肯定是有根据的,也许收它的《摘翠编》的编辑也是比较早的,其收入诗法很可能为前代珍贵材料。

第四,宋代苏轼《书黄子思诗集后》一文中所说的"二十四韵",历来认为就是指《二十四诗品》,陈、汪文章认为这是指其《与李生论诗书》中司空图自举其有"味外之旨"的二十四联诗,并举洪迈《容斋随笔》卷十所说为证。其实对苏轼文中"二十四韵"所指的内容,早在1983年北京师范大学中文系文艺理论教研室所编的《中国古代文论选注》中已经提出是指《与李生论诗书》中的二十四联诗,但是他们没有因此怀疑《二十四诗品》的真伪。如果说苏轼此文所说是指《二十四诗品》,那么其为司空图所作就没有问题。学界就这个问题有很多讨论,但是目前还不能认定这"二十四韵"就是指《与李生论诗书》中的二十四联诗,而不是指《二十四诗品》,因为这中间还存在很多疑问:1.《与李生论诗书》中司空图所摘有"味外之旨"的诗到底有几联,不同的版本是不同的;2.苏轼有必要专门去数一数有几联吗?何况苏轼引文是凭记忆的,与原文本有出入,难道会特别去做计算吗?3.从苏轼所说"恨当时不识其妙"来看,显然不会是指二十四联诗,应当是指《二十四诗品》。四川大学古籍所祝尚书先生所发现的宋人王晞《林湖遗稿序》,其中有"全十体,备四则,该二十四品,具一十九格"之说,虽然束景南先生考证为伪作①,但我细读束先生文章,其说多为据序中内容所做的推测,虽有一定道理,并无十分确凿的材料根据,因此《林湖遗稿序》的真伪问题也是一个悬案。而束文根据《诗家一指》是怀悦所作的错误说法,说此文是抄袭了怀悦《诗家一指》中"明十科,达四则,该二十四品",显然不合适,即或说是抄《诗家一指》,也是先肯定是伪作而做出的结论。所以如果《林湖遗稿序》不能肯定是伪作,这个说法自然也就不能成立了。客观地说,《林湖遗稿序》若不是伪作,则二十四品之说早在宋代就已有了。

第五,陈、汪文章认为毛晋、郑鄤等之所以把《二十四诗品》作为司空图的著作,是因为他们误读了苏轼的《书黄子思诗集后》,把其中说的

---

① 见《中国诗学》第五辑束景南《王晞〈林湖遗稿序〉与〈二十四诗品〉辨伪》,南京大学出版社1997年版。

"二十四韵"说成是指《二十四诗品》。其实这也是不能作为否定司空图作《二十四诗品》的根据的。这不仅是因为苏轼说的"二十四韵"究竟是不是指司空图《与李生论诗书》中所引二十四联有"味外之旨"的诗还有疑问,而且明末并不只是他们两人把《二十四诗品》作为司空图著作,还有不少人也是这样认为的,难道可以说他们也是误读苏轼文章而这样认为的吗?陶珽重辑本《说郛》卷一百二十亦载有司空图《二十四诗品》,而陶珽本始刻于万历后期,据王应昌顺治四年(1647)序,其"版毁于辛酉武林大火",辛酉为天启元年(1621),故当早于毛晋的《津逮秘书》,不可能是受毛晋跋语影响。此外明末的《续百川学海》《锦囊小史》、冯梦龙编的《唐人百家小说琐记家》等,也都收有司空图《二十四诗品》,很难说均刊刻于毛晋《津逮秘书》之后。现存明人贺复徵所编的《文章辨体汇选》卷四百三十九也收了《二十四诗品》,明确题为"唐司空图"著。据其所著《道光和尚述》,当为明代天启、崇祯年间人。虽然《四库提要》考其所述祖父官阶年月与实际不符,但是他作为明末人是没有问题的。

第六,说自宋元至明代中期各种公私书志均未著录《二十四诗品》显然不能作为依据。因为《二十四诗品》只是司空图的二十四首四言诗,实际上并不是一部论诗专著。它原来也没有以单行本问世,有关书志怎么可能著录呢?至于明末以后的一些书志有著录,正是因为明末毛晋等人已将它作为专著收录在他们编的丛书(如《津逮秘书》、《说郛》陶珽重辑本等)之中。这里涉及司空图诗文集的版本和流传问题。《二十四诗品》清以前一直无单行本传世,这是很自然的,因为它只是对诗歌意境的形象描绘和热烈歌颂,并不是严格意义上的诗格或诗法一类专著。从内容来说它可以作为对诗的品评而收入文集,从形式来说,它可以作为一组四言诗歌而收入诗集。我们知道司空图的诗文集是司空图本人开始编辑的,据表圣光启三年文集自序所说,其自编文集为《一鸣前集》,诗、笔均有。今本文集中《绝麟集述》一文作于天复二年,其中说乾宁二年他"自关畿窜浙上"时所写之诗亦皆载入《前集》,而此年编《绝麟集》则未言是否入《前集》,抑或另有《后集》,然由此可见今存文集、诗集均非其原编《一鸣集》。据新旧《唐书》、晁公武《郡斋读书志》、《唐才子传》等载,其《一鸣集》或文集皆为三十卷。陈振孙《直斋书录解题》卷十六所记《一鸣集》十卷为"蜀本","但有杂著无诗,自有诗十卷别行"。卷十九又云:"司空表圣集十卷","别有全集,此集皆诗也"。则《全唐诗》谓"有《一鸣集》三十卷,内诗十卷",当是符合实际的。焦竑《国史经籍志》、钱谦益《绛云楼书目》均载有《一鸣集》三十卷。自清初以后所载为文集十卷,另有诗集,不再见有三十卷之记载。可以肯定《一鸣集》三十卷本早在宋代就已经很少见,流传比较广泛的是十卷本文集和十卷本诗集,但是十卷本诗集也有散失,所以明代胡震亨编《唐音统签》时为五卷,究竟是尚剩五卷,还是他把十卷压成五卷,则不可得而知。然而明末钱谦益可能是得到了三十卷本《一鸣集》的。他的绛云楼所藏《一鸣集》为三十卷本,钱谦益在崇祯十四年(1641)所写的《邵幼青诗草序》中曾引用司空图《二十四诗品》中"清奇"一品的文字,其版本和毛晋《津逮秘书》中的《二十四诗品》版本不同。绛云楼失火是在顺治七年(1650),所以钱谦益引文很可能即是来自三十卷《一鸣集》。钱谦益的《绛云楼书目》现存四卷,有陈景云注,一般的书目下卷数是陈景云注的,但是卷三唐文集类中的"司空图《一鸣集》三十卷"却是钱谦益原文,"三十卷"并非陈景云注文。在宋代,有《一鸣集》三十卷本和《司空表圣文集》十卷本和诗集十卷本同时存在。但在宋元时代,三十卷本《一鸣集》就很少见了,而十卷本文集和十卷本诗集则比较流行。所以绛云楼所藏司空图《一鸣集》三十卷应该是很珍贵的宋元古本。三十卷本《一鸣集》中可能就收有司空图的《二十四诗品》,元明以来很多人之所以不知道《诗家一指》等书中《二十四诗品》是司空图所作,是和《一鸣集》三十卷本的罕见和未收《二十四诗品》的《一鸣集》十卷本的流行这种情况有关的。绛云楼所藏三十卷本《一鸣集》的出现,可能就是明末人们开始普遍肯定《二十四诗品》是司空图所作的原因,也是钱谦益确认司空图作《二十四诗品》的原因所在。

第七、陈、汪文章认为《二十四诗品》是伪作的另一个理由是明末以前无人称引,他们认为《二十四诗品》既然是一部重要的诗论著作,怎么会在自司空图死后至明末长达七百余年间没有人称引呢?然而,这其实是个不成问题的问题。我们知道《二十四诗品》只是对诗歌意境的一种生动形象的描绘,而不是论诗歌作法的。所以清代袁枚在其《续诗品序》中说:"余爱司空表圣《诗品》,而惜其只标妙境,未写苦心。"于是他才要作《续诗品》来说明作法。而这种对诗境的描绘更多地是在赞扬其中所体现的精神品格,所以一般人论诗歌创作很难引用它的文句,也没有把它当作诗论或诗格类著作来看待。我们不能用今天对《二十四诗品》的评价来推想古人对它的看法,似乎只要它存在,人们就会对它非常重视,就会在论诗歌创作时加以引用。实际上我们今天对《二十四诗品》的有些评价是并不符合其本意的。这类评价最早、最有代表性的便是朱东润先生《司空图诗论综述》一文,朱先生说:"诗品一书,叮谓诗的哲学论,对于诗人之人生观,以及诗之作法,诗之品题,一一言及。"朱先生并把《二十四诗品》分为五个部分:论诗人之生活(疏野、旷达、冲淡)、论诗人之思想(高古、超诣)、论诗人与自然之关系(自然、精神)、论作品(典雅、沉着、清奇、飘逸、绮丽、纤秾为阴柔之美,雄浑、悲慨、豪放、劲健为阳刚之美)、论作法(缜密、委曲、实境、洗炼、流动、含蓄、形容)。这种分析法是违背作者原意的,这个框架也完全是朱先生强加给作者的,因为原著的二十四品只是对二十四种不同风貌的诗歌境界之描绘,互相之间是平等的,根本不存在哪几品论诗人生活、哪几品论作法之类,即使是最推崇它的王士禛也认为它是描绘"诗境"的,否则袁枚就没有必要作《续诗品》来写其苦心了。至于像《诗品》中所说的"超以象外,得其环中","不着一字,尽得风流","脱有形似,握手已违","离形得似,庶几斯人"等,也都是对诗境的描绘而并非论诗歌创作,只不过它在客观上也流露出了作者的创作思想。所以即使人们知道司空图有《二十四诗品》而不引用它,也并不很奇怪,因为司空图有许多直接论述诗歌创作的重要理论,如"味外之旨""韵外之致""思与境偕""象外之象,景外之景"等,完全可以概括《二十四诗品》中所体现的创作思想,远比引他的《二十四诗品》更能清楚明白地说明问题。比如明代著名学者和诗论家胡震亨、许学夷等都是引用过司空图的诗论的,也见过《二十四诗品》,引用过《诗家一指》的某些内容,但他们并没有引用《二十四诗品》。虽然他们并不认为《二十四诗品》是司空图所作,然而并非因此而不引,因为他引用前人诗论并不以作者为选择的标准,而是从诗论内容着眼的。我们这样说,并不是说《二十四诗品》写得不好或没有价值,而是说它的内容和表现特点使它很难被研究诗歌创作和表现技巧的诗论家所引用。因此,论司空图的诗说而不涉及《二十四诗品》也是正常的,而并不能算一个奇怪的现象。

第八,关于胡应麟、胡震亨、许学夷的理解和认识。陈、汪文章认为明代这三位学者对司空图诗论和《诗家一指》中《二十四诗品》的认识是说明《二十四诗品》非司空图所作的重要根据。胡应麟确实是博学之士,并且是明代后期重要的诗论家。他在《诗薮》中列举唐人诗话而不及《二十四诗品》,根据前面我们对《二十四诗品》情况的分析,这也是毫不奇怪的。因为《二十四诗品》除《诗家一指》有收录外,并没有单行本问世,而且它只是对二十四种诗歌意境的形象描绘,没有讲到具体的诗歌作法,再加上由于《一鸣集》三十卷失传,无人知道其为司空图所作。胡应麟自然也不会将其列入唐人诗话中。胡震亨是明代著名唐诗学家,他广泛收罗唐人诗话达二十八种,而不及《二十四诗品》,他在《唐音癸签》中论及司空图之《与李生论诗书》,亦论及苏轼对司空诗的论述,但是也没有提到《二十四诗品》,其原因和胡应麟同。许学夷是明末的重要诗论家,他在《诗源辨体》中曾提到《诗家一指》中的《二十四诗品》,认为其中所列某品的代表诗人是谁(按此实为元人所加)皆"卑浅不足言",但是没有认为《二十四诗品》是司空图所作,其实这和元明以来人们皆不知《诗家一指》中《二十四诗品》的作者是谁,其原因是一样的。并不能成为否定司空图所作的理由。

从上述八点,可以知道陈、汪文章中并无一条文献根据可以证实《二十四诗品》是伪作,大都是一些怀疑和推测,而很多主要依据均已被否定。至于他们所说的《二十四诗品》非司空图所作的内证就更没有道理了,而且颇多武断之处。这些,我在前面论司空图的生平和思想中已经做了详细论述。

2. 我所写的三篇讨论司空图《二十四诗品》真伪问题的文章*

司空图《二十四诗品》真伪问题之我见①

关于司空图《二十四诗品》的真伪问题,我在《中国文学理论批评发

---

* 这些文章中的部分内容本书前面已有论述,为保留原文面貌,这里不做删节。
① 原载《中国诗学》第五辑。

展史》上卷中已经说过,根据目前的材料还只能存疑。现在我还持这样的看法,因为对司空图《二十四诗品》是否伪作,持肯定和否定的两方面,都还没有难以推翻的确凿材料和证据。陈、汪两位的文章,虽然其结论尚可斟酌,但至少是说明了司空图《二十四诗品》的真伪值得怀疑,现在还没有足够的材料可以证明它确实是司空图所作。对于一部在历史上产生过重大影响的著作,要辨明它的真伪,应当采取客观的、科学的态度,尊重事实,分析材料,研究各种可能性,事先不要带有主观倾向性。我们对于许多问题的认识都有一个过程,研究的深入可能会否定自己原先的观点,但这并不否定自己原先研究的意义与价值,而是研究的发展与进步。根据新的材料改变原先的结论,这并不是不光彩的事,而是一个严肃的科学研究工作者应有的实事求是态度。从这种认识出发,下面我想对大家争论中的几个焦点问题说一点自己的看法。

苏轼《书黄子思诗集后》所说"二十四韵"究竟指什么?

关于"二十四韵"系指《与李生论诗书》中司空图所举自己二十四联诗句而不是指"二十四诗品",并非陈、汪两位首先提出,早在1983年陕西人民出版社出版的《中国古代文论选注》(北京师范大学中文系文艺理论教研室编选)中已经指出,并引洪迈《容斋随笔》卷十所说做证(参见该书第331页注[12])。这一点确是有一定说服力的。苏轼是在引用了《与李生论诗书》关于"味在咸酸之外"说后,紧接着说"盖自列其诗之有得于文字之表者二十四韵,恨当时不识其妙",指司空图自己举出其诗之"味在咸酸之外"者为例,应当是就《与李生论诗书》而言的,如果是指《诗品》,也许苏轼会直接提出《诗品》的名字。又如洪迈所引,苏轼在题跋《司空图诗》中说过:"表圣论其诗,以为得味外味,如'绿树连村暗,黄花入麦稀'此句最善。又'棋声花院闭,幡影石坛高',吾尝独入白鹤观,松阴满地,不见一人,惟闻棋声,然后知此句之工,但恨其寒俭有僧态。"①此也可与《书黄子思诗集后》相印证。所以洪迈的理解一般说是比较合理的。至于说一韵指的是一联诗还是一首诗,宋代虽常以一韵为一首诗,但也不排斥苏轼可以按唐人习惯以一联为一韵来说,因为他论说的是唐人

---

① 见《东坡题跋集》卷二。

的诗,而实际上司空图也是以最好的一联来代表一首诗的,如唐人所习惯的只提其中的秀句来表示其诗的成就。然而在这个问题上也不是一点疑问都没有了,目前似乎还不能绝对排斥苏轼所说"二十四韵"有指《二十四诗品》的可能性。我认为还有下面三个疑问没有解决:

其一,苏轼在《书黄子思诗集后》中论述到司空图的诗说,并引用了他关于"味在咸酸之外"的一段话,但并未直接说明都是根据《与李生论诗书》。他所说"二十四韵"如果是指《与李生论诗书》中的二十四联诗,那就一定要在写此文时认真地对《与李生论诗书》中引诗的数目加以核算,这于常情似不相合,因为对《与李生论诗书》中这种举一些诗例来说明各种情况下的"味外之旨"者,读者似乎没有必要专门去数数有多少例。古人写文章时引用材料一般是凭平常读书的记忆,苏轼写此文亦然,所以他引司空图论诗云:"梅止于酸,盐止于咸,饮食不可无盐梅,而其美常在咸酸之外。"显然和原文不完全相同,只是叙述其大意,而且司空图原文中说的"醯",苏轼引为"梅",经查各本司空图原文均为"醯",当是苏轼误记。为了写这一句话专门去核算引诗的数目,那只有在这数目对说明问题有重要意义的情况下才有可能,而在这篇文章中标明此数目的意义不大,连司空图也没有专门统计有多少联诗有"味外之旨",他实际上只是举例而已,可多可少,并且是按五言、七言、绝句等分别举例的,在司空图的诗中这类诗例还可以找到不少,强调这个数字反而对理解问题有影响,似乎司空图诗中有"味外之旨"者只有这二十四例,所以苏轼写文章时并没有一定要标明这数字的必要性。苏轼这里之所以专门提出"二十四韵",说明他对这"二十四"有特别深刻的印象,而《二十四诗品》则比较符合于这种特点,因此按常情来推测,"二十四韵"指《二十四诗品》的可能性是比较大的。

其二,《与李生论诗书》中所引诗例是不是确为二十四联?不同版本也还存在差别,这也是需要进一步研究的问题。《文苑英华》所收为二十一联,与本集(《唐文粹》同)相比,少四联("人家寒食月,花影午时天","雨微吟足思,花落梦无憀","五更惆怅回孤枕,犹自残灯照落花","殷勤元日日,歌舞又明年"),多一联("暖景鸡声美,微风蝶影繁"),一联异文("日带潮声晚,烟和楚色秋",本集为"戍鼓和潮暗,船灯照岛幽")。南宋周必大《文苑英华》校本据本集补入四联,为二十五联,并注明"日带"一联有异文,《全唐文》所收按周必大校本,亦为二十五联。明代胡震亨《唐音统签》卷七百零四司空图诗五卷前小传下注引也为二十五联,与现存本集本二十四联不同。但有异文的一联为"戍鼓和潮暗,船灯照岛幽",与本集同,而不是"日带潮声晚,烟和楚色秋",亦未注明其有异文。"夜短"一联在"曲塘"一联后,也与本集同,而不像《文苑英华》本是在"雨微"一联后。从文字的差异上看,胡震亨所引有的与本集相同,例如"孤萤出荒池"(《文苑英华》为"孤萤入空巢"),有的与《文苑英华》本、《唐文粹》本同,例如"草嫩侵沙长,冰轻着雨消"(本集为"草嫩侵沙短,冰轻着雨销"),有的与本集、《文苑英华》均异,如"回塘春尽雨"(本集、《文苑英华》《唐文粹》均为"曲塘春尽雨")、"魑魅棘林幽""幡影石坛高"(本集本为"魑魅棘林幽""幡影石幢高",《文苑英华》《唐文粹》为"魑魅棘林高""幡影石坛幽")。特别是本集本"又七言云"以下所引五联的前三联为七律,第四联为七绝,第五联为五绝,下云"皆不拘于一概也",紧接着说:"盖绝句之作,本于诣极,此外千变万状,不知所以神而自神也。"似乎这五联均为绝句,故文字上恐有讹误,《文苑英华》本无第四、第五联绝句则比较通顺,而胡震亨引为:"又论绝句诗本于诣极,则有'殷勤元日日,歌舞又明年','五更惆怅回孤枕,犹自残灯照落花',此外千变万化,不知所以神而自神。"胡引虽是叙述,但较本集本更为确切。这说明胡震亨所引《与李生论诗书》并非据《文苑英华》本,亦非《唐文粹》本与现存本集本,可能另有所据,不知是否为三十卷本《一鸣集》? 又,《唐音统签》卷七百零八司空图诗末所引图诗残句,有七联源于《与李生论诗书》(其中两联为同一首诗中四句),胡震亨于其下注云:"见图与人论诗书,得意者凡二十二联,除有全什外,重记于此。"前文明明共是二十五联,为什么这里又说是二十二联呢? 我以为胡震亨是按司空图原文,只算到"客来当意惬,花发遇歌成"一联,到这里一共二十联,其中有两联下有小注说明上一联的内容,加在一起正好二十二联,基本上都是五言律诗(只"孤萤"一首为五言古诗)。因为司空图在此联下说:"虽庶几不濒于浅涸,亦未废作者之讥诃也。"说明他所举自己有"韵外之致"的作品即到此为止,下面所举则是七言和绝句中之"不拘于一概"者。可见胡震亨是把司空图注中举出的几联也算在内的。值得我们注意的是司空图在《与李生论诗书》中共有四联后加了小注,说明上一联写的内容,例如于"远陂春早渗,犹有水禽飞"下注"上句'绿树连村暗,黄花入麦稀'"。很有意思的是,洪迈所引苏轼在题跋中说到司空图认为他自己有"味外味"的两联诗,其中一联就是司空图所注的上句"绿树"一联,它并不在司空图所说的二十四联或二十五联之中。可见,苏轼和胡震亨都把司空图小注中引的上一联也看作是有"味外味"的作品,于是这里就发生了不少值得思索的问题:是不是《司空表圣文集》本二十四联就一定可靠呢?如果像苏轼那样把"绿树"一联也算作是司空图自己所举有"味外之旨"的诗例,那就最少也是二十五联了,若把注中的四联都加进去,则总数就有二十八九联了。《文苑英华》编定于雍熙四年(987),在苏轼出生前约五十年,是一部影响很大的官方组织编辑的书。《唐文粹》编成于大中祥符四年(1011),是以《文苑英华》为基础的。这两部书苏轼应该是见到过的,但是这两部书中所载《与李生论诗书》则不一样,《唐文粹》本和现存本集比较接近,而三十卷本《一鸣集》中《与李生论诗书》所引是几联就不清楚了。那么苏轼所见的《与李生论诗书》是哪种本子,究竟是几联?这需要认真地加以研究和考定,但是至少我们现在还不能认定苏轼所见《与李生论诗书》一定是二十四联。苏轼既把小注中的诗联也看作是有"味外味"的例子,那么不管哪一种本子都不可能是二十四联。由此可以充分说明,"二十四韵"是否指《与李生论诗书》中的二十四联诗,确还值得做进一步研究。

其三,苏轼所说的"恨当时不识其妙"怎么理解?"其"指什么?"其"之所指可以有几种不同理解:一是指他所引司空图关于"味在咸酸之外"的一段话,二是指他所列举的二十四联诗,三是指《二十四诗品》。第二和第三都是说对它具有"味在咸酸之外"之妙缺乏认识。三者相比,则以第三条较为妥善。因为"味在咸酸之外"的道理,司空图在《与李生论诗书》中已经说得很清楚,苏轼这样的文学家和艺术家不可能体会不到。司空图所列举的二十四联诗之"味外之旨",他自己也已经分析得很清楚,苏轼在上引题跋中也曾指出过。可见,第一、二两条应该说都不存在"不识其妙"的问题,而《二十四诗品》则只是描绘诗境,并未说明其艺术特征,所以不容易"识其妙",可是它的妙处却正在象外有象、景外有景,故而具有"味在咸酸之外"的"醇美"特征。所以从苏轼原文来看,似乎以"二十四韵"指《二十四诗品》较为自然。

结合上述情况来重新考察洪迈的说法,则有洪迈的理解是否符合苏轼原意的问题,同时也有对洪迈原文的理解问题。从洪迈《司空表圣诗》这一节杂记来看,其实也可以有两种理解。除了说"二十四韵"是指《与李生论诗书》中所举诗例外,也可以理解为:他所说的"予读表圣《一鸣集》,有《与李生论诗》一书,乃正坡公所言者",仅指上文"又云:'表圣论其诗,以为得味外味……'"一段,而非指"又云"前"东坡称司空表圣诗文高雅,有承平之遗风,盖尝自列其诗之有得于文字之表者二十四韵,恨当时不识其妙"一段。如果对苏轼说的"二十四韵"之所指不能确定,那么就不能否定司空图作《二十四诗品》的可能性,也不能说司空图作《二十四诗品》是明末人的牵合了。

关于司空图《二十四诗品》明末以前无人称引的问题:

这确是使人怀疑其真伪的重要原因,但它又是和《二十四诗品》本身的性质和历代对它的评价有关系的,不能据此来判断它的真伪。现在看来,《二十四诗品》最晚也是元人的作品,这是没有问题的了。对此,张健的文章已经提供了有确凿根据的材料。《诗家一指》在明代有很多不同版本,像《格致丛书》《冰川诗式》等均曾收入,流传较广,并非难见之书。从元末到明末前的二百多年间,《二十四诗品》之不被称引,显然不是因为它不存在。我认为对《二十四诗品》的高度评价,主要是受王渔洋的影响。其实《二十四诗品》只是对二十四种不同风貌的诗境的描绘,它并没有直接讲到诗歌创作的方法和技巧,故而袁枚说它是"只标妙境,未写苦心",因而有《续诗品》之作。至于清以前书志未见著录的问题,则是与它是否为专书、有无单行本传世有关的,如果它并非诗法诗格类著作,只是作为一组二十四首四言诗存在于诗集中的话,那么书志中没有著录,有关司空图的传记中没有提及,也是并不奇怪的。这里问题的关键在于司空图的诗文集今存已经不全,《一鸣集》的真实面貌已经见不到了(此点我在《中国文学理论批评发展史》上卷已说到)。早在宋代就已经有三十卷本《一鸣集》和十卷本文集(蜀本、无诗)、十卷本诗集并存。三十卷本

《一鸣集》明代尚见著录,但是否还存全本,则目前尚无法断定。诗集至明胡震亨编《唐音统签》为五卷,已是残存之作,散佚了近一半,文集恐也难有完璧。明代前期是否还有十卷本诗集也已不可考。因此我们不能排除三十卷《一鸣集》原本或十卷本诗集中有《二十四诗品》的可能性。

这方面值得注意的是:明人许学夷在《诗源辨体》中曾多次引用司空图的诗论,但他在论到《诗家一指》中的二十四品时,并未说明引自司空图,而对《诗家一指》则明确指出为元人所作。他说:"二十四品:以典雅归揭曼硕,绮丽归赵松雪,洗炼、清奇归范德机,其卑浅不足言矣。"(卷三十五)他对二十四品本身并无贬斥,但认为《诗家一指》把某品归某人,其见解十分"卑浅"。可见,许学夷并不认为二十四品为司空图所作。这一条是陈、汪两位文章中否定《二十四诗品》为司空图所作的重要证据。许学夷生于嘉靖四十二年(1563),卒于崇祯六年(1633),《诗源辨体》初刻于万历四十一年(1613),比毛晋的时代略早一些。可见在晚明毛晋、郑鄤等以前,对《诗家一指》中的二十四品,还没有人明确提出是司空图所作,像许学夷等人则明显不认为是司空图作品。不过这也可以有两种解释:一是《二十四诗品》的确不是司空图所作,二是司空图的诗文散佚十分严重,早在司空图编《一鸣集》时就已遭动乱"残缺亡几"(司空图《一鸣集》自序),《二十四诗品》是依靠《诗家一指》引用而保存下来的,所以明人不知道它是司空图的原作,这种可能性也是存在的。毛晋是根据苏轼《书黄子思诗集后》来考定的,这在当时可能就有不同的意见。胡震亨是毛晋的朋友,为毛晋的《津逮秘书》写过小引、题辞,又为毛晋《隐湖题跋》写过引(毛著收有其《二十四诗品》跋),他应当知道毛晋对《二十四诗品》作者的看法,但他并没有表态,也没有在《唐音统签》中收入《二十四诗品》。胡震亨在《唐音统签》司空图诗残句小注中曾引用到苏轼题跋《司空图诗》的一段话,也就是洪迈《容斋随笔》卷十所引的一段话,胡震亨肯定也是知道洪迈的看法的,然而他又并没有据此来否定毛晋的《二十四诗品》跋,说明他对苏轼说的"二十四韵"究竟指什么,也不能断然做出结论,因此也不能判明司空图《二十四诗品》的真伪。

关于司空图《二十四诗品》真伪的内证问题:

判断一部书的真伪,固然不能仅仅靠内证,但内证也应该是必须考虑的重要方面。史料和文献的根据有时往往不充分,常有不清楚或互相矛盾之处,也有些是错误的,但是我们今天已无法分辨。在这种情况下内证就更有其重要意义。《二十四诗品》实际上是二十四首优美的四言诗,在它所描绘二十四种不同风格的诗境中,都鲜明地体现了作者的思想品格和精神情操,这些在二十四品中是一致的。这里值得我们研究的是:《二十四诗品》中的这种思想品格和精神情操,和司空图在他的诗文创作中所体现的思想品格和精神情操是否一致?我以为这两者之间是既有相同的地方,而又存在着一些差异的。《二十四诗品》中所体现的是非常突出的老庄精神品格,几乎每一品都展示着老庄虚静恬淡、超尘拔俗的思想情操和人生理想,这与司空图的生平思想以及其诗文创作确有类似的一面。司空图隐居中条山王官谷,崇尚佛老,与名僧高士交游,还和朋友在预先为自己造好的墓穴中饮酒赋诗,认为"达人大观,幽显一致"。他的诗文著作也有这种精神情趣的体现,例如"取训于老氏,大辩欲讷言","名应不朽轻仙骨,理到忘机近佛心","与靖节、醉吟第其品级于千载之下"等。但是司空图的本性并非属于醉心佛老、清心寡欲、虚静恬淡之辈,而是有儒家积极入世的强烈事业心的人,他极其关心李唐王朝的兴亡,只是由于无法挽狂澜于既倒,眼看李唐王朝颓败之势已成,自己又无回天之力,才不得不带着深沉的痛苦,企图从佛老中去寻求精神上的解脱,所以即使在他抒写佛老淡泊情趣的诗中,也都流露出一种无可奈何的感伤情绪,总带着一些悲哀、沉痛的色彩,也就是说,他的内心实际上并没有达到真正的虚静恬澹。例如《杂题》九首之二说:"暑湿深山雨,荒居破屋灯。此生无忏处,此去作高僧。"实是因为悲凉寂寞而不得不去做高僧。之九又说:"溪涨渔家近,烟收鸟道高。松花飘可惜,睡里洒《离骚》。"他在思想深处更贴近屈原,而并不像庄周那样超脱。他在《退居漫题》七首中表面上是"堤柳自绵绵,幽人无恨牵","身外都无事,山中久避喧",但是真正的原因是"青云无直道,暗室有危机",使他只好"努力省前非"。这种"幽人"的心境和《二十四诗品》中的"幽人"心境显然也有所不同的,后者则接近真正的淡泊空寂,"幽人空山,过雨采蘋,薄言情悟,悠悠天钧"。"忽逢幽人,如见道心","载瞻星辰,载歌幽人","体素储洁,乘月返真"。从司空图的诗歌创作来看,最有代表性的是那些隐居避世而又心系朝廷、充满感伤压抑情调的作品,如"故国春归未有涯,小栏高槛别人家。五更惆怅回孤枕,犹自残灯照落花"(《华下》)。《二十四诗品》中确实也有一些忧愁悲苦心情的流露,例如"欢乐苦短,忧愁实多"(《旷达》),"语不涉难,若不堪忧"(《含蓄》),"壮士拂剑,浩然弥哀"(《悲慨》)等。但是和司空图诗歌创作相比较,这种成分要少得多,也轻得多。当然,这种现象也可以用《二十四诗品》主要是表现他心如死灰时的精神状态来解释,然而《二十四诗品》和他的诗歌创作在精神境界方面存在一定差异,也是不可否认的事实。因此从内证方面说,我以为也存在着两种可能性,而无法由此来证明司空图《二十四诗品》的真伪。

关于《二十四诗品》的用语问题:

《二十四诗品》的某些用语和司空图以前或以后的诗人之诗句确有相类似的地方,如"如有佳语,大河前横"和黄庭坚的"出门一笑大江横"等,然后这都是存在着两种可能的,既可能是后来的作者受黄庭坚影响,也可能是黄庭坚受司空图影响,很难以此来证明司空图《二十四诗品》的真伪。这方面我认为只有新加坡王润华先生在《司空图新论》中提出晚唐徐夤的诗《寄华山司空侍郎》与《二十四诗品》的关系很值得重视。徐诗云:"山掌林中第一人,鹤书时或问眠云。莫言疏野全无事,明月清风肯放君。"这会不会是徐夤读了《二十四诗品》后所写,我以为也不是没有可能的。这不仅因为《二十四诗品》中有"疏野"一品,而且"鹤书""眠云""明月清风"似也可认为是与《二十四诗品》有某种关系的。《二十四诗品》中有"饮之太和,独鹤与飞","书之岁华,其曰可读","白云初晴,幽鸟相逐,眠琴绿阴,上有飞瀑",是否即为"鹤书""眠云"之来源?至若"明月清风"的境界,则在《二十四诗品》中就更多了,如"海风碧云,夜渚月明","月出东斗,好风相从","月明华屋,画桥碧阴","如将白云,清风与归","犹春于绿,明月雪时","荒荒油云,寥寥长风",等等。当然,仅仅凭这一条也不能证实《二十四诗品》为司空图所作,因为诸如"疏野""明月""清风"一类的词语,唐人诗中用得也很多,如李白的"清风朗月不用一钱买,玉山自倒非人推"等等,很难说徐夤诗中用语一定和《二十四诗品》有关,但在二十八字中有这么多的诗境用语与《二十四诗品》相近,是否属于偶然的巧合,这是需要我们深思的。

从上面几方面看,《二十四诗品》是否司空图所作,确实还无法下一个肯定的结论。真伪问题的提出,是从对苏轼《书黄子思诗集后》中所说"二十四韵"的理解出发的:如果"二十四韵"是指《与李生论诗书》中二十四联诗,那么说司空图作《二十四诗品》就没有根据;如果"二十四韵"是指《二十四诗品》,则怀疑其真伪也就完全不能成立了。但是我们现在对此还不能得出明确的结论。在这样的情况下,我认为司空图《二十四诗品》的真伪问题还是存疑为好,我们需要对一些关键材料和问题做进一步的深入研究、考辨。我相信经过大家的努力,司空图《二十四诗品》的真伪问题是可以得到解决的。

再谈司空图《二十四诗品》的真伪
——兼论学术讨论中的学风问题①

关于司空图《二十四诗品》的真伪问题,自从陈尚君、汪涌豪先生提出后,这几年成为学界争论的一个热点问题。我在拙作《中国文学理论批评发展史》及《司空图〈二十四诗品〉真伪问题之我见》一文②(以下简称《我见》)中已经明确地讲述了我的看法,即从目前所能掌握的材料来看,还只能存疑。现在还不可能断定《二十四诗品》是否是司空图所作。对于一些坚持《二十四诗品》非司空图所作的学者来说,不同意我的意见是很正常的。我也很欢迎他们对我提出的一些疑问做出科学的解释,如果证据很充分,我也会欣然同意的。因为学术研究必须以客观事实为根据,而不应该以排斥异己的主观武断去强加于人。《我见》一文发表后,有些坚决认为《二十四诗品》非司空图所作的研究者,觉得我提出的一些疑问,特别是关于苏轼《书黄子思诗集后》一文如何理解的问题,是不利于他们的观点的,如周裕锴先生在《人民政协报》发表的文章③就不同意我的看法。这本来是很正常的事,不过周先生为了反驳我的文章,却歪曲了我的观点,把我说成是"主张《二十四诗品》为司空图所作"者,然后在并无充分根据的情况下说我"割裂了苏轼原文",这就不太合适了。周先生的文章

---

① 原载《南洋教育学院学报》2000年第2期。
② 载《中国诗学》第五辑,后收入拙作《夕秀集》,华文出版社1999年版。
③ 《司空图〈二十四诗品〉真伪刍议》,载《人民政协报》1998年9月28日。

发表时,我正在澳门讲学没有看到。从澳门归来后,有朋友给我送来周先生文章,本来我并不想答辩,因为同行朋友只要一看我的《我见》一文,是会有是非判断的,无须我多说。近来我读司空图的诗文,又想补充说一点司空图《二十四诗品》真伪应当存疑的看法,同时还想对学术讨论中的学风问题发表一点感想,顺便也对周先生文章中涉及拙作《我见》一文的某些看法做一些解答,并补充一点新材料,为此,也欢迎周先生继续和我讨论。

我在应张伯伟先生之邀写《我见》一文时,觉得在讨论司空图《诗品》真伪问题时,对苏轼《书黄子思诗集后》一文如何正确理解是一个关键,是不是能像洪迈那样理解还有些疑问需要解决,但这是在肯定"洪迈(对该文)的理解一般说是比较合理的"前提下所提出来的,还特别说明有关"二十四韵"不是指《二十四诗品》,而是指《与李生论诗书》中司空图自己摘出的二十四联诗这个问题,早在1983年北京师范大学编的《中国古代文论选注》中已经根据洪迈的说法而提出,我说:"这一点确是有一定说服力的。"然而科学研究要求有严谨客观的态度,因此在肯定的前提下实事求是地提出值得研究的疑问是必要的。我在文中对司空图《诗品》的真伪提出了四个问题,而对苏轼原文的理解只是其中的一个问题。在这一个问题中我讲了三点:第一,苏轼说的"二十四韵"并非没有指《二十四诗品》的可能;第二,苏轼看到的《与李生论诗书》是哪一种版本,其中司空图所引自己的诗句究竟是不是二十四联,无法确定;第三,苏轼所说"恨当时不识其妙"指的是什么,有一个如何理解的问题。我也很希望周先生帮助我解释这些疑问,只是周先生在并没有什么新材料的情况下,也没有看清我文章的意思,就武断地加以否定。他在批评我对"不识其妙"提出的疑问时,强调了苏轼"不识其妙"不可能是指《二十四诗品》,而断定是指司空图的诗,其根据是苏轼早晚期文艺思想的不同。他认为苏轼的《书司空图诗》和《书黄子思诗集后》两篇文章的写作时间有先后之别,表现了苏轼"由早年的推崇'雄放'转向晚年的倾慕'淡泊'","'恨当时不识其妙',乃是苏轼对自己以前看低司空图诗的一种检讨,更确切地说,是对自己在《书司空图诗》中'但恨其寒俭有僧态'的评语的检讨"。但这种说法实在是颇值得商榷的。因为按周先生的考证,《书司空图诗》写于1084年苏轼游庐山五老峰后不久,但此时苏轼已年近五十,还能算"早年"吗?周先生又考证《书黄子思诗集后》写于1094年后,那么苏轼的文艺思想"由早年的推崇'雄放'转向晚年的倾慕'淡泊'"真是在这十年中变化的吗?对苏轼的文艺思想能够做"由早年的推崇'雄放'转向晚年的倾慕'淡泊'"这样的概括吗?我不禁又要提出这样的疑问了。苏轼的文艺思想在早年和晚年是有不同的,但不像周先生所概括的那样。苏轼少年时代就喜欢《庄子》(参见《东坡文谈录》),青年时代在受儒家思想影响的同时,就开始接受道、佛思想,其《留题仙都观》云:"安得独从逍遥君,泠然乘风驾浮云,超世无有我独存。"嘉祐六年(1061)《和子由渑池怀旧》中说:"人生到处知何似,应似飞鸿踏雪泥:泥上偶然留指爪,鸿飞那复计东西。"已有禅意。其《送文与可出守陵州》诗云:"清诗健笔何足数,逍遥齐物追庄周。"在《王大年哀辞》中,他说:"予之喜佛书,盖自君发之。"这些都是苏轼在二十几岁到三十几岁写的诗文,这时他还很年轻。中年以后苏轼由于政治上的坎坷遭遇,佛老思想愈加浓厚,到晚年而更甚。从文艺创作来说,确是早年"雄放"的多一些,晚年"淡泊"的多一些,然而早年也有很多"淡泊"的作品,晚年也有不少感伤、愤激之词。但从文艺思想来说,和创作更有所不同,早年是比较强调"有为而作",但在艺术上还是重在自然平淡,看不到有什么提倡"雄放"的论述。更何况《书司空图诗》一文即按周先生考证的写作年代,也已经不属"早年",而此文并非"看低司空图诗",而是在赞扬司空图诗的"味外味",并以自己亲身经历说明"然后知此句之工",而批评它"寒俭有僧态",正是说它"淡泊"得不够彻底。因此周先生说"恨当时不识其妙"是对《书司空图诗》一文中"看低司空图诗",是对批评图诗"寒俭有僧态"的"检讨",我以为是不符合实际的,也是缺乏根据的。至于我所说的现在无法弄清楚苏轼所看到的《与李生论诗书》是哪一种版本,其中所引诗是不是二十四联,这是很重要的,因为苏轼看到的司空图《与李生论诗书》如果不是二十四联那一种版本,而是二十一联或二十五联的版本,那么苏轼说的"二十四韵"肯定就是指《二十四诗品》,《二十四诗品》也就可以肯定是司空图所作。但周先生没有正面回答我的问题,而是答非所问地说:"苏轼并非版本学家,他完全可以只管他看到的版本所引诗例是二十四联,而不去理会张氏所考证的其他版本的二十一联、二十五联。"我并没有说苏轼是版本学家,也没有叫苏轼去考证究竟是几联,我要向周先生请教的是:您怎么知道苏轼看的一定是二十四联那一种版本呢？您是先肯定"二十四韵"一定是指二十四联诗,然后才得出他看的是二十四联那一种版本。以不能确定的前提去做出一个肯定的结论,这不是犯了一个最起码的逻辑错误吗！其实,《与李生论诗书》中所引诗的联数,不仅在宋代有二十一联、二十五联的不同版本,这里我还可以补充一个材料:宋代的刘克庄在《后村诗话》后集卷一中说司空图在《与李生论诗书》中是"自摘其警联二十六"！再次,苏轼的《书黄子思诗集后》确实并没有说明他对司空图的诗论唯读过其《与李生论诗书》,在文中也没有提到这篇文章的名字,洪迈说他所引"梅止于酸"一段及其发挥是根据《与李生论诗书》也不错,但是我又指出对洪迈的说法,"有一个洪迈的理解是否很全面地符合苏轼原意的问题,同时也有一个对洪迈原文的理解问题"。因为《二十四诗品》现在不能断定不是司空图所作,所以也不能排斥苏轼读过《二十四诗品》的可能。周先生的研究方法是先断定《二十四诗品》不是司空图所作,然后来论述《书黄子思诗集后》所论都和《二十四诗品》无关,并说我"割裂苏轼原文"。这岂不又犯了我前面所指出的同样的逻辑错误吗！而周先生对原文的解释,其实我在《我见》一文中已经指出,一般说这样理解是对的,所以我不肯定《二十四诗品》一定是司空图所作。此点,周先生可能又忽略了。我是在这种一般理解的基础上进一步提出一些可以深入研究的问题。可惜,周先生并没有回答我的问题,也没有做出有说服力的解释。

现在,我想对《二十四诗品》的真伪问题目前只能存疑,再说一点补充意见。近来我又仔细地读了司空图的诗文,研究了他的生平和思想发展,以及他诗歌中的意象特点,结果我发现从这些方面,既可以说明司空图有写作《二十四诗品》的可能,也不能断定《二十四诗品》一定是他所作。关于司空图的生平、思想和他诗歌中的意象特点,我准备另写专文。这里我只想从它们和《二十四诗品》的真伪之关系上说一点看法。

司空图的生平思想可以分为五个时期:一、由家居读书至咸通十年中进士(869年以前)。从这一时期他主要是在虞乡家中读书,从他所写的《与惠生书》中可以看出,他对末世的危亡有深切的感受,并且有济时救世的雄心壮志。他说自己在"便文之外,往往探治乱之本","壮心未决,俯仰人群","愿修讨源,然后次第及于济时之机也"。同时他也看到积重难返,不可能挽狂澜于既倒,要根本改变这种现状是非常困难的。因此他的态度是能做多少做多少,也不必去做明知做不到的事。这就是他早年的政治主张和处世态度。二、由咸通十年中进士到广明元年黄巢起义军攻陷长安(869—880年)。这十二年是司空图真正从政为官的时期。大约在咸通十二年(871),司空图的恩师王凝被贬为商州刺史,司空图随他在幕府当幕僚。乾符五年朝廷召拜司空图为殿中侍御史,但司空图因王凝去世而未能按时于百日内赴阙上任,遂被弹劾,左迁光禄寺主簿,分司东都。司空图秋天到洛阳,受到由宰相被贬为太子宾客的卢携的厚待。后卢携复为宰相,朝廷召拜司空图为礼部员外郎。正在他政治上比较得意的时候,黄巢攻下长安,司空图陷落城中,后逃归中条山王官谷。自此后,司空图为农民起义的狂潮所惊骇,对唐王朝振兴渐感绝望,隐居避世的思想就逐渐浓厚起来了,并竭力从佛老思想中寻求精神解脱。其《自诫》一诗中说:"众人皆察察,而我独昏昏。取训于老氏,大辩欲讷言。"三、由广明元年逃归王官谷到龙纪元年移居华阴(880—889年)。这将近十年时间是司空图思想比较矛盾的时期,一方面他看到时局的艰危,朝廷的腐败,对济时救世开始丧失了信心,于功名利禄也极为淡薄;另一方面则又对自己长期以来形成的入世干时做一番事业的雄心壮志没有完全死心。在这期间曾有三次重新当官的机会,两度应诏到长安,但都只是昙花一现而已。唐昭宗龙纪元年,他被召复拜中书舍人,但不久就以病为名辞官。此年唐王朝和李克用发生战争,司空图家乡战火绵延,无法返回中条山了,由此开始了他"十年华山"的隐居生活。从这一个时期他的三次征诏情况看,是一次比一次更消极,退隐也就愈来愈坚决了。四、从龙纪元年到天复三年返回王官谷的寓居华下时期(889—903年)。在此期间昭宗曾四次征诏司空图为官,但是他都以病为名辞官不做,有两次(892、896年)连长安都没有去,只是上表辞谢。这说明他归隐之心已决,早年的雄心壮志已经在无可奈何之中雪消冰化了。逃名、避世的隐居生活,不得不使他日益增长对道家思想和生活的兴趣。他曾和许多名僧交往,诗酒相酬,然而他不能像佛家那样看破红尘,四大皆空,而是和老庄那种因愤激于世而超脱尘俗更有着心灵上的相通、共鸣之处。这些从诗僧齐己、虚中和诗人徐夤、尚颜给他的诗中都可以看得很清楚:"非云非鹤不从容,谁敢轻量傲世踪。紫殿几征王佐业,青山未拆诏书封。"并且具有道家风度:"白昼梦仙岛,清晨礼道经。""换笔修僧史,焚香阅道经。"司空图在华山十余年的生活中,无非是看书、吟诗、饮酒、赏花、下棋、炼丹、吃药,他自称"幽人",自比"鸾鹤",最喜欢菊花,日与名僧、高士相往来,流连忘返于华山清景之中。他有很多诗都是写他这种生活的。比如《下方》《僧舍贻友人》《华下送文浦》《华下》《闲夜》《雨中》、《即事》九首、《杂题》九首、《退居漫题》七首等等,在这些诗中,我们可以看出司空图虽然对唐王朝的命运不能忘怀,对儒家的人生哲学也没有抛弃,但是他的生活和思想却在按照释老的方式运行,而且愈来愈释老化了。五、从天复三年回王官谷到开平二年他去世(903—908年)。在这最后的五六年中,司空图是更为彻底地当了隐居高士,放弃了他的济时救世之志。他回到家乡之后,修葺了王官别业,把已被毁坏的濯缨亭重建,改为"休休亭",并且撰写了《休休亭记》。借一僧友之语云:"与靖节、醉吟第其品级于千载之下,复何求哉!"并说:"休休休,莫莫莫,一局棋,一炉药,天意时情可料度,白日偏催快活人,黄金难买堪骑鹤。"

从以上所说司空图生平思想以及他的诗歌创作情况来看,根据《二十四诗品》以道家思想为核心的特点,他写作《诗品》的<u>可能性</u>是完全存在的。司空图在二十多年的隐居生活中,作为他的生命之支柱的主要有三个方面。一是释老思想,道经和佛典是他生活中的重要伙伴,尤其是研读道经、烧炼丹药,成为他排遣痛苦和忧愁、获得精神解脱的主要途径。在司空图是诗歌有许多道家生活的描写,以及和高僧的诗酒往来,这和虚中、尚颜、徐夤等人赠诗中的描写是一致的。二是诗歌艺术,写诗和论诗是他闲居无事时的主要生活内容,诗和他的二十多年隐居生活结下了不解之缘。而且他也有创作四言诗的经验,比如他写的《诗赋》就是一首很好的四言诗。他以诗来抒写隐居生活情趣,也散发一些对时世的感慨,但并不重视诗歌的社会政治意义和教育作用,对诗的研究主要是在诗歌的艺术技巧方面。三是山水景物,无论是中条山,还是太华山,都有幽美、秀丽的自然风光,这是他移情遣兴、萌发诗意的最好客观环境。司空图的诗歌中有许多是对华山景色的描写,它和《诗品》中有关华山景色的描写是较为一致的。而这三方面也都符合写作《二十四诗品》的主观条件和客观条件。

《诗品》是专心致志地研究诗歌创作的人才能写出来的,同时也需要有相对安定的环境来让作者细致地思考琢磨,同时它又不是一般的诗歌评论,而是属于诗歌作法,也就是诗格、诗式一类的作品。而中晚唐时的这一类著作大都出于诗僧、隐士之手,如中唐有皎然《诗式》《诗议》,晚唐有郑谷、齐己等合撰的《新定诗格》,齐己的《风骚旨格》,虚中的《流类手鉴》,徐夤的《雅道机要》等,郑谷、徐夤都归隐山林,齐己、虚中均为诗僧。他们都是乱世的隐居闲人,又醉心于诗歌艺术技巧的研究,恰好都是司空图的朋友。而司空图则无论在诗歌创作还是诗歌理论方面都要高出他们一头,因此写出《诗品》这样既属于诗格诗式范围内,又有较高理论水平的《诗品》,应该说是合乎情理的。司空图《诗品》之"品"和钟嵘《诗品》之"品"不同,不是指诗的高下等级,而是指诗的不同的风貌,相互间不分优劣,因此和齐己、虚中等的"体""式""门"有类似之处。齐己《风骚旨格》中有"十体",也均用二字概括,其中"清奇""高古"和司空图《诗品》中的两品一样,不过没有对每一品做描述。书中另有"二十式""四十门",也都是用二字概括,如"二十式"中有"高逸""出尘"等,"四十门"中有"隐显""清苦""想象""志气"等。虚中的《流类手鉴》说:"善诗之人,心含造化,言含万象。"在对诗的认识上也和《诗品》是比较一致的。徐夤的《雅道机要》中的"明门户差别""明联句深浅""明体裁变通",即是对齐己的"四十门""二十式""十体"做具体发挥,主要是引诗例为证。司空图处在这样的客观环境下,确是存在着写《诗品》的<u>可能性</u>的。这就使我们想起王晞《林湖遗稿序》(此文的真伪尚有争议,见下文)中所说的"全十体,备四则,该二十四品,具一十九格",恐怕还是有一定根据的。

如果我们把司空图的诗歌中有代表性的意象和《诗品》的意象做一番比较,也可以发现他们之间确有非常多的共同性。比如"流莺""碧桃"的意象,《诗品·纤秾》:"碧桃满树,风日水滨,柳阴路曲,流莺比邻。"司空图诗《鹂》:"不是流莺独占春,林间彩翠四时新。"《移桃栽》:"禅客笑移山上看,流莺直到槛前来。"《狂题》十八首之十五:"昨日流莺今日蝉,起来又是夕阳天。"《携仙箓》九首之九:"移取碧桃花万树,年年自乐故乡春。"又比如"碧空""碧云"的意象,《诗品·沉着》:"海风碧云,夜渚月明。如有佳语,大河前横。"《高古》:"月出东斗,好风相从,太华夜碧,人闻清钟。"《清奇》:"可人如玉,步屧寻幽,载瞻载止,空碧悠悠。"司空图诗,《游仙》二首之二:"月姊殷勤留不住,碧空遗下水精钗。"《寄永嘉崔道融》:"碧云萧寺霁,红树谢村秋。"《陈疾》:"霄汉碧来心不动,鬓毛白尽兴犹多。"《秋景》:"旋书红叶落,拟画碧云收。"此外,《诗品》中有"画桥碧阴""碧山人来""碧松之阴""碧苔芳晖"。司空图诗中有"纱碧笼名画"(《赠信美寺岑上人》)、"碧莲黄菊是吾家"(《雨中》)、"相招须把碧芙蓉"(《送道者》二首之一)、"青山满眼泪堪碧"(《敷溪桥院有感》)、"芭蕉丛畔碧婵娟"(《狂题》十八首之十三)等,喜欢用"碧"字是和他高洁情操分不开的。再比如"幽人"的意象,《诗品·洗炼》:"载瞻星辰,载歌幽人,流水今日,明月前身。"《自然》:"幽人空山,过雨采蘋,薄言情悟,悠悠天钧。"《实境》:"取语甚直,计思匪深。忽逢幽人,如见道心。"司空图诗,《退居漫题》七首之二:"堤柳自绵绵,幽人无恨牵。只忧诗病发,莫寄校书笺。"《僧舍贻友人》:"竹上题幽梦,溪边约敌棋。"《秋思》:"势利长草草,何人访幽独。"《杂题》:"孤枕闻莺起,幽怀独悄然。"此外,像"鹤""菊""烟萝""天风"等意象,以及许多比较特殊的词语,如"晴雪""绿荫""真迹""机""默""岁华""南山"等,在《诗品》和司空图诗中都是常用的。

  当然,上面这些只是说明司空图有写《诗品》的可能性,都不能据此来断定《二十四诗品》就是司空图所作,所以在有确凿证据之前,《二十四诗品》的真伪问题仍然只能存疑,但是对武断地确认《二十四诗品》一定是伪作的人来说,提出这些问题,可能还是有参考意义的。我在《我见》一文中还提出了《二十四诗品》明末以前无人称引并不足以说明它非司空图所作的问题,还指出《二十四诗品》用语和宋人某些诗句接近可能有两种情况,即宋人化用《二十四诗品》,或《二十四诗品》作者化用宋人诗句。周先生文章最后一部分,所说《二十四诗品》某些用语是化用宋人的说法,也只是一种猜想,周先生怎么知道就不是宋人化用《二十四诗品》呢?至于说"语不欲犯"一句,"犯"在佛典中是一个常用词,有什么根据说"语不欲犯"一定是从宋人论诗和由曹洞宗语中化出呢?而且司空图在早年跟随王凝做幕僚就曾南下湖南、安徽等地,后来寓居华下期间于乾宁二年至三年又曾南下郧阳、涔阳、松滋等地,并不像周先生所说"隐居于北方"而与南方"迥不想接",对曹洞宗也未必一无所知。

说到这里,我就不能不对当前某些不良学风说一点感想。学术研究中有许多问题是需要开展讨论和争鸣的,真理总是愈辩愈明的。但人们对真理的认识都只能是相对的,每一个人都不是万能的,都有他的欠缺和不足,过于绝对化本身就是不科学的。学术研究是为了认识真理,而不是为了要维护某个人的"权威"。认识真理要根据实践,对学术研究来说,就是要在深入研究的基础上,发掘新材料,提出新观点。学术研究要根据事实说话,而不应该为了强调自己某个观点的正确,用"学阀"式的武断,甚至不惜歪曲别人的观点,去否定与自己意见不同的看法。特别是像《二十四诗品》的真伪这种目前根本还没有确凿材料可以说明的问题,硬要把自己的看法强加给别人,把别人提出的、你还没有过硬材料加以说明的疑问,简单地用一句"站不住脚"去否定,其实是不能解决问题的。陈尚君、汪涌豪先生文章的价值在提出了疑问,指出说《二十四诗品》是司空图所作尚无确凿根据。但他们文章中所说《二十四诗品》系明人怀悦所作的说法,已被北京大学张健博士用确切的材料所否定①,而《诗家一指》的时代和作者也无法断定,张健博士文章中指出至少元代已有《诗家一指》,并怀疑有虞集所作可能,但也还无确证。其中的《二十四诗品》是抄录前人抑或《诗家一指》作者所撰,也都无法确定。四川大学古籍所祝尚书先生所发现的宋人王晞《林湖遗稿序》,其中有"全十体,备四则,该二十四品,具一十九格"之说,束景南先生考证为伪作②,但我细读束先生文章,其说多为据序中内容所做的推测,虽有一定道理,并无十分确凿的材料根据,因此《林湖遗稿序》的真伪问题也是一个悬案。而束文根据《诗家一指》是怀悦所作的错误说法,说此文是抄袭了怀悦《诗家一指》中"明十科,达四则,该二十四品",显然不合适,即或说是抄《诗家一指》,也是先肯定是

---

① 见张健《〈诗家一指〉的产生时代与作者》,《北京大学学报》1995 年第 5 期。文中已用确切材料证实早在怀悦出生前已有《诗家一指》一书。此点已为学术界所公认。陈、汪文章中最值得注意的一条材料是明人许学夷《诗源辨体》中论到司空图诗论,也看到《诗家一指》,但没有把"二十四品"作为司空图著作,这至少说明在晚明对《二十四诗品》是否司空图所作有不同看法。然而,由于《一鸣集》三十卷原本已不传,《二十四诗品》又非单行本,许学夷也有可能不知道它是《诗家一指》作者从前人著作中抄录而来。因此,也不能据此断定《二十四诗品》非司空图所作。

② 见《中国诗学》第五辑束景南《王晞〈林湖遗稿序〉与〈二十四诗品〉辨伪》。

伪作而做出的结论。所以如果《林湖遗稿序》不能肯定是伪作,这个说法自然也就不能成立了。客观地说,《林湖遗稿序》若不是伪作,则二十四品之说早在宋代就已有了。这又是一个目前无法确定的疑问。研究的深入,愈来愈说明断定《二十四诗品》非司空图所作并没有很充分的根据,而其是司空图所作的可能性确实是存在的。更何况为什么明末清初像钱谦益、王夫之、王士禛、赵执信、厉鹗、纪昀、杭世骏、薛雪、沈德潜、袁枚、翁方纲等那么多大学问家、文献学家、文学家、诗论家都肯定是司空图所作,也没有人能回答,说他们都上了毛晋的当,误读了苏轼文章的意思,显然也是不能说服人的。因为《诗家一指》并不是难见之书,自明代以来有很多版本,他们不可能谁也没见过。像周先生这样断定非司空图所作的人,实际上也对此采取了回避态度,而并不敢正面涉及。因此《二十四诗品》是不是司空图所作只能存疑,以待进一步的研究。可是有的研究者却一定要把这种尚不可能有结论的问题,按照自己的观点炒作成为定论,认为炒得愈红火,名气就愈大,追求所谓的轰动效应,这种学术风气,我看真是应该降降温了。一个真正的学者既要在扎实材料的基础上勇于提出问题,也要敢于在事实面前承认自己的不足和失误。科学的学术研究,要正确地对待别人提出那些不利于自己的材料和证据,应该正面做出有说服力的说明,给以认真的解释。如果确实说明自己有考虑不周的地方,应该实事求是地更正自己的观点。避开这些问题,或强词夺理地为自己辩解,都不是一种科学的、严谨的态度,也不利于研究的深入,而且造成一种不讲科学、不以事实说话的坏风气,甚至利用关系发表文章互相吹捧,对与自己不同观点的人,不讲道理地恶语相加,老子天下第一,谁也不能提不同意见。这样下去还有什么公平的学术讨论可言呢?其实,学术上的不同意见是正常的,大家应该在相互尊重、平等自由的氛围中,在以事实、材料为根据的前提下,切磋琢磨,取长补短,使一些疑难问题的研究逐步深入。这个过程中可以有激烈的争论,可以保留自己的观点,但都应当以理服人,而不要以势压人。这里,我还想提到的一点是,《人民政协报》"学术家园"在发表周裕锴先生这样一篇对自己所批评文章的观点都没有看清的文章时,竟然还特别加上了"编者按",竭力赞扬它如何"层层分析,丝丝入扣"。我不知"编者"是否真正研究过司空图《二十四诗品》的真伪问题,是否看过我和另一位被周先生批评的王步高先生的文章(本文不想涉及周先生对王步高先生文章的批评,这应该由王步高先生去评价)。我们不能要求一个报纸学术方面的编辑对什么学术问题都精通,但是一个严肃的编辑是不应该对尚无结论的学术争论随便地用按语的方式来表态,并且对歪曲了别人观点的批评文章不认真审视就妄加赞美的。这既不符合百家争鸣的方针,也不利于提倡严谨的学风。我衷心地希望报刊杂志这些学术园地不要助长"炒作风",都能为树立良好的学风、为学术的繁荣发展做出贡献。

清代学人论司空图《诗品》①

《二十四诗品》究竟是否是司空图所作,近年来学界争论颇多,目前还没有能为大家所认同的结论。其中有一个非常值得我们注意的问题,是清代学者对司空图《二十四诗品》的看法。郭绍虞先生《诗品集解》曾收集了大量清代有关司空图《二十四诗品》的序跋题记和题咏演补,但是还有许多重要的材料未曾收入,特别是从明末到清前期许多有影响的学者和文人的看法,这些对于我们研究司空图《二十四诗品》的真伪是很有参考价值的。

司空图的《二十四诗品》在清代的学者中有极为广泛深刻的影响,没有人怀疑过它的真实性,他们中有很多是国学根底深厚的大学问家或著名的诗学批评家,如钱谦益、王夫之、王士禛、赵执信、厉鹗、纪昀、杭世骏、薛雪、沈德潜、袁枚、翁方纲等,皆有所论述,而到嘉庆以后则论述的人更多,还有不少对《二十四诗品》的演绎仿作,如果按陈尚君、汪涌豪先生《司空图〈二十四诗品〉辨伪》②所说,像明代的胡应麟、胡震亨、许学夷等"饱学之士"都不知道或不承认司空图有《二十四诗品》,况且《诗家一指》又并不是难见之书,为什么清代的学者竟会毫不怀疑呢?上述清代学者和诗人大概不可能都没有读过胡应麟、胡震亨、许学夷的著作,也不可能都没有读过《诗家一指》,但居然没有一个人提出过质疑,难道他们都像明末郑鄤、毛晋那样"误读"了苏轼《书黄子思诗集后》,或相信了郑鄤、毛晋

---

① 原载台湾中山大学编《清代学术研讨会论文集》。
② 见《中国古籍研究》第一卷。

的"误解"?现在认为《二十四诗品》非司空图所作的人都认为,从晚明到清代认为它是司空图所作,是受毛晋《津逮秘书》司空图《诗品》跋语的影响(郑鄤的书刻于明亡之后),因为它的跋语当是写于崇祯五年(1632)左右,但是这种说法是很值得怀疑的。因为晚明认为《二十四诗品》是司空图所作的人很多,他们难道都受毛晋跋语影响吗?

比如作为毛晋老师的钱谦益在明崇祯十四年所作的《邵幼青诗草序》中说过这样一段话:"司空表圣之论诗曰:'晴雪满竹,隔溪渔舟。可人如玉,步屧寻幽。'吾之遇二邵于斯也,表圣之所云,显显然在心目间,称之曰诗人焉,其可矣。吾游黟山不获,见桃花如扇,竹叶如笠,松花如麑,得二诗人于芎村药谷之间,夫然后而知诗,夫然后而知诗人,兹游之所得奢矣。"①钱谦益这篇文章的时代和费经虞撰《雅伦》的时间,虽然都比毛晋刊刻《津逮秘书》收入司空图《二十四诗品》的时间要晚。但是钱谦益和费经虞都没有说到与苏轼《书黄子思诗集后》一文的关系,很难说他们也是因为受毛晋影响才肯定《二十四诗品》是司空图所作的。陶珽重辑本《说郛》卷一百二十亦载有司空图《二十四诗品》,而陶珽本始刻于万历后期,据王应昌顺治四年序,其"版毁于辛酉武林大火",辛酉为天启元年,故当早于毛晋的《津逮秘书》,不可能是受毛晋跋语影响。此外明末的《续百川学海》《锦囊小史》、冯梦龙编的《唐人百家小说琐记家》等,也都收有司空图《二十四诗品》,很难说均刊刻于毛晋《津逮秘书》之后。现存明人贺复徵所编的《文章辨体汇选》第四百三十九卷也收了《二十四诗品》,明确题为"唐司空图"著。据其所著《道光和尚述》,当为明代天启、崇祯年间人。虽然《四库提要》考其所述祖父官阶年月与实际不符,但是他作为明末人是没有问题的。

值得注意的是,钱谦益所引《二十四诗品》中"清奇"一品中的文字,其版本和毛晋《津逮秘书》本显然不同,其"晴雪满竹"一句一般均为"晴雪满汀",毛晋《津逮秘书》亦为"汀",而恰恰《诗家一指》本作"竹"。同时,刊刻于明末的《说郛》一百二十卷本(陶珽本),其所载司空图《二十四诗品》中这一句亦为"竹"。钱谦益是著名的藏书家,其绛云楼藏有

---

① 见《初学集》卷三十二。

大量宋元古本,绛云楼失火在清顺治七年,也就是说,他在写《邵幼青诗草序》时,绛云楼尚完好,因此其所根据的《二十四诗品》版本可能就是在绛云楼藏书中的版本,可以肯定和毛晋的《津逮秘书》本为不同版本。因此,他之肯定司空图《二十四诗品》,无论从时间上说,还是从版本上说,都和毛晋的《津逮秘书》中所附《二十四诗品》的跋语无关,也就是说,他并不是因为看了毛晋的《二十四诗品》的跋语,相信了毛晋"误读"苏轼《书黄子思诗集后》,才肯定《二十四诗品》是司空图所作的。绛云楼藏书经火灾后尚有书目留存,从书目中我们知道绛云楼藏书中的司空图《一鸣集》是三十卷本。钱谦益的《绛云楼书目》现存四卷,有陈景云注,一般的书目下卷数是陈景云注的,但是卷三唐文集类中的"司空图一鸣集三十卷"却是钱谦益原文,"三十卷"并非陈景云注文。在宋代,有《一鸣集》三十卷本和《司空表圣文集》十卷本和诗集十卷本同时存在。但在宋元时代,三十卷本《一鸣集》就很少见了,而十卷本文集和十卷本诗集则比较流行。所以绛云楼所藏司空图《一鸣集》三十卷应该是很珍贵的宋元古本。三十卷本《一鸣集》中可能就收有司空图的《二十四诗品》,元明以来很多人之所以不知道《诗家一指》等书中《二十四诗品》是司空图所作,是和《一鸣集》三十卷本的罕见和未收《二十四诗品》的《一鸣集》十卷本的流行这种情况有关的①。绛云楼所藏三十卷本《一鸣集》的出现,可能就是明末人们开始普遍肯定《二十四诗品》是司空图所作的原因,也是钱谦益确认司空图作《二十四诗品》的原因所在。因为绛云楼书目中已经告诉我们,它收藏有《冰川诗式》(四卷),而《冰川诗式》中就有《诗家一指》,所以钱谦益自然是看过《诗家一指》的,他之所以并不怀疑其中《二十四诗品》是否为司空图所作,可能就是因为他所收藏的《一鸣集》三十卷中是有《二十四诗品》的。我们现在还不能认定郑鄤、毛晋是否确实是误读了苏轼的原文,对苏轼所说"二十四韵"做了曲解,但是即使郑鄤、毛晋确实

---

① 《四库全书》中的卞永誉《式古堂书画汇考》卷二十五中所收的《枝指生书宋人品诗韵语集》,即司空图《二十四诗品》。从祝允明跋语看,此当是其友人顾应祥(号箬溪)所藏《摘翠编》中内容。他们当时并没有认为是司空图所作,而认为是宋人品诗韵语,说明《二十四诗品》可能早在宋代已经有了,但是"世不多见"。祝允明和顾应祥这样说肯定是有根据的,也许收它的《摘翠编》的编辑也是比较早的。至于元明以来不知道《二十四诗品》是司空图所作,也是不奇怪的,其关键大概就是三十卷本《一鸣集》的失传。

是误读了苏轼原文,那么也不能说冯梦龙、贺复徵、费经虞、钱谦益、陶珽等也都是"误读"了苏轼原文才肯定《二十四诗品》是司空图所作的。

值得我们研究的是,与钱谦益同时由明入清的王夫之对司空图作《二十四诗品》的肯定。他在《姜斋诗话》的《诗译》中说:"知'池塘生春草''胡蝶飞南园'之妙,则知'杨柳依依''零雨其蒙'之圣于诗;司空表圣所谓'规以象外,得之圜中'者也。"我们现在很难断定王夫之这段话的写作年代,因为他自明亡之后一直对清廷采取不合作的态度,隐居于湘西石船山,他的著作到清代后期才得以刊刻。从王夫之的经历来看,《诗译》大概也是他后期的著作,但是他那时已经和文坛隔绝,他的引文和《二十四诗品》原文不同,原文是"超以象外,得其环中",他可能只是凭记忆,未必有直接版本根据。甲申之变,王夫之刚二十五岁,后积极参与抗清活动,至三十多岁后即隐居著述,他之肯定《二十四诗品》为司空图所作,显然也与郑鄤、毛晋等的论述无关。由此可见,明末清初认为《二十四诗品》为司空图所作乃是一个普遍的看法。郑鄤、毛晋是在这样一种普遍认识之下,来理解苏轼《书黄子思诗集后》中所说的"二十四韵",认为苏轼说的就是《二十四诗品》,而并不是因为苏轼的文章才肯定《二十四诗品》为司空图所作。否则,我们对明末清初钱谦益、费经虞、贺复徵、陶珽、王夫之等的论述,都将无法理解了。所以从这个角度来说,即使郑鄤、毛晋认为苏轼所说的"二十四韵"即指《二十四诗品》是一种误解,也不能由此来否定《二十四诗品》为司空图所作。

清代康熙年间的王士禛是继钱谦益以后的诗坛领袖人物,也是学识非常渊博的学者。他也是一位很著名的藏书家,尤其对史部和集部的书特别注意收集,而且他对文学艺术有十分广泛的涉猎,对前代的诗文评著作也是非常之熟悉的。在他的渔洋山人池北书库藏书中有唐司空图《一鸣集》,但也是十卷本而不是三十卷本。他应该是见到过卞永誉《式古堂书画汇考》卷二十五中所收的《枝指生书宋人品诗韵语集》的,他知道祝允明等明人把《二十四诗品》看作是宋人品诗韵语,然而他并没有因此对司空图作《二十四诗品》发生怀疑,他曾多次论到司空图《二十四诗品》,而且他非常明确地指出了《二十四诗品》和司空图的诗论著作的文艺美学思想是完全一致的。王士禛在《香祖笔记》中说:

> 汪钝翁尝问予:"王孟齐名,何以孟不及王?"予曰:"正以襄阳未能脱俗耳。"汪深然之,且曰:"他人从来见不到此。"予又尝谓钝翁,李长吉诗云:"骨重神寒天庙器。"骨重神寒四字,可喻诗品。司空表圣《与王驾评诗》云:"王右丞、韦苏州,趣味澄夐,如清沇之贯达。元、白力勍而气孱,乃都市豪估耳。"元、白正坐少此四字,故其品不贵。表圣论诗有二十四品,予最喜"不着一字,尽得风流"八字,又云"采采流水,蓬蓬远春"二语,形容诗境亦绝妙,正与戴容州"蓝田日暖,良玉生烟"八字同旨。弇州云:"朦胧萌拆,情之来也。明隽清圆,词之藻也。"四语亦妙。

他所说戴叔伦的话就是司空图在《与极浦书》中引的,现在戴叔伦的原文已经没有了。王士禛看出了《二十四诗品》所描绘的诗歌意境和司空图在《与极浦书》中所说的诗歌意境美学特征"象外之象,景外之景"是完全一致的。而且《二十四诗品》的情趣也是和司空图在《与王驾评诗书》中推崇王维、韦应物诗的"趣味澄夐"是一致的。他在《渔洋诗话》中说:

> 戴叔伦论诗云:"蓝田日暖,良玉生烟。"司空表圣云:"不着一字,尽得风流。""神出古异,澹不可收。""采采流水,逢逢远春。""明漪见底,奇花初胎。""晴雪满林,隔溪渔舟。"刘蜕《文冢铭》云:"气如蛟宫之水。"严羽云:"如镜中之花,水中之月。""如羚羊挂角,无迹可求。"姚宽《西溪丛语》载《古琴铭》云:"山高溪深,万籁萧萧。古无人踪,惟石嶕峣。"东坡《罗汉赞》云:"空山无人,水流花开。"王少伯诗云:"空山多雨雪,独立君始悟。"

他不仅再次对《二十四诗》品中的很多品的意境美和司空图《与极浦书》中引戴叔伦所说的"蓝田日暖,良玉生烟"做了比较,而且指出他们和后来苏轼、严羽的审美情趣也是一致的。严羽所说的"镜中之花,水中之月"和"羚羊挂角,无迹可求",就是《二十四诗品》中说的"不着一字,尽得风流"。而苏轼的"空山无人,水流花开",也可能和司空图《二十四诗品》有关,如"水流花开,清露未晞","幽人空山,过雨采蘋"等。但是,我认为苏轼可能是受唐代刘乾《招隐寺赋》影响的结果,其云:"草木幽异,猱猿下来,空谷无人,水流花开。"但是《二十四诗品》和《招隐寺赋》孰先孰后则不可考,因为没有刘乾的材料。王士禛还敏锐地看出了《二十四诗品》是重性情,而不是重学问的。《师友诗传录》说:

> 问:作诗学力与性情必兼具而后愉快,愚意以为学力深,始能见性情。若不多读书、多贯穿,而遽言性情,则开后学油腔滑调,信口成章之恶习矣。近时风气颓波,惟夫子一言以为砥柱。王答:司空表圣云:"不着一字,尽得风流。"此性情之说也。扬子云云"读千赋则能赋",此学问之说也。二者相辅而行,不可偏废。若无性情,而侈言学问,则昔人有讥点鬼簿、獭祭鱼者矣。学力深始能见性情,此一语是造微破的之论。

唐人作诗重性情,而宋人作诗重学问,所以从《二十四诗品》所体现的美学情趣和文学思想来看,它显然是属于唐代的。这一点我们从王士禛的论述中可以看得很清楚。和王士禛同时的赵执信虽然不赞成王士禛用"不着一字,尽得风流"来概括《二十四诗品》的内容,但同样是明确肯定《二十四诗品》为司空图所作的,他在《谈龙录》中说:"司空表圣云:'味在酸咸之外。'盖概而论之,岂有无味之诗乎哉!观其所第二十四品,设格甚宽,后人得以各从其所近,非第以'不着一字,尽得风流'为极则也。"

在由康熙皇帝主持,由何焯、陈鹏年等编纂的《御制分类字锦》卷三十九中也曾引用司空图《二十四诗品》:一是"返虚入浑,积健为雄";一是"与古为新","妙造自然",均注明为司空图《诗品》,并引该品全文。康熙的《御制子史精华》卷六十八中也引了司空图的《诗品》:"柳阴路曲,流莺比邻。""如将不尽,与古为新。""海风碧云,夜渚月明。""落花无言,人淡如菊。""空潭泻春,古镜照神。""流水今日,明月前身。""着手成春。"并注明为司空图《诗品》,还引出该品原文。可见康熙是非常喜欢司空图的《二十四诗品》的。康熙末年的厉鹗在《樊榭山房集》续集卷一的《烂溪舟中为吴南涧题赏雨茅屋图》一诗中也曾说:"赏雨古今无,表圣乃其独。诗品二十四,此语最娱目。潇潇感旧襟,点点量愁斛。人言长安道,不及王官谷。君家吴山阳,亦有香茅屋。清声触岩阿,幽籁破林竹。起携玉壶春,引满看檐瀑。远笑自雨亭,天械已潜伏。束书走淮海,图经事攒录。故交施(原注:竹田)与张(原注:南漪),归梦对床卜。一帘清净水,佳趣难顿复。何如雨美膳,安居果吾腹。(原注:华严经云,护世城中雨美膳,阎浮提雨清净水)我初营新巢,牵船过堰速。逮此冥蒙天,溪上梅子熟。行与君周旋,学舍苦逼蹙。展图生惝恍,篷背听撒菽。云波尚苍茫,且就鸥边宿。"他不仅对司空图的生平思想十分熟悉,而且对司空图所作《二十四诗品》也毫不怀疑。由此可见他认为司空图隐居王官谷时所写的诗也是和《二十四诗品》中的情趣是一致的。他这首诗是题在据司空图《二十四诗品》中"典雅"一品描写的意境所画的画上的,所谓"赏雨茅屋图",大概就是体现司空图所写的下列内容的:"玉壶买春,赏雨茅屋,坐中佳士,左右修竹。白云初晴,幽鸟相逐,眠琴绿阴,上有飞瀑。落花无言,人淡如菊,书之岁华,其曰可读。"厉鹗一生十分重视学识的广博和考订的精细,《四库全书总目提要》说他"生平博洽群书,尤熟于宋事。尝撰《宋诗纪事》一百卷,《南宋院画录》八卷,《东城杂记》二卷,又与同社作《南宋杂事诗》七卷,皆考证详明,足以传后"。康熙时期注释杜诗的仇兆鳌曾在《杜诗补注》中引元代范德机以《诗品》五则证杜甫、李白之诗,以"雄浑""沉着""高古""劲健"为杜甫足以当之,以"豪放"为李白足以当之(此说可能是根据《诗家一指》,但《诗家一指》中未以"豪放"归李白)。仇兆鳌并在《诗品五则》下注云:"《诗品》本司空图所作,范氏引此以证李、杜。"说明他虽然看到《诗家一指》,但是并不怀疑它是否是司空图所作。

到乾隆皇帝更是对司空图《诗品》赞扬备至,在其《御制诗集》中一再提到司空图《诗品》,如三集卷二十五《练影堂》云:

溅沫飞岩练影明,以空为色寂为声。司空廿四标诗品,流动如斯可入评。

四集卷三十八《振藻楼》云:

振为流动藻为华,《诗品》亦惟备一家。三字箴如悟根柢,不多些子在无邪。

五集卷二十二《三题莲池书院十二景·春午坡》云:

菲史枕经正务宜,余闲亦弗碍拈诗。司空廿四品言尽,视此春晴日午时。(原注:"春晴日午前"亦司空图句也)

五集卷七十三《四题莲池书院十二景·春午坡》云:

偶来停驻过墙鞭(原注:司空图《偶题》诗云:"水榭花繁处,春晴日午前。"兹来恰值午前,情景宛合,"马过隔墙鞭",亦其诗末句也),即景因思表圣篇。廿四品中无五字,研精日午恰春前。

二集卷五十四《昆明湖泛舟》云:

畅春诘旦问安回,阁部封章毕揽裁。便路还因几有暇,泛舟正喜冻全开。

凤池春水碧溶溶,雁已回翔鱼未喁。却见湖心望蟾阁,晶盘擎出玉芙蓉。

会波楼畔进兰舟,似酒新波绿正柔。一带西山恍三竺,堤烟拖际影沉浮。

花胎寒勒柳条轻,诗品虞乡最有情。一字由来不曾着,风流尽得是昆明。

他特别欣赏司空图《二十四诗品》中的"流动"一品,可以看出他认为司空图的诗作和他的《二十四诗品》的审美情趣是完全一致的,处处体现了"不着一字,尽得风流"的特色。乾隆在御选、御批的《唐宋诗醇》中对许多诗作的评论都引用了司空图的《二十四诗品》,例如对苏轼《自普照游二庵》:"长松吟风晚雨细,东庵半掩西庵闭。山行尽日不逢人,裛裛野梅香入袂。居僧笑我恋清景,自厌山深出无计。我虽爱山亦自笑,独往神伤后难继。不如西湖饮美酒,红杏碧桃香覆髻。作诗寄谢采薇翁,本不避人那避世。"他评曰:"清幽之趣,微妙之音,司空图《诗品》中,未曾道及。"又对李白《夜泊牛渚怀古》(自注"此地即谢尚闻袁宏咏史处"):"牛渚西江夜,青天无片云。登舟望秋月,空忆谢将军。余亦能高咏,斯人不可闻。明朝挂帆席,枫叶落纷纷。"他评曰:"白天才超迈,绝去町畦,其论诗以兴寄为主,而不屑屑于排偶声调。当其意合,真能化尽笔墨之迹,迥出尘埃之外。司空图云:'不着一字,尽得风流。'严羽云:'镜中之花,水中之月,羚羊挂角,无迹可求。'论者以此诗及孟浩然《望庐山》一篇当之,盖有以窥其妙矣。羽又云:'味在酸醎之外。'吟此数过,知其善于名状矣。"又评杜甫《熟食日示宗文宗武》诗云:"不着一字,悲感无穷,惟真故妙耳。"评白居易《勤政楼西老柳》云:"不着一字,尽得风流。"评杜甫《立春》云:"俯拾即是,纯用本色,读者当得其自然之趣。"评苏轼《峡山寺》云:"空山无人,水流花开。良由妙造自然,匪关思索而致。"上面只是举一些典型的用司空图《二十四诗品》评诗的例子,实际上乾隆在自己的诗作和评诗中运用司空图《二十四诗品》的情况还很多。

清代学者对古籍的真伪之考订,其认真和严肃的态度,是过去任何一个朝代都无法比拟的。尤其对诗话、诗法、诗格一类著作,更加注意其作者之真伪。因此,纪昀主编的《四库全书总目提要》中特别说:

《诗品》一卷(内府藏本)

唐司空图撰。图有文集,已著录。唐人诗格传于世者,王昌龄、杜甫、贾岛诸书,率皆依托。即皎然《杼山诗式》亦在疑似之间。惟此一编,真出图手。其《一鸣集》中,有《与李秀才论诗书》,谓:"诗贯六义,讽谕、抑扬、渟蓄、渊雅,皆在其中。惟近而不浮,远而不尽,然后可言意外之致。"又谓:"梅止于酸,盐止于咸,而味在酸咸之外。"其持论非晚唐所及,故是书亦深解诗理。凡分二十四品:曰雄浑,曰冲淡,曰纤秾,曰沉着,曰高古,曰典雅,曰洗炼,曰劲健,曰绮丽,曰自然,曰含蓄,曰豪放,曰精神,曰缜密,曰疏野,曰清奇,曰委曲,曰实境,曰悲慨,曰形容,曰超诣,曰飘逸,曰旷达,曰流动,各以韵语十二句体貌之。所列诸体毕备,不主一格。王士禛但取其"采采流水,蓬蓬远春"二语,又取其"不着一字,尽得风流"二语,以为诗家之极则,其实非图意也。

既为内府藏本,当非一般版本,而是比较珍贵的,但是其来源现已不可考。此谓唐人诗格中如王昌龄、杜甫、贾岛之书,其中王昌龄《诗格》是当指《吟窗杂录》本,而非空海《文镜秘府论》所引,学者早指出是"真伪混杂","显然是后人整理改窜"之作,而非王昌龄本人之作。所谓杜甫的诗格,当是指《诗法源流》杨载序中所说之杜甫门人吴成、邹遂、王恭所注释的少陵诗格。《四库全书总目提要》于《诗法源流》下说:"末有至治壬戌杨载旧序一篇,称少年游浣花草堂,见杜甫九世孙杜举,问所藏诗律。举言甫之诗法不传诸子,而传其门人吴成、邹遂、王恭。举得之于三子,因以授载。其说极为荒诞。所载凡五言律诗九首,七言律诗四十三首,各有吴成等注释。标立结上生下格、拗句格、牙镇格、节节生意格、抑扬格、接顶格、交股格、纤腰格、双蹄格、续腰格、首尾互换格、首尾相同格、单蹄格、应句格、开合格、开合变格、叠字格、句应句格、叙事格、归题格、续意格、前多后少格、前开后合格、兴兼比格、兴兼赋格、比兴格、连珠格、一意格、变字格、前实后虚格、藏头格、先体后用格、双字起结格,凡三十三格。其谬陋殆不足辨。杨载序俚拙万状,亦必出伪托。"显然,所谓杜甫诗格,完全是伪托的。贾岛之《二南密旨》,陈振孙《直斋书录解题》已经指出:"唐贾岛撰,凡十五门,恐亦依托。"《四库总目提要》在引用陈振孙说后,又指出:"此本端绪纷繁,纲目混淆。卷末忽总题一条云:'以上十五门,不可妄传。'卷中又总题一条云:'以上四十七门,略举大纲。'是于陈氏所云十五门外,增立四十七门,已与《书录解题》互异。且所谓四十七门,一十五门者,辗转推寻,数皆不合,亦不解其何故。而议论荒谬,词意拙俚,殆不可以名状。如以卢纶'月照何年树,花逢几度春'句为大雅,以钱起'好风能自至,明月不须期'句为小雅,以《卫风》'日居月诸,胡迭而微'句为变大雅,以'绿衣黄裳'句为变小雅。以《召南》'林有朴遬,野有死鹿'句及鲍照'申黜褒女进,班去赵姬升'句,钱起'竹怜新雨后,山爱夕阳时'句为南宗。以《卫风》'我心匪石,不可转也'句,左思'吾爱段干木,偃息藩魏君'句,卢纶诗'谁知樵子径,得到葛洪家'句为北宗。皆有如呓语。其论总例物象一门,尤一字不通。岛为唐代名人,何至于此,此殆又伪本之重儓矣。"考证得如此具体,可以充分说明纪昀主持的《四库总目提要》对唐人诗格真伪的怀疑是有根据的,其考订、辨析也是十分细致认真的。而其云"皎然《杼山诗式》亦在疑似之间",也不是无中生有,因为皎然《诗式》虽是真的,但其版本十分复杂,当时除流行的一卷本外,还有著录为三卷的,当时还有五卷的抄本,而《诗式》《诗议》《诗评》,究竟是同一本书的不同名字,还是有三种不同的书,也难以说清楚,所以产生怀疑是完全可以理解的。此可见拙作《皎然〈诗式〉版本新议》①。纪昀本人对司空图作《二十四诗品》也是充分肯定的。他在《田侯松岩诗序》(《纪文达公遗集》文集卷九)中说:"钟嵘《诗品》阴分三等,各溯根源,是为诗派之滥觞。张为创立主客图,乃明分畦畛。司空图分为二十四品,乃辨别蹊径,判若鸿沟,虽无美不收,而大旨所归,则在清微妙远之一派,自陶、谢以下,逮乎王、孟、韦、柳者,是也。至严羽《沧浪诗话》始独标妙悟为正宗,所以如空中音,如相中色,如镜中花,如水中月,如羚角无迹可寻,即司空图所谓'不著一字,尽得风流'也。"我们知道《诗家一指》并非难见之书,就在纪昀主编的《四库全书总目提要存目》中就收有梁桥《冰川诗式》及胡文焕的《格致丛书》,这两种书中都有《诗家一指》,纪昀恐怕不会没有看到过,而且在四库所收的《明史》卷九十九和《千顷堂书目》卷三十二中,都记载有"怀悦《诗家一指》一卷",在《浙江通志》卷二百五十二中记载有"《诗家一指》一卷(《百川书志》明嘉禾怀悦用和编集)"。那么,纪昀和四库的馆臣为什么谁也不怀疑《二十四诗品》是司空图所作呢?而且特别说明在唐人诗格中"惟此一编,真出图手"呢?他们不会随意这样说的,而应该是有充分根据的,但是由于三十卷本《一鸣集》的失传,我们也就难以搞清楚真实情况了。

乾隆时代的著名诗人和诗论家沈德潜和袁枚也是完全肯定《二十四诗品》为司空图所作的。沈德潜在《说诗晬语》卷下中说:"司空表圣云:'不著一字,尽得风流。''采采流水,蓬蓬远春。'严沧浪云:'羚羊挂

---

① 《国学研究》第二卷,北京大学出版社1994年版。

角,无迹可求。'苏东坡云:'空山无人,水流花开。'王阮亭本此数语,定《唐贤三昧集》。"又其《重订唐诗别裁集序》中也说:"新城王阮亭尚书选《唐贤三昧集》,取司空表圣'不着一字,尽得风流',严沧浪'羚羊挂角,无迹可求'之意,盖味在盐酸外也。"又在《唐诗别裁集》卷十六选司空图诗时说:"表圣论诗,谓妙在酸咸之外。""本朝王尚书士正本此意,为《唐贤三昧集》。"说明沈德潜认为《二十四诗品》的"不着一字,尽得风流"之旨和司空图的"味在咸酸之外"是完全一致的。沈德潜选唐诗和王士禛不同,他说王士禛《唐贤三昧集》专取司空图、严羽之旨选诗,"而于杜少陵所云'鲸鱼碧海',韩昌黎所云'巨刃摩天'者,或未之及"。他则有所不同,"余因取杜、韩语意定《唐诗别裁》,而新城所取,亦兼及焉"。所以他在诗论主张上显然是和司空图的主张不同的。但是他非常清楚地认识到司空图的诗歌创作与诗论主张是和《二十四诗品》相符合的。袁枚由于提倡性灵,所以比沈德潜要更重视和喜欢司空图的《二十四诗品》,他在赞扬《二十四诗品》同时,还专门写了《续诗品》。他在《续诗品序》中说:"余爱司空表圣《诗品》,而惜其只标妙境,未写苦心,为若干首续之。陆士龙云,虽随手之妙,良难以词谕;要所能言者,尽于是耳。"(按,此处之"陆士龙"应为陆士衡)除袁枚外,像杭世骏在《道古堂全集》文集卷十《邵纪云然叶斋诗序》中说:"(邵)其言曰唐司空图之品诗也,有曰:'空山无人,水流花放。'其境可会,其诣不可说也。"(按,"空山无人,水流花放"应是苏轼《罗汉赞》中语)薛雪在《一瓢诗话》中说:"司空表圣《诗品》二十四则,无一毫剩义,学诗不可不熟读深思。"翁方纲是提倡以学问为诗的,他的诗学观点和司空图并不一致,不过他对王渔洋的"神韵"是肯定的。他也在《七言诗三昧举隅》中多次以王渔洋引用司空图的"不着一字,尽得风流"来评诗。他在《石洲诗话》中论元、白时曾说:"自司空表圣造二十四品,抉尽秘妙,直以元、白为屠沽之辈。"(卷一)又在论表圣诗时说:"司空表圣在晚唐中,卓然自命。且论诗亦入超诣。而其所自作,全无高韵,与其评诗之语,竟不相似。此诚不可解。二十四品,真有妙语。而其自编《一鸣集》,所谓'撑霆裂月'者,竟不知何在也。"(卷二)并认为司空图《二十四诗品》是后人读唐诗之准的,他说:"盛唐诸公,全在境象超诣。所以司空表圣二十四品,及严仪卿以禅喻诗之说,诚为后人读唐诗之准的。"(卷四)可见不管各家各派诗学主张如何,对司空图作《二十四诗品》都是深信不疑的。可以说到了乾隆、嘉庆时代,司空图的《二十四诗品》在学者和文人中早已经成为普遍承认的一部十分重要的作品,而且愈来愈为学诗者所注意。到嘉庆、道光年间,刻《二十四诗品》并为之作注的就很多了,甚至乡试也用《二十四诗品》中的句子来命题,此可参见焦循写于嘉庆四年(1799)的《刻诗品叙》。这些有关材料在郭绍虞《诗品集解》的附录中已经收集很多,此不再赘引。

综上所述,可以充分说明:我们在研究司空图《二十四诗品》的真伪问题时,如果对清代学者如此肯定和推崇司空图《二十四诗品》的情况不加重视,并且在没有确凿证据的情况下武断地否定司空图的著作权,我认为从学术上说至少是不慎重的,也是不严肃的。

附录一

《司空表圣诗文集笺校》序

祖保泉先生和陶礼天合著的《司空表圣诗文集笺校》即将付梓,我能先睹为快,十分高兴。礼天是祖先生的学生,又到我这里读博士,祖先生嘱我为序,我自当欣然从命。

记得四十五年前,我正在北大中文系上本科二年级,读表圣《诗品》爱不释手,夜不入眠,常醉心于"雄浑""冲淡"间,然而朦胧恍惚未领悟其玄旨,只能如杨振刚所说"以不解解其所不解"。后毕业留校教古代文论,读祖先生《司空图诗品解说》,始有豁然开朗之感,特别羡慕祖先生的识见深邃,解说精当。可惜,那时还无缘拜识祖先生。一直到二十世纪七十年代末中国古代文学理论学会成立后,方于学术会议上相会,祖先生谦虚、爽朗、真诚、直率,热情奖掖后进,随即赠我新版《司空图诗品解说》。祖先生数十年来孜孜不倦地从事司空图及其诗论的研究,在郭绍虞先生仙逝以后,是我国很著名的研究司空图的老一辈学者。研究文学批评理论家的文学理论和文学思想,必须从研究他的生平思想和创作入手,孟子曾经说过:"颂其诗,读其书,不知其人可乎?是以论其世也。"从现有研究司空图及其诗论的情况看,有一些论著之所以浮夸、不着边际,就是因为既不了解司空图其人,也不熟悉司空图的创作。祖先生在这方面为我们做出了很好的榜样。祖先生对司空图《诗品》主旨和特点的正确把握,是和对司空图生平、思想和创作的深入研究分不开的,具体表现在1998年出版的《司空图诗文研究》和这本《司空表圣诗文集笺校》中,它们把对司空图及其诗论的研究大大地推向深入了。我对祖先生这种严谨、扎实的学风是非常钦佩的。

近年来,学术界对司空图《诗品》的真伪问题发生了激烈的争论,应该说这对推动学术发展,特别是对促进司空图及其诗论的研究是有很大好处的。我对这个问题的看法也有一个过程。开始我对《二十四诗品》非司空图所作的说法是比较肯定的,认为提出这个问题是有根据的,但是也感到还缺乏非常有力的确凿证据,所以持存疑的态度,这一点我在《中国文学理论批评发展史》上卷中已经有清楚的表述。自从张健博士的《〈诗家一指〉的产生时代与作者——兼论〈二十四诗品〉作者问题》一文,以无可辩驳的事实否定了《二十四诗品》是明代怀悦所作的说法后,我对否定《二十四诗品》是司空图所作的说法,就愈来愈怀疑它的可靠性了。但是我并没有完全否定这种说法,只是对它提出了疑问,我的《司空图〈二十四诗品〉真伪问题之我见》①一文,就是在这种情况下写的。此后,我为研究生讲授司空图诗论研究的专题课,又认真阅读了司空图的诗文著作,并对司空图的生平经历和思想发展以及他的诗文系年做过一点考证和研究,我认为司空图是完全具备了写作《二十四诗品》的主观条件和客观条件的,我在《再谈司空图〈二十四诗品〉的真伪——兼论学术讨论中的学风问题》②一文中曾做了简括的论述。虽然为慎重起见,我对司空图《诗品》的真伪问题仍持存疑态度,但是在目前尚无新的材料来证明它非司空图所作的前提下,我认为仍以归属司空图所作比较妥善。祖先生是从一开始就明确地不同意《二十四诗品》非司空图所作的观点的,并且也写文章申述过自己的看法。我以为这是很正常的事,我的看法和祖先生并不完全相同,但我认为祖先生的看法是很值得我们重视的,也是很有根据的。每一个学者都可以自由地充分地发表自己的见解,学术争论中每一个人都是平等的。你可以说《二十四诗品》非司空图所作,别人也可以说是司空图所作,但都应该依客观事实为准绳,不能置和自己相反的证据于不顾,而武断地下结论。我们的目的是发展学术,而不是个人名望。提出疑问,让大家来研究《二十四诗品》是否司空图所作,这是有意义的,但不能因为你说它不是司空图所作就成为定论了,更何况这种说法的正面立论(明代怀悦所作说)已经被事实所否定,又无更有力的证据说明非司空图所作。如果要想借"炒作"来树立自己的"权威",扩大影响,那就未

---

① 见《中国诗学》第五辑,后收入拙作《夕秀集》。
② 见《南阳教育学院学报》2000年第2期。

免太可悲了。祖先生的这本《司空表圣诗文集笺校》虽不是论述《二十四诗品》真伪问题的,但是却对研究《二十四诗品》的真伪有非常重要的意义,在没有直接的文献证据的情况下,研究司空图的生平思想和诗文创作及其和《二十四诗品》的关系,就显得更加迫切了。把精力用在"炒作"上还是用在扎扎实实的研究上,这确实是两种不同的治学态度。当然对祖先生有关司空图《诗品》真伪问题的看法,人们也完全可以提出不同看法,但是祖先生这种严肃、认真的学术研究态度和方法,却是值得我们大家尊敬和学习的。

中国古代讲究道德文章并重,这是我们一个优良的传统。祖先生不仅在年龄上是我们的长辈,而且在学问上是我们古代文论研究领域卓有成就的老专家,但是祖先生从来没有架子,一贯平易亲切,即使是对待青年学者,也是非常谦虚的。礼天告诉我说,这本《司空表圣诗文集笺校》祖先生原已基本做好,之所以请礼天帮助最后完成,就是为了让他学习古籍整理的方法,由此可见祖先生热心培养青年的高尚精神。礼天是一位非常朴实、勤奋的青年学者,不务虚名,埋头读书。他所作的《司空图年谱》考证很细,提供了许多重要的新材料,这对我们进一步研究司空图的家世生平和思想发展是很有价值的。

我真诚地祝贺祖先生在接近耄耋之年出版这样一部重要的著作,它也是新世纪司空图研究的一个良好的开端。

张少康于北京大学蓝旗营寓所
2001 年 4 月 12 日

附录二

《虞侍书诗法》中的二十四品

(张健)按,《虞侍书诗法》包括"三造""十科""四则""二十四品""道统""诗遇"共六个部分,其中"二十四品"仅存十六品,载北京图书馆藏明刻史潜校刊《新编名贤诗法》。史潜为明代正统元年(1436)进士,其《新刊名贤诗法凡例》云此书"博采唐元名人诗法、诗评,旧未分类,今厘为上、中、下三卷,庶便观览,故总名目曰名贤诗法"。

雄浑

大用外驯,真体内充。返虚入浑,积健为雄。具备万物,横绝太空。荒荒油云,寥寥长风。超以象外,得其环中。持之匪盈,求之无穷。

平淡

索处以默,妙机其微。领之太和,独鹤与飞。犹之惠风,荏苒在衣。阅音修篁,美目载归。过之非深,即之愈希。脱有形似,握手以违。

纤浓

采采流水,蓬蓬远春。窈窕深谷,时见美人。碧桃满树,风日水滨。柳荫路曲,流莺比邻。乘之欲远,识之愈真。如将不违,与古为新。

沉着

绿杉野屋,落日气清。脱卷独步,时闻鸟声。鸿雁不来,之子远行。所思不远,若为平生。海风碧云,夜露月明。如有佳语,大河前横。

高古

畸人乘真,手把芙蓉。泛彼浩劫,窅然空踪。月出东斗,好风相从。太华夜碧,人闻清钟。虚仁神素,脱焉畦封。黄唐在独,落落玄宗。

典雅

玉壶买春,赏花茅屋。座中佳士,左右修竹。白云初晴,幽鸟相逐。

眠云绿阴,上有飞瀑。落花无言,人淡如菊。书之岁华,其曰可读。

洗炼

犹矿出金,如铅得银。超心炼冶,绝爱缁磷。空潭写春,古镜照神。休素储洁,乘月返真。载瞻星辰,载歌幽人。流水今日,明月前身。

劲健

行神如空,行气如虹。巫峡千寻,走雪连风。敛真乳强,蓄微牢中。喻彼行健,是谓存雄。天地与立,神造攸同。期之已失,御之非终。

绮丽

神存富贵,始轻黄金。浓尽必枯,浅者屡深。露余山青,红杏在林。日明华屋,画桥碧阴。金樽满前,伴客弹琴。取用自足,良弹美襟。

自然

俯拾即是,不取诸邻。俱道适往,着手成春。如逢花开,如瞻岁新。真予不夺,强得易贫。幽人空谷,过雨采蘋。薄言情悟,悠悠天钧。

含蓄

不着一事,尽得风流。语未涉难,已不堪忧。是有真宰,与之沉浮。如绿满酒,花时返愁。悠悠空尘,忽忽海鸥。浅深聚散,万类一收。

豪放

观化匪禁,吞吐大荒。由道返气,素处以强。天风浪浪,海山苍苍。真力弥满,万象在旁。前招三辰,后引凤凰。晓看六鳌,濯足扶桑。

精神

欲返不尽,相期愈来。明漪绝底,奇花初胎。青春鹦鹉,杨柳楼台。碧山来人,清酒深杯。生气远出,不着死灰。离形得似,庶几斯人。

超诣

匪神之灵,匪几之微。如将白云,清风与归。远引莫致,迹之已非。少者道气,终与俗违。乱山乔木,碧苔芳晖。诵之思之,其声愈稀。

飘逸

落落欲往,矫矫不群。缑山之鹤,华顶之云。高人惠中,令色絪缊。御风莲叶,泛彼无垠。如不可执,如将有闻。识者已领,期之愈分。

流动

若纳断辀,如转圆珠。夫岂可道,假体为愚。荒荒坤轴,悠悠天枢。载要其端,载同其符。超之神明,返之真无。往来真宰,是之谓乎。

附录三

清卞永誉《式古堂书画汇考》卷二十五 《枝指生书宋人品诗韵语卷》

诗有二十四品,偏者得其一,能者得其全,会其全者惟李杜二人而已。其

曰雄浑者,大用外腓,真体内充,返虚入浑,积健为雄。具备万物,横绝太空,荒荒油云,寥寥长风。超以象外,得其环中,持之匪强,来之无穷。

曰冲淡者,素处以默,妙机其微,饮之大和,与鹤独飞。犹之蕙风,苒苒在衣,阅音修篁,美曰载归。遇之非深,即之愈稀,脱有形似,握手已违。

曰纤秾者,采采流水,蓬蓬远春,窈窕深谷,时见美人。碧桃满树,风日水滨,柳阴路曲,流莺比邻。乘之愈往,识之愈真,如将不尽,与古为新。

曰沉着者,绿杉野屋,落日气清,脱巾独步,时闻鸟声。鸿雁不来,之子远行,所思不远,若为平生。海风碧云,夜渚明月,如有佳语,大河前横。

曰高古者,畸人乘员,手把夫容,泛彼浩劫,窅然空踪。月出东斗,好风相从,太华夜碧,人闻清钟。虚伫神素,脱然畦封,黄唐在独,落落玄宗。

曰典雅者,玉壶买春,赏雨茅屋,坐中佳士,左右修竹。白云初晴,幽鸟相逐,眠琴绿阴,上有□瀑。落花无言,人淡如菊,书之岁华,其曰可读。

曰洗炼者,犹矿出金,如铅出银,超心炼冶,绝爱缁磷。空潭泻春,古镜照人,体素储洁,乘月返真。载瞻星辰,载歌幽人,流水今

日,明月前身。

曰劲健者,行神如空,行气如虹,巫峡千寻,走云连风。饮真茹强,蓄素守中,俞彼行健,是谓存雄。天池与立,神化攸同,期之以实,御之以终。

曰绮丽者,神存富贵,始轻黄金,浓尽必枯,浅者屡深。露余山青,红杏在林,月明华屋,画桥碧阴。金尊酒满,伴客弹琴,取之自足,良殚美襟。

曰自然者,俯拾即是,不取诸邻,俱道适往,着手成春。如逢花开,如瞻岁新,贞予不夺,强得易贫。幽人空山,过水采蘋,薄言情悟,悠悠天钧。

曰含蓄者,不着一字,尽得风流,语不涉难,已不堪忧。是有真宰,与之沉浮,如绿满酒,花时返秋。悠悠空尘,忽忽海沤,浅深聚散,万取一收。

曰豪放者,观花匪禁,吞吐大荒,由道返气,处得以强。天风浪浪,海山苍苍,真力弥满,万象在旁。前招三辰,后引凤皇。晓看六鳌,濯手扶桑。

曰精神者,欲及不尽,相期与来,明漪绝底,奇花初胎。青春鹦鹉,杨柳台碧,山人兴来,清酒深杯。生气远出,不着死灰,妙造自然,伊谁与裁。

曰清奇者,娟娟群松,下有漪流,晴雪满汀,隔溪渔舟。可人如玉,步屧寻幽,载瞻载止,空碧攸攸。神出古异,淡不可收,如月之曙,如气之秋。

曰委曲者,登彼太行,翠绕羊肠,香霭流玉,悠悠花香。力之于时,声之于羌,道不自器,与之圆方。

曰悲慨者,大风卷水,林木为摧,意苦欲死,招憩不来。百岁如流,富贵冷灰,大道日丧,若为雄材。壮士拂剑,浩然弥哀,萧萧落叶,漏雨荒苔。

曰实境者,取语甚直,计思匪深,忽逢幽人,如见道心。晴涧之曲,碧松之阴,一客荷樵,一客听琴。情性所至,妙不自寻。

曰形容者,绝伫灵素,少迴清真,如觅水影,如写阳春。风雪变态,花草精神,海之波澜,山之嶙峋。俱似大道,妙契同尘。

曰超诣者,匪神之灵,匪机之微,如将白云,清风与归。

曰飘逸者,落落欲往,矫矫不群,缑山之鹤,华顶之云。高人惠中,令色絪缊。

曰旷达者,生者百岁,相去几何,欢乐苦短,忧愁实多。何如尊酒,日住烟萝,花覆茅檐,疏雨相过。到酒既尽,杖藜行歌,孰不有古,南山峨峨。

曰流动者,若纳水輨,如转丸珠,夫岂可道,假体遗愚。荒荒坤轴,悠悠天枢,载要其端,载同其符。超超神明,反之冥无,来往千载,同归殊途。

曰缜密者,是有真迹,如不可知,意象欲出,造化已奇。水流花间,清露未晞,要路愈远,幽行为迟。语不欲犯,思不欲痴。

曰疏野者,唯性所宅,真取弗羁,拾物自富,与率为期。筑室松下,脱帽看诗,但知旦暮,不辨何时。倘然适意,岂必有为,若其天放,如是得之。

故障箸溪先生岁丙子秋佥岭南按察事,公余历览诸胜纪全广风物之作,于魏晋诸家无所不诣。日抵罗浮,盖累累联翠穿云,树杪奇绝,足为大观,及归,便崇报禅院。时天空云净暮山碧,了无一点尘埃侵,有僧幻上供清茗叩先生,解带,出新酿麻姑,先生辄秉烛谭古今兴灭事,坐久,赋诗有云:名山昔日来司马,不到罗浮名总虚。又云:不妨珠玉成千言,但得挥翰笺麻传。顷出《摘翠编》,所述种种诗法,如晔晔紫芝,秀色可餐。诚词坛拱璧,世不多见者。遂为先生作行楷以纪时事云。长洲祝允明。

本朝书法推祝希哲先生为首,楷书尤佳,或以为当在赵魏国上。余向有牡丹帖,甚精,归之亡友项氏逸,廿余年不入目中矣。此日放舟吴闾,凌玄房出示先生所书宋人品诗韵语几千余字,盖赠顾箸溪先生者,跋语学季直表,书法尤劲,所云焕若神明,顿还旧观者,喜而书此。万历癸卯仲春日冯梦祯书。

后　　记

  本书是我几年前在北京大学中文系为研究生讲授研究司空图的专题课讲义基础上改写的。2002年9月我到香港树仁学院任教后,又写过几篇有关文章,并利用教学之余,整理我的旧稿,一直到今年6月才最后完成。感谢学苑出版社郭强先生的热心,愿意出版拙作。在当今一切都从经济效益出发的时候,要出版一本纯粹的学术著作,确是很不容易的。按照一般情况,如果没有出版资助是无法出书的。当然,很多学校的什么基地啦、研究中心啦,等等,是有很多钱的,他们可以很随意地用来补贴出版社,所以他们的著作即使没有多少学术价值,也可以很顺利地出版。但是,如果和这些基地、研究中心没有关系的学者,则完全享受不到这些优厚待遇,至于已经退休了的学者,自然是更没辙了!人们也许会说,这不是太不公平了吗?可是,不公平的事太多了,这些小事就更说不上了!所以我真的是特别感谢学苑出版社!

张少康于香港宝马山树仁学院寓所
2004年6月